ROBERT A. HEINLEIN

EIN MANN IN EINER FREMDEN WELT

Science Fiction-Roman

Neuauflage

WILHELM HEYNE VERLAG
MÜNCHEN

HEYNE BUCH Nr. 06/3170
im Wilhelm Heyne Verlag, München

Titel der amerikanischen Originalausgabe
STRANGER IN A STRANGE WORLD
Deutsche Übersetzung von Wulf H. Bergner

6. Auflage

Redaktion: Wolfgang Jeschke

Printed in Germany 1984
Umschlagbild: Longaron/Norma
Umschlaggestaltung: Atelier Heinrichs & Schütz, München
Gesamtherstellung: Elsnerdruck GmbH, Berlin

ISBN 3-453-30080-7

1

Es war einmal ein Marsianer namens Valentine Michael Smith.

Die Mitglieder der ersten Marsexpedition wurden nach der Theorie ausgewählt, daß der Mensch selbst sein größter Feind sei. Zu diesem Zeitpunkt – acht Jahre nach Gründung der Kolonie auf Luna – dauerte der Flug von Terra zum Mars noch immer 258 Tage; der Rückflug war nicht kürzer, und die Expedition mußte 455 Tage auf dem Mars warten, bis die beiden Planeten wieder eine günstige Position zueinander erreicht hatten, die eine Rückkehr zuließ.

Die *Envoy* würde diese Reise nur schaffen, wenn sie unterwegs von einer Raumstation betankt wurde. Nach der Landung auf dem Mars würde sie zurückkehren können – wenn sie nicht abstürzte, wenn es dort Wasser für ihre Reaktionstanks gab, wenn tausend andere Dinge klappten.

Acht Menschen, die fast drei Jahre auf engstem Raum zusammenleben sollten, mußten sich erheblich besser als gewöhnliche Sterbliche vertragen. Eine Besatzung aus acht Männern wurde abgelehnt; vier Ehepaare galten als ideal, falls die notwendigen Anforderungen auf diese Weise erfüllt wurden.

Das Institut für Sozialwissenschaften der Universität Edinburgh, das mit der Auswahl betraut worden war, hatte sich zwischen neuntausend geeigneten Kandidaten zu entscheiden. An Bord der *Envoy* waren folgende Positionen zu besetzen: Astrogator, Arzt, Koch, Maschinist, Captain, Linguist, Chemiker, Elektronikingenieur, Physiker, Geologe, Biochemiker, Biologe, Atomphysiker, Fotograf, Hydroponiker und Triebwerksingenieur. Es gab zahlreiche Kombinationen von acht Freiwilligen, die diesen Anforderungen genügten, und drei Ehepaare erfüllten sie ebenfalls – aber in allen drei Fällen war der Verträglichkeitsquotient nach Ansicht der verantwortlichen Psychodynamiker zu niedrig.

Die Computer des Institus überprüften ständig neue Kombinationen, die dadurch entstanden, daß Freiwillige starben, zurücktraten oder sich erstmals meldeten. Captain Michael Brant, ein trotz seiner dreißig Jahre sehr erfahrener Raumpilot, hatte einen guten Bekannten im Institut, der die Namen weiblicher Freiwilliger heraussuchte, die gemeinsam mit ihm eine Besatzung vervollständigen konnten; diese Namen wurden dann den Maschinen eingegeben, die ihrerseits bestimmten, ob die Kombination geeignet war. Das alles führte dazu, daß Brant eines schönen Tages nach Australien flog und Dr. Winifred Coburn, die neun Jahre älter war, einen Heiratsantrag machte. Lichter blinkten, ein Klingelzeichen ertönte, die Besatzung war gefunden:

Captain Michael Brant – Pilot, Astrogator, Ersatzkoch, Fotograf, Triebwerksingenieur;

Dr. Winifred Coburn Brant, Linguistin, Krankenschwester, Lagerverwalterin, Historikerin;

Mr. Francis X. Seeny, 28, Pilot, zweiter Offizier, Astrogator, Astrophysiker, Fotograf;

Dr. Olga Kovalic Seeny, 29, Köchin, Biochemikerin, Hydroponikerin;

Dr. Ward Smith, 45, Arzt, Chirurg, Biologe;

Dr. Mary Jane Lyle Smith, 26, Atomphysikerin, Elektronik- und Elektrotechnikerin;

Mr. Sergei Rimsky, 35, Elektronikingenieur, Chemiker, Maschinist, Kryologist;

Mrs. Eleanore Rimsky, 32, Geologin und Selenologin; Hydroponikerin.

Diese Besatzung besaß alle verlangten Kenntnisse und Fertigkeiten; manche waren allerdings das Ergebnis einer intensiven Ausbildung in den letzten Wochen vor dem Start. Viel wichtiger war jedoch, daß diese acht Menschen gut miteinander verträglich waren.

Die *Envoy* startete. Zunächst wurden ihre Meldungen selbst von Amateurfunkern aufgenommen; später wurden die Signale schwächer und mußten von Fernmeldesatelliten übermittelt werden. Die Besatzung schien gesund und glücklich zu sein; Dr. Smith war praktisch arbeitslos, und Captain Brant äußerte sich begeistert über die ideale Zusammenarbeit an Bord.

Die *Envoy* schwenkte auf eine Kreisbahn zwischen Mars und Phobos ein und verbrachte die nächsten zwei Wochen damit, den Planeten zu fotografieren. dann funkte Captain Brant: »Wir landen morgen um 12.00 GMT; Landeort: knapp südlich Lacus Soli.«

Das war die letzte Meldung.

2

Ein Vierteljahrhundert verstrich, bevor der Mars wieder von Menschen aufgesucht wurde. Sechs Jahre nach dem Verschwinden der *Envoy* erreichte die von der Société Astronautique Internationale finanzierte Raumsonde *Zombie* den Planeten, umkreiste ihn mehrmals und kehrte dann zur Erde zurück. Die Aufnahmen zeigten eine kahle Landschaft, die nach menschlichen Begriffen nicht gerade einladend war; die Messungen der Sonde bestätigten, daß die Marsatmosphäre für Menschen ungeeignet war.

Aber die Fotografien bewiesen auch, daß die ›Kanäle‹ tatsächlich Bauwerke waren, und andere Einzelheiten wurden als Ruinen von Städten interpretiert. Wäre inzwischen nicht der Dritte Weltkrieg ausgebrochen, wäre eine weitere bemannte Expedition aufgebrochen.

Aber der Krieg und die Verzögerung bewirkten, daß eine noch stärkere Expedition ausgeschickt wurde. Das Föderationsschiff *Champion*, das achtzehn Mann Besatzung und dreiundzwanzig Freiwillige an Bord hatte, erreichte den Mars mit Hilfe des Lyle-Antriebs in neunzehn Tagen. Die *Champion* landete knapp südlich Lacus Soli, weil Captain van Tromp den Auftrag hatte, nach der *Envoy* zu suchen. Die zweite Expedition meldete sich täglich; drei Funksprüche waren von besonderem Interesse.

Erstens: »Raumschiff *Envoy* gefunden. Keine Überlebenden.«

Zweitens: »Der Mars ist bewohnt.«

Drittens: »Berichtigung von Meldung 23-105: Ein Überlebender der *Envoy* gefunden.«

3

Captain Willem van Tromp war menschenfreundlich veranlagt. Deshalb ließ er übermitteln: »Mein Passagier ist den Anstrengungen eines öffentlichen Empfangs nicht gewachsen. Entsendet Krankenwagen und bewaffnete Eskorte.«

Er schickte seinen Schiffsarzt mit, der dafür sorgen sollte, daß Valentine Michael Smith im Bethesda Medical Center ein ruhiges Zimmer bekam, in ein hydraulisches Bett gelegt wurde und sich dort ausruhen konnte. Erst dann begab van Tromp sich zu einer Sondersitzung des Großrats der Föderation, um dort Bericht zu erstatten.

Während Smith vorsichtig zu Bett gebracht wurde, sagte der Wissenschaftsminister erregt: »Ich gebe natürlich zu, daß Sie als Kommandant einer Expedition das Recht hatten, diese Maßnahmen zu treffen, Captain, aber ich sehe nicht ein, mit welchem Recht Sie sich in die Belange meines Ministeriums einmischen. Dieser Smith ist ein einzigartiger Fund für die Wissenschaft!«

»Ganz recht, Sir«, stimmte van Tromp zu.

»Aber warum...« Der Minister wandte sich an den Friedensminister. »Wollen Sie Ihren Leuten nicht entsprechende Befehle erteilen, David? Schließlich können wir Professor Tiergarten und Doktor Okajima nicht länger warten lassen.« Van Tromp schüttelte den Kopf, als der Friedensminister zu ihm hinübersah.

»Warum?« fragte der Wissenschaftsminister aufgebracht. »Sie haben selbst zugegeben, daß Smith gesund ist.«

»Geben Sie dem Captain eine Chance, Pierre«, bat der Friedensminister. »Nun, Captain?«

»Smith ist nicht krank, Sir«, antwortete Captain van Tromp, »aber es geht ihm trotzdem nicht sonderlich gut. Er ist an eine geringere Schwerkraft gewöhnt; hier wiegt er zweieinhalbmal soviel wie zu Hause, und seine Muskeln sind zu schwach. Jede Bewegung strengt ihn sehr an; *alles* strengt ihn zu sehr an. Ich bin selbst hundemüde, Gentlemen – und dabei ist mein Körper an hiesige Verhältnisse gewöhnt!«

Der Wissenschaftsminister machte eine wegwerfende Handbewegung. »Ich weiß selbst, wie man sich nach einem längeren Raumflug fühlt, Captain. Aber das betrifft nicht den Kern der Sache. Dieser Mensch ist...«

»Nein!« widersprach van Tromp energisch. »Wissen Sie nicht, daß Smith kein Mensch ist?«

»Was soll das heißen, Captain?«

»Smith ist intelligent und stammt von Menschen ab, aber er ist mehr Marsianer als Mensch. Vor unserer Ankunft hat er nie einen Menschen gesehen. Er ist von Lebewesen aufgezogen worden, die keinerlei Ähnlichkeit mit Menschen haben; er denkt und fühlt wie ein Marsianer. Wenn Sie ihn zum Wahnsinn treiben wollen, brauchen Sie ihn nur Ihren Professoren auszuliefern, bevor er sich hier akklimatisieren kann. Meinetwegen brauchen Sie ihm keine Gelegenheit zu geben, sich an unseren verrückten Planeten zu gewöhnen. Das ist nicht mehr meine Sache; ich habe meine Pflicht getan!«

Generalsekretär Douglas ergriff das Wort. »Sie haben mehr als nur das getan, Captain. Wenn dieser Mensch-Marsianer ein paar Tage braucht, um sich auszuruhen, kann die Wissenschaft bestimmt noch etwas warten. Immer mit der Ruhe, Pete – Captain van Tromp ist müde.«

»Aber etwas anderes kann nicht warten«, stellte der Informationsminister fest.

»Was, Jock?«

»Wenn wir den Marsmenschen nicht bald im Fernsehen zeigen, kommt es noch zu Unruhen.«

»Hmm, das ist wohl übertrieben, Jock. Aber die Leute sollen etwas zu sehen bekommen. Ich zeichne den Captain und die Besatzung aus – morgen, denke ich. Captain van Tromp berichtet selbst vor der Kamera...«

Der Minister schüttelte den Kopf. »Das Publikum hat damit gerechnet, daß die Expedition einen echten Marsianer zurückbringen würde. Da das nicht der Fall ist, brauchen wir diesen Smith.«

»Haben Sie die Marsianer wenigstens gefilmt?« erkundigte Douglas sich bei van Tromp.

»Selbstverständlich, Sir.«

»Gut, dann können Sie die Filme zeigen, Jock«, entschied der Generalsekretär. »Wie steht es mit der Extraterritorialität, Captain? Die Marsianer hatten nichts dagegen?«

»Richtig, Sir – aber sie waren auch nicht dafür.«

»Das verstehe ich nicht.«

Captain van Tromp biß sich auf die Unterlippe. »Sir, wenn man mit einem Marsianer spricht, hat man das Gefühl, sich mit einem Echo zu unterhalten. Es gibt keinen Streit, aber man erreicht auch nichts.«

»Nun, vielleicht kann uns der junge Smith später weiterhelfen«, meinte der Generalsekretär.

»Vielleicht«, antwortete van Tromp zweifelnd.

Der junge Smith war zunächst völlig damit beschäftigt, am Leben zu bleiben. Sein übermäßig beanspruchter Körper, dem die Schwerkraft und der hohe Luftdruck gewaltig zusetzten, ruhte jetzt endlich in einem weichen Nest, in das ihn die anderen gelegt hatten. Smith entspannte sich und befaßte sich auf der dritten Gedankenebene mit seiner Atmung und seinem Herzschlag.

Er merkte, daß er im Begriff war, sich selbst zu verzehren. Seine Lungen füllten sich so regelmäßig wie zu Hause, und sein Herz schlug rasend schnell, um den Körper zu versorgen. Dabei befand er sich in einer gefährlich sauerstoffreichen und heißen Atmosphäre. Er unternahm sofort etwas dagegen.

Als sein Puls nur noch zwanzig betrug, während die Atmung

kaum mehr wahrnehmbar war, beobachtete er sich lange genug, um ganz sicherzugehen, daß er sich nicht versehentlich entleibte, solange er anderweitig beschäftigt war. Dann überwachte er seinen Zustand auf der zweiten Bewußtseinsebene und zog sich in sich selbst zurück. Er mußte über die Ereignisse der letzten Zeit nachdenken; er mußte sich ihnen anpassen und sich mit ihnen abfinden, bevor sie ihn verschlangen...

Im Nebenraum spielte Dr. Thaddeus mit Tom Meechum Karten; Meechum war Smiths Krankenpfleger. Thaddeus behielt seine Instrumente im Auge, und als dort angezeigt wurde, daß Smiths Puls von zweiundneunzig auf zwanzig zurückgegangen war, stürzte er ins Krankenzimmer. Meechum blieb ihm auf den Fersen.

Der Patient lag auf der nachgiebigen Hülle des hydraulischen Betts. Er schien tot zu sein. »Holen Sie Doktor Nelson!« befahl Thaddeus.

»Jawohl, Sir«, antwortete Meechum. »Aber wäre es nicht besser, gleich mit Wiederbelebungsversuchen...«

»Holen Sie Doktor Nelson!«

Als Nelson wenige Minuten später eintraf, berichtete Thaddeus, was geschehen war. »Was haben Sie dagegen unternommen?« fragte der ältere Arzt.

»Nichts, Sir. Sie haben doch gesagt, ich...«

»Ausgezeichnet.« Nelson warf einen Blick auf die Instrumente. »Rufen Sie mich, wenn sich etwas ändert.« Er schien gehen zu wollen.

Thaddeus hielt ihn zurück. »Aber...«

»Wie lautet Ihre Diagnose?« wollte Nelson wissen.

»Der Patient hat einen Schock erlitten, der zum Tod führen muß.«

Nelson nickte. »Richtig, das könnte man annehmen. Aber wir haben es hier mit einem Ausnahmefall zu tun. Ich habe diesen Zustand schon oft erlebt. Hier, sehen Sie her.« Nelson hob einen Arm des Patienten hoch und ließ ihn los. Der Arm blieb in der Luft.

»Katalepsie?« fragte Thaddeus.

»So könnte man es nennen. Sorgen Sie dafür, daß er nicht gestört wird, und rufen Sie mich, wenn Sie eine Veränderung beobachten.«

Nelson ging wieder. Thaddeus schüttelte den Kopf und kehrte in den Nebenraum zurück. Meechum hatte schon wieder die Karten in der Hand.

»Nein, jetzt nicht«, wehrte Thaddeus ab.

»Meinetwegen, Doc.« Meechum beugte sich nach vorn. »Mit dem armen Kerl geht es zu Ende, wenn Sie mich fragen.«

»Niemand fragt Sie. Rauchen Sie draußen eine Zigarette. Ich möchte in Ruhe nachdenken.«

Meechum zuckte mit den Schultern; dann ging er in den Korridor hinaus und ließ sich von einem der beiden Wachtposten eine Zigarette geben.

»Was sollte die Aufregung?« erkundigte sich der größere Soldat.

»Der Patient hat Fünflinge bekommen, und wir haben uns wegen der Namen gestritten«, behauptete Meechum. »Nein, Gentlemen, ich weiß wirklich nichts von diesem Patienten.«

»Warum darf auf keinen Fall eine Frau zu ihm hinein?« erkundigte sich der andere Posten. »Ist der Kerl ein Triebverbrecher?«

»Ich weiß nur, daß er von der *Champion* kommt und absolute Ruhe braucht.« Meechum schüttelte den Kopf. »Aber diese Sache mit den Frauen ist dadurch noch lange nicht erklärt.«

Smith kehrte erst am nächsten Morgen zum Bewußtsein zurück. Er erhöhte seinen Puls, verstärkte die Atmung und sah sich mit heiterer Gelassenheit seine Umgebung an. Er betrachtete den Raum und registrierte sämtliche Details, in denen er sich von Räumlichkeiten auf dem Mars oder von den Kabinen der *Champion* unterschied. Da er unterdessen die Ereignisse, die sein Nest mit dieser Umgebung verbanden, nochmals erlebt hatte, war er bereit, alles aufzunehmen und zu genießen.

Dr. Archer Frame, der Thaddeus abgelöst hatte, kam in diesem Augenblick herein. »Guten Morgen«, begrüßte er Smith. »Wie geht es Ihnen?«

Smith analysierte die Frage. Der erste Teil war ein Ausdruck der Höflichkeit, der keine Antwort erforderte. Für den zweiten gab es mehrere Übersetzungen, die von der Person des Sprechenden abhingen; Doktor Nelson meinte damit etwas anderes als Captain van Tromp. Smith fühlte die Verzweiflung, die ihn oft befiel, wenn er mit diesen Wesen in Verbindung zu treten versuchte. Aber er zwang sich zur Ruhe und riskierte eine Antwort. »Mir geht es gut.«

»Ausgezeichnet!« sagte Dr. Frame. »Dr. Nelson kommt gleich. Frühstück?«

Smith hatte alles in seinem Wortschatz, aber er konnte nicht glauben, richtig gehört zu haben. Er wußte, daß er Nahrung war; er hatte jedoch nicht gewußt, daß beabsichtigt war, ihm diese Ehre zuteil werden zu lassen – und er hatte nicht gewußt, daß die Terraner aus Nahrungsmangel gezwungen waren, einen Teil der Körperlichen zu verspeisen. Er bedauerte diese Tatsache, weil es noch so viele neue Ereignisse zu *groken* gab, aber er hatte nichts dagegen einzuwenden.

Bevor Smith jedoch antworten konnte, kam Nelson herein, untersuchte ihn flüchtig und ließ ihm sein Frühstück bringen, das aus einer Schüssel Brei bestand, die Smith selbst auslöffeln konnte. Smith leerte sie gehorsam und fragte dann: »Wer ist das?« Er wollte den Namen seines Wohltäters erfahren, um seiner gedenken zu können.

»*Was* ist das«, verbesserte Nelson ihn. »Ein mit Vitaminen angereicherter synthetischer Nahrungsbrei, wenn du es genau wissen willst. Fertig? Schön, dann steh auf.«

»Wie bitte?« Diese Frage hatte sich bewährt, wenn die Unterhaltung unverständlich wurde.

»Steh auf und versuche zu gehen. Du bist natürlich noch sehr schwach, aber solange du im Bett herumliegst, setzt du keine Muskeln an.« Er nickte dem jüngeren Arzt zu. »Nehmen Sie seinen anderen Arm, Frame, damit wir ihn stützen können.«

Smith richtete sich auf, rutschte über die Bettkante und blieb schwankend allein stehen – ein junger Mann mit unterentwickelten Muskeln und überentwickeltem Brustkorb. An Bord der *Champion* hatte er sich erstmals rasiert, so daß sein Gesicht geradezu kindlich wirkte. Nur die Augen paßten nicht recht dazu, denn sie hätten einem Neunzigjährigen gehören können. Jetzt versuchte Smith einen kleinen Schritt, schaffte noch zwei und blieb lächelnd stehen.

»Bravo!« sagte Dr. Nelson.

Aber beim nächsten Schritt brach Smith so plötzlich zusammen, daß die beiden Ärzte ihn kaum auffangen konnten. Sie hoben den steifen Körper mühsam auf das hydraulische Bett. »Legen Sie ihm ein Kissen unter«, wies Nelson seinen Kollegen an, »und rufen Sie mich, wenn Sie mich brauchen. Heute nachmittag muß er es wieder versuchen. In ein paar Monaten läuft er wie ein Wiesel, das garantiere ich. Im Grunde genommen fehlt ihm nämlich nichts.«

»Richtig«, stimmte Frame zweifelnd zu.

Smith aß sein Mittagessen ohne fremde Hilfe. Dann kam ein Krankenpfleger, um das Tablett zu holen. Der Mann lehnte sich über sein Bett. »Hören Sie zu«, flüsterte er, »ich habe Ihnen einen lohnenden Vorschlag zu machen.«

»Wie bitte?«

»Bei uns können Sie schnell und leicht einen Haufen Geld verdienen.«

»›Geld?‹ Was ist ›Geld‹?«

»Lassen wir den philosophischen Kram; Geld braucht jeder. Ich muß mich beeilen, weil ich nicht lange bleiben kann – es war schon schwierig genug, hierher vorzudringen. Ich vertrete die Agentur Peerless Features. Wir bieten Ihnen sechzigtausend Dollar für Ihre Story, und Sie brauchen sich nicht einmal anzustrengen – wir haben die besten Ghostwriter der ganzen Branche. Sie brauchen nur ein paar Fragen zu beantworten; den Rest übernehmen wir schon.« Er holte ein Blatt Papier aus der Tasche. »Hier können Sie gleich unterschreiben.« Als Smith den Text verkehrt herum studierte, flüsterte der Mann entgeistert: »Großer Gott, können Sie nicht einmal Englisch lesen?«

»Nein«, antwortete Smith wahrheitsgemäß.

»Okay, dann genügt auch Ihr Daumenabdruck, den ich beglaubige. Hier steht nur, daß Sie Ihre Lebensgeschichte mit dem Titel *Auf dem Mars gefangen* für sechzigtausend Dollar an uns verkaufen und...«

»Johnson!«

Dr. Frame war an der Tür erschienen. Der Krankenpfleger richtete sich hastig auf und ließ das Papier verschwinden. »Ich komme schon, Sir. Ich wollte nur das Tablett abholen.«

»Was haben Sie eben vorgelesen?«

»Nichts.«

»Ich habe es aber deutlich gehört. Verschwinden Sie! Der Patient darf nicht gestört werden.«

Die beiden Männer verließen den Raum; Dr. Frame schloß die Tür hinter sich. Smith blieb eine Stunde lang bewegungslos liegen, aber er war trotz aller Anstrengungen nicht imstande, dieses Erlebnis zu groken.

4

Gillian Boardman war eine gute Krankenschwester und hatte vor allem ein Hobby: Männer. Als sie an diesem Tag ihren Dienst in dem Stockwerk antrat, in dem Smith lag, hörte sie Gerüchte, die sich mit diesem geheimnisvollen Patienten befaßten. Er sollte noch nie eine Frau gesehen haben. Das klang unglaublich, deshalb beschloß sie, ihm einen Besuch abzustatten.

Sie wußte natürlich, daß Smith keine weiblichen Besucher empfangen durfte, und obwohl sie sich nicht als Besucherin betrachtete, machte sie keinen Versuch, an den Wachtposten vorbei zu Smith vorzudringen. Statt dessen betrat sie den Nebenraum.

Dr. Thaddeus sah auf. »Oh, das ist aber eine angenehme Überraschung! Was bringt Sie hierher?«

»Ich mache nur meine Runde. Wie geht es Ihrem Patienten?«

»Das ist nicht Ihre Sorge, meine Liebe. Ich bin für ihn verantwortlich.«

»Ich möchte ihn aber sehen.«

»Nein!«

»Seit wann halten Sie sich so genau an die Vorschriften, Tad?«

Er betrachtete seine Fingernägel. »Wenn ich Sie zu ihm hineinlasse, lande ich irgendwo in der Antarktis. Nelson darf nicht einmal erfahren, daß Sie hier bei mir waren.«

»Gut, wenn Sie unbedingt wollen, Doktor«, antwortete Gillian beleidigt. »Spielverderber!« fügte sie dann leise hinzu.

Thaddeus seufzte. »Gehen wir am Samstag trotzdem miteinander aus?«

Sie zuckte mit den Schultern. »Warum nicht? Als Frau kann man heutzutage nicht allzu wählerisch sein.« Sie ging ins Stationszimmer zurück, holte den Generalschlüssel, mit dem sich alle Türen öffnen ließen, und unternahm damit einen neuen Versuch. Der Raum K-12 war durch eine Schiebetür mit dem nächsten Zimmer verbunden, das als Salon diente, wenn hochstehende Persönlichkeiten dort untergebracht wurden; dieses Zimmer war vom Korridor aus zu erreichen, und Gillian wurde nicht aufgehalten, weil die Wachtposten nicht ahnten, daß sie umgangen worden waren.

Gillian öffnete leise die Schiebetür. Der Patient lag im Bett; er sah ihr entgegen. Sein starrer Gesichtsausdruck schien zu bedeuten, daß er schwer krank und deshalb apathisch war. Andererseits wirkten die Augen sehr lebendig. Litt er vielleicht nur an einer Gesichtslähmung?

»Na, wie geht's uns denn?« erkundigte Gillian sich freundlich. »Schon wieder besser?«

Smith übersetzte die beiden Fragen. Er verstand sie nicht recht, aber er begriff, daß sie den Wunsch ausdrückten, Freundschaft zu schließen und einander näherzukommen. Die zweite Frage entsprach Nelsons Ausdrucksweise. »Ja«, antwortete er deshalb.

»Prima!« Gillian beobachtete Smith; er ließ sich nicht anmerken, ob er wirklich noch nie eine Frau gesehen hatte. Ihr fiel auf, daß er kein Glas auf dem Nachttisch stehen hatte. »Möchten Sie ein Glas Wasser?«

Smith hatte sofort gemerkt, daß dieses Wesen sich von den anderen unterschied – es mußte eine ›Frau‹ sein, wenn er sich an die Bilder erinnerte, die Nelson ihm gezeigt hatte. Smith war aufgeregt und enttäuscht zugleich, aber er beherrschte sich so gut, daß Dr. Thaddeus keine Reaktion von den Instrumenten ablesen konnte.

Diese letzte Frage brachte ihn jedoch fast dazu, seinen Puls zu erhöhen. Hatte er richtig begriffen? Er überprüfte seine Übersetzung. Nein, das war kein Irrtum – diese Frau hatte ihm Wasser angeboten. Sie wollte ihm näherkommen.

Smith rang nach Worten. »Ich danke dir für Wasser«, sagte er schließlich. »Möge es für dich stets reichlich fließen.«

»Oh, wie nett!« Gillian füllte ein Glas und bot es ihm an.

»Du zuerst«, forderte Smith sie auf.

Sie wußte nicht, ob er fürchtete, von ihr vergiftet zu werden; deshalb trank sie einen Schluck, bevor sie das Glas an Smith weitergab, der ebenfalls trank und sich dann zufrieden lächelnd in die Kissen zurücklehnte, als habe er etwas Wichtiges erreicht.

Jill fand dieses Abenteuer nicht gerade aufregend. »Schön, wenn das alles war, muß ich jetzt weiterarbeiten.«

»Nein, geh nicht fort!« bat Smith.

»Ich habe nicht mehr viel Zeit«, wandte sie ein und trat einen Schritt vom Bett zurück.

Er betrachtete sie von Kopf bis Fuß. »Du bist eine... Frau?«

Diese Frage verblüffte Jill Boardman. Sie wollte zuerst eine schnippische Antwort geben, aber dann fiel ihr ein, daß an den Gerüchten über Smith doch etwas Wahres sein könnte. Vielleicht wußte er wirklich nicht, was eine Frau war. »Ja, ich bin eine Frau«, sagte sie schließlich. »Sehe ich etwa nicht wie eine aus?«

»Das weiß ich nicht«, erwiderte Smith langsam. »Wie sieht eine Frau aus? Was macht dich zu einer Frau?«

»Großer Gott!« Die Unterhaltung wurde allmählich schwierig. »Soll ich mich etwa ausziehen?«

Smith nahm sich die Zeit, diese Bemerkung genau zu untersuchen. Den ersten Ausruf grokte er überhaupt nicht, aber er hatte das

Gefühl, daß er eine Entleibung vorbereitete, der er sich würde anschließen müssen, weil diese Frau ihm Wasser geschenkt hatte. Oder ließ sich die Entleibung verhindern, indem er dem in Frageform gekleideten Wunsch zustimmte? Er lächelte freundlich. »Bitte.«

Jill brauchte einige Sekunden, um sich von ihrer Überraschung zu erholen. Dann beugte sie sich über Smith. »Habe ich richtig verstanden?« fragte sie erstaunt. »Ich soll mich ausziehen?«

Smith brachte es fertig, ihre Fragen zu übersetzen. »Ja«, antwortete er dann vorsichtig, weil er keine neue Krise heraufbeschwören wollte.

»Das habe ich mir doch gedacht! Bruder, du bist bestimmt nicht krank!«

Er befaßte sich zuerst mit dem Wort »Bruder« – die Frau erinnerte ihn daran, daß sie miteinander Wasser getrunken hatten. Er wollte keine falsche Antwort geben, deshalb stimmte er nur zu: »Ich bin nicht krank.«

»Aber anscheinend auch nicht ganz gesund«, fügte Jill hinzu. »Ich muß jetzt wirklich gehen.« Sie erreichte die Schiebetür und blieb dort stehen. »Unter anderen Umständen würde ich die gleiche Frage vielleicht anders beantworten«, fügte sie mit einem seltsamen Lächeln hinzu. Dann verschwand sie.

Smith entspannte sich und ließ den Raum vor seinen Blicken verschwimmen. Er war stolz darauf, daß er irgendwie erreicht hatte, daß sie nicht beide sterben mußten. Aber es war so schwierig, mit neuen Wasserbrüdern in Verbindung zu treten. Er wünschte sich, sein Bruder Doktor Mahmoud, der Linguist der *Champion*, wäre hier. Es gab so viel zu groken – und so wenig, das als Grundlage dafür dienen konnte.

Jill verbrachte den Rest des Tages wie im Traum; sie wachte erst wieder auf, als sie ans Telefon gerufen wurde, während sie sich umzog.

»Ist dort Florence Nightingale?« fragte eine Baritonstimme.

»Am Apparat, Ben?«

»Der Verteidiger der Pressefreiheit in Person. Bist du beschäftigt, Kleine?«

»Was hast du vor?«

»Ich will dich zum Essen einladen, dir Whisky einflößen und dich etwas fragen.«

»Die Antwort lautet wie früher ›Nein!‹ «

»Nicht *diese* Frage.«

»Oh? Welche sonst?«

»Später. Nach dem zweiten Drink.« Ben machte eine Pause. »Kommst du also?«

»Du hast mich dazu überredet.«

»Gut, in zehn Minuten auf dem Dachlandeplatz.«

Jill hängte ihr Kostüm wieder in den Schrank und zog statt dessen ein Kleid an, das sie dort für derartige Notfälle hängen hatte. Dann warf sie einen Blick in den Spiegel und fuhr mit dem Lift nach oben. Sie sah sich nach Ben Caxton um, als der Parkwächter ihren Arm berührte. »Das Taxi dort drüben wartet auf Sie, Miß Boardman.«

»Danke, Jack.« Die Tür stand offen. Jill stieg ein und wollte Ben bereits die Meinung sagen, als sie merkte, daß er nicht neben ihr saß. Das Taxi startete automatisch, beschrieb einen weiten Bogen über Washington und landete auf einem Hochhaus am Potomac. Dort stieg Caxton ein, und das Taxi startete erneut. Jill warf ihm einen Blick zu. »Seit wann läßt du deine Frauen von einem Roboter abholen?«

Ben tätschelte ihr Knie. »Ich habe meine Gründe dafür, Kleine. Ich darf mich nicht mit dir sehen lassen...«

»Oho!«

»...und du darfst nicht in meiner Gesellschaft gesehen werden. Beruhige dich nur wieder.«

»Wer von uns beiden ist leprakrank?«

»Beide. Jill, ich bin Reporter.«

»Ich habe dich schon für etwas anderes gehalten.«

»Und du arbeitest in einem Krankenhaus, in dem der Marsmensch liegt.«

»Bin ich deshalb nicht mehr gesellschaftsfähig?«

»Muß ich dir alles erklären, Jill? Hunderte von Reportern lauern hier auf eine günstige Gelegenheit, um den Marsmenschen zu interviewen – aber bisher ist das noch keinem gelungen. Wäre es unter diesen Umständen richtig, mit mir gesehen zu werden?«

»Ich bin doch nicht der Marsmensch!«

»Nein«, stimmte Ben zu, »aber du sollst mir helfen, ihn zu sprechen.«

»*Was*? Ben, bist du übergeschnappt? Er wird von zwei Posten bewacht.«

»Darüber streiten wir uns später. Zuerst müssen wir essen.«

»Vielleicht im New Mayflower?« schlug Jill hoffnungsvoll vor.

Ben Caxton runzelte die Stirn. »Jill, ich würde bestenfalls ein Restaurant in Louisville riskieren. Aber dorthin braucht dieser alte Schlitten mindestens zwei Stunden. Können wir nicht bei mir essen?«

»›Sagte die Spinne zu der Fliege.‹ Ben, ich bin zu müde, um mich zu wehren.«

»Das brauchst du nicht. Ehrenwort!«

»Das ist nicht viel besser. Wenn ich in deiner Gesellschaft sicher bin, habe ich ziemlich nachgelassen. Gut, meinetwegen...«

Ben drückte auf einen Knopf; ihr Taxi, das bisher stets die gleiche Warteschleife geflogen hatte, wachte wieder auf und steuerte Bens Apartment an. Sie landeten auf dem Dach und fuhren zu Bens Wohnung hinunter. Das Apartment war etwas altmodisch eingerichtet, aber es besaß einen luxuriösen Rasenteppich im Wohnraum. Jill streifte ihre Schuhe ab und ging mit bloßen Füßen im Gras spazieren, während Ben die Drinks mixte.

Nachdem Jill die Fertigmahlzeit in den Infrarotherd geschoben und den Salat angemacht hatte, stellte sie die Fernsteuerung ein, um den Herd vom Wohnraum aus anstellen zu können. Ben hatte sie dabei beobachtet; jetzt gab er ihr ein Glas in die Hand und erkundigte sich: »Jill, was würdest du tun, wenn du über einem offenen Feuer kochen müßtest?«

»Ich würde prima damit zurechtkommen. Ich war Pfadfinderin. Und wie steht's mit dir, Schlaukopf?«

Sie gingen in den Wohnraum hinüber. Ben ließ sich in einen Sessel fallen; Jill nahm zu seinen Füßen im Gras Platz. Ihnen gegenüber stand ein 3-D-Gerät, das als Aquarium getarnt war. Als Ben es anschaltete, verschwanden die Zierfische und wurden durch Augustus Greaves' bekannte Züge ersetzt.

»... schon jetzt feststellen«, behauptete der Kommentator, »daß der Marsmensch betäubt wird, damit er diese Tatsachen nicht preisgeben kann. Die Regierung wäre in peinlicher Lage, wenn...«

»Gus, du weißt auch nicht mehr als ich«, behauptete Ben und schaltete das Gerät aus. Er runzelte die Stirn. »Aber vielleicht wird der Marsmensch tatsächlich ständig betäubt.«

»Nein«, widersprach Jill.

»Woher weißt du das, Kleine?«

»Er bekommt keine Betäubungsmittel«, behauptete Jill überzeugt. »Er hat ständig einen Arzt in der Nähe, aber das ist alles.«

»Woher weißt du das? Pflegst du ihn etwa?«

»Nein. Äh... er darf sogar nicht einmal Frauen sehen, und die Wachen sorgen dafür, daß keine zu ihm vordringt.«

Caxton nickte. »Das habe ich auch schon gehört. Du weißt also nicht genau, ob er irgendwelche Mittel bekommt?«

Jill biß sich auf die Unterlippe. »Ben, du verrätst mich doch nicht?«

»Natürlich nicht!«

»Gut, dann kann ich dir etwas erzählen.« Sie nahm einen Schluck aus ihrem Glas. »Ich weiß genau, daß der Marsmensch nicht irgendwie betäubt wird – weil ich ihn heute morgen gesehen habe.«

Ben pfiff leise vor sich hin. »Das habe ich geahnt! Deshalb habe ich heute bei dir angerufen. Komm, trink noch einen Schluck, Süße. Trink noch ein paar Gläser. Hier, nimm die Flasche.«

»Langsam!«

»Wie du willst. Darf ich dir die Füße massieren? Jetzt beginnt das Interview. Wie ist es...«

»Nein, Ben! Wenn du mich erwähnst, verliere ich meinen Job!«

»Hmm... wie steht es mit ›gut unterrichteten Kreisen‹?«

»Kommt nicht in Frage«, entschied Jill. »Ich erzähle dir alles, aber du darfst keinen Gebrauch davon machen.« Sie schilderte ihm, wie sie die Wachtposten umgangen hatte.

Ben unterbrach sie. »He! Kannst du das noch mal?«

»Ja, aber ich habe keine Lust mehr dazu. Das ist zu riskant.«

»Kann ich mich auf diesem Weg einschleichen? Hör zu, ich besorge mir die Kluft eines Elektrikers – Overall, Firmenabzeichen und Werkzeugtasche. Du beschaffst mir den Schlüssel, und ich...«

»Nein!«

»Sei doch vernünftig, Jill«, bat Caxton eindringlich. »Seitdem Kolumbus die spanische Königin beschwatzt hat, ihre Juwelen zu versetzen, hat es keine interessantere Story mehr gegeben. Peinlich wird die Sache nur, wenn mir ein anderer Elektriker begegnet, der...«

»Peinlich wird die Sache nur, wo sie *mich* betrifft«, unterbrach Jill ihn. »Für dich geht es um eine Story; für mich geht es um meinen Beruf. Ich würde gelyncht werden, Ben!«

»Okay«, meinte Ben nachdenklich. »Dann muß ich dich eben bestechen.«

»Mit wieviel? Man braucht ein Vermögen, um behaglich in Rio leben zu können.«

»Ich kann natürlich nicht soviel wie die Associated Press bieten. Hundert?«

»Für was hältst du mich eigentlich?«

»Das weißt du doch. Wir sprechen jetzt nur über den Preis. Hundertfünfzig?«

»Schlägst du die Nummer der Associated Press für mich nach?«

»109109 – das habe ich im Kopf. Jill, willst du mich heiraten? Mehr habe ich nicht zu bieten.«

»Was hast du eben gesagt?« erkundigte sie sich überrascht.

»Willst du mich heiraten? Dann kannst du dich hierher zurückziehen, auf *unserem* Rasen spazierengehen und die Ungerechtigkeit der Welt vergessen. Aber zuerst mußt du mir helfen, mit dem Marsmenschen zu sprechen!«

»Ist das dein Ernst, Ben? Wiederholst du das, wenn ich einen Zeugen kommen lasse?«

Caxton seufzte. »Meinetwegen kannst du einen anrufen.«

Jill stand auf. »Vielen Dank, Ben, aber ich nehme dich lieber nicht beim Wort.« Sie küßte ihn. »Unverheirateten Frauen macht man keine leichtsinnigen Heiratsanträge, mein Lieber!«

»Das war mein Ernst«, behauptete er.

»Vielleicht. Komm, ich erzähle dir alles, und wir überlegen gemeinsam, was du damit anfangen kannst, ohne mich preiszugeben. Einverstanden?«

»Natürlich.«

Jill schilderte ihm ihr Erlebnis mit Smith. »Ich bin davon überzeugt, daß er nicht unter der Einwirkung irgendwelcher Mittel stand«, schloß sie. »Und ich bin davon überzeugt, daß er ganz vernünftig ist, obwohl er sich so komisch benommen hat.«

»Es wäre noch seltsamer, wenn er sich nicht komisch benommen hätte.«

»Wie meinst du das?«

»Jill, wir wissen nicht viel über den Mars, aber wir wissen, daß die Marsianer keine Menschen sind. Stell dir vor, du würdest plötzlich in den Dschungel zu irgendwelchen Wilden versetzt, die nicht einmal Schuhe kennen. Würdest du ihre Alltagsgespräche verstehen? Das ist eine schwache Analogie; die Wirklichkeit ist mindestens siebzig Millionen Kilometer seltsamer.«

»Das habe ich mir auch schon überlegt«, stimmte Jill zu. »Deshalb bin ich nicht einmal wütend geworden. Ich bin schließlich nicht dumm.«

»Für eine Frau bist du ganz intelligent«, gab Ben zu.
»Möchtest du Whisky ins Haar?«
»Entschuldigung. Frauen sind schlauer als Männer; das beweist unsere ganze Zivilisation.«
Jill trank aus und ließ sich ihr Glas füllen. »Ben, die Sache mit dem Besuchsverbot für Frauen ist blanker Unsinn. Er ist kein Triebverbrecher.«
»Wahrscheinlich sollte er vor neuen Überraschungen bewahrt bleiben.«
»Er war aber weder überrascht noch schockiert – nur sehr interessiert«, behauptete Jill eifrig.
»Ich wollte, ich könnte ihn mir einmal ansehen«, murmelte Ben vor sich hin. »Das wäre die große Chance meines Lebens.«
»Ben, warum wird er dort eingesperrt? Er könnte bestimmt keiner Fliege etwas zuleide tun.«
Caxton legte die Fingerspitzen aneinander. »Nun, vielleicht soll er noch etwas behütet werden. Er ist auf dem Mars aufgewachsen; wahrscheinlich muß er zunächst zu Kräften kommen.«
»Aber seine Muskelschwäche ist nicht weiter gefährlich; Myasthenie ist viel schlimmer und trotzdem heilbar.«
»Er soll sich aber auch nicht anstecken«, warf Ben ein. »In gewisser Beziehung gleicht er steril aufgezogenen Versuchstieren: er ist nie einer Ansteckung ausgesetzt gewesen.«
»Richtig, er hat natürlich keine Antikörper entwickelt«, stimmte Jill zu, »aber ich habe gerüchtweise gehört, daß Doktor Nelson, der Schiffsarzt der *Champion*, bereits vorgesorgt hat. Smith hat mehrere Bluttransfusionen bekommen, die seine Widerstandsfähigkeit erheblich verstärkt haben.«
»Darf ich das verwenden, Jill? Das ist bisher nicht erwähnt worden.«
»Meinetwegen, solange du mich nicht als Informantin nennst. Smith hat auch alle möglichen Mittel bekommen – aber zum Schutz vor möglichen Infektionen braucht er keine bewaffneten Wächter!«
»Hmm... Jill, ich habe einiges in Erfahrung gebracht, das dir wahrscheinlich unbekannt ist. Du erzählst doch nicht weiter, was ich dir jetzt vertraulich mitteile?«
»Natürlich nicht, Ben.«
»Die Geschichte ist ziemlich lang. Willst du noch einen Whisky?«
»Nein, danke.«
»Schön, dann fange ich inzwischen das Steak an.« Ben drückte

auf einen Knopf in der Sessellehne und sah wieder zu Jill hinab. »Ich habe einiges über Valentine Michael Smith in Erfahrung gebracht. Zum Beispiel steht ziemlich sicher fest, daß er den Namen Smith zu Unrecht trägt.«

»Warum?«

»Liebling, dein Freund ist das erste uneheliche Kind, das außerhalb der Erde geboren wurde.«

»Quatsch!«

»Das kann ich beweisen. Erinnerst du dich an die *Envoy*? Vier Ehepaare. Zwei davon waren Captain Brant und Doktor Brant und Doktor Smith und Doktor Smith. Der Vater deines neuen Freundes war Captain Brant.«

»Woher willst du das wissen? Und wen kümmert das heute noch? Es ist unfair, nach so langer Zeit einen Skandal auszugraben. Laß die Toten in Ruhe!«

»Die Besatzungsmitglieder sind bekanntlich äußerst gewissenhaft untersucht und charakterisiert worden. Vom medizinischen Standpunkt aus steht ziemlich fest, daß Mary Jane Lyle Smith seine Mutter und Michael Brant sein Vater war. Diesen Eltern verdankt Smith hervorragende Anlagen; sein Vater hatte einen I. Q. von 163, seine Mutter einen von 170 – und beide waren Könner auf ihren jeweiligen Fachgebieten.« Ben machte eine Pause. »Und es gibt noch viele Leute, die sich darum kümmern, Jill«, fuhr er dann fort. »Ihre Zahl wird sich in Zukunft sogar erheblich vermehren. Schon mal was vom Lyle-Antrieb gehört?«

»Natürlich! Damit fliegt doch die *Champion*.«

»Und jedes moderne Raumschiff. Wer hat ihn erfunden?«

»Woher soll ich... Augenblick! Soll das heißen, daß *sie*...«

»Bravo! Doktor Mary Jane Lyle Smith. Sie hatte alle nötigen Vorarbeiten bereits geleistet, so daß nur noch Detailverbesserungen nötig waren. Die Patente lauten auf ihren Namen, und die Science Foundation wurde mit der Verwaltung der zu erwartenden Einkünfte betraut. Dadurch hat die Regierung jetzt die Sache in den Händen – aber Smith besitzt sämtliche Rechte, die Millionen oder gar Milliarden wert sein müssen.«

Jill stand auf, holte das Steak aus der Küche und rückte ein niedriges Tischchen zu sich heran, so daß sie im Gras sitzend essen konnte. Ben machte sich über sein Steak her und nickte ihr anerkennend zu.

»Aber was ergibt sich aus der Tatsache, daß Smith ein uneheliches Kind ist, Ben?« fragte Jill nach dem ersten Bissen. »Kann er trotzdem erben?«

»Er ist kein uneheliches Kind«, erklärte Ben ihr. »Doktor Mary Jane hat in Berkeley gewohnt; in Kalifornien gibt es keinen Unterschied zwischen ehelichen und unehelichen Kindern. Das gilt auch für Captain Brant, weil Neuseeland zivilisierte Gesetze hat. Und in Doktor Ward Smiths Heimatstadt ist jedes Kind, das eine Ehefrau bekommt, unter allen Umständen ehelich. Folglich haben wir es hier mit einem Mann zu tun, der dem Gesetz nach drei legitime Eltern hat, Jill.«

»Was? Augenblick, Ben! Ich bin kein Rechtsanwalt, aber...«

»Wichtig ist nur, daß Smith unter allen möglichen Umständen als Erbe in Frage kommt. Er hat sich nämlich zwei recht wohlhabende Väter ausgesucht. Brant hat den größten Teil seines Gehalts und seiner erstaunlichen Spielgewinne in Aktien der Firma Lunar Enterprises angelegt – und du weißt selbst, wie steil die Kurse dieser Aktien in den letzten Jahren gestiegen sind. Ward Smith stammt aus einer reichen Familie. Und Smith beerbt beide.«

»Oh!«

»Das ist noch nicht alles, Jill. Smith beerbt die gesamte Besatzung.«

»Warum?«

»Alle acht haben einen Erbvertrag unterzeichnet, in dem sie sich und alle ihre Kinder gegenseitig als Erben einsetzten – nach dem Muster derartiger Verträge aus dem sechzehnten und siebzehnten Jahrhundert, die sich bewährt hatten. Die Besatzungsmitglieder der *Envoy* waren nicht gerade arm; sie verfügten über einen beträchtlichen Aktienbesitz, so daß Smith damit rechnen kann, zumindest eine Sperrminorität am Aktienkapital der Lunar Enterprises zu besitzen.«

Jill erinnerte sich an den netten jungen Mann, der für ein Glas Wasser dankbar gewesen war. Er tat ihr nachträglich leid.

»Ich wollte nur, ich könnte einen Blick ins Logbuch der *Envoy* werfen«, fuhr Ben fort. »Es ist geborgen worden – aber ich bezweifle, daß es je veröffentlicht wird.«

»Warum nicht, Ben?«

»Es enthält unschöne Geschichten. Soviel habe ich von meinem Informanten erfahren, bevor er wieder halbwegs nüchtern wurde. Doktor Ward Smith hat seine Frau mit einem Kaiserschnitt entbunden – und sie ist auf dem Operationstisch gestorben. Er muß gewußt haben, wie die Dinge standen, denn er hat anschließend Brant mit dem gleichen Skalpell die Kehle durchschnitten, um dann seinerseits Selbstmord zu begehen. Tut mir leid, Liebling.«

Jill fuhr zusammen. »Ich bin Krankenschwester; das macht mir nichts aus.«

»Du lügst, aber ich liebe dich trotzdem. Ich war drei Jahre lang Polizeireporter, Jill – und ich habe mich nie daran gewöhnt.«

»Was ist aus den anderen geworden?«

»Wenn wir den Bürokraten nicht das Logbuch entreißen, werden wir es vermutlich nie erfahren. Ich bin sehr dafür, es ihnen zu entwinden.«

»Ben, für ihn wäre es vielleicht besser, wenn er um seine Erbschaft betrogen worden wäre. Er ist sehr... weltfremd.«

»Natürlich. Er braucht außerdem gar kein Geld; als Marsmensch hat er ohnehin ausgesorgt. Es gibt genügend Universitäten, die viel dafür geben würden, ihn als Dauergast bei sich zu haben. Aber die Sache ist nicht ganz so einfach, Jill. Du kennst doch den berühmten Fall General Atomics gegen Larkin und andere?«

»Meinst du das Larkin-Urteil? Das kennt doch jedes Schulkind! Was hat es mit Smith zu tun?«

»Du brauchst dich nur an die Hintergründe zu erinnern. Die Russen haben das erste Raumschiff zum Mond geschickt; es ist abgestürzt. Amerika hat ein zweites hinaufgeschickt; es ist zurückgekehrt, ohne jemand auf dem Mond zurückzulassen. Während die Vereinigten Staaten und das Commonwealth beschlossen, das nächste Schiff im Auftrag der Föderation zu starten, und während Rußland einen zweiten Start vorbereitete, kam General Atomics allen zuvor und startete ein eigenes Raumschiff von einer kleinen Insel aus, die zu diesem Zweck an der Küste von Ekuador gepachtet worden war. Die Besatzung dieses Schiffs saß also auf dem Mond, als die beiden anderen Schiffe kurz hintereinander auftauchten.

General Atomics, eine Schweizer Firma unter amerikanischer Kontrolle, erhob Anspruch auf den Mond. Die Föderation konnte sie nicht einfach vertreiben; das hätten die Russen nicht hingenommen. Folglich entschied der Oberste Gerichtshof, eine juristische Person könne keinen Planeten besitzen; die wirklichen Eigentümer seien die auf dem Mond lebenden Männer – Larkin und Genossen. Sie wurden als souverän anerkannt und in die Föderation aufgenommen, während die Firma General Atomics das Recht erhielt, den Mond durch ihre Tochtergesellschaft Lunar Enterprises ausbeuten zu lassen. Das war ein Kompromiß, mit dem alle Beteiligten einverstanden sein konnten – und seitdem gilt das Larkin-Urteil als Richtschnur für derartige Fälle.«

Jill schüttelte den Kopf. »Aber ich sehe keine Verbindung mit Smith.«

»Du brauchst nur zu überlegen, Jill. Unseren Gesetzen nach ist Smith ein souveräner Staat – und alleiniger Eigentümer des Planeten Mars.«

5

Jill sah mit großen Augen zu ihm auf. »Ich muß einen Schluck zuviel getrunken haben, Ben. Oder habe ich richtig gehört? Der Mars soll Smith gehören?«

»Richtig. Smith ist lange genug dort gewesen. Er *ist* der Planet Mars – König, Präsident, Diktator, was du willst. Hätte die *Champion* keine Kolonisten zurückgelassen, wären Smiths Ansprüche hinfällig geworden; aber jetzt bestehen sie nach wie vor, obwohl er sich auf der Erde befindet. Er braucht nicht einmal mit diesen anderen zu teilen – sie sind bloße Einwanderer, bis er ihnen die Staatsbürgerschaft gewährt.«

»Phantastisch!«

»Aber völlig legal. Merkst du jetzt, warum dieser Smith für viele Leute interessant ist? Warum die Regierung ihn so ängstlich versteckt? Das ist übrigens illegal, denn Smith ist auch Bürger der Vereinigten Staaten und der Föderation und darf als solcher nicht gehindert werden, mit der Außenwelt in Verbindung zu treten. Außerdem ist es ungehörig, ein fremdes Staatsoberhaupt einzusperren, anstatt der Presse Gelegenheit zu Interviews zu geben. Willst du mir nicht doch den Schlüssel verschaffen?«

»Nein! Ich habe Angst, Ben. Was wäre passiert, wenn mich jemand erwischt hätte?«

»Wahrscheinlich wärst du in einer Gummizelle gelandet, wärst von drei Ärzten für übergeschnappt erklärt worden und hättest jedes zweite Schaltjahr Post empfangen dürfen. Aber ich frage mich nur, was sie mit *ihm* vorhaben.«

»Was können sie ihm antun?«

»Nun, er könnte beispielsweise an irgendeiner Infektionskrankheit sterben.«

»Glaubst du, daß sie ihn *ermorden* würden?«

»Pst! Das ist kein schönes Wort. Ich bezweifle sehr, daß diese Möglichkeit ernsthaft erwogen wird. Erstens ist er eine wertvolle Informationsquelle. Und zweitens kann er als Verbindungsmann zu den Marsianern wertvolle Dienste leisten.«

»Ist er also nicht in Lebensgefahr?«

»Zumindest vorläufig nicht. Der Generalsekretär kann sich keinen Ausrutscher erlauben. Seine Regierung steht auf zu schwachen Füßen.« Ben runzelte die Stirn. »Die kümmerliche Mehrheit, mit deren Hilfe Douglas regiert, könnte über Nacht zerfallen – Pakistan würde schon beim ersten Anlaß abspringen. Dann käme es zu einem Mißtrauensvotum, und der mächtige Generalsekretär wäre plötzlich wieder nur ein kleiner Rechtsanwalt. Der Marsmensch ist seine große Chance. Willst du mir nicht doch helfen, zu Smith vorzudringen?«

»Lieber gehe ich ins Kloster!« Jill stand auf. »Ich habe einen anstrengenden Tag vor mir, Ben. Bringst du mich nach Hause? Oder ruf mir lieber ein Taxi – das ist sicherer.«

»Okay«, sagte Ben und verschwand im Schlafzimmer. Als er zurückkam, hielt er einen Gegenstand von der Größe eines Feuerzeugs in der Hand. »Du willst mir also nicht den Schlüssel besorgen?«

»Hör zu, Ben, ich *will* schon, aber...«

»Schon gut«, wehrte Ben ab, »ich weiß selbst, wie gefährlich die Sache ist – nicht nur für deinen Beruf.« Er zeigte ihr den Gegenstand. »Bringst du wenigstens einen Spion in seiner Nähe unter?«

»Was hast du da?«

»Die neueste Erfindung auf dem Markt für Abhörgeräte. Das Ding ist ein winziges Tonbandgerät mit Federwerk, damit es nicht aufgespürt werden kann. Nach vierundzwanzig Stunden braucht man nur eine neue Spule einzusetzen, die wieder ein neues Federwerk enthält.«

»Explodiert es?« fragte Jill nervös.

»Du könntest es in einen Kuchen einbacken.«

»Ben, ich fürchte mich davor, noch mal in sein Zimmer zu gehen.«

»Aber du kannst doch jederzeit in den Nebenraum, nicht wahr?«

Jill nickte schweigend.

»Dieses Ding hat empfindliche Ohren. Du brauchst es nur mit Heftpflaster an die Wand zu kleben, dann nimmt es genug aus dem anderen Raum auf.«

»Aber ich mache mich verdächtig, wenn ich öfter einen leeren

Raum betrete. Ben, sein Zimmer grenzt an ein anderes, das vom zweiten Korridor aus zu erreichen ist. Genügt das auch?«

»Wunderbar. Tust du mir den Gefallen?«

»Gib das Ding her.«

Caxton wischte es mit seinem Taschentuch ab. »Zieh Handschuhe an, wenn du damit umgehst – und laß dich vor allem nicht damit erwischen, sonst machst du Urlaub hinter Gittern.« Er warf Jill einen prüfenden Blick zu. »Oder hast du dir die Sache etwa anders überlegt?«

Jill holte tief Luft. »Nein!«

»Das nenne ich tapfer.« Ben hob den Kopf, als ein Summer ertönte. »Das muß dein Taxi sein.«

»Oh.« Jill zog sich hastig die Schuhe an und richtete sich dann wieder auf. »Danke, du brauchst mich nicht nach oben zu bringen. Je weniger wir gemeinsam gesehen werden, desto besser ist es für uns beide.« Sie küßte ihn. »Die Sache nimmt bestimmt ein schlimmes Ende, Ben. Ich wußte gar nicht, daß du Anlagen zum Verbrecher hast... aber ich heirate dich vielleicht sogar, wenn es mir gelingt, dir ein zweites Eheversprechen zu entlocken.«

»Das Angebot besteht nach wie vor.«

»Heiraten Gangster ihre ›Puppen‹?« Sie verließ rasch das Apartment.

Jill fand es nicht weiter schwierig, den Minispion unterzubringen. Die Patientin in dem Raum, der an Smiths Zimmer grenzte, war bettlägerig, und Jill sah oft zu ihr hinein. Sie klebte das Gerät im Wandschrank über das oberste Fach, während sie davon sprach, daß die Putzfrauen doch *nie* die Regale abstaubten.

Am nächsten Tag war es ganz leicht, die Spulen auszuwechseln; die Patientin schlief.

Jill schickte die erste Spule mit der Post an Ben Caxton, weil sie es für gefährlicher hielt, sich irgendeine andere Beförderungsart auszudenken. Aber beim zweiten Versuch, eine neue Spule einzusetzen, hatte sie keinen Erfolg. Sie wartete, bis die Patienten schlief, und war eben auf den Stuhl geklettert, als die Kranke aufwachte. »Oh! Hallo, Miß Boardman.«

Jill erstarrte förmlich. »Hallo, Mrs. Fritschlie«, brachte sie mühsam hervor. »Haben Sie gut geschlafen?«

»Miserabel«, antwortete die Kranke. »Mein Rücken tut mir weh.«

»Ich massiere ihn gleich.«

»Das hilft auch nichts. Was haben Sie dauernd in meinem Kleiderschrank zu suchen? Ist etwas nicht in Ordnung?«

Jill riß sich zusammen. »Mäuse«, sagte sie dann.

»Mäuse? Ich will sofort ein anderes Zimmer!«

Jill riß das Gerät von der Wand, steckte es in die Tasche und sprang vom Stuhl. »Nur keine Aufregung, Mrs. Fritschlie – ich habe gerade nach Mäuselöchern gesucht, ohne welche zu finden.«

»Bestimmt nicht?«

»Ganz bestimmt. Kommen Sie, ich massiere Ihnen den Rücken. Vielleicht hilft es doch.«

Jill entschloß sich zu einem neuen Versuch mit dem leeren Zimmer neben K-12, in dem der Marsmensch lag. Sie schloß die Tür auf, betrat den Raum – und sah, daß dort zwei weitere Soldaten Wache hielten.

»Suchen Sie jemand?« fragte einer der beiden Polizisten.

»Nein. Setzt euch nicht auf die Betten«, sagte Jill ruhig. »Wenn ihr Stühle braucht, könnt ihr welche haben.« Die beiden standen widerstrebend auf, und Jill verließ den Raum, ohne sich etwas anmerken zu lassen.

Der Spion steckte noch immer in ihrer Tasche, als sie abends dienstfrei hatte; sie beschloß, ihn Caxton zurückzugeben. Jill rief ihn vom Taxi aus an.

»Caxton.«

»Ben, ich muß dich unbedingt sehen.«

»Das ist jetzt nicht angebracht«, antwortete Ben langsam.

»Es muß sein, Ben. Ich bin schon unterwegs.«

»Okay, wenn du unbedingt willst.«

»Diese Begeisterung!«

»Hör zu, Liebling, du weißt genau, daß ich...«

»Gut, ich komme jedenfalls!« Jill schaltete ab, beruhigte sich wieder und überlegte, daß es keinen Zweck hatte, ihren Ärger an Ben auszulassen.

Sie fühlte sich bereits wieder besser, als er sie zur Begrüßung in die Arme nahm. Ben war wirklich ein Schatz – vielleicht würde sie ihn tatsächlich heiraten. Als sie sprechen wollte, flüsterte er: »Nein, nicht sprechen. Vielleicht werde ich bereits überwacht.«

Jill nickte, nahm den Minispion aus der Tasche und gab ihn Ben. Er zog die Augenbrauen hoch, äußerte sich jedoch nicht dazu, sondern drückte ihr die Nachmittagsausgabe der *Post* in die Hand.

»Hast du die Zeitung schon gesehen?« fragte er mit natürlicher Stimme. »Vielleicht wirfst du einen Blick hinein, während ich meinen nächsten Artikel zu Ende schreibe.«

»Danke.« Jill sah, daß Bill auf eine Kolumne deutete, bevor er den Raum verließ. Sie begann zu lesen:

DAS KRÄHENNEST

Ben Caxton

Jedermann weiß, daß Gefängnisse und Krankenhäuser eines gemeinsam haben: man kommt nicht leicht wieder heraus. In mancher Beziehung ist ein Gefangener weniger isoliert als ein Patient; als Gefangener kann er einen Rechtsanwalt verlangen, einen Fairen Zeugen anfordern, sich auf den *Habeas-corpus*-Akt berufen und notfalls Haftbeschwerde einlegen.

Aber man braucht nur ein Schild BESUCHE VERBOTEN an die Tür eines Krankenzimmers zu hängen, was jeder unserer Medizinmänner veranlassen kann, um den Patienten gründlich zu isolieren. Selbstverständlich kann man die Verwandten des Kranken nicht daran hindern, ihn zu besuchen – aber der Marsmensch scheint keine Verwandten zu haben. Die Besatzung der *Envoy* hatte erstaunlich wenige Verbindungen auf der Erde, und falls der Marsmensch irgendwelche Verwandte besitzt, die seine Interessen wahrnehmen könnten, ist es Tausenden von Reportern nicht gelungen, auch nur die geringste Spur von ihnen zu finden.

Wer spricht für den Marsmenschen? Wer hat die bewaffneten Wachtposten vor seinem Zimmer aufziehen lassen? An welcher Krankheit leidet er, daß niemand ihn sehen oder ihm eine Frage stellen darf? Der Generalsekretär ist uns eine Antwort schuldig; die bisherigen Erklärungen, in denen von ›körperlicher Schwäche‹ und dergleichen die Rede war, sind längst als Ausreden entlarvt. Wären sie tatsächlich eine Antwort, würde eine Krankenschwester genügen, die den Patienten zu versorgen hätte.

Könnte diese geheimnisvolle Erkrankung nicht finanzieller Natur sein? Oder ist sie gar politisch?

In dieser Tonart ging es weiter; Jill merkte natürlich, daß es Ben darauf ankam, die Regierung so zu reizen, daß sie endlich ihre Karten auf den Tisch legte. Sie hatte das Gefühl, daß er damit einiges riskierte, aber sie konnte sich nicht vorstellen, wie groß diese Gefahr sein mochte oder welche Form sie annehmen würde.

Sie blätterte die Zeitung durch. Überall fanden sich Berichte über den Flug der *Champion*, Bilder von Generalsekretär Douglas, der die tapfere Besatzung auszeichnete, Interviews mit Captain van Tromp und weitere Bilder von Marsianern und Städten auf dem Mars. Von Smith war nur beiläufig die Rede; es hieß, er erhole sich langsam von den Anstrengungen des Fluges zur Erde.

Ben kam aus seinem Arbeitszimmer und drückte Jill einige Blatt Schreibmaschinenpapier in die Hand. »Hier ist noch eine Zeitung.« Er ging wieder hinaus.

Jill stellte fest, daß die ›Zeitung‹ eine Übertragung der ersten Tonbandaufzeichnung war. Die Sprechenden waren als ›1. Stimme‹, ›2. Stimme‹ und so weiter identifiziert, aber Ben hatte auch die Namen angegeben, wo er sie zu wissen glaubte. Auf dem ersten Blatt stand: AUSSCHLIESSLICH MÄNNERSTIMMEN!

Die meisten Gespräche zeigten nur, daß Smith gegessen hatte, gewaschen und massiert worden war und unter Anleitung einer Stimme, die als ›Dr. Nelson‹ identifiziert wurde, Gymnastik gemacht hatte.

Aber ein Teil der Aufzeichnungen hatte nichts mit Krankenpflege zu tun. Jill las ihn zweimal:

Dr. Nelson: Wie geht es dir, mein Junge? Fühlst du dich wohl genug, um zu sprechen?

Smith: Ja.

Dr. Nelson: Ein Mann möchte mit dir reden.

Smith: (Pause) Wer? (Caxton hatte geschrieben: Bevor Smith antwortet, ist immer eine Pause festzustellen.)

Nelson: Dieser Mann ist unser großer (nicht wiederzugebender Gutturallaut – Marsianisch?). Er ist unser ältester Ältester. Willst du mit ihm sprechen?

Smith: (sehr lange Pause) Ich bin glücklich. Der Älteste wird sprechen, und ich werde zuhören und wachsen.

Nelson: Nein, nein! Der Älteste möchte dir einige Fragen stellen.

Smith: Ich kann einen Ältesten nichts lehren.

Nelson: Der Älteste wünscht es. Beantwortest du seine Fragen?

Smith: Ja.

(Geräusche im Hintergrund)

Nelson: Bitte hierher, Sir. Doktor Mahmoud ist als Dolmetscher anwesend.

Jill las ›Neue Stimme‹. Caxton hatte die Wörter durchgestrichen und darübergeschrieben: ›Generalsekretär Douglas!!!‹

Generalsekretär: »Danke, ich brauche ihn nicht. Smith spricht doch Englisch, nicht wahr?

Nelson: Ja und nein, Exzellenz. Er verfügt über einen gewissen Wortschatz, aber ihm fehlen natürlich die kulturellen Zusammenhänge. Das kann sehr verwirrend sein.

Generalsekretär: Oh, wir kommen bestimmt miteinander aus. Ich bin als junger Mann durch ganz Brasilien per Anhalter gereist, ohne ein Wort Portugiesisch zu sprechen. Machen Sie uns miteinander bekannt – und lassen Sie uns dann allein.

Nelson: Sir? Ich muß bei meinem Patienten bleiben.

Douglas: Wirklich, Doktor? Tut mir leid, aber ich muß darauf bestehen, mit ihm alleinzusein.

Nelson: Und *ich* muß darauf bestehen, bei dem Patienten zu bleiben. Es ist meine Pflicht als sein Arzt, ihn...

Douglas: (unterbricht ihn) Als Anwalt sehe ich in diesem Fall nur den Rechtsstandpunkt. Hat der Patient Sie zu seinem Arzt bestimmt?

Nelson: Nicht formell, aber...

Douglas: Hat er Gelegenheit gehabt, sich selbst einen Arzt auszusuchen? Das bezweifle ich sehr. Er ist ein Mündel des Staates, und ich vertrete *de facto* die Stelle des Vormunds – und auch *de jure*, wie Sie bald merken werden. Ich möchte ihn allein sprechen.

Nelson: (lange Pause, dann energisch) Unter diesen Umständen muß ich es ablehnen, den Patienten noch weiter zu behandeln, Exzellenz.

Douglas: Das war nicht beabsichtigt, Doktor. Niemand zweifelt daran, daß Ihre Behandlung richtig war. Aber Sie würden doch auch nichts dagegen haben, wenn eine Mutter ihren Sohn allein besucht, oder? Haben Sie etwa Angst, ich wollte ihm etwas antun?

Nelson: Nein, aber...

Douglas: Was haben Sie sonst einzuwenden? Los, machen Sie uns bekannt, damit der Rummel aufhört. Das ganze Gerede bringt Ihren Patienten nur durcheinander.

Nelson: Ich mache Sie mit ihm bekannt, Exzellenz, aber dann müssen Sie sich einen anderen Arzt für Ihr... Mündel suchen.

Douglas: Tut mir leid, Doktor. Ich kann nur hoffen, daß Sie sich umstimmen lassen. Darüber sprechen wir später.

Nelson: Treten Sie bitte näher, Sir. Sohn, das ist der Mann, der dich sprechen möchte. Unser ältester Ältester.

Smith: (nicht wiederzugeben)

Douglas: Was hat er gesagt?

Nelson: Das war ein respektvoller Gruß. Mahmoud übersetzt ihn alci »Ich bin nur ein Ei.« Oder so ähnlich. Jedenfalls ist es eine freundliche Begrüßung. Sohn, du mußt wie wir sprechen.

Smith: Ja.

Nelson: Und Sie benützen am besten nur einfache Ausdrücke, Sir.

Douglas: Oh, darauf können Sie sich verlassen.

Nelson: Auf Wiedersehen, Exzellenz.

Douglas: Vielen Dank, Doktor. Wir sprechen uns noch.

Douglas: (fährt fort) Wie geht es dir?

Smith: Gut.

Douglas. Ausgezeichnet. Wenn du etwas brauchst, kannst du es einfach verlangen. Wir möchten, daß du hier glücklich bist. Tust du mir einen Gefallen? Kannst du schreiben?

Smith: Was ist ›schreiben‹?

Douglas: Dein Fingerabdruck genügt mir schon. Ich lese dir jetzt ein Schriftstück vor. Es enthält viele unverständliche Ausdrücke, aber es besagt ganz einfach, daß du alle Rechte, die du auf dem Mars besessen hast, dadurch aufgegeben hast, daß du hierher gekommen bist. Verstehst du das? Du überträgst sie hiermit der Regierung, die sie für dich ausübt.

Smith: (keine Antwort)

Douglas: Schön, dann drücken wir es eben etwas anders aus. Der Mars gehört doch nicht dir, oder?

Smith: (nach einer längeren Pause) Ich habe nicht verstanden.

Douglas: Hmm... vielleicht geht es anders. Du willst doch hierbleiben, nicht wahr?

Smith: Das weiß ich nicht. Die Ältesten haben mich geschickt (Nicht wiederzugebende Laute, als kämpfe ein Ochsenfrosch mit einer Katze.)

Douglas: Verdammt noch mal, inzwischen hätten sie ihm wirklich etwas mehr Englisch beibringen können! Hör zu, Sohn, du brauchst dir keine Sorgen zu machen. Mir genügt es schon, wenn du deinen Daumen hier unten auf der letzten Seite abdrückst. Gib mir deine rechte Hand. Nein, halte ruhig. *Hör auf!* Ich will dir doch nichts tun... *Doktor!* Doktor Nelson!

Zweiter Arzt: Ja, Sir?

Douglas: Holen Sie sofort Doktor Nelson!

Zweiter Arzt: Doktor Nelson ist nach Hause gefahren, Sir. Er hat gesagt, Sie hätten ihn fortgeschickt.

Douglas: Das hat er gesagt? Verdammt noch mal! Los, tun Sie

endlich was, Mann! Beginnen Sie mit Wiederbelebungsversuchen! Geben Sie ihm eine Spritze! Stehen Sie nicht untätig herum – sehen Sie nicht, daß er stirbt?

Zweiter Arzt: Da gibt es nichts zu tun, Sir. Wir lassen ihn einfach in Ruhe, bis er von selbst wieder zu sich kommt. Das tut Doktor Nelson auch immer.

Douglas: Der Teufel soll Nelson holen!

Weder der Generalsekretär noch Dr. Nelson wurden im weiteren Text erwähnt, der nur aus weiteren Bemerkungen bestand. Die erste lautete: Sie brauchen nicht zu flüstern. Er kann Sie nicht hören. Jill vermutete, daß Smith sich in die künstliche Bewußtlosigkeit versetzt hatte, von der in Gerüchten bereits die Rede gewesen war. Die zweite Bemerkung lautete: Lassen Sie das Tablett hier. Er muß essen, wenn er wieder zu sich kommt.

Jill las den Text zum zweitenmal, als Ben mit einigen Blättern in der Hand zurückkam; er gab sie ihr jedoch nicht, sondern fragte nur: »Hungrig?«

»Ziemlich.«

»Komm, wir gehen zum Essen.«

Ben schwieg hartnäckig, während sie zum Dach hinauffuhren, mit einem Taxi zur nächsten Landeplattform flogen und dort in ein anderes Taxi umstiegen. Ben wählte eines aus, das in Baltimore zugelassen war. Als sie nach Hagerstown, Maryland, unterwegs waren, sagte Ben endlich: »So, jetzt können wir uns aussprechen.«

»Was soll das ganze Theater, Ben?«

»Tut mir leid, Süße. Ich weiß nicht, ob mein Apartment überwacht wird – aber was ich kann, muß die Polizei noch lange können. Natürlich ist es ziemlich unwahrscheinlich, daß das erste Taxi mit einer Abhöranlage ausgerüstet war, aber andererseits arbeitet der Sicherheitsdienst ziemlich gründlich.« Er sah sich zufrieden um. »In diesem Taxi fühle ich mich sicher. Schließlich kann nicht jedes mit Minispionen ausgestattet sein.«

Jill fuhr zusammen. »Ben, glaubst du etwa, daß du ...« Sie sprach nicht weiter:

»Natürlich! Du hast meine Kolumne gelesen. Sie ist vor neun Stunden in Druck gegangen. Bildest du dir etwa ein, die Regierung ließe sich alles gefallen, ohne zurückzuschlagen?«

»Aber du hast doch schon immer Opposition gemacht.«

»Richtig, aber diesmal habe ich zu einem großen Schlag ausgeholt, den die Regierung nicht einfach hinnehmen kann.« Er fügte bedauernd hinzu: »Aber ich hätte dich nicht hineinziehen dürfen.«

»Ich habe keine Angst mehr, seitdem ich dir den Minispion zurückgegeben habe.«

»Du stehst aber mit mir in Verbindung. Wenn ich Schwierigkeiten bekomme, kannst du darunter zu leiden haben.«

Jill äußerte sich nicht dazu. Sie konnte nicht recht glauben, daß sie plötzlich selbst in Gefahr sein sollte. Als Krankenschwester hatte sie natürlich oft genug die Auswirkungen brutaler Gewaltanwendung gesehen – aber dergleichen konnte *ihr* nie zustoßen.

Das Taxi setzte bereits zur Landung an, bevor sie die nächste Frage stellte: »Ben, was passiert, falls der Patient sterben sollte?«

»Ha?« Er runzelte die Stirn. »Das ist eine gute Frage. Wenn sonst keine Fragen mehr zu beantworten sind, könnt ihr nach Hause gehen, Kinderchen.«

»Das ist mein Ernst!«

»Schön... Jill, ich habe schon einige schlaflose Nächte auf der Suche nach einer Antwort verbracht. Mir ist nur eine Lösung eingefallen: Wenn Smith stirbt, erlöschen seine Ansprüche auf den Mars. Vermutlich können dann die dort zurückgebliebenen Kolonisten der *Champion* neue Ansprüche geltend machen, aber ich bin davon überzeugt, daß für diesen Fall alle Vorkehrungen getroffen worden sind, um eine Wiederholung der Affäre Larkin zu verhindern. Die *Champion* ist ein Schiff der Föderation, aber ich bezweifle nicht, daß Douglas es verstanden hat, die Fäden in seiner Hand zusammenlaufen zu lassen. Auf diese Weise wäre seine Position praktisch unangreifbar. Andererseits hat er vielleicht gar nichts davon.«

»Wie kommst du darauf?«

»Das Larkin-Urteil trifft unter Umständen nicht zu. Der Mond war unbewohnt, aber auf dem Mars leben Marsianer. Vorläufig haben sie keine politische Bedeutung. Das Oberste Gericht könnte jedoch zu der Überzeugung kommen, ein bereits besiedelter Planet könne nicht mehr von Menschen für sich beansprucht werden. Dann müßten alle Rechte auf dem Mars von den Marsianern gewährt werden.«

»Aber das wäre doch ohnehin der Fall, Ben! Es ist einfach lächerlich, daß ein einzelner Mann einen ganzen Planeten besitzen soll!«

»Für Rechtsanwälte ist nichts unmöglich oder unwahrscheinlich. Außerdem gibt es einen Präzedenzfall: Im fünfzehnten Jahrhundert hat ein Papst die neue Welt zwischen Portugal und Spanien aufgeteilt, obwohl in den verteilten Gebieten Indianer mit eigenen Gesetzen, Sitten und Rechten lebten. Und diese Aufteilung war durchaus wirksam – du brauchst dir nur anzusehen, wo heutzutage Portugiesisch und Spanisch gesprochen wird.«

»Richtig, aber... Ben, wir sind doch nicht mehr im fünfzehnten Jahrhundert.«

»Für einen Rechtsanwalt macht das keinen großen Unterschied. Jill, falls das Oberste Gericht entscheidet, daß das Larkin-Urteil auf Smiths Fall zutrifft, ist Smith in der Lage, Konzessionen zu gewähren, die Milliarden wert sind. Überträgt er seine Rechte jedoch auf die Regierung, kontrolliert Generalsekreätr Douglas die Verteilung.«

»Aber warum sollte jemand soviel Macht anstreben, Ben?«

»Warum fliegt die Motte zum Licht? Aber Smiths sonstiger Reichtum ist ebenso wichtig wie seine Stellung als potentieller Marseigentümer. Das Oberste Gericht könnte ihm diese Rechte verweigern, aber ich bezweifle sehr, daß es imstande wäre, ihm das Eigentum an den Erträgen des Lyle-Antriebs und am größten Aktienpaket der Lunar Enterprises abzuerkennen. Was geschieht also, wenn er stirbt? Natürlich würden sich Tausende von angeblichen Verwandten melden, aber die Science Foundation hat in den letzten Jahren immer wieder derartige Geldjäger abgewehrt. Sollte Smith sterben, ohne ein Testament gemacht zu haben, würde höchstwahrscheinlich der Staat als sein Erbe eingesetzt werden.«

»Die Föderation oder die Vereinigten Staaten?«

»Wieder eine Frage, auf die ich keine Antwort weiß. Seine Eltern stammen aus zwei Staaten der Föderation, und er ist selbst außerhalb ihres Einflußbereichs geboren... Für manche Leute macht es bestimmt einen großen Unterschied, wer das Stimmrecht dieser Aktien ausübt und Lizenzen auf diese Patente erteilt. Jedenfalls kommt dafür Smith nicht in Frage; er kann eine Vollmacht zur Stimmenabgabe nicht von einem Strafzettel unterscheiden. Vermutlich ist es jemand, der es verstanden hat, sich seiner zu vergewissern. Ich möchte bezweifeln, daß irgendeine Gesellschaft bereit wäre, sein Leben zu versichern; er stellt ein sehr schlechtes Risiko dar.«

»Der arme Junge! Der arme, arme Junge!«

6

Das Restaurant in Hagerstown war auf Freiluftdiners spezialisiert – die Gäste saßen an Tischen auf einer großen Rasenfläche bis zum See, unter schattigen Bäumen und selbst *in* den Bäumen. Jill wollte in einem Baum essen und war beleidigt, als Ben den Oberkellner dazu brachte, ihnen einen kleinen Tisch ans Wasser stellen zu lassen. Sie verzog das Gesicht noch mehr, als Ben ein 3-D-Gerät neben dem Tisch aufbauen ließ.

»Ben, warum gibst du soviel für ein Abendessen aus, wenn wir nicht einmal in einem Baum essen können und diesen schrecklichen Kasten aushalten müssen?«

»Nur Geduld, Kleine. Tische in den Bäumen haben Mikrophone; sie müssen welche haben, damit die Leute bestellen können. Dieser Tisch ist in Ordnung – hoffentlich –, weil ich gesehen habe, daß der Ober ihn von einem Stapel genommen hat. Das Stereogerät ist ebenfalls notwendig. Erstens ist es unamerikanisch, ohne Stereo zu essen, und zweitens schirmt der Lärm uns ab, falls Mister Douglas' Leute auf die Idee kommen sollten, sich irgendwo mit einem Richtmikrophon in die Nähe zu schleichen.«

»Glaubst du wirklich, daß wir beschattet werden, Ben?« Jill fuhr zusammen. »Ich habe kein Talent zu einer Verbrecherin.«

»Unsinn! Als ich damals den General-Synthetics-Skandal aufgedeckt habe, bin ich nie länger als eine Nacht im gleichen Hotelzimmer geblieben und habe nur von Konserven gelebt. Daran gewöhnt man sich – es regt den Metabolismus an.«

»Mein Metabolismus braucht keine Anregung. Ich brauche nur einen älteren, wohlhabenden Privatpatienten.«

»Willst du mich doch nicht heiraten?«

»Erst wenn mein zukünftiger Mann das Zeitliche gesegnet hat. Aber vielleicht ist er so reich, daß ich dich als Gesellschafter behalten kann.«

»Warum fängst du nicht gleich heute damit an?«

»*Nachdem* er das Zeitliche gesegnet hat.«

Beim Essen wurde die Show, die bisher dreidimensional im Stereogerät erschienen war, plötzlich unterbrochen, und Ben beugte sich nach vorn, um die Lautstärke zu regeln. Der Ansager räusperte sich wichtigtuerisch und verkündete dann: »Meine Damen und Herren, New World Networks hat die Ehre, eine nie dagewesene Sensation anzukündigen. Generalsekretär Douglas wird im Namen der Föderation zu Ihnen sprechen, um Ihnen persönlich eine überaus wichtige Mitteilung zu machen.«

Nun erschienen die väterlichen Züge des Generalsekretärs. »Freunde«, begann er, »Mitbürger der Föderation, ich fühle mich geehrt, daß Sie mir heute abend zuhören. Seit der triumphalen Rückkehr der *Champion* ...« Er beglückwünschte die Bewohner der Erde zu diesem erfolgreichen Kontakt mit einem anderen Planeten und einer anderen Rasse. Dabei verstand er es, den Eindruck zu erwecken, dieses Ergebnis sei das persönliche Verdienst jedes Bürgers, weil jeder die Expedition hätte führen können, wenn er nicht gerade wichtige Abhaltungen gehabt hätte. Seine Zuhörer mußten glauben, er – Generalsekretär Douglas – sei nur ihr bescheidenes Werkzeug gewesen. Dieser Gedankengang wurde geschickt vorgetragen, so daß der Eindruck entstand, der kleine Mann auf der Straße sei jedem ebenbürtig und besser als die meisten – und der gute alte Joe Douglas vertrete diesen kleinen Mann. Seine schlecht gebundene Krawatte und das glatt am Kopf anliegende Haar verstärkten diesen Eindruck.

Ben Caxton fragte sich, wer ihm diese Rede geschrieben haben mochte. Wahrscheinlich Jim Sanforth – Jim verstand es am besten, die richtigen Adjektive auszuwählen; er war früher Werbetexter gewesen und hatte keinerlei Hemmungen. Ja, dieser Satz mit »der Hand an der Wiege« stammte todsicher von ihm!

»Stell den Unsinn ab!« forderte Jill ihn auf.

»Ruhe, Kleine. Das muß ich hören.«

»... und deshalb, Freunde, habe ich die große Ehre, Ihnen unseren Mitbürger Valentine Michael Smith, den Marsmenschen, zu zeigen. Mike, ich weiß natürlich, daß Sie müde sind und sich noch erholen müssen – aber wollen Sie nicht ein paar Worte zu Ihren Freunden sprechen?«

Jetzt erschien das Brustbild eines Mannes in einem Rollstuhl. Douglas stand neben ihm; auf der anderen Seite war eine hübsche Krankenschwester zu erkennen.

Jill wollte etwas sagen, aber Ben schüttelte warnend den Kopf.

Der Mann lächelte verlegen; er sah in die Kamera und sagte: »Hallo, liebe Zuschauer. Entschuldigen Sie, daß ich sitzenbleibe. Ich bin noch nicht ganz auf der Höhe.« Er schien angestrengt zu sprechen, und die Krankenschwester fühlte seinen Puls.

Douglas stellte ihm einige Fragen, die Smith Gelegenheit gaben, Captain van Tromp und seiner Besatzung zu danken, weil sie ihn gerettet hatten, und der Hoffnung Ausdruck zu geben, daß es zu friedlichen Beziehungen zwischen den beiden Planeten kommen werde. Die Krankenschwester wollte unterbrechen, aber Douglas sagte rasch: »Mike, trauen Sie sich noch eine Antwort zu?«

»Klar, Mister Douglas – wenn ich Ihre Frage beantworten kann.«

»Mike, was halten Sie von unseren Mädchen auf der Erde?«

»Prima!« Auf dem rosigen Babygesicht des jungen Mannes erschien ein begeistertes Lächeln. Dann verschwand Smith und wurde von Douglas ersetzt. »Mike hat mich gebeten, Ihnen allen auszurichten, daß er sich schon auf ein Wiedersehen mit Ihnen freut«, fuhr er väterlich fort. »Vielleicht schon nächste Woche, falls die Ärzte einverstanden sind.«

Ben schaltete auf einen anderen Kanal um, als Douglas sich von den Zuschauern verabschiedete, und knurrte wütend: »Na, dann kann ich meine heutige Kolumne gleich in den Papierkorb werfen. Douglas hat ihn unter dem Daumen.«

»Ben!«

»Was?«

»Das war nicht der Marsmensch!«

»Wie? Weißt du das *bestimmt*, Kleine?«

»Er hat ihm natürlich ähnlich gesehen. Aber das war *nicht* der Patient aus dem bewachten Krankenzimmer.«

Ben wies darauf hin, daß Dutzende von Menschen Smith gesehen hatten – Wachtposten, Ärzte, Krankenpfleger, die Besatzung der *Champion* und wahrscheinlich auch andere. Einige von ihnen würden diese Sendung gesehen haben, und die Regierung durfte nicht riskieren, daß jemand dieses Manöver durchschaute. Das wäre unsinnig gewesen – dazu stand zuviel auf dem Spiel.

Jill ließ sich nicht überzeugen. Schließlich sagte sie wütend: »Du kannst meinetwegen glauben, was du willst! Ihr Männer seid eben alle gleich.«

»Hör zu, Jill ...«

»Ich möchte nach Hause.«

Ben ging fort, um ein Taxi heranzurufen – vom nächsten Standplatz, anstatt gleich vor dem Restaurant. Jill sprach auf dem Rückflug kein Wort mehr mit ihm. Im Apartment griff Ben nach seiner Übertragung der Tonbandaufzeichnungen, las sie langsam durch und runzelte dann nachdenklich die Stirn.

»Entschuldigung, Jill«, sagte er schließlich. »Du hast doch recht.«

»Und wie kommst du darauf?«

»Ich brauche nur die Aufzeichnungen zu lesen. Smith hat gestern und heute ganz unterschiedlich reagiert. Er hätte vor der Kamera einen Anfall bekommen ... er wäre wieder stocksteif geworden.«

»Freut mich, daß du endlich zur Einsicht gekommen bist, daß ich recht habe.«

»Kannst du nicht endlich wieder etwas friedlicher sein, Jill? Ist dir überhaupt klar, was das bedeutet?«

»Es bedeutet, daß irgendein Schauspieler Smith dargestellt hat. Das habe ich dir schon vor einer Stunde erzählt.«

»Richtig. Ein guter Schauspieler, der sorgfältig ausgewählt und instruiert worden ist. Aber es bedeutet noch viel mehr. Meiner Meinung nach ergeben sich daraus zwei Möglichkeiten. Smith kann tot sein und ...«

»Tot!« Jill erinnerte sich plötzlich an die Zeremonie mit dem Glas Wasser und hatte Tränen in den Augen, wenn sie daran dachte, daß dieses unschuldige Wesen tot sein sollte.

»Vielleicht. In diesem Fall bleibt der Doppelgänger natürlich am Leben, solange er irgendwie gebraucht wird. Dann ›stirbt‹ er eines schönen Tages und wird irgendwohin verfrachtet, wo er unbekannt ist; vorher muß er sich noch einer Hypnose unterziehen, so daß er später gar nicht imstande ist, irgend etwas zu verraten – wenn es nicht gar zu einer Lobotomie kommt. Aber falls Smith wirklich tot ist, brauchen wir uns nicht mehr mit diesem Problem zu befassen; dann könnten wir die Wahrheit ohnehin nie beweisen. Nehmen wir also lieber an, daß er noch lebt.«

»Das hoffe ich auch!«

»Obwohl er dich nichts angeht? Das nenne ich menschenfreundlich gedacht!« Ben lächelte leicht, und Jill erwiderte sein Lächeln. »Falls Smith noch lebt, braucht die Sache durchaus nicht verdächtige Hintergründe zu haben. Schließlich gibt es genügend Persönlichkeiten des öffentlichen Lebens, die gelegentlich ein Double für sich auftreten lassen. Vielleicht ist unser Freund Smith in zwei oder drei Wochen so gesund, daß er einen Auftritt riskieren kann – und vielleicht wird er dann wirklich vorgeführt. Aber das bezweifle ich sehr!«

»Warum?«

»Das kannst du dir selbst überlegen. Douglas ist es bereits einmal mißlungen, Smith seinen Wünschen gefügig zu machen. Aber Douglas kann sich keinen Fehlschlag leisten. Deshalb vermute ich, daß er Smith noch besser als bisher verstecken wird... und wir werden den wahren Marsmenschen wohl nie zu Gesicht bekommen.«

»Wird er ihn ermorden lassen?« fragte Jill langsam.

»Warum gleich so gewalttätig? Er braucht ihn nur in eine private Nervenheilanstalt stecken zu lassen, wo Smith dahinvegetieren müßte.«

»Oh! Ben, was können wir dagegen unternehmen?«

Caxton runzelte die Stirn. »Die anderen haben sämtliche Vorteile auf ihrer Seite – und sie haben vor allem auch Smith. Aber ich werde mit einem guten Anwalt und einem Fairen Zeugen aufkreuzen und nach Smith fragen. Vielleicht kann ich ihn dort loseisen.«

»Ich komme mit!«

»Ausgeschlossen! Das wäre das Ende deiner Laufbahn als Krankenschwester.«

»Aber du brauchst mich doch, um ihn zu identifizieren.«

»Ich traue mir zu, einen Schauspieler von einem Menschen zu unterscheiden, der auf einem anderen Planeten von außerirdischen Lebewesen aufgezogen worden ist – wenn ich vor ihm stehe. Aber falls dabei etwas schiefgehen sollte, bist du der letzte Trumpf, den ich noch im Ärmel habe – du weißt, daß an der Sache etwas faul ist, und du kannst dich im Bethesda Center frei bewegen. Wenn du nichts mehr von mir hörst, mußt du auf eigene Faust handeln.«

»Das gefällt mir nicht, Ben. Was hast du vor, falls du zu ihm vorgelassen wirst?«

»Ich werde ihn fragen, ob er das Krankenhaus verlassen möchte. Sollte er die Frage bejahen, lade ich ihn zu mir ein. In Gegenwart eines Fairen Zeugen können sie ihn nicht daran hindern.«

»Und dann? Er braucht Pflege, Ben; er kann nicht für sich selbst sorgen.«

»Das habe ich mir schon überlegt«, antwortete er. »Ich kann ihn nicht selbst pflegen. Aber wir könnten ihn hier unterbringen, und...«

»... und ich könnte ihn pflegen! Wird gemacht, Ben!«

»Langsam, Kleine. Douglas würde sich irgend etwas einfallen lassen, und Smith würde wieder eingesperrt werden. Wir übrigens auch.« Er runzelte die Stirn. »Ich kenne einen Mann, der sich selbst *das* leisten könnte.«

»Wen?«

»Schon mal von Jubal Harshaw gehört?«

»Natürlich!«

»Das ist einer seiner Vorteile: Jeder weiß, wer er ist. Und da er zugleich Arzt und Rechtsanwalt ist, läßt er sich weniger als andere herumschubsen, und er hat eine Vorliebe für verrückte Unternehmungen. Wenn ich Smith herausholen kann, bringe ich ihn zu Harshaw nach Poconos – und dann können die anderen sehen, wie sie ihn zurückbekommen! Meine Kolumne und Jubals Kampfgeist müßten genügen, um ihnen das Leben sauer zu machen.«

7

Am nächsten Morgen löste Jill die Stationsschwester zehn Minuten früher als sonst ab. Sie wollte sich an Bens Anweisung halten und sich nicht einmischen, wenn er den Marsmenschen zu sprechen versuchte – aber sie wollte trotzdem in der Nähe sein. Vielleicht brauchte Ben Verstärkung.

Die Wachtposten im Korridor waren verschwunden. Jill hatte zwei Stunden lang soviel zu tun, daß sie nur im Vorbeigehen feststellen konnte, daß die Tür des Zimmers K-12 und die des Nebenraums abgeschlossen waren. Sie überlegte, ob sie zum zweitenmal zu Smith vordringen sollte, da die Wachen sie nicht mehr daran hindern konnten, aber sie war zu beschäftigt. Trotzdem achtete sie darauf, wer den Korridor betrat.

Ben ließ sich nicht blicken, und Jill stellte durch einige geschickte Fragen fest, daß weder er noch ein anderer das Zimmer K-12 betreten hatte, während sie anderweitig beschäftigt gewesen war. Das verblüffte sie; Ben hatte keinen Zeitpunkt genannt, aber er hatte die Festung morgens stürmen wollen.

Dann hielt sie es einfach nicht mehr aus. Sie klopfte an die Tür des Vorraums, steckte den Kopf hinein und gab sich überrascht. »Oh! Guten Morgen, Doktor. Ich dachte, Doktor Frame sei hier.«

Der wachhabende Arzt betrachtete sie lächelnd. »Ich habe ihn nicht gesehen, Schwester. Kann ich etwas für Sie tun?«

Eine typisch männliche Reaktion. »Nein, danke«, antwortete Jill gelassen. »Wie geht es dem Marsmenschen?«

»Woher soll ich das wissen?«

Jill lächelte. »Ihr Patient...« Sie deutete auf die innere Tür.

»Was?« Der Arzt runzelte die Stirn. »Hat *er* hier gelegen?«

»Ist er denn nicht mehr hier?«

»Nein, er muß verlegt worden sein. Sehen Sie sich an, mit was ich zurechtkommen muß.« Er schaltete die Fernsehkamera ein, deren Bild auf einem Bildschirm vor ihm erschien. Jill sah jetzt selbst, daß eine alte Frau im Wasserbett lag.

»Was fehlt ihr?«

»Schwester, wenn sie nicht stinkreich wäre, könnte man von Altersschwachsinn sprechen. Offiziell ist sie nur zu einer gründlichen Untersuchung hier.«

Jill nickte dem Arzt freundlich zu, verließ den Raum und ging ins Stationszimmer. Dort nahm sie das Wachbuch aus dem Schreibtisch und fand tatsächlich den Eintrag: V. M. Smith, K-12 – verlegt. Darunter stand: Mrs. Rose S. Bankerson, K-12 (Diätküche hat Anweisungen von Dr. Garner – Station ist nicht verantwortlich).

Warum war Smith nachts umquartiert worden? Wahrscheinlich sollte niemand etwas davon merken. Aber wohin war er gebracht worden? Normalerweise hätte Jill die Pforte angerufen, aber in diesem Fall verließ sie sich lieber auf ihre kriminalistischen Fähigkeiten.

Zuerst ging sie in die Telefonzelle, um Ben anzurufen. In der Redaktion erfuhr sie, er sei verreist. Sie war zunächst sprachlos; dann riß sie sich zusammen und hinterließ die Nachricht, er solle sie anrufen. Auch zu Hause war Ben nicht zu erreichen. Jill gab dem Anrufbeantworter den gleichen Auftrag.

Ben Caxton hatte keine Zeit verloren. Er hatte es fertiggebracht, sich die Dienste von James Oliver Cavendish zu sichern. Eigentlich genügte für seine Zwecke jeder Faire Zeuge, aber Cavendishs Prestige war so groß, daß ein Rechtsanwalt fast überflüssig war; Cavendish verfügte wie alle Fairen Zeugen über ein absolutes Gedächtnis, das alle Einzelheiten, die er sah oder hörte, unbestechlich bewahrte. Sein Tageshonorar überstieg Bens Monatsgehalt, aber Ben hatte die Absicht, die *Post* dafür bezahlen zu lassen.

Caxton holte den Juniorpartner von Frisby, Frisby, Biddle & Reed ab, bevor er Cavendish aufsuchte. Mark Frisby hatte ihm sofort erklärt, daß sein Vorhaben rechtlich nicht zu begründen sei. Ben ließ sich jedoch nicht beirren, und sobald Cavendish in der weißen Robe eines Fairen Zeugen sich ihnen angeschlossen hatte, sprach Frisby nicht mehr von diesem Problem.

Ein Taxi brachte sie ins Bethesda Center; sie fuhren zum Büro des Direktors hinab. Ben gab der Vorzimmerdame seine Karte und verlangte den Direktor zu sprechen. Die Empfangsdame erkundigte sich, ob er einen Termin vereinbart habe; Ben mußte zugeben, daß dies nicht der Fall war.

»Dann bezweifle ich, daß Doktor Broemer Zeit für Sie erübrigen kann, Sir. Würden Sie mir bitte sagen, worum es sich handelt?«

»Richten Sie ihm aus«, antwortete Ben so laut, daß die Umstehenden jedes Wort hören konnten, »daß Caxton von der *Post* mit einem Anwalt und einem Fairen Zeugen hier ist, um Valentine Michael Smith zu interviewen.«

»Ich werde es ihm mitteilen«, versprach die junge Dame kühl. »Nehmen Sie bitte Platz.« Sie verschwand und kam erstaunlich rasch zurück. »Mister Berquist wird Sie empfangen, Sir.«

»Berquist? Gil Berquist?«

»Ganz recht, Sir.«

Caxton überlegte – Gil Berquist gehörte zu Douglas' Stab. »Ich will nicht mit Berquist sprechen; ich will zu Doktor Broemer.«

Aber Berquist kam bereits grinsend aus dem Büro und streckte ihm die Hand entgegen. »Benny Caxton! Wie geht's, alter Junge? Schreiben Sie noch immer den gleichen Kram?« Er sah zu dem Zeugen hinüber.

»Immer den gleichen Kram«, stimmte Ben zu. »Was haben Sie hier zu suchen, Gil? Ich möchte mit dem Direktor sprechen und dann den Marsmenschen sehen. Ich bin nicht hier, um mich von Ihnen abwimmeln zu lassen.«

»Immer mit der Ruhe, Ben. Ich soll Doktor Broemer entlasten, den die Reporter fast zum Wahnsinn getrieben haben.«

»Okay. Ich möchte Smith sehen.«

»Ben, alter Junge, das will jeder Reporter. Vor einer Viertelstunde war Polly Peepers hier. *Sie* wollte ihm Fragen über das Liebesleben der Marsianer stellen.« Berquist hob beschwörend die Hände.

»Ich möchte Smith sehen. Kann ich das oder nicht?«

»Kommen Sie, Ben, wir gehen irgendwohin, wo es einen Schluck gibt. Dann können Sie mich ausfragen.«

»Ich will nichts von Ihnen; ich will Smith sprechen. Das ist Mark Frisby, mein Anwalt.« Der Faire Zeuge wurde wie üblich nicht vorgestellt. »Ich verlange Valentine Michael Smith zu sprechen, und ich vertrete hier indirekt zweihundert Millionen Leser. Bekomme ich ihn jetzt zu sehen? Oder aus welchen Gründen lehnen Sie meinen Wunsch ab?«

Berquist seufzte. »Frisby, können Sie diesem Superreporter nicht beibringen, daß ein Kranker Ruhe braucht? Smith ist gestern öffentlich aufgetreten und muß sich jetzt erst wieder erholen.«

»Sein gestriges Auftreten soll ein Schwindel gewesen sein«, stellte Caxton fest.

Berquist lächelte nicht mehr. »Frisby, wollen Sie Ihren Klienten nicht warnen, bevor er eine Verleumdungsklage am Hals hat?«

»Langsam, Ben.«

»Ich weiß, was ich sage, Gil. Ich habe gehört, daß der Mann, der gestern aufgetreten ist, nicht der Marsmensch gewesen sein soll. Ich möchte ihn selbst danach fragen.«

Berquist sah zu dem Fairen Zeugen hinüber und beherrschte sich. »Ben, vielleicht kommen Sie jetzt zu Ihrem Interview – und zu einem Prozeß. Warten Sie hier.« Er verschwand und kam wenige Minuten später zurück. »Ich habe alles arrangiert«, stellte er fest, »obwohl Sie es nicht verdient haben. Kommen Sie mit. Tut mir leid, Frisby, aber wir können nicht alle zu ihm hinein. Smith ist ein kranker Mann.«

»Wir kommen zu dritt oder gar nicht«, widersprach Caxton.

»Unsinn, Ben. Gut, meinetwegen kann Frisby mitkommen und draußen warten. Aber *ihn* brauchen Sie wirklich nicht.« Berquist meinte damit den Fairen Zeugen, der nichts gehört zu haben schien.

»Vielleicht nicht. Aber ich schreibe dann natürlich, daß die Regierung verhindert hat, daß ein Fairer Zeuge den Marsmenschen sieht.«

Berquist zuckte mit den Schultern. »Meinetwegen kommen Sie alle mit. Hoffentlich gibt Ihnen der Prozeß den Rest, Ben.«

Sie fuhren zwei Stockwerke tiefer, gingen durch einen langen Korridor und betraten schließlich einen Raum, in dem zahlreiche Meßinstrumente und Anzeigegeräte der Überwachung Schwerkranker dienten. »Doktor Tanner«, verkündete Berquist. »Doktor, Mister Caxton und Mister Frisby.« Cavendish wurde wie üblich nicht erwähnt.

Tanner runzelte besorgt die Stirn. »Ich möchte Sie davor warnen, etwas zu sagen oder zu tun, das den Patienten aufregen könnte. In solchen Fällen reagiert er neurotisch und zieht sich in eine Art Trance zurück.«

»Epilepsie?« fragte Ben.

»Nein, eher Katalepsie.«

»Sind Sie Psychiater, Doktor?«

Tanner sah zu Berquist hinüber. »Ja«, sagte er dann.

»Wo haben Sie studiert?«

»Sie wollten doch Smith sehen, Ben«, warf Berquist ein. »Sie können Doktor Tanner später ausfragen.«

»Okay.«

Tanner legte einen Zeigefinger auf die Lippen und führte sie in den abgedunkelten Nebenraum. »Die Verdunklung ist notwendig, weil seine Augen nicht an die Helligkeit gewöhnt sind«, erklärte er ihnen. Als sie vor dem hydraulischen Bett standen, sagte er: »Mike, Sie haben Besuch.«

Caxton trat näher. Er sah einen jungen Mann mit ausdruckslosem Babygesicht, der bewegungslos vor ihm lag und bis zur Brust zugedeckt war. Soviel er beurteilen konnte, war dies der Mann, den er am Vorabend im Stereo gesehen hatte. Konnte Jill sich geirrt haben? Caxton schluckte trocken und fragte ruhig: »Sie sind Valentine Michael Smith?«

»Ja.«

»Der Marsmensch?«

»Sie sind gestern im Stereo aufgetreten?«

Der Mann antwortete nicht, und Tanner warf ein: »Er hat Sie nicht verstanden, glaube ich. Mike, erinnern Sie sich noch daran, was Sie gestern mit Mister Douglas getan haben?«

»Helles Licht. Tut den Augen weh.«

»Richtig. Mister Douglas hat Sie den Zuschauern vorgestellt.«

Der Mann lächelte leicht. »Weite Fahrt im Rollstuhl.«

»Schon gut«, wehrte Caxton ab. »Mike, werden Sie anständig behandelt?«

»Ja.«

»Sie brauchen nicht hierzubleiben. Können Sie gehen?«

Tanner wollte protestieren, aber Berquist legte ihm eine Hand auf den Arm.

»Ich kann... etwas gehen. Schnell müde.«

»Mike, wenn Sie nicht hierbleiben wollen, können Sie mit mir kommen.«

»Was fällt Ihnen ein?« rief Tanner erregt aus.

»Er ist doch ein freier Mann, oder?« erkundigte Caxton sich.

»Natürlich!« antwortete Berquist.

»Danke, Gil. Haben Sie gehört, Mike? Sie können jederzeit fort.«

Der Patient warf Tanner einen ängstlichen Blick zu. »Nein! Nein, nein!«

»Schon gut, schon gut.«

»Immer mit der Ruhe, Doktor«, sagte Berquist, als Tanner ans Bett trat. »Das genügt, Ben.«

»Äh... noch eine letzte Frage«, verlangte Caxton. Als Berquist widerstrebend nickte, wandte er sich wieder an den Patienten. »Mike, Mister Douglas hat Ihnen gestern einige Fragen gestellt. Unter anderem wollte er wissen, was Sie von den Mädchen der Erde halten, nicht wahr?«

»Prima!« sagte der Kranke grinsend.

»Ganz recht. Aber *wo* und *wann* haben Sie diese Mädchen gesehen, Mike?«

Das Grinsen verschwand. Der Patient sah zu Tanner hinüber und erstarrte; er verdrehte die Augen und rollte sich zusammen.

»Verschwinden Sie jetzt!« fauchte Tanner und untersuchte besorgt den Patienten.

»Das reicht!« meinte Berquist wütend. »Soll ich Sie an die Luft setzen lassen, Ben?«

»Danke, wir gehen freiwillig«, antwortete Caxton. Als sie wieder im Korridor standen, fuhr er fort: »Sie haben ihn bisher immer unter Verschluß gehalten, Gil – wo hat er also Mädchen gesehen?«

»Hier gibt es doch genug! Krankenschwestern, Laborantinnen und so weiter.«

»Aber ich habe gehört, daß er nie weiblichen Besuch bekommen durfte«, stellte Ben fest.

»Was?« Berquist grinste plötzlich. »Haben Sie die Krankenschwester gestern nicht gesehen?«

Caxton nickte zweifelnd.

Sie sprachen erst wieder darüber, als sie zu dritt im Taxi saßen. Dann meinte Caxton plötzlich: »Woher wissen wir eigentlich, daß wir den echten Marsmenschen gesehen haben?«

»Was?« fragte Frisby erstaunt.

»Woher *wissen* wir das? Wir haben einen jüngeren Mann in einem Bett gesehen. Berquist hat behauptet, er sei der Marsmensch – aber Berquist hat sich als Dementierfinder einen Namen gemacht. Wir haben einen Unbekannten gesehen, der sich als Psychiater ausgab – aber als ich nach seinem Studium fragte, hat Berquist rasch abgelenkt. Mister Cavendish, glauben Sie, daß wir hereingelegt worden sind?«

»Ich habe keine eigene Meinung«, erwiderte Cavendish. »Ich sehe, und ich höre – mehr nicht.«

»Entschuldigung.«

»Brauchen Sie mich noch als Zeugen?«

»Nein, vielen Dank, Mister Cavendish.«

»Ich danke Ihnen, Sir. Die Aufgabe war sehr interessant.« Der Alte legte die weiße Robe ab, die ihn von gewöhnlichen Sterblichen unterschied.

»Ich hätte ein Besatzungsmitglied der *Champion* mitbringen sollen«, murmelte Caxton vor sich hin. »Das wäre ein Beweis gewesen.«

»Ich habe mich gewundert, daß Sie etwas unterlassen haben«, warf Cavendish ein.

»Was habe ich unterlassen?«

»Die Füße des jungen Mannes zu betrachten. Da der Patient nie Schuhe getragen hat, müßte die typische Schwielenbildung unverkennbar vorhanden sein.«

»Richtig!« Caxton runzelte die Stirn. »Darauf hätte ich selbst kommen müssen! Kommen Sie, wir fliegen gleich zurück. Ich muß mir seine Füße ansehen!«

»Dabei brauchen Sie einen anderen Zeugen, weil ich selbst diesen Vorschlag gemacht habe.«

»Hmm«, sagte Ben nachdenklich.

»Lassen Sie lieber die Finger davon«, riet Frisby ihm. »Sie sitzen ohnehin schon in der Tinte. Ich bin davon überzeugt, daß wir den Marsmenschen gesehen haben.«

Caxton setzte die beiden ab und ließ das Taxi dann eine Warteschleife fliegen, während er überlegte. Er war sich darüber im klaren, daß er nicht ein zweitesmal an einem Vormittag verlangen konnte, mit dem Marsmenschen sprechen zu dürfen. Sollte er sich doch als Elektriker verkleiden, um... Nein, das war zwecklos; er würde nicht einmal bis zu ›Dr. Tanner‹ vordringen.

War ›Tanner‹ ein Arzt? Ärzte beteiligten sich eigentlich nicht an derartigen Komödien, die ihrem Berufsethos widersprachen. Auch Nelson, der Schiffsarzt, hatte sauer reagiert, nur weil...

Augenblick! Dr. Nelson würde sofort sagen können, ob dieser junge Mann wirklich der Marsmensch war. Caxton rief ihn an – und erlebte eine große Enttäuschung: Nelson hatte die Sendung mit Douglas und Smith nicht gesehen, hielt einen Täuschungsversuch für ausgeschlossen und weigerte sich überhaupt, dieses Thema länger zu diskutieren. Schließlich legte er einfach auf.

Caxton murmelte etwas Unfreundliches, das Nelsons Abstammung betraf, und rief dann einfach im Regierungspalast an und verlangte den Generalsekretär zu sprechen. Er verhandelte mit einem halben Dutzend Untergebenen und wurde immer aggressiver. Er war so beschäftigt, daß er nicht einmal merkte, welchen Kurs sein Taxi steuerte.

Als ihm etwas auffiel, war es bereits zu spät; das Taxi sprach nicht mehr auf seine Befehle an. Caxton merkte, daß er sich hatte hereinlegen lassen. Sein Anruf war zurückverfolgt worden, und der Autopilot des Taxis erhielt seine Anweisungen jetzt über Polizeifunk. Auf diese Weise wurde Caxton unauffällig abtransportiert.

Während Caxton noch versuchte, seinen Anwalt zu erreichen, landete das Taxi im Innenhof des Palastes. Er wollte aussteigen, aber die Tür ließ sich nicht öffnen. Dann verlor er das Bewußtsein...

8

Jill versuchte sich einzureden, Ben sei wichtigen Dingen auf der Spur und habe nur vergessen, sie davon zu benachrichtigen. Aber das konnte sie nicht glauben. Ben verdankte seinen Erfolg unter anderem auch seinem hervorragenden Gedächtnis; er hätte bestimmt daran gedacht, sie von unterwegs kurz anzurufen.

Er *mußte* irgendeine Nachricht hinterlassen haben! Sie rief in der Mittagspause in der Redaktion an und sprach mit Osbert Kilgallen. Bens Assistent erklärte ihr, Ben habe keine Nachricht hinterlassen.

»Wissen Sie, wann er zurückkommt?«

»Nein. Wir haben immer ein paar Artikel auf Vorrat – für alle Fälle.«

»Von woher hat er angerufen?«

»Er hat nicht angerufen, Miß Boardman. Wir haben ein Faksimile-Telegramm aus Philadelphia bekommen.«

Jill bedankte sich für die Auskunft und legte nachdenklich auf. Sie hatte nachmittags zuviel mit neu aufgenommenen Patienten zu tun, um sich weiter mit dem Problem Ben Caxton zu beschäftigen. Kurze Zeit später brauchte sie ein Bett mit Elektroantrieb. Normalerweise hätte sie im Lager angerufen, um eines heraufbringen zu lassen – aber das konnte eine halbe Stunde dauern, und sie brauchte das Bett sofort. Dann fiel ihr ein, daß sie eines im Salon des Zimmers K-12 gesehen hatte, wo es hingeschoben worden war, als Smith das hydraulische Bett bekam.

Vielleicht stand es noch dort, und sie brauchte es sich nur zu holen.

Die Tür des Salons war abgeschlossen und ließ sich nicht mit ihrem Schlüssel öffnen, was ungewöhnlich war. Jill ging daraufhin in den Vorraum, in dem Dr. Brush bei der kranken Mrs. Bankerson Wache hielt.

Brush hob den Kopf. »Ah, Miß Boardman! Auf Sie habe ich gerade gewartet!«

»Warum haben Sie dann nicht geklingelt? Wie geht es der Patientin?«

»Gut«, antwortete der Arzt mit einem Blick auf den Bildschirm, »aber mir nicht.«

»Kann ich etwas für Sie tun?«

»Ja, Sie können mich ein paar Minuten lang vertreten. Aber Sie dürfen niemand davon erzählen! Machen Sie die Tür nur auf, wenn ich dreimal nacheinander anklopfe.«

»Meinetwegen«, stimmte Jill zögernd zu. »Was ist mit der Patientin?«

»Sie brauchen sie nur auf dem Bildschirm zu beobachten. Sie darf auf keinen Fall gestört werden. Ich bin gleich wieder da.«

Der Arzt ging hinaus, und Jill schloß die Tür hinter ihm ab. Dann fiel ihr das Bett ein, und sie beschloß, doch ins Nebenzimmer zu gehen. Die Patientin würde nicht gleich aufwachen – und was Dr. Brush nicht wußte, konnte ihn auch nicht stören.

Jill ging auf Zehenspitzen durch das Krankenzimmer. Ein Blick genügte, um ihr zu zeigen, daß Mrs. Bankerson den typischen Schlaf der Senilen schlief. Der Salon war abgeschlossen, aber sie öffnete die Tür mit ihrem Schlüssel.

Das Bett stand dort. Aber der Raum war auch belegt – in einem Sessel saß der Marsmensch mit einem Bilderbuch auf dem Schoß.

Smith sah auf und lächelte entzückt.

Jill wurde schwindlig. Valentine Smith *hier?* Unmöglich! Er war verlegt worden; die Eintragung im Wachbuch war ein Beweis dafür. Aber dann wurde ihr klar, welche Möglichkeiten sich dadurch ergaben – wenn eines Tages die tote Mrs. Bankerson abgeholt wurde, konnte unter dem gleichen Leichentuch auch Smith liegen...

Der Marsmensch stand mühsam auf, streckte ihr die Hände entgegen und sagte: »Wasserbruder!«

»Hallo. Äh... wie geht es dir?«

»Mir geht es gut. Ich bin glücklich.« Er machte eine kurze Pause.

»Du warst fort, mein Bruder. Nun bist du zurückgekehrt. Ich bin glücklich.«

Jill war erfreut und ängstlich zugleich. Smith schien nichts davon zu merken. Er stand aufrecht vor ihr. »Siehst du? Ich kann schon gehen!« Er machte einige unsichere Schritte und blieb atemlos stehen.

Jill rang sich ein Lächeln ab. »Wunderbar! Aber ich muß wieder fort – ich habe viel zu tun.«

»Bleib hier«, bat Smith. Als sie den Kopf schüttelte, verlangte er plötzlich: »Nimm mich mit!«

»Was? Nein, das ist ausgeschlossen! Ich *muß* wieder gehen. Und du darfst niemand erzählen, daß ich bei dir war.«

»Ich darf nicht sagen, daß mein Wasserbruder in diesem Raum war?«

»Richtig. Ich komme bald zurück. Aber du darfst nichts erzählen.«

Smith nickte lächelnd. »Ich warte. Ich schweige.«

»Ausgezeichnet!« Jill fragte sich, ob sie ihr Versprechen würde halten können. Ihr fiel auf, daß die Tür dieses Zimmers von innen mit einem Riegel verschlossen war; sie zog ihn zurück. »Warte hier. Ich komme später zurück.«

»Ich warte«, stimmte Smith zu.

Als Jill in den Vorraum zurückkehrte, hörte sie Dr. Brush wütend an die Tür klopfen. Er stürmte herein, als sie ihm öffnete.

»Wo waren Sie, Schwester?« wollte er wissen. »Ich klopfe schon seit einer Minute.« Er warf einen mißtrauischen Blick auf die innere Tür.

»Ich habe gesehen, daß die Patientin sich umgedreht hat«, log Jill rasch. »Ich habe ihr das Kissen anders untergelegt.«

»Verdammt noch mal, Sie sollten doch hier am Tisch sitzenbleiben!«

»Ich habe getan, was ich für richtig hielt. Eine Patientin in diesem Alter kann im Wasserbett ersticken, Doktor. Wollen Sie sich deswegen über mich beschweren? Dann können Sie gleich die Oberschwester anrufen.«

»Was? Hören Sie, Miß Boardman, das war nicht mein Ernst. Entschuldigen Sie.«

»Bitte, Doktor«, antwortete Jill kühl. »Noch etwas?«

»Nein, danke. Erzählen Sie nur niemand, wo Sie waren.«

»Selbstverständlich nicht, Doktor.«

Jill ging ins Stationszimmer zurück, rief im Lager an, um das benötigte Bett heraufbringen zu lassen, und starrte dann nachdenklich aus dem Fenster. Sie wünschte sich nur, daß Ben zu erreichen wäre – aber Ben war verschwunden und hatte sie einfach ihrem Schicksal überlassen... Das sah ihm nicht ähnlich. Ben spielte sonst immer fair und wäre ihr bestimmt zu Hilfe gekommen, wenn er nicht irgendwie verhindert gewesen wäre. Folglich mußte sie allein ihre Entscheidungen treffen. Jill traf sie um 15.47 nachmittags.

Als Smith hörte, daß die Tür aufgeschlossen wurde, hob er erwartungsvoll den Kopf. Er grokte die Anwesenheit seines Wasserbruders Jill und empfand die erfüllte Zufriedenheit, die sich nur in Gegenwart von Nestgenossen, Wasserbrüdern und (unter bestimmten Umständen) Ältesten einstellte.

Seine Freude wurde allerdings durch die Erkenntnis gedämpft, daß Jill so verzweifelt war, als sei sie dicht davor, sich wegen einer schandbaren Verfehlung selbst zu entleiben. Aber Smith wußte aus Erfahrung, daß diese Lebewesen zu emotionellen Exzessen fähig waren, ohne deshalb gleich an Entleibung zu denken. Sein Bruder Mahmoud litt mindestens fünfmal täglich darunter, und sein Bruder Captain van Tromp wurde oft von ähnlichen Anfällen heimgesucht.

Deshalb ignorierte Smith Jills Erregung.

Sie drückte ihm einige Kleidungsstücke in die Hand. »Hier, zieh dich um! Aber schnell!«

Smith bewegte sich nicht. Jill starrte ihn an. »Großer Gott! Komm, ich helfe dir.«

Jill hatte die Uniform einer größeren Kollegin mitgebracht, der sie erzählt hatte, sie benötige die Kleidungsstücke für einen Vetter, der sich zu einem Maskenball verkleiden wolle. Jetzt zog sie Smith aus, weil er noch zu unbeholfen war, zwängte ihn in die Uniform und setzte ihm schließlich die Haube auf. Die Schuhe waren ein Problem, weil Smith noch nie welche getragen hatte und schlecht mit ihnen laufen konnte.

»Hör gut zu«, mahnte Jill schließlich. »Du darfst unter keinen Umständen ein Wort sagen, verstanden?«

»Ich sage nichts.«

»Hoffentlich!« meinte Jill zweifelnd. »Komm, ich führe dich, damit du nicht stolperst.« Sie öffnete vorsichtig die Tür, trat in den Korridor hinaus und zog Smith hinter sich her.

Smith fand diese neue Umgebung äußerst beunruhigend; unzählige neue Sinneseindrücke überfielen ihn, ohne daß er sie hätte deuten können. Er stolperte blindlings weiter und unterdrückte fast alle Wahrnehmungen, um sich vor dem drohenden Chaos zu schützen.

Jill stellte zu ihrer Erleichterung fest, daß niemand sie sah, bis sie den Aufzug erreicht hatten. Sie fuhren zum Dach hinauf, und dort erwartete sie eine Krise, obwohl Smith nichts davon merkte. Die Landeplattform war menschenleer, weil die Besucher bereits fort waren – aber die Taxis waren ebenfalls verschwunden. Jill wußte, daß sie es nicht riskieren durfte, den nächsten Luftbus zu nehmen.

Sie wollte eben ans Telefon gehen, um ein Taxi herbeizurufen, als eines landete. »Jack!« rief sie dem Parkwächter zu. »Ist das Taxi bestellt?«

»Ja, ich habe es für Doktor Phipps gerufen.«

»Oh! Jack, besorgen Sie mir auch eines? Dies hier ist meine Kusine Madge – sie arbeitet im Südflügel –, und sie hat eine Halsentzündung und muß aus diesem Wind heraus.«

Jack kratzte sich den Kopf. »Gut, für Sie mache ich eine Ausnahme, Miß Boardman. Sie können dieses Taxi haben, und ich bestelle ein anderes.«

»Oh, das ist wirklich nett von Ihnen, Jack!« Jill half Smith ins Taxi, gab ihre Adresse an und lehnte sich in die Polster zurück. »So, jetzt haben wir das Schwierigste hinter uns«, erklärte sie Smith. »Jetzt darfst du auch wieder reden.«

»Was soll ich sagen?«

»Was du willst.«

Smith überlegte kurz. Diese Aufforderung konnte nur bedeuten, daß er eine Antwort geben mußte, die seines Bruders würdig war. Er überlegte sich mehrere, verwarf sie wieder, weil er sie nicht übersetzen konnte, und entschied sich endlich für eine, die selbst in dieser nüchternen Sprache das Zusammengehörigkeitsgefühl von Wasserbrüdern auszudrücken schien. »Mögen unsere Eier das gleiche Nest teilen.«

Jill starrte ihn an. »Wie bitte?«

Smith stellte entgeistert fest, daß sie nicht auf ähnliche Weise geantwortet hatte, und glaubte zu wissen, daß der Fehler bei ihm lag. Er hatte wieder einmal versagt, obwohl er doch nur die Einigkeit zwischen ihnen fördern wollte. Jetzt unternahm er einen neuen Versuch in gleicher Richtung. »Mein Nest ist dein, und dein Nest ist mein.«

Diesmal lächelte Jill. »Oh, das ist aber süß! Ich weiß nicht recht, ob ich dich richtig verstanden habe, mein Lieber, aber das war der netteste Antrag, den ich seit langem bekommen habe.« Dann fügte sie hinzu: »Aber das heben wir uns lieber für später auf, wenn wir in Sicherheit sind, ja?«

Smith verstand Jill kaum besser als sie ihn; er spürte jedoch, daß sein Wasserbruder guter Laune war, und er begriff, daß er warten sollte. Das war ihm nur recht. Er lehnte sich ebenfalls zurück und genoß den Blick aus dem Fenster. Überall gab es so viele Dinge, die er zu groken versuchen mußte. Ihm fiel auf, daß er zu Hause keinen so reizvollen Ausblick hatte, wenn er sich von einem Ort zum anderen bewegte; das führte fast zu Zweifeln an den Methoden der Ältesten, aber er schrak vor dieser Ketzerei zurück.

Jill überlegte angestrengt. Ihr wurde plötzlich klar, daß es grundfalsch war, ihr Apartment aufzusuchen: dort würde die Fahndung nach ihr und Smith beginnen, sobald feststand, wer ihm zur Flucht verholfen hatte. Sie verstand nicht allzuviel von Polizeimethoden, aber sie war sich darüber im klaren, daß sie Fingerabdrücke in Smiths Raum zurückgelassen haben mußte. Und Jack hatte sie und ihre ›Kusine Madge‹ auf dem Dach gesehen – wenn sie nicht schon auf dem Weg zum Fahrstuhl beobachtet worden waren...

Jill drückte den roten Knopf und löschte dadurch den vorhin erteilten Befehl. Das Taxi scherte gehorsam aus dem Verkehrsstrom aus und flog eine Warteschleife. Wohin sollte sie fliegen? Wo konnte sie einen erwachsenen Mann verstecken, der ein Halbidiot war und sich nicht einmal selbst anziehen konnte? Der bald fieberhaft von der Polizei gesucht werden würde? Wenn Ben nur da wäre, um ihr zu helfen!

Sie hob den Telefonhörer ab und wählte bedrückt Bens Nummer. Als eine Männerstimme antwortete, atmete sie bereits auf – aber dann merkte sie, daß sie mit Bens Assistenten sprach. »Oh. Tut mir leid, Mister Kilgallen. Hier ist Jill Boardman. Ich wollte Mister Caxtons Apartment anrufen.«

»Das haben Sie auch getan. Die Anrufe werden nur hierher vermittelt, wenn er längere Zeit verreist ist.«

»Er ist also noch fort?«

»Ja. Was kann ich für Sie tun?«

»Nichts, fürchte ich. Mister Kilgallen, ist es nicht seltsam, daß

Ben einfach verschwunden ist? Machen Sie sich deswegen keine Sorgen?«

»Nein, durchaus nicht. Er hat uns mitgeteilt, daß er vermutlich längere Zeit abwesend sein werde.«

»Ist das nicht merkwürdig?«

»Nicht in seinem Beruf, Miß Boardman.«

»Nun... *ich* bin der Meinung, daß seine Abwesenheit *sehr* merkwürdig ist! An Ihrer Stelle würde ich eine Vermißtenanzeige aufgeben und die Meldung in alle Zeitungen setzen!«

»Tut mir leid, Miß Boardman, aber ich muß mich an meine Anweisungen halten. Äh... wenn Sie mir noch eine Bemerkung erlauben: Es kommt immer wieder vor, daß irgendeine ›gute Bekannte‹ Mister Caxton verzweifelt zu erreichen versucht, wenn er verreist ist.«

Irgendein Mädchen, das es auf Ben abgesehen hat, dachte Jill wütend – und dieser Idiot hält mich für den gleichen Typ. Sie verzichtete darauf, Kilgallen um Hilfe zu bitten, sondern legte wortlos auf.

Wohin sollte sie fliehen? Dann fiel ihr etwas ein. Falls Ben wirklich verschollen war – und falls die Behörden etwas damit zu tun hatten –, würde niemand auf die Idee kommen, Valentine Smith in Bens Apartment zu suchen... es sei denn, sie wurde mit Ben in Verbindung gebracht, was unwahrscheinlich war.

In Bens Apartment gab es Essen und Kleidungsstücke für Smith. Jill wählte Bens Hausnummer, und das Taxi steuerte das Apartment an.

Als Jill vor der Tür zu Bens Apartment stand, sagte sie in das Mikrophon: *»Carthago delenda est!«*

Die Tür bewegte sich nicht. Verdammt noch mal, dachte Jill, er hat die Kombination geändert. Dann sprach sie wieder ins Mikrophon, das nicht nur die Tür öffnete, sondern auch Besucher ankündigte; sie nannte ihren Namen, weil sie hoffte, Ben sei wider Erwarten zurückgekehrt. »Ben, Jill ist hier.«

Die Tür öffnete sich.

Sie traten über die Schwelle, und die Tür glitt hinter ihnen ins Schloß. Jill sah sich nach Ben um und merkte dann, daß sie allein waren – sie hatte die neue Türkombination erraten.

Smith blieb am Rand des Grasteppichs im Wohnzimmer stehen und bewunderte die Aussicht, die er für ein lebendes Bild hielt; zu Hause auf dem Mars gab es keine Fenster, deshalb war er diesem naheliegenden Irrtum erlegen. Dann nahm er eine Bewegung neben sich wahr. Jill hatte sich Schuhe und Strümpfe ausgezogen und bewegte die Zehen im Gras. »Ah, das tut gut«, stellte sie fest. »Das mußt du auch versuchen.«

»Wie?« fragte er schüchtern.

»Richtig, du kannst dich noch nicht selbst ausziehen. Komm her, ich helfe dir.« Sie zog ihm die Schuhe und Strümpfe aus. »Besser?«

Smith bewegte prüfend die Zehen. »Aber lebt es nicht?«

»Natürlich! Es ist richtiges Gras. Ben hat eine Stange Geld dafür ausgegeben. Allein die Quarzstrahler haben ein Vermögen gekostet. Du kannst ruhig darauf spazierengehen.«

Smith verstand nur die Hälfte, aber er begriff, daß das Gras aus Lebewesen bestand, auf denen er herumtrampeln sollte. »Auf Lebewesen?« fragte er entsetzt.

»Warum nicht? Das macht dem Gras nichts; es ist speziell für Wohnräume gezüchtet worden.«

Smith erinnerte sich daran, daß ein Wasserbruder ihn nicht zum Bösen verleiten würde. Er tat einige vorsichtige Schritte und stellte fest, daß die Lebewesen tatsächlich nichts dagegen hatten.

Jill seufzte schwer. »Wir haben leider nicht viel Zeit. Ich weiß nicht, wie lange wir hier in Sicherheit sind.«

»Sicherheit?«

»Wir können nicht lange hierbleiben. Wahrscheinlich ist die Polizei schon auf der Suche nach uns.« Sie runzelte die Stirn. Ihr Apartment war nicht sicher, Bens Apartment war nicht sicher – und Ben hatte Smith zu Jubal Harshaw bringen wollen. Jill kannte Harshaw nicht; sie wußte nur, daß er irgendwo in Poconos lebte. Nun, dann mußte sie ihn eben dort finden. Harshaw war ihre letzte Hoffnung.

»Warum bist du nicht glücklich, mein Bruder?«

Jill starrte Smith an. Großer Gott, der arme Kerl wußte nicht einmal, daß sie in der Klemme saßen! Wie sollte sie ihm alles erklären, wenn sie nicht einmal selbst wußte, was ihnen bevorstand? Gab es Polizisten auf dem Mars? Jill hatte oft den Eindruck, mit einer Regentonne zu sprechen, wenn sie Smith etwas zu erklären versuchte.

Gab es überhaupt Regentonnen auf seinem Heimatplaneten? Oder auch nur Regen?

»Schon gut«, meinte sie abwehrend. »Du tust einfach, was ich sage.«

»Ja.«

Das war eine vorbehaltlose Zustimmung. Jill erkannte, daß

Smith aus dem Fenster springen würde, wenn sie es ihm befahl – und er hätte es wirklich getan; er wäre gesprungen, hätte den einundzwanzig Stockwerke tiefen Fall genossen und wäre damit zufrieden gewesen, entseelt liegenzubleiben. Er war außerstande, sich vor dem Tod zu fürchten. Wenn ein Wasserbruder ihm diese seltsame Methode zur Entleibung vorschlug, würde er sie preisen und sie zu groken versuchen.

»Komm, wir haben viel zu tun. Wir müssen essen, du mußt dich umziehen, wir müssen wieder fort. Zieh dich aus.« Sie ging an Bens Kleiderschrank und nahm heraus, was Smith brauchen würde. Als sie zurückkam, hatte er sich hoffnungslos verstrickt, und sie mußte ihm helfen – er hatte das Kleid ausziehen wollen, ohne den Umhang abzulegen.

»Du mußt baden, bevor du Bens saubere Sachen anziehen darfst«, entschied Jill. »Anscheinend bist du in letzter Zeit etwas vernachlässigt worden. Komm!«

Smith sah begeistert zu, wie sie Wasser in die Badewanne laufen ließ; er hatte zwar im Raum K-12 eine Wanne gesehen, die aber nie gefüllt worden war.

Jill prüfte die Wassertemperatur. »Gut, jetzt kannst du hineinsteigen.«

Smith sah sie fragend an.

»Schnell!« drängte Jill. »Steig hinein!«

Smith führte den Befehl aus und mußte sich beherrschen, um seine Gemütsbewegung nicht zu verraten. Sein Bruder hatte ihn aufgefordert, den *ganzen Körper* im Wasser des Lebens zu versenken! Diese Ehre war ihm noch nie widerfahren; soviel er wußte, war noch niemand jemals dazu aufgefordert worden.

Er steckte einen Fuß ins Wasser, dann den anderen… und ließ sich tiefergleiten, bis das Wasser ihn völlig bedeckte.

»He!« rief Jill, zog seinen Kopf aus dem Wasser – und stellte fest, daß sie es mit einem Ertrunkenen zu tun zu haben schien. Aber er konnte doch nicht in dieser kurzen Zeit ertrunken sein! Sie rüttelte ihn. »He, wach auf! Hörst du nicht?«

Smith hörte seinen Bruder rufen und kehrte in die Wirklichkeit zurück.

»Alles in Ordnung?« fragte Jill besorgt.

»Ja. Ich bin sehr glücklich… mein Bruder.«

»Du hast mich erschreckt. Tauch nicht wieder unter. Bleib einfach wie jetzt sitzen.«

»Ja, mein Bruder.« Smith krächzte etwas Unverständliches vor sich hin, schöpfte mit der hohlen Hand Wasser und hob es an die Lippen. Er trank einen kleinen Schluck davon, bevor er es Jill anbot.

»Badewasser trinkt man nicht! Nein, ich will es nicht.«

»Nicht trinken?«

Jill erkannte, daß sie ihn verletzt hatte. Sie zögerte, beugte sich dann über seine Hand und berührte das Wasser mit den Lippen. »Danke.«

»Mögest du nie durstig sein!«

»Ich hoffe auch, daß du nie Durst leidest. Aber jetzt ist es genug. Wenn du durstig bist, bringe ich dir gern ein Glas Wasser.«

Smith schien zufrieden zu sein und blieb ruhig sitzen; er hatte noch nie ein Vollbad genommen und wußte nicht, was er zu tun hatte. Jill wollte keine Zeit mehr verlieren. Ihre Bluse war klatschnaß, weil sie Smith aus dem Wasser geholt hatte. Sie zog sie aus und hängte sie zum Trocknen auf. Da ihr Rock ebenfalls Wasserflecken bekommen würde, hängte sie ihn gleich daneben.

Smith beobachtete sie interessiert wie ein kleines Kind. Jill wurde unwillkürlich rot, obwohl sie es gewöhnt war, von Männern angestarrt zu werden. Aber dieser Blick war anders; deshalb beschloß sie, lieber nasse Unterwäsche zu bekommen, als das Naheliegende zu tun. Sie kniete neben der Wanne auf dem Fußboden, besprühte Smiths Rücken mit Seife und begann ihn wie ein Kind zu waschen.

Smith streckte eine Hand aus und berührte ihre Brust. Jill wich hastig zurück. »He, laß das!«

Er sah schuldbewußt drein. »Nicht?« fragte er enttäuscht.

»Bestimmt nicht!« erklärte sie ihm fest. Dann sah sie seinen Gesichtsausdruck und fügte hinzu: »Schon gut. Du darfst mich nur nicht ablenken. Ich habe zu tun.«

Jill hielt sich nicht lange mit dem Bad auf. Während Smith unter dem Lufttrockner stand, zog sie sich wieder an; dann half sie ihm aus der Badewanne und sagte: »Siehst du, jetzt riechst du besser und fühlst dich bestimmt auch besser.«

»Mir geht es gut.«

»Ausgezeichnet. Jetzt mußt du dich anziehen.« Sie führte ihn in Bens Schlafzimmer, aber bevor sie ihm erklären konnte, wie man Unterhosen anzog, hörte sie zu ihrem Entsetzen eine laute Männerstimme:

»AUFMACHEN!«

Jill ließ alles fallen und richtete sich auf. Wie konnte jemand wissen, daß sie hier waren? Das verdammte Taxi mußte ihre Verfolger auf die richtige Spur gebracht haben! Sollte sie antworten? Oder war es besser, nicht zu reagieren?

Die Aufforderung wurde wiederholt. »Bleib hier«, flüsterte Jill Smith zu und ging ins Wohnzimmer. »Wer ist da?« fragte sie mühsam beherrscht.

»Aufmachen, im Namen des Gesetzes!«

»Im Namen welches Gesetzes? Sagen Sie mir, wer Sie sind, bevor ich die Polizei rufe.«

»Wir *sind* die Polizei. Sind Sie Gillian Boardman?«

»Nein, ich bin Phyllis O'Toole, und ich warte hier auf Mister Caxton. Ich rufe jetzt die Polizei an und lasse Sie wegen Hausfriedensbruchs festnehmen.«

»Miß Boardman, ich habe einen Haftbefehl gegen Sie in der Tasche. Machen Sie auf, sonst geht es Ihnen schlecht.«

»Ich bin nicht ›Miß Boardman‹, und ich rufe die Polizei, wenn Sie nicht verschwinden!«

Die Stimme antwortete nicht. Jill schluckte trocken und wartete. Kurze Zeit später merkte sie, daß das Türschloß zu glühen begann; irgend etwas gab knirschend nach, dann öffnete sich die Tür. Zwei Männer standen davor. Der erste kam grinsend herein und sagte: »Das ist die Puppe! Johnson, sehen Sie sich nach ihm um.«

»Okay, Mister Berquist.«

Jill wollte ihm den Weg verstellen, aber Johnson schob sie mühelos zur Seite. »Wo ist der Haftbefehl?« fragte Jill laut. »Das ist eine Unverschämtheit!«

»Immer mit der Ruhe, Süße«, sagte Berquist beruhigend. »Benehmen Sie sich, dann passiert Ihnen um so weniger.« Er trat grinsend zurück, als Jill nach seinem Schienbein trat. »Johnson! Haben Sie ihn gefunden?«

»Er ist hier, Mister Berquist. Splitternackt... Dreimal dürfen Sie raten, was die beiden vorhatten.«

»Los, bringen Sie ihn her, Mann!«

Johnson erschien und stieß Smith vor sich her. »Er wollte nicht mitkommen.«

»Er muß aber!«

Jill drängte sich an Berquist vorbei und warf sich auf Johnson. Er stieß sie grob zurück. »Verschwinde, du kleines Luder!«

Johnson hatte Jill nicht so handgreiflich abgewehrt, wie er früher seine Frau behandelt hatte, bevor sie sich von ihm scheiden ließ.

Smith hatte sich bisher alles von ihm gefallen lassen – aber als er jetzt sah, daß sein Wasserbruder angegriffen wurde, riß er sich los, drehte sich nach Johnson um und... Johnson war verschwunden.

Nur einige niedergedrückte Grashalme verrieten, wo der große Mann eben noch gestanden hatte. Jill starrte sie an und hatte das Gefühl, ohnmächtig werden zu müssen.

Berquist öffnete den Mund, schloß ihn wieder und fragte heiser: »Was haben Sie mit ihm angestellt?« Er sah Jill an.

»Ich? Ich habe nichts getan.«

»Das können Sie mir nicht erzählen. Gibt es hier eine Falltür?«

»Wohin ist er verschwunden?«

Berquist fuhr sich mit der Zungenspitze über die Lippen. »Keine Ahnung.« Er holte eine Pistole aus der Tasche. »Aber ich lasse mich jedenfalls nicht hereinlegen. Sie bleiben hier – er kommt mit.«

Smith wartete geduldig. Da er nicht begriff, was das alles zu bedeuten hatte, war er vorsichtig genug gewesen, sich auf die Abwehr eines unmittelbaren Angriffs zu beschränken. Aber er hatte mehrmals Feuerwaffen in den Händen der Schiffsbesatzung gesehen, und er merkte aus Jills Gesichtsausdruck, daß sie es nicht mochte, daß der Mann dieses Ding auf sie richtete. Er grokte, daß es sich hier um eine Krise handelte, die im Leben öfter auftraten; in solchen Fällen mußte Überlegung den richtigen Weg weisen, um weiteres Wachstum zu ermöglichen.

Die Ältesten hatten ihn gut ausgebildet. Smith trat auf Berquist zu; die Pistole zielte jetzt auf ihn. Smith konzentrierte sich... und Berquist verschwand spurlos.

Jill kreischte entsetzt.

Smiths Gesichtsausdruck veränderte sich schmerzlich. Ihm wurde klar, daß er angesichts einer Krise die falsche Entscheidung getroffen hatte. Er sah bittend zu Jill hinüber und begann zu zittern. Er verdrehte die Augen, sackte langsam zusammen, rollte sich ein und blieb bewegungslos liegen.

Jills hysterischer Anfall war plötzlich zu Ende. Ein Patient brauchte sie; sie hatte keine Zeit für Gefühlsregungen, selbst wenn ein Dutzend Männer verschwanden. Sie ließ sich auf die Knie nieder und untersuchte Smith.

Da sie weder Puls noch Atmung entdecken konnte, legte sie ihr Ohr an seine Brust. Zunächst glaubte sie an einen Herzstillstand, aber dann hörte sie einen Schlag, dem nach vier oder fünf Sekunden der nächste folgte.

Smiths Zustand erinnerte sie an einen schizoiden Rückzug in den eigenen Körper, aber sie hatte noch nie eine so tiefe Trance gesehen. Sie hatte von indischen Fakiren gehört, die dergleichen bewußt hervorrufen können – aber bisher hatte sie nie recht daran geglaubt.

Unter gewöhnlichen Umständen hätte sie jetzt einen Arzt gerufen, weil der Patient nicht mehr ansprechbar war. Aber dies waren keine gewöhnlichen Umstände. Jill war fester denn je entschlossen, Smith nicht in die Hände der Polizei fallen zu lassen. Aber nach zehn Minuten gab sie alle Wiederbelebungsversuche auf, weil sie erkannte, daß ihre Bemühungen zwecklos bleiben würden.

In Bens Schlafzimmer fand sie einen alten Luftkoffer. Sie öffnete ihn und stellte fest, daß er sämtliche Kleidungsstücke und Geräte enthielt, die ein rasender Reporter brauchen konnte, wenn er von einer Stunde zur anderen verreisen mußte. Jill erkannte, daß dies der beste Beweis dafür war, daß Ben gar nicht verreist war; sie hatte jedoch zuviel zu tun, um sich länger damit zu beschäftigen. Sie leerte den Koffer aus und trug ihn ins Wohnzimmer.

Smith war schwerer als sie, aber Jill war den Umgang mit Patienten gewöhnt und verstaute ihn in dem großen Koffer. Sie mußte ihn dabei etwas anders zusammenfalten. Seine Muskeln leisteten Widerstand, aber unter gleichmäßigem Druck gaben sie wie Wachs nach. Jill polsterte den Koffer mit einigen Kleidungsstücken aus. Sie versuchte Luftlöcher in die Wände zu stoßen, aber der Koffer bestand aus Glasfibermaterial. Doch das war nicht weiter schlimm; solange Smith so langsam atmete, konnte er nicht viel Sauerstoff verbrauchen.

Jill konnte den Koffer kaum heben, wenn sie mit beiden Händen zugriff, und sie konnte ihn unmöglich tragen. Aber zum Glück ließ sich der Koffer auf an der Unterseite befestigten Rollen bewegen.

Sie fuhr nicht zur Landeplattform hinauf; ihr genügte ein Reinfall mit einem Taxi. Statt dessen benützte sie den Hinterausgang im Erdgeschoß. Dort war ein junger Mann damit beschäftigt, Kisten aus einem Lieferwagen auszuladen. Er trat zur Seite, um ihr Platz zu machen. »Hallo, Schwester. Was ist da drin?«

»Eine Leiche«, fauchte Jill.

Er zuckte mit den Schultern. »Das geschieht mir recht. Wer dumm fragt, bekommt dumme Antworten.«

9

Der dritte Planet der Sonne trug an diesem Tag zweihundertdreißigtausend Menschen mehr als am Vortag; aber bei fünf Milliarden Erdbewohnern fiel dieser Zuwachs nicht weiter auf. Das Königreich Südafrika, ein Mitglied der Föderation, wurde vor das Oberste Gericht zitiert, weil die weiße Minorität des Landes angeblich unterdrückt worden war. Verteidigungssatelliten der Föderation behüteten den Frieden des Planeten; kommerzielle Raumstationen zerstörten ihn, indem sie unablässig die Vorzüge irgendwelcher Markenartikel priesen. Die Modeschöpfer trafen sich in Rio und beschlossen, daß die Röcke wieder länger werden sollten; an der Hudson Bay wurden dieses Jahr eine halbe Million mehr Wohnwagen als sonst gezählt; die Vollversammlung der Föderation erklärte weite Teile Chinas zu Notstandsgebieten; Cynthia Duchess, die reichste Frau der Welt, zahlte ihrem sechsten Mann eine siebenstellige Abfindung.

Der Reverend Dr. Daniel Digby, Oberster Bischof der Kirche der Neuen Verkündigung (deren Anhänger nach dem Gründer der Sekte Fosteriten genannt wurden), stellte fest, er habe den Engel Azreel damit beauftragt, Senator Thomas Boone zu beraten; die Zeitungen übernahmen diese Meldung ungekürzt, weil die Fosteriten in der Vergangenheit bereits einige Redaktionen verwüstet hatten. Dr. Horace Quackenbush, Professor für Freizeitkultur der Theologischen Fakultät der Yale University, rief zu einer Erneuerung des Glaubens auf; ein Wettskandal betraf zwei Drittel des Footballteams von West Point; in Toronto wurden drei Chemiker, die bakteriologische Kampfmittel entwickelt hatten, wegen psychischer Labilität entlassen und gaben ihre Absicht bekannt, dagegen Klage zu erheben.

Seine Exzellenz Joseph E. Douglas, Generalsekretär der Weltföderation Freier Staaten, saß mißmutig am Frühstückstisch und fragte sich, warum es morgens keinen anständigen Kaffee geben konnte. Eine Zusammenfassung der wichtigsten Nachrichten erschien auf dem Bildschirm des Lesegeräts; die Leuchtschrift bewegte sich weiter, wenn Douglas in diese Richtung sah. Er behielt das Gerät im Auge, um den Boß nicht ansehen zu müssen. Mrs. Douglas las keine Nachrichten; sie war nicht darauf angewiesen.

»Joseph...«

Er sah auf. Die Leuchtschrift lief nicht weiter. »Ja, Liebste?«

»Du hast Sorgen.«

»Was? Wie kommst du darauf?«

»Joseph! Ich kümmere mich seit fünfunddreißig Jahren um dich, stopfe dir die Socken und sorge dafür, daß du keine Dummheiten machst – ich weiß, wann du Sorgen hast.«

Das weiß sie tatsächlich, überlegte er sich. Er sah zu ihr hinüber und fragte sich, warum er damals so dumm gewesen war, sich einen lebenslänglichen Vertrag aufschwatzen zu lassen. Sie war seine Sekretärin gewesen, als er noch Abgeordneter im Parlament seines Heimatstaats war. Ihr erster Vertrag hatte nur neunzig Tage gedauert und sollte dazu dienen, Wahlkampfkosten zu sparen, indem sie in Hotels Doppelzimmer nahmen – und selbst damals hatte sie ihm nicht die Socken gestopft!

Er versuchte sich daran zu erinnern, wie sich alles verändert hatte. Mrs. Douglas' Biographie *Im Schatten des Großen* enthielt die Behauptung, er habe ihr einen Heiratsantrag gemacht, während die Stimmen seiner ersten Wahl ausgezählt wurden – und er habe selbst darauf bestanden, eine altmodische Ehe zu führen, die erst mit dem Tod enden würde.

Nun, es hatte keinen Zweck, die offizielle Version anzuzweifeln.

»Josph! Antworte!«

»Was? Nichts Besonderes, Liebste. Ich habe nur schlecht geschlafen.«

»Das weiß ich wohl. Ich weiß immer, wenn du nachts geweckt wirst.«

Er überlegte sich, daß ihre Räume fünfzig Meter von seinen entfernt lagen. »Woher weißt du das, mein Schatz?«

»Weibliche Intuition. Welche Nachricht hat Bradley dir gebracht?«

»Bitte, Liebling… ich muß mich informieren, bevor die Ratsversammlung beginnt.«

»Keine Ausflüchte, Joseph!«

Er seufzte. »Wir haben diesen Smith aus den Augen verloren.«

»Smith? Meinst du den Marsmenschen? Was soll das heißen – ›aus den Augen verloren‹? Lächerlich!«

»Es stimmt aber trotzdem, meine Liebe. Er ist verschwunden. Er ist gestern aus seinem Krankenzimmer entkommen.«

»Unmöglich! Wie hätte er das schaffen sollen?«

»Anscheinend hat er sich als Krankenschwester verkleidet.«

»Aber... Schon gut. Er ist jedenfalls verschwunden. Und was habt ihr Schwachsinnigen euch einfallen lassen, um ihn zurückzuholen?«

»Nun, ich lasse vertrauenswürdige Leute nach ihm suchen. Berquist...«

»Der Trottel! Wenn es darauf ankäme, sämtliche Polizisten zu alarmieren, damit sie nach Smith fahnden, schickst du *Berquist*!«

»Aber du verkennst die Tatsachen, Schatz. Wir können Smith nicht von der Polizei suchen lassen. Offiziell ist er gar nicht verschwunden. Schließlich gibt es noch den... äh... den *anderen* – den ›offiziellen‹ Marsmenschen.«

»Oh...« Sie warf ihm einen strafenden Blick zu. »Ich habe dir doch gleich gesagt, daß dieser Schwindel eines Tages Schwierigkeiten bringen würde.«

»Aber du hast ihn selbst vorgeschlagen, Liebste.«

»Nein, das habe ich nicht. Keinen Widerspruch, Joseph. Hmmm... Laß Berquist kommen.«

»Berquist ist ihm auf den Fersen. Er hat sich noch nicht zurückgemeldet.«

»Was? Berquist ist inzwischen schon fast in Sansibar. Er hat uns verkauft. Ich habe ihm nie getraut. Als du ihn angestellt hast, habe ich dir gleich gesagt...«

»Als *ich* ihn angestellt habe?«

»Unterbrich mich nicht!« Sie runzelte die Stirn. »Joseph, hinter dieser Sache steckt die Östliche Koalition. Du mußt damit rechnen, daß in der Vollversammlung die Vertrauensfrage gestellt wird.«

»Warum? Bisher weiß niemand davon.«

»Großer Gott! Die Östliche Koalition wird dafür sorgen, daß die Nachricht bekannt wird. Sei ruhig jetzt, damit ich nachdenken kann.«

Douglas hielt den Mund und las seine Nachrichten weiter.

»Joseph.«

»Ja, Liebling.«

»Unser ›Marsmensch‹ ist echt; der andere, den die Östliche Koalition vorführen wird, ist ein Doppelgänger. Das ist die Lösung.«

»Aber damit kommen wir nicht durch, Schatz.«

»Was soll das heißen? Es gibt keine andere Möglichkeit.«

»Das ist ausgeschlossen. Wissenschaftler würden die Wahrheit sofort erkennen. Es war schon schwierig genug, sie bisher fernzuhalten.«

»Wissenschaftler!«

»Sie sind nicht leicht irrezuführen, weißt du.«

»Ich weiß nichts dergleichen. Wissenschaftler! Pah! Fünfzig Prozent Vermutungen und fünfzig Prozent Aberglauben. Man müßte sie alle einsperren; es müßte ein Gesetz gegen sie geben. Joseph, ich habe dir schon oft genug erklärt, daß die Astrologie die einzig wahre Wissenschaft ist.«

»Nun, ich weiß nicht recht, meine Liebe. Nichts gegen die Astrologie, aber...«

»Wie kannst du noch an ihr zweifeln, obwohl du ihr soviel verdankst?«

»Aber diese Professoren sind ziemlich schlau. Neulich hat mir einer von einem Stern erzählt, der sechstausendmal schwerer als Blei ist. Oder war es sechzigtausendmal? Jedenfalls...«

»Unsinn! Woher wollen sie das wissen? Sei still, Joseph. Wir geben nichts zu. Der andere Kerl ist ein Schwindler. In der Zwischenzeit lassen wir unsere Geheimpolizei nach ihm suchen; sie soll ihn möglichst zurückholen, bevor die Östliche Koalition die Bombe platzen läßt. Sollte dieser Smith bei der Festnahme erschossen werden, weil er sich wehrt, hat er eben Pech gehabt. Er war ohnehin nur lästig.«

»Agnes! Weißt du, was du eben vorgeschlagen hast?«

»Ich habe gar nichts vorgeschlagen. Das passiert schließlich öfter. Dieser Unsinn muß endlich aufhören, Joseph, und was den meisten nützt, ist auch am besten.«

»Ich möchte nicht, daß dem Jungen etwas zustößt.«

»Wer hat denn gesagt, daß ihm etwas zustoßen soll? Du mußt energisch handeln, Joseph; das ist in diesem Fall deine Pflicht. Was ist wichtiger: fünf Milliarden Menschen oder dieser Smith, der eigentlich nicht einmal Bürger der Föderation ist?«

Douglas gab keine Antwort. Mrs. Douglas stand auf. »Ich habe keine Zeit mehr, um mit dir zu streiten; ich muß Madame Vesant bitten, sofort ein neues Horoskop aufzustellen. Ich habe dir und deiner Karriere nicht die besten Jahre meines Lebens geopfert, um jetzt ruhig zuzusehen, wie du alles wegwirfst, nur weil dir der Mut zu Entscheidungen fehlt.« Sie verließ den Raum.

Der Generalsekretär trank noch zwei Tassen Kaffee, bevor er sich dazu aufraffen konnte, den Konferenzraum zu betreten, in dem die Minister ihn erwarteten. Er dachte über Smith nach und beschloß dafür zu sorgen, daß ihm nichts zustieß. Der Junge war wirklich zu hilflos unschuldig. Und obwohl Agnes immer wieder behauptete, nur durch ihre Unterstützung sei Douglas überhaupt Generalsekretär geworden, wußte er genau, daß er diese Stellung seinen eigenen Fähigkeiten verdankte. Er würde sich nicht beeinflussen lassen, denn die Verantwortung dafür konnte ihm niemand abnehmen.

Douglas wartete den ganzen Tag darauf, daß die Bombe platzen würde. Aber zu seiner Überraschung kam es nicht dazu. Er mußte widerstrebend die Tatsache akzeptieren, daß die Nachricht von Smiths Verschwinden nicht über den Kreis seiner engsten Mitarbeiter hinausgedrungen war. Der Generalsekretär hätte am liebsten die Augen geschlossen und darauf gewartet, daß sich alles von selbst in Wohlgefallen auflöste, aber das Schicksal gab ihm keine Gelegenheit dazu. Auch seine Frau hatte nicht die Absicht, ihm diese Chance zu geben.

Agnes Douglas wartete nicht ab, was ihr Mann wegen des Marsmenschen unternehmen würde. Die Mitarbeiter des Generalsekretärs befolgten ihre Anweisungen vielleicht sogar noch etwas bereitwilliger als die ihres Mannes. Sie beorderte Mr. Douglas' Pressechef zu sich und bestellte in der Zwischenzeit ein neues Horoskop. Sie hatte eine Privatleitung von ihrer Suite aus zu Madame Vesant legen lassen; die rundlichen Züge der Astrologin erschienen fast augenblicklich auf dem Bildschirm. »Agnes? Was gibt's, meine Liebe? Ich habe einen Klienten hier.«

»Schicken Sie ihn fort.«

Madame Alexandra Vesant nickte gelassen. »Augenblick.« Ihr Gesicht verschwand vom Bildschirm. Ein Mann kam herein und blieb neben Mrs. Douglas stehen – James Sanforth, der Pressechef.

»Haben Sie etwas von Berquist gehört?« wollte sie wissen.

»Damit habe ich nichts zu tun; das gehört zu McCrarys Gebiet.«

Mrs. Douglas machte eine wegwerfende Handbewegung. »Sie müssen ihn bloßstellen, bevor er auspacken kann.«

»Glauben Sie, daß er uns verkauft hat?«

»Natürlich! Sie hätten mich fragen sollen, bevor Sie ihm diesen Auftrag gegeben haben.«

»Das hat McCrary getan.«

»Sie müssen immer selbst auf dem laufenden bleiben. Ich...« Madame Vesants Gesicht erschien wieder auf dem Bildschirm. »Warten Sie draußen«, wies Mrs. Douglas den Pressechef an. Dann wandte sie sich an die Astrologin. »Allie, meine Liebe, ich brauche sofort ein neues Horoskop für mich und Joseph.«

»Gern.« Die Astrologin zögerte. »Ich kann Ihnen besser helfen, wenn Sie mir mitteilen, um welche kritische Situation es sich handelt.«

Mrs. Douglas runzelte die Stirn. »Müssen Sie das wirklich wissen?«

»Für ein gewöhnliches Horoskop genügt schon das Geburtsdatum des Betreffenden, aber wenn eine detaillierte Analyse für kritische Situationen verlangt wird, muß ich wissen, in welchem Sektor die Schwierigkeiten erwartet werden. Handelt es sich um den Einfluß der Venus? Spielt Mars die beherrschende Rolle? Ist Jupiter...«

Mrs. Douglas' Entscheidung war bereits gefallen. »Es kommt auf Mars an«, erklärte sie der Astrologin. »Allie, ich brauche ein drittes Horoskop.«

»Wessen?«

»Äh... Allie, kann ich mich auf Ihre Verschwiegenheit verlassen?«

Madame Vesant machte ein beleidigtes Gesicht. »Wenn Sie mir nicht trauen, suchen Sie sich am besten andere Ratgeber. Ich bin nicht die einzige, die auf diesem Gebiet wissenschaftlich tätig ist. Professor von Krausemeyer hat einen guten Ruf, obwohl er dazu neigt...«

»Bitte, bitte! Ich käme nie auf die Idee, mich anderswo beraten zu lassen. Kann niemand hören, was ich Ihnen jetzt sage?«

»Natürlich nicht, meine Liebe.«

»Ich brauche ein Horoskop für Valentine Michael Smith.«

»Für den Marsmenschen?«

»Richtig. Allie, er ist entführt worden. Wir müssen ihn finden!«

Zwei Stunden später schob Madame Alexandra Vesant ihren Stuhl vom Schreibtisch zurück und seufzte. Sie hatte sämtliche Termine von ihrer Sekretärin absagen lassen; Dutzende von Schmierzetteln mit Berechnungen, ein nautischer Almanach, mehrere abgenützte Tafeln und weiteres Handwerkszeug bewiesen, wie eifrig sie gearbeitet hatte. Im Gegensatz zu anderen Astrologen bemühte Madame Vesant sich, die Einflüsse der Himmelskörper zu berechnen, wobei ihr ein Buch mit dem Titel *Die Geheimwissenschaften und der Stein der Weisen* nützlich war, das ihrem verstorbenen Gatten gehört hatte. Ihr Gatte war Professor Simon Magus gewesen – Mentalist, Bühnenhypnotiseur, Zauberkünstler und Anhänger der Schwarzen Magie.

Sie vertraute auf das Buch, wie sie auf ihn vertraut hatte; niemand konnte so gute Horoskope aufstellen wie Simon, wenn er nüchtern war – meistens brauchte er gar kein Buch dazu. Sie wußte, daß sie seine Geschicklichkeit nie erreichen würde, aber sie benützte stets seine Bücher; ihre Berechnungen waren meistens ungenau, denn Becky Vesey (ihr Mädchenname) war kein Rechengenie.

Trotzdem waren ihre Horoskope sehr begehrt, und Mrs. Douglas war nicht ihre einzige vornehme Klientin.

Madame Vesant war erschrocken, als Mrs. Douglas ein Horoskop für den Marsmenschen verlangte, aber sie hatte sich nichts anmerken lassen. Da sie annehmen konnte, daß ihre Auftraggeberin nicht genau wußte, wo und wann Valentine Michael Smith auf dem Mars geboren war, hatte sie behauptet, diese Informationen seien für sein Horoskop unerläßlich. Aber zu ihrer Überraschung konnte Mrs. Douglas sie nach kurzer Pause liefern – aus dem Logbuch der *Envoy*. Unterdessen hatte Madame Vesant ihren ersten Schock überwunden; sie nahm die Angaben gelassen entgegen und machte sich an die Arbeit. Aber nach zwei Stunden hatte sie nur die Horoskope für das Ehepaar Douglas fertig – und nichts über Smith. Das Problem war ganz einfach und trotzdem unlösbar: Smith war nicht auf der Erde geboren. Über seinem Geburtsort hatte ein fremder Sternenhimmel geleuchtet... und was konnte man ohne die Sternbilder und Tierkreiszeichen anfangen?

Madame Vesant schenkte sich ein Glas von dem Stärkungsmittel ein, das sie für alle Fälle im Schreibtisch bereithielt. Sie trank ein zweites Glas und überlegte, was Simon an ihrer Stelle getan hätte. Dann glaubte sie seine Stimme zu hören: »Kopf hoch, Mädchen! Wenn du Vertrauen hast, haben die Bauernlümmel auch Vertrauen zu dir. Das bist du ihnen sogar schuldig.«

Dann fühlte sie sich wieder besser und begann die beiden ersten Horoskope zu schreiben. Das für Smith war fast ebenso leicht; sie merkte wieder einmal, daß Worte sich selbst bewiesen, sobald sie auf Papier standen – sie waren so wunderbar *wahr!* Als sie die letzten Zeilen schrieb, rief Agnes Douglas wieder an. »Sind Sie noch nicht fertig, Allie?«

»Eben fertig geworden«, erklärte Madame Vesant. »Sie sind sich natürlich darüber im klaren, daß Smiths Horoskop völlig neuartige wissenschaftliche Probleme aufgeworfen hat. Da er einem anderen

Planeten geboren ist, mußten sämtliche Aspekte neu berechnet werden. Der Einfluß der Sonne ist geringer; der von Diana fehlt fast völlig. Jupiter taucht in ganz neuartigen Aspekten auf, wie Sie sich bestimmt vorstellen können. Dadurch...«

»Allie! Beantworten Sie mir nur eine Frage: Haben Sie das Problem gelöst?«

»Natürlich.«

»Gott sei Dank! Ich dachte schon, Sie wollten mir erklären, die Aufgabe sei zu schwierig für Sie gewesen.«

Madame Vesant richtete sich würdevoll auf. »Die Wissenschaft verändert sich nie, meine Liebe – das tun nur die Voraussetzungen, von denen wir ausgehen müssen. Wie könnte sie auch versagen? Was wahr ist, bleibt unveränderlich wahr.«

»Ja, natürlich.«

»Agnes, für Sie beginnt jetzt die größte Krise Ihres Lebens; noch nie waren die Zeichen am Himmel unheildrohender als jetzt. Aber Sie müssen vor allem ruhig bleiben, nichts überstürzen und gründlich nachdenken. Zahlreiche Anzeichen sprechen für Sie... wenn Sie es verstehen, Fehler zu vermeiden. Lassen Sie sich nicht von oberflächlichen Eindrücken beirren...« Sie erteilte weiter gute Ratschläge; Becky Veseys Ratschläge waren immer gut und überzeugend, weil sie selbst daran glaubte.

Mrs. Douglas begann zustimmend zu nicken, als sie einen Punkt nach dem anderen aufzählte. »Sie sehen also selbst, daß Smiths Abwesenheit aus allen drei Horoskopen als zwingende Notwendigkeit hervorgeht«, fuhr Madame Vesant fort. »Machen Sie sich deshalb keine Sorgen; Sie werden bald von ihm hören. Wichtig ist nur, daß Sie die Ruhe bewahren.«

»Ja, das sehe ich ein.«

»Noch etwas, Agnes. Venus dominiert in diesem Zusammenhang über Mars. Die Venus sind natürlich Sie, aber der Mars gilt für Ihren Gatten *und* für Smith. Dadurch liegt eine doppelte Last auf Ihren Schultern, und Sie müssen sich bewähren, indem Sie ihre typisch weiblichen Eigenschaften – Klugheit und Zurückhaltung – zum Vorteil aller Beteiligten einsetzen. Sie müssen Ihren Gatten unterstützen, ihm in dieser kritischen Zeit helfen und ihn beruhigen. Das ist die Aufgabe, die Ihnen das Schicksal überträgt.«

Mrs. Douglas seufzte. »Allie, Sie sind einfach wunderbar! Ich weiß gar nicht, wie ich Ihnen danken soll.«

»Danken Sie den Alten Meistern, deren Schülerin ich bin.«

»Ich kann ihnen nicht mehr danken, deshalb muß ich Ihnen danken. Allie, dafür bekommen Sie diesmal das doppelte Honorar.«

»Nein, Agnes, ich freue mich, Ihnen helfen zu können.«

»Und ich freue mich, Ihre Hilfe belohnen zu können. Kein Wort mehr, Allie!« Madame Vesant ließ sich umstimmen, schaltete ab und analysierte bei einem weiteren Glas Stärkungsmittel, was sie erfahren hatte. Dann rief sie ihren Börsenmakler an und wies ihn an, Lunar Enterprises zu verkaufen.

Er schnaubte verächtlich. »Allie, haben Sie den Verstand verloren?«

»Die Sterne sagen es mir, Ed.«

»Sie wissen etwas und wollen es nur nicht sagen«, warf er ihr vor. »Haben Sie Einwände, wenn ich mich anschließe?«

»Durchaus nicht, Ed. Seien Sie nur vorsichtig, damit niemand davon Wind bekommt. Die Lage ist sehr kompliziert, solange Saturn zwischen Jungfrau und Löwe steht.«

»Wie Sie meinen, Allie.«

Mrs. Douglas machte sich sofort an die Arbeit, weil sie sich darüber freute, daß Allie die Richtigkeit aller ihrer Entscheidungen bestätigt hatte. Sie erteilte die notwendigen Anweisungen zu einer Kampagne, die den Ruf des verschollenen Berquist endgültig untergraben würde; sie ließ Kommandant Twitchell von der Geheimpolizei zu sich kommen – er machte ein finsteres Gesicht, als er wieder gehen durfte, und machte seinem Stellvertreter das Leben zur Hölle. Sie veranlaßte Sanforth, eine weitere Stereosendung mit dem ›Marsmenschen‹ vorzubereiten und gleichzeitig das Gerücht in Umlauf zu setzen, Smith werde in nächster Zeit ein Sanatorium hoch in den Anden aufsuchen, wo das Klima für ihn am erträglichsten sei. Dann überlegte sie sich, wie man Pakistan dazu bringen konnte, dem Generalsekretär bei der nächsten Abstimmung das Vertrauen auszusprechen.

10

Während Mrs. Douglas in Gedanken versunken war, saß Dr. Dr. Jubal Harshaw, Lebenskünstler, Feinschmecker, Schriftsteller und Philosoph, am Swimming-pool seiner Villa in der Sonne und sah seinen drei Sekretärinnen zu, die sich im Wasser tummelten. Sie waren alle drei erstaunlich hübsch; sie waren jedoch auch erstaunlich gute Sekretärinnen.

Anne war blond, Miriam rothaarig, Dorcas brünett; sie waren der Reihe nach mollig, schlank und sehr schlank. Obwohl zwischen der ältesten und der jüngsten Sekretärin fast fünfzehn Jahre lagen, war nicht auf den ersten Blick zu erkennen, welche die älteste war.

Harshaw arbeitete angestrengt. Neunzig Prozent seiner selbst waren damit beschäftigt, die Badenixen zu beobachten; zehn Prozent hatten sich in ein schalldichtes dunkles Gehirnabteil zurückgezogen und arbeiteten dort. Sobald er fertig war, rief er eine Stenografin zu sich und beobachtete ihre Reaktion. Jetzt war er fertig. »Achtung!« rief er.

»Anne ist dran«, antwortete Dorcas. »Sie ist eben ins Wasser gesprungen.«

»Hol sie heraus!« befahl Harshaw. Sekunden später kletterte Anne aus dem Swimming-pool, zog sich einen Bademantel an und setzte sich Harshaw gegenüber. Sie traf keine weiteren Vorbereitungen, denn sie besaß ein absolutes Gedächtnis.

Harshaw nahm einen Schluck aus seinem Glas. »Mir ist eine prima Geschichte eingefallen, Anne. Diesmal handelt es sich um eine kleine Katze, die am Heiligen Abend in eine Kirche schleicht, um sich zu wärmen. Sie ist nicht nur halb erfroren, sondern hat auch eine verletzte Pfote. Okay, es geht los: ›Seit Stunden fielen dicke Schneeflocken...‹«

»Welches Pseudonym soll ich nehmen?«

»Hmm... am besten ›Molly Wadsworth‹. Die Story hat den Titel. *Die andere Krippe*. Achtung, es geht los.« Er diktierte Anne die Geschichte und beobachtete dabei ihr Gesicht; als zum Schluß Tränen unter ihren Lidern hervorquollen, lächelte er befriedigt.

»In Ordnung«, sagte er. »Putz dir die Nase. Schick die Story ab und laß sie mich unter keinen Umständen noch mal sehen.«

»Schämst du dich eigentlich nie, Jubal?«

»Nein.«

»Eines Tages bekommst du einen Tritt von mir für eine dieser Geschichten.«

»Das weiß ich. Verschwinde jetzt, bevor *du* einen bekommst.«

»Ja, Boß.«

Sie küßte ihn auf die Glatze, als sie an seinem Sessel vorbeiging. Harshaw brüllte »Achtung!«, und Miriam kam auf ihn zu. Dann ertönte eine Lautsprecherstimme:

»Boß!«

»Ja, Larry?« fragte Harshaw.

»Boß, hier am Tor ist eine junge Frau – und sie hat eine *Leiche* bei sich!«

Harshaw überlegte kurz. »Ist sie hübsch?«

»Äh... ja.«

»Worauf wartest du dann noch? Laß sie herein.«

Harshaw wandte sich an Miriam. »Es geht los«, sagte er. »Stadtsilhouette, Schnitt, Innenaufnahme, ein kahler Raum. Ein Polizist sitzt auf einem Holzstuhl, keine Mütze, Kragen geöffnet, Schweißperlen auf der Stirn. Zwischen uns und ihm ist der Rücken eines anderen Mannes zu sehen. Diese Gestalt hebt die Hand, schlägt dem Polizisten ins Gesicht...« Harshaw sah auf und sagte: »Den Rest kannst du dir selber ausdenken.« Ein Wagen rollte die Einfahrt herauf.

Jill saß am Steuer; ein junger Mann hatte auf dem Beifahrersitz Platz genommen und sprang sofort aus dem Wagen, als sie hielt. »Das ist sie, Jubal.«

»Aha. Guten Morgen, kleines Mädchen. Larry, wo ist die Leiche?«

»Auf dem Rücksitz, Boß. Unter der Decke.«

»Aber es ist *keine* Leiche!« widersprach Jill. »Er... Ben hat gesagt, Sie... Ich meine, er...« Sie senkte schluchzend den Kopf.

»Nur nicht gleich weinen«, mahnte Harshaw. »Es gibt nicht viele Leichen, um die es sich zu weinen lohnt. Dorcas, Miriam, kümmert euch um sie. Gebt ihr einen Drink.« Er öffnete die hintere Wagentür.

Jill schüttelte Miriams Hand ab. »Sie müssen mir zuhören!« sagte sie mit schriller Stimme. »Er ist nicht tot. Ich hoffe es jedenfalls nicht.« Sie begann wieder zu weinen. »Oh, ich habe solche Angst!«

»Scheint eine Leiche zu sein«, murmelte Harshaw nachdenklich. »Körpertemperatur entspricht etwa der Außentemperatur. Keine typische Leichenstarre. Wie lange ist er schon tot?«

»Er ist nicht tot! Können wir ihn nicht herausholen? Es hat schrecklich lange gedauert, bis ich ihn endlich auf dem Rücksitz hatte.«

»Klar. Larry, du hilfst mir – und wenn du dich übergeben mußt, machst du gefälligst alles wieder sauber.« Die beiden Männer legten Valentine Michael Smith auf den Rasen. Dorcas hatte inzwischen Harshaws Stethoskop geholt, und Harshaw suchte damit nach Smiths Puls. »Tut mir leid, aber dem ist nicht mehr zu helfen«, teilte er Jill bedauernd mit. »Wer war er?«

Jill seufzte schwer. »Der Marsmensch. Ich habe mir solche Mühe gegeben!«

»Das glaube ich. *Der Marsmensch?*«

»Ja. Ben... Ben Caxton hat mich an Sie verwiesen.«

»Ben Caxton? Das ehrt mich, aber...« Harshaw hob die Hand. »*Pst!* Ich habe eben einen Herzschlag gehört! Dorcas, hol mir sofort eine Spritze und die zweite Schublade von oben aus dem Kühlschrank.«

»Wird gemacht!«

»Geben Sie ihm keine Spritze, Doktor!«

»Warum nicht?« fragte Harshaw erstaunt.

»Tut mir leid, Sir. Ich bin nur eine Krankenschwester... aber dieser Fall liegt anders. Das *weiß* ich.«

»Hmm... er ist jetzt natürlich mein Patient, Schwester. Aber ich weiß seit etwa vierzig Jahren, daß ich nicht Gott bin – und seit etwa dreißig, daß ich nicht einmal Äskulap bin. Was schlagen Sie zur Behandlung vor?«

»Ich möchte ihn irgendwie aufwecken. Wenn Sie sich um ihn bemühen, verschlechtert sich sein Zustand nur noch mehr.«

»Gut, meinetwegen. Nehmen Sie aber keine Axt dazu. Und dann versuchen wir meine Methoden.«

»Einverstanden, Sir.« Jill kniete neben Smith und sprach leise auf ihn ein. »Bitte wach auf«, verlangte sie. »Dein *Wasserbruder* bittet dich darum.«

Smith holte tief Luft, schlug die Augen auf und lächelte sein Kinderlächeln. Es verschwand, als er die Umstehenden sah.

»Schon gut«, sagte Jill hastig. »Du bist hier bei Freunden.«

»Freunden?«

»Alle sind deine Freunde. Mach dir keine Sorgen und bleib wach. Hier passiert dir nichts.«

Eine halbe Stunde später lagen beide Patienten im Bett. Jill hatte Harshaw kurz die Ereignisse geschildert, die zu dieser gemeinsamen Flucht geführt hatten, so daß Harshaw jetzt wußte, worum es ging. Er wandte sich an Larry.

»Larry, ist der Elektrozaun eingeschaltet?«

»Nein.«

»Du kannst ihn gleich einschalten. Dann wischst du sämtliche Fingerabdrücke von der Kiste, in der die beiden gekommen sind, fährst sie nach Lancaster und läßt sie irgendwo im Straßengraben liegen. Von dort aus kommst du über Philadelphia zurück.«

»Wird gemacht, Jubal. Übrigens... ist er wirklich der Marsmensch?«

»Hoffentlich nicht. Solltest du andernfalls mit dem Wagen erwischt werden, wirst du vermutlich ausgequetscht. Ich glaube, daß er es ist.«

»Aha. Soll ich auf dem Rückweg noch eine Bank überfallen?«

»Wahrscheinlich kannst du nichts Ungefährlicheres tun.«

»Okay, Boß.« Larry zögerte. »Kann ich in Philly übernachten?«

»Meinetwegen. Aber was willst du nachts in Philadelphia?« Er drehte sich um. »Achtung!«

Jill schlief bis zum Abendessen. Als sie aufwachte, sah sie ein hübsches Kleid und Sandalen neben ihrem Bett liegen, jemand hatte ihr zerrissenes und schmutziges Kleid mitgenommen. Das Kleid paßte ausgezeichnet, und Jill vermutete, daß es Miriam gehörte. Sie badete, kämmte ihr Haar, erneuerte ihr Make-up und fühlte sich wie neugeboren, als sie hinunterging.

Dorcas saß in einem Sessel und stickte etwas; sie nickte Jill freundlich zu, als sei sie ein Familienmitglied, und arbeitete weiter. Harshaw war damit beschäftigt, Cocktails zu mixen. »Drink?« fragte er Jill.

»Oh, vielen Dank.«

Jill wußte nicht, was ihr Glas enthielt – aber es wärmte jedenfalls wunderbar von innen heraus.

»Haben Sie schon nach unserem Patienten gesehen?« wollte Harshaw wissen.

»Nein, Sir. Ich weiß nicht, in welchem Zimmer er liegt.«

»Ich habe erst vorhin nachgesehen. Er schläft wie ein Baby. Sollen wir ihn zum Abendessen wecken?«

Jill runzelte die Stirn. »Das weiß ich nicht, Doktor.«

»Na, dann lassen wir ihn schlafen. Hier wird niemand zu seinem Glück gezwungen, meine Liebe. Jeder tut, was ihm Spaß macht... und wenn er dann etwas tut, das mir mißfällt, werfe ich ihn hinaus. Das erinnert mich übrigens an etwas: Ich lasse mich nicht gern ›Doktor‹ nennen.«

»Sir?«

»Oh, ich bin keineswegs beleidigt. Aber seitdem man auf jedem idiotischen Gebiet promovieren kann, benütze ich meine Titel nicht mehr. Nennen Sie mich einfach Jubal.«

»Einverstanden«, stimmte Jill zu.

»Welches Interesse haben Sie an diesem Patienten, kleines Mädchen?«

»Warum? Ich habe Ihnen doch erzählt, was...«

»Sie haben mir die Ereignisse geschildert, ohne einen Grund dafür anzugeben. Jill, ich habe Sie mit ihm beobachtet. Lieben Sie ihn?«

»Unsinn!« widersprach Jill energisch.

»Keineswegs. Sie sind eine Frau; er ist ein Mann – die Voraussetzungen sind also erfüllt.«

»Aber... Nein, Jubal, Sie irren sich. Ich... nun, er war gefangen, und ich dachte – oder vielmehr Ben dachte –, er sei in Gefahr. Wir wollten dafür sorgen, daß er zu seinem Recht kommt.«

»Meine Liebe, ich glaube, daß die Sache eher andere Gründe hat. Sie scheinen gesund und normal entwickelt zu sein, deshalb vermute ich, daß Sie es entweder auf Ben oder auf diesen armen Kerl abgesehen haben. Und was soll *ich* jetzt tun?«

»Das weiß ich selbst nicht«, gab Jill zu.

»Genau das habe ich mir gedacht. Da ich annehme, daß Sie Ihren Job behalten wollen, habe ich Ihrem Krankenhaus ein Telegramm aus Montreal geschickt und Sie wegen Krankheit in der Familie entschuldigt. In Ordnung?«

Jill atmete erleichtert auf. »Danke, Jubal!« Sie fügte hinzu: »Zum Glück ist heute mein freier Tag, so daß ich noch nichts versäumt habe.«

»Ausgezeichnet. Was haben Sie also vor?«

»Das habe ich mir noch gar nicht überlegt. Ich müßte mir Geld von der Bank schicken lassen und...«

»Wenn Sie das tun, haben Sie gleich die Polizei auf dem Hals«, unterbrach Jubal sie. »Warum bleiben Sie nicht einfach hier, bis etwas Gras über die ganze Sache gewachsen ist?«

»Ich möchte Ihnen nicht zur Last fallen, Jubal.«

»Machen Sie sich deswegen keine Sorgen, mein Kind. Ich füttere meistens ein paar Kostgänger durch. Niemand fällt mir gegen meinen Willen zur Last, das können Sie glauben. Aber was ist mit Ihrem Patienten? Sie wollen ihm zu seinem ›Recht‹ verhelfen – und ich soll Sie dabei unterstützen?«

»Nun... Ben hat gesagt, Sie würden...«

»Ben kann nicht für mich sprechen. Die sogenannten Ansprüche dieses jungen Mannes interessieren mich nicht. Daß der Mars ihm gehören soll, ist Unsinn, und sein Reichtum ist so unverdient, daß es besser wäre, wenn er darum betrogen würde. Nein, hier sind Sie an der falschen Adresse, wenn Sie jemand suchen, der für Smiths Ansprüche kämpft.«

»Oh.« Jill kämpfte mit den Tränen. »Dann sehe ich mich lieber nach einer anderen Unterkunft um.«

»Warum?«

»Aber Sie haben doch gesagt, Sie...«

»Ich habe gesagt, daß mich seine Ansprüche nicht interessieren. Aber ein Gast unter meinem Dach ist etwas anderes. Er ist hier willkommen. Ich wollte Ihnen nur klarmachen, daß ich nicht die Absicht habe, für Bens romantische Anwandlungen zu kämpfen. Früher habe ich mir eingebildet, der Menschheit zu dienen, meine Liebe... und ich habe dieses Bewußtsein genossen. Dann habe ich erkannt, daß die Menschheit keine Diener will; sie setzt sich sogar dagegen zur Wehr. Deshalb tue ich jetzt nur noch, was Jubal Harshaw Spaß macht.« Er wandte sich ab. »Zeit zum Abendessen, nicht wahr, Dorcas? Wer tut überhaupt etwas?«

»Miriam.« Sie legte ihre Stickerei weg und stand auf.

»Ich habe nie herausbekommen, wie diese Mädchen sich die Arbeit einteilen.«

»Woher willst du das auch wissen, Boß? Du arbeitest selbst nie.« Dorcas klopfte ihm auf den Bauch. »Aber du läßt keine Mahlzeit aus.«

Ein Gong rief sie zum Abendessen. Daß Miriam gekocht hatte, sah man ihr nicht an; sie saß frisch und gepflegt am unteren Tischende. Jill gegenüber hatte ein Mann namens ›Duke‹ Platz genommen, der etwas älter als Larry war und sich mit Jill unterhielt, als lebe sie schon immer hier.

Das Essen war ausgezeichnet, aber Harshaw war trotzdem nicht zufrieden. Er beschwerte sich über stumpfe Messer, behauptete, das Fleisch sei zäh, und warf Miriam vor, sie serviere Reste. Jill begann die Sache peinlich zu werden, als Anne plötzlich die Gabel fortlegte. »Er hat wieder davon gesprochen, wie gut seine Mutter kochen konnte«, erklärte sie.

»Er hält sich wieder für den Boß«, stimmte Dorcas zu.

»Wie lange ist es her?«

»Ungefähr zehn Tage.«

»Zu lange.« Anne, Dorcas und Miriam standen auf; Duke aß ruhig weiter.

»Nicht beim Essen, Mädchen!« bat Harshaw rasch. »Wartet lieber, bis...«

Aber die drei achteten nicht darauf, sondern griffen nach seinen Armen und Beinen und schleppten ihn hinaus. Harshaw kreischte verzweifelt, bis das Kreischen abbrach, weil er ins Wasser des Swimming-pools klatschte. Die drei Frauen kamen zurück und nahmen ihre Plätze wieder ein.

Harshaw tauchte einige Minuten später in einen Bademantel gehüllt auf und aß in diesem Aufzug weiter. »Eine Frau, die nicht kochen kann, ist wertlos«, behauptete er. »Wenn ich hier nicht bald anständig bedient werde, tausche ich euch alle gegen einen Hund ein und erschieße den Hund. Was gibt's als Nachtisch, Miriam?«

»Erdbeertorte.«

»Schon besser. Ihr seid alle bis Mittwoch begnadigt.«

Nach dem Abendessen ging Jill in den großen Wohnraum hinüber, um sich die Nachrichtensendung anzusehen, weil sie wissen wollte, ob ihr Name im Zusammenhang mit Smiths Flucht genannt wurde. Aber obwohl sie sämtliche Winkel durchsuchte – die anderen waren spurlos verschwunden, so daß sie nicht fragen konnte –, entdeckte sie nirgends ein Stereogerät. Sie sah auch keine Tageszeitung, aber viele Magazine und Bücher.

Als niemand kam, fragte sie sich, wie spät es sein mochte. Sie hatte ihre Uhr oben gelassen und sah sich deshalb hier nach einer um. Erst als sie keine fand, fiel ihr ein, daß sie auch in den übrigen Räumen weder Uhren noch Kalender gesehen hatte. Sie zuckte mit den Schultern und suchte sich noch eine Buchspule aus, bevor sie nach oben ins Bett ging.

Ihr Zimmer war hochmodern und luxuriös eingerichtet; das Bett enthielt sämtliche nur denkbaren Zusatzgeräte – aber der eingebaute Wecker fehlte. Jill überlegte sich, daß es keine Rolle spielte, wann sie aufwachte; sie kroch unter die Decke, legte die Buchspule in das Lesegerät ein, begann zu lesen... und war wenige Minuten später eingeschlafen.

Jubal Harshaw fand keinen Schlaf; er war auf sich selbst wütend. Vor einem halben Jahrhundert hatte er sich geschworen, nie wieder eine heimatlose Katze aufzunehmen – und nun waren es gleich zwei... nein, drei, wenn er Caxton mitzählte. Und was würde sich daraus ergeben? Dutzende von Leuten, wildfremde Menschen würden über ihn herfallen, sobald bekannt war, daß er Smith bei sich aufgenommen hatte. Aber andererseits...

Gegen Mitternacht setzte er sich im Bett auf; die Beleuchtug wurde eingeschaltet. »Achtung!« brüllte er in ein Mikrophon.

Dorcas erschien in Morgenrock und Hauspantoffeln. »Ja, Boß?« fragte sie gähnend.

»Dorcas, in den letzten zwanzig oder dreißig Jahren habe ich ein Parasitendasein geführt.«

Sie gähnte wieder. »Das weiß doch jeder.«

»Laß den Unsinn. Aber im Leben jedes Mannes kommt der Zeitpunkt, an dem er nicht nur vernünftig reagieren darf – an dem er sich für die Freiheit einsetzen muß, um ein großes Unrecht abzuwenden.«

»Sooo...«

»Dieser Zeitpunkt ist jetzt für mich gekommen.«

Dorcas schien erst aufzuwachen. »Dann ziehe ich mich lieber an.«

»Richtig. Die anderen sollen auch aufstehen; wir haben viel zu tun. Kipp Duke einen Eimer kaltes Wasser ins Gesicht; er soll den Quatschkasten abstauben und in mein Arbeitszimmer stellen. Ich will die Nachrichten sehen.«

Dorcas starrte ihn an. »Du willst das *Stereogerät* aufstellen lassen?«

»Habe ich mich nicht deutlich genug ausgedrückt? Wenn das Ding nicht funktioniert, braucht Duke sich hier nicht mehr blicken zu lassen, bevor er ein neues herangeschafft hat. Verschwinde jetzt; wir haben noch viel zu tun.«

»Meinetwegen«, murmelte Dorcas zweifelnd. »Aber soll ich nicht lieber erst ein Fieberthermometer holen?« – »Ruhe, Weib!«

Duke brachte das Stereogerät so rechtzeitig in Gang, daß Jubal eine Wiederholung des zweiten Interviews mit dem angeblichen Marsmenschen sehen konnte. Der Kommentator erwähnte zum Schluß das Gerücht, Smith wolle sich vorläufig in ein Sanatorium in den Anden zurückziehen. Jubal kombinierte die bekannten Tatsachen und rief dann die ganze Nacht lang Leute an. Bei Tagesanbruch brachte Dorcas ihm sein Frühstück – sechs Eidotter in Cognac –, und während er es zu sich nahm, überlegte er, daß ein Vorteil eines langen Lebens daraus bestand, daß man allmählich alle wichtigen Leute kannte und sie notfalls anrufen konnte.

Harshaw hatte eine Bombe vorbereitet, die er jedoch erst zünden wollte, wenn er von den herrschenden Mächten dazu gezwungen wurde. Er war sich darüber im klaren, daß die Regierung Smith zurückholen konnte, indem sie behauptete, er sei unzurechnungsfähig. Seiner Meinung nach war Smith gesetzlich verrückt und medizinisch psychopathisch, wenn man normale Maßstäbe anlegte; er war das Opfer einer doppelten Situationspsychose, weil er zuerst von fremden Lebewesen aufgezogen worden und dann plötzlich in eine andere Kultur versetzt worden war.

Aber Harshaw glaubte auch zu wissen, daß rechtliche und medizinische Definitionen in diesem Fall nicht zutrafen. Smith hatte sich einer fremden Zivilisation erfolgreich angepaßt – aber als Kind. War er als Erwachsener imstande, seine Denkgewohnheiten zu ändern und einen ebenso einschneidenden Wechsel zu vollziehen, der für einen Erwachsenen um so schwieriger war? Harshaw wollte ihn dabei beobachten; dies war das erstemal seit Jahrzehnten, daß er wieder Interesse für medizinische Probleme bewies.

Außerdem machte es ihm Spaß, gegen die Mächtigen dieser Welt aufzubegehren. Harshaw war im Grunde seines Herzens ein Anarchist.

11

Smith lebte glücklich und zufrieden. Jubal Harshaw war sein neuer Wasserbruder, er hatte viele neue Freundschaften geschlossen und machte täglich neue Erfahrungen. Sein Tageslauf bestand aus einem Kaleidoskop vielfältiger Erlebnisse, die er nicht alle gleichzeitig groken konnte; er registrierte sie einfach nur, um sich später in aller Ruhe nochmals mit ihnen zu befassen.

Sein Bruder Jubal hatte ihm erklärt, er könne seine neue und schöne Umgebung besser groken, wenn er lesen lerne; Smith befaßte sich gehorsam einen Tag lang damit, und Jill las ihm die Worte vor und sprach sie richtig aus. Das bedeutete natürlich, daß er an diesem Tag kaum Zeit für den Swimming-pool hatte – ein großes Opfer, denn seitdem er begriffen hatte, daß er beliebig oft schwimmen durfte, hielt er sich am liebsten im Wasser auf. Hätten Jill und Jubal ihn nicht gelegentlich wieder herausgeholt, hätte er den Swimming-pool wohl nie verlassen.

Da er nachts nicht schwimmen durfte, las er die ganze Nacht

lang. Er arbeitete sich durch die Encyclopedia Britannica und gönnte sich zum Nachtisch Bücher über die Fachgebiete Recht und Medizin aus Jubals Bibliothek. Als sein Bruder Jubal ihn lesen sah, blieb er neben ihm stehen und fragte ihn, was er eben gelesen habe. Smith antwortete nach sorgfältiger Überlegung, weil ihn diese Frage an die Proben erinnerte, die daraus bestanden, daß die Ältesten das Gelernte durch Fragen überprüften. Sein Bruder schien seine Antworten verwirrend zu finden, und Smith zog sich zurück, um zu meditieren – er war davon überzeugt, mit den Worten aus dem Buch geantwortet zu haben, obwohl er nicht alle grokte.

Aber er zog den Swimming-pool allen Büchern vor, wenn Jill und Miriam und Larry und alle anderen dort badeten. Er konnte nicht gleich schwimmen, aber er entdeckte, daß er einen Trick beherrschte, der die anderen in Erstaunen versetzte. Er ließ sich auf den Boden hinabsinken und blieb dort in seliger Verzückung liegen – woraufhin die anderen ihn so aufgeregt aus dem Wasser holten, daß er sich vor Schreck fast zurückgezogen hätte, wenn ihm nicht klar gewesen wäre, daß sie nur um sein Wohlergehen besorgt waren.

Später demonstrierte er Jubal diese Fähigkeit, indem er herrlich lange unter Wasser blieb; er bemühte sich auch, seinem Bruder Jill zu zeigen, wie einfach dieser Trick im Grunde genommen war, aber Jill wurde nervös, und er gab den Versuch auf. An diesem Tag erkannte er erstmals, daß es Dinge gab, die nur er tun konnte. Er dachte lange darüber nach und gab sich Mühe, diese Tatsache völlig zu groken.

Smith war glücklich; Harshaw war es nicht. Er führte sein gewohntes Dasein weiter, faulenzte in der Sonne und beobachtete gelegentlich sein neues Versuchskaninchen. Er legte keinen bestimmten Tagesablauf für Smith fest, schrieb ihm keine Lektüre vor und untersuchte ihn auch nicht regelmäßig, sondern ließ ihm völlig freie Bahn. Smith wurde nur von Gillian beaufsichtigt und erzogen – das allerdings mehr als genug, denn Jubal war überhaupt der Meinung, Männer sollten nicht von Frauen bevormundet werden.

Gillian tat jedoch kaum mehr, als Smith Anstandsunterricht zu erteilen. Er aß jetzt mit am Tisch, zog sich selbst an, hielt sich an die im Haus gültigen Regeln und wurde mit neuen Problemen fertig, indem er andere imitierte. Bei der ersten gemeinsamen Mahlzeit aß Smith noch mit einem Löffel, und Jill schnitt ihm das Fleisch klein. Kurze Zeit später bemühte er sich bereits, wie die anderen zu essen.

Beim nächsten Mahl imitierte er Jill bereits perfekt, obwohl sie sich in der Zwischenzeit nicht damit beschäftigt hatte, ihm Unterricht auf diesem Gebiet zu erteilen.

Selbst die Tatsache, daß Smith nicht nur Lesen gelernt hatte, sondern Bücher mit erstaunlicher Geschwindigkeit verschlang und sie auswendig wiedergeben konnte, brachte Jubal Harshaw nicht auf den Gedanken, Smiths Fortschritte regelmäßig zu untersuchen, zu klassifizieren und zu messen. Harshaw war alt genug, um zu wissen, welche Grenzen allen menschlichen Bemühungen gesetzt sind; er hatte nicht die Absicht, Zeit mit irgendwelchen Messungen zu vergeuden, wenn er nicht einmal wußte, was er eigentlich maß.

Aber während Harshaw erlebte, wie dieses einzigartige Versuchskaninchen sich zur Kopie eines Menschen entwickelte, ließ ihn eine Befürchtung nicht mehr los.

In dieser Beziehung ging es ihm nicht besser als Generalsekretär Douglas: Er wartete darauf, daß die Bombe platzte.

Harshaw hatte etwas unternommen, weil er damit rechnete, daß die Regierung etwas gegen ihn unternehmen würde; jetzt war er irritiert, weil nichts geschah. Verdammt noch mal, war die Geheimpolizei so dämlich, daß sie nicht einmal die Spur eines harmlosen Mädchens aufnehmen konnte, das einen Bewußtlosen durch die Gegend schleppte? Oder war die Polizei Gillian auf den Fersen geblieben und beschattete jetzt sein Haus? Diese Vorstellung, daß die Regierung ihn bespitzeln ließ, machte Harshaw noch wütender.

Das war nicht einmal ausgeschlossen! Regierung! Zu drei Vierteln parasitär und ansonsten erschreckend unfähig... Harshaw gab zu, daß der Mensch als geselliges Wesen nicht ohne Regierung auskommen konnte – aber ein Übel war noch lange nicht deshalb ›gut‹, weil es notwendig war. Seiner Meinung nach hätte die ganze Regierung sich zum Teufel scheren können!

Es war möglich und sogar wahrscheinlich, daß die Regierung genau wußte, wo der Marsmensch steckte – und daß sie beschlossen hatte, vorläufig nichts dagegen zu unternehmen.

Aber wie lange konnte dieser Zustand noch dauern? Und wie lange konnte Harshaw seine ›Bombe‹ bereithalten?

Und wo steckte dieser verdammte Ben Caxton?

Jill Boardman riß ihn aus seinen trüben Überlegungen. »Jubal?«

»Oh, tut mir leid, ich war geistesabwesend. Nimm Platz, Jill. Was darf ich dir anbieten?«

»Danke, lieber nichts. Jubal, ich mache mir Sorgen.«

»Das ist doch ganz normal«, behauptete Jubal lächelnd.

Jill biß sich auf die Unterlippe und wirkte plötzlich zehn Jahre jünger. »Bitte hör mir zu, Jubal! Ich mache mir schreckliche Sorgen!«

Er seufzte schwer. »Schieß los, Jill. Was hast du auf dem Herzen?«

»Hör zu, Jubal, würde es dich stören, wenn ich Mike hierließe?«

Harshaw schüttelte den Kopf. »Natürlich nicht. Die Mädchen kümmern sich um ihn, und er paßt sich recht gut an. Willst du fort?«

Jill senkte den Kopf. »Ja.«

»Du warst hier willkommen, aber wenn du willst, kannst du natürlich jederzeit gehen.«

»Aber ich will gar nicht, Jubal!«

»Dann bleibst du eben hier.«

»Aber ich *muß!*«

»Noch mal von vorn. Das habe ich nicht richtig verstanden.«

»Begreifst du das nicht, Jubal? Mir gefällt es hier – du hast uns wunderbar freundlich aufgenommen! Aber ich kann nicht länger bleiben, solange Ben noch verschollen ist. Ich *muß* nach ihm suchen.«

Harshaw runzelte die Stirn. »Wie willst du das anfangen?«

Jill zuckte hilflos mit den Schultern. »Das weiß ich noch nicht. Aber ich kann jedenfalls nicht hier faulenzen, solange Ben verschwunden ist.«

»Ben ist ein großer Junge, Gillian. Du bist weder seine Mutter noch seine Frau. Du hast keinen Anlaß, ihn zu suchen – oder doch?«

Jill senkte den Kopf. »Nein«, gab sie zu, »ich habe keinen Anspruch auf Ben. Aber ich weiß, daß er mich suchen würde, wenn ich verschollen wäre. Deshalb muß *ich* nach *ihm* suchen!«

Jubal murmelte etwas Unverständliches vor sich hin. »Schön, fangen wir also logisch an«, sagte er dann. »Hast du die Absicht, ein paar Detektive anzuheuern?«

Jill nickte verlegen. »Das ist wahrscheinlich am besten, nicht wahr? Aber ich habe noch nie mit Detektiven zu tun gehabt. Sind sie teuer?«

»Ziemlich.«

Jill schluckte trocken. »Kann ich vielleicht in Raten bezahlen?«

»Sie verlangen ihr Honorar bar auf den Tisch. Aber deshalb brauchst du dir keine Sorgen zu machen, Kind; ich habe dieses Problem nur erwähnt, weil es bereits gelöst ist. Ich habe die besten Detektive angestellt, um Ben suchen zu lassen – du brauchst also nicht deine Zukunft zu verpfänden, um die zweitbesten für dich arbeiten zu lassen.«

»Davon hast du mir nichts gesagt!«

»Das war überflüssig.«

»Aber… was haben sie herausgebracht, Jubal?«

»Nichts«, gab er zu. »Ich habe dir nicht davon erzählt, weil du nur trübselig geworden wärst.« Jubal runzelte die Stirn. »Zuerst war ich noch der Überzeugung, du seist überflüssigerweise nervös – ich war der gleichen Meinung wie dieser Kilgallen, daß Ben wegen einer neuen Story unterwegs sei.« Er seufzte. »Jetzt denke ich anders. Dieser dämliche Kilgallen hat tatsächlich eine Nachricht bekommen, Ben werde längere Zeit unterwegs sein; mein Mann hat sie sich zeigen lassen, war geschickt genug, sie heimlich zu fotografieren, und hat sie überprüft. Die Nachricht ist tatsächlich befördert worden.«

Jill schüttelte den Kopf. »Dann verstehe ich nur nicht, warum Ben mich nicht auch benachrichtigt hat. Das sieht ihm nicht ähnlich – Ben ist sonst sehr rücksichtsvoll.«

Jubal unterdrückte ein Stöhnen. »Kommt dir die Sache nicht komisch vor, Gillian? Wenn auf einer Packung ›Zigaretten‹ steht, ist noch lange nicht bewiesen, daß sie auch wirklich Zigaretten enthält. Du bist seit Freitag hier; die Nachricht ist am Donnerstag um halb elf in Philadelphia aufgegeben worden. Folglich muß der Eindruck entstehen, Ben sei an diesem Tag zu dieser Zeit in Philadelphia gewesen. Aber die Sache hat einen Haken, Jill – Ben war nicht dort.«

»Aber wie…«

»Augenblick! Der Nachrichtentext wird entweder am Schalter abgegeben oder telefonisch übermittelt. Im zweiten Fall muß er getippt werden, bevor er fotografiert werden kann.«

»Ja, natürlich.«

»Fällt dir dabei nichts auf, Jill?«

»Äh… Jubal, ich mache mir solche Sorgen, daß ich nicht klar denken kann.«

»Macht nichts; ich bin auch nicht gleich darauf gekommen. Aber der Detektiv, den ich angestellt habe, versteht seine Sache; er ist mit einer gefälschten Nachricht in Philadelphia aufgetaucht und hat einen Ausweis auf den Namen Osbert Kilgallen vorgezeigt, als sei er selbst der Empfänger. Dann hat er es mit seiner väterlichen Art verstanden, eine junge Dame dazu zu bringen, ihm Dinge zu verraten, die sie nur vor Gericht hätte aussagen dürfen. Normalerweise könnte sie sich nicht an eine einzelne Nachricht erinnern, weil sie täglich Hunderte von Mitteilungen tippt, ohne auch nur zu merken, was sie eigentlich schreibt. Aber die bewußte junge Dame gehört zu Bens Fans; sie liest jeden Abend seine Kolumne – ein schreckliches Laster.« Jubal kniff die Augen zusammen. *»Achtung!«*

Anne erschien tropfnaß. »Erinnere mich daran, daß ich einen Artikel über den inneren Zwang zur Zeitungslektüre schreiben will«, wies er sie an. »Im Mittelpunkt steht die Tatsache, daß die meisten Neurosen sich auf die ungesunde Angewohnheit zurückführen lassen, sich mit den Problemen von fünf Milliarden Fremden zu befassen. Als Titel ist ›Klatsch macht krank‹ vorgesehen.«

»Boß, du wirst allmählich morbid.«

»Nicht ich, aber alle anderen. Sorge dafür, daß ich ihn nächste Woche schreibe. Verschwinde jetzt; ich bin beschäftigt.« Er wandte sich an Gillian. »Die junge Dame war begeistert, als sie mit ihrem Helden am Telefon sprechen konnte... und sie bedauerte es heftig, daß er nicht auch für die Bildübertragung bezahlt hatte. Jedenfalls erinnert sie sich daran, daß der Anruf aus einer Telefonzelle kam – aus einer Telefonzelle in Washington!«

»In Washington?« wiederholte Jill verständnislos. »Warum sollte Ben von dort aus...«

»Richtig«, stimmte Harshaw irritiert zu. »Wäre er wirklich in Washington gewesen, hätte er schneller, einfacher und billiger mit seinem Assistenten in Verbindung treten können, anstatt eine Nachricht telefonisch durchzugeben, damit sie aus hundertfünfzig Kilometer Entfernung nach Washington *zurückgeschickt* wird! Das ist unsinnig, wenn nicht etwas anderes dahintersteckt. Ben ist es gewöhnt, mit Falschspielern zurechtzukommen; er kennt ihre ganzen Tricks, sonst wäre er nicht so erfolgreich.

Vielleicht war er der Meinung, sein Telefon werde abgehört, so daß es sicherer erschien, eine schriftliche Nachricht schicken zu lassen. Oder er mußte annehmen, beide Möglichkeiten seien zu unsicher – und wollte auf diese Weise jemand davon überzeugen, daß er in nächster Zeit abwesend sein würde.« Jubal runzelte die Stirn. »In diesem Fall würden wir ihm mit der Suche nach ihm keinen Gefallen tun, sondern vielleicht sogar sein Leben gefährden.«

»Nein, Jubal!«

»Ja, Jubal«, antwortete er müde. »Ben steht immer dicht am Abgrund; dadurch hat er seinen Ruf überhaupt erst begründet. Jill, Ben hat sich noch nie auf eine gefährlichere Aufgabe eingelassen. Sollte er freiwillig untergetaucht sein, dürfen wir sein Verschwinden nicht an die große Glocke hängen. Oder willst du ihn dadurch gefährden? Kilgallen sorgt dafür, daß niemand etwas merkt – seine Kolumne erscheint nach wie vor täglich.«

»Das sind Artikel, die Ben auf Vorrat geschrieben hat!«

»Natürlich. Oder Kilgallen schreibt sie selbst. Aber Ben Caxton ist offiziell noch immer da. Vielleicht hat er alles absichtlich arrangiert, meine Liebe, weil er sich in solcher Gefahr befand, daß er nicht einmal mit dir in Verbindung treten zu dürfen glaubte. Was hältst du davon?«

Gillian bedeckte ihr Gesicht mit den Händen. »Jubal, ich weiß überhaupt nicht mehr, was ich denken oder tun soll!«

»Laß den Unsinn!« sagte er barsch. »Schlimmstenfalls erwartet ihn der Tod, der uns allen eines Tages bevorsteht – in Tagen, Wochen oder Jahren. Du brauchst nur mit Mike darüber zu sprechen. Seiner Auffassung nach ist die ›Entleibung‹ weniger schlimm als ein böses Wort. Wenn er von mir erführe, daß wir ihn zum Abendessen braten wollten, würde er mir mit Tränen in den Augen danken.«

»Ich weiß«, stimmte Jill zu, »aber ich kann mich nicht zu seiner philosophischen Haltung durchringen.«

»Ich auch nicht«, gab Harshaw zu, »aber ich begreife sie allmählich – und das ist für einen Mann in meinem Alter tröstlich. Die Fähigkeit, das Unvermeidliche zu genießen... in dieser Beziehung habe ich noch viel von Mike zu lernen. Manchmal zweifle ich noch daran, aber im Grunde genommen glaube ich doch, daß Mike genau weiß, wovon er spricht.«

»Das kann ich nicht beurteilen«, warf Jill ein. »Ich mache mir nur Sorgen um Ben.«

»Ich auch«, antwortete Harshaw. »Jill, ich habe den Verdacht, daß Ben sich nicht absichtlich versteckt hält.«

»Aber du hast doch gesagt, er...«

»Tut mir leid. Meine Schnüffler haben sich nicht auf Bens Büro und die Nachforschungen in Philadelphia beschränkt. Am Donnerstagmorgen ist Ben mit einem Anwalt und einem Fairen Zeugen im Bethesda Mecidal Center erschienen. Der Zeuge war James Oliver Cavendish, falls dir der Name etwas sagt.«

»Damit kann ich nichts anfangen.«

»Macht nichts. Allein die Tatsache, daß Ben sich an Cavendish gewandt hat, zeigt deutlich, wie ernst ihm die Sache war; man schießt nicht mit Kanonen auf Spatzen. Sie wurden zu dem ›Marsmenschen‹ vorgelassen und...«

Jill schüttelte den Kopf. »Unmöglich«, warf sie energisch ein.

»Jill, du widersprichst einem Fairen Zeugen... und nicht irgendeinem Fairen Zeugen. Was Cavendish sagt, ist ein Evangelium.«

»Meinetwegen kann er behaupten, was er will, aber er war am Donnerstag nicht auf meiner Station!«

»Du hast nicht richtig zugehört. Ich habe nicht gesagt, er und die beiden anderen seien bei Mike gewesen. Sie haben den ›Marsmenschen‹ vorgeführt bekommen – offensichtlich Mikes Double, das schon vor den Kameras aufgetreten ist.«

»Oh. Natürlich! Und Ben hat den falschen Marsmenschen entlarvt.«

Jubal schüttelte den Kopf. »Kleines Mädchen, Ben hat nichts dergleichen getan. Selbst Cavendish hat nichts gemerkt – oder er äußert sich jedenfalls kaum dazu. Du weißt selbst, wie komisch diese Fairen Zeugen sein können.«

»Nun... nein, ich weiß es nicht. Ich kenne keinen.«

»Wirklich nicht? *Anne!*«

Anne stand auf dem Sprungbrett; sie drehte sich nach ihnen um. Jubal rief ihr zu: »Welche Farbe hat das Haus dort oben auf dem Hügel?«

»Es ist auf dieser Seite weiß«, antwortete Anne nach einem kurzen Blick.

Jubal sah zu Gillian hinüber. »Siehst du? Anne fiele es nicht ein, etwa zu behaupten, die andere Seite des Hauses sei ebenfalls weiß. Sie würde erst selbst nachsehen wollen – und selbst dann wäre sie nicht davon überzeugt, daß die Seite weiß bleiben würde.«

»*Anne* ist eine Faire Zeugin?«

»Sie ist geprüft, darf überall praktizieren und kann selbst vor dem Obersten Gericht aussagen. Du kannst dir gelegentlich von ihr erzählen lassen, warum sie sich aus dem Berufsleben zurückgezogen hat. Aber zurück zu Mister Cavendish: Ben hat mit ihm vereinbart, daß er über seine Wahrnehmungen in aller Öffentlichkeit sprechen darf, weil Cavendish sonst für seine Zwecke nicht zu gebrauchen gewesen wäre. Cavendish hat alle Fragen bereitwillig beantwortet; interessant ist jedoch nur, was er *nicht* gesagt hat. Er behauptet keineswegs, der ihm vorgeführte Mann sei nicht der Marsmensch gewesen – aber er läßt auch mit keinem Wort erkennen, daß er davon überzeugt wäre, den Marsmenschen gesehen zu haben. Wer Cavendish kennt, weiß genau, was von dieser Aussage zu halten ist. Hätte Cavendish Mike gesehen, würde er ihn so genau beschreiben, daß wir *wüßten*, daß er ihn gesehen hat. Er hat beispielsweise die Ohren des Doubles beschrieben, die nicht mit Mikes übereinstimmen. Man hat ihnen also den Falschen vorgeführt. Cavendish ist sich darüber im klaren, aber er darf als Fairer Zeuge keine eigene Meinung haben.«

»Ich habe dir gleich gesagt, daß sie nicht auf meiner Station waren.«

»Aber wir wissen noch mehr. Das alles ist passiert, bevor du Mike zur Flucht verholfen hast; Cavendish berichtet, sie seien um neun Uhr vierzehn zu dem Marsmenschen vorgelassen worden. Die Regierung hatte Mike damals noch unter dem Daumen; sie hätte ihn zur Schau stellen können. Aber sie hat es lieber riskiert, dem bekanntesten Fairen Zeugen einen Doppelgänger vorzuführen. Warum?«

»Woher soll ich das wissen?« erkundigte Jill sich. »Ben hat mir erzählt, daß er Mike fragen würde, ob er das Krankenhaus verlassen wolle – und er hatte sich vorgenommen, ihm notfalls dabei zu helfen.«

»Das hat Ben auch mit dem Falschen versucht.«

»Wirklich? Aber zu Anfang konnte doch niemand wissen, was Ben vorhatte, Jubal... und außerdem wäre Mike nicht mitgegangen.«

»Später ist er mit dir fortgegangen.«

»Richtig, aber ich war damals schon sein ›Wasserbruder‹ wie du jetzt. Mike hat die verrückte Idee, daß er jedem blindlings trauen kann, mit dem er Wasser getrunken hat. In Gesellschaft eines ›Wasserbruders‹ ist er ausgesprochen folgsam... in allen anderen Fällen kann er unglaublich stur sein. Ben hätte ihn bestimmt nicht von der Stelle bewegen können.« Jill machte eine Pause. »So hätte Mike letzte Woche reagiert – aber er hat sich inzwischen sehr verändert.«

»Ganz recht«, stimmte Jubal zu. »Sein Muskelwachstum ist erstaunlich. Aber zurück zu Ben: Cavendish berichtet, daß er und der Anwalt – ein gewisser Frisby – um neun Uhr einunddreißig aus dem Taxi gestiegen sind. Ben ist darin zurückgeblieben. Eine Stunde später hat er – oder ein anderer, der sich als Ben ausgab – die Nachricht aufgegeben.«

»Glaubst du, daß es nicht Ben war?«

»Vermutlich nicht. Cavendish hat die Nummer des Taxis angegeben, und meine Schnüffler haben versucht, einen Blick auf das Band des Fahrtenschreibers zu werfen. Hätte Ben seine Kreditkarte benützt, wäre die Nummer angegeben gewesen – aber selbst wenn er bar bezahlt hätte, wäre zu erkennen gewesen, wo das Taxi überall war.«

»Und?«

Harshaw zuckte mit den Schultern. »Die Aufzeichnungen weisen aus, daß das betreffende Taxi am Donnerstagmorgen repariert wurde und nicht unterwegs war. Entweder hat ein Fairer Zeuge die Nummer falsch abgelesen – oder jemand hat den Streifen gefälscht.« Er fügte hinzu: »Manche Leute würden vielleicht annehmen, selbst ein Fairer Zeuge könnte sich in dieser Beziehung irren, zumal er nicht aufgefordert worden war, sich die Nummer des Taxis zu merken, aber *ich* glaube nicht daran, wenn dieser Zeuge James Oliver Cavendish ist. Er weiß die Nummer ganz sicher, sonst hätte er sie nicht erwähnt.«

Er verzog das Gesicht. »Je länger ich mich mit dieser Sache befasse, desto weniger gefällt mir alles! Selbst wenn wir annehmen, daß Ben diese Nachricht geschickt hat, könnte er unmöglich den Streifen des Fahrtenschreibers geändert haben... und es ist noch unwahrscheinlicher, daß er einen Grund dafür gehabt hätte. Ben ist irgendwohin unterwegs gewesen – und jemand, der die Möglichkeit hatte, in dieser Beziehung etwas zu unternehmen, hat sich die Mühe gemacht, sein Fahrtziel zu verschleiern... und hat diese gefälschte Nachricht abgeschickt, um den Eindruck zu erwecken, Ben sei nicht einfach verschwunden, sondern freiwillig unterwegs.«

»Er ist nicht ›verschwunden‹ – er ist entführt worden!«

»Vorsichtig, Jill. ›Entführt‹ ist kein schönes Wort.«

»Es ist das einzige Wort! Jubal, wie kannst du einfach hier sitzen und schweigen, anstatt alle Hebel in Bewegung zu setzen, um...«

»Halt, Jill! Ben ist vielleicht tot, anstatt entführt worden zu sein.«

Gillian nickte langsam. »Ja, das ist möglich«, gab sie zu.

»Aber wir nehmen es nicht an, bevor wir seine Leiche gesehen haben. Jill, was ist die größte Gefahr für einen Entführten? Aufsehen, denn ein erschreckter Kidnapper bringt sein Opfer fast immer um.«

Gillian machte ein trauriges Gesicht. »Ich muß leider zugeben, daß Ben höchstwahrscheinlich tot ist«, fuhr Harshaw fort. »Er ist schon zu lange weg. Aber wir haben uns darauf geeinigt, diese unbewiesene Vermutung noch nicht gelten zu lassen. Deiner Meinung nach müßten wir nach ihm suchen. Wie sollen wir das anfangen, Gillian? Wie sollen wir verhindern, daß Ben ausgerechnet deshalb von den Unbekannten ermordet wird, die ihn entführt haben?«

»Aber wir wissen doch, wer ihn entführt hat!«

»Tatsächlich?«

»Natürlich! Die gleichen Leute, die Mike gefangengehalten haben – die Regierung!«

Harshaw schüttelte den Kopf. »Das ist eine unbewiesene Annahme. Ben hat sich mit seiner Kolumne viele Feinde gemacht, die keineswegs alle zur Regierung gehören. Andererseits...« Er runzelte die Stirn. »Wir müssen natürlich von dieser Vermutung ausgehen, aber sie ist zu weitreichend. ›Die Regierung‹ besteht schließlich aus einigen Millionen Menschen. Wir müssen uns fragen: Wem ist er auf die Zehen getreten? Welchen Leuten hat seine Neugier nicht gepaßt?«

»Aber das habe ich dir doch schon erzählt, Jubal, wie Ben es mir geschildert hat. Dafür kommt nur der Generalsekretär in Frage.«

»Nein«, widersprach Harshaw. »Sobald es sich um etwas handelt, das nicht an die Öffentlichkeit dringen darf, läßt der Generalsekretär die Finger davon, selbst wenn er ebenfalls davon profitieren könnte. Niemand kann ihm dann nachweisen, daß er überhaupt davon gewußt hat. Höchstwahrscheinlich *weiß* er auch nichts davon – zumindest nichts von den schwerwiegenden Konsequenzen. Jill, wir müssen herausbekommen, wer von seinen Schergen für dieses Unternehmen verantwortlich war. Das ist nicht so hoffnungslos, wie man glauben könnte.

Als Ben den Marsmenschen zu sehen verlangte, war einer von Douglas' Assistenten bei ihm – er wollte ihm die Sache ausreden, aber als Ben nicht nachgab, hat er ihn schließlich begleitet. Dieser Mann scheint seit Donnerstag ebenfalls verschwunden zu sein, und ich bezweifle, daß es sich dabei um einen Zufall handelt, da er auch für den falschen ›Marsmenschen‹ verantwortlich war. Wenn wir ihn finden, sind wir vielleicht Ben auf der Spur. Der Assistent heißt Gilbert Berquist, und ich vermute, daß er...«

»Berquist?«

»Richtig, so heißt er. Ich habe Grund zu der Annahme, daß er... Was ist los mit dir, Jill? Wenn du ohnmächtig wirst, werfe ich dich ins Wasser!«

»Dieser ›Berquist‹, Jubal... Gibt es mehr als einen Berquist?«

»Woher soll ich das wissen? Ich meine den Berquist, der zum Stab des Generalsekretärs gehört. Kennst du ihn auch?«

»Ich weiß nicht«, antwortete Jill mit schwacher Stimme. »Aber wenn wir den gleichen Berquist meinen, hat es nicht viel Zweck, nach ihm zu suchen.«

»Hmm... was steckt dahinter, Mädchen?«

»Jubal, es tut mir schrecklich leid – aber ich habe dir nicht alles erzählt.«

»Das tut kaum jemand. Los, heraus mit der Wahrheit.«

Gillian berichtete stockend von den beiden Männern, die in Bens Appartment aufgetaucht und vor ihren Augen verschwunden waren. »Mehr weiß ich auch nicht«, schloß sie betrübt. »Ich habe gekreischt und dadurch Mike erschreckt... und er ist in Trance gefallen – und dann hat es mich *schreckliche* Mühe gekostet, ihn hierher zu schaffen. Aber das habe ich dir alles schon erzählt.«

»Richtig, aber ich wollte, du hättest mir das auch erzählt.«

Sie wurde rot. »Ich dachte, niemand würde mir glauben, was wirklich passiert war. Und ich hatte Angst. Jubal, können sie uns irgend etwas anhaben?«

»Warum?« fragte Jubal überrascht.

»Können sie uns dewegen einsperren oder...«

»Oh. Meine Liebe, es ist kein Verbrechen, ein Wunder mitzuerleben – oder selbst eines zu tun. Aber die Sache ist trotzdem nicht ganz einfach. Laß mich nachdenken.«

Jubal blieb etwa zehn Minuten lang ruhig sitzen. Dann öffnete er die Augen. »Ich sehe unser schwieriges Kind nicht«, stellte er fest. »Mike liegt vermutlich wieder unter Wasser...«

»Richtig«, warf Jill ein.

»Hol ihn heraus und bring ihn in mein Arbeitszimmer. Ich möchte sehen, ob er diesen Trick wiederholen kann – aber wir können dabei keine unerwünschten Zuschauer brauchen. Nein, wir brauchen doch einen. Anne soll ihre Zeugenrobe anlegen – sie soll offiziell dabei sein. Und Duke muß auch zusehen.«

»Wird gemacht, Boß.«

»Du hast kein Recht, mich ›Boß‹ zu nennen; dich kann ich nicht von der Steuer absetzen.«

»Okay, Jubal.«

»Hmm... ich wollte, wir hätten hier jemand, den wir loswerden wollten. Kann Mike seinen Trick auch mit leblosen Dingen vorführen?«

»Das weiß ich nicht«, gab Jill zu.

»Na, das wird sich herausstellen. Hol ihn heraus.« Jubal kniff die Augen zusammen. »Mit seiner Methode könnte man... nein, die Versuchung wäre zu groß. Wir sehen uns oben, Gillian.«

12

Einige Minuten später betrat Jill Harshaws Arbeitszimmer. Anne war bereits dort; sie sah kurz auf und senkte dann schweigend den Kopf, weil sie die weiße Robe ihrer Gilde trug. Jill nahm wortlos Platz, denn Jubal diktierte Dorcas:

»...unter dem unnatürlich verkrümmten Körper hervor, tränkte den Teppich und bildete eine große Lache vor dem Kamin, an der sich bereits Fliegen sammelten. Miß Simpson schlug sich mit der Hand an den Mund. ›Großer Gott!‹ sagte sie erschrocken. ›Daddys schönster Teppich!... und Daddy, glaube ich.‹ Ende des Kapitels, Dorcas, und des ersten Teils. Du kannst das Zeug gleich wegschikken.«

Dorcas nahm ihre Maschine mit, als sie hinausging. Jubal wandte sich an Jill. »Wo ist Mike?«

»Er zieht sich an«, antwortete Gillian. »Aber er kommt gleich.«

»Warum zieht er sich erst an?« wollte Jubal wissen.

»Das muß er eben.«

»Warum? Mir ist es ganz gleichgültig, ob ihr jungen Leute nicht oder vollständig bekleidet seid.« Er funkelte Jill an. »Hol ihn her!«

»Bitte, Jubal. Er muß doch lernen, was sich gehört.«

»Blödsinn! Du bringst ihm nur deine eigenen Vorurteile bei.«

»Nein! Ich möchte ihm helfen, sich unseren Sitten anzupassen.«

»Sitten, Gebräuche, Moral – welchen Unterschied macht das schon? Mädchen, hier haben wir es wunderbarerweise mit einer Persönlichkeit zu tun, die nie etwas von menschlichen Tabus gehört hat – und *du* willst einen viertklassigen Konformisten aus ihm machen! Warum gehst du dann nicht gleich aufs Ganze? Kauf ihm eine Aktentasche.«

»Ich tue nichts dergleichen! Ich will ihm nur helfen, damit er keine Schwierigkeiten bekommt. Das ist nur zu seinem Besten.«

Jubal schnaubte verächtlich. »Damit haben sie auch den Kater vor der Operation beschwichtigt.«

»Oh!« Jill schien im Geiste bis zehn zu zählen. »Dies ist Ihr Haus,

Doktor Harshaw, und wir sind Ihnen zu Dank verpflichtet. Ich hole Michael sofort.« Sie stand auf.

»Augenblick, Jill.«

»Sir?«

»Setz dich und gib dir keine Mühe, bösartiger als ich zu sein – ich habe mehr Übung darin. Ich möchte, daß du dir nicht einbildest, mir irgendwie verpflichtet zu sein. Das ist unmöglich, denn ich tue *nie* etwas, das mir keinen Spaß macht. Erfinde bitte keine nicht wirklich existierende Schuld, sonst versuchst du am Ende noch, mir dankbar zu sein – und das ist der erste Schritt auf dem Weg zu moralischer Erniedrigung.«

»Jubal, du bist ein zynischer alter Mann«, warf Jill ihm vor.

»Ich bin dir dankbar und werde dir auch in Zukunft dankbar sein.«

»Und du bist ein sentimentales junges Mädchen. Gegensätze ziehen sich an, nicht wahr? Ich schlage vor, daß wir das nächste Wochenende gemeinsam in Atlantic City verbringen.«

»Jubal!« – »Siehst du, wie weit deine Dankbarkeit reicht?«

»Oh... Gut, wann fahren wir?«

»Pah! Wir hätten vor vierzig Jahren fahren sollen. Außerdem hast du recht: Mike muß lernen, sich menschlichen Gebräuchen anzupassen. Er muß seine Schuhe ausziehen, bevor er eine Moschee betritt, er muß den Hut abnehmen, wenn er in eine Kirche kommt, und er muß sich bedecken, wo das Tabu es erfordert, weil er sonst von unseren Schamanen als Abweichler verschrien und verbrannt wird. Aber du mußt dafür sorgen, daß er sich einen gesunden Zynismus bewahrt, Kind!«

»Ich weiß nicht, ob ich das kann. Mike ist gar nicht zynisch veranlagt.«

»Wirklich? Na, vielleicht helfe ich mit. Ist Mike nicht bald fertig?«

»Ich sehe gleich nach.«

»Augenblick! Jill, ich habe dir erklärt, warum ich niemand vorwerfen möchte, Ben entführt zu haben. Aber ich habe schon neulich andere Schritte unternommen. Bist du bibelfest?«

»Äh, nicht sehr.«

»Es lohnt sich, die Bibel zu studieren, weil sie für die meisten Notfälle praktische Ratschläge enthält. ›Wer Böses tut, scheut das Licht...‹, sagt Jesus zu Nicodemus. Ich habe damit gerechnet, daß der Versuch unternommen werden würde, uns Mike wieder zu entreißen, weil inzwischen bekannt sein muß, wo er Zuflucht gefunden hat. Aber wir leben hier einsam und haben keine schweren Waffen, um uns zu verteidigen. Deshalb bin ich auf die Idee gekommen, dafür zu sorgen, daß die Öffentlichkeit sofort unterrichtet wird, falls hier ein Überfall stattfindet.

Die technischen Details spielen keine Rolle, aber wenn ein Kampf ausbricht, wird er von den drei größten Gesellschaften übertragen, und einige Dutzend einflußreiche Politiker bekommen Briefe mit vertraulichen Informationen, deren Veröffentlichung unserem ehrenwerten Generalsekretär sehr schaden würde.«

Harshaw runzelte die Stirn. »Aber das alles läßt sich nicht unbegrenzt lange aufrechterhalten. Zuerst hatte ich Angst, nicht schnell genug reagiert zu haben. Jetzt glaube ich fast, daß wir die Entscheidung erzwingen müssen, solange wir noch in diesem Licht stehen.«

»Welche Entscheidung, Jubal?«

»Darüber denke ich seit drei Tagen nach. Was du mir von den Ereignissen in Bens Appartment erzählt hast, hat mich auf eine Idee gebracht.«

»Tut mir leid, daß ich nicht gleich alles gesagt habe, Jubal. Aber ich dachte, daß mir niemand glauben würde – und du hast es geglaubt.«

»Das habe ich nie behauptet!«

»Was? Aber du...«

»Ich glaube, daß du deine Eindrücke richtig wiedergegeben hast, Jill. Aber wer weiß, ob du nicht hypnotisiert worden bist? Ich möchte Mike im Beisein einer Fairen Zeugin und bei eingeschalteten Kameras auf die Probe stellen. Vielleicht ergeben sich daraus verblüffende Möglichkeiten... und vielleicht können wir dann Ben helfen. Hol jetzt Mike.«

Mikes Verspätung hatte keineswegs geheimnisvolle Hintergründe – er hatte nur versehentlich seine Schnürsenkel miteinander verknotet, war beim ersten Schritt hingefallen und hatte sich von Jill helfen lassen müssen. Sie beruhigte ihn, kämmte ihn und führte ihn ins Arbeitszimmer. Harshaw sah auf. »Hallo, Mike. Nimm Platz.«

»Hallo, Jubal«, antwortete Valentine Michael Smith ernsthaft, setzte sich... und wartete.

Smith lächelte glücklich und antwortete dann nach einer kurzen Pause: »Ich habe heute einen Sprung gelernt, mit dem ich ins Wasser...«

»Ich weiß. Ich habe dich beobachtet. Du mußt die Füße noch mehr strecken.«

»Habe ich es nicht richtig gemacht?« fragte Mike trübselig.

»Fürs erstemal war es sehr richtig. Nimm dir ein Beispiel an Dorcas.«

Smith überlegte. »Das Wasser grokt Dorcas. Es heißt ihn willkommen.«

»Es heißt ›sie‹ willkommen«, verbesserte Jubal ihn.

»Habe ich etwas Falsches gesagt?« wollte Smith wissen. »In Websters *Dictionary of the English Language*, achte Auflage, Springfield, Massachusetts, habe ich gelesen, daß ›er‹ auch ›sie‹ und ›es‹ einschließt. Und in Hagworths *Vertragsrecht*, fünfte Auflage, Chicago, Illinois, steht auf Seite tausendzwölf, daß ...«

»Halt!« warf Harshaw ein. »Maskuline Formen genügen in allgemeinen Fällen – aber nicht mehr, wenn man von einer bestimmten Person spricht.«

»Ich werde daran denken.«

»Hoffentlich – bevor Dorcas auf die Idee kommt, dir zu beweisen, wie weiblich sie ist.« Jubal kniff die Augen zusammen. »Jill, schläft der Junge mit dir? Oder den anderen?«

Jill wurde rot. »Soviel ich weiß, schläft er überhaupt nicht.«

»Du weichst mir aus.«

»Jedenfalls nicht mit mir!«

»Verdammt noch mal, ich habe nur aus rein wissenschaftlichem Interesse gefragt. Mike, was hast du noch gelernt?«

»Seit gestern lerne ich, den Traktor zu fahren«, antwortete Mike begeistert. »Herrlich und mit Schönheit.«

»Duke paßt gut auf ihn auf, Jubal«, warf Gillian ein.

»Gut, meinetwegen. Mike, was hast du gelesen?«

»Drei weitere Bände der Encyclopedia Britannica«, erwiderte Mike. »Maryb bis Mushe, Mushr bis Ozon, und P bis Planti. Anschließend habe ich die *Tragödie von Romeo und Julia* von Master William Shakespeare aus London gelesen. Und schließlich habe ich noch die *Memoiren von Jacques Casanova de Seingalt* in der Übersetzung von Francis Wellmann gelesen. Danach habe ich versucht, alles zu groken, bis Jill mich zum Frühstück geholt hat.«

»Und hast du es gegrokt?«

Smith runzelte die Stirn. »Das weiß ich nicht, Jubal.«

»Was macht dir Schwierigkeiten?«

»Ich groke nicht alles, was ich lese. In der Geschichte von Master

William Shakespeare war ich voller Freude über Romeos Tod. Aber er scheint sich zu früh entleibt zu haben, nicht wahr? Warum?«

»Er war ein Trottel.«

»Wie bitte?«

»Keine Ahnung, Mike?«

Smith überlegte. Dann murmelte er etwas auf Marsianisch vor sich hin und fügte hinzu: »Jubal, mein Bruder, würdest du bitte Romeo fragen, weshalb er sich entleibt hat? Ich kann ihn nicht fragen; ich bin nur ein Ei. Aber du kannst – und du könntest mich lehren, es zu groken.«

Jubal merkte, daß Mike Romeo für einen wirklichen Menschen hielt – und daß er hoffte, mit seinem Geist sprechen zu können, um ihn selbst nach dem Grund seiner Entleibung zu fragen. Jubal gab sich große Mühe, ihm zu erklären, daß Shakespeare alles nur erfunden hatte, aber diese Vorstellung war Mike so neu und fremdartig, daß er fast in seinen tranceartigen Zustand verfallen wäre.

Aber Mike wußte inzwischen, daß seine Freunde sich dann ängstigten. Deshalb beherrschte er sich und lächelte sogar, als er sagte: »Ich werde warten, bis ich eines Tages groke.«

»Einverstanden«, stimmte Jubal rasch zu. »In Zukunft fragst du mich oder Jill, ob die Menschen, von denen du liest, wirklich gelebt haben. Ich möchte nicht, daß du verwirrt wirst.« Er machte eine Pause. »Aber wir wollten eigentlich nicht über Kunstformen diskutieren. Mike, erinnerst du dich noch an den Tag, an dem Jill dich aus dem Krankenhaus geholt hat?«

»Krankenhaus?« wiederholte Mike.

»Er versteht nicht, was damit gemeint ist«, erklärte Jill Harshaw. »Soll ich es versuchen?«

»Bitte.«

»Mike, du erinnerst dich doch an den Raum, in dem du allein gelebt hast, bevor ich dich angezogen und fortgeführt habe.«

»Ja, Jill.«

»Dann sind wir in einem Appartment gewesen, wo du gebadet hast.«

»Ja«, bestätigte Smith lächelnd. »Das war großes Glück.«

»Als ich dich dann abgetrocknet habe, sind zwei Männer gekommen, nicht wahr?« Smith begann zu zittern, und Jill fügte scharf hinzu: »Laß das, Mike! Bleib hier!«

»Ja, Jill«, antwortete er gehorsam.

»Hör gut zu, Mike. Ich möchte, daß du dich an alles erinnerst –

aber du darfst dich dabei nicht aufregen. Zwei Männer waren gekommen. Einer hat dich in den Wohnraum hinausgezerrt.«

»In den Raum mit dem schönen Gras«, stimmte Mike zu.

»Richtig. Er hat dich hinausgezerrt, und ich wollte ihn daran hindern. Er hat mich geschlagen. Dann war er verschwunden. Erinnerst du dich noch daran?«

»Du bist nicht wütend?«

»Nein, nein, durchaus nicht. Nachdem der erste Mann verschwunden war, hat der zweite eine Pistole auf mich gerichtet – und dann war er plötzlich fort. Ich hatte Angst, aber ich war nicht wütend.«

»Du bist es auch jetzt nicht?«

»Mike, ich bin noch *nie* böse auf dich gewesen. Jubal und ich möchten nur wissen, was dann geschehen ist. Die beiden Männer befanden sich in einem Raum mit uns; du hast irgend etwas getan... und sie waren verschwunden. Was hast du getan? Kannst du es uns erklären?«

»Ich kann es versuchen. Der große Mann hat dich geschlagen, und ich hatte Angst. Deshalb habe ich ihn...« Er krächzte ein Wort auf Marsianisch und schüttelte den Kopf. »Ich kann es nicht auf Englisch sagen, mir fehlen die Worte.«

»Vielleicht kannst du es Schritt für Schritt erklären?« schlug Harshaw vor.

»Ich will es versuchen. Etwas befindet sich vor mir. Es ist falsch und darf nicht sein. Ich greife deshalb in Gedanken danach und...« Er schüttelte verwirrt den Kopf. »Es ist ganz leicht. Mir fällt es schwerer, die Schuhe zuzuschnüren. Aber ich kann mich nicht ausdrücken.« Er überlegte. »Vielleicht stehen die Worte in Plants bis Raym oder Rayn bis Sarr oder Sars bis Sorc. Ich lese heute nacht weiter und sage es dir morgen.«

»Augenblick, Mike«, bat Jubal. Er ging an seinen Schreibtisch und nahm eine volle Zigarrenkiste heraus. »Kannst du sie verschwinden lassen?«

»Nur wenn ich weiß, daß dieses Ding falsch ist. Es ist eine Kiste. Ich groke nicht, daß sie zu Unrecht existiert.«

»Hmm... Jill, wirfst du mir die Kiste an den Kopf? Aber fest, damit ich mindestens eine Platzwunde davontrage, wenn Mike mich nicht schützt.«

»Die Idee gefällt mir nicht, Jubal.«

»Los! Im Interesse der Wissenschaft... und für Ben Caxton.«

Jill griff nach der Zigarrenkiste und warf sie; Jubal wollte stillhalten, aber sein Reflex siegte – er duckte sich.

»Daneben«, stellte er fest. »Dabei wollte ich sie eigentlich im Auge behalten.« Er sah zu Smith hinüber. »Mike, mein Junge, was hast du?«

Jill umarmte den zitternden Marsmenschen. »Nein, nein, Mike, du brauchst keine Angst zu haben. Du hast wunderbar reagiert. Die Kiste ist überhaupt nicht in Jubals Nähe gekommen. Sie ist einfach verschwunden.«

»Das habe ich mir gedacht«, gab Jubal zu. »Anne, hast du alles beobachtet?«

»Ja.«

»Was hast du gesehen?«

»Die Kiste ist nicht einfach verschwunden. Der Vorgang hat einige Sekundenbruchteile lang gedauert. Von hier aus hatte ich den Eindruck, die Kiste werde kleiner, als verschwinde sie in der Ferne. Aber sie hat den Raum nicht verlassen; ich habe sie bis zuletzt gesehen.«

»Wo ist sie geblieben?«

»Mehr habe ich nicht zu berichten.«

»Hmm ... gut, wir sehen uns später die Filme an. Ich bin ziemlich überzeugt. Mike ...«

»Ja, Jubal?«

»Wo ist meine Zigarrenkiste?«

»Die Kiste ist ...« Smith machte eine Pause. »Mir fehlen wieder die Worte. Tut mir leid.«

»Du hast sie verschwinden lassen; schaffe sie wieder her.«

»Wie kann ich das? Die Kiste ist *nicht*.«

Jubal runzelte die Stirn. »Mike, wie weit darfst du höchstens entfernt sein?«

»Wie bitte?«

»Hättest du die Kiste auch aus zehn Meter Entfernung aufhalten können?«

»Natürlich«, versicherte Smith ihm überrascht.

»Und wenn Jill und ich draußen am Schwimmbecken gestanden hätten? Oder noch weiter entfernt?«

Smith zögerte. »Jubal, es geht nicht um die Entfernung. Ich muß es nicht sehen. Ich muß es wissen.« Smith zuckte mit den Schultern. »Aber um es zu wissen, muß ich es noch sehen. Die Ältesten brauchen keine Augen dazu. Tut mir leid.«

»Ich weiß gar nicht, was dir leid tut«, knurrte Jubal. »Der Friedensminister hatte dich schon vor fünf Minuten für streng geheim erklärt.«

»Wie bitte?«

»Schon gut.« Harshaw nahm einen schweren Aschenbecher vom Schreibtisch. »Okay, Mike, stell dich an die Tür. Jill wirft jetzt...«

»Bitte nicht, Jubal, mein Bruder!«

»Was hast du plötzlich?«

»Jubal, ich groke, was Mike bedrückt«, warf Jill ein. »Er kann es nicht sehen, daß ich dich zu verletzen versuche, obwohl wir doch seine Wasserbrüder sind. Das regt ihn schrecklich auf.«

»Gut«, meinte Harshaw nachdenklich, »dann ziehen wir die Sache eben anders auf, Jill.« Er gab Mike den Aschenbecher. »Merkst du, wie schwer er ist? Siehst du die scharfen Kanten? Ich werfe ihn jetzt in die Luft und lasse ihn mir auf den Kopf fallen, wenn er herunterkommt.«

Mike starrte ihn an. »Mein Bruder... willst du dich entleiben?«

»Was? Nein, nein! Aber ich werde verletzt, wenn du nicht eingreifst. Los!« Jubal warf den Aschenbecher in die Luft.

Der schwere Aschenbecher blieb an der Decke hängen.

»Anne!« krächzte Harshaw. »Was siehst du?«

»Der Aschenbecher hängt zehn Zentimeter unter der Decke, ohne gehalten zu werden«, antwortete sie gelassen. »Mehr ist nicht zu erkennen.«

»Jill?«

»Er schwebt einfach...«

»Mike, warum ist er nicht verschwunden?« fragte Harshaw und ließ sich in einen Sessel fallen.

»Aber ich sollte ihn doch nur aufhalten, nicht verschwinden lassen«, sagte Mike entschuldigend. »War das falsch von mir?«

»Nein, nein, durchaus nicht«, versicherte Jubal ihm hastig.

»Das freut mich«, antwortete Smith ernsthaft. »Es tut mir leid, daß ich die Kiste vergeudet habe, und es tut mir doppelt leid, daß ich Nahrung vergeudet habe. Aber damals habe ich die Notwendigkeit gegrokt.«

»Was? Welche Nahrung meinst du?«

»Er meint die beiden Männer, Jubal«, warf Jill rasch ein.

»Ah, ganz recht.« Harshaw grinste unwillkürlich. »Mach dir deswegen keine Sorgen, Mike – ich bezweifle sehr, daß sie eßbar waren. Du hast richtig gegrokt und richtig gehandelt.«

»Ich bin erleichtert«, sagte Mike glücklich. »Jubal? Darf ich den Aschenbecher bewegen? Ich werde müde.«

»Willst du ihn fortschicken? Meinetwegen.«

»Aber das kann ich nicht.«

»Was? Warum nicht?«

»Dein Kopf ist nicht mehr darunter. In dieser Position groke ich nichts Böses.«

»Oh. Gut, du kannst ihn bewegen.« Harshaw beobachtete den Aschenbecher, weil er erwartete, daß er wieder über seinem Kopf schweben und dann verschwinden würde. Statt dessen sank der Aschenbecher langsam tiefer, setzte zur Landung an und blieb auf dem Schreibtisch stehen.

»Danke, Jubal«, sagte Smith.

»Warum. Ich danke *dir*, Sohn.« Jubal griff nach dem Aschenbecher; er hatte sich nicht verändert. »Ja, ich habe dir zu danken, Mike – für das erstaunlichste Erlebnis, seitdem unser Dienstmädchen mich damals mit auf den Speicher genommen hat.« Er sah sich um. »Anne, hast du jemals etwas Ähnliches gesehen?«

»Nein.«

»Ich brauche dich nicht mehr als Faire Zeugin. Wenn du bleiben willst, kannst du deine Robe ausziehen und dir einen Stuhl holen.«

»Danke, gern. Aber mit Rücksicht auf deinen Vortrag über Moscheen und Kirchen ziehe ich mich lieber in meinem Zimmer um.«

»Wie du willst. Schick mir Duke her, damit er die Filme aus den Kameras holt.«

»Okay, Boß. Keine weiteren Experimente, solange ich fort bin!« Anne ging zur Tür.

»Das kann ich nicht versprechen. Komm, setz dich an den Schreibtisch, Mike. Kannst du den Aschenbecher jetzt aufheben?«

»Ja, Jubal.« Smith griff mit der Hand danach.

»Nein, nein!«

»Habe ich etwas falsch gemacht?«

»Nein, das war mein Fehler. Ich möchte wissen, ob du ihn hochheben kannst, *ohne* ihn zu berühren.«

»Ja, Jubal.«

»Und? Bist du müde?«

»Nein, Jubal.«

»Was ist also los? Mußt du spüren, daß er nicht ›richtig‹ ist?«

»Nein, Jubal.«

»Jubal«, warf Jill ein, »du hast ihn noch nicht dazu aufgefordert – du hast nur gefragt, ob er dazu imstande ist.«

»Oh.« Harshaw grinste verlegen. »Mike, hebst du den Aschenbecher bitte etwa dreißig Zentimeter hoch, ohne ihn zu berühren?«

»Gern, Jubal.« Der Aschenbecher schwebte plötzlich über dem Schreibtisch. »Willst du nachmessen, Jubal?« fragte Mike besorgt. »Wenn ich mich geirrt habe, kann ich den Abstand verändern.«

»Ausgezeichnet! Kannst du ihn dort lassen. Sag mir, wenn du müde wirst.«

»Ich werde es sagen.«

»Kannst du auch etwas anderes schweben lassen? Zum Beispiel diesen Bleistift? Laß ihn schweben, wenn du kannst.«

»Ja, Jubal.« Der Bleistift hing neben dem Aschenbecher in der Luft.

Auf Jubals Wunsch ließ Mike noch einige andere Dinge schweben. Anne kam wieder herein und nahm schweigend an der Tür Platz. Duke erschien mit einer Trittleiter, starrte die schwebenden Dinge an, zuckte mit den Schultern und stellte seine Leiter auf. Schließlich sagte Mike unsicher: »Ich weiß nicht recht, ob ich mehr kann, Jubal. Für mich ist das alles ziemlich neu.«

»Überanstrenge dich nicht.«

»Vielleicht kann ich noch etwas heben.« Ein Briefbeschwerer begann zu schweben... und dann fielen alle Gegenstände zu Boden. Mike schien den Tränen nahe zu sein. »Das tut mir schrecklich leid, Jubal.«

Harshaw klopfte ihm auf die Schulter. »Du hast keinen Grund dazu, Mike. Du müßtest eher stolz auf deine Leistung sein.«

»Ja, Jubal«, antwortete Mike gehorsam. »Ich bin stolz.«

»Ausgezeichnet. Mike, ich kann nicht einmal einen Aschenbecher schweben lassen.«

Smith warf ihm einen überraschten Blick zu. »Das kannst du nicht?«

»Nein. Kannst du mich darin unterweisen?«

»Ja, Jubal. Du...« Smith machte eine verlegene Pause. »Mir fehlen wieder die Worte. Aber ich lese weiter, bis ich sie finde, damit ich meinen Bruder lehren kann.«

»Mike, sei aber nicht enttäuscht, wenn du diese Worte nicht findest – nicht im Englischen.«

»Dann werde ich meinen Bruder die Sprache meines Nests lehren«, entschied Smith.

»Dazu ist es fünfzig Jahre zu spät.« Harshaw lächelte. »Aber du kannst Jill unterrichen.«

»Davon bekomme ich Halsschmerzen«, wandte Jill ein.

»Dann verschreibe ich dir Tabletten.« Harshaw warf ihr einen strafenden Blick zu. »Das ist eine schwache Ausrede... Du bist ab sofort meine Assistentin für Linguistik. Anne, setz sie auf die Lohnliste – und vergiß nicht, sie steuerlich zu berücksichtigen.«

»Aber ich glaube nicht, daß ich Marsianisch lernen kann, Jubal!«

»Du kannst es wenigstens versuchen. Was habe ich vorhin von ›Dankbarkeit‹ gehört? Nimmst du den Job an oder nicht?«

Jill biß sich auf die Unterlippe. »Ja, Boß.«

Smith berührte schüchtern ihre Hand. »Ich lehre dich meine Sprache, Jill.«

»Danke, Mike«, sagte sie gerührt. Sie sah zu Harshaw hinüber. »Ich lerne sie nur, um dich zu ärgern.«

Jubal grinste. »Das ist ein einleuchtendes Motiv. Sollte dir im Laufe des Unterrichts noch etwas auffallen, das Mike im Gegensatz zu uns beherrscht, erzählst du es mir hoffentlich gleich. Das gilt auch für Mike.«

»Welche Dinge meinst du, Jubal?« fragte Smith.

»Was du eben getan hast... und daß du länger als wir auf dem Boden des Schwimmbeckens bleiben kannst... Duke!«

»Boß, ich habe beide Hände voll Film.«

»Aber du kannst doch noch reden? Mir ist aufgefallen, wie trüb das Wasser im Becken ist.«

»Ich wollte es morgen früh absaugen«, erklärte Duke ihm.

»Laß das bleiben. Ich sage dir, wann du damit anfangen kannst.« Harshaw fuhr fort, ohne auf Duke zu achten. »Wer das Wasser zu schmutzig findet, kann draußen bleiben. Sind die Filme bald fertig?«

»In fünf Minuten, Boß.«

»Ausgezeichnet. Mike, weißt du, was eine Pistole ist?«

»Eine Pistole«, antwortete Smith langsam, »ist eine Feuerwaffe, die Geschosse durch den Gasdruck von Pulver verschießt; sie besteht gewöhnlich aus einem Rohr oder Lauf mit...«

»Schon gut, schon gut. Hast du je eine Pistole gesehen?«

»Das weiß ich nicht.«

»Doch, du hast«, warf Jill ein. »Erinnerst du dich noch an den Raum mit dem Grasteppich – aber reg dich nicht wieder auf! Ein Mann hat mich geschlagen.«

»Ja.«

»Der andere hat etwas auf mich gerichtet.«

»Das war ein schlechtes Ding.«

»Es war eine Pistole.«

»Ich habe mir gedacht, daß es eine Pistole sein müßte«, gab Smith zu.

»Hör zu, Mike«, forderte Harshaw ihn auf. »Was würdest du tun, wenn jemand mit einer Pistole auf Jill zielt?«

Smith machte eine längere Pause als sonst. »Du bist mir nicht böse, wenn ich Nahrung vergeude?«

»Nein, unter diesen Umständen wäre dir niemand böse. Aber ich möchte etwas anderes wissen. Kannst du nur die Pistole verschwinden lassen?«

Smith überlegte. »Damit keine Nahrung vergeudet wird?«

»Das habe ich nicht gemeint. Könntest du die Waffe verschwinden lassen, ohne den Mann zu verletzen?«

»Er würde nicht verletzt, Jubal. Ich würde die Pistole verschwinden lassen, und der Mann wäre gleichzeitig entleibt, ohne Schmerzen zu spüren. Dadurch würde keine Nahrung vergeudet.«

Harshaw seufzte. »Ja, das glaube ich gern. Aber könntest du einfach die Pistole verschwinden lassen, ohne dem Mann zu schaden? Er müßte weiterleben.«

Smith dachte nach. »Das wäre sogar leichter. Aber wenn ich ihn am Leben lasse, könnte er Jill noch immer etwas antun. Das groke ich jedenfalls.«

Harshaw überlegte sich, daß dieses unschuldige Baby in Wirklichkeit weder unschuldig noch ein Baby war... diese naiven Antworten kamen aus dem Mund eines jungen Mannes, der nach menschlichen Maßstäben ein ›Supermann‹ war. Er antwortete vorsichtig, weil er ein gefährliches Experiment im Sinn hatte, sobald Duke neue Filme in die Kameras eingelegt hatte.

»Mike, wenn es darum geht, Jill in einer kritischen Situation zu beschützen, tust du doch etwas, nicht wahr?«

»Ja, Jubal.«

»Mach dir keine Sorgen darum, ob du Nahrung vergeudest. Laß dich durch nichts beeinflussen. Du mußt einfach nur Jill beschützen.«

»Das werde ich immer.«

»Ausgezeichnet. Nehmen wir einmal an, ein Mann stünde mit einer Pistole vor Jill. Nehmen wir weiterhin an, du wolltest ihn nicht umbringen, sondern nur seine Pistole verschwinden lassen... Konntest du das?«

Mike überlegte kurz. »Ja«, entschied er dann.

»Mike, ich zeige dir jetzt eine Pistole. Eine Pistole ist ein böses Ding.«

»Sie ist ein böses Ding«, bestätigte Mike. »Ich werde sie verschwinden lassen.«

»Laß sie aber nicht gleich verschwinden.«

»Nicht?«

»Nein. Ich hebe sie und versuche auf dich zu zielen. Du kannst sie verschwinden lassen, bevor mir das gelingt. Aber laß mich weiterleben und vergeude mich nicht.«

»Das würde ich nie«, versicherte Mike ihm ernsthaft. »Wenn du dich eines Tages entleibst, mein Bruder Jubal, darf ich hoffentlich von dir essen, damit ich dich ganz groken kann.«

Harshaw beherrschte sich und antwortete: »Danke, Mike.«

»Ich habe dir zu danken, mein Bruder – und wenn ich vor dir ausgewählt werden sollte, hältst du mich hoffentlich für würdig, gegrokt zu werden. Würdest du dir mich mit Jill teilen? Bitte?«

Harshaw sah zu Jill hinüber, die keine Miene verzog. »Natürlich, Mike«, versprach er ihm, »aber keiner von uns wird in nächster Zeit Nahrung. Ich zeige dir jetzt eine Pistole, und du mußt sehr vorsichtig sein, weil ich noch viel zu tun habe, bevor ich mein Leben beende.«

»Ich werde vorsichtig sein, mein Bruder.«

»Gut.« Harshaw zog eine Schreibtischschublade auf. »Sieh her, Mike. Das ist eine Pistole. Ich nehme sie jetzt in die Hand, aber du tust erst etwas, wenn ich es dir sage.« Er griff nach der Pistole. »Fertig, Mike? *Jetzt!*«

Harshaw bemühte sich, auf Smith zu zielen. Aber seine Hand war plötzlich leer.

»Wunderbar!« rief Jubal aus. »Du hast sie verschwinden lassen, bevor ich zielen konnte!«

»Ich bin glücklich«, antwortete Mike.

»Ich auch. Duke, ist alles auf dem Film?«

»Klar, Boß.«

»Prima.« Harshaw seufzte. »Die Vorstellung ist zu Ende, Kinder.«

»Erzählst du mir später, was auf den Filmen zu sehen ist, Boß?« fragte Anne.

»Willst du sie dir nicht selbst ansehen?«

»Nein! Was ich als Zeugin erlebt habe, darf ich mir nicht auf der Leinwand vorführen lassen. Aber ich möchte nur wissen, ob ich richtig gesehen habe.«

»Okay.«

13

Als die anderen gegangen waren, wollte Harshaw Duke Anweisungen geben – und fragte dann nur: »Warum machst du ein so böses Gesicht?«

»Boß, wann werden wir diesen Menschenfresser wieder los?«

»›Menschenfresser‹? Du dämlicher Hinterwäldler!«

»Gut, ich bin eben aus Kansas. Aber bei uns zu Hause gibt es keine Kannibalen. Ich esse in der Küche, bis er verschwindet.«

»So?« meinte Harshaw eisig. »Anne schreibt dir in fünf Minuten einen Scheck aus. Du brauchst bestimmt nicht länger als zehn Minuten, um deine Comics und dein zweites Hemd einzupacken.«

Duke war mit dem Projektor beschäftigt gewesen. Jetzt arbeitete er nicht weiter. »Oh, ich wollte nicht kündigen.«

»Den Eindruck hatte ich aber, Sohn.«

»Aber... was soll der Unsinn? Ich habe schon oft in der Küche gegessen.«

»Unter anderen Umständen, Duke. In meinem Haus gibt es niemand, der sich weigert, an meinem Tisch zu sitzen, nur weil dort auch ein anderer sitzt. Ich lasse mir nicht von einem dummen, abergläubischen und mit Vorurteilen behafteten Bauernlümmel vorschreiben, wer an *meinem* Tisch essen darf. Verstanden?«

»Ich müßte dir jetzt eine kleben«, sagte Duke langsam. »Und das würde ich auch, wenn du in meinem Alter wärst.«

»Laß dich nur nicht aufhalten. Vielleicht bin ich zäher, als du denkst. Außerdem würden dann die anderen kommen. Glaubst du, daß du es mit dem Marsmenschen aufnehmen kannst?«

»Mit *ihm*? Ich könnte ihn mit einer Hand zerbrechen!«

»Wahrscheinlich... Wenn du nahe genug an ihn herankämst.«

»Ha?«

»Du hast selbst gesehen, daß ich mit einer Pistole auf ihn gezielt habe. Wo ist sie jetzt, Duke? Hol sie zurück und sag mir dann, ob du dir noch immer einbildest, Mike in Stücke brechen zu können.«

Duke wandte sich wieder dem Projektor zu. »Das war irgendein Taschenspielertrick. Er muß auf den Filmen zu sehen sein.«

»Hör auf, an dem Projektor herumzudrehen«, verlangte Harshaw. »Ich lege den Film nachher selbst ein.«

»Laß lieber die Finger davon, Jubal. Du machst immer etwas kaputt.«

»Duke, ich werfe das verdammte Ding aus dem Fenster, wenn es mir paßt. Aber ich lasse niemand mehr für mich arbeiten, der bereits gekündigt hat.«

»Nein, ich habe nicht gekündigt! Du bist wütend geworden und hast mich auf die Straße gesetzt, ohne einen Grund dafür zu haben.«

»Setz dich, Duke«, forderte Harshaw ihn ruhig auf, »und laß mich versuchen, dir das Leben zu retten – oder verschwinde so schnell wie möglich. Laß am besten dein Gepäck zurück, damit du keine Zeit verlierst.«

»Was soll das heißen?« fragte Duke irritiert.

»Duke, es spielt keine Rolle, ob du gekündigt hast oder auf die Straße gesetzt worden bist; dein Arbeitsverhältnis war bereits beendet, als du gesagt hast, du würdest nicht mehr an meinem Tisch essen. Trotzdem wäre es mir unangenehm, wenn du hier umkämst. Setz dich also endlich, damit ich den Versuch machen kann, dich zu retten.« Als Duke sich erstaunt gesetzt hatte, fuhr Harshaw fort: »Bist du Mikes Wasserbruder?«

»Was? Natürlich nicht. Ich habe schon davon gehört – aber das ist doch alles Unsinn!«

»Es ist kein Unsinn. Außerdem hat dich niemand nach deiner Meinung gefragt.« Harshaw runzelte die Stirn. »Duke, ich verliere dich ungern; du sorgst dafür, daß alle Geräte in diesem Haus funktionieren. Aber ich muß dich fortschicken, bevor dir etwas zustößt – und in Zukunft dürfen sich nur Leute im Haus aufhalten, die Mikes Wasserbrüder sind.« Jubal biß sich auf die Unterlippe. »Oder ich könnte mir von Mike versprechen lassen, daß er niemand ohne meine Erlaubnis umbringt. Hmm, nein, hier wird zuviel Unsinn getrieben – und Mike könnte etwas mißverstehen. Nehmen wir einmal an, Larry stieße Jill ins Wasser, dann könnte er verschwunden sein, bevor jemand Mike erklärt hätte, daß das ein Spaß sein sollte. Das ist ein Problem, nicht wahr?«

»Boß, du hast einen Klaps, glaube ich«, sagte Duke. »Mike könnte keiner Fliege etwas zuleide tun. Sein Kannibalismus ist natürlich scheußlich, aber als Wilder weiß er es eben nicht besser. Trotzdem ist er sanft wie ein Lamm und würde nie jemand etwas antun.«

»Glaubst du?«

»Das weiß ich.«

»Aha. Du hast Waffen in deinem Zimmer. Ich behaupte, daß Mike gefährlicher ist. Hol dir ein Gewehr, geh an den Swimmingpool und erschieß ihn. Mache dir keine Sorgen; ich garantiere dir, daß du deswegen nicht bestraft wirst. Los, geh schon!«

»Jubal... das ist nicht dein Ernst.«

»Nein, natürlich nicht. Du kannst ihn nämlich nicht erschießen. Dein Gewehr würde verschwinden – und du vielleicht auch, wenn du Mike zu nahe gekommen wärst. Duke, du weißt gar nicht, mit wem du es zu tun hast. Mike ist *nicht* ›sanft wie ein Lamm‹ und *kein* Wilder. Hast du schon einmal Schlangen aufgezogen?«

»Äh... nein.«

»Ich habe es als Junge getan. In Florida habe ich einmal eine gefangen, die ich für eine Scharlachschlange hielt. Weißt du, wie sie aussehen?«

»Ich mag Schlangen nicht.«

»Wieder ein unhaltbares Vorurteil. Die meisten Schlangen sind harmlos, nützlich und lehrreich. Die Scharlachschlange ist eine besondere Schönheit – rot, schwarz und gelb –, und ich war von meinem Liebling ganz begeistert, bis ich eines Tages Gelegenheit hatte, einem Fachmann meine Tiere zu zeigen. Dieser Experte wäre fast in Ohnmacht gefallen, denn ich hielt keine Scharlachschlange in der Hand, sondern eine junge Korallenschlange – die giftigste Schlange Nordamerikas. Verstehst du, was ich damit sagen will, Duke?«

»Daß es gefährlich ist, Schlangen aufzuziehen? Das hätte ich dir gleich sagen können.«

»Unsinn! Ich hatte auch zwei Klapperschlangen in meinem Terrarium. Eine Giftschlange ist nicht gefährlicher als eine geladene Pistole – aber in beiden Fällen muß man wissen, wie man mit dem Ding umzugehen hat. Die Korallenschlange war nur deshalb lebensgefährlich, weil ich nichts von der Gefahr wußte, die sie darstellte; hätte ich sie je falsch angefaßt, hätte ihr Biß mich augenblicklich getötet.

Das gilt auch für Mike. Auf den ersten Blick könnte man ihn für einen gewöhnlichen jungen Mann halten, der unterentwickelt, unbeholfen und unwissend ist, während er andererseits erstaunlich rasch lernt und beträchtliche Intelligenz beweist. Aber Mike ist wie meine Schlange mehr, als er zu sein scheint. Wenn Mike dir nicht traut, kann er gefährlicher als eine Korallenschlange sein. Besonders dann, wenn er sich einbildet, einer seiner Wasserbrüder sei in Gefahr.«

Harshaw schüttelte den Kopf. »Duke, nehmen wir einmal an, du hättest impulsiv nach mir geschlagen – und Mike hätte uns von der Tür aus beobachtet... Dann wärst du tot gewesen, bevor ich hätte eingreifen können, und Mike hätte sich entschuldigt, weil er ›Nahrung vergeudet‹ hätte – deinen Körper. Aber er wäre nicht schuldbewußt, weil du ihn dazu gezwungen hättest... und weil deine Entleibung auch für dich nicht weiter wichtig gewesen wäre. Mike glaubt nämlich, daß du eine unsterbliche Seele besitzt.«

»Ha? Das glaube ich auch. Aber...«

»Wirklich?« fragte Jubal zweifelnd. »Das kann ich nicht recht glauben.«

»Natürlich! Ich gehe nicht mehr oft in die Kirche, aber ich bin richtig erzogen worden. Ich habe meinen Glauben.«

»Ausgezeichnet. In diesem Fall dürfte es dich nicht stören, wenn du wegen deiner Vorurteile das Zeitliche segnen mußt. Was ist dir lieber: Begräbnis oder Feuerbestattung?«

»Willst du mich unbedingt auf die Palme bringen, Jubal?«

»Keineswegs. Ich kann nur keine Garantie für deine Sicherheit übernehmen, solange du dir einbildest, eine Korallenschlange sei eine harmlose Scharlachschlange. Dann kann jeder Irrtum dein letzter sein. Aber ich verspreche dir, daß ich Mike daran hindere, dich zu verspeisen.«

Duke holte tief Luft. Dann antwortete er laut, ausführlich und bildreich. Harshaw hörte ihm geduldig zu und sagte dann: »Schon gut, beruhige dich wieder. Meinetwegen kannst du dich irgendwie mit Mike einigen.« Er beugte sich über den Projektor. »Ich möchte jetzt die Filme sehen. Verdammt noch mal!« fügte er hinzu. »Das Ende ist mir wieder herausgerutscht.«

»Du bist zu ungeduldig. Augenblick...« Duke legte den Film ein, der Harshaw aus den Fingern geglitten war. Keiner der beiden sprach wieder davon, ob Duke noch für Jubal arbeitete oder nicht. Duke ließ den Projektor anlaufen.

Jubal sah die Zigarrenkiste auf seinen Kopf zufliegen – und sah sie verschwinden, obwohl sie bis zuletzt deutlich zu erkennen gewesen war. »Anne wird sich freuen, wenn sie hört, daß die Filme das

Bild zeigen, daß sie gesehen zu haben glaubt. Jetzt noch einmal in Zeitlupe, Duke.«

»Okay, Boß.« Duke spulte zurück und kündigte dann an: »Diesmal läuft der Film zehnmal langsamer.«

Die Szene war unverändert, aber der Ton nützte diesmal nichts; Duke schaltete ihn ab. Die Zigarrenkiste schwebte aus Jills Hand zu Harshaws Kopf hinüber und existierte dann plötzlich nicht mehr. Aber im Zeitlupentempo war zu erkennen, daß sie kleiner und kleiner wurde, bis sie endlich nicht mehr zu sehen war.

»Duke, kannst du den Film noch langsamer ablaufen lassen?«

»Augenblick! Der Projektor ist irgendwie nicht in Ordnung.«

»Was ist kaputt?«

»Keine Ahnung. Als der Film vorhin schnell abgelaufen ist, hat alles noch richtig ausgesehen. Aber eben war die Tiefenwirkung umgekehrt. Die Zigarrenkiste ist von uns fortgeflogen – aber sie schien immer näher als die Wand zu sein. Daran ist natürlich die verkehrte Parallaxe schuld. Aber ich habe die Spule gar nicht abgenommen.«

»Oh. Langsam, Duke. Laß erst den Film aus der anderen Kamera laufen.«

»Richtig, dann sehen wir ein um neunzig Grad verschobenes Bild und bekommen einen besseren Eindruck.« Duke steckte die neue Spule auf. »Zuerst schnell und dann langsam?«

»Einverstanden.«

Der Film zeigte die gleiche Szene aus einem anderen Aufnahmewinkel. Als Jill nach der Zigarrenkiste griff, schaltete Duke auf Zeitlupe um, und die beiden Männer sahen die Kiste wieder verschwinden.

Duke fluchte vor sich hin. »Mit der zweiten Kamera ist auch etwas nicht in Ordnung.«

»Warum?«

»Die Aufnahmen sind von der Seite aus gemacht worden, so daß die Kiste hätte seitlich verschwinden müssen. Statt dessen ist sie wieder geradeaus von uns fortgeflogen. Das hast du selbst gesehen.«

»Richtig«, stimmte Jubal zu.

»Aber das ist *unmöglich* – nicht aus beiden Aufnahmewinkeln.«

»Was heißt hier ›unmöglich‹? Du hast es doch selbst gesehen.« Harshaw fügte hinzu: »Ich frage mich nur, was ein Radargerät in diesem Fall angezeigt hätte?«

»Woher soll ich das wissen? Ich nehme jedenfalls die Kameras auseinander.«

»Spare dir die Mühe.«

»Aber...«

»Duke, die Kameras sind in Ordnung. Was ist neunzig Grad von allem anderen entfernt?«

»Ich bin kein guter Rätselrater.«

»Das ist kein Rätsel. Ich könnte dich an Mister Quadrat aus Flachland verweisen, aber ich beantworte die Frage lieber selbst. Was steht senkrecht auf allem anderen? Antwort: Zwei Gegenstände – eine Zigarrenkiste und eine Pistole.«

»Was soll der Unsinn, Boß?«

»Das ist kein Unsinn, Duke. Ich habe mich noch nie deutlicher ausgedrückt: An deiner Stelle würde ich versuchen, den Beweisen zu glauben, anstatt darauf zu bestehen, daß die Kameras nicht richtig gearbeitet haben können, weil sie mehr als du gesehen haben. Zeig mir jetzt die anderen Filme.«

Die übrigen Filme brachten nichts Neues. Der Aschenbecher war nicht mehr zu sehen, als er zur Decke hinaufschwebte, aber seine glatte Landung war aufgenommen worden. Die Pistole wurde verhältnismäßig klein abgebildet, aber soviel die beiden Männer sahen, war sie in der Ferne zusammengeschrumpft, ohne sich von der Stelle zu bewegen. Da Harshaw sie festgehalten hatte, als sie aus seiner Hand verschwunden war, mußte er mit dieser Tatsache zufrieden sein – wenn ›zufrieden‹ der richtige Ausdruck war.

»Duke, ich möchte eine Kopie von jedem dieser Filme.«

Duke zögerte. »Arbeite ich noch immer hier?«

»Was? Verdammt noch mal, du kannst nicht in der Küche essen, das steht fest! Duke, vergiß deine Vorurteile und hör mir zu.«

»Gut, ich höre.«

»Als Mike mich um die Ehre gebeten hat, meinen zähen alten Körper essen zu dürfen, hat er mir die größte Ehre erwiesen, die er sich vorstellen kann – nach seinen Vorstellungen, die ihm ›von Kindesbeinen an‹ eingeprägt worden sind. Er hat mir ein großes Kompliment gemacht und mich um einen Gefallen gebeten. Was die Leute in Kansas darüber denken, braucht uns in diesem Zusammenhang nicht zu kümmern; Mike geht von den Werten aus, die auf dem Mars wichtig sind.«

»Mir ist Kansas lieber.«

»Mir auch«, gab Jubal zu, »aber das kann sich niemand aussuchen – auch Mike nicht. Es ist fast unmöglich, sich von Verhaltensweisen zu distanzieren, an die man seit frühester Jugend gewöhnt ist. Duke, siehst du nicht ein, daß *du* genau wie Mike reagieren würdest, wenn du von Marsianern aufgezogen worden wärst?«

Duke schüttelte den Kopf. »Das glaube ich nicht, Jubal. Mike hat natürlich in vieler Beziehung Pech, weil er nicht zivilisiert erzogen worden ist. Aber diese Menschenfresserei ist ein Instinkt.«

»Blödsinn!«

»Doch, doch! Mir hat nie jemand erzählt, ich solle kein Kannibale sein – aber ich weiß trotzdem, daß das eine Sünde ist. Schon bei dem Gedanken daran wird mir fast schlecht. Das ist ein Instinkt in jedem zivilisierten Menschen.«

Jubal seufzte. »Duke, warum verstehst du soviel von Maschinen und nichts von Menschen? Deine Mutter hat nicht zu dir gesagt: ›Du darfst deine kleinen Spielkameraden nicht essen, Liebster; das ist nicht nett.‹ Das war überflüssig, weil du bereits von anderer Seite erfahren hattest, daß Kannibalen keine netten Menschen sind. Witze, Cartoons, Märchen, Gruselgeschichten und dergleichen haben dazu beigetragen, dir dieses Tabu einzuhämmern. Aber das Ganze beruht nicht auf einem Instinkt, Sohn; der Kannibalismus ist in der Geschichte der Menschheit ein unglaublich weit verbreitetes Laster gewesen. Deine Vorfahren, meine Vorfahren, jedermann war früher ein Kannibale.«

»Vielleicht *deine* Vorfahren.«

»Duke, hast du mir nicht einmal erzählt, daß du Indianerblut in den Adern hast?«

»Klar – ungefähr ein Achtel. Was ist damit?«

»Wahrscheinlich haben wir beide Kannibalen als Vorfahren, aber deine sind bestimmt einige Generationen näher, weil...«

»He, du unverschämter alter...«

»Immer mit der Ruhe! Die Ureinwohner Amerikas haben den rituellen Kannibalismus recht gut gekannt – das kannst du in jedem besseren Lexikon nachlesen. Außerdem haben wir als Nordamerikaner eine gute Chance, zum Teil von Negern abzustammen, ohne es zu wissen... und damit wäre es wieder einmal soweit. Selbst wenn wir von Nordeuropäern abstammten, wüßten wir auch nur, *welche* Kannibalen unsere Vorfahren waren, weil jede Rasse einmal aus Kannibalen bestanden hat. Duke, es ist lächerlich, von einer Sache zu behaupten, sie gehe gegen den menschlichen Instinkt, wenn Hunderte von Millionen sie praktiziert haben.«

»Aber...«, begann Duke. Er machte eine Pause und zuckte mit den Schultern. »Ich hätte mich nicht auf eine Diskussion mit dir einlassen dürfen, Jubal; du verdrehst nur alle Tatsachen. Aber nehmen wir einmal an, wir stammten tatsächlich von Wilden ab, die Kannibalen waren – welche Auswirkungen hätte das heute auf uns? Wir sind jetzt zivilisiert. Oder *ich* bin es zumindest.«

Jubal grinste. »Was natürlich bedeuten soll, daß ich es nicht bin. Sohn, wenn ich einmal davon absehe, daß es mir wegen meiner ganzen Erziehung zuwider wäre, beispielsweise dich zu verspeisen, finde ich unser Tabu gegen den Kannibalismus ausgezeichnet und nützlich... weil wir eben *nicht* zivilisiert sind.«

»Wie meinst du das?«

»Hätten wir nicht dieses starke Tabu, das du für einen Instinkt hältst, würde ich mich davor hüten, einigen Leuten den Rücken zuzukehren – wo Fleisch noch dazu immer teurer wird. Was?«

Duke rang sich ein Grinsen ab. »Ich würde meiner ehemaligen Schwiegermutter bestimmt nicht über den Weg trauen.«

»Oder wie steht es mit unserem bezaubernden Nachbarn im Süden, der anderer Leute Haustiere mit Wild verwechselt, wenn die Schonzeit zu Ende ist? Möchtest du wetten, daß wir beide in seiner Tiefkühltruhe landen würden? Aber zu Mike habe ich Vertrauen, denn Mike *ist* zivilisiert.«

»Meinst du?«

»Mike ist äußerst zivilisiert, wenn man von den auf dem Mars gültigen Regeln ausgeht. Duke, ich habe mich lange genug mit ihm unterhalten, um zu wissen, daß die Marsianer sich keineswegs willkürlich gegenseitig auffressen, wie du zu glauben scheinst. Sie essen ihre Toten, anstatt sie zu begraben, zu verbrennen oder den Geiern zum Fraß vorzuwerfen, aber dabei handelt es sich um eine religiöse Zeremonie. Kein Marsianer wird gegen seinen Willen hingeschlachtet, und die Marsianer scheinen nicht imstande zu sein, den Begriff ›Mord‹ zu erfassen.

Ein Marsianer stirbt, wenn er sich dazu entschlossen hat – nachdem er die Angelegenheit mit seinen Freunden diskutiert und seine Vorfahren um Erlaubnis gebeten hat, sich zu ihnen gesellen zu dürfen. Nachdem er diesen Entschluß gefaßt hat, stirbt er einfach – ohne Gewaltanwendung, ohne Krankheit, ohne eine Überdosis Schlaftabletten einzunehmen. Eben war er noch munter und gesund, aber in der nächsten Sekunde ist er bereits ein Geist. Dann verzehren seine Freunde den Körper, für den er keine Verwendung mehr hat, ›groken‹ ihn, wie Mike sagen würde, und preisen seine Eigenschaften, während sie nach dem Senffaß greifen. Der Geist des Verstorbenen nimmt an dieser Zeremonie teil, nach der er in die Reihen der ›Ältesten‹ aufsteigt, die eine beratende Funktion ausüben, soviel ich verstanden habe.«

Duke verzog das Gesicht. »Mein Gott, wie kann man nur solchen Unsinn glauben?«

»Für Mike ist die Sache eine tiefernste und trotzdem freudige Zeremonie.«

Duke schnaubte verächtlich. »Das mit den Geistern glaubst du doch selbst nicht, Jubal! Diese Marsianer sind eben abergläubische Kannibalen.«

»Nun, das möchte ich nicht ohne weiteres behaupten. Ich finde es auch nicht leicht, an die ›Ältesten‹ zu glauben, aber Mike spricht so überzeugt von ihnen, als handle es sich um gute Freunde. Und was den Rest betrifft ... Duke, du bist doch christlich erzogen worden?« Als Duke verblüfft zustimmte, fuhr Harshaw fort: »Was hältst du also von dem symbolischen Kannibalismus, der in christlichen Kirchen eine so große Rolle spielt?«

Duke nickte. »Ich bin nicht so dumm, wie du annimmst, Jubal.«

Jubal erwiderte seinen Blick gelassen. »Damit wollte ich dich nur an das Abendmahl erinnern, das schließlich nichts anderes ist. Vielleicht denkst du gelegentlich darüber nach, Duke.« Harshaw stand auf. »Ich habe nicht die Absicht, dir einen Vortrag über den Unterschied zwischen einer Erscheinungsform des rituellen Kannibalismus und einer anderen zu halten. Duke, ich habe nicht genug Zeit, um dich von deinen Vorurteilen zu befreien. Willst du noch immer fort? Dann sorge ich lieber dafür, daß du ungestört packen kannst. Oder bleibst du? Bleibst du, um mit uns Kannibalen zu essen?«

Duke runzelte die Stirn. »Okay, ich bleibe«, murmelte er dann.

»Das ist deine eigene Sache. Du hast die Filme gesehen. Wenn du etwas Grips besitzt, muß dir klar sein, daß dieser Marsmensch gefährlich sein kann.«

Duke nickte. »Ich bin nicht so dumm, wie du annimmst. Jubal. Aber ich habe keine Lust, mich von Mike verdrängen zu lassen.« Er machte eine Pause. »Du hast natürlich recht – er ist gefährlich. Aber ich werde mich hüten, ihn zu reizen. Menschenskind, Jubal, der kleine Kerl ist mir wirklich ganz sympathisch!«

»Verdammt noch mal, du unterschätzt ihn noch immer, Duke.

Wenn du ihn wirklich nett findest, würde ich dir raten, ihm ein Glas Wasser anzubieten. Verstehst du, was ich meine? An deiner Stelle würde ich mich bemühen, sein ›Wasserbruder‹ zu werden.«

»Okay, ich kann darüber nachdenken.«

»Aber du darfst nicht versuchen, ihn zu täuschen. Wenn Mike dein Angebot annimmt, ist ihm die Sache todernst. Er vertraut dir dann bedingungslos, und du darfst dich nur darauf einlassen, wenn du entschlossen bist, sein Vertrauen unter allen Umständen zu rechtfertigen. Entweder alles – oder nichts.«

»Das weiß ich. Deshalb möchte ich erst darüber nachdenken.«

»Gut, aber laß dir nicht zu lange Zeit... ich nehme an, daß unser Zusammenhalt sehr bald auf die Probe gestellt wird.«

14

Dr. Jubal Harshaw, professioneller Clown, Amateuranarchist und Parasit aus eigenem Entschluß, kannte kaum jemals Eile; da er sich jedoch darüber im klaren war, wie kurz das menschliche Leben in den meisten Fällen war, und da er nicht wie die Marsianer oder die Bewohner von Kansas an die Unsterblichkeit seiner Seele glaubte, hatte er die Absicht, jeden goldenen Augenblick wie eine Ewigkeit auszukosten. Um diesen Vorsatz zu verwirklichen, brauchte er eine Behausung, die etwas größer als Diogenes' Faß und etwas kleiner als Kublas Lustzelt war; dabei stellte er keine allzu großen Ansprüche: ein zehn Hektar großes Parkgrundstück, das von einem Elektrozaun umgeben war, eine Villa mit vierzehn Zimmern und einige andere Annehmlichkeiten genügten ihm völlig. Um dieses Haus halten zu können, arbeitete er möglichst wenig auf Gebieten, wo sich möglichst viel verdienen ließ. Es war jedenfalls leichter, reich zu leben, und Harshaw wollte faulenzen und nur das tun, was Harshaw gefiel.

Er war unzufrieden, wenn die Umstände es mit sich brachten, daß er sich beeilen mußte, und gab nie zu, daß er sich dabei amüsierte.

An diesem Morgen mußte er mit Generalsekretär Douglas sprechen, rief deshalb nach dem Frühstück im Palast an und arbeitete sich langsam von einem Sekretär zum anderen vor. Schließlich wurde er mit einem höflichen jungen Mann verbunden, der ihm bereitwillig zuhörte – aber nicht bereit war, ihn mit Douglas zu verbinden.

Harshaw wußte, daß er etwas erreichen konnte, wenn er erwähnte, daß der Marsmensch sich in seinem Haus befand, aber er bezweifelte, daß ihm das Erreichte gefallen würde. Sobald er Smith ins Gespräch brachte, würde er nicht mehr mit Douglas in Verbindung treten können, und solange Caxtons Leben auf dem Spiel stand, mußte er vorsichtig sein, um niemand gegen ihn aufzubringen.

Aber dann verlor er die Geduld. »Junger Mann, wenn Sie nicht entscheiden können, verbinden Sie mich gefälligst mit jemand, der es kann«, knurrte er. »Zum Beispiel mit Mister Berquist.«

Der junge Mann verzog keine Miene. »Wir haben hier keinen Mister Berquist.«

»Mir ist gleich, wo er steckt. Holen Sie ihn an den Apparat! Wenn Sie ihn nicht kennen, brauchen Sie nur Ihren Boß nach ihm zu fragen. Los, kauen Sie nicht mehr Nägel, sondern tun Sie etwas!«

»Bleiben Sie bitte am Apparat«, sagte der junge Mann. »Ich erkundige mich gleich.«

»Hoffentlich! Richten Sie Gil aus, daß Jubal Harshaw ihn sprechen will.« Das Gesicht verschwand vom Bildschirm und wurde durch ein Rautenmuster ersetzt; gleichzeitig ertönte die Stimme: »Bitte warten Sie, bis Ihr Gesprächspartner sich wieder meldet. Die auflaufenden Gebühren werden Ihnen nicht berechnet.« Jubal lehnte sich im Sessel zurück und sah sich um. Anne las am Fenster; Mike hockte vor dem Stereogerät und hatte den Kopfhörer auf.

»Was siehst du da, Sohn?« fragte Harshaw und griff nach dem Lautstärkeregler.

»Das weiß ich nicht«, antwortete Mike.

Jubal fand seine Befürchtungen bestätigt: Smith sah sich einen Gottesdienst der Fosteriten an; der Hirte verlas eben Mitteilungen aus dem Gemeindeleben: »... und noch eine wunderbare Nachricht, meine Kinder! Eine Botschaft des Engels Ramzai für Bruder Arthur Renwick und seine liebe Frau Dorothy. Euer Gebet ist erhört worden, und ihr werdet am Donnerstagmorgen bei Tagesanbruch gen Himmel fahren! Steh auf, Art! Steh auf, Dottie! Wir wollen euch doch alle sehen!«

Die Kamera beschrieb einen weiten Bogen, zeigte die Gemeinde und fuhr dann näher an Bruder und Schwester Renwick heran. Während die Fosteriten klatschten und »Halleluja!« riefen, hob Bruder Renwick die Arme wie ein Boxer, während seine Frau glücklich lächelte und sich mit einem Taschentuch über die Augen fuhr.

Dann erschien wieder der Hirte auf dem Bildschirm. »Die Abschiedsparty beginnt um Mitternacht«, verkündete er, »und wir wollen diesmal versuchen, alle zu kommen, weil wir doch stolz auf Art und Dottie sind. Der Gottesdienst findet unmittelbar nach Tagesanbruch statt, und wer früh zur Arbeit muß, bekommt anschließend gleich sein Frühstück.«

Der Hirte machte plötzlich ein ernstes Gesicht, und die Kamera rollte näher, bis sein Kopf den Bildschirm ausfüllte. »Nach der letzten Party hat der Küster eine leere Flasche in einem der Glücksräume gefunden – und diese Flasche hatte einen Whisky enthalten, der von Sündern hergestellt wird. Der Fall ist jetzt erledigt; der betreffende Bruder hat eine Geldstrafe bezahlt und wird garantiert nicht mehr rückfällig. Aber denkt daran, meine Kinder, daß es sich nicht lohnt, die ewige Seligkeit wegen einer kleinen Ersparnis zu riskieren. Achtet immer auf das Etikett mit Bischof Digbys lächelndem Gesicht. Laßt euch nicht von Sündern dazu beschwatzen, etwas zu kaufen, das ...«

Jubal schaltete den Lausprecher ab.

»Mike, das ist nichts für dich.«

»Nicht?«

»Äh ...« Hm, der Junge mußte sich weiterbilden. »Okay, sieh ruhig zu. Wir sprechen später darüber.«

»Ja, Jubal.«

In diesem Augenblick erschien ein Gesicht auf dem Bildschirm des Visorphons, und Jubal merkte, daß er einen Polizisten vor sich hatte. »Sie sind nicht Gil Berquist«, stellte er aggressiv fest.

»Warum wollen Sie mit ihm sprechen?«

»Ich will eben«, antwortete Harshaw mühsam beherrscht. »Hören Sie, sind Sie ein Angestellter des Staatsdiensts?«

Der Mann zögerte. »Ja. Sie müssen ...«

»Ich muß gar nichts. Ich bin Staatsbürger, dessen Steuern dazu dienen, Sie zu besolden. Ich versuche seit heute morgen, ein einfaches Gespräch zu führen, aber ich bin wieder und wieder abgewimmelt worden. Und jetzt fangen *Sie* damit an. Verbinden Sie mich mit Mister Gil Berquist.«

»Sie sind Doktor Jubal Harshaw«, stellte der Mann fest. »Sie rufen aus ...«

»Hat das so lange gedauert? Lächerlich! Meine Adresse steht im Telefonbuch. Wer lesen kann, weiß auch, wer ich bin. Können Sie lesen?«

»Doktor Harshaw, ich bin Polizeibeamter und beanspruche Ihre Hilfe. Aus welchem Grund...«

»Unsinn, Sir! Ich bin Rechtsanwalt. Als Staatsbürger brauche ich die Polizei nur in bestimmten Fällen zu unterstützen. Zum Beispiel bei der Verfolgung flüchtiger Verbrecher. Handelt es sich darum, Sir? Ein anderer Fall wäre eine polizeiliche Untersuchung...«

»Hier handelt es sich um eine Untersuchung.«

»Und was wird untersucht, Sir? Bevor Sie meine Hilfe anfordern können, müssen Sie mir erklären, wer Sie sind und worum es geht.«

Die Gesichtsmuskeln des anderen zuckten, aber er beherrschte sich. »Ich bin Captain Heinrich von der Geheimpolizei«, antwortete er und hielt seinen Ausweis hoch, so daß Harshaw ihn sehen konnte.

»Ausgezeichnet, Captain«, knurrte Harshaw. »Wollen Sie mir jetzt erklären, warum Sie mich nicht mit Mister Berquist sprechen lassen?«

»Mister Berquist ist nicht erreichbar.«

»Warum haben Sie das nicht gleich gesagt? Verbinden Sie mich mit seinem Stellvertreter.«

»Sie haben versucht, den Generalsekretär anzurufen.«

»Richtig.«

»Gut, dann können Sie mir erklären, was Sie von ihm wollten.«

»Oder auch nicht«, antwortete Harshaw. »Sprechen Sie im Auftrag des Generalsekretärs? Sind Sie dazu ermächtigt, vertrauliche Mitteilungen entgegenzunehmen?«

»Das spielt in diesem Zusammenhang keine Rolle.«

»Doch, das spielt eine sehr große Rolle. Als Angehöriger der Geheimpolizei müßten Sie das eigentlich wissen. Ich habe die Absicht, einer mir bekannten Person nur soviel mitzuteilen, daß sie dafür sorgt, daß der Generalsekretär mit mir spricht. Wissen Sie bestimmt, daß Mister Berquist nicht erreichbar ist?«

»Ganz bestimmt.« Heinrich machte eine Pause. »Wenn die Angelegenheit wirklich so wichtig ist, hätten Sie nicht einfach anrufen dürfen, Doktor.«

»Mein lieber Captain! Da Sie wissen, von wo aus ich spreche, muß Ihnen doch auch bekannt sein, daß mein Apparat abgeschirmt ist.«

Der andere reagierte nicht darauf. »Ich möchte ganz offen mit Ihnen reden, Doktor. Bevor Sie nicht sagen, warum Sie anrufen, werden Sie nicht weiterverbunden – auch wenn Sie hundertmal anrufen.«

Jubal lächelte zufrieden. »Das habe ich nicht vor, Captain. Ich weiß jetzt, was ich zu unternehmen habe, falls ich dazu gezwungen werde. Das Signal heißt jedenfalls nicht mehr ›Berquist‹...«

»Was soll das heißen?«

»Machen Sie sich selbst Gedanken darüber«, forderte Harshaw ihn auf. »Oder spielen Sie weiter Karten; ich brauche Sie nicht mehr.« Jubal schaltete ab, stellte zehn Minuten Verzögerung am Visophon ein und kehrte zu seinem Lieblingsplatz am Swimmingpool zurück. Er forderte Anne auf, ihre Robe bereitzuhalten, ließ Mike in seiner Nähe bleiben und erklärte Miriam, was sie sagen sollte, falls wieder angerufen wurde. Dann entspannte er sich in aller Ruhe.

Er war keineswegs unzufrieden, denn er hatte nicht erwartet, den Generalsekretär sofort sprechen zu können. Sein Anruf hatte dazu geführt, die eine schwache Stelle in dem Wall, von dem Douglas umgeben war, ans Tageslicht zu bringen, und Jubal vermutete, daß seine Auseinandersetzung mit Captain Heinrich dazu führen würde, daß er von höherer Stelle angerufen wurde.

Sollte dieser Erfolg nicht eintreten, hatte er wenigstens einem Geheimpolizisten die Meinung gesagt, was auch nicht zu verachten war. Harshaw war der Überzeugung, manche Leute seien geradezu dazu prädestiniert, sich auf die Füße treten zu lassen, und er hatte sofort erkannt, daß Heinrich zu ihnen gehörte.

Aber wie lange konnte er noch warten? Die vorbereitete ›Bombe‹ blieb nicht unbegrenzt lange einsatzfähig, und er hatte Jill versprochen, etwas wegen Ben Caxton zu unternehmen. Dazu kam noch, daß er auch in anderer Beziehung Sorgen hatte: Duke war verschwunden.

Nur für einen Tag? Für immer und ewig? Harshaw wußte es nicht. Duke war zum Abendessen gekommen, aber er hatte sich beim Frühstück nicht blicken lassen. Das war in Jubals Haushalt nicht weiter ungewöhnlich, so daß die anderen ihn nicht zu vermissen schienen.

»Mike!« rief Harshaw und beobachtete den Marsmenschen, der aus dem Becken kletterte und eilfertig zu ihm kam; Smith hatte sich prächtig entwickelt und zwanzig Pfund Muskeln angesetzt. »Mike, weißt du, wo Duke ist?«

»Nein, Jubal.«

»Wann hast du ihn zuletzt gesehen?«

»Er ist nach oben gegangen, als Jill und ich zum Frühstück nach unten gekommen sind. Ich habe Toast verbrannt.«

»Das glaube ich. Wenn du nicht aufpaßt, wirst du eines Tages noch ein braver Ehemann.«

»Jubal...«

»Ja, Anne?«

»Duke hat allein gefrühstückt und ist in die Stadt gefahren. Ich dachte, du wüßtest davon.«

»Äh, richtig«, log Jubal rasch, »aber er wollte eigentlich erst nach dem Mittagessen fort.« Er atmete erleichtert auf, als sei ihm ein Stein vom Herzen gefallen. Aber dann erinnerte er sich an etwas anderes...»Larry! Wo steckt Larry?«

»Hier, Boß«, klang es aus dem Lautsprecher hinter ihm. »Ich bin in der Werkstatt.«

»Hast du die Fernsteuerung bei dir?«

»Klar. Ich lasse sie nicht aus der Hand.«

»Komm hierher und bring sie Anne. Sie soll sie bei ihrer Robe aufbewahren.«

»Wird gemacht, Boß«, antwortete Larry. »Ist es bald soweit?«

»Vielleicht«, erwiderte Jubal ausweichend. Er wandte sich an den Marsmenschen. »Danke, das war alles, Mike.« Als Smith stehenblieb, fragte er ihn: »Hast du noch etwas auf dem Herzen?«

»Ich habe vorhin etwas in dem verdammten Quatschkasten gesehen, über das du später mit mir sprechen wolltest.«

»Oh.« Harshaw erinnerte sich an den Gottesdienst der Fosteriten. »Aber das Ding ist kein verdammter Quatschkasten, sondern ein Stereoempfänger.«

»Habe ich nicht richtig gehört?« fragte Mike erstaunt.

»Doch, aber *du* mußt Stereoempfänger dazu sagen, weil Jill es so will.«

»Dann tue ich es, Jubal.«

»Okay, dann erzähl mir, was du gesehen und gehört hast – und was du davon grokst«, forderte Jubal ihn auf.

Mike erinnerte sich an jedes Wort der Sendung – auch an die eingeblendeten Werbespots. Da er die Encyclopedia Britannica unterdessen ausgelesen hatte, kannte er auch die Abhandlungen über »Religion« und verwandte Sachgebiete. Aber er grokte anscheinend nichts davon.

Jubal erfuhr unter anderem: a) Mike wußte nicht, daß er einen

Gottesdienst der Fosteriten gesehen hatte; b) Mike erinnerte sich an den Begriff ›Religion‹, hatte jedoch beschlossen, erst später darüber nachzudenken; c) Mike verstand nicht, was ›Religion‹ bedeutet, obwohl er neun Definitionen dafür zitieren konnte; d) in der Sprache der Marsianer entsprach *kein* Ausdruck diesem Wort; e) die Zeremonie, die Jubal Duke gegenüber als religiös beschrieben hatte, war für Mike ganz alltäglich; f) in der Sprache der Marsianer gab es keinen Unterschied zwischen den Begriffen ›Religion‹, ›Philosophie‹ und ›Wissenschaft‹, und Mike war der Überzeugung, Worte der Ältesten zu lesen, wenn er Bücher studierte.

Am schlimmsten war jedoch, daß Mike gehört zu haben glaubte, daß zwei Menschen demnächst entleibt werden würden, um sich zu den menschlichen ›Ältesten‹ zu gesellen – und Mike war deshalb schrecklich aufgeregt. Hatte er das richtig gegrokt? Er hatte sich schon oft geirrt, weil er ›nur ein Ei‹ war, aber grokte er *diesmal* richtig? War das eine Gelegenheit, die menschlichen Ältesten kennenzulernen, die er soviel fragen wollte? Oder würde er erst noch mehr studieren müssen, um sich darauf vorzubereiten?

Jubal wurde in letzter Sekunde gerettet, als Dorcas Sandwiches und Kaffee brachte. Er aß schweigend, was Smith durchaus recht war, weil er gelernt hatte, daß man bei den Mahlzeiten meditierte. Jubal ließ sich absichtlich lange Zeit, überlegte angestrengt und machte sich selbst Vorwürfe, weil er nicht kontrolliert hatte, was Mike sich ansah. Der Junge mußte sich natürlich früher oder später mit Religionen befassen – das war nicht zu vermeiden, wenn er sein Leben auf diesem verrückten Planeten verbringen wollte. Aber das hätte Zeit gehabt, bis Mike sich an die merkwürdigen Verhaltensweisen der Menschen gewöhnt hatte... und warum mußte er ausgerechnet einen Gottesdienst der *Fosteriten* erleben?

Harshaw war der Überzeugung, keine Religion sei besser oder schlechter als die andere. Manche waren ihm jedoch instinktiv unsympathisch, und die Kirche der Neuen Verkündigung war seiner Meinung nach schlimmer als alle anderen. Die Unverschämtheit, mit der die Fosteriten behaupteten, den einzigen Weg zum Heil durch ihre direkte Verbindung mit dem Himmel zu kennen, ihre Arroganz und ihre hemdsärmeligen Werbemethoden stießen ihn ab. Warum konnten diese Leute sich nicht so anständig wie Katholiken, Christliche Wissenschaftler oder Quäker benehmen?

Falls Gott wirklich existierte (Jubal maßte sich in diesem Punkt kein Urteil an) und falls er angebetet werden wollte (was nach Jubals Meinung unwahrscheinlich, aber immerhin möglich war), würde der Gott, der ein Universum erschaffen hatte, sich bestimmt nicht von dem lächerlichen Zauber beeinflussen lassen, den die Fosteriten als ›Gottesdienst‹ bezeichneten. Aber Jubal war auch ehrlich genug, um offen zuzugeben, daß er sich geirrt haben konnte: vielleicht waren die Fosteriten wirklich die einzigen, die Anspruch darauf erheben konnten, die ganze Wahrheit zu kennen.

Aber Harshaw war trotzdem nicht bereit, auf zwei Dinge zu verzichten: auf seinen Geschmack und seinen Stolz. Wenn die Fosteriten die Wahrheit für sich gepachtet hatten und wenn nur Fosteriten in den Himmel kommen konnten, wollte er lieber zu den ›Sündern‹ gehören, die in der Hölle brieten, weil sie die Neue Verkündung abgelehnt hatten. Er war nicht imstande, Gott selbst zu erkennen... aber er sah, mit wem man sich hier auf Erden abgeben konnte – und die Fosteriten gehörten nicht dazu!

Jubal erkannte, wodurch Mike sich hatte irreführen lassen: daß die Fosteriten zu einem vorausbestimmten Zeitpunkt ›gen Himmel fahren‹ würden, erinnerte an die freiwillige ›Entleibung‹ der Marsianer. Jubal hatte den Verdacht, daß die Betreffenden ermordet wurden, aber dieser Verdacht war nie bewiesen worden. Foster war als erster fahrplanmäßig gen Himmel gefahren, und seine Anhänger betrachteten dieses Ereignis als besondere Gnade... und seit Jahren hatte sich schon kein Coroner mehr bereit gefunden, die näheren Umstände solcher Todesfälle zu untersuchen.

Aber das alles ließ sich nicht leicht erklären. Harshaw wußte, daß es keinen Zweck hatte, noch länger um den heißen Brei herumzuschleichen. Er begann mit den menschlichen Religionen und versuchte Mike zu erklären, daß die Menschen Hunderte von Methoden kannten, ›große Wahrheiten‹ zu verbreiten, wobei sich jeder einbildete, seine Wahrheit sei die einzige.

»Was ist ›Wahrheit‹?« wollte Mike wissen.

(»Was ist Wahrheit?« fragte ein römischer Richter und wusch seine Hände in Unschuld. Harshaw wünschte sich, er könnte auf gleiche Weise reagieren.) »Du sagst die Wahrheit, wenn du etwas richtig sagst, Mike. Wie viele Hände habe ich?«

»Zwei«, antwortete der Marsmensch. »Ich sehe zwei Hände«, fügte er dann hinzu.

Anne sah von ihrer Lektüre auf. »Ich könnte innerhalb von sechs Wochen einen Fairen Zeugen aus ihm machen.«

»Ruhe, Anne. Die Sache ist schwierig genug. Mike, du hast richtig gesprochen; ich habe zwei Hände. Deine Antwort war die Wahrheit. Aber was wäre, wenn du behauptet hättest, ich hätte sieben Hände?«

Mike runzelte die Stirn. »Ich groke nicht, daß ich das sagen könnte.«

»Nein, ich bezweifle sehr, daß du das könntest. Du würdest nicht richtig sprechen; deine Antwort wäre nicht die Wahrheit. Aber – hör gut zu, Mike – jede Religion erhebt den Anspruch, die Wahrheit zu sagen und richtig zu sprechen, obwohl die Antworten so verschieden wie zwei und sieben Hände sind. Die Fosteriten behaupten dieses, die Buddhisten jenes, die Moslems wieder etwas anderes – auf jede Frage gibt es verschiedene Antworten.«

Mike schüttelte den Kopf. »Alle sprechen richtig? Jubal, das groke ich nicht.«

»Ich auch nicht«, gab Harshaw zu.

Der Marsmensch warf ihm einen besorgten Blick zu und lächelte dann plötzlich. »Ich werde die Fosteriten bitten, eure Ältesten danach zu fragen, und dann wissen wir es, mein Bruder. Was muß ich tun, um mit den Ältesten auf diese Weise in Verbindung zu treten?«

Einige Minuten später stellte Jubal zu seiner eigenen Verblüffung fest, daß er Mike ein Interview mit irgendeinem einflußreichen Fosteriten versprochen hatte. Ihm war es trotz verzweifelter Bemühungen nicht gelungen, Mikes Überzeugung zu erschüttern, daß die Fosteriten mit menschlichen ›Ältesten‹ Verbindung haben mußten. Die größte Schwierigkeit lag darin, daß Mike nicht wußte, was eine Lüge war; er konnte zwar einige Definitionen herunterrasseln, aber er hatte nicht begriffen, was dieses Wort wirklich bedeutete – er grokte es nicht. Seiner Meinung nach konnte es nur versehentlich geschehen, daß jemand ›falsch sprach‹. Folglich akzeptierte er die Behauptungen der Fosteriten völlig kritiklos.

Jubal versuchte ihm zu erklären, daß *alle* menschlichen Religionen behaupteten, irgendwie mit den ›Ältesten‹ in Verbindung zu stehen – und daß ihre Antworten trotzdem unterschiedlich waren.

Mike schüttelte den Kopf. »Jubal, mein Bruder, ich gebe mir Mühe... aber ich groke nicht, wie das richtig gesprochen sein kann. Bei uns sprechen die Ältesten stets richtig. Bei euch...«

»Augenblick, Mike!«

»Wie bitte?«

»Als du ›uns‹ gesagt hast, hast du die Marsianer gemeint. Mike, du bist kein Marsianer; du bist ein Mensch.«

»Was ist ein ›Mensch‹?«

Jubal seufzte schwer. Mike konnte bestimmt einige Definitionen zitieren. Aber der Junge stellte nie Fragen, um ihn zu ärgern – er verlangte stets nur Informationen... und rechnete damit, daß Jubal sie ihm liefern konnte. »Ich bin ein Mensch, du bist ein Mensch, Larry ist ein Mensch.«

»Aber Anne ist kein Mensch?«

»Äh... Anne ist ein Mensch, ein weiblicher Mensch. Eine Frau.«

(»Danke, Jubal.« – »Halt den Mund, Anne.«)

»Ein Baby ist ein Mensch? Ich habe schon Bilder von Babys gesehen, und im verdammten Quatsch... im Stereoempfänger sind neulich welche gezeigt worden. Ein Baby hat nicht Annes Form... und Anne ist nicht wie du geformt... und dein Körper unterscheidet sich von meinem. Aber ein Baby ist ein noch nicht flügger Mensch?«

»Äh... ja, ein Baby ist ein Mensch.«

»Jubal, ich glaube zu groken, daß meine Freunde – die ›Marsianer‹ – Menschen sind. Die Gestalt ist unwichtig. Die Gestalt macht keinen Menschen aus. Wer grokt, ist ein Mensch. Spreche ich richtig?«

Jubal beschloß, in Zukunft die Finger von derartigen Problemen zu lassen. Was bedeutete das Wort ›groken‹? Er gebrauchte es seit einer Woche – und er grokte es noch immer nicht. Aber was war ein ›Mensch‹? Ein fast unbehaarter Zweibeiner? Gottes Ebenbild? Oder das zufällige Ergebnis einer natürlichen Auslese?

Der Junge hatte eigentlich recht; die Gestalt war tatsächlich nicht entscheidend, wenn es darum ging, den Menschen zu definieren – sie war ebenso unwichtig wie die Form einer Flasche, die Wein enthielt. Man konnte einen Menschen sogar aus seiner Flasche holen, was die Russen bewiesen hatten, als sie einen ›retteten‹, indem sie sein Gehirn in eine Nährlösung legten und dort weiterleben ließen. Ein gräßlicher Scherz! Jubal fragte sich, ob der arme Teufel seine Zustimmung zu diesem Experiment freiwillig gegeben hatte.

Aber wie unterschied sich der Mensch in den Augen eines Marsianers von anderen Tieren? Würden Lebewesen, die Dinge teleportieren konnten, sich von technischen Wunderwerken beeinflussen lassen? Und was war eindrucksvoller: der Assuandamm oder ein tausend Kilometer langes Korallenriff? Die einzigartige Denkfähigkeit des Menschen? Reine Arroganz, denn schließlich wußte niemand, ob Wale oder Mammutbäume nicht bessere Dichter und Philosophen als die Menschen waren.

Trotzdem gab es ein deutliches Unterscheidungsmerkmal...

»Der Mensch ist das einzige Tier, das lacht«, antwortete Jubal.

Mike überlegte. »Dann bin ich kein Mensch.«

»Wie meinst du das?«

»Ich lache nicht. Zuerst bin ich vor jedem Lachen erschrocken, aber dann habe ich gegrokt, daß es harmlos ist. Ich wollte es selbst lernen...« Mike warf den Kopf zurück und krächzte heiser.

Jubal hielt sich die Ohren zu. »Hör auf!«

»Ich kann es nicht richtig«, gab Mike traurig zu. »Deshalb bin ich kein Mensch.«

»Augenblick, Sohn. Du hast es noch nicht lange genug geübt... aber wenn du bei uns bleibst, wirst du eines Tages merken, wie komisch wir Menschen sind – und dann kannst du auch lachen.«

»Wirklich?«

»Bestimmt. Laß dir nur Zeit. Selbst Marsianer würden über uns lachen, wenn sie uns groken könnten.«

»Ja, Jubal.« Aber der Marsmensch hatte noch etwas auf dem Herzen. »Jubal, mein Bruder, du hast mir gesagt: ›Gott hat die Welt erschaffen‹, nicht wahr?«

»Nein, nein!« widersprach Harshaw. »Ich habe nur gesagt, daß viele Religionen behaupten, Gott habe die Welt erschaffen. Du weißt, daß ich nicht alles groke, aber ›Gott‹ ist jedenfalls das Wort, das sie alle benützen.«

»Ja, Jubal«, stimmte Mike zu. »Das Wort ist immer ›Gott‹.« Er fügte hinzu: »Du grokst.«

»Leider groke ich diesmal nicht.«

»Du grokst«, wiederholte Smith. »Ich kann es dir jetzt erklären. Bisher fehlten mir die Worte dafür. Du grokst. Anne grokt. Ich groke. Das Gras unter meinen Füßen grokt in glücklicher Schönheit. Aber ich brauchte ein Wort. Das Wort ist Gott.«

»Weiter!«

Mike deutete triumphierend auf Jubal. *»Du bist Gott!«*

Jubal zuckte zusammen. »He, was soll das? Langsam, Mike! Du hast mich mißverstanden. Das tut mir sehr leid! Wir müssen gelegentlich darüber sprechen, aber vorläufig...«

»Du bist Gott«, wiederholte Mike nachdrücklich. »Anne ist Gott. Ich bin Gott. Die glücklichen Gräser sind Gott. Jill grokt stets in Schönheit. Jill ist Gott...« Er krächzte etwas auf Marsianisch und lächelte zufrieden.

»Schon gut, Mike. Wir unterhalten uns später einmal darüber. Anne?«

»Ja, Boß?«

»Hast du dir alles gemerkt?«

»Natürlich, Boß.«

»Erinnere mich daran, daß ich mich mit dieser Sache beschäftigen muß. Das kann ich nicht auf sich beruhen lassen. Ich...« Jubal sah nach oben und rief: *»Alarm!* Anne, stell den Knopf auf Druckbedienung um – und laß ihn nicht los, falls sie doch nicht hierher kommen.« Er sah wieder zu den beiden Aircars hinüber, die sich von Süden näherten. »Sie kommen hierher, fürchte ich. Mike, versteck dich unter Wasser! Bleib dort, bis Jill dich holt, verstanden?«

»Ja, Jubal.« Mike lief zum Swimmingpool und sprang hinein.

»Jill!« rief Harshaw. »Spring ins Wasser und komm wieder heraus. Larry! Dorcas! Ihr auch! Niemand darf genau erkennen, wie viele Leute im Becken waren!« Jubal beschattete seine Augen mit einer Hand. »Der erste will anscheinend hier landen. Er sieht verdammt nach Grüner Minna aus... Und ich habe gehofft, sie würden sich auf Verhandlungen einlassen.«

Der erste Aircar schwebte niedrig heran und sank in der Nähe des Schwimmbeckens tiefer; der zweite kreiste in geringer Höhe über dem Garten. Beide waren groß genug, um zehn bis zwölf Männer zu transportieren, und trugen am Bug ein kleines Zeichen: die stilisierte Weltkugel der Föderation.

Anne legte die Fernsteuerung fort, zog rasch ihre Robe an, griff wieder nach dem Gerät und behielt den rechten Daumen auf dem Knopf, der ein Signal auslöste, wenn er länger als dreißig Sekunden *nicht* gedrückt wurde. Die Tür des ersten Aircars wurde geöffnet, und Harshaw lief wütend darauf zu. Als ein Mann in der Tür erschien, brüllte Jubal: »Sehen Sie nicht, daß Ihre verdammte Kiste meine Rosensträucher zerdrückt?«

»Jubal Harshaw?« fragte der Mann.

»Sagen Sie Ihrem dämlichen Piloten, daß er weiter rückwärts auf dem *Gras* landen soll! Anne!«

»Komme schon, Boß.«

»Jubal Harshaw, ich habe einen Haftbefehl auf Ihren Namen und...«

»Meinetwegen haben Sie einen für den König von England; sorgen Sie zuerst dafür, daß dieser Schrotthaufen von meinen Rosenbeeten entfernt wird! Sie können sich darauf verlassen, daß ich

Schadenersatz verlange und...« Jubal schien den Mann vor sich erst jetzt zu erkennen. »Oh, schon wieder *Sie*«, sagte er verächtlich. »Sind Sie so dumm geboren worden, Heinrich, oder haben Sie das erst lernen müssen? Wo hat Ihr Kutscher seinen Pilotenschein her?«

»Lesen Sie bitte diesen Haftbefehl«, forderte Captain Heinrich ihn geduldig auf. »Dann...«

»Sehen Sie zu, daß Ihr Go-cart von meinen Rosen wegkommt, sonst strenge ich einen Prozeß an, der Sie Ihre Pension kostet!« Als Heinrich zögerte, kreischte Jubal noch lauter: »*Sofort!* Und sagen Sie diesen Trotteln, die jetzt aussteigen, daß sie gefälligst die Augen aufmachen sollen! Der Idiot mit den Pferdezähnen steht auf einer preisgekrönten Elisabeth M. Hewitt!«

Heinrich drehte sich nach seinen Leuten um. »Vorsicht mit den Blumen, Männer. Paskin, Sie stehen auf einer Rose. *Rogers!* Landen Sie drüben auf dem Rasen.« Er wandte sich an Harshaw. »Zufrieden?«

»Sobald die Kiste weg ist – aber ich verlange trotzdem Schadenersatz. Zeigen Sie mir jetzt Ihren Ausweis... und zeigen Sie ihn der Fairen Zeugin; geben Sie dabei laut und deutlich Name, Rang, Dienststellung und Besoldungsnummer an.«

»Sie wissen genau, wer ich bin. Ich habe einen Haftbefehl für...«

»Und ich habe das Recht, Ihnen den Scheitel mit einer Schrotflinte geradezuziehen, wenn Sie sich nicht an die gesetzlichen Bestimmungen halten! *Ich* weiß nicht, wer Sie sind. Sie erinnern mich an einen Kerl, den ich auf dem Visophon gesehen habe – aber ich kann Sie nicht identifizieren. *Sie* müssen sich selbst ausweisen – Weltgesetz, Paragraph 1602, Absatz drei –, bevor Sie einen Haftbefehl vorlegen können. Das gilt auch für Ihre Affen und den Steinzeitmenschen, der Ihr Pilot ist.«

»Diese Männer sind Polizeibeamte unter meiner Führung.«

»*Ich* weiß nicht, was sie sind. Vielleicht haben sie ihre dämlichen Uniformen aus einem Maskenverleih bezogen. Der Buchstabe des Gesetzes, Sir! Sie überfallen mich hier in meinem eigenen Heim und *behaupten*, Polizeibeamter zu sein, der einen Haftbefehl vorzulegen hat. Aber *ich* sage, daß Sie unberechtigterweise hier eingedrungen sind, was mir das Recht gibt, Sie wieder hinauszubefördern – und damit werde ich in etwa drei Sekunden anfangen.«

»Das möchte ich Ihnen nicht raten.«

»Wie kommen *Sie* dazu, mir einen Rat zu geben? Sollte ich bei dem Versuch, meine Rechte durchzusetzen, etwa verwundet werden, liegt eine gemeinsam begangene Körperverletzung vor – mit tödlichen Waffen, da Ihre Männer Pistolen tragen. Dann kann ich Sie zivil- und strafrechtlich belangen lassen, guter Mann! Ist Ihnen eigentlich klar, was Sie riskieren?« Jubal hob drohend die Faust. »Verlassen Sie sofort mein Grundstück!«

»Augenblick, Doktor. Meinetwegen sollen Sie Ihren Willen haben.« Heinrich war rot angelaufen, aber er beherrschte sich erstaunlich gut. Er zeigte Jubal seinen Ausweis, ließ Anne einen Blick darauf werfen, nannte seinen Dienstgrad und gab seine Besoldungsnummer an. Dann waren seine Leute an der Reihe. Sie mußten sich nacheinander der gleichen Prozedur unterziehen.

Schließlich nickte Harshaw zufrieden. »Was kann ich also für Sie tun, Captain?«

»Ich habe hier einen Haftbefehl für Gilbert Berquist, und auf diesem Haftbefehl ist Ihr ganzes umzäuntes Grundstück mit sämtlichen Gebäuden angegeben.«

»Zeigen Sie ihn mir. Zeigen Sie ihn auch der Fairen Zeugin.«

»Gern. Ich habe weiterhin einen Haftbefehl für Gillian Boardman.«

»Für wen?«

»Gillian Boardman. Die Anklage lautet auf Entführung.«

»Großer Gott!«

»Und einen für Hector C. Johnson... und einen für Valentine Michael Smith... und einen für *Sie*, Jubal Harshaw.«

»Für mich? Schon wieder wegen der Steuern?«

»Nein. Sie werden als Mittäter gesucht – und ich würde Sie auf eigene Verantwortung wegen Behinderung unserer Arbeit mitnehmen, wenn ich nicht den Haftbefehl in der Tasche hätte.«

»Unsinn, Captain! Seitdem Sie sich ausgewiesen haben, bin ich gern bereit, Ihnen zu helfen. Ich werde natürlich trotzdem einen Prozeß gegen Sie und Ihre Vorgesetzten anstrengen, aber vorläufig behindere ich Sie in keiner Weise. Hmm. Eine ziemliche Liste... da lohnt es sich natürlich, einen großen Wagen mitzubringen. Aber hier ist etwas merkwürdig. Diese, äh, Mrs. Barkmann?... ich sehe eben, daß sie Smith entführt haben soll, während *er* seinerseits als geflohener Gefangener gesucht wird. Das verstehe ich nicht recht.«

»Es handelt sich um beide Delikte. Er ist entkommen, und sie hat ihn entführt.«

»Ist das nicht schwierig miteinander zu vereinbaren? Und warum wurde er überhaupt festgehalten? Das ist hier nicht angegeben.«

»Woher soll ich das wissen? Er ist jedenfalls geflohen. Mehr brauche ich nicht zu wissen.«

»Du lieber Gott! Ich glaube, daß ich mich allen diesen Leuten als Anwalt zur Verfügung stellen muß. Ein interessanter Fall, der unangenehme Folgen haben könnte.«

»Was wollen Sie dagegen unternehmen?« erkundigte Heinrich sich grinsend. »Schließlich sitzen Sie dann auch im Kittchen.«

»Oh, bestimmt nicht lange.« Jubal sprach lauter. »Wenn Richter Holland zugehört hätte, würden wir vermutlich bald wieder entlassen. Und wenn die Associated Press einen Reportagewagen in der Nähe hätte, käme die Einstweilige Verfügung sogar rechtzeitig hierher.«

»Immer der gleiche Winkeladvokat, was, Harshaw?«

»Verleumdung, Sir. Das merke ich mir natürlich.«

»Aber das hilft Ihnen nichts. Wir sind hier allein.«

»Glauben Sie?«

15

Valentine Michael Smith schwamm unter Wasser zum tiefsten Teil des Swimmingpools und streckte sich unter dem Sprungbrett aus. Er wußte nicht, warum sein Wasserbruder ihn aufgefordert hatte, sich zu verstecken; er wußte nicht, warum er sich versteckt hielt. Jubal hatte es ihm befohlen, und Smith wußte, daß er hier zu warten hatte, bis Jill ihn holte.

Er rollte sich zusammen, ließ die Luft aus seinen Lungen, verschluckte seine Zunge, ließ die Augen nach oben rutschen, verlangsamte seinen Herzschlag und war praktisch ›tot‹, obwohl er sich keineswegs entleibt hatte. Er entschloß sich, Sekunden wie Stunden an sich vorbeiziehen zu lassen, da er über vieles nachzudenken hatte.

Dann begann er Websters *Dictionary of the English Language* vor seinem inneren Auge vorbeiziehen zu lassen, bis er schließlich nach langer Zeit merkte, daß seine Wasserbrüder Schwierigkeiten hatten. Sollte er das Wasser des Lebens verlassen, um ihre Sorgen zu groken und mit ihnen zu teilen?

Aber Jubal hatte ihm befohlen, im Wasser zu bleiben. Er rief sich seine Worte ins Gedächtnis zurück und stellte fest, daß er richtig gegrokt hatte; er mußte hier unten bleiben, bis Jill kam.

Bedeutete das auch, daß er in seinem Körper zu bleiben hatte? Smith überlegte, daß Jubal nichts davon gesagt hatte ... und dadurch bot sich ihm eine Gelegenheit, die Sorgen seiner Brüder zu teilen.

Smith entschloß sich zu einem Spaziergang.

Er war bisher nur in Begleitung eines Ältesten unterwegs gewesen, der dafür gesorgt hatte, daß er nicht die Orientierung verlor. Diesmal konnte ihm kein Ältester helfen, aber Smith war davon überzeugt, seinen Lehrern keine Schande zu machen. Er überprüfte seinen Körper sorgfältig, verließ ihn dann und achtete darauf, den winzigen Bruchteil seiner selbst zurückzulassen, der den Fortbestand des Lebens garantierte.

Dann stieg er durchs Wasser nach oben, blieb am Rand des Schwimmbeckens stehen, um nicht die Orientierung zu verlieren, und sah sich um.

Ein Aircar landete eben im Garten. Smith beobachtete den Mann, der ausstieg, und hörte Jubals wütende Stimme; er betrachtete den Uniformierten näher und schrak vor ihm zuück, als er sah, daß der andere eine Pistole am Gürtel trug.

Sollte er dieses Ding verschwinden lassen? Bevor der Mann ganz ausgestiegen war? Smith fühlte sich dazu verpflichtet – aber Jubal hatte ihn davor gewarnt, Waffen ohne seinen ausdrücklichen Befehl verschwinden zu lassen.

Deshalb würde er warten... aber er würde diese Pistole im Auge behalten. Da er nicht auf Augen angewiesen war, sondern nach allen Richtungen gleichzeitig sehen konnte, beobachtete er Mann und Waffe, während er das Innere des Aircars betrat.

Dort entdeckte er mehr Falschheit, als er je für möglich gehalten hätte! Weitere Männer drängten zum Ausgang – und jeder hielt in seiner Hand ein Ding, das durch und durch falsch war.

Smith hatte bereits Jubal erklärt, daß die Form keine entscheidende Rolle spielte; es war stets notwendig, das Wesen zu erkennen, um groken zu können. Die Marsianer durchlebten fünf verschiedene Gestalten: Ei, Nymphe, Nestling, Erwachsener... und Ältester ohne bestimmte Form. Aber das Wesen des Ältesten war bereits im Ei enthalten.

Diese Dinge erinnerten an Feuerwaffen. Aber der Marsmensch ließ sich nicht zu voreiligen Schlüssen hinreißen; er untersuchte sie sorgfältig. Erst dann wußte er, daß es sich wirklich um Waffen handelte. Aber nicht nur die Männer waren bewaffnet, sondern der

Aircar war auch mit zwei riesigen Waffen ausgerüstet und enthielt andere Dinge, die Smith nicht sofort grokte.

Er verließ den Aircar wieder, beobachtete, hörte zu und wartete.

Der erste Mann sprach mit Jubal über Dinge, die Smith nicht verstand. Der Aircar schwebte zwanzig Meter rückwärts, die anderen Männer stiegen aus, Jubal ließ sich ihre Ausweise zeigen, und der erste Mann gab ihm einige Papiere. Dann gingen der erste Mann und Jubal zum Schwimmbecken; Anne folgte ihnen. Zwei weitere Männer eskortierten diese drei.

Der erste Mann blieb vor Jill stehen, nahm eine Fotografie aus der Tasche und verglich sie mit ihrem Gesicht. Smith spürte ihre Angst und wurde wachsam. Jubal hatte ihm befohlen, unter allen Umständen Jill zu schützen; diesen Befehl würde er ausführen.

Als die beiden Begleiter des ersten Mannes sich Jill mit ihren Waffen näherten, ließ Smith sie verschwinden.

Der erste Mann griff nach seiner Pistole – und verschwand ebenfalls.

Vier weitere Männer kamen herangestürmt... Er ließ sie verschwinden, wandte sich dem Aircar zu, spürte die Reaktion des Piloten und ließ Mann und Fahrzeug ebenfalls verschwinden.

Er hätte den zweiten Aircar, der über dem Grundstück kreiste, beinahe vergessen und wurde erst auf ihn aufmerksam, als er zur Landung ansetzte. Er untersuchte ihn kurz, stellte fest, daß er bewaffnete Männer enthielt, und schickte ihn ins Nichts. Dann kehrte er zu seinen Freunden am Beckenrand zurück.

Dorcas schluchzte heftig; Jill versuchte sie zu beruhigen. Nur Anne schien nicht von den Ereignissen beeinflußt zu sein. Smith erkannte, daß Dorcas bald wieder gesund sein würde. Er hatte in einer kritischen Situation richtig gehandelt, denn jetzt war keine Falschheit mehr wahrzunehmen. Er glitt wieder ins Wasser, fand seinen Körper unbeschädigt vor und nahm ihn erneut in Besitz.

Er überlegte, ob er die jüngsten Ereignisse analysieren sollte. Aber sie waren noch zu neu; er fühlte sich noch nicht imstande, die Männer zu preisen, die er hatte fortschicken müssen. Statt dessen wandte er sich wieder dem Wörterbuch zu und war eben zwischen ›Tinwork‹ und ›Tiny‹ angelangt, als er Jill kommen spürte. Er hielt sich bereit, weil er wußte, daß sein Bruder Jill nicht lange unter Wasser bleiben konnte.

Als sie ihn berührte, nahm er ihr Gesicht zwischen die Hände und küßte sie. Das hatte er erst vor kurzem gelernt und grokte es noch nicht völlig. Es erinnerte an das Näherkommen der Wasserzeremonie – aber es enthielt auch etwas anderes, das er eines Tages gänzlich groken würde.

16

Harshaw wartete nicht ab, bis Gillian ihr Sorgenkind aus dem Wasser geholt hatte; er ließ Dorcas ein Beruhigungsmittel geben und verschwand in seinem Arbeitszimmer. *»Achtung!«* rief er dabei.

Miriam holte ihn ein. »Hier, Boß«, sagte sie atemlos. »Was...?«

»Kein Wort, Mädchen.«

»Aber, Boß...«

»Ruhe, habe ich gesagt! Miriam, wir lassen uns heute in einer Woche von Anne erzählen, was passiert ist. Aber im Augenblick habe ich keine Zeit dafür, weil jetzt gleich alle möglichen Leute anrufen und unzählige Reporter hier auftauchen werden – und ich muß zuerst selbst ein paar Gespräche führen. Gehörst du etwa auch zu den Frauen, die aus dem Leim gehen, wenn man sie braucht? Dabei fällt mir noch etwas ein – sieh zu, daß Dorcas für die Zeit, die sie mit ihrem hysterischen Anfall verbringt, kein Gehalt bekommt.«

Miriam starrte ihn empört an. »Boß! Wenn du das tust, kündigen wir alle drei!«

»Unsinn.«

»Warum hackst du auf Dorcas herum? Ich hätte selbst einen Anfall bekommen, wenn sie mir nicht zuvorgekommen wäre!«

Harshaw grinste. »Gut, dann habt ihr alle eine Prämie wegen ›Pflichterfüllung unter schwersten Bedingungen‹ zu beanspruchen. Aber ich habe auch eine verdient.«

»Einverstanden. Aber wer bezahlt deine Prämie?«

»Das Finanzamt, wenn ich die Steuer betrügen kann – oder der Steuerzahler, wenn ich den Prozeß gegen Heinrichs Vorgesetzte... Verdammt noch mal!« Das Visophon klingelte bereits. Er schaltete es an. »Harshaw. Wer sind Sie?«

»Immer mit der Ruhe, Doc«, antwortete der Anrufer. »Vor Ihnen habe ich schon lange keine Angst mehr. Wie steht's bei Ihnen?«

Harshaw erkannte Thomas Mackenzie, den Produktionschef der Fernsehgesellschaft New World Networks. »Nicht schlecht, Tom. Ich habe allerdings viel zu tun und...«

»*Sie* haben viel zu tun? Versuchen Sie es einmal mit meinem Achtundvierzigstundentag. Glauben Sie noch immer, daß Sie etwas für uns haben? Mir geht es nicht so sehr um die Ausrüstung, die wir sonst irgendwo auf Lager hätten, sondern um die drei Kamerateams, die Daumen drehen, während sie auf Ihr Signal warten. Ich tue Ihnen gern einen Gefallen – aber ich frage mich, wie lange der Spaß noch dauern soll.«

Harshaw starrte ihn an. »Genügt Ihnen die Live-Übertragung nicht?«

»Welche Live-Übertragung?«

Wenig später wußte Harshaw, daß die Kameras der Fernsehgesellschaft die jüngsten Ereignisse nicht gefilmt hatten. Er beantwortete Mackenzies Fragen nur ausweichend, um sich keine Blöße zu geben, und vereinbarte mit ihm, daß die Kamerateams abziehen konnten, falls sich nicht innerhalb der nächsten vierundzwanzig Stunden etwas Wichtiges ereignete.

Zwei weitere Gespräche genügten, um festzustellen, daß auch die anderen Fernsehkameras nicht eingeschaltet gewesen waren. Harshaw schaltete ab und ließ Larry mit der Fernbedienung zu sich kommen.

»Du wolltest das Ding sehen, Boß?« fragte Larry und zeigte es ihm.

»Ich wollte darauf spucken. Laß dir das eine Lehre sein, Larry: Maschinen ist nicht zu trauen.«

»Okay. Noch etwas?«

»Läßt sich das Ding irgendwie überprüfen? Ohne daß drei Kamerateams alarmiert werden?«

»Klar. Der Sender unten in der Werkstatt hat einen Schalter dafür; wenn man ihn betätigt und auf den Knopf hier drückt, muß ein grünes Licht aufleuchten. Um weiterzutesten, ruft man die Kamerateams mit dem Sender an und sagt ihnen, was man von ihnen will.«

»Und was ist, wenn man damit nicht durchkommt? Findest du dann den Fehler?«

»Vielleicht«, meinte Larry zweifelnd, »wenn es sich nur um einen Wackelkontakt handelt. Ansonsten ist Duke für diesen Kram zuständig; ich bin mehr der intellektuelle Typ.«

»Ich weiß, Sohn – ich verstehe auch nichts von Maschinen. Aber du kannst es wenigstens versuchen.«

»Noch etwas, Jubal?«

»Danke, Larry.«

Harshaw überlegte sich, ob Duke die Fernbedienung sabotiert haben konnte, und kam dann wieder von dem Gedanken ab. Er versuchte sich zu erklären, was in seinem Garten vor sich gegangen war und wie Smith das geschafft hatte – aus drei Meter tiefem Wasser. Er bezweifelte keine Sekunde lang, daß Mike am Verschwinden der Geheimpolizisten und ihrer Fahrzeuge schuld war.

Was Jubal am Tag zuvor in seinem Arbeitszimmer gesehen hatte, war geistig erschütternd gewesen, aber gefühlsmäßig nicht sonderlich aufregend. Eine Zigarrenkiste, die sich in Luft auflöste, schien anzudeuten, daß ein ganzer Aircar ebenfalls verschwinden konnte. Aber die erste Demonstration war harmlos gewesen – und die zweite hatte ihm einen Tiefschlag versetzt.

Trotzdem hatte Harshaw nicht die Absicht, den Verschwundenen eine Träne nachzuweinen. Wer sich zur Geheimpolizei meldete, war unweigerlich brutal, sadistisch, verschlagen und hinterlistig. Die Geheimpolizei diente jedem Politiker, der auf irgendwelchen krummen Wegen an die Macht gekommen war, und wurde für ihre Treue reichlich belohnt.

Aber für derartige Überlegungen war jetzt keine Zeit... Was würde nun geschehen? Heinrichs Streitmacht mußte Funkverbindung mit der Kaserne gehabt haben; folglich würde ihr Ausbleiben auffallen. Innerhalb kürzester Zeit konnten weitere Aircars erscheinen, falls ein Bericht ans Hauptquartier mitten im Satz unterbrochen worden war. »Miriam!«

»Ja, Boß?«

»Mike, Jill und Anne sollen sofort hierher kommen. Dann holst du Larry aus der Werkstatt und verschließt mit ihm sämtliche Fenster und Türen.«

»Erwartest du Besuch?«

»Verschwinde, Mädchen!«

Wenn die Affen auftauchten und das Haus zu stürmen versuchten, würde er Mike auf sie loslassen müssen. Aber dieser Krieg durfte nicht ewig weitergehen – und das bedeutete, daß Jubal den Generalsekretär erreichen mußte.

Wie?

Im Palast anrufen? Heinrich hatte einen Stellvertreter, bei dem der Anruf wieder hängenbleiben würde. Aber vielleicht gelang es Harshaw, die allgemeine Verblüffung auszunützen und Heinrichs Vorgesetzten zu erreichen. Wie hieß er noch gleich? Kommandant Twitchell. Dieser Mann mußte ihn mit dem Boß verbinden können.

Zwecklos. Es hatte keinen Sinn, Twitchell davon überzeugen zu wollen, daß es etwas Stärkeres als Waffen gab. Solange er noch über Männer und Waffen verfügte, würde er sie einsetzen, bevor er zugab, daß er einen Auftrag nicht durchführen konnte.

Harshaw überlegte angestrengt und hatte plötzlich eine Erleuchtung. Er rief Tom Mackenzie an, ließ sich von einem Vorzimmer zum nächsten weiterverbinden und mußte dann warten. Inzwischen kamen sein Stab und der Marsmensch herein; Miriam kritzelte auf einen Schreibblock: *Türen und Fenster verschlossen.*

Jubal nickte und schrieb darunter: *Larry – Fernbedienung?* Dann sagte er: »Tut mir leid, daß ich Sie wieder belästigen muß, Tom.«

»Bitte, gern, Jubal.«

»Tom, was würden Sie tun, wenn Sie mit Generalsekretär Douglas sprechen wollten?«

»Ich würde Jim Sanforth, seinen Pressechef, anrufen, um alles arrangieren zu lassen. Wahrscheinlich wäre es sogar besser, nur mit Jim zu reden. Aber unsere Gesellschaft nützt es nicht aus, daß sie der Regierung gelegentlich gute Dienste geleistet hat, Jubal.«

»Tom, nehmen wir einmal an, Sie *müßten* innerhalb der nächsten zehn Minuten mit Douglas sprechen.«

Mackenzie zog die Augenbrauen hoch. »Nun, dann würde ich Jim erklären, was ...«

»Nein.«

»Seien Sie doch vernünftig!«

»Das kann ich nicht. Nehmen wir einmal an, Sie hätten Sanforth dabei erwischt, wie er silberne Löffel klaut, so daß sie *ihm* nicht erzählen könnten, worum es sich handelt.«

Mackenzie seufzte. »Ich würde Jim sagen, daß ich den Boß sprechen müsse – und daß wir die Regierung sonst nie wieder unterstützen würden.«

»Okay, Tom, tun Sie es gleich.«

»*Was?*«

»Rufen Sie Douglas an und verbinden Sie mich dann mit ihm. Ich muß *sofort* mit dem Generalsekretär sprechen!«

»Jubal, alter Freund ...«

»Sie wollen also nicht.«

»Ich *kann* nicht. Ihre hypothetische Situation ist unmöglich. Man ruft Douglas nicht einfach an, wenn man nicht dazu aufgefordert worden ist.«

»Schon gut, Tom«, sagte Harshaw enttäuscht. »Sie kennen sich doch in Regierungskreisen aus. Wer außer Sanforth kann Douglas jederzeit erreichen?«

»Niemand.«

»Aber er lebt doch nicht im Vakuum! Es muß Leute geben, die ihn einfach anrufen können.«

»Vielleicht die Minister. Nicht alle.«

»Ich meine keine Politiker, Tom. Wer kann ihn einfach anrufen, um ihn zu einer Partie Poker einzuladen?«

»Jake Allenby«, antwortete Mackenzie prompt.

»Ich kenne ihn. Er kennt mich und weiß, daß ich ihn nicht ausstehen kann.«

»Douglas hat nicht viele Freunde. Seine Frau ist... Was halten Sie von Astrologie, Jubal?«

»Cognac ist mir lieber.«

»Das ist Geschmackssache. Hören Sie, Jubal, wenn Sie je erzählen, von wem Sie diese Information haben, schneide ich Ihnen die Kehle durch.«

»Einverstanden. Weiter!«

»Nun, Agnes Douglas hält *viel* von Astrologie – und ihre Astrologin kann sie jederzeit anrufen, womit die Verbindung zu Douglas hergestellt wäre. Sie können die Astrologin anrufen... alles Weitere ist dann Ihre Sache.«

»Meinetwegen«, sagte Harshaw. »Wie heißt die Dame?«

»Madame Alexandra Vesant. Sie wohnt in Washington.«

»Prima!« meinte Jubal begeistert. »Tom, Sie haben mir viel geholfen!«

»Hoffentlich. Noch etwas?«

»Augenblick.« Harshaw las den Zettel, den Miriam neben ihn gelegt hatte: *Der Sender sendet nicht, sagt Larry.* »Ihre Leute sind nicht alarmiert worden, weil der Sender versagt hat, Tom.«

»Ich schicke jemand.«

»Nochmals vielen Dank.«

Jubal schaltete ab, wählte die Vermittlung und ließ sich mit Madame Vesant verbinden. Als ihr Gesicht auf dem Bildschirm erschien, sagte er lächelnd: »Hallo, Becky.«

»Doc Harshaw!« rief die Astrologin aus. »Wir haben uns schon lange nicht mehr gesehen! Wo haben Sie sich verkrochen?«

»Genau das, Becky. Die Polypen sind hinter mir her.«

»Kann ich Ihnen irgendwie helfen?« wollte Becky Vesey wissen. »Brauchen Sie Geld?«

»Danke, ich habe genug. Becky, ich stecke in einer Klemme, aus der mir nur der Generalsekretär helfen kann. Ich *muß* ihn sprechen.«

»Das ist viel verlangt, Doc«, stellte sie fest.

»Ich weiß, Becky. Ich möchte auch nicht, daß Sie darin verwickelt werden. Aber ich dachte, Sie könnten mir eine Nummer angeben. Sie sollten nur nichts riskieren, was Sie später in Schwierigkeiten bringen könnte, Becky. Ich brächte es sonst nicht mehr fertig, dem Professor – Gott hab' ihn selig – ins Gesicht zu sehen.«

»Ich weiß genau, was der Professor in diesem Fall von mir erwartet hätte!« stellte Becky energisch fest. »Lassen Sie den Unsinn, Doc. Der Professor war immer der Meinung, Sie seien der einzige Chirurg, der sein Handwerk wirklich verstehe. Er hat Ihnen die Sache in Elkton nie vergessen, das dürfen Sie mir glauben.«

»Nein, davon wollen wir nicht wieder anfangen, Becky. Dafür bin ich doch bezahlt worden.«

»Sie haben ihm das Leben gerettet, Doc.«

»Ich habe nur meine Pflicht getan. Er hatte den Lebenswillen – und Sie haben ihn aufopfernd gesundgepflegt.«

»Äh... Doc, wir vergeuden kostbare Zeit. Wir schlimm steht es mit Ihnen?«

»Ich habe einiges zu erwarten... und wer mit mir in Verbindung gebracht wird, ist ebenfalls betroffen. Der Haftbefehl gegen mich ist bereits ausgestellt, und die Polizei weiß genau, wo ich bin, so daß ich mir jeden Fluchtversuch sparen kann. Nur Mister Douglas ist imstande, mir jetzt noch zu helfen.«

»Sie werden wieder herausgeholt, das verspreche ich Ihnen.«

»Becky... das tun Sie natürlich. Aber zuerst werde ich verhaftet. Und davor fürchte ich mich, Becky. Ich bin zu alt für die Methoden, mit denen heutzutage ›Geständnisse‹ erpreßt werden.«

»Aber... großer Gott! Können Sie mir nicht ein paar Details schildern, Doc? Ich müßte ein Horoskop aufstellen. Sie sind natürlich Merkur, weil Sie ein Arzt sind. Aber wenn ich wüßte, in welchem Haus ich nachzusehen habe, hätte ich eher Aussicht auf Erfolg.«

»Dafür haben wir nicht mehr genug Zeit, Becky.« Jubal überlegte blitzschnell. Konnte er ihr trauen? »Allein wenn ich Ihnen erzähle, worum es sich handelt, sitzen Sie wie ich in der Tinte.«

»Fangen Sie nur an, Doc. Sie wissen doch, daß ich schweigen kann wie das Grab.«

»Gut, meinetwegen. Ich bin also ›Merkur‹. Aber die Schwierigkeiten sind bei Mars zu suchen.«

Sie starrte ihn an. »In welcher Beziehung?«

»Sie haben die Nachrichten gesehen. Der Marsmensch soll sich in den Anden aufhalten. Aber das stimmt nicht. Das ist nur ein Ablenkungsmanöver für die breite Masse.«

Becky war weniger überrascht, als Jubal erwartet hatte. »Und was haben Sie damit zu tun, Doc?«

»Becky, auf der Erde gibt es Hunderte von Leuten, die irgend etwas mit dem Jungen vorhaben. Sie wollen ihn alle nur ausnützen. Aber er ist mein Klient, und ich lasse das nicht zu. Ich habe allerdings nur eine Chance, wenn ich mit Douglas sprechen kann.«

»Der Marsmensch ist Ihr Klient? Können Sie ihn zum Vorschein bringen?«

»Nur für Douglas. Sie wissen selbst, wie die Sache ist, Becky – der Bürgermeister kann ein netter Kerl sein, der Kinder und Hunde liebt. Aber er weiß nicht alles, was in der Stadt vor sich geht – besonders dann nicht, wenn ein Mann festgenommen und ein paar Stunden lang verhört wird.«

Becky nickte wortlos.

»Deshalb muß ich mit Douglas feilschen, bevor ich verhaftet werde.«

»Sie wollen nur mit ihm sprechen?«

»Ja. Ich gebe Ihnen meine Nummer und bleibe am Apparat, falls er anruft. Wenn die Sache nicht klappt, weiß ich wenigstens, daß Sie sich alle Mühe gegeben haben, Becky.«

»Schalten Sie nicht ab!«

»Warum nicht?«

»Bleiben Sie am Apparat, Doc. Mit etwas Glück können wir die Verbindung gleich über mein Visophon herstellen und dadurch Zeit sparen.« Madame Vesant setzte sich an ihren zweiten Apparat und rief Agnes Douglas an. Sie sprach ruhig und zuversichtlich und betonte, die von den Sternen vorausgesagte Entwicklung sei nun eingetreten – genau zum erwarteten Zeitpunkt. Nun war der kritische Augenblick gekommen, in dem Agnes ihren Mann beeinflussen und führen mußte, damit er ohne Zögern richtig handelte. »Diese Konstellation wiederholt sich auch in tausend Jahren nicht, meine Liebe – Mars, Venus und Merkur als gleichmäßiges Dreigestirn, während Venus ihren Höhepunkt erreicht und somit dominierend wird. Dadurch ...«

»Was soll ich also tun, Allie? Sie wissen doch, daß ich die wissenschaftlichen Details nicht verstehe.«

Das war kaum überraschend, da das geschilderte Verhältnis nicht bestand. Madame Vesant hatte keine Zeit gehabt, ein Horoskop aufzustellen; sie improvisierte diesmal nur. Aber das störte sie nicht weiter: sie verkündete eine ›höhere Wahrheit‹ und half dadurch ihren Freunden. Daß sie zwei Freunden gleichzeitig helfen konnte, machte Becky Vesey besonders glücklich. »Meine Liebe, Sie verstehen natürlich genug davon, weil Sie sehr begabt sind. Sie sind wie immer Venus; Mars bedeutet Ihren Mann *und* den jungen Smith, und Merkur ist Doktor Harshaw. Um das Gleichgewicht, das durch die Verstärkung von Mars entsteht, während dieser Krise auszugleichen, muß Venus logischerweise Merkur unterstützen. Aber Sie haben nicht viel Zeit; Venus erreicht den Höhepunkt ihres Einflusses in genau sieben Minuten. Sie müssen sich also beeilen...«

»Sie hätten mich früher warnen sollen.«

»Meine Liebe, ich habe den ganzen Tag hier gewartet, um sofort handeln zu können. Die Sterne sagen uns nur, daß eine Krise bevorsteht, aber sie geben nie Details an. Wir haben noch Zeit. Doktor Harshaw wartet am Visophon; wir müssen nur die Verbindung zu Ihrem Mann herstellen, bevor Venus ihren Einfluß verliert.«

»Hmm... Gut, meinetwegen, Allie. Ich muß Joseph erst aus irgendeiner komischen Konferenz loseisen. Geben Sie mir die Nummer, unter der dieser Doktor zu erreichen ist – oder können Sie bei sich umschalten?«

»Ja, ich verbinde hier weiter. Beeilen Sie sich, meine Liebe.«

Als Agnes Douglas vom Bildschirm verschwand, ging Becky an ein drittes Visophon. Sie summte zufrieden vor sich hin, während sie ihren Börsenmakler anrief.

17

Nachdem Becky verschwunden war, lehnte Jubal sich in seinen Sessel zurück. »Achtung!« sagte er.

»Okay, Boß«, antwortete Miriam.

»Eine neue Story fürs Fernsehen. Die Erzählerin muß sexy sein und eine Altstimme haben...«

»Vielleicht kann ich mich darum bewerben.«

»Nicht so sexy. Laß dir einen weiblichen Vornamen als Pseudonym einfallen. Am besten einen, der mit ›a‹ aufhört – das suggeriert mindestens Oberweite hundert.«

»He! Und keine von *uns* hat einen Namen, der mit ›a‹ aufhört. Unverschämter Kerl!«

»Ist das meine Schuld? ›Angela‹ – das ist der richtige Name. Titel: *Ich habe einen Marsianer geheiratet.* Anfang: Ich hatte mir immer gewünscht, Astronaut zu werden. Absatz. Als ich noch klein war und Sommersprossen auf der Nase und Sterne in den Augen hatte, sammelte ich Bilderpunkte wie meine Brüder – und weinte abends, wenn Mammy mich nicht mit meinem Raumhelm schlafen ließ. Absatz. Damals ahnte ich noch nicht, welche ...«

»Boß!«

»Ja, Dorcas?«

»Dort kommen schon wieder zwei.«

»Gut, wir machen später weiter. Miriam, bleib am Apparat.« Jubal ging ans Fenster und sah zwei Aircars zur Landung anschweben. »Larry, schließ die Tür ab. Anne, du legst deine Robe an. Jill, bleib in Mikes Nähe. Mike, du tust, was Jill dir sagt.«

»Ja, Jubal.«

»Jill, laß ihn nicht los, solange keine Gefahr besteht. Mir wäre es lieber, wenn er nur die Waffen der Männer verschwinden ließe. Auch Polizisten sind schließlich Menschen und ...«

»Ein Anruf, Boß!«

»Ihr bleibt alle außer Sichtweite.« Harshaw nahm vor dem Visophon Platz. »Ja?«

»Doktor Harshaw?« fragte der Mann.

»Ja.«

»Der Generalsekretär hat jetzt Zeit für Sie.«

»Okay.«

Auf dem Bildschirm erschien Seine Exzellenz der Ehrenwerte Joseph Edgerton Douglas, Generalsekretär der Weltföderation Freier Nationen.

»Doktor Harshaw? Ich habe gehört, daß Sie dringend mit mir sprechen müssen.«

»Nein, Sir.«

»Was?«

»Die Sache ist anders, Sir. *Sie* müssen mit *mir* sprechen.«

Douglas erholte sich von seiner Überraschung und grinste.

»Doktor, Sie haben zehn Sekunden Zeit, um Ihre Behauptung zu beweisen.«

»Ich bin Rechtsvertreter des Marsmenschen.«

»Wie bitte?« fragte Douglas verblüfft.

»Ich bin Valentine Michael Smiths Anwalt – und *de facto* der marsianische Botschafter, wenn Sie sich an das Larkin-Urteil erinnern.«

»Sind Sie übergeschnappt?«

»Ich vertrete den Marsmenschen. Er ist bereit, mit Ihnen zu verhandeln.«

»Der Marsmensch hält sich in Chile auf.«

»Bitte, Mister Douglas. Smith – der echte Valentine Michael Smith, nicht sein Doppelgänger – ist am vergangenen Donnerstag aus dem Bethesda Medical Center in Begleitung von Miß Gillian Boardman entkommen. Er befindet sich nach wie vor in Freiheit – und wenn Ihre Leute Ihnen etwas anderes erzählt haben, haben sie gelogen.«

Douglas runzelte nachdenklich die Stirn und beriet sich flüsternd mit jemand außerhalb des Aufnahmebereichs der Kamera. Schließlich antwortete er: »Selbst wenn Sie recht hätten, Doktor, könnten Sie nicht für Smith sprechen. Er ist ein Mündel des Staates.«

Jubal schüttelte den Kopf. »Unmöglich. Das Larkin-Urteil ist ...« Er hörte ein dumpfes Krachen und sah zu Larry hinüber, der flüsterte: *»Das war die Haustür, Boß. Soll ich nachsehen?«* Harshaw gab ihm ein Zeichen, er solle auf seinem Platz bleiben, und fuhr dann fort: »Mister Douglas, wir haben nicht mehr viel Zeit. Die Männer Ihrer Geheimpolizei dringen gewaltsam in mein Haus ein. Befehlen Sie ihren Rückzug, damit wir friedlich verhandeln können? Oder muß ich es auf einen Prozeß vor dem Obersten Gericht ankommen lassen?«

Der Generalsekretär schüttelte den Kopf. »Ich höre jetzt zum erstenmal, daß Sie verhaftet werden sollen, Doktor. Haben Sie sich ...«

»Ihre Leute stürmen bereits die Treppe hinauf, Sir! Mike! Anne! Kommt beide her. Mister Douglas – hier ist der Marsmensch!« Jubal brauchte Anne nicht vorzustellen, weil die Robe einer Fairen Zeugin unverkennbar war.

»Jubal ...«

»Augenblick, Mike. Nun, Mister Douglas? Ihre Männer schlagen bereits an meine Tür.« Er drehte sich nach Larry um. »Mach ihnen auf, Larry.« Dann legt er Mike eine Hand auf den Arm. »Nur keine Aufregung, mein Junge.«

»Ja, Jubal. Ich kenne diesen Mann.«

»Und er kennt dich.« Harshaw schob seinen Sessel etwas zurück. »Kommen Sie herein, Sergeant.«

Ein Uniformierter erschien auf der Schwelle und rief: »Major! Hier sind sie!«

»Lassen Sie mich mit dem kommandierenden Offizier sprechen, Doktor«, verlangte Douglas, und Harshaw atmete erleichtert auf, weil er nicht wollte, daß Smith seine Fähigkeiten demonstrierte.

Der Major kam herein. »Sie sind Jubal Harshaw?«

»Ja. Ihr Boß will Sie sprechen.«

»Reden Sie keinen Unsinn. Ich suche außerdem einen gewissen...«

»Hierher! Der Generalsekretär hat Ihnen etwas zu sagen!«

Der Major trat langsam ans Visophon, sah Douglas auf dem Bildschirm und grüßte zackig. »Major Block, Sir.«

»Was haben Sie hier zu tun?«

»Nun, Sir, vor einer Stunde sind zwei Gruppen hierher geschickt worden, um einige Verhaftungen vorzunehmen. Als die Funkverbindung abriß, wurde ich losgeschickt, um ihnen Beistand zu leisten.«

»Auf wessen Befehl?«

»Auf Befehl des Kommandanten, Sir.«

»Haben Sie sie gefunden?«

»Nein, Sir. Keine Spur.«

Douglas sah zu Harshaw hinüber. »Doktor, wissen Sie etwas von diesen Leuten?«

»Es ist nicht meine Pflicht, auf Ihre Leute aufzupassen, Mister Douglas. Ich bin kein Kindermädchen, sondern Anwalt meines Klienten.«

»Hmm... Major, rufen Sie Ihre Männer zurück und verschwinden Sie.«

»Jawohl, Sir!«

»Augenblick!« warf Harshaw ein. »Diese Leute sind mit Gewalt in mein Haus eingedrungen. Jetzt möchte ich den Haftbefehl sehen.«

»Major, zeigen Sie ihm den Haftbefehl.«

Major Bloch wurde rot. »Sir, der andere Offizier hatte die Haftbefehle.«

Douglas starrte ihn an. »Soll das etwa heißen, daß Sie ohne Haftbefehl in dieses Haus eingedrungen sind?«

»Aber... Sir, Sie haben mich falsch verstanden! Es *gibt* diese Haftbefehle. Captain Heinrich hatte sie.«

»Verschwinden Sie jetzt«, befahl Douglas. »Sie stehen unter Arrest, bis ich entscheide, was mit Ihnen geschehen soll.«

»Jawohl, Sir.«

»Nein«, wandte Harshaw ein, »ich mache von meinem Recht als Staatsbürger Gebrauch und nehme ihn vorläufig fest. Er kommt ins hiesige Gefängnis. Die Anklage lautet auf bewaffneten Hausfriedensbruch.«

Douglas runzelte die Stirn. »Ist das wirklich notwendig?«

»Allerdings! Diese Kerle sind später meistens nicht mehr zu finden, und ich möchte verhindern, daß Major Bloch ebenfalls untertaucht. Außerdem muß ich das Ausmaß des angerichteten Schadens erst noch feststellen lassen.«

»Ich versichere Ihnen, daß alles ersetzt wird.«

»Besten Dank, Sir, aber wer gibt mir die Garantie, daß nicht schon in nächster Zeit weitere Polizisten hier aufkreuzen? Sie haben selbst gehört, daß noch jemand mit sogenannten *Haftbefehlen* unterwegs ist.«

»Doktor, ich weiß nichts von irgendwelchen Haftbefehlen.«

»Vielleicht wäre ›Lettres de cachet‹ ohnehin der bessere Ausdruck dafür.«

»Das ist ein schwerer Vorwurf.«

»Hier handelt es sich um schwerwiegende Tatsachen.«

»Doktor, ich weiß nichts von diesen Haftbefehlen, falls es sie überhaupt gibt. Ich werde die Sache jedoch untersuchen und die Schuldigen bestrafen lassen. Kann ich mehr versprechen?«

»Doch, Sie können sehr viel mehr versprechen, Sir. Ich hatte darauf gehofft, bei Ihnen Gerechtigkeit zu finden... aber wenn die Haftbefehle nicht sofort rückgängig gemacht werden und ich nicht die Garantie erhalte, daß der Marsmensch, Miß Boardman und ich frei kommen und gehen können, muß ich mich nach Unterstützung umsehen. Es gibt genügend einflußreiche Persönlichkeiten, die sich für diese Angelegenheit interessieren würden.«

»Sie drohen mir also?«

»Nein, Sir. Ich erkläre Ihnen nur unsere Notlage. Wir sind verhandlungsbereit, aber wir können nicht verhandeln, solange wir gejagt werden. Rufen Sie Ihre Hunde zurück, Sir!«

Douglas überlegte. »Die Haftbefehle sind ungültig«, entschied er dann. »Sie werden bei nächster Gelegenheit rückgängig gemacht.«

»Besten Dank, Sir.«

Douglas sah zu Major Bloch hinüber. »Bestehen Sie darauf, ihn festzunehmen?«

»Ihn? Nein, natürlich nicht. Sie und ich haben wichtigere Dinge zu tun.«

»Gut, Sie können gehen, Major.« Als der Offizier verschwunden war, fügte Douglas hinzu: »Doktor, was wir zu besprechen haben, läßt sich nicht am Visophon erledigen. Sie und Ihr... äh... Klient sind hiermit in den Palast eingeladen. Ich lasse Sie abholen. Sind Sie in einer Stunde fertig?«

Harshaw schüttelte den Kopf. »Danke, Mister Douglas, Sie brauchen sich nicht zu bemühen. Wir schlafen hier und kommen dann selbst zu Ihnen, ohne daß Sie Ihre Jacht schicken.«

Der Generalsekretär runzelte die Stirn. »Vorhin haben Sie selbst behauptet, die Verhandlungen fänden auf quasi diplomatischer Ebene statt. Ich bin bereit, Ihnen Zugeständnisse zu machen – aber dann dürfen Sie die offizielle Gastfreundschaft auch nicht ablehnen.«

»Nun, Sir, mein Klient hat die offizielle Gastfreundschaft bereits genossen, bis er sich ihr endlich entziehen konnte.«

»Soll das heißen, daß...«

»Das soll gar nichts heißen. Smith hat einiges mitgemacht und ist hier besser aufgehoben. Ich persönlich ziehe mein eigenes Bett vor, und falls die Gespräche erfolglos bleiben sollten, müßte mein Klient sich anderswo umsehen – was er schlecht tun könnte, solange er Ihr Gast wäre.«

»Schon wieder Drohungen«, stellte Douglas fest. »Trauen Sie mir denn nicht? Ich dachte, Sie seien zu Verhandlungen bereit.«

»Doch, ich traue Ihnen natürlich«, log Harshaw, ohne mit der Wimper zu zucken. »Und wir sind durchaus verhandlungsbereit. Aber wenn ich von ›Verhandlungen‹ spreche, meine ich nicht ›Beschwichtigung‹. Wir wollen nicht unnachgiebig sein, aber wir können die Gespräche erst aufnehmen, wenn eine Voraussetzung erfüllt ist. Wie lange das noch dauert, weiß ich nicht.«

»Was soll das heißen?«

»Ich nehme an, daß die Regierung von einer Delegation vertreten wird, deren Zusammensetzung Sie bestimmen – und wir beanspruchen das gleiche Recht.«

»Selbstverständlich. Aber je weniger Leute an den Gesprächen teilnehmen, desto schneller kommen wir dann zu einem Ergebnis.«

»Richtig. Unsere Delegation besteht aus Smith, mir, einer Fairen Zeugin und...«

»Muß das sein?«

»Eine Zeugin stört nicht. Dazu kommen vielleicht noch zwei oder drei andere – aber uns fehlt ein Mann. Ich bin angewiesen worden, einen gewissen Ben Caxton hinzuzuziehen... und der Kerl ist nirgends aufzutreiben.«

»Ben Caxton?« wiederholte der Generalsekretär. »Meinen Sie diesen Zeitungsschmierer?«

»Der Caxton, den ich meine, schreibt regelmäßig eine einflußreiche Kolumne.«

»Ausgeschlossen!«

»Dann können wir nicht kommen, Sir. Meine Instruktionen sind eindeutig. Tut mir leid, daß ich Sie deswegen belästigt habe.« Er streckte die Hand aus, als wolle er abschalten.

»Halt, nicht so voreilig, Doktor! Lesen Sie den Blödsinn, der hierzulande von sogenannten Journalisten produziert wird?«

»Nein, das brauche ich zum Glück nicht.«

»Aber ich *muß* alles lesen. Doktor, wir können die Presse einladen, wenn alles vorbei ist. Aber dieser Caxton kommt nicht in meine Nähe! Er ist ein Schnüffler von der übelsten Sorte.«

»Mister Douglas, wir haben nichts dagegen, daß die Presse die Verhandlungen verfolgt. Wir bestehen sogar darauf.«

»Lächerlich!«

»Keineswegs«, widersprach Harshaw. »Die Öffentlichkeit soll wissen, was bei diesen Verhandlungen vor sich geht. Dabei fällt mir etwas anderes ein – mein Klient und ich werden heute vom Fernsehen interviewt, und ich werde bei dieser Gelegenheit die bevorstehenden Verhandlungen ankündigen.«

»*Was*? Ausgeschlossen! Das widerspricht dem Sinn unserer Abmachungen!«

»Soll das heißen, daß ich Ihre Genehmigung einholen muß, Interviews geben zu dürfen?«

»Nein, natürlich nicht, aber...«

»Ich habe diese Tatsache nur erwähnt, um Ihnen Gelegenheit zu geben, der Presse mitzuteilen, daß der Marsmensch aus den Anden zurückgekehrt ist und seinen Urlaub bei mir verbringt. Dadurch wird der Eindruck vermieden, die Regierung sei überrascht worden, nicht wahr?«

»Ja, ich verstehe.« Der Generalsekretär nickte langsam. »Ich werde seine Rückkehr bekanntgeben und gleichzeitig erklären, daß die Regierung die Absicht hat, mit Smith über die Beziehungen zum Mars zu verhandeln – in aller Öffentlichkeit.« Er lächelte eisig.

Harshaw grinste bewundernd. Der alte Gauner hatte es verstanden, die Situation zu seinem Vorteil auszunützen. »Ausgezeichnet, Mister Douglas! Wir bleiben natürlich bei dieser Version.« Während er sprach, hatte Jubal auf einen Notizblock gekritzelt: *Larry – Tom Mackenzie anrufen – er soll seine Leute schicken – Miriam hat die Nummer.*

»Danke. Aber diesen Caxton will ich hier nicht sehen. Er kann sich seine Lügen zu Hause am Stereogerät ausdenken.«

»Dann finden keine Verhandlungen statt, Mister Douglas«, stellte Harshaw fest.

»Ich kann den Kerl nicht ausstehen, Doktor, und mache deshalb von meinem persönlichen Vorrecht Gebrauch.«

»In diesem Fall handelt es sich um Smiths persönliches Vorrecht, Sir. Sie können in Ihre Delegation aufnehmen, wen Sie wollen – und wir verlangen das gleiche Recht. Wenn Caxton nicht kommen darf, kommt niemand von uns. Wir sind dann auf einer anderen Konferenz, zu der Sie keinen Zutritt hätten, selbst wenn Sie Hindi sprächen.«

Douglas fluchte unbeherrscht und wandte sich an Smith, der bisher schweigend zugehört hatte. »Smith, warum soll dieser Caxton eigentlich...«

»Augenblick, Mister Douglas!« unterbrach Jubal ihn sofort. »Als Anwalt wissen Sie genau, daß Sie meinen Klienten nicht fragen dürfen, warum er mir diese Anweisung gegeben hat.«

Douglas runzelte die Stirn. »Ich könnte Ihnen aufzählen, in welcher Beziehung Sie sich heute nicht genau an den Buchstaben des Gesetzes gehalten haben – aber ich habe keine Zeit; ich bin anderweitig ausgelastet. Gut, ich gebe nach. Aber ich denke nicht daran, diesem Caxton die Hand zu schütteln!«

»Wie Sie wollen, Sir. Nun zurück zum ersten Punkt. Caxton ist unauffindbar.«

Douglas lachte. »Bringen Sie mir, wen Sie wollen – aber suchen Sie sich Ihre Leute selbst zusammen.«

»Natürlich, Sir. Aber würden Sie dem Marsmenschen einen Gefallen tun?«

»Welchen Gefallen?«

»Unsere Verhandlungen können erst beginnen, wenn Caxton wieder aufgetaucht ist. Ich habe keine Spur von ihm entdeckt. Ich bin allerdings auch nur ein Privatmann ohne großen Einfluß.«

»Was soll das heißen?«

»Wenn Sie Ihre Geheimpolizei anweisen würden, einen bestimmten Mann zu suchen, könnten Sie in einer Stunde mehr erreichen als ich in einem Jahr.«

»Warum sollte ich irgendeinen Reporter suchen lassen?«

»Um Smith einen Gefallen zu tun«, erklärte Harshaw.

»Gut, meinetwegen.« Douglas sah zu Mike hinüber. »Aber ich erwarte später ähnliche Zugeständnisse.«

»Das erleichtert bereits viel.«

»Ich kann Ihnen nichts versprechen. Vielleicht ist der Mann, den Sie suchen, verunglückt oder tot.«

»Das wäre schrecklich«, meinte Harshaw seufzend. »Ich habe diese Möglichkeit bereits erwähnt, aber mein Klient will nichts davon hören.«

»Hmm... ich werde mir Mühe geben. Erwarten Sie aber keine Wunder, Doktor.«

»Nicht ich. Mein Klient, Sir. Er sieht die Sache anders... und er *erwartet* Wunder von uns.«

»Sie hören bald wieder von mir. Mehr kann ich jetzt nicht sagen.«

Harshaw lächelte zufrieden. »Ihr Diener, Sir.« Als Douglas abschaltete, stand er auf – und spürte plötzlich Gilliams Arme um seinen Hals.

»Oh, Jubal, du warst *wunderbar!*«

»Wir haben es noch längst nicht geschafft, mein Kind.«

»Aber du hast Ben bestimmt gerettet!« Sie küßte ihn.

»He, laß das! Hast du keinen Respekt vor dem Alter? Küß lieber Mike. Er hat einen Kuß verdient, weil er sich meine Lügen so geduldig angehört hat.«

Jill küßte Mike, und Harshaw stellte fest, daß der Marsmensch sich dabei nicht einmal ungeschickt anstellte.

»Du verblüffst mich, Sohn«, sagte er dann. »Ich hätte erwartet, daß du wieder einmal ohnmächtig werden würdest.«

»Das bin ich auch beim ersten Kuß geworden«, erklärte Mike ihm ernsthaft.

»Aha! Herzlichen Glückwunsch, Jill.«

»Boß, du kannst dir deinen Sarkasmus sparen. Mike hat sich einmal aufgeregt – aber jetzt tut er es nicht mehr, wie du siehst.«

»Richtig«, stimmte Mike zu, »es ist eine gute Sache. Wasserbrüder kommen sich dadurch näher. Ich zeige es dir.« Er ließ Jill los.

»Nein!« Jubal hob die Hand.

»Nein?«

»Du wärst nur enttäuscht, Sohn. Auf diese Weise kommt man Wasserbrüdern nur näher, wenn sie junge und hübsche Mädchen sind – wie Jill.«

»Sprichst du richtig, mein Bruder Jubal?«

»Ich spreche sehr richtig. Mädchen kannst du immer küssen – das ist amüsanter als Poker.«

»Wie bitte?«

»Damit wollte ich nur sagen, daß...« Harshaw machte eine Pause, als das Visophon klingelte. »Benehmt euch wieder, Kinder, falls der Generalsekretär am Apparat ist.«

Mackenzie meldete sich. »Was ist bei Ihnen los, Jubal?«

»Warum?«

»Bei mir hat ein Mann angerufen, um mir zu sagen, Sie hätten etwas Dringendes für mich. Ich habe ein Kamerateam zu Ihnen geschickt, aber...«

»Hier hat sich niemand blicken lassen.«

»Ich weiß. Meine Leute haben Ihr Haus nicht gefunden und sind erst jetzt auf dem richtigen Weg. Ich wollte anrufen, aber bei Ihnen war besetzt. Was habe ich versäumt?«

»Vorläufig noch nichts. Tom, gibt es irgendwelche neuen Nachrichten?«

»Eigentlich nicht. Nur der Palast hat mitteilen lassen, daß der Marsmensch aus den Anden zurückgekehrt ist und in... *Jubal!* Haben Sie etwas damit zu tun?«

»Augenblick. Mike, komm her. Anne, zieh deine Robe an.«

»Schon fertig, Boß.«

»Mister Mackenzie, ich darf Sie mit dem Marsmenschen bekannt machen.«

Mackenzie starrte ihn an. »Halt! Ich muß die Kamera einschalten! Das eigentliche Interview kann später nachgeholt werden. Jubal... die Sache ist doch astrein? Kann ich mich darauf...«

»Würde ich Sie hereinlegen wollen, wenn eine Faire Zeugin neben mir steht? Ich dränge Ihnen bestimmt nichts auf, Tom. Eigentlich müßten wir warten, bis Argus und Trans-Planet auch...«

»Jubal! Das können Sie mir nicht antun!«

»Das will ich auch nicht. Sie haben mir geholfen, und ich revanchiere mich gern, Tom.«

»Schon gut, Jubal, nichts zu danken. Die Kamera läuft bereits. Können wir anfangen?«

»Meinetwegen.«

»Diesmal spiele ich gleich selbst den Reporter!« Mackenzie sah in die Kamera. »Sonderinterview! Hier spricht Ihr NWNW-Reporter, meine Damen und Herren. Der Marsmensch hat eben angerufen und möchte mit *Ihnen* sprechen! Schnitt. Monitor, blenden Sie einen Werbespot ein. Jubal, wonach soll ich fragen?«

»Lassen Sie Südamerika aus dem Spiel. Am besten sprechen Sie vom Schwimmen. Sie können mich nach seinen Plänen fragen.«

»Schnitt zu Ende. Meine Damen und Herren, Sie sehen und hören jetzt Valentine Michael Smith, den Marsmenschen! NWNW hat es auch diesmal geschafft, Ihnen ein Exklusivinterview zu bringen. Mister Smith ist eben aus den Anden zurückgekehrt, und wir heißen ihn herzlich willkommen! Winken Sie Ihren Freunden zu, Mister Smith...«

Mike lächelte und winkte gehorsam.

»Danke, Valentine Michael Smith. Wir freuen uns, daß Sie so gesund und braungebrannt sind. Soviel ich gehört habe, sind Sie ein begeisterter Schwimmer geworden?«

»*Boß!* Schon wieder ein Aircar!«

»Schnitt! Nach dem Wort ›geworden‹. Was ist los, Jubal?«

»Ich muß erst nachsehen. Jill, paß auf Mike auf. Vielleicht gebe ich wieder Alarm.«

Aber diesmal landete nur ein Aufnahmewagen mit dem Kamerateam – bei der Landung wurden die Rosensträucher erneut beschädigt –, und Larry und Duke, die fast gleichzeitig zurückkamen. Mackenzie wollte das Telefoninterview rasch beenden, weil seine Leute jetzt Stereoaufnahmen machen konnten. Inzwischen konnten die Techniker die ausgeliehenen Geräte überprüfen.

Das Interview endete mit Banalitäten. Jubal beantwortete geschickt alle Fragen, die Mike nicht verstand. Dann warteten sie gemeinsam mit Mackenzie auf den Bericht der Techniker.

»Die Geräte sind eigentlich in Ordnung, Mister Mackenzie«, berichtete einer der Techniker.

»Warum haben sie dann nicht funktioniert?«

Der Techniker sah zu Larry und Duke hinüber. »Sie arbciten besser unter Strom. Der Hauptschalter war ausgeschaltet.«

Jubal verhinderte eine Diskussion zwischen Duke und Larry über das Thema, ob Duke Larry gesagt hatte, daß der Hauptschalter vor Inbetriebnahme der Geräte zu betätigen sei. Statt dessen bemühte er sich, Mike heil durch das ausführliche Interview zu steuern. Mike schickte seinen Freunden von der *Champion* viele Grüße und grüßte Dr. Mahmoud auf Marsianisch.

Als die Kameramänner endlich abzogen, stellte Jubal das Visophon ab, ließ sich in einen Sessel fallen und streckte die Beine von sich. »Wann gibt es eigentlich Abendessen? Wer ist heute Köchin? Mein Gott, in diesem Haus klappt gar nichts mehr!«

»Ich bin heute dran«, sagte Jill, »aber...«

»Ausreden, immer nur Ausreden!«

»Boß«, warf Anne scharf ein, »wie sollen wir arbeiten können, wenn du uns den ganzen Nachmittag einsperrst?«

»Das ist eure Sache«, behauptete Harshaw mürrisch. »Ich erwarte jedenfalls, daß hier regelmäßig anständige Mahlzeiten serviert werden. Außerdem...«

»Außerdem«, unterbrach Anne ihn, »ist es erst zwanzig vor acht, und du bekommst dein Essen noch pünktlich um acht Uhr. Okay?«

»Nein. Dann habe ich nicht einmal Zeit für einen anständigen Drink vor dem Essen.«

»Armer Jubal!«

»Gebt mir einen Drink. Gebt allen einen Drink. Wir lassen das Abendessen ausfallen, Anne. Taut einfach Sandwiches auf und laßt jeden sich selbst bedienen.«

»Wird gemacht«, stimmte Jill zu.

»Warte, Jill, ich helfe dir«, sagte Anne.

»Darf ich auch helfen?« fragte Mike eifrig.

»Klar, Mike, du kannst Tabletts tragen. Boß, wir essen im Freien. Es ist warm genug.«

Als sie gegangen waren, erkundigte sich Jubal: »Wo hast du gesteckt, Duke?«

»Ich habe nachgedacht, Boß.«

»Mit welchem Ergebnis?«

»Ich habe mir überlegt, daß Mike essen kann, was ihm Spaß macht.«

»Ausgezeichnet! Die menschliche Weisheit besteht zu achtzig

Prozent aus Nichteinmischung in anderer Leute Angelegenheiten.«

»Du mischst dich in die Angelegenheiten anderer ein, Jubal.«

»Wer hat behauptet, *ich* sei weise?« Harshaw lächelte. »Hoffentlich bereust du es nie, Mikes Wasserbruder geworden zu sein, Duke.« Er sah auf, als Larry mit einer Flasche hereinkam. »Ich dachte schon, du hättest das Zeug erst selbst gebrannt.«

»Ich habe keinen Korkenzieher gefunden«, antwortete Larry.

»Immer diese Maschinen! Duke, die Gläser stehen hinter der *Anatomie der Melancholie* dort oben...«

»Ich weiß, wo du sie versteckst, Boß.«

»Los, wir trinken gleich einen Schluck, bevor wir richtig anfangen.« Harshaw schenkte ein und hob sein Glas. »Auf die Brüderschaft der Säufer, zu der alle anständigen Menschen gehören.«

»Prost!«

»Gesundheit!«

Jubal leerte sein Glas. »Ah!« sagte er zufrieden und rülpste. »Das bringt mich wieder auf neue Gedanken. Achtung! Warum ist nie jemand da, wenn ich ihn brauche? *Achtung!*«

»Hier«, antwortete Miriam von der Tür her.

»Ich muß dir den Rest der Story von vorhin diktieren.«

»Sie ist schon fertig«, antwortete Miriam.

»Dann brauche ich dich nicht mehr. Schick sie ab.«

»Willst du sie nicht wenigstens lesen?«

Jubal fuhr zusammen. »Lesen? Großer Gott, es ist schon schlimm genug, diesen Blödsinn zu schreiben, Kind!«

»Okay, Boß. Anne läßt euch ausrichten, daß ihr auf die Veranda kommen sollt.«

Die Party begann. Harshaw flößte Mike einige Gläser Cognac ein. Mike fand das Ergebnis beunruhigend, analysierte sein Problem und verwandelte den Alkohol in seinem Körper in Glukose und Wasser. Jubal beobachtete erstaunt, wie der Marsmensch einen deutlichen Schwips bekam und dann nüchterner als zuvor wurde. Er gab ihm noch mehr Cognac, den Mike trank, weil sein Wasserbruder ihn dazu aufforderte. Mike blieb jedoch nüchtern, und Jubal gab schließlich auf.

Mehrere Reporter trafen ein. Harshaw empfing sie freundlich, lud sie zur Party ein und stellte nur eine Bedingung – sie durften ihn und den Marsmenschen nicht belästigen.

Wer sich nicht daran hielt, wurde ins Schwimmbecken geworfen.

Später blieb Dorcas neben Harshaw stehen und flüsterte: »Ein Anruf für dich, Boß.«

»Ich habe jetzt keine Zeit.«

»Du mußt aber antworten, Boß.«

»Ich antworte mit einem Beil! Ich wollte mir diese Eiserne Jungfrau schon lange vom Hals schaffen – und jetzt bin ich in der richtigen Laune. Duke, hol mir ein Beil.«

»Boß! Der Mann, mit dem du heute nachmittag so lange gesprochen hast, ruft an.«

»Oh ... Warum hast du das nicht gleich gesagt?« Jubal ging nach oben in sein Arbeitszimmer und schloß die Tür hinter sich ab. Auf dem Bildschirm erschien ein Assistent des Generalsekretärs, der durch Douglas ersetzt wurde.

»Brauchen Sie immer so lange, um ans Telefon zu kommen?« erkundigte Douglas sich.

»Es ist mein Apparat, Mister Douglas. Manchmal lasse ich ihn klingeln, solange er mag.«

»Das glaube ich. Warum haben Sie mir nicht gesagt, daß Caxton ein Gewohnheitstrinker ist?«

»Ist er das?«

»Allerdings! Er war auf einer Sauftour! Wir haben ihn in einem billigen Hotel in Sonora gefunden.«

»Freut mich, daß er wieder aufgetaucht ist. Besten Dank, Sir.«

»Eigentlich müßte er als Zechpreller in Haft bleiben, aber wir lassen ihn laufen und schicken ihn Ihnen.«

»Ich bin Ihnen sehr zu Dank verpflichtet, Sir.«

»Danken Sie mir nicht zu früh! Ich schicke ihn Ihnen, wie wir ihn gefunden haben – schmutzig, unrasiert und nach Fusel stinkend. Sie sollen sehen, was für ein Landstreicher er ist.«

»Danke, Sir. Wann können wir ihn erwarten?«

»Der Kurier hat Nogales eben verlassen und müßte bald bei Ihnen eintreffen. Der Pilot übergibt Ihnen Caxton gegen eine Quittung.«

»Einverstanden.«

»Damit habe ich meinen Teil unserer Vereinbarung erfüllt, Doktor. Ich rechne damit, daß Sie und Ihr Klient morgen zur Stelle sind – mit oder ohne diesen trunksüchtigen Rufmörder.«

»Selbstverständlich. Wann?«

»Morgen früh um zehn?«

»Gern.«

Jubal ging wieder nach unten. »*Jill!*«

»Ja, Jubal.« Sie kam auf ihn zu, und ein Reporter blieb ihr auf den Fersen.

Harshaw hob abwehrend die Hand. »Privat«, sagte er streng. »Familienangelegenheiten.«

»Wessen Familie?«

»Ein Tod in Ihrer. Verschwinden Sie jetzt!« Als der Reporter grinsend gegangen war, flüsterte Jubal Jill zu: »Er ist in Sicherheit.«

»Ben?«

»Ja. Er kommt hierher.«

»Oh, Jubal...« Sie begann zu schluchzen.

Er legte ihr einen Arm um die Schultern. »Was gibt es da zu weinen? Geh hinein, bis dir wieder besser ist.«

»Ja, Boß.«

»Wasch dir nachher das Gesicht, wenn du dich ausgeweint hast.« Er trat ins Freie. »Ruhe! Alle herhören! Ich habe etwas zu sagen. Wir freuen uns, daß Sie gekommen sind – aber die Party ist jetzt vorbei.«

»*Buh!*«

»Werft ihn ins Wasser. Ich bin ein alter Mann und brauche Ruhe. Wir brauchen alle Ruhe. Duke, bring die Flaschen weg. Mädchen, räumt die Platten ab.«

Einige Reporter murrten, aber die Verantwortungsbewußten unter ihnen beruhigten ihre Kollegen. Zehn Minuten später waren sie alle verschwunden.

Eine halbe Stunde später wurde Ben Caxton abgeliefert. Der Pilot ließ sich den Empfang von Harshaw durch Unterschrift und Fingerabdruck quittieren, während Jill sich an Bens Schulter ausweinte.

Jubal warf ihm einen prüfenden Blick zu. »Ben, ich habe gehört, daß du eine Woche lang betrunken warst.«

Ben fluchte und klopfte Jill dabei auf den Rücken. »Ich bin noch immer blau, das stimmt – aber ich habe keinen Tropfen Alkohol angerührt.«

»Was ist passiert?«

»Keine Ahnung. Wirklich nicht, Jubal!«

Eine Stunde später war Bens Magen ausgepumpt worden; Harshaw hatte ihm zwei Spritzen gegeben, um die Wirkung des Alkohols und der Barbiturate abzuschwächen; er hatte gebadet, war frisch rasiert, hatte den Marsmenschen kennengelernt und war in großen Umrissen informiert worden, während er Milch und Zwieback zu sich nahm.

Aber er konnte sich an nichts erinnern. Für Ben war eine Woche lang nichts passiert – er war in Washington bewußtlos geworden; er war in Mexiko aufgewacht, als ihn jemand an der Schulter rüttelte. »Ich *weiß* natürlich, was sie mit mir angestellt haben. Sie haben mir alle möglichen Drogen eingespritzt, mich in einem stockfinsteren Raum gelassen... und mich ausgewrungen. Aber ich kann ihnen *nichts* nachweisen, weil ein halbes Dutzend Zeugen beschwören würden, daß der Gringo vor einer Woche zu einer Sauftour nach Sonora gekommen ist. Und daran kann ich natürlich nicht rütteln.«

»Dann läßt du es eben bleiben«, riet Harshaw. »Sei lieber froh, daß du wieder gesund bei uns bist.«

»Ich denke nicht daran! Dieser verdammte Kerl soll mich...«

»Pst! Ben, du bist mit dem Leben davongekommen, was ich kaum erwartet hätte. Und Douglas muß jetzt tun, was wir ihm sagen, ohne daß er sich dagegen wehren kann.«

»Darüber müssen wir gleich sprechen. Ich glaube nämlich, daß...«

»Ich glaube, daß du jetzt ins Bett gehörst«, unterbrach Jubal ihn. »Mit einem Glas Milch, damit du Doc Harshaws Geheimmittel für heimliche Säufer nicht schmeckst.«

Caxton schnarchte wenig später. Jubal war zu seinem eigenen Zimmer unterwegs, als er Anne im Korridor begegnete. Er schüttelte müde den Kopf. »Ein aufregender Tag, was?«

»Ja. Ich hätte ihn nicht versäumen mögen, aber ich möchte ihn auch nicht wiederholen. Geh schlafen, Boß.«

»Gleich. Anne? In welcher Beziehung sind Mikes Küsse anders?«

Anne lächelte. »Das hättest du selbst versuchen sollen.«

»Ich bin zu alt, um mich umzustellen. Aber was Mike betrifft, interessiert mich. Küßt er anders?«

»Ja.«

»Wie?«

»Mike konzentriert sich ganz darauf.«

»Unsinn! Das tue ich auch – oder habe es getan.«

Anne schüttelte den Kopf. »Nein. Andere Männer haben gleichzeitig ein halbes Dutzend andere Dinge im Kopf. Aber Mike konzentriert sich ausschließlich darauf. Das ist so überwältigend.«

»Hmm...«

»Laß das, du alter Wüstling. Du verstehst doch nicht, was ich meine.«

»Richtig. Leider werde ich es nie begreifen. Gute Nacht, Anne. Und noch etwas – ich habe Mike gesagt, er solle seine Tür abschließen.«

»Spielverderber!«

»Er lernt schnell genug. Wir dürfen nichts überstürzen.« Jubal lächelte Anne zu und verschwand in seinem Zimmer.

18

Die Konferenz wurde um vierundzwanzig Stunden verschoben, so daß Caxton mehr Zeit hatte, sich zu erholen, seine Wissenslücken zu füllen und mit dem Marsmenschen Freundschaft zu schließen, der ihm Wasser anbot, als er grokte, daß Ben und Jill Wasserbrüder waren.

Ben war von Jill informiert worden und hatte sich selbst Gedanken gemacht. Ihn störte vor allem das enge Verhältnis zwischen Jill und Mike. Deshalb machte er Jill bei nächster Gelegenheit erneut einen Heiratsantrag.

Jill sah zu Boden. »Bitte, Ben.«

»Warum nicht? Ich habe einen guten Job, bin gesund und kann dich ernähren. Und ich liebe dich. Ich möchte dich heiraten und dir deine armen Füße massieren. Bin ich etwa zu alt? Oder hast du schon einen anderen?«

»Nein, weder noch! Ben... Ben, ich liebe dich auch. Aber ich kann dich jetzt nicht heiraten, solange ich diese... Verantwortung habe.«

Jill ließ sich nicht umstimmen, und Ben merkte schließlich, daß der Marsmensch keineswegs sein Rivale war – er war Jills Patient, und ein Mann, der eine Krankenschwester heiraten wollte, mußte sich damit abfinden, daß Krankenschwestern oft mütterliche Gefühle für ihre Patienten entwickelten. Ben fand sich damit ab, denn wenn Gillian anders gewesen wäre, hätte er sie wahrscheinlich nie geliebt. Und da er sich stets mit dem zweiten Platz hinter ihren Patienten, die sie brauchten, würde abfinden müssen, wollte er auch nicht eifersüchtig sein! Mike war ein netter Kerl – so harmlos und unschuldig, wie Jill ihn beschrieben hatte.

Nachdem Ben zu diesem Schluß gekommen war, akzeptierte er freudig das Glas Wasser, das Mike ihm anbot.

Jubal benützte den gewonnenen Tag dazu, eifrig Pläne zu schmieden. »Ben, als du Gillian zu mir geschickt hast, habe ich ihr gesagt, ich würde keinen Finger rühren, um Mike zu seinen sogenannten ›Rechten‹ zu verhelfen. Aber das habe ich mir inzwischen anders überlegt. Wir dürfen der Regierung die Beute nicht einfach überlassen.«

»Bestimmt nicht *dieser* Regierung!«

»Keiner, denn die nächste ist garantiert schlimmer. Ben, du unterschätzt Joe Douglas.«

»Er ist ein billiger Politiker mit entsprechenden Moralbegriffen!«

»Richtig. Und nicht einmal sonderlich intelligent. Aber er hat sich als gewissenhafter Verwaltungsfachmann erwiesen und ist eigentlich besser, als wir es verdienen. Ich würde gern mit ihm pokern – er würde nicht schummeln und würde seine Spielschulden lächelnd bezahlen. Nein, er ist gar kein übler Bursche, wenn man alles berücksichtigt.«

»Jubal, der Teufel soll mich holen, wenn ich das verstehe. Du hast mir selbst gesagt, daß Douglas mich hätte ermorden lassen können ... und viel hat nicht dazu gefehlt! Du hast mich in letzter Sekunde herausgeholt – und nun soll ich vergessen, wer mir das alles eingebrockt hat? Dabei wäre es Douglas lieber, wenn ich tot wäre.«

»Das glaube ich auch. Aber ich würde wirklich alles vergessen.«

»Ich denke nicht daran!«

»Unsinn! Du kannst nichts beweisen. Wie kommst du überhaupt auf die Idee, Douglas habe versucht, dich ermorden zu lassen?«

»Warum soll er es nicht getan haben?«

»Weil der politische Mord hierzulande keine Tradition hat«, behauptete Harshaw.

»Ich kann dir die Hintergründe einiger Fälle zeigen, die ich untersucht habe.«

Jubal machte eine wegwerfende Handbewegung. »Ich habe nur gesagt, daß es dafür keine Tradition gibt. Natürlich kommen dergleichen Dinge immer wieder vor und werden oft nur auf Seite acht oder gar nicht gemeldet. Aber im Prinzip wird der politische Mord nicht gebilligt, und daß du noch lebst, verdankst du der Tatsache, daß Joe Douglas nichts von dieser Methode hält. Seine Geheimpolizei hat dich erwischt und verhört – und sie hätte dich ebenso unauffällig beseitigt. Aber ihr Boß ist nicht mit solchen Mitteln einverstanden, und seine Leute wissen, daß er ungemütlich wird, wenn er etwas in dieser Richtung hört.«

Jubal trank aus seinem Glas. »Diese Ganoven sind nur willige Werkzeuge; sie sind keine Prätorianergarde, die den nächsten Cäsar wählt. Wen möchtest du als Cäsar sehen? Joe Douglas, der noch in einem Land aufgewachsen ist, das ein souveräner Staat und kein Verwaltungsbezirk eines polyglotten Imperiums war... Douglas, der keinen Mord zuläßt? Oder wollen wir ihn stürzen, was wir ohne weiteres könnten, um einen anderen an seine Stelle zu setzen, der vielleicht weniger Gewissensbisse hat? Aber was geschieht dann mit dem nächsten unbequemen Reporter, der nachts allein unterwegs ist, Ben?«

Caxton gab keine Antwort.

»Die Geheimpolizei tut, wie gesagt, nur, was der Generalsekretär befiehlt. Was würde sie tun, wenn Douglas abgelöst würde?«

»Jubal, soll das heißen, daß ich die Regierung *nicht* kritisieren darf?«

»Unsinn! Kritik ist notwendig. Aber es lohnt sich immer, einen Blick auf die neuen Schurken zu werfen, bevor man die alten ersetzt. Douglas ist bestimmt ein Übel – aber vielleicht das kleinere, wenn du ihn mit dem Mann vergleichst, der sein Nachfolger werden könnte.«

»Ich sehe keinen großen Unterschied.«

»Es gibt trotzdem einen! Der Unterschied zwischen ›schlecht‹ und ›schlimmer‹ ist größer als zwischen ›gut‹ und ›besser‹.«

»Und was soll ich tun?«

»Nichts«, antwortete Harshaw sofort. »Ich bin für diese Show selbst verantwortlich. Von dir erwarte ich nur, daß du darauf verzichtest, Joe Douglas wegen der bevorstehenden Einigung Vorwürfe zu machen. Statt dessen könntest du ihn loben, weil er ›diplomatische Zurückhaltung‹ geübt hat und...«

»Hör auf, sonst wird mir schlecht!«

»Nimm deinen Hut. Ich werde dir genau erklären, was ich vorhabe. Wer auf einem Tiger reiten will, muß sich vor allem gut an den Ohren festhalten.«

»Spar dir deine Binsenwahrheiten. Was hast du vor?«

»Stör mich nicht, sondern hör zu. Mike hat das Unglück, Erbe eines Vermögens zu sein, vor dem sogar Krösus' Reichtum verblaßt wäre... und er kann politische Macht beanspruchen wie keiner vor ihm, weil alle rechtlichen Voraussetzungen einwandfrei erfüllt sind. Ich habe kein persönliches Interesse daran, daß er diese Macht jemals ausübt; ich bin auch nicht der Meinung, daß der Reichtum

›ihm‹ gehört, denn er hat ihn nicht selbst erworben. Aber auch wenn das der Fall wäre, ist ›Besitz‹ kein Naturbegriff, wie die meisten Leute anzunehmen scheinen.«

»Warum nicht?«

»›Besitz‹ und ›Eigentum‹ sind menschliche Abstraktionen. Die Marsianer besitzen beispielsweise gar nichts... nicht einmal ihre Körper.«

»Augenblick, Jubal! Selbst Tiere haben Eigentum. Und die Marsianer sind keine Tiere; sie haben eine Zivilisation mit Städten und allem anderen Zubehör.«

»Richtig. ›Füchse haben Höhlen, und die Vögel der Luft haben Nester.‹ Niemand hat einen besseren Eigentumsbegriff als ein Wachhund. Aber die Marsianer sind anders. Es sei denn, man wollte den gemeinsamen Besitz von Millionen oder Milliarden Ältester – für dich ›Geister‹, mein Freund – als ›Eigentum‹ bezeichnen.«

»Was hältst du eigentlich von diesen Ältesten?«

»Willst du die offizielle Version?«

»Nein. Deine Meinung.«

»Ich halte die Sache für frommen Unsinn, mit dem man bestenfalls Rasen düngen kann – eine abergläubische Vorstellung, von der Mike sich wahrscheinlich nie mehr wird lösen können.«

»Jill spricht von ihnen, als glaube sie an ihre Existenz.«

»Das wirst du auch noch von mir hören. Wir sind schließlich zivilisiert und höflich. Eine gute Bekannte von mir glaubt an die Astrologie; ich würde sie nie dadurch verletzen, daß ich ihr sage, was *ich* davon halte. Jedenfalls führt diese Sache mit den ›Ältesten‹ dazu, daß ich Mike nicht erklären kann, was ihm alles gehört. Dabei nützt es nichts, daß die ursprünglichen Besitzer tot sind; dadurch sind sie zu ›Ältesten‹ geworden, und Mike würde sich nie in ihre Angelegenheiten einmischen wollen.«

»Äh... verdammt noch mal, er ist einfach unzurechnungsfähig.«

»Natürlich.« Jubal zuckte mit den Schultern. »Er ist unzurechnungsfähig, deshalb darf seine Zurechnungsfähigkeit nicht auf die Probe gestellt werden – denn welcher Vormund würde für ihn bestimmt?«

»Douglas«, antwortete Caxton sofort. »Oder einer seiner Schergen.«

»Ganz bestimmt, Ben? Denk lieber daran, wie sich das Oberste Gericht zusammensetzt. Könnte der Vormund nicht auch Savvonavong heißen? Oder Nadi? Oder Kee?«

»Ja, du hast recht, Jubal.«

»In diesem Fall hätte Mike vielleicht nicht mehr lange zu leben. Oder er würde seine Tage in einem schönen Garten beschließen, der etwas besser als das Bethesda Medical Center bewacht würde.«

»Was hast du also vor?«

»Mikes potentielle Macht ist zu gefährlich. Deshalb gibt er sie aus der Hand.«

»Wie willst du soviel Geld verschenken?«

»Das will ich gar nicht. Dadurch würde das bestehende Machtgleichgewicht gestört – und der Junge müßte damit rechnen, schon beim ersten Versuch auf seine geistige Zurechnungsfähigkeit untersucht zu werden. Deshalb lassen wir den Tiger einfach laufen und halten uns nur an den Ohren fest. Ben, ich schildere dir jetzt meinen Plan, und du mußt versuchen, irgendwelche Fehler zu finden. Dabei geht es nicht um rechtliche Probleme; Douglas' Leute sollen den Vertrag aufsetzen, und ich werde ihn kontrollieren. Du mußt mir nur sagen, ob meine Idee politisch gesehen zu verwirklichen ist. Hör mir also gut zu...«

19

Am nächsten Morgen war die marsianische Delegation zum Palast des Generalsekretärs unterwegs. Mike Smith machte sich keine Gedanken über den Zweck dieses Ausflugs; er genoß ihn einfach. Jubal hatte einen Flying Greyhound gechartert; Mike saß in der Aussichtskuppel, hatte Jill und Dorcas links und rechts neben sich und ließ sich von ihnen die Aussicht erklären. Der Sitz war eigentlich für zwei Menschen gedacht; das Ergebnis war ein angenehm wärmendes Näherkommen. Mike hielt die beiden Mädchen im Arm, sah hinaus, versuchte alles zu groken und wäre selbst drei Meter unter Wasser nicht glücklicher gewesen.

Als sie auf dem Palast landeten, rief Jubal den Mädchen zu: »Bleibt in Mikes Nähe und scheut euch nicht, jemand auf die Füße zu treten, wenn ihr eingeengt werdet. Anne, du trägst deine Robe, aber das ist doch kein Grund, alles geduldig hinzunehmen!«

»Mach dir keine Sorgen, Boß. Eine Zeugin wird respektiert – und ich kann mich notfalls selbst wehren.«

»Okay. Duke, du schickst Larry so schnell wie möglich mit dem Bus zurück.«

»Wird gemacht, Boß. Warum so aufgeregt?«

»Ich bin aufgeregt, wenn es mir paßt. Los, wir gehen.« Harshaw, die vier Mädchen mit Mike und Caxton stiegen aus; der Bus startete wieder. Die Landeplattform war nicht überfüllt, aber auch keineswegs leer. Ein Mann kam auf sie zu und sagte lächelnd: »Doktor Harshaw? Ich bin Tom Bradley, ein Assistent des Generalsekretärs. Darf ich Sie einen Augenblick in sein Büro bitten?«

»Nein.«

Bradley kniff die Augen zusammen. »Sie haben nicht richtig verstanden, fürchte ich. Der Generalsekretär läßt bitten. Mister Smith kann Sie natürlich begleiten.«

»Nein. Wir gehen in den Konferenzraum. Lassen Sie uns den Weg zeigen. Für Sie habe ich einen Auftrag. Miriam, den Brief.«

»Aber, Doktor Harshaw...«

»Nein! Bringen Sie Mister Douglas diesen Brief. Er soll ihn *sofort* lesen. Verstanden?«

»Aber der Generalsekretär wünscht...«

»Der Generalsekretär wünscht diesen Brief zu lesen. Junger Mann, ich bin Hellseher. Ich sage Ihnen voraus, daß Sie morgen nicht mehr hier sind, wenn Sie sich noch länger weigern.«

»Jim, vertreten Sie mich«, sagte Bradley und verschwand mit dem Brief. Jubal seufzte; Anne und er hatten einen Entwurf nach dem anderen verworfen, bevor sie sich auf die letzte Fassung geeinigt hatten. Douglas sollte erfahren, was Harshaw beabsichtigte, damit er nicht von der Entwicklung überrascht wurde.

»Ich bin Jim Sanforth, Doktor«, sagte der zweite junge Mann lächelnd. »Leider ist der Konferenzraum noch nicht ganz fertig; wir haben uns in letzter Minute für einen größeren entschließen müssen. Ich schlage vor, daß...«

»Ich schlage vor, daß wir sofort in den Konferenzraum gehen.«

»Sie haben mich nicht richtig verstanden, Doktor. Dort werden überall noch Drähte gezogen, die Reporter sind überall und...«

»Gut, dann unterhalten wir uns mit ihnen.«

»Nein, Doktor, ich habe meine Anweisungen...«

»Junger Mann, Ihre Anweisungen interessieren mich nicht. Wir sind zu öffentlichen Verhandlungen hier. Wenn der Konferenzraum noch nicht fertig ist, geben wir Interviews – im Konferenzraum.«

»Aber...«

»Wie lange wollen Sie den Marsmenschen noch im Freien warten lassen?« fragte Harshaw laut. »Ist hier jemand intelligent genug, um uns in den Konferenzraum zu führen?«

Sanforth schluckte trocken. »Folgen Sie mir, Doktor.«

Im Konferenzraum wurde tatsächlich noch gearbeitet, aber der große ovale Tisch stand an seinem Platz. Die vier Mädchen bahnten Mike einen Weg durch die versammelten Reporter, und Jubal ließ ihn so am Tisch Platz nehmen, daß er von Jill, Dorcas, Anne und Miriam umgeben war. Dann fielen die Reporter über Mike her, aber Harshaw machte sich deswegen keine Sorgen, weil er wußte, daß Mikes Angewohnheit, alle Fragen wörtlich zu beantworten, jeden Versuch vereitelte, ihn etwa auszuhorchen.

Mike beantwortete die meisten Fragen mit: ›Ich weiß nicht‹ oder ›Wie bitte?‹

Ein Reporter, der sich mit Mikes verwickelten Erbschaftsverhältnissen befaßt hatte, stellte die Frage: »Was wissen Sie über Erbrecht, Mister Smith?«

Da Mike nur unbestimmte Vorstellungen von menschlichen Besitzverhältnissen hatte, zitierte er seitenlang und ausdruckslos aus einem Standardkommentar zum Erbrecht. Jubal ließ ihn reden, bis jeder Reporter mehr als genug gehört hatte, bevor er sagte: »Danke, das genügt, Mike.«

Mike sah zu ihm hinüber. »Das war noch nicht alles, Jubal.«

»Später. Noch andere Fragen?«

»Mister Smith, Sie scheinen sich gern in Gesellschaft hübscher Mädchen aufzuhalten«, stellte ein anderer Reporter fest. »Haben Sie schon einmal ein Mädchen geküßt?«

»Ja.«

»Wie hat es Ihnen gefallen?«

Mike zögerte kaum. »Es ist gut, hübsche Mädchen zu küssen«, antwortete er. »Das ist amüsanter als Poker.«

Die Reporter lachten, und Mike wurde vor weiteren Fragen bewahrt, weil er jetzt eine vertraute Gestalt hereinkommen sah. »Mein Bruder Doktor Mahmoud!« Mike sprach aufgeregt weiter – auf Marsianisch.

Der Linguist der *Champion* lächelte, winkte Mike zu und antwortete in der gleichen Sprache. Die beiden unterhielten sich, bis endlich ein Reporter fragte: »Was sagen Sie eigentlich, Doktor?«

»Vor allem, daß er langsamer sprechen soll«, erklärte Mahmoud ihm.

»Und was sagt *er*?«

»Der Rest ist privat und deshalb uninteressant. Was alte Freunde eben sagen, wenn sie sich nach längerer Zeit wiedersehen.« Dr. Mahmoud sprach weiter mit Mike, drehte sich dann nach Harshaw um und gab ihm die Hand. »Sie sind Doktor Harshaw. Valentine Michael bildet sich ein, uns miteinander bekannt gemacht zu haben – und von seinem Standpunkt aus ist das auch richtig.«

Harshaw betrachtete ihn kritisch, während er ihm die Hand schüttelte. Mahmoud sprach, kleidete und benahm sich wie ein Engländer... aber sein dunkler Teint und seine Nase zeigten, daß er irgendwo im Nahen Osten geboren war. Harshaw hielt nichts von Leuten, die sich für etwas ausgaben, das sie nicht waren. Aber Mike behandelte ihn als Freund, deshalb war er auch Harshaws ›Freund‹, bis er das Gegenteil bewiesen hatte.

Für Mahmoud war Harshaw der Prototyp eines Amerikaners – vulgär, zu nachlässig gekleidet, laut, aufdringlich und bestimmt nicht sonderlich intelligent. Und noch dazu Akademiker, was die Sache nur schlimmer machte, weil amerikanische Akademiker nach Mahmouds Erfahrungen einen zu engen Horizont hatten und oft bloße Techniker waren. Und diese vier Frauen, die Valentine Michael umringten, obwohl zu einer so wichtigen Konferenz eigentlich nur Männer zugelassen sein dürften...

Aber Valentine Michael hatte ihm diese Leute vorgestellt – auch die vier Mädchen; er hatte sie stolz als seine Wasserbrüder präsentiert, so daß Mahmoud ihnen gegenüber mehr als den Söhnen seines Vaters Bruders verpflichtet war. Da Mahmoud die Marsianer bei sich zu Hause beobachtet hatte, war er sich darüber im klaren, welchen Wert sie auf derartige Beziehungen legten.

Nun, ihm blieb also keine andere Wahl – er war Valentine Michaels Wasserbruder und mußte mit den Freunden seines Bruders Freundschaft schließen... er konnte nur hoffen, daß diese Yankees nicht völlig ungebildet waren.

Deshalb lächelte er freundlich. »Valentine Michael hat mir erzählt – er ist sehr stolz darauf –, daß Sie alle seine...« Mahmoud benützte einen unverständlichen Ausdruck. »...geworden sind.«

»Wie bitte?«

»Seine Wasserbrüder. Verstehen Sie?«

»Ich groke es.«

Mahmoud bezweifelte sehr, daß Harshaw es wirklich grokte, aber er fuhr rasch fort: »Da ich Valentine Michaels Wasserbruder bin, muß ich Sie bitten, mich als Familienmitglied zu betrachten. Ich kenne Ihren Namen, Doktor, und ich vermute, daß dies Mister Caxton ist – ich habe Ihr Bild über Ihrer Kolumne gesehen, Mister Caxton –, aber ich weiß nicht, ob ich die jungen Damen richtig eingeordnet habe. Dies hier muß Anne sein.«

»Ja, aber sie trägt ihre Robe.«

»Ganz recht. Ich werde sie später begrüßen.«

Harshaw machte Mahmoud mit den anderen Mädchen bekannt ... und Jill verblüffte ihn mit der richtigen Anrede für einen Wasserbruder. Sie sprach das Wort drei Oktaven höher als jeder Marsianer aus, aber sie betonte es richtig, weil es zu den wenigen Ausdrücken gehörte, die sie auf Marsianisch sicher beherrschte.

Dr. Mahmoud nickte verblüfft – anscheinend waren diese Leute doch nicht nur ungebildete Barbaren ... sein junger Freund traf oft intuitiv richtige Entscheidungen. Er krächzte sofort die vorgeschriebene Antwort und beugte sich über Jills Hand.

Jill wußte nicht, was sie dazu sagen sollte; sie hatte die Antwort nicht verstanden und konnte nicht einmal auf Englisch antworten. Aber dann fiel ihr etwas ein. Auf dem Tisch standen in regelmäßigen Abständen Wasserkaraffen und Gläser; Jill füllte ein Glas, wandte sich an Mahmoud und sagte ernsthaft: »Wasser. Unser Nest ist deines.« Sie trank einen Schluck und gab Mahmoud das Glas.

»Wer Wasser teilt, teilt alles«, erwiderte Mahmoud. Er trank ebenfalls und reichte das Glas an Harshaw weiter.

»Danke, Sohn«, sagte Harshaw. »Mögest du nie durstig sein.« Er trank aus dem Glas und gab es an Ben weiter.

Caxton sah zu Mahmoud hinüber. »Mit dem Wasser des Lebens kommen wir einander näher«, murmelte er, bevor er trank und Dorcas das Glas gab.

Dorcas zögerte noch. »Doktor Mahmoud, wissen Sie, wie ernst Mike diese Sache nimmt?«

»Ja, Miß.«

»Für uns ist sie ebenso ernst. Verstehen Sie das? Groken Sie es?«

»Ich groke es völlig ... sonst hätte ich mich geweigert, aus dem Glas zu trinken.«

»Mögest du nie Durst leiden.« Dorcas hatte Tränen in den Augen; sie trank und gab Miriam hastig das Glas.

»Wir heißen unseren Bruder mit Wasser willkommen«, sagte Miriam zu Mike. Dann wandte sie sich an Mahmoud. »Nest, Wasser, Leben.« Sie trank. »Unser Bruder.« Sie hielt ihm das Glas entgegen.

Mahmoud trank es aus und sagte auf Arabisch: »›*Und wenn ihre Sorgen deine sind, dann sind sie deine Brüder.*‹«

»Amen«, stimmte Harshaw zu.

Dr. Mahmoud warf ihm einen prüfenden Blick zu und überlegte, ob Harshaw ihn wirklich verstanden haben konnte. Er wurde jedoch unterbrochen, als der Assistent des Protokollchefs herankam. »Sie sind Doktor Mahmoud, nicht wahr? Sie gehören auf die andere Seite, Doktor. Kommen Sie bitte mit.«

Mahmoud lächelte. »Nein, ich gehöre hierher. Dorcas, kann ich mich zwischen dich und Valentine Michael setzen?«

»Natürlich! Ich rücke einfach nach rechts.«

»*Bitte,* Doktor Mahmoud! Der Sitzordnung nach gehören Sie auf die andere Seite. Der Generalsekretär muß gleich eintreffen... und ich weiß nicht, *was* ich tun soll!«

»Dann tun Sie es anderswo«, schlug Jubal vor.

»Was? Wer sind Sie? Stehen Sie auf der Liste?« Er studierte seinen Sitzplan.

»Wer sind *Sie*?« wollte Jubal wissen. »Der Oberkellner? Ich bin Jubal Harshaw. Wenn mein Name nicht auf Ihrer Liste steht, können Sie sie wegwerfen. Hören Sie zu, Freundchen, wenn der Marsmensch Doktor Mahmoud bei sich haben will, gibt es keine Widerrede, verstanden?«

»Aber er *kann* nicht hier sitzen! Plätze am Konferenztisch sind für Minister, Delegationsleiter, Oberste Richter und ähnliche Persönlichkeiten reserviert – und natürlich für den Marsmenschen.«

»Natürlich«, stimmte Jubal zu.

»Und Doktor Mahmoud muß dicht hinter dem Generalsekretär sitzen, um dolmetschen zu können. Verstehen Sie das nicht?«

»Doch, doch«, behauptete Jubal und nahm ihm den Sitzplan aus der Hand. »Kommen Sie, ich helfe Ihnen...« Er nahm einen Kugelschreiber aus der Tasche und zog einen Strich durch die Längsachse des ovalen Tischs. »So, *diese* Hälfte gehört dem Marsmenschen.« Er strich die Namen durch, die auf einer Seite angegeben waren. »Damit ist die Hälfte Ihrer Arbeit bereits getan, weil *ich* bestimme, wer auf unserer Seite in der Nähe des Marsmenschen sitzen darf.«

Der Assistent des Protokollchefs war zu entgeistert, um sprechen zu können. Jubal warf ihm einen fragenden Blick zu. »Fehlt noch etwas? Oh, ich habe vergessen, die Änderung abzuzeichnen.« Er kritzelte quer über die Einteilung: *J. Harshaw für V. M. Smith.* »Zeigen

Sie das Ihrem Boß, Sohn. Sagen Sie ihm, daß er nachsehen soll, was bei Besuchen befreundeter Staatsoberhäupter üblich ist.«

Der andere öffnete den Mund, brachte keinen Ton hervor und verschwand hastig. Wenig später kam er mit einem älteren Mann zurück, der energisch sagte: »Doktor Harshaw, ich bin LaRue, der Protokollchef. Brauchen Sie wirklich den halben Tisch? Ich dachte, Ihre Delegation sei ziemlich klein.«

»Das ist unwichtig.«

LaRue lächelte kurz. »Keineswegs, Sir. Wir brauchen jeden Sitzplatz. Fast sämtliche wichtigen Persönlichkeiten sind heute anwesend. Wenn Sie noch weitere Mitglieder Ihrer Delegation erwarten, lasse ich einen zweiten Tisch hinter die beiden Plätze stellen, die für Sie und den Marsmenschen reserviert sind.«

»Nein.«

»Leider geht es nicht anders. Tut mir leid.«

»Mir auch – Ihretwegen. Wenn wir nicht die eine Tischhälfte bekommen, gehen wir wieder. Dann können Sie dem Generalsekretär ausrichten, daß die Konferenz geplatzt ist, weil Sie den Marsmenschen unfreundlich behandelt haben.«

»Das ist doch nicht Ihr Ernst?«

»Haben Sie nicht gehört, was ich gesagt habe?«

»Äh... nun, ich dachte, Sie wollten nur einen Witz machen.«

»Die Lage ist zu ernst für Witze, Sohn. Smith ist entweder Oberhaupt seines Planeten und stattet in dieser Funktion dem Oberhaupt eines anderen Planeten einen Besuch ab – in diesem Fall kann er mitbringen, wen er will –, oder er ist nur ein gewöhnlicher Tourist, der keinerlei offizielle Ehrungen zu beanspruchen hat. Sie müssen sich für eine dieser beiden Möglichkeiten entscheiden. Sehen Sie sich um, zählen Sie die anwesenden ›wichtigen Persönlichkeiten‹ und überlegen Sie, ob sie gekommen wären, wenn Smith *ihrer* Meinung nach nur ein Tourist wäre.«

»Aber dafür gibt es keinen Präzedenzfall«, behauptete LaRue.

Jubal schnaubte. »Ich habe vorhin den Delegationsleiter der Republik Luna gesehen – gehen Sie doch zu *ihm* und erzählen Sie ihm, daß es keinen Präzedenzfall gibt. Aber sehen Sie sich vor... er soll jähzornig sein! Sohn, ich bin ein alter Mann und bin nicht hier, um Ihnen zu erklären, was Sie zu tun oder zu lassen haben. Richten Sie Mister Douglas aus, daß wir ihn gelegentlich wieder aufsuchen werden – sobald er bereit ist, uns richtig zu empfangen. Komm, wir gehen, Mike.« Harshaw begann mühsam aufzustehen.

»Nein, nein, Doktor Harshaw!« sagte LaRue rasch. »Wir machen diese Hälfte für Sie frei. Ich muß mir noch überlegen, was... Nun, irgend etwas wird mir schon einfallen. Eine Hälfte gehört jedenfalls Ihnen.«

»Schon besser.« Harshaw runzelte die Stirn. »Aber wie steht es mit der Flagge? Und welche Ehrungen sind vorgesehen?«

»Das verstehe ich nicht, fürchte ich.«

»Ich habe noch nie solche Schwierigkeiten gehabt, wenn ich mich auf Englisch verständigen wollte. Sehen Sie die Flagge der Föderation dort drüben, wo der Generalsekretär sitzen wird? Was steht hier auf unserer Seite vor Smith?«

LaRue nickte überrascht. »Ich muß zugeben, daß ich daran nicht gedacht habe. Ich wußte gar nicht, daß die Marsianer eine Flagge haben.«

»Sie haben auch keine. Aber Sie könnten unmöglich herbeischaffen, was *sie* bei feierlichen Anlässen dieser Art benützen. Deshalb sind wir diesmal mit weniger zufrieden.« Harshaw ließ sich von Miriam ein Stück Papier geben und zeichnete das traditionelle menschliche Symbol für den Mars auf – ein Kreis, aus dem oben rechts ein Pfeil hinausführte. »Das Feld ist weiß, und die Darstellung hebt sich rot ab – das müßte jeder Pfadfinder mit Papier und etwas Farbe improvisieren können. Waren Sie einmal Pfadfinder?«

»Ja, aber...«

»Gut, dann kennen Sie das Motto der Pfadfinder. Noch etwas... Haben Sie die Absicht ›Hail to Peace‹ zu spielen, wenn der Generalsekretär hereinkommt?«

»Selbstverständlich!«

»Dann folgt natürlich anschließend die marsianische Nationalhymne.«

»Ausgeschlossen! Wir haben sie nicht... selbst wenn es eine geben sollte. Seien Sie vernünftig, Doktor Harshaw.«

»Hören Sie, Sohn, ich *bin* vernünftig. Wir sind zu einer Besprechung in kleinstem Kreis gekommen, die sich plötzlich in einen Zirkus verwandet hat. Nun, wer einen Zirkus aufzieht, kommt nicht ohne Elefanten aus. Daß Sie die marsianische Nationalhymne nicht spielen können, sehen wir ein – aber Sie kennen doch die ›Symphonie der neuen Planeten‹? Verstehen Sie, was ich meine? Lassen Sie den ersten Teil des Mars-Satzes spielen... zumindest soviel davon, daß die Leute merken, worum es sich handelt.«

LaRue runzelte die Stirn. »Ja, das ließe sich natürlich machen...

Aber ich kann in dieser Beziehung nichts versprechen, Doktor Harshaw. Ich... ich bin nicht dazu berechtigt, verstehen Sie?«

»Ihnen fehlt der Mut dazu«, stellte Harshaw fest. »Nun, *wir* wollten keinen Zirkus – bestellen Sie Mister Douglas, daß wir ihn wieder aufsuchen werden, wenn er nicht mehr so beschäftigt ist. Freut mich, Sie kennengelernt zu haben. Vielleicht treffen wir uns beim nächsten Besuch wieder – wenn Sie dann noch in Amt und Würden sind.« Er wollte erneut aufstehen und schien zu alt und schwach zu sein, um sich ohne fremde Hilfe zu erheben.

»Bitte, bleiben Sie noch, Doktor Harshaw!« forderte LaRue ihn verzweifelt auf. »Der Generalsekretär kommt erst, wenn ich ihn benachrichtigen lasse, so daß ich noch Zeit für Vorbereitungen habe. Einverstanden?«

Harshaw nickte brummig. »Gut, sehen Sie zu, was sich tun läßt. Noch etwas... ich habe vorhin gehört, daß es am Eingang Krach gegeben hat, weil einige Besatzungsmitglieder der *Champion* nicht eingelassen werden sollten. Sie sind Smiths Freunde, und er möchte sie bei sich haben. Außerdem ist es dann auf unserer Seite nicht so leer.« Harshaw seufzte und rieb sich den Rücken.

»Ganz recht, Sir«, sagte LaRue steif und ging.

»Boß, hast du dir vorgestern abend beim Handstand eine Zerrung zugezogen?« flüsterte Miriam.

»Ruhe, sonst...« Jubal sah sich um und stellte zufrieden fest, daß der Raum sich mit einflußreichen Politikern und hohen Würdenträgern füllte. Mike würde als Souverän behandelt werden – und die Welt konnte zusehen. Dann würde niemand mehr behaupten können, Smith sei nur ein Tourist gewesen!

Der Führer der Östlichen Koalition kam herein. Mr. Kung war absichtlich nicht Delegationsleiter, sondern begnügte sich mit dem Status eines bloßen Abgeordneten. Trotzdem war Jubal keineswegs überrascht, als der Assistent des Protokollchefs sich auffällig um Kung bemühte und Douglas' einflußreichstem politischen Gegner einen Platz in der Nähe des Generalsekretärs zuwies. Das bestätigte Jubals Auffassung, Douglas sei kein Narr.

Dr. Nelson, der Schiffsarzt der *Champion,* und Captain van Tromp kamen gemeinsam herein und wurden von Mike begeistert empfangen. Jubal war froh darüber, weil Mike nun etwas zu tun hatte, anstatt nur wie eine Kleiderpuppe auf seinem Platz zu sitzen. Bei dieser Gelegenheit änderte er auch die Sitzordnung etwas ab, so daß er jetzt selbst links neben Mike saß, um ihm Zeichen geben zu können. Harshaw hatte mit Mike einige Signale vereinbart, die so unauffällig wie bei der Pferdedressur angewandt wurden – ›aufstehen‹, ›setzen‹, ›verbeugen‹, ›die Hand geben‹ –, aber Mike war natürlich kein Pferd und hatte alles innerhalb von fünf Minuten perfekt gelernt.

Mahmoud hatte mit seinen Kameraden gesprochen und wandte sich jetzt an Jubal. »Doktor, der Skipper und der Schiffsarzt sind ebenfalls Wasserbrüder unseres Bruders – und Valentine Michael wollte das übliche Ritual mit uns allen wiederholen. Ich habe ihn gebeten, lieber damit zu warten. Sind Sie damit einverstanden?«

»Was? Ja, natürlich. Nicht gerade hier.« Verdammt noch mal, wie viele Wasserbrüder hatte Mike eigentlich? »Vielleicht begleiten sie uns, wenn wir aufbrechen? Dann können wir uns irgendwo privat unterhalten und eine Kleinigkeit essen.«

»Die beiden kommen bestimmt gern.«

»Ausgezeichnet. Gibt es eigentlich noch andere Wasserbrüder unseres jungen Bruders, die irgendwann auftauchen können?«

»Nein – jedenfalls nicht von der *Champion.*« Mahmoud verzichtete auf die Gegenfrage, um nicht zu verraten, mit welchen gemischten Gefühlen er Harshaw zuerst betrachtet hatte. »Ich richte Sven und dem Alten aus, daß sie eingeladen sind.«

Harshaw nickte wortlos. In diesem Augenblick klopfte ihm ein Mann auf die Schulter. »Ist hier der Marsmensch zu sprechen?«

»Ja«, stimmte Jubal zu.

»Ich bin Tom Boone – Senator Boone, um es genau zu sagen –, und ich habe ihm etwas von Oberstbischof Digby zu bestellen.«

Harshaw überlegte rasch. »Ich bin Jubal Harshaw, Senator, und...« Er ließ Mike aufstehen und dem Mann die Hand geben. »...dies ist Mister Smith. Mike, dieser Herr ist Senator Boone.«

»Guten Tag, Senator Boone«, sagte Mike artig. Er betrachtete den Mann neugierig, weil er »Senator« mit »Ältester« gleichsetzte, was jedoch nicht zu stimmen schien. Dieser ganze Komplex war schwer zu groken.

»Hallo, Mister Smith«, antwortete der Senator. »Ich möchte Sie nicht lange aufhalten, da die Konferenz gleich beginnen kann. Mister Smith, Oberstbischof Digby läßt Sie durch mich herzlich zu einem Gottesdienst im Erzengel-Foster-Tabernakel der Neuen Verkündigung einladen.«

»Wie bitte?«

Jubal mischte sich ein. »Für den Marsmenschen ist hier noch alles neu, Senator. Mister Smith hat jedoch einen Ihrer Gottesdienste im Fernsehen ...«

»Das ist etwas anderes.«

»Ich weiß. Aber er hat viele Fragen gestellt, die ich nur teilweise beantworten konnte.«

Boone warf ihm einen prüfenden Blick zu. »Sie sind also kein Bekehrter?«

»Nein, leider nicht.«

»Dann kommen Sie am besten auch mit. Für jeden Sünder gibt es noch Hoffnung.«

»Danke, gern.« (Oder hast du dir eingebildet, ich würde Mike allein zu euch lassen?)

»Am nächsten Sonntag – ich richte es Bischof Digby aus.«

»Vielleicht am nächsten Sonntag«, verbesserte Jubal ihn. »Unter Umständen sitzen wir dann schon im Kittchen.«

Boone grinste. »Diese Gefahr besteht immer, was? Lassen Sie mich oder Bischof Digby benachrichtigen, dann sitzen Sie nicht lange.« Er sah sich um. »Verflixt wenig Stühle hier, was? Als einfacher Senator hat man kaum Aussichten auf einen Sitzplatz.«

»Würden Sie bei uns sitzen wollen, Senator?« erkundigte Jubal sich sofort.

»Mit Vergnügen, Sir! Hier bekomme ich wenigstens einen Logenplatz.«

»Hoffentlich stört es Sie nicht, auf der Seite der marsianischen Delegation zu sitzen?« fragte Jubal. »Wir möchten Sie nicht in Verlegenheit bringen, Senator.«

Boone zögerte keine Sekunde lang. »Durchaus nicht! Wissen Sie, der Bischof ist *sehr* an diesem jungen Mann interessiert.«

»Ausgezeichnet. Neben Captain van Tromp ist ein Platz frei. Kennen Sie den Captain?«

»Van Tromp? Klar, wir sind alte Freunde – wir haben uns neulich bei einem Empfang kennengelernt.«

Der Saal hatte sich inzwischen gefüllt, und die Wachtposten am Eingang ließen nur noch wenige durch. Jubal beobachtete eine Auseinandersetzung wegen der Sitzordnung, und je länger er zusah, desto nervöser wurde er. Schließlich wandte er sich an Mike, um ihm zu erklären, was er vorhatte.

»Natürlich, Jubal. Du brauchst mir nur zu sagen, was ich tun soll.«

»Danke, Sohn.« Harshaw erhob sich und ging zu drei Männern

hinüber, die erregt diskutierten: der Assistent des Protokollchefs, der Leiter der Delegation aus Uruguay und ein weiterer Mann, der wütend und verblüfft zugleich war. Der Uruguayer behauptete eben: ».. . er einen Platz bekommt, müssen alle übrigen Staatsoberhäupter ebenfalls am Tisch sitzen dürfen. Ich sehe nicht ein, warum eine Ausnahme...«

Harshaw zupfte den dritten Mann am Ärmel. »Sir, der Marsmensch hat mich gebeten, Sie zu ihm einzuladen... wenn Sie nicht anderswo sitzen wollen.«

Der andere lächelte zufrieden. »Vielen Dank, ich nehme seine Einladung gern an.«

»Aber wir müssen uns beeilen, Sir«, drängte Jubal, der eben einen Mann mit der marsianischen Flagge hereinkommen sah. Als sie an den Tisch zurückkamen, stand Mike auf. »Sir, ich möchte Sie mit Valentine Michael Smith bekannt machen. Michael – der Präsident der Vereinigten Staaten!«

Mike verbeugte sich höflich.

Harshaw hatte kaum noch Zeit, seinen eigenen Platz zu erreichen. Musik erklang, die Anwesenden standen auf, und eine Stimme verkündete:

»Der Generalsekretär!«

20

Harshaw hatte sich überlegt, ob Mike sitzenbleiben sollte, während Douglas hereinkam, aber er war von dieser Idee wieder abgekommen; ihm ging es nicht darum, Mike höher als Douglas einzustufen, sondern die beiden sollten nur gleichberechtigt nebeneinanderstehen. Deshalb gab er Mike jetzt ein Zeichen, er solle sich ebenfalls erheben. Douglas kam herein, ging zu seinem Platz und setzte sich.

Jubal gab Mike ein anderes Zeichen, so daß Mike und der Generalsekretär sich im gleichen Augenblick setzten. Dann entstand eine respektvolle Pause, bevor die übrigen Anwesenden Platz nahmen.

Jubal hielt den Atem an. Hatte LaRue sein Wort gehalten? Er hatte es nicht fest versprochen...

Dann ertönte plötzlich das Kriegsgott-Thema aus der Planetensymphonie. Jubal behielt Douglas im Auge, und Douglas erwiderte seinen Blick, als Harshaw ruckartig aufstand.

Douglas erhob sich ebenfalls. Aber Mike blieb sitzen; Jubal hatte ihm kein Zeichen gegeben. Er ließ sich nicht stören, als er sah, daß alle anderen außer ihm standen, bis der letzte Ton verklungen war. *Dann* stand er auf, verbeugte sich leicht und nahm sofort wieder Platz.

Jubal seufzte erleichtert auf. Vor vielen Jahren hatte er einmal erlebt, daß eine Königin eine Parade abgenommen hatte – und die Königin hatte sich *nach* dem Abspielen der Nationalhymne verbeugt, um diesen Salut dankend zu akzeptieren. Das Staatsoberhaupt einer Demokratie mußte sich die Nationalhymne wie jeder andere Bürger stehend anhören – aber Mike war ein unumschränkter Souverän, wenn das Larkin-Urteil auf ihn anwendbar war.

Douglas begann zu sprechen. Er drückte sich höflich aus, hieß Mike willkommen und begrüßte ihn auf der Erde – aber niemand konnte sagen, ob er einen Souverän, einen Touristen oder einen Heimkehrer empfing. Jubal beobachtete ihn aufmerksam, um zu erkennen, wie Douglas seinen Vorschlag aufgenommen hatte, aber der Generalsekretär sah nicht mehr in seine Richtung. Schließlich beendete Douglas seine Ansprache, in der er nichts gesagt hatte, was Rückschlüsse auf seine Absichten zugelassen hätte.

»Jetzt bist du an der Reihe, Mike«, flüsterte Jubal.

Smith wandte sich an den Generalsekretär – auf Marsianisch – und fügte dann jedem Satz eine Übersetzung hinzu, die seine Rede anspruchsvoll klingen ließ, obwohl er nicht mehr als Douglas sagte.

Jemand blieb hinter Harshaw stehen, drückte ihm einen Umschlag in die Hand und flüsterte: »Vom Generalsekretär.« Jubal drehte sich um, erkannte Bradley und riß den Umschlag auf.

Die Mitteilung bestand aus einem Wort: *Ja.* Sie war mit *J. E. D.* unterzeichnet.

Jubal hob den Kopf, sah zu Douglas hinüber und nickte kaum merklich; der Generalsekretär erwiderte dieses Zeichen. Damit war die Konferenz beendet. Nur die Öffentlichkeit mußte noch erfahren, welches Ergebnis sie gehabt hatte.

Mikes Ansprache war zu Ende. Nachdem Douglas ihm für seine freundlichen Worte gedankt hatte, erhob Jubal sich. »Mister Generalsekretär...«

»Ja, Doktor Harshaw?«

»Mister Smith tritt hier in einer Doppelrolle auf. Er vertritt die Bewohner des Planeten Mars – und er ist gleichzeitig ein Mensch, ein Bürger der Föderation und der Vereinigten Staaten von Amerika. Als solcher hat er Rechte, Pflichten und Verpflichtungen.« Jubal schüttelte den Kopf. »Lästige Verpflichtungen. Selbst ich als sein Anwalt bin noch nicht imstande gewesen, eine vollständige Aufzählung seines Eigentums zusammenzustellen. Und ich weiß erst recht nicht, was ich dem Finanzamt erzählen soll.«

Jubal machte eine Pause, um keuchend Luft zu holen. »Ich bin ein alter Mann und kann nicht einmal damit rechnen, diese Aufgabe vor meinem Ableben zu bewältigen. Mein Klient hat keine Erfahrung auf diesem Gebiet, obwohl er hochintelligent ist, und er hat auch kein Interesse daran, sich in diese Materie einzuarbeiten, solange es so viele andere Dinge zu lernen gibt. Aber Mister Smith hat einen Entschluß gefaßt, den ich nur begrüßen kann: als ich ihm diese Probleme erläutert habe, hat er mich mit klaren Augen angesehen und nur gesagt: ›Das ist doch ganz einfach, Jubal – wir fragen Mister Douglas.‹« Jubal machte eine Pause. »Der Rest ist privat, Mister Generalsekretär. Wollen wir später darüber reden, damit diese Damen und Herren jetzt nach Hause gehen können?«

»Sprechen Sie bitte weiter, Doktor Harshaw«, forderte Douglas ihn auf. »Wer nicht bleiben will, kann ja gehen.«

Niemand verließ den Saal. »Ich kann alles in einem einzigen Satz zusammenfassen, Sir«, fuhr Harshaw fort. »Mister Smith möchte Sie zu seinem Generalbevollmächtigten machen, der seine geschäftlichen Angelegenheiten regelt.«

Douglas brachte es fertig, ehrlich verblüfft zu wirken. »Das ist keine Kleinigkeit, Doktor.«

»Ich weiß, Sir. Ich habe versucht, Mister Smith zu erklären, wie beschäftigt Sie sind, aber er hat nur geantwortet: ›Wir können ihn fragen.‹ Deshalb frage ich Sie jetzt. Oh, dabei fällt mir noch etwas ein: Mister Smith bittet *nicht* den Generalsekretär um diesen Gefallen, sondern nur Sie, Joseph Edgerton Douglas. Sollten Sie sich aus dem öffentlichen Leben zurückziehen, würden Sie trotzdem sein Bevollmächtigter bleiben, weil er *Ihnen* vertraut... nicht irgendeinem beliebigen Generalsekretär.«

Douglas nickte. »Ich möchte mich erst entscheiden – aber ich fühle mich schon jetzt geehrt.«

»Sollten Sie jedoch nicht in der Lage sein, Mister Smith diesen Wunsch zu erfüllen – oder sollten Sie den Auftrag später zurückgeben wollen –, würde Ben Caxton ihn übernehmen. Stehen Sie auf, Ben, damit die anderen Sie sehen können. Und falls weder Sie noch Caxton zur Verfügung stehen, hat Mister Smith weitere... nun, darüber brauchen wir jetzt nicht zu sprechen; es gibt jedenfalls noch andere Kandidaten. Äh, was ich noch sagen wollte...« Jubal rieb sich die Stirn. »Ich bin es nicht mehr gewöhnt, aus dem Stegreif zu sprechen. Miriam, wo ist der Entwurf der Vollmacht?«

Harshaw ließ sich ein Blatt Papier geben und hielt es hoch. »Dies ist ein Entwurf, den wir als Diskussionsgrundlage für Sie ausgearbeitet haben, Sir – oder für Caxton, falls es sich so ergeben sollte.« Jubal sah sich um. »Komm, Miriam, sei ein nettes Mädchen und bring dem Generalsekretär dieses Blatt. Die übrigen Kopien lasse ich hier zurück. Sie wollen sie vielleicht verteilen... oder brauchen sie selbst. Aber Mister Caxton muß auch einen bekommen – hier, Ben.« Er sah wieder auf. »Das war eigentlich alles, Mister Generalsekretär. Wollten Sie noch etwas sagen?«

»Ja. Mister Smith?«

»Ja, Mister Douglas?«

»Wollen Sie das? Soll *ich* tun, was hier steht?«

»Ja, Mister Douglas«, antwortete Mike laut, und die Mikrofone übertrugen seine Stimme in Milliarden von Wohnungen.

»Soll ich Ihre Angelegenheiten verwalten?«

»Bitte, Mister Douglas. Das wäre gütig von Ihnen. Ich danke Ihnen.«

Douglas nickte. »Das ist klar genug. Doktor, ich muß mich erst entscheiden – aber ich lasse Sie nicht lange warten.«

»Ich danke Ihnen, Sir. Auch im Namen meines Klienten.«

Douglas wollte bereits aufstehen, als Kung laut sagte: »Augenblick! Und was ist mit dem Larkin-Urteil?«

Jubal sah zu ihm hinüber. »Ah, richtig, das Larkin-Urteil. Ich habe in letzter Zeit viel darüber gehört – meistens von Nichtjuristen. Was soll damit sein, Mister Kung?«

»Das frage ich *Sie*. Oder Ihren... Klienten. Oder den Generalsekretär.«

»Ich bitte darum.«

»Soll ich antworten, Mister Douglas?« erkundigte Jubal sich.

Jubal räusperte sich nachdrücklich. »Mister Kung, ich wende mich gleich an *Sie*, weil ich weiß, daß die Regierung in dieser Frage keine Belehrung braucht. Da mir von Anfang an klar war, daß jemand diese unangebrachte Frage stellen würde, habe ich versucht, meinem Klienten das Larkin-Urteil zu erklären; es war jedoch nicht leicht, ihm begreiflich zu machen, daß jemand glauben könnte, diese juristische Fiktion sei auf den Mars anwendbar. Schließlich ist der Mars bewohnt – von einer alten und weisen Rasse, Sir, die älter und vielleicht auch weiser als die Menschheit ist. Aber als Mister Smith verstand, worum es hier ging, war er amüsiert. Nur das, Sir – amüsiert. Und ich glaube, daß es uns allen besser anstünde, im Zusammenhang mit dem Mars dieses ominöse Urteil nicht wieder zu erwähnen. Bevor wir Ländereien verteilen, die nicht uns gehören, müssen wir uns zumindest davon überzeugen, wie die rechtmäßigen Eigentümer darauf reagieren könnten.«

Kung schien wenig beeindruckt zu sein. »Warum ist Mister Smith wie ein Souverän empfangen worden, wenn das Larkin-Urteil in seinem Fall nicht zutreffen soll, Doktor Harshaw?«

Jubal zuckte mit den Schultern. »Das ist eine Frage, die von der Regierung beantwortet werden müßte. Aber ich kann Ihnen sagen, wie *ich* diesen Empfang beurteile – die Ehrungen waren ein Ausdruck normaler Höflichkeit.«

»Wie bitte?«

»Mister Kung, diese Ehren waren kein leeres Echo des Larkin-Urteils. Mister Smith *ist* der Planet Mars, auch wenn wir Menschen diese Tatsache nicht ohne weiteres begreifen können!«

Kung verzog keine Miene. »Weiter, bitte.«

»Oder er ist vielmehr eine Verkörperung der Marsianer. In seiner Person statten uns die ›Ältesten‹ des Mars einen Besuch ab. Indem wir ihn ehren, erweisen wir ihnen Ehren – wenn wir ihm schaden, schaden wir ihnen. Wir haben heute richtig reagiert, aber diese Entscheidung hat nichts mit dem Larkin-Urteil zu tun. Kein vernünftiger Mensch kann behaupten, das Larkin-Urteil betreffe auch bewohnte Planeten, und ich glaube nicht, daß diese irrige Auffassung sich durchsetzen wird.«

Jubal machte eine Pause. »Mister Kung, Sie können sich darauf verlassen, daß die Ältesten genau registrieren, wie wir ihren Botschafter empfangen. Ich bin davon überzeugt, daß unsere Regierung in diesem Fall den einzig richtigen Weg beschritten hat. Im Laufe der Zeit werden auch *Sie* einsehen, daß dies die beste Lösung ist.«

Kung zuckte mit den Schultern. »Doktor, falls Sie versucht haben, mich zu erschrecken, ist Ihr Versuch mißlungen.«

»Das habe ich nicht erwartet. Aber zum Glück hat sich *Ihre* Auffassung nicht durchgesetzt.« Harshaw wandte sich an Douglas. »Ich bin seit Jahren nicht mehr so lange in der Öffentlichkeit aufgetreten... und ich bin jetzt müde. Könnten wir die Versammlung vertagen, bis Sie sich entschieden haben?«

21

Der Generalsekretär entsprach Harshaws Wunsch, aber Jubal sah, daß er nicht rasch verschwinden konnte, wenn der amerikanische Präsident und Senator Boone in Mikes Nähe blieben, solange die Kameras liefen. Als weitere Politiker auftauchten, um in Mikes Nähe gesehen zu werden, faßte Jubal einen raschen Entschluß. Er lud die beiden ein, Mike zu begleiten, hörte zu seiner Erleichterung, daß sie unabkömmlich waren, und führte Mike hinaus. Larry wartete schon mit dem Bus; Minuten später landeten sie auf dem Dach des Hotels *New Mayflower*. Dort hatten sich die Reporter versammelt, aber die vier Mädchen beschützten Mike und brachten ihn sicher in die Suite, die Duke bestellt hatte.

Im Korridor standen uniformierte Geheimpolizisten; vor der Tür hielt ein Offizier Wache.

Jubal wollte bereits wütend werden, als ihm einfiel, daß Douglas dadurch nur seinen guten Willen bewies. Jubal hatte ihn in seinem Brief gebeten, seinen Einfluß zu benützen, um Mikes Privatleben zu schützen – damit der arme Junge ein halbwegs normales Leben führen konnte.

»Jill!« rief Harshaw. »Sage Mike, daß alles in Ordnung ist!«

»Wird gemacht, Boß.«

Der Offizier an der Tür salutierte. Harshaw betrachtete ihn prüfend. »Hallo, Major. Haben Sie in letzter Zeit wieder Türen aufgebrochen?«

Major Bloch wurde rot und gab keine Antwort.

Duke erwartete sie im Innern der Suite. »Setzt euch, Kinder«, forderte Jubal seine Gäste auf. »Wie steht's, Duke?«

Duke zuckte mit den Schultern. »Seitdem ich hier bin, hat niemand eine Abhöranlage installiert, Boß. Aber jeder Raum kann eine Anlage enthalten, die kein Mensch findet.«

»Ja, ja – aber das habe ich nicht gemeint. Wie steht's mit dem Mittagessen? Ich habe drei weitere Gäste mitgebracht.«

»Das Zeug ist vor meinen Augen ausgeladen worden und steht in der Anrichte. Scheint alles in Ordnung zu sein, Boß.«

»Okay, setzt euch. Wer bringt mir einen Drink? Sven, was trinkst du am liebsten? Aquavit? Larry, hol ein paar Flaschen. Und Gin für den Captain.«

»Ich trinke lieber Scotch, Jubal«, sagte Nelson.

»Ich auch«, stimmte van Tromp zu.

»Scotch haben wir reichlich.« Harshaw sah zu Dr. Mahmoud hinüber. »Was darf's sein, Sohn?«

Mahmoud schüttelte bedauernd den Kopf. »Alkohol darf ich leider nicht trinken.«

»Augenblick.« Jubal betrachtete ihn. »Sohn, du leidest an nervöser Erschöpfung. Da ich kein anderes Mittel zur Verfügung habe, verordne ich ein Glas Äthylalkohol zu vierzig Prozent. Im Bedarfsfall zu widerholen. Welcher Geschmack wird gewünscht?«

Mahmoud lächelte. »Gin mit Soda. Oder Wodka. Oder irgend etwas anderes.«

»Oder Methylalkohol«, fügte Nelson hinzu. »Laß dich nicht täuschen, Jubal. Stinky trinkt alles – und bereut es später.«

»Ich bereue es wirklich«, erwiderte Mahmoud ernsthaft. »Es ist eine Sünde.«

»Laß ihn, Sven«, forderte Jubal den Schiffsarzt auf. »Wenn Stinky seine Sünden bereuen will, ist das seine Angelegenheit.« Er wandte sich an Mahmoud. »Iß und trink, was dir schmeckt, Bruder – Gott vergibt dergleichen läßliche Sünden.«

»Danke. Aber ich lasse das Mittagessen oft ausfallen.«

»Iß lieber, sonst steigt dir der Alkohol zu Kopf. Außerdem wäre es schade um die schönen Sachen. Meine Mädchen schreiben zwar manchmal Wörter falsch – aber sie kochen alle hervorragend.«

»Gibst du uns das schriftlich, Boß?« fragte Miriam, die mit Drinks hereinkam.

»*Was?*« Jubal drehte sich empört um. »Und du hast mein Glas mit Wasser aufgefüllt!«

»Anne hat es mir gesagt. Du bist zu müde, um nur Scotch zu trinken.«

»Zurück in die Küche, Weib! Hat jeder etwas bekommen? Wo ist Ben?«

»Alle sind versorgt. Ben gibt gerade seine Kolumne durch. Mike hilft uns eifrig. Ich glaube, daß er später Butler werden will.«

»Schick ihn herein, damit Nelson ihn untersuchen kann.« Als Miriam hinausgegangen wr, hob Harshaw sein Glas. »Auf unsere Wasserbrüder – zu denen übrigens auch Duke und Larry gehören.«

Als nächstes brachte Nelson einen Toast auf die Mädchen aus und fragte: »Wo treibst du sie eigentlich auf, Jubal?«

»Ich züchte sie im Keller. Wenn sie dann ausgebildet sind, werden sie mir weggeheiratet. Dabei verliere ich jedesmal.«

»Armer Kerl«, sagte Nelson mitfühlend.

»Allerdings! Ihr seid doch hoffentlich alle verheiratet?«

Nelson und van Tromp waren es; Mahmoud schüttelte den Kopf. Jubal starrte ihn finster an.

»Würdest du so freundlich sein, dich zu entleiben? Aber erst nach dem Essen – du sollst es nicht mit leerem Magen tun müssen.«

»Ich bin ganz ungefährlich«, versicherte Mahmoud ihm. »Ich bleibe ewig Junggeselle.«

»Unsinn! Ich habe gesehen, daß Dorcas dir schöne Augen gemacht hat... und du hast gegrinst.«

»Nein, nein, ich bin ungefährlich.« Mahmoud runzelte die Stirn. »Mike würdest du diesen Vorschlag doch nicht machen, Jubal? Er könnte ihn ernst nehmen. Ich weiß nicht, ob er sich totdenken kann – aber er würde es versuchen.«

»Er kann es bestimmt«, warf Nelson ein. »Jubal, ist dir etwas Merkwürdiges an seinem Metabolismus aufgefallen?«

»Mir ist nichts aufgefallen, was *nicht* merkwürdig wäre.«

»Genau.«

Jubal wandte sich an Mahmoud. »Du brauchst nicht zu befürchten, daß ich Mike zum Selbstmord animieren könnte. Ich groke, daß er Humor nicht grokt.« Jubal kniff die Augen zusammen. »Aber ich groke ›groken‹ nicht. Stinky, du sprichst Marsianisch.«

»Etwas.«

»Du sprichst es fließend, das habe ich selbst gehört. Grokst *du* ›groken‹?«

Mahmoud runzelte nachdenklich die Stirn. »Nein. ›Groken‹ ist das wichtigste Wort in Mikes Sprache, und ich nehme an, daß ich die nächsten Jahre damit verbringen werde, es zu ergründen. Aber ich glaube nicht, daß ich dabei Erfolg haben werde. Man muß auf Marsianisch *denken*, um das Wort ›groken‹ zu groken. Vielleicht ist dir schon aufgefallen, daß Mike manche Dinge zu verschiedenen Zeiten unterschiedlich beurteilt?«

»Allerdings!« Jubal drehte sich um. »Ah, unser Mittagessen kommt. Wurde auch allmählich Zeit! Los, stellt es hin, wo wir es erreichen können, und bewahrt respektvolles Schweigen, Mädchen!« Er wandte sich an Mahmoud. »Bitte weiter«, forderte er ihn auf. »Oder sprechen wir lieber später darüber, wenn Mike nicht zuhört?«

»Nein, das ist nicht nötig«, versicherte Mahmoud ihm rasch. »›Groken‹ bedeutet ›verstehen‹ oder ›begreifen‹ oder ›erfassen‹ im weitesten vorstellbaren Sinn. Er drückt fast alles aus, was unter die

Oberbegriffe Religion, Philosophie und Wissenschaft fällt – und es bedeutet uns so wenig, wie Farbe einem Blinden bedeuten kann.« Mahmoud machte eine Pause. »Jubal, wenn ich dich jetzt zerkleinern und zu Stew verarbeiten würde, würden wir uns gegenseitig groken, während ich äße; nichts würde verlorengehen, und es wäre eigentlich gleichgültig, wer wen äße.«

»Aber mir nicht!« warf Jubal ein.

»Du bist eben kein Marsianer.« Mahmoud wandte sich auf Marsianisch an Mike.

Mike nickte lächelnd. »Du hast richtig gesprochen, mein Bruder. Das habe ich schon oft gesagt. Du bist Gott.«

Mahmoud zuckte hilflos mit den Schultern. »Siehst du, wie hoffnungslos der Fall ist? Seine Antwort besteht nur aus einer Gotteslästerung. Wir denken nicht auf Marsianisch. Wir können es nicht.«

»Du bist Gott«, wiederholte Mike freundlich. »Und Gott grokt.«

»Komm, wir wechseln lieber das Thema! Jubal, ist noch ein Schluck Gin da?«

»Ich hole dir ein Glas!« warf Dorcas ein.

Während des Essens herrschte die gelockerte Atmosphäre eines Familienpicknicks, die dadurch gefördert wurde, daß die Gesprächspartner einander ähnlich waren – sie waren alle gebildet, genossen einen guten Ruf in Fachkreisen und hatten es nicht mehr nötig, ihre Position mit allen Mitteln zu verbessern. Selbst Dr. Mahmoud, der sonst in Gesellschaft von Ungläubigen nie recht auftaute, wirkte völlig verändert. Er hatte unterdessen erfahren, daß Jubal tatsächlich etwas Arabisch konnte und die Worte des Propheten im Original las ... und wenn er sich jetzt umsah, fiel ihm auf, daß die Frauen in Jubals Haushalt auf sympathische Weise molliger als die meisten Amerikanerinnen waren. Die Dunkelhaarige war sogar... Er schlug sich diesen Gedanken aus dem Kopf; schließlich war er hier zu Gast.

Aber er stellte befriedigt fest, daß die Frauen nicht schwatzten und sich nicht in die Gespräche der Männer einmischten. Zuerst war er entsetzt gewesen, als Miriam so unverschämt zu Jubal gewesen war, aber dann erkannte er, worum es sich handelte: Diese Narrenfreiheit genossen Haustiere und Lieblingskinder in der privaten Umgebung des eigenen Haushalts.

Jubal erklärte seinen Gästen, daß sie hier nur auf den Generalsekretär warteten. »Wenn er einverstanden ist, hören wir bald von ihm. Wären wir im Palast geblieben, hätte er noch feilschen können. Hier brauchen wir uns nicht darauf einzulassen.«

»Warum sollte er feilschen wollen?« fragte Captain van Tromp. »Du hast ihm doch gegeben, was er wollte.«

»Nicht alles«, verbesserte Jubal ihn. »Douglas wäre es natürlich lieber, wenn er unwiderruflich zu Mikes Bevollmächtigtem ernannt würde, anstatt damit rechnen zu müssen, daß Ben ihn eines Tages ablösen kann. Aber andere würden vielleicht auch feilschen wollen. Zum Beispiel unser Freund Kung. Deshalb bleiben wir für *ihn* unerreichbar. Und seinetwegen essen und trinken wir nichts, was wir nicht selbst mitgebracht haben.«

»Glaubst du wirklich, daß wir uns deswegen Sorgen machen müssen?« fragte Nelson ungläubig.

Jubal nickte langsam. »Sven, niemand will *dich* vergiften – aber deine Frau könnte deine Lebensversicherung kassieren, weil du gemeinsam mit Mike gegessen hast.«

»Nein, das ist...«

»Sven, ich lasse dir alles bringen, was dir Spaß macht – aber weder ich noch Mike würden es anrühren. Die anderen wissen, wo wir stecken, und sie haben einige Stunden Zeit für ihre Vorbereitungen gehabt. Folglich müssen wir annehmen, daß jeder Kellner von Kung bestochen sein kann. Mir geht es nur darum, den Jungen am Leben zu erhalten, bis er auf seine Macht verzichtet hat.«

Jubal runzelte die Stirn. »Du brauchst nur an die Schwarze Witwe zu denken. Ein ängstliches Tierchen, das im Grunde genommen recht hübsch und nützlich ist. Aber das arme Ding besitzt unglücklicherweise zuviel Kraft für seine Größe. Deshalb wird es von jedermann umgebracht. Die Schwarze Witwe kann nichts dafür, denn sie ist eben einmal giftig. Mike steckt in der gleichen Klemme. Er ist nicht so hübsch wie eine Schwarze Witwe, aber...«

»Unsinn, Jubal!« warf Dorcas ein. »Das ist nicht wahr!«

»Kind, ich sehe Mike objektiver als du. Er kann sein Geld jedenfalls nicht loswerden und ist gefährdet, solange er es besitzt. Kung ist nicht der einzige Politiker, der sich überlegt, welche Chancen er hätte, wenn Mike in absehbarer Zeit Ehrengast bei einem Begräbnis wäre. Ich...«

»Telefon, Boß.«

»Ich habe jetzt keine Lust, Anne.«

»Sie läßt dir bestellen, daß ›Becky‹ anruft.«

»Warum hast du das nicht gleich gesagt?« Jubal eilte in den anderen Raum und erkannte Madame Vesant auf dem Bildschirm. »Becky! Das freut mich aber!«

»Hallo, Doc. Ich habe Ihre Vorstellung gesehen.«

»Zufrieden?«

»Sehr! Doc, Sie hätten Astrologe werden sollen. Nur schade, daß Sie keinen Zwillingsbruder haben.«

»Danke für das Kompliment.« Jubal überlegte kurz. »Aber Sie haben wertvolle Vorarbeit geleistet, deshalb müssen Sie mir jetzt sagen, was Sie als Honorar verlangen.«

Madame Vesant runzelte die Stirn. »Wollen Sie mich beleidigen, Doc?«

»Becky! Jeder kann applaudieren, aber ein paar schöne große Scheine sind mehr wert. Der Marsmensch bezahlt alles, und er kann es sich auch leisten.«

»Doc, es gibt noch andere Methoden, um zu Geld zu kommen. Haben Sie heute die Börsenkurse beobachtet?«

»Nein. Kommen Sie zu einem Drink hierher und erzählen Sie mir davon.«

»Ich würde gern kommen, aber ich habe einer, äh, prominenten Klientin versprochen, mich zu ihrer Verfügung zu halten.«

»Aha. Becky, wäre es nicht möglich, daß die Sterne sagen, die ganze Angelegenheit müsse am besten noch heute unter Dach und Fach gebracht werden? Vielleicht unmittelbar nach Börsenschluß?«

»Gut, ich werde mir die Sache überlegen«, versprach Madame Vesant.

»Bitte. Und besuche uns gelegentlich. Mike gefällt dir bestimmt.«

»Ja, ich komme bald einmal. Danke, Doc.«

Jubal kehrte in den Wohnraum zurück und stellte fest, daß Dr. Nelson Mike inzwischen untersucht hatte. Der Arzt sah ihm verblüfft entgegen. »Jubal, ich habe Mike zuletzt vor zehn Tagen gesehen. Woher hat er diese Muskeln?«

»Er hat...«, begann Jubal. Dann grinste er und fuhr fort: »Warum fragst du ihn nicht selbst?«

Nelson stellte Mike die gleiche Frage.

»Ich habe sie mir gedacht«, erklärte ihm der Marsmensch.

»Richtig«, stimmte Jubal zu. »Er hat sie sich ›gedacht‹, Sven. Letzte Woche war er noch schwächlich, unterentwickelt und untrainiert. Dann habe ich ihm gesagt, er müsse stärker werden. Und er ist es einfach geworden.«

Nelson runzelte die Stirn. »Ich weiß natürlich, daß Mike seinen Körper besser als wir kontrollieren kann. Aber dafür gibt es auch andere Beispiele. In diesem Fall müßte man jedoch...«

»Sven«, warf Jubal ein, »warum gibst du nicht zu, daß du dieses Wachstum nicht grokst?«

Nelson seufzte. »Du hast natürlich recht. Zieh dich wieder an, Mike.«

Später erklärte Jubal den Offizieren der *Champion* die Gründe, die ihn dazu bewogen hatten, mit Douglas zu verhandeln. »Die finanzielle Seite war am leichtesten: Mikes Vermögen ist so festgelegt, daß es deswegen zu keiner Auseinandersetzung kommen kann. Douglas weiß, daß sein Einfluß mit Mikes Tod endet; Kung hat jedoch erfahren, daß Douglas in diesem Fall allein über das Vermögen bestimmen könnte. Wäre ich ein Zauberer, hätte ich Mike natürlich jeden Cent weggenommen. Aber dazu...«

»Warum, Jubal?« unterbrach ihn van Tromp.

»Bist du reich, Willem?« fragte Harshaw.

»Ich?« Der Captain schnaubte. »Ich habe mein Gehalt, ein verschuldetes Haus und zwei studierende Töchter. Ich wäre gern reich!«

»Das würde dir nicht gefallen.«

»*Was?* Jubal, das würdest du nicht sagen, wenn du zwei Töchter im College hättest!«

»Ich habe vier studieren lassen – und habe mich ihretwegen in Schulden gestürzt. Alle vier schreiben mir brav zum Geburtstag und lassen mich ansonsten in Ruhe; die Erziehung hat ihnen nicht geschadet. Ich habe meine Töchter nur erwähnt, um zu zeigen, daß ich weiß, daß man als Vater oft mehr braucht, als man hat. Aber du könntest doch für eine Firma arbeiten, die viel Geld dafür ausgeben würde, deinen Namen verwenden zu dürfen. Hast du nicht schon derartige Angebote bekommen?«

»Das ist nicht entscheidend«, behauptete der Captain. »Außerdem denke ich nicht daran, meinen Beruf aufzugeben.«

»Die Raumfahrt ist dir also lieber als Geld?«

»Ich hätte nichts dagegen, etwas mehr Geld zu haben!«

»Etwas mehr Geld würde dir nichts nützen. Töchter können zehn Prozent mehr ausgeben, als ihr Vater auf anständige Weise verdienen kann. Und großer Reichtum ist ein Fluch – sei es denn, man genießt das Geldverdienen an sich. Aber selbst das hat Nachteile.«

»Unsinn! Jubal, du redest wie ein Haremswächter, der einen normalen Mann von den Vorteilen des Eunuchendaseins überzeugen will.«

»Vielleicht«, gab Jubal zu. »Aber du hast die ganze Komödie selbst miterlebt. Hätte ich mir die Verfügung über Mikes Reichtum zuschanzen und Douglas trotzdem dazu bringen können, mit dem Resultat zufrieden zu sein? Mike traut mir; ich bin sein Wasserbruder. Hätte ich sein Vermögen stehlen können?«

»Äh... bestimmt, Jubal.«

»Allerdings! Unser Generalsekretär ist nämlich nicht geldgierig, sondern nur machthungrig. Hätte ich ihm garantiert, daß Mikes Vermögen weiterhin dazu dienen würde, seine Regierung zu stützen, wäre er gern bereit gewesen, mir die Verfügungsgewalt zu überlassen.« Jubal schüttelte den Kopf. »Aber ich möchte mein eigenes Leben führen, in meinem eigenen Bett schlafen – und nicht *belästigt* werden! Deshalb bin ich auf diese Idee gekommen. Douglas hat die Konsequenzen großen Reichtums weniger als andere zu fürchten, weil er bereits von der Außenwelt abgeschirmt wird und Dutzende von Leuten für sich arbeiten lassen kann.

Ich hatte keine Angst, daß er stehlen würde; nur zweitklassige Politiker sind geldgierig – und Douglas ist nicht der Typ, der sich bereichert. Nein, du brauchst keine Grimasse zu schneiden, Ben. Sei lieber froh, wenn er dir diese Last nie aufbürdet. Ich habe sie auf Douglas abgewälzt und kann jetzt friedlich weiterleben. Das war allerdings der einfachste Teil der Sache. Das Larkin-Urteil hat mir größere Schwierigkeiten gemacht.«

»Warum hast du den ganzen Zirkus überhaupt veranstaltet, Jubal?« wollte Ben wissen. »Es war doch überflüssig, Mike souveräne ›Ehren‹ erweisen zu lassen. Du hättest Mike einfach auf seine imaginären Rechte verzichten lassen können.«

»Ben«, sagte Jubal ruhig, »als Reporter bist du manchmal gar nicht übel...«

»Vielen Dank! Wer hätte das gedacht?«

»Aber von Strategie verstehst du weniger als ein Neandertaler.«

Caxton seufzte. »Schon besser. Ich hatte Angst, du wärst weich geworden.«

»Bestimmt nicht.« Jubal wandte sich an den Captain. »Wie viele Leute sind auf dem Mars zurückgeblieben?«

»Dreiundzwanzig.«

»Und welche Vorkehrungen sind wegen des Larkin-Urteils getroffen worden?«

Van Tromp runzelte die Stirn. »Darüber darf ich eigentlich nicht sprechen.« Er machte eine wegwerfende Handbewegung. »Aber hier sind wir schließlich unter uns. Ich kann mich doch darauf verlassen, daß nichts davon in die Zeitung kommt, Ben?«

»Natürlich!«

»Danke. Die Regierung weiß nicht recht, was sie in diesem Fall tun soll. Die Besatzung der *Champion* hat zugunsten der Regierung auf ihre Rechte verzichtet – aber Mikes Anwesenheit hat neue Probleme aufgeworfen. Ich bin kein Rechtsanwalt, aber soviel ich gehört habe, müßte Mike auf seine Rechte verzichten, bevor die Regierung die auf dem Mars gefundenen Werte verteilen könnte.«

»Welche ›Werte‹?« fragte Ben sofort. »Der Mars ist doch ziemlich wertlos. Oder sind die Berichte teilweise noch geheim?«

Van Tromp schüttelte den Kopf. »Nein, die technischen Berichte sind alle veröffentlicht worden. Aber der Mond war auch wertlos, als wir ihn erreichten, Ben.«

»Richtig«, gab Caxton zu. Er runzelte die Stirn. »Aber der Mars ist bewohnt.«

Der Captain nickte langsam. »Ja. Aber... Stinky, das kannst du ihnen besser erklären.«

Mahmoud wandte sich an Jobal und Ben. »Auf dem Mars gibt es reichlich Platz für eine menschliche Kolonie, und die Marsianer würden sich nicht einmischen, soviel ich in Erfahrung gebracht habe. Wir haben unsere Flagge dort aufgepflanzt und beanspruchen Extraterritorialität. Aber ich habe manchmal den Verdacht, daß wir dort nur als Studienobjekte geduldet werden.«

»Das kann ich mir lebhaft vorstellen«, antwortete Jubal. »Ich wußte allerdings nichts davon, sondern habe nur angenommen, daß die Regierung großen Wert auf Mikes Rechte legt. Heute morgen kam es dann zur Probe aufs Exempel: die Regierung hatte es auf Mikes ›Larkin-Rechte‹ abgesehen und mußte befürchten, daß wir ein Angebot von anderer Seite akzeptieren würden. Deshalb habe ich diese Situation ausgenützt, um Mikes Position in aller Öffentlichkeit unangreifbar zu machen.« Jubal lächelte zufrieden.

»Und dadurch hast du dich selbst in die Enge getrieben«, behauptete Ben.

»Unsinn!« widersprach Jubal energisch. »Ein paar Takte Musik und eine improvisierte Flagge haben Mikes Verhandlungsposition entscheidend verstärkt. Aber seine Lage war trotzdem keineswegs beneidenswert. Auf Grund des Larkin-Urteils wurde er vorläufig als souveräner Herrscher des Mars anerkannt; in dieser Funktion konnte er Konzessionen, Handelsrecht und dergleichen verteilen. Oder er konnte abdanken, auf seine Larkin-Rechte verzichten und sie Douglas übertragen.«

Jubal verzog das Gesicht. »Beide Möglichkeiten waren mir gleich zuwider. Mein Klient sollte sich nicht zu dieser Farce hergeben müssen. Das Larkin-Urteil durfte in seinem Fall nicht gültig sein – aber das Oberste Gericht sollte keine Gelegenheit haben, sich dazu zu äußern.«

Harshaw grinste. »Deshalb habe ich mir große Mühe gegeben, meine Theorie glaubhaft zu machen. Mike war wie ein Souverän empfangen worden; das hatte die ganze Welt gesehen. Aber diese Ehrung konnte auch dem *Alter ego* eines Souveräns gegolten haben – seinem Botschafter. Folglich ging es mir darum, Mike als Botschafter der Marsianer vorzustellen!«

Jubal zuckte mit den Schultern. »Reiner Bluff. Aber ich war der Überzeugung, daß die anderen – besonders Douglas und Kung – nicht mehr als ich wissen würden.« Er sah sich um. »Diesen Bluff konnte ich nur riskieren, weil ihr als Mikes Wasserbrüder in unserer Nähe wart. Da ihr nicht widersprochen habt, *mußte* Mike als marsianischer Botschafter akzeptiert werden – und das Larkin-Urteil war in diesem Fall nicht anwendbar.«

»Hoffentlich«, warf van Tromp ein. »Aber ich habe deine Argumente nicht für Lügen gehalten, Jubal.«

»Was? Ich habe nur irgend etwas geredet, um die anderen nicht zur Besinnung kommen zu lassen.«

»Macht nichts, du hast trotzdem die Wahrheit gesagt, glaube ich.« Der Skipper der *Champion* zögerte. »Ich würde Mike allerdings nicht als Botschafter bezeichnen – ›Invasionsstreitmacht‹ wäre vielleicht treffender.«

Caxton und Harshaw starrten ihn an. »Warum?« erkundigte Jubal sich schließlich.

»Ich habe mich etwas unglücklich ausgedrückt«, antwortete van Tromp. »Meiner Überzeugung nach ist Mike im Auftrag der Marsianer hier, um unsere Verhältnisse auszukundschaften. Versteht mich bitte nicht falsch – ich habe den Jungen so gern wie ihr. Aber er hat keinen Grund, uns oder der Erde treu zu sein.« Der Captain runzelte die Stirn. »Jeder bildet sich ein, der Marsmensch müsse begeistert gewesen sein, als er eine Gelegenheit hatte, ›nach Hause‹

zurückzukehren. Aber die Wirklichkeit sah anders aus, nicht wahr, Sven?«

»Mike hielt nichts davon«, stimmte Nelson zu. »Wir konnten ihn nicht überreden; er hatte zuviel Angst. Aber die Marsianer haben es ihm befohlen – und er hat den Befehl widerspruchslos ausgeführt.«

»Augenblick!« warf Caxton ein. »Die Marsianer sollen eine Invasion der Erde planen? Wäre das nicht ebenso sinnlos, als wollten wir den Jupiter besetzen? *Wir* könnten nicht auf Jupiter leben... und soviel ich weiß, wären die Marsianer unserer Schwerkraft nicht gewachsen. Stimmt das?«

»Ja«, gab der Captain zu.

»Warum sollten wir Jupiter angreifen? Warum sollten die Marsianer uns überfallen?«

»Ben, hast du die Vorschläge für einen Brückenkopf auf Jupiter gesehen?«

»Das sind alles nur Pläne, die vielleicht nie verwirklicht werden.«

»Noch vor einigen Jahren waren interplanetare Flüge kaum durchführbar. Unsere Ingenieure sind davon überzeugt, daß die auf Jupiter zu erwartenden Schwierigkeiten sich bewältigen lassen. Die Marsianer sind bestimmt nicht dümmer als wir. Du solltest ihre Städte sehen!«

»Ja, natürlich«, murmelte Caxton. »Aber ich bin trotzdem der Meinung, daß uns von dort keine Gefahr droht.«

»Was nützen bloße Vermutungen? Bleiben wir lieber bei Tatsachen. Sven, soll ich ihnen von Agnew erzählen?«

»Das hängt von dir ab, Willem«, antwortete Nelson vorsichtig.

»Nun... wir sind schließlich unter uns. Leutnant Agnew war unser Biologe. Ein intelligenter junger Mann, behauptet Sven. Aber er konnte die Marsianer nicht ausstehen. Ich hatte den Befehl gegeben, die Besatzung dürfe das Schiff nur unbewaffnet verlassen, weil die Marsianer friedlich zu sein schienen.

Agnew hat meinen Befehl mißachtet. Wir haben seinen Strahler nicht mehr gefunden, aber die beiden Augenzeugen waren der Meinung, er müsse ihn getragen haben. Agnew hatte einen Zusammenstoß mit einem Marsianer, wobei er von zwei Besatzungsmitgliedern beobachtet wurde; diese beiden wollten ihn davon abhalten, gewalttätig zu werden, aber als sie herankamen, war Agnew spurlos verschwunden, und der Marsianer entfernte sich gelassen.

Agnew ist nie wieder aufgetaucht. Seit diesem Vorfall bin ich mißtrauisch. Die Marsianer sind in meinen Augen seitdem nicht mehr die großen, harmlosen und etwas komischen Wesen, die sie zu sein scheinen. Ich habe diese Sache möglichst verharmlost, aber ich mußte der Besatzung mitteilen, daß Agnew vermißt wurde; wir haben lange nach ihm gesucht.

Zum Glück konnte ich eine halbwegs plausible Erklärung für sein Verschwinden konstruieren, und die beiden Augenzeugen haben ihre Aussage selbst zurückgezogen, weil sie fürchteten, sich damit lächerlich zu machen. Nur Sven und ich haben ihre Version gehört.« Der Captain runzelte die Stirn. »Aber ich wache manchmal nachts auf und frage mich: ›Was ist aus Agnew geworden?‹«

Jubal hatte schweigend zugehört und überlegte sich jetzt, daß er Mike nochmals ermahnen sollte, unbequeme Fremde nicht einfach verschwinden zu lassen.

Dann erschien Anne an der Tür. »Boß, Mister Bradley ist draußen. Er kommt im Auftrag des Generalsekretärs.«

»Hast du ihn hereingelassen?«

»Nein, noch nicht. Er hat dir einige Papiere zu übergeben und will auf die Antwort warten.«

»Er soll sie dir aushändigen und selbst im Korridor bleiben. Hier ist noch immer die marsianische Botschaft.«

»Soll er wirklich draußen warten?«

»Anne, ich weiß, daß du wohlerzogen bist – aber in unserer Situation macht sich Grobheit bezahlt. Wir geben keinen Zentimeter nach, bis wir erreicht haben, was wir wollten.«

»Ja, Boß.«

Der große Umschlag enthielt ein Original und ein Dutzend Kopien. Jubal rief alle zusammen und verteilte die Durchschläge. »Ich biete einen Lutscher für jede Lücke, Falle oder mißverständliche Stelle.«

Zehn Minuten später behauptete Jubal: »Er ist ein ehrlicher Politiker – er läßt sich kaufen und erfüllt dann den Vertrag.«

»Sieht so aus«, stimmte Caxton zu.

»Hat jemand etwas gefunden?« Niemand beanspruchte den ausgesetzten Preis; Douglas hatte die getroffenen Vereinbarungen lediglich konkretisiert. »Okay, wir unterschreiben alle jede Kopie«, entschied Jubal. »Hol das Siegel, Miriam. Meinetwegen kann Bradley auch hereinkommen und als Zeuge unterschreiben – und dann bekommt er einen Drink. Duke, ruf den Empfang an und gib bekannt, daß wir anschließend verschwinden. Sven, Willem, Stinky wir brechen etwas plötzlich auf... warum kommt ihr nicht mit, um ein paar Tage Urlaub zu machen? Wir haben genügend Betten, bei uns wird gut gekocht, und Gäste können tun und lassen, was ihnen Spaß macht.«

Die beiden Verheirateten lehnten dankend ab; Mahmoud akzeptierte die Einladung. Die Unterzeichnung der Verträge dauerte ziemlich lange, weil Mike es genoß, seinen Namen zu schreiben. Unterdessen traf auch die Hotelrechnung ein.

Jubal warf einen Blick auf die erschreckend hohe Endsumme, schrieb darauf: *Zur Bezahlung angewiesen – J. Harshaw für V. M. Smith* und gab sie Bradley.

»Darum muß Ihr Boß sich kümmern.«

Bradley starrte die Rechnung an. »Sir?«

»Oh, Mister Douglas gibt sie vermutlich an den Protokollchef weiter. Mit solchen Sachen habe ich keine Erfahrung.«

Bradley steckte die Rechnung ein. »Ja«, sagte er langsam. »LaRue muß sie abzeichnen – ich gebe sie ihm gleich.«

22

Jubal Harshaw hatte sich eingebildet, nun aller Sorgen ledig zu sein. Das erwies sich jedoch als Irrtum, und er hatte in der nächsten Woche nichts zu lachen; die Welt ließ ihn nicht in Frieden leben. Mike war vor Reportern sicher, seitdem sich die erste Aufregung gelegt hatte – aber Tausende von Leuten erinnerten sich an ihn. Douglas hielt sein Versprechen und versuchte Mikes Privatleben möglichst zu schützen, indem er Harshaws Villa bewachen ließ. Aber Jubal konnte sich mit dieser Bewachung nicht abfinden.

Die Telefonanrufe wurden von einem Anrufdienst abgefangen, der eine Liste von Namen erhielt, mit denen Harshaw zu sprechen bereit war. Außerdem schaltete Jubal seinen Apparat täglich einige Stunden lang ab.

Aber die Post kam trotzdem. Jubal hatte Jill erklärt, daß Mike allmählich erwachsen werden würde; er sollte seine Post selbst öffnen, während Jill ihm dabei half. Harshaw bat sich nur aus, nicht damit belästigt zu werden – aber das war undurchführbar, weil Jill bald nicht mehr wußte, was sie mit der vielen Post anfangen sollte.

Es war schon schwierig genug, sie nur zu sortieren. Jubal rief das zuständige Postamt an, was wie erwartet nichts nützte; dann setzte er sich deswegen mit Bradley in Verbindung, dessen »Anregung« auf dem Dienstweg weitergereicht wurde. Von da an wurde die Post nach Kategorien geordnet (Briefe, Drucksachen, Päckchen etc.) in Säcken ins Haus gebracht. Drucksachen und Postwurfsendungen dienten dazu, einen nicht mehr benützten Brunnen aufzufüllen.

Pakete und Päckchen waren schwieriger zu bearbeiten. Ein Paket explodierte im Postamt, richtete geringen Sachschaden an und jagte den anwesenden Kunden einen gewaltigen Schrecken ein. Jubal überlegte bereits, ob er Pakete von Experten untersuchen lassen sollte, aber das erwies sich als überflüssig: Mike spürte aus größerer Entfernung, ob ein Paket ›falsch‹ war, und ließ es dann schon am Tor aus Larrys Wagen verschwinden.

Harshaw erklärte Jill, Mike dürfe alles behalten, solange er a) nichts bezahlte, b), nichts bestätigte und c) nichts zurückschickte. Viele Pakete enthielten Geschenke; manche enthielten unverlangte Muster. In beiden Fällen war Harshaw der Auffassung, der Marsmensch solle irgendwie ausgenützt werden; er sah nicht ein, weshalb Mike oder ein anderer sich deshalb zusätzliche Arbeit machen sollte.

Eine Ausnahme waren lebende Tiere, die Jill auf Harshaws Empfehlung zurückschicken sollte – es sei denn, sie garantierten dafür, daß die Tierchen untergebracht, gefüttert und daran gehindert wurden, in den Swimming-pool zu fallen.

Briefe waren am schwierigsten zu bearbeiten. Jubal entschied sich für folgende Kategorien:

A) Bittbriefe – in den Brunnenschacht.

B) Drohbriefe – unbeantwortet ablegen; im Wiederholungsfall an Geheimpolizei weitergeben.

C) Geschäftsbriefe – an Douglas weiterreichen.

D) Briefe von Verrückten – gute zur allgemeinen Belustigung vorlesen; alle übrigen in den Schacht.

E) Freundliche Briefe – falls Rückporto beigelegt, von Jill mit hektografiertem Schreiben beantworten (mit *Jills* Unterschrift, um Autogrammsammler zu entmutigen).

F) Heiratsanträge u. dgl. – Ablage.

G) Anfragen wissenschaftlicher Institutionen – wie unter E; die Antwort besagte, Mike könne sich leider für *nichts* zur Verfügung stellen. Sollte diese Antwort nach Jills Meinung nicht genügen, konnte sie sich an Jubal wenden.

H) Briefe von Leuten, die Mike kannte (Besatzungsmitglieder der

Champion, der Präsident der Vereinigten Staaten und andere) Mike sollte sie selbst beantworten, um Übung zu bekommen.

Durch dieses System hatte Jill nicht viel zu schreiben, und Mike kam fast nie dazu. Jill stellte fest, daß sie eine Stunde täglich opfern mußte, um die einlaufende Post zu beantworten. Die ersten vier Kategorien blieben umfangreich; die Kategorie F schwoll erstaunlich an, nachdem Mike im Fernsehen interviewt worden war.

Am dritten Morgen nach der Einführung dieses neuen Systems kam Jill mit einem Brief der Kategorie F zu Jubal. Die Damen und Frauen (gelegentlich auch irregeführte Männer), die solche Briefe schrieben, legten meistens Bilder bei, die angeblich die Briefschreiber zeigten; manche ließen der Fantasie des Betrachters wenig Spielraum.

Dieser eine Brief enthielt ein Bild, das der Fantasie nichts mehr übrigließ. »Sieh dir das an, Boß!« sagte Jill empört. »Ist das nicht die Höhe?«

Jubal las den Brief. »Sie weiß, was sie will, Was hält Mike davon?«

»Er hat den Brief noch nicht gelesen.«

Jubal warf einen Blick auf das Bild. »Gar nicht übel. Aber warum zeigst du es mir. Ich habe schon bessere gesehen.«

»Was soll ich nur tun, Boß? Der Brief ist schon schlimm genug... aber dieses *schamlose* Bild – soll ich es zerreißen?«

»Was steht auf dem Briefumschlag?«

»Nur die Anschrift und der Absender.«

»Wie lautet die Anschrift?«

»Mister Valentine Michael Smith bei...«

»*Oh!* Dann ist der Brief also nicht an *dich* adressiert?«

»Nein, natürlich nicht, aber...«

»Hör zu, Jill, du bist weder Mikes Mutter noch sein Vormund. Wenn Mike seine Post lesen will, ist das sein gutes Recht.«

»Er liest fast alles. Aber er soll doch keinen Schmutz und Schund lesen! Er ist *unschuldig*.«

»Oh? Wie viele Menschenleben hat er schon auf dem Gewissen?« Als Jill nicht antwortete, fuhr Harshaw fort: »Kind, Mike muß ›Schmutz und Schund‹ kennenlernen, um dagegen immun zu werden. Eines Tages wird er diese Briefschreiberin kennenlernen – oder ihre geistigen Schwestern –, und ich möchte, daß er dann nicht unvorbereitet ist. Er wird Hunderte von Frauen treffen, die sich ihm an den Hals werfen – großer Gott, mit seiner Berühmtheit und seinem Aussehen, könnte er den Rest seines Lebens in fremden Betten verbringen. Du kannst das nicht verhindern; ich kann es nicht verhindern; das kann nur Mike. Außerdem würde *ich* ihn gar nicht davon abhalten wollen, obwohl ich mir sinnvollere Freizeitbeschäftigungen vorstellen kann. Was hältst du davon?«

»Ich...« Jill wurde rot.

»Vielleicht bist du anderer Meinung; das geht mich nichts an. Aber wenn du Mike helfen willst, darfst du seine Post nicht zensieren. Derartige Briefe warnen ihn vielleicht. Gib sie weiter, beantworte seine Fragen... und versuche nicht rot zu werden.«

»Boß, du kannst einen in Wut bringen, wenn du so logisch bist!«

»Das ist kein Argument.«

»Ich zerreiße das Bild, sobald Mike es gesehen hat!«

»Nein, tu das nicht!«

»Was? Willst *du* es etwa?«

»Du lieber Gott! Nein, Duke sammelt solche Bilder. Wenn Mike es nicht behalten will, kannst du es Duke schenken.«

»*Duke* sammelt derartiges Zeug? Dabei scheint er so nett zu sein.«

»Das ist er auch.«

»Aber... das verstehe ich nicht, Jubal.«

Harshaw seufzte. »Und ich kann es dir nicht erklären. Meine Liebe, zwischen Männern und Frauen gibt es Unterschiede, die nur gelegentlich von besonders begabten Menschen intuitiv gegrokt werden. Aber es wäre zwecklos, sie mit Worten erklären zu wollen. Trotzdem kannst du mir glauben: Duke ist so nett und ritterlich, wie er zu sein scheint – und ihm würde dieses Bild gefallen.«

»Aber ich gebe es ihm nicht, sonst kommt er noch auf verrückte Gedanken.«

»Feigling! Noch etwas Interessantes?«

»Nein, nur die üblichen Angebote. Mike soll ein Dutzend verschiedene Artikel mit seinem Autogramm verkaufen lassen – und ein Mann will den ausschließlichen Vertrieb dieser Dinge übernehmen, wenn Mike ihn finanziert.«

»Ich bewundere Diebe, die sich nicht mit Kleinigkeiten abgeben. Schreib ihm, daß Mike Verluste von der Steuer absetzen möchte. Er soll angeben, wieviel Geld er braucht.«

»Ist das dein Ernst, Boß?«

»Nein, der Ganove würde mit seiner ganzen Familie hier ankommen. Aber mir ist eine neue Geschichte eingefallen. *Achtung!*«

Mike interessierte sich für das ›schamlose‹ Bild, er grokte (theoretisch), was Brief und Bild bedeuteten und studierte das Bild mit der gleichen Begeisterung, mit der er Schmetterlinge betrachtete. Er verstand die mechanischen und biologischen Vorgänge, die in diesen Briefen offeriert wurden, aber er fragte sich, weshalb Fremde ihn dabei um seine Hilfe baten? Mike wußte (ohne es zu groken), daß die Menschen ein bestimmtes Ritual entwickelt hatten, das ein Näherkommen wie bei der Wasserzeremonie gestattete, und er wartete auf den Tag, an dem er es einmal groken würde.

Aber er hatte es dabei nicht eilig, denn ›Eile‹ war ein Begriff, den er bisher nicht grokte. Mike wußte, daß es für alles einen richtigen Zeitpunkt gab – den man erreichte, indem man wartete. Ihm fiel auf, daß seine Menschenbrüder diese Unterscheidung nicht treffen konnten und deshalb oft schneller warten mußten, als es ein Marsianer getan hätte. Er lächelte jedoch nicht über diese Schwäche, sondern wartete seinerseits gelegentlich rascher... manchmal so schnell, daß der Eindruck entstand, er beeile sich unglaublich.

Er fand sich mit Jills Beschluß ab, daß diese brüderlichen Angebote von weiblichen Wesen unbeantwortet bleiben sollten, aber er akzeptierte diese Tatsache nur als Beginn einer längeren Warteperiode – vielleicht war es besser, erst in hundert Jahren zu antworten; außerdem war jetzt nicht die richtige Zeit, weil sein Bruder Jill recht hatte.

Mike schenkte Duke das Bild und freute sich über Dukes Vergnügen. Mike wurde dadurch keineswegs ärmer; er konnte sich das Bild jederzeit ins Gedächtnis zurückrufen. Er wehrte Dukes Dank ab und kehrte zufrieden zu seiner Post zurück.

Eines Tages schickte Mr. Joseph Edgerton Douglas Mike ein Scheckbuch und einige andere Papiere; sein Bruder Jubal machte sich die Mühe, ihm zu erklären, was Geld war und wozu es verwendet wurde. Mike begriff zunächst nicht recht, was sich damit anfangen ließ, obwohl Harshaw ihm zeigte, wie ein Scheck ausgefüllt wurde und welche Geldscheine es gab. Aber einige Zeit später hatte Mike plötzlich die große Erleuchtung: Geld war eine *Idee* – ein allgemein anerkanntes Symbol für Ausgleich und Heilung und Näherkommen.

Mike war von Geld begeistert. Jubal forderte ihn auf, Geld auszugeben, und Mike tat es ängstlich und eifrig zugleich. Jill half ihm dabei, Geschenke für Freunde auszuwählen; sie wollte vor allem verhindern, daß er in seiner Begeisterung Unsummen ausgab. Aber

Mike konnte sich nicht entscheiden. Selbst der Sears & Montgomery Katalog stellte ihn vor unlösbare Entscheidungen.

Jill half ihm. »Nein, Mike. Duke mag bestimmt keinen Traktor.«

»Duke hat Traktoren gern.«

»Er hat aber schon einen – oder Jubal hat einen, auf dem er fahren kann. Mike, ein Geschenk darf nie sehr teuer sein – es sei denn, du wolltest ein Mädchen dazu bringen, dich zu heiraten. Ein Geschenk sollte zeigen, daß du den Geschmack des Empfängers berücksichtigt hast. Am besten ist etwas, das er selbst wahrscheinlich nicht gekauft hätte.«

»Was?«

»Das ist eben das große Problem. Augenblick, mir fällt etwas ein, das heute mit der Post gekommen ist.« Sie kam rasch wieder zurück. »Schon gefunden! Hör zu: ›Moderne Aphrodite – ein Luxusalbum weiblicher Schönheit in 3-D und Farbe! Von Meistern der Kamera fotografiert und ausgewählt!‹ Das gefällt Duke bestimmt, Mike.«

Das Album traf prompt ein – und die nächste Anzeige erhielt den Zusatz: ›Tausende von begeisterten Kunden – auch der Marsmensch hat das Album bestellt!‹ Mike freute sich darüber, aber Jill wurde wütend.

Das schwierigste Problem war ein Geschenk für Jubal. Was sollte man einem Mann schenken, der alles besitzt, was für Geld zu haben war? Den Brunnen, den Ponce de Leon vergebens gesucht hatte? Drei Wünsche? Öl für seine alten Knochen – oder einen einzigen Jugendtag?

Jill und Mike zogen die anderen ins Vertrauen. »Wißt ihr das nicht?« fragte Dorcas. »Der Boß schwärmt für Statuen.«

»Wirklich?« meinte Jill ganz erstaunt. »Ich sehe hier aber keine.«

»Die Statuen, die ihm gefallen, sind meistens nicht verkäuflich. Seiner Überzeugung nach gibt es heute keine echten Bildhauer mehr, weil jeder kurzsichtige Idiot mit einem Schweißbrenner sich als Künstler feiern läßt.«

Anne nickte. »Dorcas hat recht. Das merkt man, wenn man sich die Bücher in Jubals Arbeitszimmer ansieht.« Sie wählte drei Bildbände aus, die (nur für ihre scharfen Augen) deutliche Benützungsspuren aufwiesen. »Aha«, sagte sie dann, »der Boß schwärmt also für Rodin. Welche Statue würdest du wohl kaufen, wenn du die

Wahl hättest, Mike? Hier ist eine sehr hübsche ›Ewiger Frühling‹.«

Mike blätterte den Band durch. »Diese hier.«

»Was?« Jill fuhr zusammen. »Mike, das ist abstoßend! Ich hoffe, daß ich sterbe, bevor ich so aussehe.«

»Das ist schön.«

»Mike!« protestierte Jill. »Du hast einen gräßlichen Geschmack – schlimmer als Duke.«

Normalerweise hätte Mike auf diese Behauptung hin den Mund gehalten und die Nacht damit verbracht, seinen Fehler zu groken zu versuchen. Aber diesmal gab es für ihn keinen Zweifel. »Das ist Schönheit«, behauptete er. »Sie hat ihr eigenes Geischt. Ich groke es.«

»Jill«, warf Anne ein, »Mike hat recht.«

»*Was?* Anne! Gefällt dir das etwa?«

»Es erschreckt mich. Aber das Buch läßt sich an drei Stellen wie von selbst öffnen, und dieses Bild hat Jubal sich öfter als die anderen angesehen.«

»Ich kaufe es«, entschied Mike.

Anne rief im Rodin-Museum in Paris an und wäre fast ausgelacht worden. Ein Werk des Meisters verkaufen? Ausgeschlossen! Sie dürfen nicht einmal reproduziert werden. Nein, nein, nein! Allein diese Vorstellung!

Aber für den Marsmenschen war nichts unmöglich. Anne rief Bradley an; zwei Tage später erwiderte er ihren Anruf. Als Geschenk der französischen Regierung – die nur zur Bedingung machte, daß die Statue nicht öffentlich ausgestellt wurde – würde Mike eine hundertprozentig exakte Bronzekopie der Statue erhalten, die als ›Die einstmals schöne Heaulmière‹ bekannt war.

Geschenke auszusuchen war gut und lehrte Mike, den Wert des Geldes zu erkennen. Aber er vergaß auch die anderen Dinge nicht, die er zu groken beabsichtigte. Jubal entschuldigte Mike zweimal bei Senator Boone, ohne etwas davon zu sagen, und Mike merkte nichts; seinem Zeitgefühl nach war ›am nächsten Sonntag‹ ein sehr dehnbarer Begriff. Aber die nächste Einladung war an Mike adressiert; Boone wurde von Oberstbischof Digby gedrängt und spürte, daß Harshaw verhindern wollte, daß Mike die Einladung wirklich annahm.

Mike kam damit zu Jubal. »Und?« knurrte Harshaw. »Willst du hin? Du brauchst natürlich nicht.«

Ein Taxi mit einem menschlichen Piloten (Harshaw weigerte sich, ein Robottaxi zu besteigen) kam am nächsten Sonntagmorgen, um Mike, Jill und Jubal zum Erzengel-Foster-Tabernakel der Kirche der Neuen Verkündigung zu bringen.

23

Auf dem Wege zur Kirche gab Harshaw sich große Mühe, Mike zu warnen – aber Mike begriff nicht recht, wovor er gewarnt werden sollte. Er hörte zu, sah interessiert nach draußen und speicherte zunächst nur alles, was Jubal sagte. »Hör zu, mein Junge«, mahnte Harshaw eindringlich, »diese Fosteriten sind hinter deinem Geld her. Und sie rechnen mit einem Prestigezuwachs, wenn der Marsmensch sich ihnen anschließt. Sie werden sich bemühen, dich einzuwickeln, deshalb mußt du fest bleiben.«

»Wie bitte?«

»Verdammt noch mal, du hörst gar nicht zu.«

»Tut mir leid, Jubal.«

»Schön ... versuchen wir es anders. Die Religion tröstet viele, und vielleicht verkündet irgendeine Sekte tatsächlich die letzte Wahrheit. Aber in den meisten Fällen wird nur die Arroganz der Gemeindemitglieder gefördert. Die Kirche, der ich früher angehört habe, hat mir versichert, ich sei besser als andere Menschen; ich war ›gerettet‹, sie waren ›verdammt‹ – und wir waren die Gläubigen, die anderen waren ›Heiden‹. Und unter ›Heiden‹ waren Leute wie unser Bruder Mahmoud zu verstehen. Grobschlächtige Bauernlümmel, die selten badeten und ihre Felder nach dem Mond bestellten, behaupteten auf unverschämte Art, die Rätsel des Universums lösen zu können. Das gab ihnen das Recht, alle Außenseiter von oben herab zu betrachten. Wir genossen es, daß der Allmächtige es so besonders gut mit uns meinte, und wir freuten uns darüber, wie schlecht es den andern beim Jüngsten Gericht gehen würde. Wir ...«

»Jubal!« protestierte Jill. »Das grokt er nicht.«

»Was? Oh, tut mir leid. Ich sollte eigentlich Pfarrer werden; das färbt manchmal ab.«

»Allerdings!«

»Ruhig, Jill. Ich wäre auch ein guter geworden, wenn ich nicht zu lesen begonnen hätte. Mit etwas mehr Selbstvertrauen und weniger Wissen hätte ich einen guten Evangelisten abgegeben. Vielleicht waren wir dann heute zum ›Erzengel-Harshaw-Tabernakel‹ unterwegs.«

Jill fuhr zusammen. »Jubal! Nicht so kurz nach dem Frühstück!«

»Das ist mein voller Ernst. Ein Hochstapler weiß, daß er lügt; das engt seinen Wirkungskreis ein. Aber ein erfolgreicher Prediger glaubt, was er sagt – und dieser Glaube ist ansteckend. Mir fehlte nur das Vertrauen in meine eigene Unfehlbarkeit, sonst wäre ich bestimmt erfolgreich gewesen...« Jubal runzelte die Stirn. »Das beunruhigt mich an den Fosteriten, Jill. Sie meinen es ehrlich, glaube ich. Und Mike fällt auf alles herein, was ehrlich wirkt.«

»Was können sie ihm deiner Meinung nach anhaben?« fragte Jill.

»Sie können ihn bekehren und dann sein Vermögen an sich bringen.«

»Ich dachte, du hättest dagegen vorgesorgt?«

»Nein, ich habe nur erreicht, daß niemand es ihm gegen seinen Willen abknöpfen kann. Wollte er es auf der Straße verschenken, würde die Regierung eingreifen. Aber die Sache sieht anders aus, wenn er es einer politisch einflußreichen Kirche vermacht.«

»Warum?«

Jubal runzelte die Stirn. »Eine Kirche ist juristisch neutral, meine Liebe. Sie bezahlt keine Steuern, braucht keine Bilanzen zu veröffentlichen und ist jeder Inspektion, Durchsuchung oder Kontrolle entzogen – und eine Kirche ist *alles*, was sich selbst als Kirche bezeichnet. Es hat schon Versuche gegeben, zwischen ›Kirchen‹ und bloßen ›Sekten‹ zu unterscheiden, aber das hat sich als unmöglich erwiesen. Alle Kirchen sind gleich immun, aber je größer ihr politischer Einfluß ist, desto weniger haben sie von außen zu befürchten. Falls Mike sich zum Fosterismus bekehren läßt, seiner Kirche sein ganzes Vermögen vermacht... und eines Tages im Morgengrauen ›gen Himmel fährt‹, kann niemand etwas dagegen einwenden.«

»Oh, du lieber Gott. Und ich dachte immer, Mike sei jetzt endlich in Sicherheit.«

»Solange er lebt, ist er in Gefahr.«

»Was willst du dagegen unternehmen, Jubal?«

»Nichts. Wir können nur abwarten und hoffen.«

Mike speicherte ihre Unterhaltung, ohne sie zunächst zu groken. Ihm war klar, daß dieses Thema sich in seiner Sprache mit wenigen Worten ausdrücken ließ – aber auf Englisch war es erstaunlich schwierig. Am besten wartete er geduldig ab; Jill lernte seine Sprache, und er würde es ihr später erklären. Sie würden es gemeinsam groken.

Senator Boone erwartete sie auf der Landeplattform des Tabernakels. »Hallo, Freunde! Gott segne euch an diesem schönen Sabbat. Mister Smith, ich freue ich, Sie hier begrüßen zu können. Und Sie natürlich auch, Doc.« Er nahm seine Zigarre aus dem Mund und sah zu Jill hinüber. »Und diese junge Dame – habe ich Sie nicht im Palast gesehen?«

»Richtig, Senator. Ich bin Gillian Boardman.«

»Ganz recht, meine Liebe. Sind Sie gerettet?«

»Äh, nein, Senator.«

»Dazu ist es nie zu spät. Wir würden uns freuen, wenn Sie dem Gottesdienst für Sucher im Äußeren Tabernakel beiwohnen wollten – ich lasse Sie von einem Schutzengel hinführen. Mister Smith und der Doc kommen mit mir ins Allerheiligste.«

»Senator...«

»Ja, Doc?«

»Wenn Miß Boardman nicht mitkommen kann, besuchen wir am besten alle den Gottesdienst. Sie ist seine Krankenpflegerin.«

Boone runzelte besorgt die Stirn. »Ist er krank?«

Jubal zuckte mit den Schultern. »Als sein Arzt habe ich lieber eine Krankenschwester in der Nähe. Mister Smith ist nicht an unsere Verhältnisse gewöhnt. Am besten fragen wir ihn selbst. Mike, soll Jill uns begleiten?«

»Ja, Jubal.«

»Aber... Meinetwegen, Mister Smith.« Boone nahm die Zigarre aus dem Mund und pfiff schrill auf zwei Fingern. »Cherub!«

Ein Sechzehnjähriger mit wallendem Gewand, aufgeklebten Flügeln und blonden Locken kam herbei.

»Flieg ins Büro hinauf und hol mir eine Pilgerplakette«, wies Boone ihn an. »Das Kennwort heißt ›Mars!‹«

»Mars!« wiederholte der Junge und verschwand mit einem Zwanzigmetersatz; Jill merkte jetzt, warum sein Gewand so weit war: es verbarg einen auf den Rücken geschnallten Treibsatz.

»Wir müssen auf die Plaketten aufpassen«, erklärte Boone ihnen. »Es gibt genügend Leute, die Gottes Freuden kosten möchten, ohne sich ihrer Sünden entledigt zu haben. Kommen Sie, wir sehen uns um, bis die Plakette gebracht wird.«

Sie drängten sich durch die Menge, betraten das Tabernakel und standen in einem langen Säulengang. »Jeder Tourist oder Gottesdienstbesucher – unsere Gottesdienste finden Tag und Nacht zu jeder vollen Stunde statt – muß hier durch. Und was sieht er dabei? Diese frommen Verlockungen.« Boone deutete auf die Spielautomaten zwischen den Säulen. »Die Bar und der Schnellimbiß liegen dort hinten – er kann also nicht einmal einen Schluck trinken, ohne an den Maschinen vorbeizugehen. Ich sage Ihnen, man muß schon ein hartgesottener Sünder sein, um nicht sein Kleingeld hierzulassen.

Aber wir nehmen ihm nicht sein Geld ab, ohne ihm etwas dafür zu geben. Hier...« Boone trat an einen Automaten und legte der dort spielenden Frau eine Hand auf die Schulter. »Bitte, Tochter.«

»Gern, Bischof«, antwortete sie lächelnd.

»Gottes Segen. Wie Sie sehen«, fuhr Boone fort und steckte einen Quarter in den Schlitz, »wird der Sünder auch dann mit einem Bibelzitat belohnt, wenn er nichts gewinnt.«

Die Walzen drehten sich nicht mehr; im Fenster erschienen die Worte: GOTT – SIEHT – DICH

»Dafür gibt es drei zu eins«, sagte Boone und griff nach seinem Gewinn, »und hier ist das Bibelzitat.« Er riß den Papierstreifen ab und gab ihn Jill. »Behalten Sie ihn, junge Dame, und denken Sie darüber nach.«

Jill warf einen Blick auf den Zettel, bevor sie ihn in ihre Handtasche steckte: *›Aber der Bauch des Sünders ist voller Kehricht. – N. V. XXII/17‹*

»Ihnen ist bestimmt auch aufgefallen, daß der Gewinn nicht aus Bargeld, sondern aus Spielmarken besteht, die erst am Ausgang eingewechselt werden können. Bis dahin hat der Sünder noch viel Gelegenheit zu frommen Opfern – oder er spielt weiter und gewinnt andere Bibelzitate. Der kumulative Effekt ist gewaltig! Einige unserer frommsten Schafe haben hier angefangen.«

»Das glaube ich«, stimmte Jubal zu.

»Besonders wenn sie den Hauptgewinn erzielen«, versicherte Boone ihm. »Jede Kombination ist ein Segen, aber beim Hauptgewinn erscheinen drei göttliche Augen nebeneinander. Das ist ein Anblick, während es gleichzeitig Manna vom Himmel regnet! Es hat schon Leute gegeben, die dabei ohnmächtig geworden sind. Hier, versuchen Sie es einmal, Mister Smith.« Er bot Mike eine Spielmarke an.

Mike zögerte. Jubal nahm Boone die Spielmarke aus der Hand. »Ich versuche es gern, Senator.« Er warf die Spielmarke ein.

Mike hatte sich unterdessen mit dem Spielautomaten befaßt, hatte sein Inneres untersucht und war jetzt soweit, daß er sich fragte, was dieser ›Hauptgewinn‹ sein mochte. Da ihm nichts einfiel, hielt er die drei Walzen so an, daß die drei Augen sichtbar wurden; das tat er, ohne etwas Böses im Sinn zu haben.

Eine Glocke erklang, ein Chor sang ›Hosianna!‹, die Maschine wurde von innen heraus beleuchtet und begann Spielmarken auszuspucken. Boone lächelte begeistert. »Gott segne Sie, Doc – heute ist wirklich Ihr Glückstag! Hier, werfen Sie gleich wieder etwas ein, damit der nächste Hauptgewinn ausgezahlt werden kann.« Er steckte eine Marke in den Schlitz.

Mike fragte sich, warum das alles passiert war, deshalb ließ er die drei Augen wieder nebeneinander erscheinen. Die Ereignisse wiederholten sich, aber der Geldstrom war zu einem unbedeutenden Rieseln geworden. Boone starrte Harshaw an. »Hmm, da soll mich doch der... Gottes Segen! Eigentlich sind zwei Gewinne nacheinander unmöglich. Aber ich sorge dafür, daß Sie beide ausgezahlt bekommen.« Er warf rasch die nächste Spielmarke ein.

Mike wollte noch immer wissen, weshalb dies der ›Hauptgewinn‹ war. Die drei Augen erschienen zum drittenmal.

Boone wischte sich den Schweiß von der Stirn. Jill drückte Mikes Hand und flüsterte: »Mike... hör endlich auf!«

»Jill, ich wollte nur...«

»Kein Wort! Hör einfach auf. Warte nur, bis wir nach Hause kommen!«

»Ich weiß nicht recht, ob ich das als Wunder bezeichnen soll«, sagte Boone langsam. »Wahrscheinlich braucht der Kasten einen Mechaniker.« Er rief: »Cherub hierher!« und fügte hinzu: »Wir müssen noch einmal einwerfen.«

Diesmal drehten sich die Walzen ohne Mikes Zutun und verkündeten: FOSTER – LIEBT – DICH. Ein Cherub tauchte auf. »Glück und Frieden«, sagte er lächelnd. »Brauchen Sie Hilfe?«

»Drei Hauptgewinne«, erklärte Boone ihm.

»Drei?«

»Hast du die Musik nicht gehört? Wir gehen in die Bar; bring das Geld dorthin. Und sieh zu, daß dieser Automat überprüft wird.«

»Ja, Bischof.«

Boone führte sie in die Bar. »Wir müssen weiter, bevor Sie uns bankrott machen«, meinte er jovial. »Doc, haben Sie immer soviel Glück?«

»Immer«, behauptete Harshaw. Er *wußte* natürlich nicht, daß der Junge etwas damit zu tun hatte... aber er wünschte sich, dieser Besuch wäre schon zu Ende.

Boone ging mit ihnen an die Bar. »Genügt das – oder möchte die junge Dame an einem Tisch sitzen?«

»Danke, mir gefällt es hier recht gut.« (Wenn du mich noch mal ›junge Dame‹ nennst, hetze ich Mike auf dich!)

Der Barkeeper kam heran. »Glück und Segen. Wie üblich, Bischof?«

»Doppelt. Was darf's sein, Doc? Und Mister Smith? Bestellen Sie; Sie sind Gäste des Oberstbischofs.«

»Danke. Bitte einen Scotch mit Wasser.«

»Danke. Bitte einen Scotch – aber ohne Wasser«, bestellte Mike. Wasser war nicht entscheidend, aber er wollte es trotzdem nicht hier trinken.

»Und die junge Dame?« wollte Boone wissen. »Cola? Milch für die rosigen Wangen? Oder ein echter Drink in Gesellschaft von Erwachsenen?«

»Senator«, fragte Jill, »dürfte ich um einen Martini bitten?«

»Klar! Die besten Martinis der Welt – wir verwenden keinen Wermut, sondern segnen sie statt dessen. Einen doppelten Martini für die junge Dame, Sohn. Aber etwas dalli!« Er wandte sich an Harshaw. »Wir haben gerade noch Zeit für einen Schluck, bevor wir Erzengel Foster besuchen und ins Allerheiligste gehen, um den Oberstbischof predigen zu hören.«

Gleichzeitig mit den Drinks kamen die drei Hauptgewinne an. Sie tranken mit Boones Segen und stritten sich dann darüber, wem die dreihundert Dollar gehören sollten. Jubal entschied den Streit schließlich, indem er das Geld in die nächste Opferschale warf.

Boone nickte zustimmend. »Kein schlechter Anfang, Doc. Passen Sie auf, wir retten Sie noch!« Er lächelte zufrieden. »Noch eine Runde?«

Jill wünschte sich, Jubal oder Mike würden nicken. Aber niemand sagte etwas. Boone führte sie eine Treppe hinauf und blieb vor einem geschlossenen Gittertor stehen und sagte: »Bischof Boone und drei Pilger, die Gäste des Oberstbischofs sind.«

Das Tor öffnete sich geräuschlos. Ein langer Gang führte in einen großen Raum, der Jill an ein luxuriöses Bestattungsunternehmen erinnerte. Hier erklang jedoch fröhliche Musik, und Jill hätte am liebsten getanzt.

Die Rückwand des Saals bestand aus Glas, das durch ein besonderes Verfahren unsichtbar gemacht worden war. »Jetzt sind wir in *seiner* Gegenwart, Leute«, stellte Senator Boone fest und deutete mit seiner Zigarre nach vorn. »Sieht er nicht ganz natürlich aus? Er ist durch ein Wunder in diesem Zustand bewahrt worden. Das ist übrigens der Stuhl, in dem er seine Botschaften niedergeschrieben hat... und in dieser Haltung ist er gen Himmel gefahren. Er ist nie vom Fleck bewegt worden – wir haben das Tabernakel um ihn herum errichtet.«

Fünf oder sechs Meter von ihnen entfernt saß ein alter Mann in einem Sessel, der auffällig an einen Thron erinnerte. Er wirkte durchaus lebendig – und Jill dachte bei seinem Anblick an einen alten Ziegenbock.

»Ist das ein Ältester, mein Bruder?« fragte Mike auf Marsianisch.

»Vielleicht, Mike. Die andern behaupten es.«

»Ich groke aber keinen Ältesten«, antwortete er.

»Ich weiß nichts davon.«

»Ich groke etwas Falsches.«

»Mike! Reiß dich zusammen!«

»Ja, Jill.«

»Was hat er gesagt, junge Dame?« wollte Boone wissen. »Kann ich Ihnen etwas erklären, Mister Smith?«

»Oh, das war ganz unwichtig, Senator«, versicherte Jill ihm hastig. Jubal kam ihr zur Hilfe, indem er fragte: »Müssen wir jetzt nicht zum Gottesdienst weiter?«

Sie verließen den Raum. Jill zitterte noch immer; sie hatte Angst gehabt, daß Mike diesem Ausstellungsstück etwas antun würde – und dann wären sie bestimmt gelyncht worden!

Zwei Wachtposten versperrten ihnen mit gekreuzten Hellebarden den Zutritt ins Allerheiligste. »He, was soll der Unsinn?« fragte Boone unwillig. »Diese Pilger hier sind Gäste des Oberstbischofs. Wo sind ihre Plaketten?«

Die Besucher erhielten ihre Plaketten. »Folgen Sie mir bitte, Bischof«, sagte ein Cherub und ging ihnen voran in eine Loge, von der aus man den besten Blick auf die Bühne hatte. Boone wollte neben Mike sitzen, aber Harshaw war schneller; Mike saß schließlich zwischen Jubal und Jill.

Die Loge war luxuriös eingerichtet – verstellbare Sitze, Aschenbecher, Klapptische für Erfrischungen. Sie saßen über der Gemeinde und kaum dreißig Meter vom Altar entfernt. Vor ihnen feuerte ein muskulöser junger Priester die Gläubigen an, die singend, stampfend und stöhnend durch den riesigen Innenraum der Kirche zogen. Jill spürte den Rhythmus und mußte zugeben, daß sie gern mitgemacht hätte, was mehr und mehr Gläubige taten.

»Der Junge hat Zukunft«, meinte Boone anerkennend. »Ich habe schon mit ihm gepredigt und kann bestätigen, daß er die Leute erstklassig in Schwung bringt. Reverend Jackerman – er war früher ein bekannter Footballspieler.«

»Tut mir leid, aber ich sehe mir die Spiele nie an«, meinte Jubal entschuldigend.

»Wirklich nicht? In der Hauptsaison bleiben die meisten Gläubigen nach dem Gottesdienst hier, essen eine Kleinigkeit und sehen sich das Spiel des Tages an. Hinter dem Altar ist das größte Stereogerät der Welt installiert. Die Leute sehen hier besser als zu Hause und haben mehr Spaß dabei, weil sie in Gesellschaft sind.« Er pfiff. »Cherub! Hierher!«

»Ja, Bischof?«

»Sohn, du bist so schnell wieder verschwunden, daß ich gar nichts bestellen konnte.«

»Tut mir leid, Bischof.«

»Dadurch kommst du nicht in den Himmel, Sohn. Sieh lieber zu, daß du deine Arbeit richtig tust. Wieder die gleichen Drinks, Leute?« Er bestellte und fügte hinzu: »Bring mir eine Handvoll Zigarren aus der Bar mit.«

»Wird gemacht, Bischof.«

»Gott segne dich, Sohn. Augenblick...« Die Tanzenden kamen eben unter ihnen vorbei; Boone legte sich über die Logenbrüstung und legte beide Hände an den Mund. »Dawn! He, *Dawn*!« Eine junge Frau sah zu ihm auf und lächelte. »Noch einen Whisky Sour«, fügte Boone hinzu.

Die Frau kam gleichzeitig mit den Drinks. Boone bot ihr einen Platz an. »Das ist Dawn Ardent. Meine Liebe, das dort drüben ist Miß Boardman... und dies ist der berühmte Doktor Jubal Harshaw...«

»Wirklich? Doktor, ich finde Ihre Stories einfach wunderbar!«

»Vielen Dank.«

»Ich höre mir fast jeden Abend eine an, weil ich dabei am besten einschlafen kann.«

»Mehr kann kein Schriftsteller erwarten«, sagte Harshaw mit todernstem Gesicht.

»Noch etwas, Dawn«, warf Boone ein. »Der junge Mann zwischen den beiden ist... Mister Valentine Michael Smith, der Marsmensch.«

Sie riß die Augen auf. »Oh, du lieber Gott!«

Boone grinste zufrieden. »Na, das war aber eine Überraschung, was?«

»Sind Sie wirklich der Marsmensch?« erkundigte Dawn sich.

»Ja, Miß Dawn Ardent.«

»Nennen Sie mich einfach ›Dawn‹. Nein, diese Überraschung!«

Boone tätschelte ihre Hand. »Weißt du nicht, daß es eine Sünde ist, am Wort eines Bischofs zu zweifeln? Meine Liebe, wie würde es dir gefallen, dem Marsmenschen den Weg zum Licht zu zeigen?«

»Oh, das wäre himmlisch!«

(Das glaube ich, du Flittchen! sagte Jill zu sich selbst.) Sie wurde immer wütender, je länger Miß Ardent bei ihnen blieb. Ihr Kleid hatte lange Ärmel, war hochgeschlossen – und so durchsichtig, daß deutlich zu erkennen war, daß die üppige Miß Ardent darunter nur ihre gebräunte Haut trug. Ihre Aufmachung war im Gegensatz zur Kleidung der meisten anderen Damen geradezu züchtig, aber bei näherer Betrachtung erwies sich dieser erste Eindruck als Irrtum. Nach Jills Meinung sah Dawn Ardent aus, als sei sie eben aus dem Bett gekrochen und wolle gleich wieder dorthin zurück – möglichst mit Mike.

»Ich spreche noch mit dem Oberstbischof darüber, meine Liebe. Geh jetzt wieder nach unten. Jackerman braucht dich.«

»Ja, Bischof. Freut mich, Sie kennengelernt zu haben, Doktor und Miß Broad. Hoffentlich sehen wir uns bald wieder, Mister Smith. Ich werde für Sie beten.« Sie schlängelte sich davon.

»Ein nettes Mädchen«, meinte Boone anerkennend. »Schon mal ihren Auftritt gesehen, Doc?«

»Nein, ich glaube nicht. Wo tritt sie auf?«

»Wissen Sie das nicht?«

»Nein.«

»Haben Sie ihren Namen nicht verstanden? Das war Dawn Ardent – die bestbezahlte Striptease-Tänzerin von ganz Kalifornien. Sie arbeitet unter einem Spezialscheinwerfer, dessen Blende sich immer weiter schließt, und wenn sie bei den Schuhen ist, wird nur ihr Gesicht beleuchtet, so daß man eigentlich gar nichts sieht. Sehr wirkungsvoll. Würden Sie beim Anblick dieses Gesichts glauben, daß Dawn früher ein sündiges Leben geführt hat?«

»Nein, das kann ich nicht glauben.«

»Es stimmt aber. Sie erzählt es Ihnen bestimmt gern, wenn Sie danach fragen. Am besten kommen Sie zu einer Generalbeichte für Suchende – ich verständige Sie, wenn sie mit dabei ist. Dawn arbeitet wirklich eifrig mit und fliegt samstags nach der letzten Show hierher, um in der Sonntagsschule zu unterrichten. Sie hat die Glücksklasse für junge Männer übernommen, deren Teilnehmerzahl sich seitdem verdreifacht hat.«

»Das glaube ich«, murmelte Jubal. »Und wie alt sind diese glücklichen ›jungen Männer‹?«

Boone lachte. »Mich legen Sie damit nicht herein, Sie alter Teufel – Sie haben Dawns Motto bereits irgendwo gehört: ›Nie zu alt, um jung zu sein.‹ «

»Nein, wirklich nicht.«

»Sie können nicht daran teilnehmen, bevor Sie das Licht gesehen und sich einer Reinigung unterzogen haben. Dies hier ist die Einzige Wahre Kirche, Pilger, nicht eine jener teuflischen Fallen, die sich ›Kirchen‹ nennen, um die Unwissenden anzulocken. Zuerst muß man *gerettet* sein, um... Oh, oh, die Kameras laufen gleich.« In jeder Ecke des großen Raums blinkten grüne Lichter. »Jetzt bekommen Sie endlich etwas zu sehen!«

Die Tanzenden zogen weiter durch die Kirche, während die in den Bänken zurückgebliebenen Gläubigen den Takt klatschten. Kirchendiener waren damit beschäftigt, Ohnmächtige vom Boden aufzuheben; dabei handelte es sich meist um Frauen, die sich mit Schaum vor dem Mund in Krämpfen wanden. Sie wurden vor den Altar gelegt und blieben dort liegen. Boone deutete mit seiner Zigarre auf eine hagere Rothaarige mit zerfetztem Kleid. »Sehen Sie die Frau da? Seit über einem Jahr spricht der Geist bei dem Gottesdienst aus ihr. Sie könnte jederzeit gen Himmel fahren, so vorbereitet ist sie schon... Möchte jemand noch einen Schluck? Sobald die Kameras laufen, dauert die Bedienung ziemlich lange.«

Mike ließ sich sein Glas erneut füllen. Im Gegensatz zu Jill genoß er diese Szene. Er war zutiefst enttäuscht gewesen, als er entdeckte, daß der »Älteste« nur verdorbenes Fleisch war, aber jetzt nahm er alle Einzelheiten des Tumults unter ihm auf. Er fühlte sich an eine marsianische Wasserzeremonie erinnert und hätte sich den Tanzenden am liebsten angeschlossen.

Er sah Miß Dawn Ardent – vielleicht würde sie ihn einladen. Er brauchte sie nicht nach Größe und Gestalt zu erkennen, obwohl sie so groß wie sein Bruder Jill war und fast den gleichen Korperbau hatte. Aber Miß Dawn Ardent hatte ihr eigenes Gesicht, in dem Schmerzen und Sorgen und Wachstum ihre Spuren unter dem warmen Lächeln zurückgelassen hatten. Er fragte sich, ob Miß Ardent eines Tages bereit sein würde, sein Wasserbruder zu werden. Vor Senator Bischof Boone mußte er sich in acht nehmen, und er war froh, daß Jubal nicht zugelassen hatte, daß sie nebeneinander saßen. Aber er bedauerte es, daß Miß Dawn Ardent fortgeschickt worden war.

Miß Dawn Ardent sah nicht auf. Sie tanzte an der Spitze des Zuges davon.

Der Mann auf der Plattform hob beide Arme, bis einigermaßen Ruhe herrschte. Dann ließ er sie singen. »Wer ist *glücklich*?«

»WIR SIND GLÜCKLICH!«

»Warum?«

»Gott... LIEBT UNS!«

»Woher *wißt* ihr das?«

»FOSTER HAT ES UNS GESAGT!«

Reverend Jackerman trat an den Rand der Plattform und legte eine Hand hinters Ohr.

»Wir... wollen... *Digby*!«

»Wen?«

»Wir... wollen... *Digby*!«

»Lauter! Er muß euch hören!«

»WIR – WOLLEN – DIG – BY!« Klatsch, klatsch, stampf, stampf. »WIR – WOLLEN – DIG – BY!« Klatsch, klatsch, stampf, stampf! »WIR – WOLLEN...«

So ging es weiter, bis das Gebäude zu schwanken begann. Jubal lehnte sich zu Boone hinüber. »Wollen Ihre Leute Samson imitieren?«

»Keine Angst«, beruhigte Boone ihn, ohne die Zigarre aus dem Mund zu nehmen. »Die Kirche ist so konstruiert, daß sie schwanken kann. Das fördert den Glauben.«

Die Scheinwerfer wurden abgedunkelt, der Vorhang hinter dem Altar glitt zur Seite; im Rampenlicht erschien Oberstbischof Digby – lächelnd und in der Pose eines siegreichen Boxers.

Die Gläubigen empfingen ihn mit Beifall, und er warf ihnen Kußhände zu. Auf dem Weg zur Kanzel blieb er bei einer der Frauen stehen, die noch immer bewußtlos waren; er küßte sie, ließ sie wieder zu Boden sinken, ging weiter – und kniete dann neben der hageren Rothaarigen nieder. Er streckte eine Hand aus und bekam ein Mikrofon hineingedrückt.

Digby legte der Rothaarigen einen Arm um die Schultern und hielt ihr das Mikrofon an die Lippen. Mike verstand kein Wort; er bezweifelte sogar, daß sie Englisch sprach. Der Oberstbischof übersetzte das Gesagte in den Sprechpausen.

»Erzengel Foster ist bei uns...

Er ist zufrieden mit euch. Küßt die Schwester rechts neben euch...

Erzengel Foster liebt euch. Küßt die Schwester links neben euch...

Er hat eine Botschaft für einen von euch.«

Die Rothaarige murmelte etwas; Digby zögerte unschlüssig. »Was hast du gesagt? Lauter, ich bitte dich.« Die Frau stieß einige unverständliche Worte hervor, und Digby sah lächelnd auf. »Seine Botschaft ist für einen Pilger von einem anderen Planeten bestimmt – für Valentine Michael Smith, den Marsmenschen! Wo sind Sie, Valentine Michael? Stehen Sie auf, damit wir Sie sehen können!«

Jill wollte Mike daran hindern, diesen Befehl auszuführen, aber Jubal knurrte: »Dagegen sind wir machtlos. Laß ihn aufstehen. Wink ihnen zu, Mike. Setz dich wieder.« Mike gehorchte bereitwillig und hörte verblüfft, daß die Gläubigen jetzt seinen Namen riefen: »Wir wollen *Smith*!... Wir wollen *Smith*!«

Die Predigt schien ebenfalls ihm zu gelten, aber er verstand kaum etwas davon. Digby sprach Englisch, aber die Gemeinde unterbrach ihn so oft mit ›Halleluja!‹ und ›Hosianna!‹ und Beifall, daß Mike völlig verwirrt wurde.

Nach der Predigt überließ Digby die Gläubigen wieder dem jungen Reverend Jackerman und verschwand; Boone erhob sich. »Kommt, Leute«, forderte er seine Gäste auf, »wir gehen, bevor der große Andrang einsetzt.«

Mike folgte an Jills Hand. Sie betraten einen Korridor, der die Kopie eines mittelalterlichen Kreuzgangs war. »Kommen wir hier zum Parkplatz?« erkundigte Jubal sich mißtrauisch. »Ich habe meinen Fahrer warten lassen.«

»Wie bitte?« fragte Boone. »Ja, immer geradeaus. Aber wir besuchen jetzt den Oberstbischof.«

»*Was!*« Jubal starrte ihn an. »Nein, wir müssen wirklich nach Hause, Senator.«

Boone schüttelte den Kopf. »Doktor, der Oberstbischof erwartet uns. Sie müssen ihm wenigstens Ihre Aufwartung machen. Schließlich sind Sie alle seine Gäste.«

»Meinetwegen«, stimmte Jubal widerwillig zu. »Aber sind dort viele Leute? Mike hat heute schon genug Aufregung gehabt.«

»Nur der Oberstbischof.« Boone öffnete eine Aufzugtür; kurze Zeit später wurden sie in den Salon von Digbys Apartment geführt.

Eine Tür öffnete sich. Digby kam herein. Er war in ein wallendes weißes Gewand gekleidet und hatte Sandalen an den Füßen. Er lächelte freundlich. »Tut mir leid, daß ich zu spät komme, Leute – aber ich muß nach jeder Predigt duschen. Einfach unglaublich, wie man beim Kampf mit dem Satan ins Schwitzen gerät. Das ist also der Marsmensch? Gott segne Sie, Sohn. Willkommen im Hause des Herrn. Erzengel Foster möchte, daß Sie sich wie zu Hause fühlen. Er wacht über Sie.«

Mike gab keine Antwort. Jubal stellte erstaunt fest, wie klein Digby war. Trug er sonst Schuhe, die ihn größer machten? Oder lag es an der Beleuchtung? Der Mann erinnerte Jubal an einen Gebrauchtwagenverkäufer – und an... richtig! An ›Professor‹ Simon Magus, Becky Veseys längst verstorbenen Mann. Von diesem Augenblick an stand Jubal dem Oberstbischof weniger unfreundlich gegenüber. Simon war ein liebenswerter Scharlatan gewesen...

Digby wandte sich an Jill, die verblüfft feststellte, daß er sich über sie informiert zu haben schien. »Ich habe tiefen Respekt vor Ihrem Beruf, der gleichzeitig eine Berufung ist, meine Tochter. Ich weiß, daß Sie noch nicht zu uns gehören – aber Ihr Dienst an der Menschheit hat Gottes Segen.«

Er sprach Jubal an. »Das gilt auch für Sie, Doktor. Erzengel Foster sagt uns, daß wir die Pflicht haben, glücklich zu sein, und ich habe mich selbst schon oft bei einer Ihrer Stories erholt und neue Kraft für den Kampf mit dem Bösen gesammelt.«

»Äh, vielen Dank, Bischof«, antwortete Harshaw. Er mußte zugeben, daß Digby ein guter Gastgeber war; das Essen, der Kaffee und der Cognac waren erstklassig. Mike schien nervös zu sein, als Digby ihn zur Seite zog, um ungestört mit ihm reden zu können – aber schließlich mußte er sich daran gewöhnen, andere Leute kennenzulernen.

Boone zeigte Jill Foster-Reliquien, die in einem großen Glaskasten aufbewahrt wurden; Jubal beobachtete die beiden amüsiert, während er Toast mit Gänseleberpastete bestrich. Er hörte eine Tür klicken und sah sich um; Digby und Smith waren verschwunden. »Wo sind sie, Senator?«

»Wen meinen Sie, Doktor?«

»Mister Smith und Bischof Digby.«

Boone schien die geschlossene Tür erst jetzt zu sehen. »Oh, sie sind dort drin. Das ist ein Raum für Privataudienzen. Haben Sie ihn vorher nicht gesehen, als der Oberstbischof Sie herumgeführt hat?«

»Ja, richtig.« Jubal erinnerte sich an einen Raum mit einem Thron und einem Betstuhl. Er fragte sich, wer den Thron und wer den Betstuhl benützen würde – wenn dieser ›Bischof‹ mit Mike über Religion sprach, stand ihm eine Überraschung bevor. »Hoffentlich bleiben sie nicht allzu lange.«

»Das glaube ich nicht. Aber ich lasse Ihren Wagen inzwischen an den Privateingang des Oberstbischofs kommen. Dadurch sparen Sie gute zehn Minuten.«

»Sehr freundlich von Ihnen.«

»Sie brauchen sich nicht zu beeilen. Ich telefoniere gleich.«

Boone ging hinaus.

»Das gefällt mir nicht, Jubal«, sagte Jill sofort. »Digby wollte nur mit Mike allein sein.«

»Offensichtlich.«

»Aber das ist eine Unverschämtheit! Ich hole Mike jetzt heraus!«

»Meinetwegen«, antwortete Jubal, »aber du benimmst dich wie eine Glucke. Wenn Digby Mike bekehren will, wird er selbst bekehrt. Bleib hier und iß weiter, Jill.«

»Danke, ich habe keinen Hunger.«

»Ich würde aus der Autorengilde ausgeschlossen, wenn ich diese Gelegenheit nicht wahrnähme.« Jubal griff grinsend nach dem nächsten Toast.

Zehn Minuten später war Boone noch immer nicht zurückgekehrt. »Jubal«, sagte Jill besorgt, »ich hole Mike jetzt heraus!«

»Bitte sehr.«

Sie rüttelte an der Tür. »Abgeschlossen!«

»Das habe ich mir gedacht.«

»Können wir sie nicht aufbrechen?«

Jubal betrachtete die Tür. »Hmm, zwanzig Mann und ein Rammbock müßten genügen. Jill, die Tür ist mit Stahlplatten verstärkt.«

»Was sollen wir nur tun?«

»Meinetwegen kannst du anklopfen. Ich sehe nach, wo Boone bleibt.«

Als Jubal den Raum verließ, sah er Boone herankommen. »Tut mir leid«, entschuldigte der Senator sich, »aber ich mußte Ihren Fahrer erst suchen lassen.«

»Wir müssen nach Hause, Senator. Würden Sie das bitte Bischof Digby mitteilen?«

Boone lächelte verlegen. »Ich kann die Privataudienz nicht einfach...«

In diesem Augenblick öffnete sich die Tür, und Mike erschien auf der Schwelle. Jill eilte besorgt zu ihm.

»Ich sage dem Oberstbischof, daß Sie gehen müssen«, teilte Boone Jubal mit. Er verschwand in dem kleinen Raum und kam sofort zurück. »Der Oberstbischof ist bereits gegangen – er kann von hier aus in sein Arbeitszimmer. Seiner Auffassung nach ist jeder Abschied ein kleines Unglück. Hoffentlich sind Sie ihm deswegen nicht böse.«

»Nein, nein, durchaus nicht. Vielen Dank für diesen *äußerst* interessanten Vormittag. Danke, Sie brauchen sich nicht zu bemühen; wir finden allein hinaus.«

24

»Mike, was hältst du davon?« wollte Jubal wissen, als sie wieder im Taxi saßen.

Mike runzelte die Stirn. »Ich groke es nicht.«

»Dann sind wir zu zweit, Sohn. Was hat der Oberstbischof gesagt?«

Mike zögerte lange. »Mein Bruder Jubal, ich muß nachdenken, bevor ich groken kann.«

»Gut, dann denke nach, Sohn.«

»Jubal?« fragte Jill. »Wie können diese Leute sich das leisten?«

»Was?«

»Alles. Das ist keine Kirche, sondern ein Irrenhaus!«

»Nein, Jill. Es ist eine Kirche... und ein Spiegelbild unserer Zeit.«

»Wie meinst du das?«

»Die Neue Verkündigung ist ein alter Hut. Weder Foster noch Digby haben je einen originellen Gedanken gehabt. Sie haben die alten Tricks nur aufpoliert. Was mich an der Sache stört, ist die Tatsache, daß ich vielleicht noch erleben werde, wie wir alle daran glauben *mussen*.«

»Nein!«

»Doch! Die Fosteriten wissen, was die Menschen glauben wollen, und Digby erzählt ihnen tagtäglich: ›Habt keine Angst; seid *glücklich!*‹«

»Richtig«, stimmte Jill zu, »und er arbeitet wirklich schwer...«

»Unsinn! Er *spielt* alles nur.«

»Nein, ich hatte den Eindruck, er habe alles seiner Arbeit geopfert, um...«

»Unsinn!« wiederholte Jubal streng. »Jill, auf der ganzen Welt gibt es keinen verworreneren Ausdruck als den Begriff ›Altruismus‹. Die Leute tun immer nur, was ihnen Spaß macht. Der Schelm und der Heilige treffen im Grunde genommen die gleiche Wahl auf anderer Ebene. Digby läßt sich jedenfalls auch nichts abgehen, wie du selbst gesehen hast.«

»Was ist er deiner Meinung nach, Jubal – ein Schelm oder ein Heiliger?«

»Gibt es da einen Unterschied?«

»Jubal, dein Zynismus ist nur eine Pose! Natürlich gibt es einen Unterschied!«

»Richtig«, bestätigte Harshaw. »Der Heilige ist zehnmal gefährlicher.« Er grinste. »Jill, was hat dir an dem Gottesdienst mißfallen?«

»Nun... *alles*. Das ist doch kein Gottesdienst!«

»Weil er nicht dem entspricht, was du in deiner Jugend in der Kirche gesehen hast? Stell dir vor, in Rom und Mekka sieht die Sache auch anders aus.«

»Ja, aber... aber, was die Fosteriten tun, erinnert wirklich nicht mehr an einen Gottesdienst! Tänze... Spielautomaten... sogar eine Bar! Das ist einfach unwürdig!«

»Findest du? Was hältst du zum Beispiel von den Regentänzen mancher Indianerstämme?«

»Das ist etwas anderes.«

»Keineswegs. Und die Spielautomaten... Hast du schon einmal Bingo in der Kirche erlebt?«

»Natürlich! Unsere Gemeinde hat damit die Hypothek für den Kirchenneubau abbezahlt. Aber nur an Freitagabenden; wir hätten nie während des Gottesdienstes gespielt.«

»Aha. Das erinnert mich an die Ehefrau, die auf ihre Tugendhaftigkeit stolz war: sie schlief nur mit anderen Männern, wenn ihr Mann verreist war.«

»Das ist etwas ganz anderes, Jubal!«

»Findest du? Jill, was am Sonntag eine Sünde ist, muß auch am Freitag sündig sein. Das groke ich jedenfalls –und der Marsmensch vermutlich auch. Die Fosteriten geben einem sogar ein Bibelzitat, wenn man verloren hat. Kann man das von Bingo auch behaupten?«

»Ein Zitat aus der Neuen Verkündigung! Boß, hast du das Ding gelesen?«

»Natürlich.«

»Dann weißt du, was ich meine. Die Neue Verkündigung hat nur den biblischen Wortschatz übernommen. Das Zeug ist teilweise widerlich süß, teilweise unsinnig... und teilweise abstoßend.«

Jubal schwieg nachdenklich. »Jill, ich könnte dir etwas mit Hilfe der Bibel beweisen, aber ich will deine Gefühle nicht verletzen.«

»Keine Angst, das tust du nicht.«

»Gut, nehmen wir lieber das Alte Testament, weil es die meisten Leute weniger stört, wenn man es zerpflückt. Du kennst doch die Geschichte mit Sodom und Gomorrha, als nur Lot gerettet wurde?«

»Ja, natürlich. Seine Frau wurde in eine Salzsäule verwandelt.«

»Richtig, aber wir haben von Lot gesprochen. Petrus nennt ihn gerecht, gottesfürchtig und redlich, aber ich kann nicht recht einsehen, wie Lot dieses Lob verdient haben soll. Er hat auf Vorschlag seines Bruders eine Weide geteilt. Er ist im Kampf gefangengenommen worden. Er ist aus der Stadt geflohen, um seine Haut zu retten. Er hat zwei Fremde beherbergt, aber sein Verhalten zeigt, daß er sie als einflußreiche Leute erkannt hatte, so daß seine angebliche Gastfreundschaft nicht viel wert war. Aber seine Tugendhaftigkeit läßt sich am besten mit einem anderen Bibelzitat beweisen. Siehe Mose neunzehn, Vers acht.«

»Was steht da?«

»Lies es selbst, sonst glaubst du mir nicht.«

»Jubal!«

»Gut, meinetwegen – aber du mußt zu Hause selbst nachsehen. Lots Nachbarn klopften an die Tür und wollten diese beiden Besucher kennenlernen. Lot diskutierte nicht mit ihnen; er bot ihnen einen Tisch an. Er hatte zwei Töchter, die beide noch Jungfrauen waren – und er hat sie diesem Mob angeboten. Die Leute sollten mit ihnen tun können, was sie wollten, wenn sie nur aufhörten, an seine Tür zu schlagen. Er hat sie sogar darum *gebeten*!«

»Jubal... steht das wirklich dort?«

»Allerdings!« Jubal schnaubte verächtlich. »Und in der Bibel wird dieser Kerl als ›rechtschaffen‹ bezeichnet.«

»Das haben wir in der Sonntagsschule nicht gehört«, gab Jill zu.

»Du kannst es selbst nachschlagen. Aber das ist nicht der einzige Schock für jemand, der die Bibel *liest*. Du brauchst nur Elisa zu nehmen. Elisa war so heilig, daß selbst seine Gebeine noch Tote zum Leben erwecken konnten – und er war ein alter Kahlkopf wie ich. Eines Tages machten sich Kinder über seine Glatze lustig, wie ihr Mädchen es tut – und Gott schickte zwei Bären, die zweiundvierzig Kinder zerrissen. So steht es im Zweiten Buch der Könige, Kapitel zwei.«

»Boß, ich habe mich noch nie über deine Glatze lustig gemacht.«

»Wer hat dann meinen Namen einem Institut für Haarkosmetik geschickt? Aber Gott weiß es jedenfalls, und wer es war, soll lieber auf Bären aufpassen.« Jubal grinste ironisch. »Der springende Punkt ist jedenfalls, daß Fosters Neue Verkündigung im Vergleich zu anderen Schriften noch harmlos ist. Bischof Digbys Vorbild ist ein netter Kerl; er will, daß die Menschen auf Erden glücklich sind, um im Himmel noch glücklicher zu werden. Er verlangt nicht, daß die Gläubigen sich kasteien. Wenn jemand trinken und spielen und tanzen und nette Mädchen kennenlernen will, kann er in die Kirche kommen und dort alles unter heiliger Aufsicht tun. Ohne Gewissensbisse!«

Jubal verzog das Gesicht. »Allerdings muß er dabei eine Voraussetzung erfüllen: Digbys Gott verlangt anerkannt zu werden. Wer dumm genug ist, um nicht nach seiner Fasson selig werden zu wollen, ist ein Sünder und verdient alles, was ihm zustößt. Aber diese Regel stellen alle Götter auf; Foster und Digby sind deswegen nicht zu tadeln.«

»Bist du schon halb bekehrt, Boß?«

»Nein! Ich halte nichts von Massenversammlungen und lasse mir nicht vorschreiben, wo ich den Sonntagvormittag verbringen soll. Ich finde es nur nicht richtig, daß du die falschen Dinge kritisierst. Vom literarischen Standpunkt aus ist die Neue Verkündigung besser und logischer als ihre Vorbilder, was allerdings nur beweist, daß Foster den Zweck dieser Übung intuitiv erfaßt hatte. Der Fosterismus bietet den Leuten, die keine psychologischen Wahrheiten vertragen können, Freuds Ethik mit Zuckerguß an, obwohl ich bezweifle, daß der alte Lüstling, der die Neue Verkündigung geschrieben hat, sich darüber im klaren war; er war nämlich kein Wissenschaftler. Sei jetzt ruhig, ich will schlafen.«

»Wer redet denn die ganze Zeit?« fragte Jill empört.

»›Das Weib führte mich in Versuchung‹«, zitierte Harshaw.

Als sie nach Hause kamen, stellten sie fest, daß Caxton und Mahmoud zu Besuch gekommen waren. Ben war zunächst enttäuscht gewesen, weil Jill fehlte, aber er hatte sich von Anne, Dorcas und Miriam schnell trösten lassen. Auch Dr. Mahmoud schien ganz damit zufrieden zu sein, Jubals Garten, die Hausbar und die Gesellschaft hübscher Mädchen zu genießen. Im Augenblick ließ er sich von Miriam und Dorcas den Rücken massieren.

Jubal nickte ihm zu. »Bleib gleich liegen.«

»Ich kann ohnehin nicht aufstehen. Hallo, Mike.«

Mike erwiderte seinen Gruß, begrüßte auch Ben und bat Jubal, ihn zu entschuldigen.

»Hast du schon gegessen, Mike?« fragte Anne.

»Anne, ich bin nicht hungrig«, antwortete Mike ernsthaft. Er wandte sich ab und verschwand im Haus.

»Was ist in ihn gefahren, Jubal?« erkundigte Mahmoud sich.

»Er sieht seekrank aus«, behauptete Ben.

»Laßt ihn in Ruhe. Er hat etwas zuviel Religion abbekommen.« Jubal schilderte die Ereignisse dieses Vormittags.

Mahmoud runzelte die Stirn. »War es wirklich notwendig, ihn mit Digby alleinzulassen? Meiner Meinung nach war das unklug.«

»Stinky, er muß sich allmählich an solche Dinge gewöhnen. Du hast ihm bereits Vorträge über den Islam gehalten – das weiß ich von ihm. Kannst du mir einen vernünftigen Grund sagen, weshalb Digby nicht auch eine Chance bekommen sollte? Antworte als Wissenschaftler, nicht als Moslem.«

»Ich kann immer nur als Moslem antworten«, erwiderte Dr. Mahmoud ruhig.

»Natürlich. Das sehe ich ein, obwohl ich eigentlich anderer Meinung sein müßte.«

»Jubal, ich habe das Wort ›Moslem‹ in seiner ursprünglichen Bedeutung gebraucht – nicht um einen Sektierer zu bezeichnen, der Maryam fälschlich als ›Mohammedaner‹ bezeichnen würde.«

»Diesen Ausdruck werde ich auch benützen, bis du lernst, daß ich ›Miriam‹ heiße! Bleib liegen!«

»Ja, Maryam, Autsch! Frauen mit Muskeln sind einfach widerlich. Jubal, als Wissenschaftler halte ich Michael für die größte Trophäe meiner Laufbahn. Als Moslem entdecke ich in ihm eine Bereitschaft, sich dem Willen Gottes zu unterwerfen... und das macht mich seinetwegen glücklich, obwohl es noch Schwierigkeiten zu überwinden gibt, weil er das Wort ›Gott‹ nicht grokt. Das Wort ›Allah‹ übrigens auch nicht. Aber als Mensch – und als Sklave Gottes – liebe ich Michael, unseren Pflegesohn und Wasserbruder, und möchte verhindern, daß er ungünstig beeinflußt wird. Selbst wenn wir religiöse Fragen ausklammern, stellt Digby meiner Auffassung nach einen sehr schlechten Einfluß dar. Was hältst *du* davon?«

»Bravo!« rief Caxton aus. »Der Kerl ist ein übler Schwindler, den ich schon längst in meiner Kolumne entlarvt hätte, wenn unser Syndikat nicht zuviel Angst vor den Fosteriten hätte. Stinky, wenn du so weiterredest, lerne ich Arabisch und kaufe mir einen Gebetsteppich.«

»Das hoffe ich sehr. Der Teppich ist übrigens nicht nötig.«

Jubal seufzte. »Ich bin deiner Meinung, Stinky. Mike sollte lieber Marihuana rauchen, als sich von Digby bekehren lassen. Aber ich bezweifle sehr, daß Mike sich so leicht beeindrucken läßt... und er muß lernen, sich gegen schlechte Einflüsse durchzusetzen. Ich halte *dich* für einen guten Einfluß, aber ich glaube nicht, daß du mehr Glück haben wirst – der Junge ist erstaunlich selbständig. Vielleicht muß Mohammed einem neuen Propheten Platz machen.«

»Wenn Gott es so will«, stimmte Mahmoud zu.

»Richtig, darüber kann es keine Diskussionen geben«, meinte Harshaw lächelnd.

Mike ging nach oben in sein Zimmer, schloß die Tür, legte sich aufs Bett, rollte sich zusammen, ließ die Augen nach oben rutschen, verschluckte seine Zunge und verlangsamte seinen Puls. Jill hatte etwas dagegen, wenn er das tagsüber tat, aber sie ließ ihn gewähren, solange er es nicht in aller Öffentlichkeit tat. Auf diese Gelegenheit hatte er gewartet, seitdem sie den Raum mit dem ›Ältesten‹ verlassen hatten; er hatte sich zurückziehen und in Ruhe groken wollen.

Er hatte etwas getan, das Jill ihm verboten hatte...

Mike spürte das Bedürfnis, sich mit der Überlegung zu trösten, er sei zu dieser Reaktion gezwungen worden, aber seine Erziehung ließ nicht zu, daß er diesen Ausweg benützte. Er hatte in einer kritischen Situation eine Entscheidung getroffen, und er grokte, daß sie richtig gewesen war. Aber sein Wasserbruder Jill hatte ihm verboten, von dieser Möglichkeit Gebrauch zu machen...

Wäre Jill einverstanden gewesen, wenn er anders reagiert und keine Nahrung vergeudet hätte?

Nein, Mike grokte, daß ihr Verbot auch diese Variante einschloß.

An diesem Punkt seines Weges erkannte Mike, der als Mensch geboren und bei den Marsianern aufgewachsen war, daß er die Konsequenzen seines Handelns allein tragen mußte. Ihm wurde plötzlich klar, daß dies seine Krise gewesen war – nicht Jills. Sein Wasserbruder konnte ihn lehren, ermahnen und anleiten, aber wenn es zu einer Krise kam, war er doch auf sich allein gestellt.

Mike blieb lange in seiner Trance; es gab soviel zu groken, und er mußte vieles enträtseln und seiner neuen Situation anpassen – was er im Erzengel-Foster-Tabernakel gesehen und gehört und empfunden hatte (nicht nur während der Krise, als Digby und er allein gewesen waren)… warum Bischof Senator Boone ihm Unbehagen einflößte, weshalb Miß Dawn Ardent wie ein Wasserbruder schmeckte, obwohl sie doch keiner war, warum der Tanz und die Schreie der Gläubigen gut zu sein schienen, obgleich er sie nur unvollkommen gegrokt hatte…

»Du bist Gott.« Mike konnte sich nun eher einbilden, diesen Satz auf Englisch zu verstehen, obwohl er in dieser Sprache weniger umfassend als auf Marsianisch war. Er sprach in Gedanken den Satz und das marsianische Wort gleichzeitig aus und hatte den Eindruck, beides zu groken. Er versank in diesem Nirwana.

Kurz vor Mitternacht beschleunigte er seinen Puls, atmete wieder normal, überprüfte seinen Körper, um sich zu überzeugen, daß er keinen Schaden genommen hatte, schlug die Augen auf und erhob sich. Zuvor war er müde gewesen; jetzt fühlte er sich gekräftigt und den vielen Aufgaben gewachsen, die er vor sich liegen sah. Er hatte das Bedürfnis nach Gesellschaft und freute sich, als er im Korridor einem Wasserbruder begegnete. *»Hallo!«*

»Hallo, Mike. Du siehst erholt aus.«

»Das bin ich auch. Wo sind die anderen?«

»Im Bett. Ben und Stinky sind vor einer Stunde abgeflogen.«

»Oh.« Mike war enttäuscht, daß er Mahmoud nicht seine neuen Erkenntnisse mitteilen konnte.

»Hast du Hunger?«

»Klar!«

»Im Kühlschrank liegt genug. Komm!« Sie gingen nach unten und beluden ein Tablett. »Wollen wir draußen essen? Es ist ziemlich warm.«

»Gern«, stimmte Mike zu.

»Du kannst das Tablett nehmen. Ich schalte inzwischen die Unterwasserbeleuchtung ein. Dann haben wir genug Licht.«

Sie picknickten im Gras am Beckenrand, lehnten sich dann zurück und sahen zu den Sternen auf.

»Mike, dort oben ist der Mars. Das ist doch der Mars, nicht wahr? Oder verwechsle ich ihn mit Antares?«

»Das ist der Mars.« Mike schien zu überlegen, was er sagen sollte. »Am Äquator sind Menschen zurückgeblieben. Einige von ihnen sind traurig, und einer hat sich entleibt.«

»Ja, das habe ich in den Nachrichten gehört.«

»Niemand braucht deswegen traurig zu sein«, versicherte Mike ihr. »Mister Booker T. W. Jones ist nicht traurig; die Ältesten haben ihn erkannt und gepriesen.«

»Hast du ihn gekannt?«

»Ja. Er hatte ein eigenes Gesicht, dunkel und schön. Aber er hatte Heimweh.«

»Oh! Mike... hast du manchmal Heimweh? Nach dem Mars?«

»Zuerst hatte ich Heimweh«, gab er zu. »Ich war stets einsam.« Er nahm Jill in die Arme. »Aber nun bin ich es nicht mehr. Ich groke, daß ich nie wieder einsam sein werde.« Er küßte sie.

Lange Zeit später fragte Jill: »Mike? Ist das... weißt du...«

»Ich weiß. Dadurch kommen wir einander näher. Jetzt kommen wir uns näher.«

Jill antwortete nicht, und Mike fügte triumphierend leise hinzu: »Wir groken Gott.«

25

Auf dem Mars bauten die Kolonisten Druckkuppeln für die Männer und Frauen, die mit dem nächsten Schiff eintreffen würden. Der Bau ging schneller voran als erwartet, weil die Marsianer sich als hilfreich erwiesen. Ein Teil der dadurch gewonnenen Zeit wurde dazu verwendet, ein großangelegtes Experiment vorzubereiten, durch das die Marsatmosphäre mit Sauerstoff angereichert werden sollte.

Die Ältesten förderten dieses Unternehmen nicht, aber sie dachten auch nicht daran, es zu behindern; die Zeit war noch nicht reif. Ihre Überlegungen galten vorläufig noch einer bevorstehenden Krise, die für die marsianische Kunst der nächsten Jahrtausende entscheidend sein konnte. Auf der Erde fanden Wahlen statt, und ein sehr moderner Dichter veröffentlichte seine begrenzte Auflage seiner neuesten Gedichte, die nur aus Satzzeichen und Zwischenräumen bestanden; *Time Magazine* besprach sie und schlug vor, die täglichen Sitzungsberichte der Vollversammlung der Föderation auf gleiche Weise herauszugeben.

Der Präsident der Vereinigten Staaten erklärte den ersten Novembersonntag zum ›Nationalen Großmuttertag‹ und forderte Amerika auf, es mit Blumen zu sagen. Ein Dutzend Beerdigungsunternehmen wurden wegen Gewährung ungerechtfertigter Rabatte zu Geldstrafen verurteilt. Die Bischöfe der Fosteriten verkündeten nach mehrtägigen geheimen Beratungen das zweite Große Wunder ihrer Kirche: Oberstbischof Digby war in den Himmel versetzt und dort zum Erzengel befördert worden, um neben und doch hinter Erzengel Foster zu rangieren. Diese Nachricht wurde erst jetzt bekanntgegeben, da die Wahl des neuen Oberstbischofs Huey Short vom Himmel bestätigt worden war – nachdem Boones Anhänger sich widerstrebend mit ihr einverstanden erklärt hätten.

L'Unita und *Hoy* veröffentlichten spöttische Kommentare; der *Osservatore Romano* und der *Christian Science Monitor* brachten die Meldung nicht; der *Manchester Guardian* veröffentlichte sie ungekürzt – die Fosteriten in England waren als militant und leicht erregbar bekannt.

Digby war mit seiner Beförderung nicht einverstanden. Der Marsmensch hatte ihn mitten aus der Arbeit gerissen – und dieser dämliche Short würde bestimmt alles verderben. Foster hörte mit engelhafter Geduld zu, bis Digby sich ausgesprochen hatte, und sagte dann: »Hör zu, Junior, du bist jetzt ein Engel und brauchst dir deswegen keine Sorgen mehr zu machen. Das paßt nicht in die Ewigkeit. Du warst auch ziemlich dämlich, bis du mich vergiftet hast. Später hast du dich gar nicht dumm angestellt. Da Short jetzt Oberstbischof ist, kommt er von selbst zurecht. Das gilt auch für die Päpste. Manche von ihnen waren glatte Versager, bis sie gewählt wurden. Du kannst sie selbst fragen – wir sind hier nicht eifersüchtig aufeinander.«

Digby beruhigte sich. Er äußerte jedoch einen Wunsch.

Foster schüttelte seinen Heiligenschein. »Ausgeschlossen. Du kannst natürlich ein Wunder anfordern, wenn du dich zum Narren machen willst. Aber es wird abgelehnt, sage ich dir. Du verstehst das System noch nicht. Die Marsianer haben ein anderes, und solange sie ihn brauchen, können wir ihm nichts anhaben. Sie lassen ihre Show eben anders ablaufen, aber das Universum hat für alle Platz – eine Tatsache, die ihr Außendienstler oft vergeßt.«

»Soll das heißen, daß dieser Kerl mich beseitigen kann, ohne bestraft zu werden?«

»Ist es mir etwa besser gegangen? Hör zu, wir haben hier viel zu arbeiten, und der Boß möchte Leistungen sehen, anstatt dich jaulen zu hören. Wenn du noch einen Ruhetag brauchst, kannst du ihn im Moslemparadies verbringen. Ansonsten möchte ich dir raten, gleich mit der Arbeit anzufangen. Je rascher du dich wie ein Engel benimmst, desto schneller fühlst du dich engelhaft. Sei glücklich, Junior!«

Digby seufzte schwer. »Okay, ich bin glücklich. Wo soll ich anfangen?«

Harshaw hörte erst mit einiger Verspätung von Digbys Verschwinden und machte sich deshalb keine großen Sorgen; wenn Mike etwas damit zu tun hatte, war niemand auf den Gedanken gekommen, ihn dafür verantwortlich zu machen – und was aus Oberstbischöfen wurde, kümmerte Jubal herzlich wenig, solange er in Ruhe gelassen wurde. Sein Haushalt hatte eine Periode innerer Unruhe hinter sich. Jubal erriet, was geschehen war, aber er wußte nicht, mit wem – und wollte sich auch gar nicht danach erkundigen. Mike war volljährig und mußte selbst zurechtkommen. Außerdem war es allmählich Zeit, daß er einige Erfahrungen machte. Jubal konnte die Ereignisse auch nicht aus dem Verhalten der vier Mädchen rekonstruieren, weil es sich ständig änderte – ABC gegen D, dann BCD gegen A... oder AB gegen CD oder AD gegen CB und alle anderen möglichen Kombinationen.

So ging es fast eine Woche lang nach dem unseligen Kirchenbesuch weiter, und Mike blieb meistens in seinem Zimmer in einer so tiefen Trance, daß Jubal ihn für tot erklärt hätte, wenn er diesen Zustand nicht schon früher erlebt hätte. Das alles wäre Jubal gleichgültig gewesen, wenn die Mädchen nicht vor lauter Besorgnis um Mike vergessen hätten, für wen sie eigentlich arbeiteten. Sie kochten nicht mehr richtig, waren als Sekretärinnen kaum noch zu gebrauchen, hatten unerklärliche Tränen in den Augen und sahen zehnmal täglich nach, ob ›bei Mike alles in Ordnung war‹.

Am Donnerstagnachmittag erwachte Mike aus seiner Trance –

und plötzlich waren ABCD sich wieder darin einig, ihm alle Wünsche von den Augen abzulesen. Jubal stellte zufrieden fest, daß der Haushalt ordentlicher als früher geführt wurde, und er dachte nicht daran, sich darüber zu beschweren, daß in seinem Königreich ein anderer regierte – solange er alle Vorteile genoß. Außerdem war die in Mike vorgegangene Veränderung interessant. Noch vor einer Woche war Mike auf geradezu neurotische Weise gefügig gewesen; jetzt war er so selbstbewußt, daß Jubal ihn als unverschämt bezeichnet hätte, wenn Mike nicht so höflich und rücksichtsvoll wie zuvor geblieben wäre.

Mike akzeptierte die Verehrung der vier Mädchen als sein natürliches Recht; er wirkte älter statt jünger, seine Stimme klang tiefer, und er sprach selbstsicher. Jubal erkannte, daß Mikes Entwicklung vorerst abgeschlossen war; er konnte seinen Patienten entlassen.

Jubal hätte nicht überrascht sein dürfen, als Mike ihm eines Morgens beim Frühstück mitteilte, daß er das Haus verlassen wolle. Aber er war überrascht – und sogar enttäuscht, was ihn noch mehr erstaunte.

»Oh?« Er benützte seine Serviette, obwohl er sie gar nicht brauchte. »Warum?«

»Wir fahren gleich heute.«

»Hmm. Plural. Müssen Larry, Duke und ich in Zukunft selbst kochen?«

»Darüber haben wir schon gesprochen«, erklärte Mike ihm. »Ich brauche jemand, Jubal; ich habe noch keine Erfahrung – ich mache Fehler. Am besten wäre Jill, weil sie Marsianisch weiterlernen will. Aber wenn du keines der Mädchen entbehren kannst, genügt auch Duke oder Larry.«

»Kann ich mich dazu äußern?«

»Jubal, du mußt entscheiden. Das wissen wir alle.«

(Sohn, das war vermutlich deine erste Lüge.) »Am besten nimmst du Jill mit. Aber hört zu, Kinder – hier seid ihr immer zu Hause.«

»Das wissen wir... wir kommen zurück.«

»Ich warte auf euch, Sohn.«

»Ja, Vater.«

»Wie bitte?«

»Jubal, es gibt kein marsianisches Wort für ›Vater‹. Aber ich habe neulich gegrokt, daß du mein Vater bist. Und Jills Vater.«

Jubal sah zu Jill hinüber. »Hmm, das groke ich. Lebt wohl, Kinder.« Mike und Jill verließen den Raum.

Der Jahrmarkt bot die üblichen Vergnügungen – Eis, Fahrgeschäfte, gebrannte Mandeln, Schießbuden, gesponnener Zucker und eine ›Exotische Wunderschau‹. Dort trat kein Hypnotiseur auf, sondern ein Zauberer; keine Dame ohne Unterleib, sondern ein Wesen, das halb Mann, halb Weib sein sollte; kein Schwertschlucker, sondern ein Feuerfresser; kein tätowierter Mann, sondern eine tätowierte Dame, die außerdem Schlangenbeschwörerin war. Zum Schluß der Vorstellung trat sie ›absolut *nackt* und nur mit exotischen Ornamenten geschmückt auf‹ – und jeder Besucher, der einen untätowierten Quadratzentimeter an ihrer Haut entdeckte, sollte zwanzig Dollar bekommen.

Dieser Betrag wurde nie ausbezahlt. Mrs. Paiwonski trat gemeinsam mit einer vier Meter langen *Boa constrictor* namens ›Honey Bun‹ auf, die so geschickt um ihren Körper drapiert war, daß selbst die hiesigen Sittenwächter nichts zu beanstanden hatten. Außerdem stand sie auf einem Hocker in einer Leinwandumzäunung, die ein Dutzend Kobras enthielt.

Und überhaupt war das Licht ziemlich schwach.

Aber Mrs. Paiwonskis Behauptung stimmte durchaus. Ihr Mann hatte bis zu seinem Tod ein Tätowierstudio in San Pedro betrieben; wenn das Geschäft schlecht ging, hatten sie einander dekoriert. Dieses Kunstwerk wurde vom Hals abwärts allmählich so vervollständigt, daß kein Platz für weitere Darstellungen mehr blieb.

Patricia Paiwonski nahm keinen Schaden daran, daß sie in der Umgebung von Sündern lebte; sie und ihr Mann waren von Foster persönlich bekehrt worden, und sie besuchte stets den Sonntagsgottesdienst in der nächsten Kirche der Neuen Verkündigung. Sie hätte bei der Schlußvorstellung gern auf jegliche Bedeckung verzichtet, weil ihr Körper ihrer Überzeugung nach ein größeres religiöses Kunstwerk als jede Kathedrale darstellte. Als sie und George bekehrt wurden, war etwa noch ein Quadratmeter ihrer Haut untätowiert gewesen; bevor George starb, zeigte ihr Körper eine Darstellung von Fosters Lebenslauf von der Wiege bis zu seiner Himmelfahrt. Leider mußte der größte Teil dieser heiligen Geschichte bedeckt bleiben. Aber Patricia konnte sie in geschlossener Gesellschaft in der Kirche zeigen, wenn der Hirte sie dazu aufforderte, was er fast immer tat. Patricia konnte weder predigen noch singen – aber sie war eine lebende Zeugin des Lichts.

Sie trat als vorletzte auf; jetzt hatte sie gerade noch Zeit, ihre Fotografien wegzulegen und hinter den Vorhang zu treten. Unterdessen arbeitete der Zauberer auf der Bühne.

Dr. Apollo teilte Eisenringe aus und forderte das Publikum auf, sich davon zu überzeugen, daß sie völlig geschlossen waren. Dann ließ er die Ringe von Zuschauern übereinanderhalten, berührte sie leicht mit seinem Zauberstab – und die Ringe bildeten eine Kette. Er legte seinen Zauberstab in die Luft, nahm eine Schüssel mit Eiern von seiner Assistentin entgegen und jonglierte ein halbes Dutzend. Die Zuschauer hatten nur Augen für seine hübsche Assistentin; sie merkten kaum, daß die Eier immer weniger wurden, bis Dr. Apollo schließlich das letzte Ei in die Luft warf, ohne daß es wieder aufgetaucht wäre.

Dann flüsterte seine Assistentin ihm etwas zu, und er schüttelte den Kopf. »Aber doch nicht vor allen Leuten?«

Sie nickte, und er seufzte schwer. »Freunde, Madame Merlin möchte zu Bett gehen. Will ihr einer der Herren dabei helfen?« Er hob abwehrend die Hände. »Oh, nicht alle gleichzeitig!« Er wählte zwei Freiwillige aus und fuhr fort: »Unter der Plattform steht eine Tragbahre – würden Sie sie heraufholen? Madame, sehen Sie mich an!«

Während die beiden Männer die Stützen der Tragbahre aufklappten, so daß eine Art Feldbett entstand, schien Dr. Apollo seine Assistentin zu hypnotisieren. »Freunde, sie befindet sich jetzt in tiefer Trance. Würden die beiden Herren sie bitte aufs Bett legen? Vorsichtig... Und jetzt noch zudecken – ja, auch den Kopf. Vielen Dank, meine Herren. Madame Merlin, hören Sie mich?«

»Ja, Doktor Apollo.«

»Sie waren eben noch schwer. Jetzt fühlen Sie sich leichter. Sie beginnen zu schweben...« Die zugedeckte Gestalt schwebte etwa dreißig Zentimeter über dem Bett. »Halt! Werden Sie nicht zu leicht!«

Ein Junge erklärte seinem Nachbarn: »Als sie mit der Decke zugedeckt worden ist, ist sie durch eine Falltür verschwunden. Das Bett wird von einem zusammenklappbaren Drahtgestell hochgehoben, das wieder verschwindet, sobald er die Decke fortzieht. Das könnte jeder!«

Dr. Apollo überhörte ihn. »Höher, Madame Merlin, Höher!« Die zugedeckte Gestalt schwebte fast zwei Meter über der Plattform.

Der Junge flüsterte: »Der Trick beruht auf einer unsichtbaren

Stahlstange, die alles trägt. Sie ist dort hinten angebracht, wo der Vorhang das Bett berührt.«

Dr. Apollo forderte Freiwillige auf, das Feldbett zu entfernen. »Sie braucht es nicht, sie schläft auf Wolken.« Er zog auch die Decke herunter, aber die Zuschauer achteten nicht darauf; sie starrten Madame Merlin an, die zwei Meter über der Plattform schlief. Der Nachbar des Jungen, der alles erklären konnte, wollte wissen: »Wo ist jetzt die Stahlstange?«

»Man muß dort suchen, wo man nicht hinsehen soll«, erklärte ihm der Junge. »Merkst du, wie dir dann die Scheinwerfer in die Augen scheinen?«

»Danke, das genügt, Prinzessin«, sagte Dr. Apollo. »Geben Sie mir Ihre Hand. Wachen Sie auf!«

(»Hast du gesehen, wo sie eben aufgetreten ist? *Da* ist die Stahlstange verschwunden. Alles nur ein Trick!«)

Der Zauberer fuhr fort: »Und nun darf ich Sie bitten, wieder Professor Timoschenko Ihre Aufmerksamkeit zu schenken, der Ihnen...«

Nach dem letzten Auftritt kam der Anreißer-Besitzer-Manager der ›Exotischen Wunderschau‹ in das Zelt zurück. »Augenblick, Smitty.« Er gab dem Zauberer einen Umschlag und fügte hinzu: »Tut mir leid, mein Junge – aber du und deine Frau kommen nicht mit nach Paducah.«

»Ich weiß.«

»Hör zu, das hat nichts mit dir persönlich zu tun – aber ich muß an die Show denken. Ich habe als Ersatz ein Mentalisten-Team verpflichtet. Die beiden bieten eine prima Hypnose; dann liest sie den Leuten aus der Hand, während er vor der Kristallkugel sitzt. Du weißt selbst, daß ich dir keine Garantie für die ganze Saison gegeben habe.«

»Richtig«, stimmte der Zauberer zu. »Ich bin dir deswegen nicht böse, Tim.«

»Das freut mich.« Der andere zögerte. »Willst du einen guten Rat, Smitty?«

»Ja«, sagte der Zauberer einfach.

»Smitty, deine Tricks sind gut – aber Tricks allein machen noch keinen Zauberer aus. Du hast kein Gefühl dafür, was die Leute wollen. Sobald du dieses Gespür entwickelst, kannst du die Hälfte deiner schönen Tricks zu Hause lassen.«

»Du hast bestimmt recht.«

»Natürlich! Die Zuschauer wollen Sex und Blut und Geld. Wir liefern kein Blut – aber die Leute können hoffen, daß der Messerwerfer oder der Schwertschlucker einen Fehler macht. Wir geben ihnen kein Geld; aber wir bieten die Chance, zwanzig Dollar einzustreichen. Wir bieten keinen Sex. Aber warum kommen die Leute trotzdem zu uns? Um ein nacktes Weibsbild zu sehen. Schön, sie bekommen es nicht zu sehen – und gehen *trotzdem* zufrieden nach Hause.«

»Ich werde daran denken.«

»Ich rede zuviel, aber als Anreißer gewöhnt man es sich an. Ist bei euch alles in Ordnung? Eigentlich dürfte ich gar nicht danach fragen – aber soll ich euch mit etwas Geld aushelfen?«

»Vielen Dank, Tim. Wir haben noch genug.«

»Okay, laßt euch nicht unterkriegen. Wiedersehen, Jill.« Er verschwand hastig.

Patricia Paiwonski kam hinter dem Vorhang hervor. Sie trug einen alten Bademantel. »Tim hat euren Auftritt absichtlich heruntergemacht, Kinder.«

»Wir wollten ohnehin weiter, Pat.«

»Ich bin so wütend, daß ich am liebsten auf der Stelle gehen würde.«

»Hör zu, Pat...« Mike zuckte mit den Schultern. »Tim hat recht. Ich habe kein Gefühl, was die Leute sehen wollen.«

»Nun... ihr werdet mir fehlen. Wirklich! Hört zu, wir fahren erst morgen früh weiter – kommt noch einen Augenblick zu mir.«

»Warum kommst du nicht lieber zu uns, Pat?« erkundigte Jill sich. »Wie würde dir ein richtiges Vollbad gefallen?«

»Oh... gut, ich bringe eine Flasche mit.«

»Nein, wir haben alles da«, wandte Mike ein.

»Ihr seid im Imperial, nicht wahr? Ich muß mich noch um meine Kleinen kümmern und Honey Bun sagen, daß ich fortgehe. Ich fahre mit dem Taxi. Wir treffen uns in einer halben Stunde. Einverstanden?«

Jill saß schweigend neben Mike, als sie in ihr Hotel fuhren. Sie dachte über ihr Leben auf dem Jahrmarkt nach und kam zu dem Schluß, daß es trotz aller widrigen Umstände glücklich gewesen war. Zu Anfang hatten sie Schwierigkeiten gehabt. Sie waren erkannt worden und hatten sich oft nur mühsam vor Reportern und Bittstellern retten können.

Aber dann veränderte Mike sein Gesicht und ließ das Gerücht

verbreiten, er habe sich in ein tibetanisches Kloster zurückgezogen – und tauchte mit Jill unter. Nachdem er zuerst eine Woche lang als Spüler gearbeitet hatte – Jill arbeitete im gleichen Restaurant als Bedienung –, zogen sie weiter von einer Stadt und einer Arbeit zur anderen. Mike bevorzugte Städte mit großen Büchereien, obwohl er zuerst geglaubt hatte, Jubals Bibliothek enthalte ein Exemplar eines jeden Buches, das je auf der Erde erschienen war. Als er jedoch die herrliche Wahrheit entdeckte, waren sie vier Wochen lang in Akron geblieben – und Jill hatte viel eingekauft, weil Mike kein guter Gesellschafter war, wenn er las.

Das Hotel Imperial war alt und schäbig, aber die Badewanne in der ›Hochzeitssuite‹ war riesig. Jill verschwand sofort im Bad, um Wasser einlaufen zu lassen – und war keineswegs überrascht, als sie plötzlich keine Kleidung mehr trug. Mike wußte, wie gern sie einkaufte, und er zwang sie dazu, dieser Schwäche nachzugeben, indem er alle Kleidungsstücke verschwinden ließ, von denen er annahm, Jill hatte sie satt. Das hätte er jeden Tag getan, wenn sie ihm nicht erklärt hätte, daß sie nicht täglich neue Kleider tragen konnte, ohne auf dem Jahrmarkt aufzufallen.

»Danke, Liebling!« rief sie nach draußen. »Komm, wir baden.«

Er hatte sich entweder ausgezogen oder seine Kleidung verschwinden lassen; aber vermutlich lag sie noch im Schlafzimmer, denn Mike fand es nur lästig, sich neu einkleiden zu müssen. Sie saßen einander in der Badewanne gegenüber, und Jill schöpfte eine Handvoll Wasser, berührte es mit den Lippen und bot es Mike an. Dieses Ritual war nicht notwendig; Jill wiederholte es nur, um sich über die Erinnerungen, die es wachrief, zu freuen.

»Mike«, sagte sie dann, »ich wollte dir noch etwas sagen. Es tut mir wirklich leid, daß wir keinen Erfolg gehabt haben. Ich habe mich bemüht, einen guten Text zu schreiben – aber ich bin eben noch zu neu in diesem Milieu.«

»Das Ganze war mein Fehler, Jill. Timm hat recht – ich groke die Lümmel nicht. Aber ich habe auf dem Jahrmarkt trotzdem viel gelernt... ich bin den Lümmeln von Tag zu Tag nähergekommen.«

»Du darfst die Zuschauer nicht mehr ›Lümmel‹ nennen, Mike. Für uns sind sie jetzt einfach wieder Leute.«

»Ich groke, daß sie Lümmel sind.«

»Ja, Liebster. Aber das ist unhöflich.«

»Gut, ich werde daran denken.«

»Hast du dir schon überlegt, wohin wir fahren?«

»Nein. Das werde ich wissen, wenn die Zeit gekommen ist.«

Jill lächelte, denn sie wußte, daß Mike richtig gesprochen hatte. Er war seit der ersten grundlegenden Veränderung täglich stärker und selbstsicherer geworden. Der junge Mann, der zuerst kaum einen Aschenbecher schweben lassen konnte, wäre nun imstande gewesen, sogar einen Lastwagen zu heben. Und während er früher nur Dinge verschwinden lassen konnte, deren ›Falschheit‹ er spürte, galt diese Beschränkung jetzt nur noch für Lebewesen; leblose Dinge konnte er jederzeit verschwinden lassen.

Sie fragte sich, wie die nächste Veränderung aussehen würde. Aber sie machte sich deswegen keine Sorgen; Mike war gut und weise. »Mike, wäre es nicht nett, Dorcas und Anne und Miriam auch hier in der Badewanne zu haben? Und Vater Jubal und die Jungs und... oh, die ganze Familie?«

»Dann brauchen wir eine größere Wanne.«

»Warum nicht eng, aber gemütlich? Wann fahren wir wieder nach Hause, Mike?«

»Bald, Jill.«

»›Bald‹ auf Marsianisch oder Englisch? Aber das macht nichts, Liebling; ich kann warten.«

Jemand klopfte an die äußere Tür. »Jill? Kann ich hereinkommen?«

»Augenblick, Pat!« rief Jill und stieg aus der Wanne. »Trocknest du mich ab, Mike?«

Sie war augenblicklich trocken und hinterließ nicht einmal nasse Fußabdrücke. »Denkst du daran, dich anzuziehen, Mike? Patty ist eine Dame – im Gegensatz zu mir.«

27

Jill warf sich ein Negligé über und eilte in den Wohnraum. »Komm nur, Patty. Wir haben gebadet, und Mike ist gleich fertig. Ich hole dir einen Drink. Das zweite Glas kannst du in der Wanne trinken. Es gibt reichlich heißes Wasser.«

»Vielen Dank, Jill. Aber ich bin eigentlich gar nicht gekommen, um bei euch zu baden; ich wollte euch sagen, wie traurig ich bin, weil ihr uns verlaßt.«

»Wir verlieren uns bestimmt nicht aus den Augen.« Jill holte Gläser. »Tim hat recht. Mike und ich müssen den Auftritt noch verbessern.«

»Nein, er ist ganz in Ordnung. Ihr könntet vielleicht... Hallo, Smitty.« Sie gab ihm eine behandschuhte Hand. Mrs. Paiwonski trug in der Stadt stets Handschuhe, hochgeschlossene Kleider und Strümpfe; in dieser Aufmachung wirkte sie als Witwe mittleren Alters, die auf ihre Figur geachtet hatte.

»Ich habe Jill eben erzählt, daß mir eure Nummer gefällt«, fuhr sie fort.

Mike lächelte. »Unsinn, Patty. Sie ist miserabel.«

»Nein, nein, mein Lieber. Ihr fehlt nur das gewisse Etwas. Ein paar Witze. Oder Jill könnte ein knapperes Kostüm tragen...«

»Pat, ich würde nackt auftreten, wenn die Show dann nicht schließen müßte.«

»Unmöglich, Liebste. Die Zuschauer würden die Bühne stürmen. Aber warum willst du deine Figur nicht besser zur Geltung bringen? Wie weit käme ich als tätowierte Dame, wenn ich mich nicht möglichst ausziehen würde?«

»Dir ist es hier bestimmt zu warm, Pat«, warf Mike ein, »weil wir gerade bei Kleidern sind. Die Klimaanlage in diesem Loch ist ausgefallen, und wir ziehen uns möglichst leicht an.« Er deutete auf seinen Bademantel. »Warum machst du es dir nicht auch bequem?«

»Richtig, Patty«, stimmte Jill zu. »Ich kann dir gern etwas leihen.«

»Äh... nun, ich habe zufällig eines meiner Kostüme an.« Sie zog sich langsam Schuhe und Strümpfe aus, während sie angestrengt überlegte, wie sie das Gespräch auf Religion bringen sollte. Sie war überzeugt davon, daß diese beiden im Grunde ihres Herzens bereits Sucher waren – aber sie hatte damit gerechnet, eine ganze Saison zur Verfügung zu haben. »In unserem Beruf kommt es vor allem darauf an, die Zuschauer richtig einzuschätzen, Smitty. Das Publikum weiß natürlich, daß du Tricks vorführst – aber es möchte sich trotzdem täuschen lassen. Deshalb mußt du mehr auf diesen Aspekt eingehen.«

Sie zog ihr Kleid aus, unter dem sie ein knappes zweiteiliges Kostüm trug. Jill nahm es ihr ab. »Jetzt hast du es bequemer, Tante Patty. Setz dich und laß dir einen Drink geben.«

»Augenblick, Liebste.« Mrs. Paiwonski erflehte himmlischen Beistand. Immerhin konnten ihre Bilder für sich selbst sprechen. »Habt ihr euch meine Bilder schon einmal *richtig* angesehen?«

»Nein«, gab Jill zu. »Wir wollten dich nicht wie Bauernlümmel anstarren.«

»Dann starrt jetzt, meine Lieben, denn deshalb trage ich sie auf dem Leib. Sie sollen angestarrt und studiert werden. Hier unter dem Kinn ist die Geburt des heiligen Erzengels Foster dargestellt; er wußte noch nichts von seinem himmlischen Auftrag, aber die Engel wußten alles – seht ihr sie über ihm? Das nächste Bild zeigt sein erstes Wunder, als ein junger Sünder in der Schule einen Vogel angeschossen hatte... Foster hat ihn gestreichelt, und der Vogel ist unverletzt davongeflogen. Jetzt muß ich mich umdrehen.« Sie erklärte ihnen, daß George keine Leinwand zur Verfügung gehabt hatte, als er das große Werk begann.

»Ihr könnt euch vorstellen, wie schwierig es ist, das irdische Leben unseres Propheten ganz darzustellen«, fuhr Pat fort. »Hier seht ihr ihn auf den Stufen des sündigen Priesterseminars, das ihn nicht aufnehmen wollte – damals wurde er erstmals verhaftet. Dort drüben zertrümmert er Götzenbilder... darunter ist er im Gefängnis dargestellt. Dann wird er von Gläubigen befreit, die den Richter teeren und federn. Hier vorn... Nein, das ist nicht richtig zu sehen; mein Büstenhalter verdeckt es. Eigentlich schade...«

Was will sie, Michael? fragte Jill telepathisch.

Du weißt es. Sag es ihr.

»Tante Patty«, begann Jill leise, »wir sollen doch alle Bilder sehen, nicht wahr?«

»Nun... Tim hat recht, wenn er dem Publikum erzählt, daß George meine ganze Haut benützt hat, um Fosters Lebensgeschichte darzustellen.«

»Wenn George sich diese Mühe gemacht hat, müssen wir sie uns auch ansehen. Zieh dein Kostüm aus. Ich habe dir gesagt, daß ich nackt auftreten würde... aber du erfüllst damit einen heiligen Auftrag.«

»Nun... wenn ihr wollt.« Pat war innerlich begeistert. Foster half ihr – mit etwas Glück und Georges Bildern würde sie diese beiden zum Licht führen.

Jill...

Nein, Michael.

Warte.

Zu ihrer Verblüffung stellte Mrs. Paiwonski fest, daß ihr Kostüm plötzlich spurlos verschwunden war! Jill war keineswegs erstaunt, als Mike und sie im gleichen Augenblick ebenfalls unbekleidet waren. Sie legte Pat einen Arm um die Schultern. »Schon gut, reg dich nicht auf, Liebste. Mike, du mußt es ihr erklären.«

»Natürlich, Jill.« Mike wandte sich an Mrs. Paiwonski. »Pat, du hast vorhin behauptet, ich könne nur Tricks vorführen. Eben wolltest du dein Kostüm ausziehen – deshalb habe ich dir die Arbeit abgenommen.«

»Aber *wie*? Wo ist es jetzt?«

»Wo mein Bademantel und Jills Negligé sind – verschwunden.«

»Sei unbesorgt, Patty, wir ersetzen dir alles«, warf Jill ein. »Mike, das hättest du nicht tun sollen.«

»Tut mir leid, Jill. Ich habe gegrokt, daß es richtig war.«

»Hmm... vielleicht hast du recht.« Patty war nicht allzu aufgeregt und würde bestimmt nichts weitererzählen.

Mrs. Paiwonski machte sich keine Sorgen wegen irgendwelcher Kleidungsstücke, die sie oder andere nicht trugen; aber sie kämpfte mit einem theologischen Problem. »Smitty? War das *wirklich* gezaubert?«

»So könnte man es nennen«, gab er zu.

»Ich würde es als Wunder bezeichnen«, sagte sie.

»Meinetwegen. Es war jedenfalls kein Taschenspielerkunststück.«

»Natürlich nicht.« Patricia machte eine Pause. »Smitty, sieh mich an! Hast du einen Pakt mit dem Teufel abgeschlossen?«

»Nein, Pat«, versicherte er ihr.

»Dann war es ein Wunder«, stellte sie fest. »Ich weiß, daß du nicht lügen kannst. Smitty... du bist ein Heiliger!«

»Ich weiß nichts davon, Pat.«

»Vielleicht ist er einer«, gab Jill zu. »Aber er weiß es nicht. Michael... wir haben schon zuviel erzählt, um nicht alles zu sagen.«

»Michael!« wiederholte Patty. »Der Erzengel Michael in menschlicher Gestalt.«

»Läßt du mich jetzt *bitte* reden, Tante Patty?«

Kurze Zeit später wußte Mrs. Paiwonski, daß Mike der Marsmensch war. Sie hatte nichts dagegen, ihn als Menschen zu behandeln; auch Foster hatte als Mensch auf Erden gelebt, obwohl er überall und immer ein Erzengel gewesen war. Wenn Jill und Michael darauf bestanden, nicht gerettet zu sein, würde sie die beiden so behandeln, als wären sie es nicht – Gottes Wege waren unerforschlich.

»Ich glaube, du könntest uns als ›Sucher‹ bezeichnen«, erklärte Mike ihr.

»Das ist mehr als genug, meine Lieben! Ich bin davon überzeugt, daß ihr gerettet seid – aber Foster war in jungen Jahren selbst noch ein Sucher. Ich will euch dabei helfen.«

»Mike«, warf Jill ein, »wir brauchen Wasser...«

Jetzt?

Ja.

Und?

Natürlich. Warum wäre sie sonst hier?

Ich weiß. Aber ich wußte nicht, ob du es merken würdest... und ob du zustimmen würdest. Mein Bruder.

Mein Bruder.

Mike schickte ein Glas ins Bad, ließ es füllen und gab es Jill zurück, ohne es berührt zu haben. Mrs. Paiwonski beobachtete ihn interessiert; sie war längst nicht mehr verblüfft.

»Tante Patty«, begann Jill, »unsere Wasserbrüderschaft ist wie eine Taufe... und eine Eheschließung. Sie bedeutet, daß wir dir vertrauen, daß du uns vertrauen kannst... daß wir für immer und ewig Partner sind. Aber wer dagegen verstößt, muß sterben – auf der Stelle. Du brauchst das Wasser nicht zu trinken, wenn das gegen deinen Glauben verstößt. Wir würden trotzdem gute Freunde bleiben. Wir gehören nicht zu deiner Kirche und werden ihr vielleicht nie angehören. Mike?«

»Pat, Jill hat richtig gesprochen«, stimmte Mike zu. »Ich wollte, ich könnte dir alles auf Marsianisch erklären. Wir bieten dir Wasser an – aber wenn du irgendeinen Grund hast, es nicht anzunehmen, *mußt du es ablehnen*!«

Patricia Paiwonski holte tief Luft. »Ich will es trinken«, sagte sie mit fester Stimme.

Jill trank aus dem Glas. »Wir kommen uns immer näher.« Sie gab es Mike.

»Ich danke dir, mein Bruder.« Er nahm einen großen Schluck. »Pat, ich gebe dir das Wasser des Lebens. Mögest du stets reichlich trinken.« Mike bot ihr das Glas an.

Patricia nahm es lächelnd entgegen. »Danke. Oh, ich danke euch beiden! Das ›Wasser des Lebens‹ – ich liebe euch beide!« Sie trank, durstig.

Jill leerte das Glas. »Jetzt kommen wir einander näher, meine Brüder.«

Jill? Jetzt!

Jill war keineswegs überrascht, als Pat die weitere Entwicklung so gelassen akzeptierte, als habe sie damit gerechnet, daß dieser marsianischen Zeremonie ein durchaus menschliches Ritual folgen würde. Aber Jill fand es erstaunlich, daß Pat es für selbstverständlich zu halten schien, daß Mike auch hier zu Wundern imstande war. Aber Pat hatte eben Erfahrung mit Heiligen – sie *erwartete* mehr von ihnen. Jill stellte zufrieden fest, daß Mike und sie die richtige Entscheidung getroffen hatten.

Später stellte Pat sich mitten im Wohnraum auf den Teppich. »Ich wollte euch eigentlich meine Bilder zeigen«, sagte sie lächelnd. »Aber seht zuerst *mich* an, nicht meine Bilder. Was seht ihr?«

Mike stellte sie sich ohne die Tätowierung vor und betrachtete seinen neuen Wasserbruder, wie ihn sonst niemand sehen konnte. Pattys Schmuck gefiel ihm; er war ein Unterscheidungsmerkmal, das sie unverwechselbar machte. Aber wenn er sie ohne die Tätowierungen sah, fiel ihm etwas anderes um so mehr auf: Patricia hatte ihr eigenes Gesicht, das durch ihr Leben mit Schönheit erfüllt war. Er nahm erstaunt wahr, daß ihr Gesicht sogar ausgeprägter als Jills war; diese Erkenntnis verstärkte ein Gefühl in ihm, das er noch nicht als Liebe erkannte.

Jill fragte sich, warum Tante Patty sich hatte tätowieren lassen. Sie könnte viel netter aussehen, wenn sie kein lebender Comic-Strip wäre. Aber Jill liebte Patty um ihrer selbst willen – und mit diesen Bildern würde Pat sich ihren Lebensunterhalt verdienen, bis sie eines Tages so alt war, daß niemand mehr die Bilder sehen wollte, selbst wenn Rembrandt sie gemalt hätte. Jill konnte nur hoffen, daß Patty genügend zurücklegte; aber dann fiel ihr ein, daß Tante Patty als Mikes Wasserbruder keine Geldsorgen mehr kannte. Darüber freute sie sich.

»Nun?« wiederholte Mrs. Paiwonski. »Was seht ihr. Wie alt bin ich, Michael?«

»Das weiß ich nicht.«

»Du kannst mein Alter schätzen.«

»Nein, das kann er nicht, Pat«, warf Jill ein. »Ihm fehlt die Erfahrung bei Menschen.«

»Gut, dann eben du, Liebste. Aber ehrlich!«

Jill warf ihr einen prüfenden Blick zu – und zog fünf Jahre ab, obwohl man einem Wasserbruder die Wahrheit sagte. »Hmm, Anfang dreißig – zweiunddreißig?«

Mrs. Paiwonski lächelte. »Das ist einer der Vorteile des wahren Glaubens, meine Lieben! Ich werde im Herbst achtundvierzig.«

»Das sieht man dir aber nicht an!«

»Glück und Zufriedenheit verändern jeden Menschen, meine Liebe. Nach dem ersten Kind war meine Figur gründlich verdorben, weil ich zu bequem war, um etwas dagegen zu unternehmen. Aber dann habe ich das Licht gesehen! Nein, das verdanke ich weder einer Gymnastik noch einer Diät – ich esse, was mir schmeckt. Glück und Zufriedenheit, Jill. Vollkommenes Glück im Herrn durch Erzengel Fosters Hilfe.«

»Erstaunlich«, stimmte Jill zu. Sie wußte, daß Tante Patty weder trainierte noch eine Diät einhielt, um in Form zu bleiben – und sie wußte genau, was bei Schönheitsoperationen herausgeschnitten wurde. Nein, Pat hatte sich nicht operieren lassen.

Mike nahm als selbstverständlich an, daß Pat gelernt hatte, ihren Körper bewußt zu kontrollieren, auch wenn sie diese Fähigkeit auf ihren Glauben zurückführte. Er war damit beschäftigt, Jill darin zu unterweisen, aber sie würde besser Marsianisch lernen müssen, bevor seine Bemühungen Erfolg haben konnten. Er hatte es jedoch nicht eilig damit.

»Ich wollte euch zeigen, was der wahre Glauben ermöglicht«, fuhr Pat fort. »Aber die eigentliche Veränderung findet innerlich statt. Gläubige sind glücklich. Gott weiß, daß ich keine große Rednerin bin, aber ich möchte versuchen, es euch zu erklären. Zuerst müßt ihr wissen, daß alle anderen sogenannten Kirchen Fallen des Teufels sind. Unser lieber Jesus hat die Wahrheit gepredigt, sagt Foster, und ich glaube daran. Aber im Mittelalter sind seine Worte entstellt worden, so daß Jesus sie selbst nicht wiedererkannt hätte. Deshalb wurde Foster auf die Erde geschickt, um uns eine Neue Verkündigung zu bringen.«

Patricia Paiwonski richtete sich auf und verwandelte sich in eine Hohepriesterin. »Gott will, daß wir glücklich sind. Er hat die Welt und alle Dinge erschaffen, um uns glücklich zu machen. Würde Gott Traubensaft in Wein verwandeln, wenn wir nicht davon trinken und uns darüber freuen sollten? Nein, er würde den Traubensaft unverändert lassen... oder in Essig verwandeln, um uns die Freude daran zu nehmen. Ist das nicht *wahr*? Aber das bedeutet natürlich noch lange nicht, daß wir uns betrinken und unsere Frau und unsere Kinder verprügeln sollen...

Er hat uns die guten Dinge gegeben, damit wir sie gebrauchen, aber wir sollen sie nicht *miß*brauchen. Wer gern einen Schluck oder mehrere in Gesellschaft guter Freunde trinkt, die das Licht erkannt haben, braucht sich doch keine Vorwürfe zu machen, weil er dann das Bedürfnis verspürt, zu tanzen und Gott für seine Güte zu danken. Gott hat den Alkohol und Gott hat seine Füße erschaffen – er hat uns beides gegeben, damit wir es kombinieren und dadurch seine unendliche Güte erkennen können.

Und das ist noch nicht alles. Wenn Gott nicht wollte, daß Frauen von Männern angesehen werden, hätte er sie häßlich erschaffen – das ist doch logisch, nicht wahr? Gott ist kein Betrüger; er würde niemand in die Hölle schicken, der auf einen Betrug hereingefallen ist. Gott will, daß wir glücklich sind, und er hat uns den Weg zum Glück gewiesen: ›Liebet einander!‹ Liebe deinen Nächsten... und nimm dich vor Satans Sendboten in acht, die dich von diesem Pfad abbringen und mit sich in die Tiefe ziehen wollen. Und unter ›Liebe‹ versteht Gott bestimmt nicht die zimperliche Zuneigung alter Jungfern, die kaum aus ihrem Gebetbuch aufsehen, weil sie Angst haben, in Versuchung geführt zu werden.

Gott ist keine alte Betschwester. Er hat den Grand Canyon und die Kometen am Himmel und Wirbelstürme und Erdbeben erschaffen – und sollte er sich nun entsetzt abwenden und die Hände über dem Kopf zusammenschlagen, nur weil ein Mann einen Blick in einen sehenswerten Ausschnitt geworfen hat? Das wissen wir besser, nicht wahr, Jill? Als Gott uns befohlen hat, einander zu lieben, hat er nicht von platonischer Liebe gesprochen; das entspräche gar nicht seiner Art. Nein, er hat das gemeint, was du und ich darunter verstehen!

Aber das bedeutet natürlich nicht, daß wir damit hausieren gehen sollen – ebensowenig wie der Besitz einer Flasche Whisky bedeutet, daß ich mich betrinken und eine Schlägerei anfangen muß. Man kann Liebe nicht verkaufen und Glück nicht kaufen, denn für beides gibt es keinen festen Preis... und wer sich einbildet, es müsse einen geben, ist schon auf dem Weg zur Hölle. Geld hat nichts damit zu tun.« Pat sah zu Jill hinüber. »Liebste, würdest du jemand für eine Million Dollar zu deinem Wasserbruder machen?«

»Natürlich nicht!« *Michael, grokst du das?*

Beinahe alles. Wir müssen noch warten.

»Siehst du, Jill? Wer Wasser schenkt, muß auch Liebe schenken. Ihr seid beide Sucher, die dem Licht schon sehr nahe sind. Deshalb kann ich euch Dinge erzählen, die ich gewöhnlichen Suchern verschweigen würde...«

Bevor sie gerettet wurde, war Patricia Paiwonski jung, verheiratet und ›sehr glücklich‹ gewesen. Sie hatte ein Kind und sah zu ihrem wesentlich älteren Mann bewundernd auf. George Paiwonski war ein großzügiger, liebevoller Mann, der nur eine Schwäche hatte – er war oft zu betrunken, um nach einem langen Arbeitstag seine Liebe zu beweisen. Trotzdem hielt Patty sich für glücklich – George widmete sich allerdings seinen Kundinnen ziemlich eingehend... sogar recht eingehend, wenn es noch früh am Morgen war. Aber Patty war tolerant; sie verabredete sich gelegentlich mit Kunden, als George immer häufiger zur Flasche griff.

Aber in ihrem Leben gab es eine Lücke, die auch dadurch nicht erfüllt wurde, daß ihr ein dankbarer Kunde eine Riesenschlange schenkte, die er nicht mehr brauchen konnte, weil er auswanderte. Patty hatte Schlangen gern und fürchtete sich nicht vor ihnen; sie kaufte im Laufe der Zeit noch einige dazu, aber selbst die Beschäftigung mit ihren Lieblingen konnte sie bald nicht mehr trösten. Sie war bereits eine ›Sucherin‹, als Foster in San Pedro predigte; sie schleppte George an einigen Sonntagen in die Kirche, aber er wurde nicht erleuchtet.

Foster brachte ihnen jedoch das Licht, und sie wurden beide in die Kirche aufgenommen. Als Foster ein halbes Jahr später zurückkam, waren die Paiwonskis so fromm geworden, daß er sich ihnen persönlich widmete.

»Ich habe mit George nie wieder Schwierigkeiten gehabt, seitdem er das Licht gesehen hatte«, berichtete Patricia. »Er hat noch immer getrunken – aber nur in der Kirche und nie übermäßig. Als unser heiliger Führer zurückkehrte, hat George mit seinem Großen Projekt begonnen. Wir wollten es natürlich Foster zeigen...« Mrs. Paiwonski zögerte. »Kinder, das dürfte ich euch gar nicht erzählen.«

»Dann wollen wir es auch nicht hören«, erklärte Jill ihr nachdrücklich. »Patty, du sollst dich uns gegenüber *nie* verpflichtet fühlen, irgend etwas zu tun, das dir widerstrebt.«

»Aber ich *will* es euch doch erzählen! Denkt nur daran, daß es sich um vertrauliche Kircheninformationen handelt. Ihr dürft nichts weitererzählen... und ich erzähle niemand von euch.«

Mike nickte bereitwillig. »Wir groken es. Was Wasserbrüder betrifft, geht keinen Fremden an.«

»Ich... ich ›groke‹. Das ist ein komisches Wort, aber ich begreife es allmählich. Schön, meine Lieben, wußtet ihr, daß *alle* Fosteriten tätowiert sind? Damit meine ich natürlich nur *wirkliche* Kirchenmitglieder, die für immer und ewig gerettet sind – wie ich. Oh, natürlich nicht am ganzen Körper, sondern... seht ihr das hier? Über dem Herzen? Das ist Fosters heiliger Kuß. George hat ein Bild darum herum aufgebaut, damit niemand die Wahrheit vermuten kann. Aber das ist sein Kuß – und ich habe ihn von Foster bekommen!« Sie sah sich stolz um.

Mike und Jill untersuchten die Stelle. »Das ist tatsächlich ein Abdruck«, meinte Jill verwundert, »als hätte dich jemand geküßt und Lippenstiftspuren zurückgelassen. Ich habe den Abdruck erst für einen Teil des Sonnenuntergangs gehalten.«

»Das hat George absichtlich so gemacht, weil man den Kuß normalerweise niemand zeigt, der ihn nicht selbst trägt. Aber eines Tages werdet ihr ihn auch tragen – und dann möchte ich ihn euch eintätowieren.«

»Das verstehe ich nicht, Patty«, wandte Jill ein. »Wie kann er *uns* küssen? Er ist doch im Himmel!«

»Richtig, meine Liebe. Ich will es euch erklären. Jeder Priester und jede Priesterin kann euch Fosters Kuß geben. Das bedeutet, daß ihr Gott im Herzen tragt, daß Gott ewig in euch ist.«

Mike lächelte plötzlich. »Du bist Gott«, sagte er laut.

»Wie bitte, Michael? So habe ich es noch nie gehört. Aber das ist richtig... Gott erfüllt den ganzen Menschen, so daß der Teufel machtlos ist.«

»Ja«, stimmte Mike zu. »Du grokst Gott.«

»Das ist die Idee, die hinter allem steht, Michael. Gott... grokt dich – und du bist in heiliger Liebe und ewigem Glück mit seiner Kirche vermählt. Der Priester oder die Priesterin küßt einen, und der Abdruck wird eintätowiert, um zu zeigen, daß es sich um eine Verpflichtung für immer und ewig handelt. Er muß nicht so groß sein – meiner entspricht natürlich Fosters Lippen –, und er kann überall angebracht werden, wo er vor den Blicken der Sünder sicher ist. Man zeigt ihn nur vor, wenn man zu einem Glückseligkeitstreffen der ewig Geretteten geht.«

»Ich habe schon von diesem Treffen gehört«, warf Jill ein, »aber ich weiß nicht recht, was ich mir darunter vorstellen soll.«

»Nun«, erwiderte Mrs. Paiwonsky, »es gibt solche und solche Glückseligkeitstreffen. Die für gewöhnliche Kirchenmitglieder, die gerettet, aber noch immer gefährdet sind, können recht lustig sein großartige Parties, auf denen nur wenig gebetet und dafür um so mehr gelacht wird. Es gibt reichlich zu essen und zu trinken und vielleicht sogar ein bißchen Liebe – aber dabei muß man sich vorsehen, damit man nicht die Saat der Zwietracht zwischen den Brüdern und Schwestern aussät. Die Kirche achtet *sehr* streng darauf, daß niemand wirklich aus dem Rahmen fällt.

Aber ein Glückseligkeitstreffen für die ewig Geretteten... nun, dort muß man nicht mehr vorsichtig sein, weil alle Anwesenden nicht mehr sündigen können – das haben sie alle bereits hinter sich, und ihre Sünden sind ihnen vergeben worden. Wer sich die Nase begießen und im Rausch einschlafen will, kann das ruhig tun; das ist Gottes Wille, denn sonst käme der Betreffende gar nicht auf diese Idee. Man kann niederknien und beten oder ein frommes Lied singen; man kann aber auch die Kleider abstreifen und tanzen; alles ist Gottes Wille. Und niemand würde je Anstoß daran nehmen.«

»Das müssen tolle Parties sein«, meinte Jill.

»Natürlich! Und man genießt alles so himmlisch unbeschwert. Wenn man am nächsten Morgen an der Seite eines ewig geretteten Bruders aufwacht, ist er da, weil Gott will, daß wir alle glücklich werden. Die anderen haben ebenfalls Fosters Kuß empfangen... sie *gehören* zu einem.« Pat runzelte nachdenklich die Stirn. »Das erinnert mich an die Wasserbrüderschaft mit euch. Versteht ihr das?«

»Ich groke es«, stimmte Mike zu.

»Aber ich glaube nicht«, fuhr Patricia ernsthaft fort, »daß irgend jemand ein Glückseligkeitstreffen im Inneren Tempel besuchen kann, nur weil er eine Tätowierung vorweisen kann. Ein Bruder oder eine Schwester, die auf Besuch kommen... Nun, ihr könnt mich als Beispiel nehmen. Sobald ich weiß, wo wir als nächstes auftreten, schreibe ich an die dortigen Kirchen und schicke meine Fingerabdrücke mit, die mit den Abdrücken der ewig Geretteten im Erzengel-Foster-Tabernakel verglichen werden. Wenn ich dann sonntags zum Glückseligkeitstreffen komme – und ich habe noch nie eines versäumt, wenn ich es irgendwie ermöglichen konnte –, werde ich identifiziert.

Die Gemeinde empfängt mich freundlich; ich bin eine zusätzliche Attraktion, und ich halte oft einen ganzen Abend lang still, damit die Brüder und Schwestern meine Bilder bestaunen können. Manchmal bittet der Hirte mich auch, Honey Bun mitzubringen, damit ich ›Eva und die Schlange‹ darstellen kann – dazu brauche ich natürlich viel Körper-Make-up. Irgendein Bruder spielt Adam, und wir werden aus dem Garten Eden vertrieben, und der Priester erklärt die *wirkliche* Bedeutung dieses Ereignisses, die im Laufe der Jahrtausende untergegangen ist – und wir gewinnen schließlich unsere gesegnete Unschuld zurück. Und dann ist die Party bereits in Gang. Wunderbar!«

Patty fügte hinzu: »Aber alle interessieren sich für meinen Fosterkuß. Da er schon vor zwanzig Jahren gen Himmel gefahren ist, gibt es nicht viele Frauen, die einen *echten* Fosterkuß vorweisen können. Ich habe ihn mir vom Tabernakel bescheinigen lassen. Und ich erzähle den Brüdern und Schwestern davon. Äh...«

Mrs. Paiwonski zögerte kurz, lächelte dann und erzählte ihnen alles *sehr* ausführlich. Jill fragte sich zunächst, warum sie nicht rot wurde; dann erkannte sie, daß Mike und Patty einander ähnlich waren – Gottes unschuldige Kinder, die nicht sündigen konnten. Sie erinnerte sich an den toten Foster und fragte sich, was sie getan hätte, wenn er ihr seine Lippen oder sich selbst angeboten hätte?

Als sie zusammen beim Abendessen saßen, das Mike hatte heraufbringen lassen, während Pat und Jill sich in die Badewanne zurückzogen, merkte Jill, daß Patty nachdenklich die Stirn runzelte. »Was hast du, Liebste?«

»Nun, ich rede nicht gern davon – aber wie wollt ihr in nächster Zeit zurechtkommen? Tante Patty hat einiges auf der hohen Kante, und ich dachte...«

Jill lachte. »Eigentlich dürfte ich nicht darüber lachen, Pat – aber der Marsmensch ist *reich*! Hast du das nicht gewußt?«

Mrs. Paiwonski zuckte mit den Schultern. »Ich habe schon davon gehört, aber ich traue den Nachrichten nicht.«

»Patty, du bist einfach süß! Du kannst dich darauf verlassen, daß wir dich anpumpen würden, wenn wir es nötig hätten. Aber die Wirklichkeit sieht anders aus. Wenn *du* jemals Geld brauchst, rufst du uns einfach an. Du kannst jeden Betrag haben. Ich habe im Augenblick fast eine halbe Million auf meinem Konto, weil Mike nicht mit Geld umgehen kann. Brauchst du etwas davon?«

»Nein, nein!« wehrte Mrs. Paiwonski entgeistert ab. »Ich möchte nur eure Liebe.«

»Die hast du«, versicherte Jill ihr.

»Ich groke ›Liebe‹ nicht«, sagte Mike. »Aber Jill spricht immer richtig. Wenn wir sie haben, gehört sie auch dir.«

»Und ich habe noch etwas für euch.« Pat öffnete ihre Handtasche und nahm ein Buch heraus. »Meine Lieben... dies ist das Exemplar der Neuen Verkündigung, das der heilige Foster mir geschenkt hat... an dem Tag, an dem ich seinen Kuß empfangen habe. Ich möchte es euch schenken.«

Jill hatte Tränen in den Augen. »Patty, unser Bruder! Das können wir nicht annehmen. Wir kaufen uns selbst ein Exemplar.«

»Nein. Das... das ist mein ›Wasser‹, das ich mit euch teile, damit wir einander näherkommen.«

»Oh...« Jill sprang auf. »Wir teilen es uns. Es gehört uns gemeinsam.« Sie gab Patty einen Kuß.

Mike klopfte ihr auf die Schulter. »Hast du bald genug, kleiner Bruder? Jetzt bin ich an der Reihe.«

»Davon kann ich nie genug bekommen.«

Der Marsmensch küßte seinen neuen Bruder zuerst auf den Mund und dann auf die Stelle, die Fosters Kuß genau gegenüberlag. Er ließ die Zeit langsamer verstreichen, während er alle Details berücksichtigte. Er mußte die Kapillaren groken, um...

Für die beiden anderen drückte er seine Lippen nur kurz auf Pattys Haut. Aber Jill spürte, was er beabsichtigte. »Patty! Sieh nur!«

Mrs. Paiwonski senkte den Kopf und sah den roten Abdruck seiner Lippen, der Fosters Kuß genau entsprach. Sie wäre beinahe ohnmächtig geworden, aber dann bewies sie ihren unerschütterlichen Glauben. »Ja. *Ja!* Michael...«

Kurze Zeit später hatte die tätowierte Dame sich in eine unscheinbare Hausfrau mit hochgeschlossenem Kleid, langen Ärmeln und Handschuhen zurückverwandelt. »Ich will nicht weinen«, sagte sie leise, »und in der Ewigkeit gibt es keinen Abschied mehr. Ich warte auf euch.« Sie küßte beide und ging rasch hinaus.

28

»Gotteslästerung!«

Foster sah auf. »Hat dich etwas gestochen, Junior?« erkundigte er sich.

»Äh... das muß man gesehen haben, um es zu glauben – hier, ich lasse den Omniscio etwas zurücklaufen.«

»Ich glaube vielleicht mehr, als du dir vorstellen kannst, Junior.« Trotzdem beugte Digbys Vorgesetzter sich neugierig nach vorn. Er sah drei Menschen – einen Mann und zwei Frauen –, die Vermutun-

gen über die Ewigkeit anstellten. Das war eigentlich ganz normal.
»Ja?«

»Hast du nicht gehört, was sie gesagt hat? ›Erzengel Michael‹ ... pah!«

»Was hast du dagegen?«

»Was ich dagegen habe? Du lieber Gott!«

»Vielleicht hat sie recht.«

Digbys Heiligenschein zitterte. »Foster, hast du nicht richtig hingesehen? Sie meint diesen Verbrecher, der mir den Rest gegeben hat! Sieh ihn dir genau an.«

Foster sah ihn sich genau an – und lächelte engelhaft. »Woher willst du wissen, daß er das nicht ist, Junior?« – »*Was?*«

»Ich habe Mike schon lange nicht mehr im Klub gesehen, und sein Name steht nicht auf der Teilnehmerliste des Himmlischen Harfenturniers – das ist ein sicheres Zeichen dafür, daß er im Außendienst unterwegs ist. Mike ist nämlich sonst ein begeisterter Harfenist.«

»Aber diese Idee ist geradezu obszön!«

»Du kannst dir nicht vorstellen, wie viele Gedanken des Chefs von manchen Leuten als ›obszön‹ bezeichnet worden sind. Aber dieses Wort hat keine theologische Bedeutung. ›Dem Reinen ist alles rein‹, nicht wahr?«

»Aber...«

»Ich sehe selbst ganz gut, Junior. Außerdem ist nicht nur Mike zeitweilig abwesend, sondern diese tätowierte Dame, von der dieser Ausspruch stammt, irrt sich bestimmt nicht; sie ist selbst eine ziemlich heilige Sterbliche.«

»Wer behauptet das?«

»Ich behaupte es, und ich weiß es.« Foster lächelte wieder engelhaft. Die liebe kleine Patricia! Sie war natürlich nicht jünger geworden, aber noch immer unbestreitbar attraktiv – und sie wirkte um so hübscher, weil ihr Glauben sie von innen heraus leuchten ließ. Er stellte befriedigt fest, daß George sein großes Werk vollendet hatte; das letzte Bild, das seine eigene Himmelfahrt darstellte, war gar nicht übel, wenn man es von höherer Warte aus betrachtete. Er mußte daran denken, sich mit George in Verbindung zu setzen, um ihm zu sagen, wie gut ihm die Darstellung gefallen hatte. Hmm, wo war George eigentlich? Er arbeitete als Designer in der Abteilung Planetenbau, nicht wahr? Nun, das war unwichtig; die Zentralauskunft würde wissen, wo er zu erreichen war.

»Laß den Omniscio einen Augenblick stehen, Junior«, forderte Erzengel Foster seinen Untergebenen auf. »Ich habe etwas mit dir zu besprechen.« Als Digby gehorchte, rückte Foster sich seinen Heiligenschein zurecht, bevor er fortfuhr: »Junior, du entwickelst dich nicht gerade engelhaft.«

»Das tut mir aber leid.«

»In der Ewigkeit soll dir aber nichts leid tun. Mir fällt jedenfalls auf, daß du dich zuviel mit diesem jungen Mann beschäftigst, der vielleicht unser Bruder Michael ist. Augenblick! Erstens steht es dir nicht zu, das Werkzeug zu verdammen, das dich hierher versetzt hat. Und zweitens denkst du gar nicht so sehr an ihn – du hast ihn schließlich kaum gekannt –, sondern meistens an die kleine Brünette, die deine Sekretärin war. Sie hatte meinen Kuß bereits lange vor deiner Abberufung verdient, nicht wahr?«

»Ich war noch dabei, sie zu prüfen.«

»Dann freust du dich bestimmt, wenn ich dir erzähle, daß Oberstbischof Short sie selbst eingehend geprüft und für würdig befunden hat, meinen Kuß zu empfangen, so daß sie jetzt das Glück genießt, das ihr zusteht. Da dieses Problem also gelöst ist, erwarte ich, daß du in Zukunft konzentrierter arbeitest, verstanden?«

Digby nickte wortlos und flog davon. Foster warf einen letzten Blick auf Mrs. Paiwonski. *Das* war eine Mitarbeiterin, wie man sie sich wünschte. Die liebe kleine Patricia! Dieser heilige Eifer...

29

Als die Tür sich hinter Patricia schloß, fragte Jill: »Was nun, Mike?«

»Wir reisen ab. Jill, hast du etwas über abnormale Psychologie gelesen?«

»Ja, aber weniger als du.«

»Weißt du, was Tätowierungen symbolisieren? Und was Schlangen bedeuten?«

»Natürlich. Das war mir bei Patty sofort klar. Ich habe gehofft, daß du einen Weg finden würdest.«

»Das konnte ich erst, als wir Wasserbrüder waren. Sex ist nützlich und gut – aber nur dann, wenn man sich dadurch auch geistig näherkommt. Ich groke, daß ich nicht darauf verzichten konnte, weil... nun, das weißt du selbst.«

»Ich groke es, Mike. Das ist ein Grund – einer der Gründe –, weshalb ich dich liebe.«

»Ich groke ›Liebe‹ noch immer nicht, Kleiner Bruder. Ich groke auch ›Leute‹ nicht. Aber ich wollte Pat nicht wieder gehen lassen.«

»Hol sie zurück. Sie kann bei uns bleiben.«

Wir müssen warten, Jill.

Ich weiß.

»Ich bezweifle auch, daß wir ihr alles geben könnten, was sie braucht. Sie will sich selbst für andere aufopfern. Glückseligkeitstreffen und Schlangen und Jahrmarktsbesucher genügen Pat nicht. Sie will sich opfern und andere glücklich machen. Die Neue Verkündigung bedeutet vielen etwas anderes ... aber ich groke, daß Pat sie so sieht.«

»Ja, Mike. Lieber Mike.«

Mike lächelte. »Komm, wir müssen weiter. Such dir ein Kleid aus und nimm deine Handtasche mit. Ich beseitige inzwischen den Rest.«

Jill überlegte sich bedauernd, daß sie gern ein paar Kleinigkeiten behalten hätte. Mike reiste immer nur mit leichtem Gepäck – zum Beispiel mit einer Handtasche für Jill – und schien anzunehmen, sie sei durchaus damit einverstanden. »Ich trage das hübsche blaue Seidenkleid.«

Das Kleid schwebte durch die Luft auf sie zu; Jill hob die Arme, und das Kleid glitt an ihr herab. Der Reißverschluß wurde wie von unsichtbaren Händen hochgezogen. Als ihre Schuhe vor ihr erschienen, trat sie nur in sie hinein. »Jetzt bin ich fertig.«

Mike hatte erfaßt, was sie dachte; er begriff jedoch nicht, warum sie auf diese Idee gekommen war. »Jill, sollen wir heiraten?« fragte er sie. »Gleich heute?«

Sie dachte darüber nach. »Heute ist Sonntag. Wir bekämen keine Heiratslizenz.«

»Dann eben morgen.«

»Nein, Mike.«

»Warum nicht, Jill?«

»Wir wären uns dadurch nicht näher, weil wir bereits Wasserbrüder sind. Und ich möchte nicht, daß Dorcas und Anne und Miriam – und Patty den Eindruck haben, ich wollte mich irgendwie vordrängen.«

»Das würden sie nicht denken, Bruder.«

»Aber ich möchte es gar nicht erst darauf ankommen lassen, weil es überflüssig ist. Du hast mich schon vor langer Zeit geheiratet – damals im Krankenhaus.« Sie wandte sich rasch ab. »Wir treffen uns unten in der Halle; ich bezahle inzwischen die Rechnung.« Sie eilte hinaus.

Sie fuhren mit dem ersten Greyhound-Bus weiter, ohne zu fragen, in welche Richtung die Fahrt ging. Eine Woche später tauchten sie wieder zu Hause auf, genossen die Gastfreundschaft ihrer Wasserbrüder – und reisten eines Tages ohne Lebewohl zu sagen weiter, weil Mike große Abschiedsszenen haßte.

Danach blieben sie in Las Vegas in einem kleineren Hotel. Mike versuchte sich als Spieler, während Jill als Showgirl auftrat, um sich die Zeit zu vertreiben. Sie konnte weder singen noch tanzen, aber sie bekam trotzdem sofort einen Job in einer Revue. Sie arbeitete lieber, wenn Mike zu tun hatte, und Mike beschaffte ihr wie immer den Job, den sie sich wünschte.

Mike spielte sehr vorsichtig und gewann nie mehr, als Jill ihm erlaubte. Sobald er einen größeren Betrag gewonnen hatte, verlor er ihn absichtlich wieder, um nicht auf sich aufmerksam zu machen. Später arbeitete er als Croupier, ließ die Roulettkugel rollen, ohne sie zu beeinflussen, und versuchte zu groken, warum die Leute spielten.

Jill hatte sich zunächst eingeredet, die Gäste des Nachtklubs, in dem sie auftrat, seien nur Gaffer, die ihr gleichgültig sein konnten. Aber zu ihrer Überraschung merkte sie bald, daß sie es genoß, vor ihnen aufzutreten. Sie war ehrlich genug, um ihre Empfindungen rückhaltlos zu analysieren. Sie hatte sich schon immer darüber gefreut, wenn sie bewundernde Blicke von Männern erntete, die sie selbst sympathisch fand – und Mike vernachlässigte sie in dieser Beziehung, weil ihm der Anblick ihres Körpers nichts zu bedeuten schien. Jill überlegte sich, daß sie die Bewunderung anderer Männer genoß, weil dies etwas war, was Mike ihr nicht geben konnte oder wollte.

Aber Jills angeborene Ehrlichkeit gab dieser Theorie bald den Rest. Die Männer, von denen sie angestarrt wurde, waren meistens zu alt, zu fett und zu kahl, um in ihren Augen attraktiv zu sein – aber jetzt merkte sie, daß diese ›alten Lüstlinge‹, wie Jill sie früher bezeichnet hätte, ihr weniger unsympathisch waren, als sie angenommen hatte. Wenn sie ihre bewundernden Blicke spürte und sich vorstellte, was sie dabei dachten – ihre telepathischen Fähigkeiten waren inzwischen soweit entwickelt, daß sie fremde Gedanken recht gut aufnehmen konnte –, war sie sehr mit sich und der Welt zufrieden.

›Exhibitionismus‹ war für Jill bisher nur ein Fachausdruck gewesen – eine menschliche Schwäche, die nicht gerade abscheulich, aber doch peinlich war. Jetzt analysierte sie ihren eigenen Zustand und erkannte, daß es nur zwei Möglichkeiten gab: Entweder war diese Form des Narzißmus normal – oder sie selbst war abnormal. Aber sie *fühlte* sich nicht abnormal; sie fühlte sich gesünder als je zuvor. Sie war immer kerngesund gewesen, aber jetzt hatte sie schon seit einer kleinen Ewigkeit keinen Schnupfen und keine Magenverstimmung mehr gehabt.

Gut, wenn eine gesunde Frau sich gern betrachten ließ, dann war es doch ganz logisch, daß gesunde Männer sie gern anstarren wollten – sonst war die ganze Sache witzlos! Nun verstand Jill endlich auch Duke und seine Bildersammlung.

Sie sprach mit Mike darüber, aber Mike begriff nicht, weshalb Jill sich je dagegen gesträubt haben sollte, angestarrt zu werden. Er hatte Verständnis dafür, daß jemand sich nicht berühren lassen wollte; Mike gab Fremden möglichst nicht die Hand, wenn es sich vermeiden ließ, und er wollte sich nur von Wasserbrüdern anfassen lassen. (Jill wußte allerdings nicht genau, wie weit diese Eigenart ging; sie hatte Mike erklären müssen, was unter Homosexualität zu verstehen war, nachdem er diesen Begriff zwar gelesen, aber nicht gegrokt hatte – und sie hatte ihm Ratschläge gegeben, wie er sich vor Annäherungsversuchen schützen konnte; Mike war ›hübsch‹ genug, um solche Leute anzulocken. Er hatte sein Gesicht auf ihren Vorschlag hin etwas männlicher und markanter gemacht, um diese Gefahr noch mehr zu verringern. Aber Jill wußte nicht recht, ob Mike abgelehnt hätte, wenn jemand wie Duke auf die Idee gekommen wäre, es bei ihm zu versuchen – zum Glück waren Mikes männliche Wasserbrüder entschieden maskulin, wie seine weiblichen äußerst feminin waren. Jill vermutete, daß Mike etwas ›Falsches‹ an den armen Wesen, die sich für keine der beiden Seiten entscheiden konnten, groken würde – er würde ihnen nie Wasser anbieten.

Jill versuchte Mike zu erklären, weshalb sie es jetzt genoß, angestarrt zu werden. Mikes und ihre Haltung war nur einmal ähnlich gewesen; als sie auf dem Jahrmarkt gearbeitet hatten, hatte Jill sich allmählich daran gewöhnt, daß die Männer sie anstarrten. Jetzt erkannte sie, daß ihre Selbsterkenntnis damals bereits angefangen hatte, weil sie diese Blicke nie gleichmütig oder unbeteiligt registriert hatte, wie es Mike an ihrer Stelle getan hätte. Um sich dem Marsmenschen anzupassen, hatte sie einen Teil ihrer bisherigen Konditionierung abgestreift – die Zimperlichkeit, die sie sich selbst als Krankenschwester noch bewahrt hatte, obwohl sie in ihrem Beruf unangebracht war.

Aber Jill hatte nicht gewußt, daß sie diese Zimperlichkeit besaß, bis sie sie verlor. Jetzt konnte sie endlich sich selbst gegenüber zugeben, daß ihre bisherigen Moralbegriffe nicht ihren eigenen Bedürfnissen entsprachen.

Sie bemühte sich, Mike den ihrer Meinung nach bestehenden Zusammenhang zwischen Exhibitionismus und Voyeurismus begreiflich zu machen. »Weißt du, Mike, ich finde es schön, von Männern angestarrt zu werden... von vielen Männern, von fast jedem Mann. Deshalb groke ich jetzt, warum Duke Aktfotos sammelt. Daß ich mich gern anstarren lasse, heißt noch lange nicht, daß ich mit ihnen ins Bett gehen möchte – Duke will schließlich auch nicht mit seinen Fotos schlafen. Aber wenn Männer mich ansehen, lese ich ihre Gedanken und spüre, daß ich ihnen begehrenswert erscheine. Und das genieße ich, um es ehrlich zu sagen.« Jill runzelte die Stirn. »Ich müßte mich in einer gewagten Pose fotografieren lassen und Duke das Bild schicken... um ihm zu sagen, daß es mir leid tut, daß ich seine ›Schwäche‹ nicht schon früher gegrokt habe. Wenn das eine Schwäche ist, leide ich auch daran – auf entgegengesetzte Weise. Aber ich groke, daß es *keine* Schwäche sein dürfte.«

»Gut, ich fotografiere dich.«

Jill schüttelte den Kopf. »Nein, ich entschuldige mich lieber selbst. Ich will ihm kein Bild schicken; Duke hat sich nie um mich bemüht – und ich möchte ihm nichts in den Kopf setzen.«

»Jill, würdest du Duke abweisen?«

»Obwohl er mein ›Wasserbruder‹ ist?« Sie überlegte. »Darüber habe ich noch nie nachgedacht. Bisher bin ich dir immer treu gewesen. Aber ich groke, daß du richtig sprichst; ich würde Duke nicht abweisen – und ich würde es sogar *genießen*! Was hältst du *davon*, Liebling?«

»Ich groke, daß es gut wäre«, antwortete Mike ernsthaft.

»Hmm... mein galanter Marsianer, es gibt Zeiten, in denen Frauen es gerne sehen, wenn Männer zumindest etwas Eifersucht zeigen – aber ich bezweifle sehr, daß du das Wort ›Eifersucht‹ jemals groken wirst. Liebling, was würdest du groken, wenn einer der Gäste im Nachtklub sich um mich bemühen würde?«

Mike lächelte leicht. »Ich groke, daß er kaum Aussichten auf Erfolg hätte.«

»Wahrscheinlich hast du recht«, stimmte Jill zu. »Aber wenn ich etwas mit Duke vorhätte – und das könnte leicht sein, weil du mich auf diese Idee gebracht hast – würde ich lieber zu ihm sagen: ›Was hältst du davon, Duke? Ich hätte Lust.‹ Ich möchte ihm kein Aktfoto wie alle diese unmöglichen Weibsbilder schicken. Aber wenn du es willst, tue ich es natürlich.«

»Nein, das mußt du selbst entscheiden, Kleiner Bruder«, wehrte Mike ab. »Ich kann dir nicht vorschreiben, was du tun oder lassen sollst – und ich groke, daß du dich instinktiv dagegen auflehnen würdest.«

Sie fuhren nach Palo Alto weiter, wo Mike sich bemühte, die Hoover-Bibliothek zu verschlingen. Aber die Lesegeräte waren zu langsam, und er konnte die Seiten selbst nicht schnell genug umblättern, um alle Bücher zu lesen. Schließlich gab er zu, daß er mehr Informationen aufnahm, als er groken konnte, selbst wenn er die Stunden außerhalb der Öffnungszeiten der Bibliothek dazu benützte, das Gelesene zu verarbeiten. Jill war erleichtert, als sie nach San Francisco reisten, wo Mike systematisch zu forschen begann.

Sie kam eines Tages in ihr Apartment zurück und fand Mike von Büchern umgeben vor. Er hatte viele Bücher aufgestapelt: den Talmud, das Kamasutra, mehrere Ausgaben der Bibel, das Buch der Toten, das Heilige Buch der Mormonen, Pattys kostbares Exemplar der Neuen Verkündigung, verschiedene apokryphe Schriften, den Koran und weitere zwanzig oder fünfundzwanzig Werke, in denen irgendwelche Sekten ihre religiösen Prinzipien erläuterten.

»Schwierigkeiten, Liebster?«

»Ich groke das alles nicht, Jill.«

Warte, Michael. Wir müssen abwarten.

»Ich glaube nicht, daß das hilft. Ich weiß, was nicht in Ordnung ist: ich bin weder Mensch noch Marsianer... oder ich bin ein Marsianer im falschen Körper.«

»Du bist ein Mann, das kann ich beschwören, Liebling.«

»Oh, du grokst ganz gut, wie ich meine. Ich bin nicht imstande, *Leute* zu groken. Ich begreife diese Vielfalt von Religionen nicht. Bei den Marsianern gibt es nur eine Religion – und sie beruht nicht auf einem Glauben, sondern ist eine Gewißheit. Du grokst sie. ›Du bist Gott!‹«

»Richtig«, stimmte Jill zu. »Das groke ich... auf Marsianisch. Aber auf Englisch bedeutet es etwas anderes. Ich weiß nicht, woran das liegt.«

»Wenn wir auf dem Mars etwas wissen wollten, haben wir die Ältesten gefragt, deren Antwort immer richtig war. Jill, ist es möglich, daß wir Menschen keine ›Ältesten‹ haben – keine Seelen? Sterben wir einfach, ohne daß die geringste Spur von uns zurückbleibt?« Er zuckte mit den Schultern. »Sag es mir, Jill. Du bist ein Mensch.«

Jill lächelte unbekümmert. »Du hast es mir alles erst erklärt, Liebster.« Sie deutete auf ihren Körper, der unbekleidet war, weil Mike ihr Kleid hatte verschwinden lassen, als sie den Raum betrat. »Dieser Körper, den ich mit deinen Augen sehen gelernt habe, wird eines Tages sterben. Aber *ich* werde nicht sterben... *ich bin, was ich bin!* Du bist Gott, und ich bin Gott, und wir sind Gott für immer und ewig. Ich habe mich über meinen schönen Körper gefreut, aber ich glaube nicht, daß ich ihn vermissen werde, wenn ich ihn einmal nicht mehr brauche. Ich hoffe nur, daß du ihn dann essen wirst.«

»Das tue ich bestimmt – wenn ich nicht zuerst abtrete.«

»Ziemlich unwahrscheinlich, nicht wahr? Ich habe das Gefühl, daß du ein zweiter Methusalem werden könntest, weil du deinen Körper so gut beherrschst. Aber du könntest dich natürlich selbst entleiben wollen.«

»Vielleicht. Aber nicht jetzt. Jill, ich habe schon soviel versucht. In wie vielen Gottesdiensten waren wir?«

»In allen, die es hier gibt, nehme ich an. Ich weiß nicht mehr, wie oft wir an Gottesdiensten für Sucher teilgenommen haben.«

»Das tun wir nur, um Pat eine Freude zu machen; ich würde nie wieder dorthin gehen, wenn sie nicht auf unsere Bekehrung hoffen würde.«

»Das tut sie allerdings. Und wir können sie unmöglich belügen.«

»Die Fosteriten haben einiges ganz richtig erkannt«, gab Mike zu, »aber neunundneunzig Prozent ihrer Behauptungen gehen von falschen Voraussetzungen aus. Sie tasten sich mühsam weiter und werden ihre Irrtümer trotzdem nie korrigieren, weil das hier...« Mike ließ Pattys Exemplar der Neuen Verkündigung schweben. »...zum größten Teil Unsinn ist!«

»Richtig. Aber Patty sieht diesen Teil nicht. Dazu ist sie zu unschuldig. Sie ist Gott und benimmt sich entsprechend… aber sie weiß nicht, daß sie es ist.«

»Ja«, stimmte Mike zu. »Sie glaubt es nur, wenn ich es ihr sage – mit entsprechendem Nachdruck. Aber auf der Suche nach der Wahrheit gibt es nur drei Möglichkeiten, Jill; nur drei kümmerliche Möglichkeiten. Wissenschaft: Damit kann ich nichts anfangen, denn ich habe schon als Nestling bei den Marsianern mehr über die Zusammenhänge des Universums gelernt, als ein menschlicher Wissenschaftler bisher erfassen könnte. Selbst so einfache Tricks wie Telepathie oder Telekinese kann ich ihnen nicht erklären. Bitte versteh mich nicht falsch – ich will die Wissenschaftler keineswegs herabsetzen. Was sie tun, ist richtig; das groke ich völlig. Aber was sie suchen, nützt mir nichts, weil man eine Wüste nicht groken kann, indem man die Sandkörner zählt.

Als nächstes ist die Philosophie an der Reihe, die alles erklärt. Kann sie das wirklich? Oder beweist dieser Anspruch nur, daß wir es hier mit Leuten zu tun haben, die ihre Annahmen für logische Schlußfolgerungen halten? In diesem Fall müßte die Antwort *hier* zu finden sein.« Er deutete auf seine Bücher. »Aber auch dabei erwartet einen eine Enttäuschung. Manche Einzelheiten scheinen richtig zu sein, aber den schwer verständlichen Rat soll man einfach glauben. *Glauben!* Du hast mir erklärt, daß man bestimmte Worte nicht in der Öffentlichkeit benützen darf, aber ›glauben‹ hast du vergessen!«

Jill lächelte. »Mike, du hast eben einen Witz gemacht.«

»Das sollte keiner sein… und ich weiß auch nicht, was du daran witzig findest. Jill, ich habe sogar dich ungünstig beeinflußt – früher hast du oft gelacht. Ich habe es nicht gelernt; statt dessen hast du es verlernt.«

»Ich bin trotzdem glücklich, Liebster. Wahrscheinlich hast du nur nicht gehört, wie oft ich lache.«

»Ich würde es hören, wenn du auf der Market Street lachen würdest. Ich groke es. Zu Anfang habe ich mich davor gefürchtet, aber jetzt fällt es mir nur noch auf. Wenn ich es richtig groken könnte, würde ich auch die Menschen verstehen und könnte Leuten wie Pat helfen – ich könnte sie lehren, was ich weiß, und ich könnte lernen, was sie mich lehren kann. Wir würden einander verstehen.«

»Mike, du kannst Patty schon dadurch helfen, daß du gelegentlich mit ihr sprichst. Warum besuchen wir sie nicht einfach? Ich habe diesen schrecklichen Nebel ohnehin satt. Pat ist jetzt zu

Hause; wir könnten nach Süden fahren und sie besuchen. Einverstanden?«

»Gern, Kleiner Bruder.«

Jill stand auf. »Ich muß mich jetzt anziehen. Willst du die Bücher behalten? Ich könnte sie Jubal schicken.«

Mike schnalzte mit den Fingern, und die Bücher waren bis auf Pattys Neue Verkündigung spurlos verschwunden. »Das müssen wir mitnehmen, weil Pat bestimmt danach fragt. Aber bevor wir fahren, möchte ich noch einmal in den Zoo.«

»Wie du willst, Liebster.«

»Ich möchte einem Kamel vor die Füße spucken und es fragen, warum es so mürrisch ist. Vielleicht sind Kamele die ›Ältesten‹ dieses Planeten... und das stört mich an der Erde.«

»Zwei Witze an einem Tag, Mike.«

»Aber wir lachen nicht darüber – und das Kamel tut es auch nicht. Vielleicht grokt es den Grund dafür. Komm, wir haben es eilig.«

»Ja, Mike.«

Im Golden Gate Park war es windig und kalt, aber Mike spürte die Kälte nicht, und Jill hatte sich daran gewöhnt, nicht empfindlich zu sein. Trotzdem war sie froh, als sie das geheizte Affenhaus erreichten. Jill war jedoch nur wegen der Wärme gern im Affenhaus – sie fand Affen deprimierend menschlich. Jede Bewegung, jede Reaktion, jeder Ausdruck und jeder erstaunte Blick erinnerte sie unangenehm an die Dinge, die ihr an ihren eigenen Artgenossen mißfielen.

Jill hatte Mike erst dazu bringen müssen, den Zoo zu verstehen; beim erstenmal war Mike sehr aufgeregt gewesen, so daß Jill ihn hatte ermahnen müssen, erst zu groken, weil Mike Anstalten machte, die eingesperrten Tiere zu befreien. Nach einiger Überlegung hatte Mike zugegeben, daß die meisten Tiere nicht dort leben konnten, wo er sie am liebsten freigelassen hätte – der Zoo war eine Art Nest für sie. Zu Hause hatte Mike stundenlang über dieses Problem nachgedacht und Jill dann versprochen, keine Gitter oder Zäune oder Gehege mehr verschwinden lassen zu wollen. Er hatte Jill erklärt, die Gitterstäbe dienten eher dazu, die Menschen von den Tieren fernzuhalten, als die Tiere einzusperren, was er anfangs nicht gleich gegrokt hatte. Von diesem Tage an ging Mike in jeder größeren Stadt in den Zoo.

Aber heute besserte seine trübselige Stimmung sich nicht einmal beim Anblick der Kamele, die seinen Blick mit stummer Verachtung erwiderten. Auch die Affen konnten ihn nicht aufheitern. Sie blieben vor einem Käfig stehen, in dem eine Familie Kapuzineräffchen untergebracht war, und beobachteten die Tiere, während Jill ihnen Erdnüsse zuwarf.

Jill warf einem Äffchen eine Erdnuß vor die Füße; bevor es danach greifen konnte, nahm ihm ein größeres Männchen die Erdnuß weg und verprügelte es noch dazu. Der kleine Kerl versuchte nicht, seinen Peiniger zu verfolgen; er trommelte mit beiden Fäusten auf den Betonfußboden und schnatterte voll hilfloser Wut. Mike beobachtete ihn ernst.

Plötzlich rannte der mißhandelte Affe quer durch den Käfig, stürzte sich auf ein noch kleineres Äffchen und verprügelte es wütend. Das dritte Kapuzineräffchen kroch winselnd davon. Die übrigen Affen kümmerten sich nicht darum.

Mike warf den Kopf in den Nacken und lachte... und lachte unkontrollierbar weiter. Er rang nach Atem, begann zu zittern und sackte noch immer lachend in sich zusammen.

»Hör auf, Mike!«

Mike sank nicht tiefer, aber er lachte noch immer schallend. Ein Wärter tauchte auf. »Kann ich Ihnen behilflich sein?«

»Holen Sie uns bitte ein Taxi?« bat Jill. »Ihm geht es nicht gut.«

»Oder einen Krankenwagen? Er scheint einen Anfall zu haben.«

»Holen Sie irgend etwas!« Wenige Minuten später führte Jill Mike zu einem Taxi. Sie gab dem Robotpiloten ihre Adresse an und sagte: »Mike, hör zu! Sei endlich ruhig! Was soll der Unsinn?«

Er gab keine Antwort, beruhigte sich aber etwas und kicherte nur noch in sich hinein. Jill war froh, als sie endlich zu Hause angelangt waren; sie zog Mike aus und steckte ihn ins Bett. »So, jetzt kannst du dich erholen, Liebling.«

»Danke, mir geht es ganz gut. Mir geht es endlich gut.«

»Hoffentlich!« Sie seufzte schwer. »Du hast mich erschreckt, Mike.«

»Tut mir leid, Kleiner Bruder. Aber ich bin auch erschrocken, als du zum erstenmal gelacht hast.«

»Mike, was ist passiert?«

»Jill... ich groke Menschen!«

»Was tust du?« *Wirklich?*

Ich spreche richtig. Kleiner Bruder. Ich groke sie. »Ich groke jetzt Menschen. Ich liebe dich, mein Schatz – ich groke jetzt auch ›Liebe‹.«

»Das hast du immer schon. Und ich liebe dich, du Affe. Liebster!«

»›Affe‹ ist richtig. Komm her, Äffchen, leg deinen Kopf auf meine Schulter und erzähl mir einen Witz.«

»Willst du wirklich nur einen Witz hören?«

»Ja. Erzähl mir einen Witz, den ich nicht kenne, und achte darauf, ob ich an der richtigen Stelle lache. Das tue ich bestimmt – und ich kann dir auch erklären, *warum* er witzig ist. Jill... *ich groke Menschen!*«

»Aber wie, Liebling? Kannst du mir das erklären? Oder mußt du dazu Marsianisch sprechen? Oder willst du es mir in Gedanken sagen?«

»Nein, das ist eben der springende Punkt. Ich groke Menschen. Ich *bin* ein Mensch... deshalb kann ich mich wie einer ausdrücken. Ich weiß jetzt, warum die Menschen lachen. Sie lachen, weil ihnen etwas weh tut... weil der Schmerz nur dadurch nachläßt.«

Jill schüttelte den Kopf. »Vielleicht bin ich kein Mensch. Das verstehe ich nicht.«

»Du bist natürlich ein Mensch, Äffchen. Du grokst alles so automatisch, daß du nicht darüber nachdenken mußt. Schließlich bist du unter Menschen aufgewachsen. Das hat mir bisher gefehlt. Ich war ein Hund, der von Menschen großgezogen worden ist – ich konnte kein Mensch sein und hatte nie gelernt, wie man sich als Hund zu benehmen hat. Deshalb mußte ich es lernen. Bruder Mahmoud hat mich etwas gelehrt, Jubal hat mich unterrichtet, viele andere Menschen haben dazu beigetragen... und dir verdanke ich mehr als allen anderen. Heute ist meine Ausbildung beendet – ich habe gelacht. Das arme Äffchen!«

»Welchen Affen meinst du, Liebling? Der große war doch böse... und der andere, dem ich die Erdnuß zugeworfen habe, war fast schlimmer. Was soll daran witzig gewesen sein?«

»Jill, du denkst schon wie ein Marsianer! Natürlich war das nicht witzig; es war im Gegenteil tragisch. Deshalb mußte ich lachen. Ich habe den Affenkäfig vor mir gesehen und mich plötzlich an die bösen und grausamen und unerklärlichen Dinge erinnert, die ich seit meiner Heimkehr erlebt habe – und dann wurde der Schmerz so groß, daß ich unwillkürlich lachen mußte.«

»Aber man lacht doch über nette Dinge, Mike... nicht über Tragödien.«

»Wirklich? Du brauchst nur an Las Vegas zu denken. Haben die Leute gelacht, wenn ihr Revuegirls aufgetreten seid?«

»Nein.«

»Aber euer Auftritt war bestimmt der netteste Teil der ganzen Show. Ich groke jetzt, daß ihr beleidigt gewesen wärt, wenn jemand gelacht hätte. Nein, die Gäste haben gelacht, als der Clown über seine eigenen Füße gestolpert ist... oder über andere Dinge, die nicht gut sind.«

»Aber nicht *alle* Leute lachen bei derartigen Gelegenheiten.«

»Meinst du? Vielleicht groke ich dieses Problem noch nicht ganz. Erzähl mir etwas, worüber du gelacht hast, Liebling – aber herzhaft, nicht nur gelächelt. Dann werden wir ja sehen, ob alles so harmlos ist, wie du annimmst, und ob du auch darüber lachen würdest, wenn der Witz keinen tragischen Hintergrund hätte.« Mike runzelte die Stirn. »Ich groke, daß die Affen Leute wären, wenn sie lachen könnten.«

»Vielleicht.« Jill überlegte, über welchen Witz sie am meisten gelacht hatte. »...ihr ganzer Bridgeklub.« ... »Muß ich mich verbeugen?« ... »Weder noch, du Idiot – *anstatt*!« ... »...der Chinese ist dagegen.« ... »...sich das Bein gebrochen.« ... »*mich* in Schwierigkeiten bringen!« ... »...aber dann habe ich nichts von der schönen Fahrt.« ... »...seine Schwiegermutter wurde ohnmächtig.« ... »...und du auch, du Dämlack!«

Sie gab die ›witzigen‹ Geschichten schließlich auf und erklärte Mike, daß es sich doch nur um Fantasieprodukte handle. Wahre Erlebnisse? Die wenigen, die ihr einfielen, bewiesen alle die Richtigkeit von Mikes Theorie, und die Streiche junger Ärzte... nun, Assistenzärzte waren ohnehin gemeingefährlich. Was gab es noch? Wie hatten die Leute gelacht, als Elsa Mae ihren Slip verlor! Aber für Elsa Mae war das nicht witzig gewesen. Oder...

»Offenbar ist der Hereinfall der Gipfel menschlichen Humors«, gab Jill grimmig zu. »Kein Ruhmesblatt für die Menschen, nicht wahr, Mike?«

»Doch!«

»Wie meinst du das?«

»Ich habe früher immer gedacht, ein ›witziges‹ Ding müsse auch gut sein. Aber das stimmt nicht. Für den Betroffenen ist es immer schlecht. Das Gute liegt im Lachen. Ich groke, daß es ein Ausdruck der menschlichen Tapferkeit ist... die Menschen teilen ihr Leid... sie tragen Schmerzen und Kummer und Niederlagen gemeinsam.«

»Aber... Mike, es ist nicht gut, *über* Menschen zu lachen.«

»Richtig. Ich habe auch nicht über den armen kleinen Affen gelacht. Ich habe über *uns* gelacht – über die Menschen. Dann wußte ich plötzlich, daß ich auch ein Mensch bin, und konnte nicht mehr aufhören.« Er machte eine Pause. »Das ist schwer zu erklären, weil du nie als Marsianerin gelebt hast. Auf dem Mars gibt es *nie* etwas, worüber man lachen könnte. Was für uns Menschen witzig ist, kann dort entweder nicht passieren oder darf nicht geschehen, denn was du ›Freiheit‹ nennst, Liebling, existiert auf dem Mars nicht. Dort wird alles von den ›Ältesten‹ vorausgeplant – oder die Dinge, die doch passieren, sind nicht witzig, weil sie nicht schlecht sind. Ein gutes Beispiel dafür ist der Tod.«

»Der Tod ist nicht witzig.«

»Warum gibt es dann so viele Witze über den Tod? Jill, für uns Menschen ist der Tod so traurig, daß wir darüber lachen *müssen*. Alle Religionen widersprechen sich in unzähligen Punkten, aber alle bemühen sich, den Menschen zu helfen, dem Tod gelassen lächelnd ins Gesicht zu sehen.« Mike sprach nicht gleich weiter, und Jill hatte das Gefühl, er sei eben fast in eine Trance verfallen. »Jill, ist es etwa möglich, daß ich in der falschen Richtung gesucht habe? Könnte es sein, daß *alle* Religionen recht haben?«

»*Was*? Wie könnte das sein? Mike, wenn eine die Wahrheit sagt, müssen doch alle anderen Unrecht haben!«

»Meinst du? Wohin würdest du zeigen, wenn du auf den kürzesten Weg rund um das Universum deuten solltest? Du könntest in jede beliebige Richtung zeigen: jeder Weg ist der kürzeste... und du würdest auf dich selbst zeigen.«

»Was beweist das? Du hast mir die richtige Antwort beigebracht, Mike. ›Du bist Gott.‹ «

»Du auch, Liebste. Aber diese grundlegende Tatsache, die nicht auf irgendeinem Glauben beruht, könnte bedeuten, daß alle Religionen wahr sind.«

»Wenn das stimmt, bin ich sehr für Schiwa«, behauptete Jill.

»Du kleine Heidin«, wies Mike sie lächelnd zurecht. »Wenn du so weitermachst, wirst du noch aus San Francisco vertrieben.«

»Aber wir wollen doch nach Los Angeles... dort fallen ein paar Verrückte mehr oder weniger nicht auf. Du bist Schiwa!«

»Tanze, Kali, tanze!«

Nachts wachte Jill auf und sah Mike am Fenster stehen, wo er auf die Stadt hinabblickte. *Sorgen, mein Bruder?*

Er drehte sich nach ihr um. »Sie *müßten* nicht so unglücklich sein.«

»Liebster, ich bringe dich lieber nach Hause. Die Großstadt bekommt dir nicht.«

»Aber ich würde es trotzdem spüren. Schmerzen und Krankheit und Hunger und Streit – das *alles* muß nicht sein. Das ist so närrisch wie die Auseinandersetzungen der Affen.«

»Ja, Liebster. Aber das ist bestimmt nicht deine Schuld...«

»Doch, doch!«

»Nun... vielleicht hast du recht. Aber es handelt sich nicht nur um diese eine Stadt; fünf Milliarden Menschen oder mehr leiden darunter. Und du kannst nicht fünf Milliarden Menschen helfen.«

»Warum eigentlich nicht?« Mike trat vom Fenster zurück und ließ sich auf der Bettkante nieder. »Ich groke sie jetzt; ich kann mit ihnen sprechen, ohne fürchten zu müssen, ständig mißverstanden zu werden. Jill, ich könnte jetzt unsere Nummer so verbessern, daß die Zuschauer Lachkrämpfe bekämen.«

»Das wäre keine schlechte Idee«, stimmte Jill zu. »Patty würde sich freuen – und mir würde es gefallen. Ich habe gern auf dem Jahrmarkt gearbeitet, und seitdem Patty unser Wasserbruder ist, zieht es mich wieder dorthin zurück.«

Er antwortete nicht gleich. Jill versuchte seine Gedanken zu lesen und erkannte, was er überlegte. Sie wartete geduldig.

»Jill, was muß man tun, um zum Priester geweiht zu werden?« fragte Mike schließlich.

30

Das erste Schiff mit männlichen und weiblichen Kolonisten erreichte den Mars; sechs der siebzehn Überlebenden von ursprünglich dreiundzwanzig Kolonisten kehrten zur Erde zurück. Zukünftige Kolonisten wurden in Peru in fünftausend Meter Höhe ausgebildet. Der argentinische Präsident reiste eines Nachts nach Montevideo und nahm zwei Koffer mit; der neue *Presidente* erhob Klage beim Obersten Gericht, um wenigstens die Koffer zurückzubekommen. In der Nationalkathedrale fand die Trauerfeier für Alice Douglas im engsten Kreis vor zweitausend geladenen Gästen statt; die Fernsehreporter hoben bei dieser Gelegenheit rühmend hervor, wie gefaßt der Generalsekretär seinen schweren Verlust trug. Ein Dreijähriger namens *Inflation* gewann das Kentucky Derby als krasser Außenseiter; im Louisville Hilton entleibten sich daraufhin zwei Gäste: einer freiwillig, der andere durch Herzschlag.

Eine heimlich gedruckte Ausgabe der inoffiziellen Biografie *Der Teufel und Reverend Foster* erschien auf dem amerikanischen Markt. Am Abend des gleichen Tages waren sämtliche Exemplare verbrannt und die Druckerei gestürmt worden, was zu Sachschaden, Hausfriedensbruch, Körperverletzung und Widerstand gegen die Staatsgewalt geführt hatte. Das Britische Museum sollte ein Exemplar der ersten Auflage besitzen (nicht wahr), und die Vatikanbibliothek hatte sich angeblich ebenfalls eines gesichert (richtig, aber nur mit Erlaubnis einzusehen).

In Tennessee wurde ein Gesetz eingebracht, das vorsah, Pi gleich drei zu machen; es fand die Billigung des Repräsentantenhauses und wurde erst im Senat endgültig abgelehnt. Eine christliche Sekte eröffnete in Van Buren, Arkansas, ein Büro und bat um Spenden, um Missionare zu den Marsianern schicken zu können. Dr. Jubal Harshaw überwies einen größeren Betrag unter dem Namen (und der vollen Anschrift) des Herausgebers des *New Humanist*, der ein wütender Atheist und sein Freund war.

Ansonsten hatte Jubal wenig zu lachen, denn Mike erregte zuviel Aufsehen. Harshaw verfolgte seine Weiterentwicklung noch immer interessiert, aber Jill und Mike kamen nur selten nach Hause, und Jubal fand die jüngste Entwicklung eher besorgniserregend.

Harshaw hatte nur gelacht, als Mike aus einem Priesterseminar vertrieben und von wütenden Theologen verfolgt worden war, die den Marsmenschen als Heiden und Gotteslästerer ansahen. Jubal hatte ohnehin nicht viel für Theologen übrig – und diese Erfahrung konnte Mike nur nützen; beim nächstenmal würde er sich geschickter anstellen.

Harshaw war auch keineswegs unzufrieden gewesen, als Mike (mit Douglas' Hilfe) sich unter einem falschen Namen freiwillig zum Dienst im Weltheer gemeldet hatte. Er war davon überzeugt gewesen, daß kein Sergeant Mike gewachsen sein würde – und was dem Weltheer passierte, konnte ihm schließlich gleichgültig sein. Seitdem die Vereinigten Staaten keine eigenen Streitkräfte mehr unterhielten, hatte Jubal das Interesse an militärischen Dingen verloren.

Jubal war überrascht, wie wenig Mike als ›Gefreiter Jones‹ anstellte und wie lange er sich halten konnte – fast drei Wochen. Mike krönte seine Karriere damit, daß er nach einem Vortrag des Kompanlechefs, nach dem Fragen gestellt werden durften, seinerseits einen Vortrag über die Sinnlosigkeit jeder Gewaltanwendung hielt; dabei erwähnte er nicht nur, wie praktisch es wäre, die Bevölkerung durch Kannibalismus zu reduzieren, sondern stellte sich auch freiwillig als Versuchsperson zur Verfügung, um zu beweisen, daß es *keine* Waffe gab, die einem Menschen mit wirklicher Selbstdisziplin schaden konnte.

Sein Angebot wurde nicht angenommen; statt dessen erhielt Mike den Laufpaß.

Douglas zeigte Jubal grinsend einen streng geheimen Bericht, nachdem er ihn gewarnt hatte, daß niemand – nicht einmal der Divisionskommandeur – wußte, daß der ›Gefreite Jones‹ der Marsmensch gewesen war. Jubal überflog die Zeugenaussagen, die sich meistens mit den Dingen befaßten, die passiert waren, als ›Jones‹ an verschiedenen Waffen ›ausgebildet‹ worden war; er staunte nur über den Mut, mit dem einige Zeugen beschworen, sie hätten Waffen verschwinden gesehen.

Den letzten Absatz las Harshaw besonders sorgfältig: ›Beurteilung: Der Betreffende besitzt eine erstaunliche hypnotische Naturbegabung, die für militärische Zwecke nutzbar gemacht werden könnte, wenn er in anderer Beziehung geeigneter wäre. Sein niedriger Intelligenzquotient (Schwachsinniger), seine geringe allgemeine Begabung und seine paranoiden Züge (Größenwahn) lassen es jedoch nicht ratsam erscheinen, dieses Naturtalent in irgendeiner Weise auszuwerten.

Empfehlung: Sofortige Entlassung wegen Dienstunfähigkeit – keine Pensionsberechtigung, kein Entlassungsgeld.‹

Mike hatte sich glänzend amüsiert. Als er am letzten Tage seiner militärischen Laufbahn an einer Parade teilnahm, standen der kommandierende General und sein Stab plötzlich hüfttief in einem Pferdeprodukt, das früher auf Exerzierplätzen herumgelegen hatte. Dieses Zeug verschwand wieder und ließ nur einen durchdringenden Geruch und den Glauben an Massenhypnose zurück. Jubal war der Meinung, Mike beweise bei seinen Streichen enttäuschend wenig Geschmack; dann erinnerte er sich jedoch an einige aus seiner Studentenzeit und lächelte unwillkürlich...

Jubal genoß Mikes wenig ruhmreiche militärische Laufbahn, weil Jill diese drei Wochen in seinem Haus verbrachte. Als Mike anschließend zurückkam, schien er nicht darunter gelitten zu haben, sondern berichtete Jubal stolz, er habe sich strikt an Jills Anweisungen gehalten und niemand verschwinden lassen... obwohl er manchmal den Eindruck hatte, die Erde könnte schöner sein, wenn einige Leute verschwunden wären. Jubal ließ sich aüf keine Diskussion mit ihm ein; er kannte selbst einige Leute, die er lieber tot gesehen hätte.

Daß Mike sich auf so einzigartige Weise weiterbildete, war nach Harshaws Meinung ganz in Ordnung; Mike war schließlich selbst einzigartig. Aber diese letzte Masche – ›Der Reverend Doktor Doktor Valentine M. Smith, Gründer und Pastor der Kirche aller Welten, Inc.‹ – schrecklich! Es war schon schlimm genug, daß der Junge beschlossen hatte, die Menschlichkeit auf diese Weise zu beglükken, anstatt die Seelen seiner Mitmenschen in Ruhe zu lassen, wie es einem Gentleman anstand. Aber diese beiden Doktortitel, die er sich gekauft hatte... Jubal wurde schlecht, wenn er daran dachte.

Am schlimmsten war jedoch, daß Mike behauptete, Jubals Ausführungen über die Existenz und die Möglichkeiten einer Kirche hätten ihn auf diese Idee gebracht. Jubal mußte zugeben, daß er sich darüber geäußert haben könnte, obwohl er sich nicht daran erinnerte.

Mike hatte seinen Kreuzzug sorgfältig vorbereitet. Er hatte einige Monate im Priesterseminar einer sehr kleinen und sehr armen Sekte zugebracht, hatte dort nach erstaunlich kurzer Zeit promoviert, war zum Priester geweiht worden und hatte sich den zweiten Doktortitel dadurch beschafft, daß er die Verleihung zur Bedingung machte, bevor er an einer Konferenz über Probleme der Marsforschung teilnahm. Harvard hatte dieser Versuchung nicht widerstehen können, weil der Marsmensch sich bisher stets geweigert hatte, sich bei derartigen Anlässen zur Verfügung zu stellen. Mike hatte einige Wochen als Vikar in einer Kirche dieser Sekte gearbeitet, war dann wegen Glaubensstreitigkeiten aus dem Amt geschieden und hatte seine eigene Kirche gegründet. Das war völlig legal und durch Martin Luthers Vorgehen sanktioniert – und so widerlich wie ein drei Wochen lang nicht entleerter Mülleimer.

Jubal schrak auf, als Miriam rief: »Boß, wir haben Besuch!«

Harshaw hob den Kopf und sah einen Aircar zur Landung ansetzen. »Larry, hol meine Schrotflinte! Ich habe geschworen, daß ich den nächsten Kerl, der auf meinen Rosen landet, erschießen würde.«

»Er landet auf dem Rasen, Boß.«

»Dann soll er es noch mal versuchen. Vielleicht erwischen wir ihn beim nächstenmal.«

»Ist es nicht Ben Caxton?«

»Natürlich! Hallo, Ben. Was trinkst du?«

»Nichts, du alter Säufer. Ich muß mit dir reden, Jubal.«

»Das tust du bereits. Dorcas, hol Ben ein Glas warme Milch; er ist krank.«

»Aber ohne Soda«, fügte Ben hinzu, »und aus der Flasche mit den drei Sternen. Ich muß privat mit dir sprechen, Jubal.«

»Gut, komm mit in mein Arbeitszimmer. Aber wenn du in diesem Haushalt etwas geheimhalten kannst, wäre ich dir für eine Erläuterung deiner Methode dankbar.«

Nachdem Ben die anderen begrüßt hatte, folgte er Jubal nach oben.

Harshaw ließ sich in einen Sessel fallen und betrachtete Ben prüfend. »Du siehst nicht gerade blendend aus. Schenk dir noch ein Glas ein und erzähl mir, was dir auf dem Herzen liegt.«

»Jubal, ich bin unglücklich.«

»Ist das etwas Neues?«

»Ich habe neue Sorgen.« Ben runzelte die Stirn. »Ich weiß nicht recht, ob ich überhaupt darüber sprechen will.«

»Dann hör dir *meine* Sorgen an.«

»*Du* hast Sorgen? Jubal, ich dachte, du wärst der einzige Mensch, der bei diesem Glücksspiel gewonnen hat.«

»Ich muß dir gelegentlich von meinem Eheleben erzählen. Ja, ich habe Sorgen. Duke ist nicht mehr hier – weißt du das?«

»Ja.«

»Larry ist ein guter Gärtner – aber die vielen Maschinen, ohne die unser Haushalt nicht auskommen kann, lösen sich allmählich in ihre Bestandteile auf. Gute Mechaniker sind verdammt selten, aber es gibt fast keine, die zu uns passen würden. Deshalb behelfe ich mich mit Reparaturdiensten – aber die Mechaniker, die dann kommen, stören uns, schreiben mehr Arbeitsstunden auf, als sie geleistet haben, versuchen zu klauen und sind oft nicht einmal imstande, einen Schraubenzieher zu benützen, ohne sich dabei zu verletzen. Da ich selbst nicht begabter bin, muß ich mich wohl oder übel mit ihnen abfinden.«

»Du tust mir wirklich leid, Jubal.«

»Den Sarkasmus kannst du dir sparen. Mechaniker und Gärtner sind angenehm; Sekretärinnen sind lebenswichtig. Zwei von meinen erwarten ein Kind, und eine will heiraten.«

Caxton starrte ihn verblüfft an.

»Nein, ich erzähle keine Märchen«, knurrte Harshaw. »Die Mädchen sind wütend, weil ich mit dir verschwunden bin, bevor sie Gelegenheit hatten, dir alles zu erzählen und kräftig anzugeben. Sei also bitte überrascht, wenn sie mit ihren Neuigkeiten herausrükken.«

»Natürlich, wird gemacht, Jubal. Äh... welche heiratet eigentlich?«

»Ist das nicht klar? Der Glückliche ist dieser Mann, dessen Beredsamkeit niemand widerstehen kann: unser hochgeschätzter Wasserbruder Stinky Mahmoud. Ich habe ihm erklärt, daß er und seine Frau *hier* leben müssen, wenn sie in Amerika sind. Daraufhin hat der unverschämte Kerl nur gelacht und mir gesagt, ich hätte ihn doch längst eingeladen.« Jubal zuckte mit den Schultern. »Hoffentlich kommen die beiden dann wirklich hierher, damit wenigstens *sie* für mich arbeiten kann.«

»Wahrscheinlich würde sie das sogar tun. Deine Mädchen arbeiten alle gern. Und die beiden anderen sind schwanger?«

»Allerdings. Ich frische meine Kenntnisse in Geburtshilfe auf, weil beide ihr Kind zu Hause auf die Welt bringen wollen. Stell dir vor, wie Babys meine Arbeitsgewohnheiten behindern werden! Aber warum nimmst du einfach an, daß die Braut nicht zu den beiden Schwangeren gehört?«

»Nun, ich vermute, daß Stinky etwas konventioneller ist... oder vielleicht nur vorsichtiger.«

»Stinky hätte dabei nicht viel zu sagen. Ben, ich studiere dieses Thema seit Jahrzehnten und bemühe mich, ihren komischen Gedanken auf die Spur zu kommen; aber dabei habe ich nur eines festgestellt: Wenn eine Frau will, tut sie es auch. Als Mann kann man sich in diesem Fall nur mit dem Unvermeidlichen abfinden.«

»Schön, welche ist also weder Braut noch werdende Mutter? Miriam? Oder Anne?«

»Augenblick, ich habe nie behauptet, die Braut erwarte ein Kind... und du scheinst anzunehmen, Dorcas sei Stinkys Zukünftige. Aber dann irrst du dich, weil Miriam Arabisch lernt.«

»*Was*? Das hätte ich nie gedacht!«

»Offenbar nicht.«

»Aber Miriam war doch meistens ziemlich unfreundlich zu Stinky...«

»Und du darfst eine Kolumne schreiben! Hast du schon einmal Kinder auf dem Spielplatz beobachtet?«

»Ja, aber ... Dorcas hat nur noch darauf verzichtet, einen Bauchtanz vorzuführen.«

»Das ist ihr natürliches Benehmen. Sei gefälligst überrascht, wenn Miriam dir ihren Ring zeigt. Und denke daran, daß die anderen Mädchen sehr mit ihrem Zustand zufrieden sind. Deshalb habe ich dich schon vorher gewarnt, damit du nicht glaubst, sie bildeten sich ein, ›Pech‹ gehabt zu haben. Das ist nämlich nicht der Fall. Die ganze Sache war kein Versehen, sondern eher Berechnung.« Jubal seufzte schwer. »Ich bin zu alt, um mich über Babys zu freuen, aber ich habe nicht die Absicht, mich von perfekten Sekretärinnen zu trennen, wenn ich sie irgendwie zum Bleiben bewegen kann. In diesem Haus geht es drunter und drüber, seitdem Jill dafür gesorgt hat, daß Mike die schöneren Seiten des Lebens kennengelernt hat. Ich mache ihr deswegen allerdings keine Vorwürfe ... und du auch nicht, nehme ich an.«

»Nein, aber – Jubal, hast du den Eindruck, daß *Jill* Mike auf diese Idee gebracht hat?«

»Wer denn sonst?« fragte Jubal erstaunt.

»Immer mit der Ruhe. Jill hat mir die Sache erklärt, als ich zur gleichen Schlußfolgerung gekommen war. Soviel ich weiß, war es mehr oder weniger Zufall, wer bei Mike zuerst zum Zug kam.«

»Das könnte stimmen.«

»Jill ist jedenfalls dieser Meinung. Sie findet, daß Mike Glück hatte, als er von dem Mädchen verführt wurde, das für diesen Zweck am besten geeignet war. Das ist ein deutlicher Hinweis, wenn man Jills Gedankengänge kennt.«

»Ich kenne nicht einmal meine eigenen, Ben. Von Jill hätte ich nie erwartet, daß sie eines Tages als Predigerin auftreten würde – deshalb weiß ich nicht, was *sie* denkt.«

»Sie predigt nicht viel ... aber dazu kommen wir noch. Jubal, was sagt dir der Kalender?«

»Ha?«

»Du glaubst, daß Mike in beiden Fällen der Vater ist – wenn seine Besuche damit vereinbar waren.«

»Ben, ich habe nichts gesagt, was diese Schlußfolgerung rechtfertigen würde.« Jubal runzelte die Stirn. »Wie kommst du darauf?«

»Du hast selbst erwähnt, daß die Mädchen mit ihrem Zustand sehr zufrieden sind. Und ich kenne die Wirkung dieses gottverdammten Supermanns auf Frauen.«

»Langsam, Sohn – er ist unser Wasserbruder.«

»Das weiß ich – und ich liebe ihn auch«, antwortete Ben ruhig. »Aber aus diesem Grund verstehe ich um so besser, warum die beiden Mädchen zufrieden sind.«

Jubal starrte sein Glas an. »Ben, ich habe den Eindruck, daß *dein* Name eher als Mikes auf der Liste stehen könnte.«

»Du spinnst wohl, Jubal!«

»Immer mit der Ruhe, Ben. Ich bin zwar dafür, mich nicht in anderer Leute Privatleben einzumischen, aber ich höre und sehe noch recht gut. Du hast mindestens dreißigmal unter diesem Dach geschlafen. Hast du jemals allein geschlafen?«

»Du alter Gauner! Äh, ich war in der ersten Nacht allein.«

»Dann muß Dorcas krank gewesen sein. Nein, du hast von mir ein Schlafmittel bekommen – das gilt nicht. Aber sonst?«

»Deine Frage ist unangebracht, unmoralisch und unter meiner Würde.«

»Das ist schon eine Antwort«, stellte Harshaw zufrieden fest.

»Hör zu, Jubal, würde *dein* Name nicht weiter oben auf der Liste stehen?«

»*Was?*«

»Von Larry und Duke ganz zu schweigen. Jubal, jedermann nimmt an, daß du dir den schönsten Harem seit den türkischen Sultanen hältst. Versteh mich bitte nicht falsch – die Leute *beneiden* dich. Sie halten dich für einen alten Wüstling.«

Jubal trommelte auf die Sessellehne. »Ben, ich habe nichts dagegen, wenn Jüngere mich respektlos behandeln. Aber in dieser Beziehung verlange ich Achtung vor meinem Alter.«

»Tut mir leid«, entschuldigte sich Ben. »Aber ich dachte, daß du nichts gegen eine Diskussion *deines* Privatlebens einzuwenden hättest, nachdem wir meines schon besprochen haben.«

»Nein, nein, Ben! Du hast mich nicht richtig verstanden – ich bestehe darauf, daß die *Mädchen* mich in dieser Beziehung respektieren.«

»Oh...«

»Ich bin alt, wie du ganz richtig festgestellt hast. In dieser einen Beziehung fühle ich mich noch durchaus jünger, aber ich bin völlig Herr meiner Wünsche. Ich ziehe es vor, einen würdigen Eindruck zu erwecken, anstatt mich mit Dingen zu befassen, die ich früher schon so ausgiebig genossen habe, daß keinerlei Nachholbedürfnis besteht. Deshalb kannst du meinen Namen gefälligst von der Liste streichen.«

Caxton grinste. »Okay, Jubal. Hoffentlich bin ich in deinem Alter nicht so hartnäckig.«

Jubal lächelte nur. »Lieber der Versuchung widerstehen, als sich lächerlich zu machen oder enttäuscht zu werden. Was Larry und Duke betrifft, bin ich überfragt und will auch gar nichts wissen. Die jungen Leute haben ihr Privatleben immer einigermaßen für sich behalten – zumindest bis der marsianische Einfluß zu stark wurde.« Jubal lächelte verständnisvoll.

»Du glaubst also, daß es Mike war«, stellte Ben fest.

Jubal runzelte die Stirn. »Ja. Aber das ist in Ordnung – die Mädchen sind zufrieden, und ihre Kinder sind versorgt, weil Mike jeden Betrag als Alimente bezahlen kann. Aber ich mache mir um Mike Sorgen, Ben.«

»Ich auch.«

»Und um Jill.«

»Äh... Jubal, Jill kommt erst in zweiter Linie. Mike ist wichtiger.«

»Verdammt noch mal, warum kann der Junge nicht nach Hause kommen, anstatt sich als Prediger aufzuspielen?«

»Jubal, er tut eigentlich etwas anderes«, warf Ben ein. »Ich komme gerade von dort.«

»*Was?* Warum hast du mir das nicht gleich gesagt?«

Ben seufzte. »Bisher hast du dir die Gesprächsthemen selbst ausgesucht.«

»Okay, jetzt bist du an der Reihe.«

»Ich habe sie auf dem Rückflug von der Konferenz, über die ich aus Kapstadt berichtet habe, in ihrem neuen Heim besucht. Was ich dort gesehen habe, hat mich ernstlich beunruhigt – deshalb bin ich sofort hierher zu dir gekommen. Jubal, könntest du nicht dafür sorgen, daß Douglas dieses Unternehmen schließen läßt?«

Harshaw schüttelte den Kopf. »Was Mike mit seinem Leben anfängt, ist seine Sache.«

»Das würdest du nicht sagen, wenn du gesehen hättest, was ich gesehen habe.«

»Woher willst du das wissen? Außerdem kann ich nichts dagegen unternehmen. Und Douglas ist ebenfalls machtlos.«

»Jubal, Mike würde doch jede Entscheidung akzeptieren, die du in finanzieller Hinsicht für ihn treffen würdest. Vermutlich würde er sie nicht einmal verstehen.«

»Doch, das würde er recht gut! Ben, Mike hat vor einiger Zeit sein

Testament gemacht und es mir geschickt, damit ich es lesen und verbessern sollte. Es war so raffiniert abgefaßt, daß ich nur staunen konnte. Mike hat erkannt, daß er mehr besitzt, als seine Erben jemals brauchen können – deshalb hat er einen Teil des Geldes benützt, um den Rest endgültig zu sichern. Aus dem Testament ging hervor, daß er sämtliche Vermögenswerte kennt, die er von der Besatzung der *Envoy* geerbt hat. Ich hatte nicht das geringste daran auszusetzen, Ben. Erzähl mir also nicht, daß ich etwas mit seinem Geld anstellen oder ihm die Verfügungsgewalt entziehen könnte!«

»Ich wollte, du könntest es«, meinte Ben verdrossen.

»Ich kann es aber nicht. Und selbst wenn ich es könnte, wäre nichts damit geholfen. Mike hat seit fast einem Jahr nichts mehr von seinem Konto abgehoben. Douglas hat mich erst kürzlich deswegen angerufen, weil Mike seine Briefe unbeantwortet gelassen hat.«

»Er hebt nichts ab? Jubal, er gibt aber unheimlich viel aus.«

»Anscheinend macht seine Kirche sich bezahlt.«

»Das ist eben das Komische daran. Es ist eigentlich gar keine Kirche.«

»Sondern?«

»Äh, vor allem eine Sprachenschule.«

»*Was?*«

»Dort wird Marsianisch gelehrt.«

»Warum bezeichnet er seine Gründung dann als ›Kirche‹?«

»Vielleicht hat er doch eine Kirche gegründet, wenn man nur von der legalen Definition ausgeht.«

»Hör zu, Ben, auch eine Rollschuhbahn ist eine Kirche, wenn eine Sekte behauptet, das Rollschuhlaufen sei eine Form des Gebets – oder es erfülle eine bestimmte Funktion im Rahmen des Gottesdienstes. Wenn man zur höheren Ehre Gottes singen kann, muß man zum gleichen Zweck auch auf Rollschuhen fahren können. In Malaysia gibt es Tempel, die in den Augen westlicher Besucher nur Schlangenpensionen sind, aber das Oberste Gericht hat sie ebenfalls zu ›Kirchen‹ erklärt, die besondere Rechte beanspruchen können.«

»Nun, Mike züchtet auch Schlangen. Jubal, ist denn *gar nichts* verboten?«

»Das ist schwer zu sagen. Eine Kirche darf normalerweise keine Honorare dafür verlangen, daß die Priester wahrsagen oder mit den Geistern Verstorbener in Verbindung treten – aber sie darf Spenden entgegennehmen, die in Wirklichkeit als Honorar gedacht sind.

Menschenopfer sind verboten, aber es gibt einzelne Sekten, die sie trotzdem praktizieren... wahrscheinlich auch hier in Amerika. In allen diesen Fällen werden Verbote dadurch umgangen, daß man sich ins Allerheiligste zurückzieht und keine Außenstehenden hereinläßt. Warum fragst du, Ben? Hast du Angst, daß Mike eingesperrt werden könnte?«

»Nein, eigentlich nicht, aber...«

»Solange er einigermaßen vorsichtig ist, kann ihm niemand etwas anhaben. Die Fosteriten haben bewiesen, was man sich alles leisten kann.«

»Mike hat den Fosteriten viel abgeschaut. Auch das macht mir Sorgen.«

»Und was macht dir *wirklich* Sorgen?«

»Jubal, ich... äh... das ist eine Sache, die unter uns Wasserbrüdern bleiben muß.«

»Du weißt, daß ich schweige wie das Grab, Ben. Los, heraus mit der Sprache!«

»Jubal, ich habe vorhin erwähnt, daß Mike Schlangen züchtet. Das war bildlich und wörtlich gemeint – seine sogenannte Kirche ist eine Schlangengrube. Ungesund. Und ›Kirche‹ ist der falsche Ausdruck – ›Tempel‹ wäre besser. Mikes Tempel ist riesig. Er besteht aus einem großen Saal für öffentliche Versammlungen, mehreren kleinen, in denen sich geladene Gäste treffen, zahlreichen kleineren Räumen und Privatquartieren. Jill hat mir beschrieben, wohin ich kommen sollte, deshalb habe ich mich am rückwärtigen Eingang in einer Seitenstraße absetzen lassen. Die Unterkünfte liegen über dem großen Saal und sind so privat, wie das in einer Großstadt überhaupt möglich ist.«

Jubal nickte zustimmend. »Neugierige Nachbarn sind *immer* lästig.«

»In diesem Fall wären sie es bestimmt. Die äußere Tür hat sich von selbst vor mir geöffnet; ich vermute, daß ich beobachtet worden bin, obwohl ich kein Objektiv oder dergleichen gesehen habe. Dann weiter durch zwei automatische Türen, mit dem Lift nach oben, durch die nächste Tür und in einen riesigen Wohnraum. Die Einrichtung war spärlich und ziemlich merkwürdig. Jubal, dein Haushalt gilt als exzentrisch, aber...«

»Unsinn!« warf Harshaw ein. »Nur zweckmäßig und gemütlich.«

»Schön, aber dein Haushalt ist ein Mädchenpensionat im Vergleich zu Mikes Verein. Ich habe gerade erst einen Fuß über die Schwelle des Wohnraums gesetzt, als ich schon etwas sehe, das ich einfach nicht glauben kann. Eine Puppe, die vom Hals bis zu den Knöcheln tätowiert ist – und sonst nichts anderes anhat. Menschenskind, sie war überall tätowiert! Unglaublich!«

»Du bist ein ungehobelter Klotz, Ben. Ich habe einmal eine tätowierte Dame gekannt. Sie war sehr nett.«

»Nun...«, gab Ben zu, »diese ist auch sehr nett, sobald man sich an die Bilder gewöhnt – und an die Tatsache, daß sie meistens eine Schlange bei sich hat.«

»Ich habe mir schon überlegt, ob wir beide die gleiche Dame meinen. Aber die andere, die ich vor dreißig Jahren gekannt habe, hatte unerklärlicherweise Angst vor Schlangen. Ich mag Schlangen jedoch gern... ich freue mich schon auf ein Zusammentreffen mit deiner Freundin.«

»Du lernst sie kennen, wenn du Mike besuchst. Sie empfängt dort die Gäste. Patricia – aber sie wird meistens ›Pat‹ oder ›Patty‹ genannt.«

»Ah, richtig! Jill hat mir von ihr erzählt. Sie hat allerdings nichts von Tätowierungen gesagt.«

»Aber sie ist alt genug, um deine Freundin zu sein, Jubal. Als ich ›Puppe‹ gesagt habe, wollte ich nur den ersten Eindruck wiedergeben. Sie sieht wie Anfang dreißig aus und behauptet, ihr Ältester sei schon so alt. Sie kam jedenfalls lächelnd auf mich zu, küßte mich und sagte: ›Du bist also Ben. Willkommen, Bruder! Ich gebe dir Wasser!‹

Jubal, ich bin schon lange Reporter und habe einiges erlebt. Aber ich war noch *nie* von einer Unbekannten geküßt worden, die nur mit Tätowierungen bekleidet war. Ich bin rot geworden!«

»Armer Ben.«

»Verdammt noch mal, du hättest auch nicht anders reagiert!«

»Nein. Ich habe dir doch erzählt, daß ich früher eine tätowierte Dame gekannt habe. Sie haben das Gefühl, mit ihren Tätowierungen bekleidet zu sein. So war es jedenfalls bei meiner Freundin Sadako – aber sie war Japanerin, und die Japaner sind nicht so körperbewußt wie wir.«

»Hmm«, meinte Ben, »Pat ist auch nicht körperbewußt – sie sieht nur ihre Tätowierungen. Nach ihrem Tod will sie ausgestopft werden, damit jedermann Georges Kunstwerke bewundern kann.«

»Wer ist dieser George?«

»Oh, tut mir leid. Ihr Mann. Zu meiner Erleichterung stellte sich heraus, daß er bereits im Himmel ist... obwohl sie von ihm spricht, als sei er nur eben in die Kneipe um die Ecke gegangen, um ein Bier zu trinken. Aber Pat ist im Grunde ihres Wesens doch eine wirkliche Dame. Sie hat sich bemüht, sich nichts anmerken zu lassen und meine Verlegenheit zu übersehen...«

31

Patricia Paiwonski empfing Ben Caxton mit einem Kuß, bevor er recht wußte, was ihm geschah. Sie spürte sein Zögern und war überrascht; Michael hatte ihr Bens Besuch angekündigt und ihr sein Gesicht eingeprägt, so daß sie ihn sofort erkannte. Sie wußte, daß Ben zu den wenigen Brüdern gehörte, die ins Innere Nest aufgenommen worden waren, und daß Jills Verhältnis zu ihm fast so eng wie ihre Beziehung zu Mike war.

Aber Patricia bemühte sich stets, andere glücklich zu machen; deshalb stellte sie keine peinlichen Fragen. Sie forderte Ben auf, seine Kleidung abzulegen, bestand jedoch nicht darauf und eilte davon, um ihm einen Drink zu holen. Sie entschied sich für einen doppelten Martini; der Arme sah müde aus. Als sie mit den Gläsern zurückkam, hatte Ben sich die Schuhe und seine Jacke ausgezogen. »Mögest du niemals Durst leiden, Bruder.«

»Wir teilen uns Wasser«, stimmte er zu und trank. »Aber *das* hier enthält wenig Wasser.«

»Genug«, versicherte Patty ihm. »Michael sagt, daß es nicht auf das Wasser ankommt; viel wichtiger ist es, sich etwas zu teilen. Ich groke, daß er richtig spricht.«

»Ich groke es ebenfalls. Das hat mir gerade gefehlt. Vielen Dank, Patty.«

»Was dir gehört, ist auch unser, und was uns gehört, ist dein. Wir freuen uns, daß du heimgekehrt bist. Die anderen sind im Gottesdienst oder im Unterricht. Willst du dich in unserem Nest umsehen, bis sie zurückkommen?«

Ben ließ sich durch die Räume führen – durch eine riesige Küche, die mit einer Bar kombiniert war, eine große Bibliothek, die mehr Bücher enthielt als Jubals Bibliothek, sowie luxuriöse Bäder und Schlafzimmer. Ben hielt sie jedenfalls für Schlafzimmer, obwohl dort keine Betten standen; der Fußbodenbelag war in diesen Räumen noch flauschiger und höher als anderswo, und Patty zeigte ihm das ›kleine Nest‹, in dem sie gewöhnlich schlief.

Es war auf einer Seite abgeteilt, um Platz für ihre Schlangen zu schaffen. Ben trat unwillkürlich einen Schritt zurück, als er die Kobras sah.

»Du brauchst dich nicht vor ihnen zu fürchten«, versicherte Patty ihm. »Früher waren sie hinter Glas, aber Mike hat ihnen gesagt, daß sie diese Linie nicht überqueren dürfen.«

»Ich würde mich lieber auf Glas verlassen.«

»Wie du willst, Ben.« Patty ließ eine Glastrennwand herab. Er war erleichtert und brachte es sogar fertig, Honey Bun vorsichtig zu streicheln. Dann zeigte Pat ihm einen weiteren Raum; er war riesig, kreisrund, hatte den gleichen Bodenbelag wie die Schlafzimmer und enthielt ein großes rundes Wasserbecken. »Das ist der Innerste Tempel, in dem wir neue Brüder ins Nest aufnehmen«, erklärte sie ihm. Sie steckte einen Fuß ins Wasser. »Möchtest du die Brüderschaft erneuern und mir näherkommen? Oder vielleicht nur schwimmen?«

»Ich, äh... danke, nicht gleich jetzt.«

»Dann warten wir«, stimmte sie gelassen zu. Sie kehrten in den großen Wohnraum zurück und Patricia verschwand, um ihm einen zweiten Drink zu holen. Ben ließ sich auf einer Couch nieder – und stand bald wieder auf, weil ihm heiß wurde. Der Raum war überheizt, der Drink wärmte ihn von innen heraus – und er überlegte sich, daß es lächerlich war, wie auf der Straße herumzulaufen, solange Patty nur ihre Tätowierungen und eine Schlange trug, die sie mitgenommen hatte. Er entschied sich für einen Kompromiß, behielt seine Unterhose an und hängte die übrigen Kleidungsstücke in der Garderobe am Eingang auf. Dort sah er auch ein großes Warnschild: *Bist du vollständig angezogen?*

Nun, in diesem Haushalt war eine derartige Warnung vielleicht durchaus angebracht. Ben fiel noch etwas anderes auf, das er bisher übersehen hatte: zu beiden Seiten der Tür standen große Messingschalen voller Geldscheine und Münzen. Die Schalen quollen vor Geld über.

Ben starrte es an, als Patty zurückkam. »Hier ist dein Drink, Bruder Ben. Glück und Frieden.«

»Danke, Pat.« Er sah auf die Scheine herab, die zu Boden gefallen waren.

Sie folgte seinem Blick. »Ich bin eine schlechte Haushälterin, Ben.

Michael nimmt mir die meiste Arbeit ab, so daß ich das andere oft vergesse.« Sie sammelte das Geld ein und stopfte es in die weniger überfüllte Schale.

»Was soll das, Patty?«

»Oh. Wir lassen das Geld hier am Ausgang, weil jemand von uns, der das Nest verläßt, Geld brauchen könnte.«

»Nehmt ihr einfach eine Handvoll mit?« fragte Ben erstaunt.

»Natürlich, mein Lieber. Oh, jetzt weiß ich, was du meinst. Hier oben halten sich nur Brüder auf. Für Freunde und Besucher haben wir unten andere Räume eingerichtet. Auf diese Weise wird niemand durch das Geld in Versuchung geführt.«

»Doch! Zum Beispiel ich!«

Patty lächelte. »Wie ist das möglich, wenn es dir gehört?«

»Äh... und wie steht es mit Dieben?« Ben versuchte zu schätzen, wieviel Geld jede Schale enthielt; er sah einige größere Geldscheine und gab den Versuch wieder auf, weil sich ihm der Kopf drehte.

»Letzte Woche ist ein Dieb hier eingedrungen.«

»Oh? Wieviel hat er gestohlen?«

»Nichts. Mike hat ihn fortgeschickt. Und dann hat Duke ein Loch im Dachfenster des Gartenraums reparieren müssen. Habe ich dir den Gartenraum gezeigt? Dort haben wir einen schönen Grasteppich. Jill hat mir von deinem erzählt, Ben. Hast du ihn in allen Räumen?«

»Nein, nur im Wohnzimmer.«

»Darf ich darauf gehen, wenn ich nach Washington kommen sollte? Darf ich mich darauf ausstrecken? Bitte!«

»Natürlich, Patty. Äh... er gehört dir.«

»Ich weiß, Ben. Aber ich wollte trotzdem fragen. Ich werde mich darauf ausstrecken und glücklich sein, weil ich im ›kleinen Nest‹ meines Bruders bin.«

»Du bist stets willkommen, Patty.« Ben hoffte allerdings, daß sie ihre Schlangen zu Hause lassen würde! »Wann kommst du voraussichtlich?«

»Das weiß ich nicht. Wenn die Wartezeit beendet ist. Vielleicht weiß Michael mehr.«

»Am besten rufst du vorher an, damit ich auch bestimmt da bin. Sonst kennt Jill meine Türkombination.« Ben machte eine Pause. »Patty, kümmert sich eigentlich niemand darum, was aus diesem Geld wird?«

»Warum, Ben?«

»Nun, das ist doch üblich.«

»Wir brauchen keine umständlichen Abrechnungen. Jeder nimmt sich, soviel er braucht, und legt den Überschuß nach seiner Rückkehr wieder in die Schale. Michael gibt mir Geld, wenn ich ihm sage, daß wir mehr brauchen.«

Ben wechselte das Thema, weil er nicht wußte, was er dazu sagen sollte; er fragte sich jedoch, ob Pat erkannte, daß diese paradiesischen Zustände nur durch Mikes Reichtum ermöglicht wurden. »Patty, wie viele leben hier im Nest?«

»Augenblick... fast zwanzig, wenn man die Novizen mitzählt, die noch nicht marsianisch denken und nicht geweiht sind.«

»Bist du geweiht, Patty?«

»Ja. Ich unterrichte Anfänger in Marsianisch, helfe den Novizen und führe den Haushalt. Und Dawn und ich – Dawn und Jill sind Hohepriesterinnen – sind einigermaßen bekannte Fosteriten, so daß wir anderen Fosteriten erklären können, weshalb die Zugehörigkeit zur Kirche aller Welten sich durchaus mit ihrem Glauben vereinbaren läßt; schließlich kann man auch gleichzeitig Baptist und Freimaurer sein.« Sie zeigte Ben Fosters Kuß und schilderte ihm, wie Mike ihr den zweiten aufgedrückt hatte.

»Fosteriten wissen natürlich, was Fosters Kuß bedeutet und wie schwer er zu erlangen ist... und sobald sie einige von Mikes Wundern gesehen haben, sind die meisten bereit, sich uns anzuschließen und dafür zu arbeiten.«

»Muß man dafür wirklich arbeiten?« fragte Ben erstaunt.

»Die anderen müssen es, Ben. Du, Jill, ich und einige weitere Brüder sind von Mike selbst ausgewählt und in den Innersten Kreis aufgenommen worden. Aber alle übrigen müssen zuerst Marsianisch lernen, um wirklich zu verstehen, was Michael lehrt. Das ist nicht leicht; ich spreche es selbst keineswegs perfekt. Aber ich bin glücklich, weil ich hier arbeiten und lernen kann. Möchtest du einen Gottesdienst erleben und hören, wie Michael die Leute überzeugt? Michael predigt gerade.«

»Gern, wenn es nicht zuviel Umstände macht.«

»Natürlich nicht! Ziehst du dich inzwischen an? Ich komme gleich wieder.«

»Als sie zurückkam, hat sie eine knöchellange weiße Robe getragen, auf deren Vorderseite das Wappen der Kirche aller Welten eingestickt war – neun konzentrische Kreise und eine symbolisierte

Sonne«, berichtete Ben seinem Wasserbruder Jubal. »Diese Aufmachung hat sie erstaunlich verändert; sie wirkte plötzlich würdevoller und älter – aber längst nicht so alt, wie sie zu sein behauptete.

Wir trugen unsere Schuhe in der Hand, verließen das Nest durch einen anderen Ausgang, erreichten einen Korridor und zogen dort die Schuhe an. Von dort aus führte eine Rampe nach unten zu der Galerie im großen Saal. Mike stand auf dem Podium. Er hatte kein Rednerpult vor sich und verzichtete auch sonst auf alle Hilfsmittel wie Mikrofone oder Lautsprecher. In seiner Nähe stand eine Priesterin, die ich für Jill hielt – aber es war Dawn Ardent, die andere Hohepriesterin.«

»Wie heißt sie?«

»Dawn Ardent – geborene Higgins, wenn du es genau wissen willst.«

»Ja, ich kenne sie.«

»Das weiß ich, du alter Lüstling. Sie schwärmt für dich.«

Jubal schüttelte den Kopf. »Die ›Dawn Ardent‹, die ich meine, erinnert sich bestimmt nicht an mich. Ich habe sie vor zwei Jahren flüchtig kennengelernt.«

»Sie erinnert sich sehr gut an dich. Sie besorgt sich allen Schund von dir auf Tonband und hört sich das Zeug an, bevor sie einschläft; angeblich träumt sie dann schön. Aber du bist ohnehin bestens bekannt, Jubal – in dem großen Wohnraum hängt ein einziges Bild: ein lebensgroßes Farbfoto deines ehrwürdigen Haupts. Du grinst ganz abscheulich, als wärst du eben geköpft worden. Duke hat die Aufnahme heimlich gemacht.«

»Dieser unverschämte Kerl!«

»Jill hat ihn darum gebeten.«

»Noch unverschämter!«

»Mike hat sie auf diese Idee gebracht. Mach dich auf etwas gefaßt, Jubal – du bist der Schutzheilige der Kirche aller Welten.«

Jubal starrte Ben entsetzt an. »Nein, *das* kann er mir nicht antun!«

»Das hat er bereits. Mike erwähnt dich immer wieder lobend, weil du ihm angeblich alles so gut erklärt hast, daß er dadurch in der Lage war, den Menschen marsianische Theologie nahezubringen.« Jubal stöhnte, und Ben fuhr fort: »Dawn findet außerdem, daß du gut aussiehst. Wenn man von dieser Geschmacksverirrung absieht, ist sie intelligent... und sehr charmant. Aber ich bin vom Thema abgekommen; ich wollte dir von Mikes Predigt erzählen.

Jubal, das muß man selbst erlebt haben. Er tritt nicht bewußt feierlich auf und trägt auch keine wallenden Gewänder – nur einen gutgeschnittenen Sommeranzug. Man hätte glauben können, einem sehr guten Autoverkäufer zuzuhören. Er hat Witze gemacht und Gleichnisse erzählt... zum Beispiel auch die Sache mit dem Regenwurm, der einem anderen Regenwurm begegnet und zu ihm sagt: ›Oh, du bist aber schön? Willst du mich heiraten?‹ Woraufhin der andere erwidert: ›Mach dich nicht lächerlich! Ich bin doch dein anderes Ende.‹ Schon gehört, Jubal?«

»*Gehört*? Der Witz stammt von mir!«

»Ich wußte nicht, daß er so alt ist. Mike hat ihn jedenfalls gut ausgenützt. Seiner Überzeugung nach begegnet man immer seinem ›anderen Ende‹, wenn man ein anderes grokendes Wesen – Mann, Frau oder Tier – trifft. Das Universum ist nur eine Fiktion, die wir gemeinsam erschaffen und dann absichtlich vergessen haben.«

Jubal schüttelte den Kopf. »Unsinn! Mit diesem Pantheismus läßt sich natürlich alles...«

»Das mußt du Mike sagen«, unterbrach Ben ihn. »Jedenfalls hatte er die Leute erstaunlich in der Hand. Als er eine Pause machte, um sie nicht zu übermüden, führte er einige verblüffende Kunststücke vor. Jubal, wußtest du, daß Mike auf dem Jahrmarkt als Zauberer gearbeitet hat?«

»Ich weiß, daß er auf dem Jahrmarkt gearbeitet hat, aber er hat mir nicht erzählt, womit er dort die Zeit totgeschlagen hat.«

»Ich war ehrlich verblüfft«, gab Ben zu. »Aber viel wichtiger als seine Tricks war die Masche, mit der er neue Mitglieder angeworben hat, indem er einfach erklärte: ›Wunder dieser Art kann jeder vollbringen. Wer jedoch mehr erleben möchte, muß sich einem unserer Kreise anschließen. Die Beitrittswilligen treffen sich später mit mir. Wir geben jetzt Aufnahmegesuche aus.‹

Dann fand die Kollekte statt. Mike hält sich selbst dabei nicht an die üblichen Spielregeln, sondern läßt Körbe mit Geld herumgehen, erklärt den Leuten, dies seien die Spenden der letzten Versammlung, und fordert sie auf, sich zu bedienen, falls sie Geld brauchen – oder etwas zu geben, falls sie Geld übrig haben. Meiner Meinung nach wird er dabei nur überflüssiges Geld los.«

»Das bezweifle ich«, wandte Jubal nachdenklich ein. »Ich glaube eher, daß die meisten etwas gegeben haben... weitaus die meisten.«

»Vielleicht hast du recht, Jubal. Patty hat mich weitergeführt, als Mike sich von Dawn ablösen ließ und selbst im Hintergrund verschwand. Wir betraten einen kleineren Saal, in dem ein Gottesdienst für den siebten Kreis stattfand – für Leute, die seit Monaten eifrig lernten und Fortschritte machten. Falls man dabei von Fortschritten sprechen kann, Jubal.

Der Unterschied zwischen diesen beiden Veranstaltungen war schwer zu ertragen, denn während die erste Versammlung als öffentliches Gespräch stattgefunden hatte, erinnerte die zweite eher an das Treffen eines Geheimbundes. Mike trug jetzt eine Robe; er wirkte asketisch, und seine Augen glühten. Der Saal war halbdunkel, irgendwo ertönte unheimliche Musik, die einem in die Beine fuhr, und die Angehörigen des siebten Kreises intonierten einen Sprechgesang auf Marsianisch, den Mike anführte. Ich habe kein Wort verstanden, aber manchmal riefen sie auch ›Du bist Gott! Du bist Gott!‹, was Mike mit einem marsianischen Wort beantwortete, von dem ich Halsschmerzen bekäme.«

Jubal stieß einen krächzenden Laut aus. »So ähnlich?«

»Was? Ja, das war es. Jubal... gehörst du etwa dazu? Hast du mich hereingelegt?«

»Nein, Stinky hat es mir beigebracht, obwohl es seiner Auffassung nach schlimmer als der schlimmste Fluch ist. Dieses Wort übersetzt Mike als ›Du bist Gott!‹ Weiter, Ben. War das alles? Nur ein paar Fanatiker, die auf Marsianisch gebrüllt haben?«

»Äh... Jubal, sie haben nicht gebrüllt, und sie waren keine Fanatiker. Manchmal haben sie kaum geflüstert. Dann hat die Lautstärke wieder etwas zugenommen, ohne unangenehm zu werden. Das Ganze war nicht mit den Gottesdiensten der Fosteriten und ihrem ›heiligen Eifer‹ zu vergleichen, sondern viel ruhiger – und trotzdem so intensiv, daß man das Gefühl hatte, Mike beherrsche die Reaktionen dieser Leute so gut, daß er darauf wie auf einem Klavier spielen könne.«

Harshaw nickte langsam. »Das kann er auch, Ben. Das kann er wirklich.«

»Nach kurzer Zeit begann Mike einige Wunder vorzuführen – Telekinese und dergleichen –, und Patty ging fort, nachdem sie mir zugeflüstert hatte, ich solle noch bleiben. ›Michael hat sie eben aufgefordert, sich zu entfernen, wenn sie den Eindruck haben, nicht für den achten Kreis geeignet zu sein‹, flüsterte sie mir zu.

›Dann gehe ich lieber auch‹, meinte ich.

›O nein, Ben!‹ widersprach Patty. ›Du gehörst doch zum neunten Kreis. Bleib ruhig hier; ich bin gleich wieder da.‹

Ich glaube nicht, daß jemand in letzter Sekunde zurückgetreten ist. Die Angehörigen dieser Gruppe hatten lange genug gelernt und gearbeitet, um in den achten Kreis aufgenommen zu werden.« Ben machte eine Pause. »Nun, jedenfalls leuchtete plötzlich ein Scheinwerfer an der Rückwand des Saals auf – und dort stand Jill!«

Ben Caxton kniff die Augen zusammen, als er Jill sah. Er ließ sich durch den Lichtschein und die Entfernung nicht beirren – das war Jill! Sie erwiderte lächelnd seinen Blick. Ben überlegte sich, wie Mike es geschafft hatte, sie dort auftauchen zu lassen. Oder war das alles nur eine Illusion? Aber sie wirkte so lebensecht, daß er am liebsten zu ihr geeilt wäre, um sie in die Arme zu nehmen.

Er spielte schon mit diesem Gedanken – aber es wäre unfair gewesen, Mike dadurch die Show zu verderben. Er würde Jill später treffen...

»*Kybele!*« rief Mike und deutete auf Jill.

Jills Kostüm veränderte sich plötzlich.

»*Isis!*«

Wieder eine unerklärliche Veränderung.

»*Mutter Eva!* Mater Deum Magna! Liebende und Geliebte, Lebensspendende...«

Caxton hörte nichts mehr. Jill war Mutter Eva, und dieser Anblick raubte ihm den Atem. Der Lichtschein breitete sich aus, so daß zu erkennen war, daß sie in einem Garten stand; hinter ihr ragte ein Baum auf, um den sich eine Riesenschlange gewunden hatte.

Jill lächelte, streichelte den Kopf der Schlange, drehte sich um und breitete die Arme aus. Die Kandidaten setzten sich in Bewegung, um den Garten zu betreten.

Patty kam zurück und berührte Caxtons Schulter. »Ben... Komm, wir müssen gehen.«

Caxton wäre lieber geblieben, um Jill zu betrachten; er hätte sich dieser Prozession am liebsten angeschlossen. Aber er stand gehorsam auf und ging hinaus. Er sah sich noch einmal um und beobachtete, wie Mike die erste Kandidatin umarmte... dann folgte er Patricia hinaus, ohne zu sehen, daß die Robe der Kandidatin verschwand, als Mike sie küßte – und ohne zu sehen, daß Jill den ersten Kandidaten küßte... dessen Robe ebenfalls verschwand.

»Wir gehen außen herum«, erklärte Patty ihm, »damit Mike sie inzwischen in den Tempel führen kann. Wir könnten natürlich gleich nach vorn gehen, aber das würde die Stimmung verderben, die Mike so mühsam erzeugt hat.«

»Was tun wir jetzt?«

»Wir müssen Honey Bun abholen. Dann gehen wir wieder ins Nest hinaus, wenn du nicht an der Einführung der Neuen teilnehmen willst. Aber das würde dich nur verwirren, weil du kein Marsianisch verstehst.«

»Ich möchte aber Jill sehen und...«

»Oh, natürlich! Sie läßt dir ausrichten, daß sie einen Sprung nach oben kommen will, um dich zu begrüßen. Hier herein, Ben.«

Eine Tür öffnete sich, und Ben stand in dem nachempfundenen Garten Eden. Die Schlange hob den Kopf. »Wir holen dich schon!« sagte Patricia. »Du warst Mamas braves Mädchen!« Sie nahm die Riesenschlange vom Baum und legte sie in einen Weidenkorb. »Duke hat sie heruntergebracht, aber ich mußte sie auf dem Baum arrangieren und ihr sagen, daß sie dort warten soll. Du hast Glück gehabt, Ben; Übertritte in den achten Kreis sind selten.«

Ben trug Honey Bun und stellte fest, daß eine vier Meter lange Schlange nicht gerade ein Leichtgewicht war; der Korb war innen mit Eisenstreben verstärkt. Am Eingang zum Nest blieb Patricia stehen, zog ihre Robe aus, drückte sie Ben in die Hand und drapierte sich selbst die Schlange um die Schultern. »Das ist Honey Buns Belohnung dafür, daß sie ein braves Mädchen war«, erklärte sie Ben. »Ich muß nachher gleich wieder Unterricht geben, deshalb trage ich sie bis zum letzten Augenblick. Es ist nicht gut, Schlangen zu enttäuschen; sie sind wie Babys, die nicht völlig groken können.«

Sie betraten das Nest, wo Ben wieder vor die schwierige Entscheidung gestellt war, wieviel er ausziehen sollte. Er glaubte inzwischen zu wissen, daß es ungehörig war, in dieser Umgebung gekleidet zu sein, aber er konnte sich nicht dazu entschließen, sich den hiesigen Sitten anzupassen, sondern behielt vorläufig seine Unterhose an. Caxton wußte, daß es viele Familien gab, die zu Hause unbekleidet blieben – und dies war eine ›Familie‹, die aus lauter Wasserbrüdern bestand. Aber er wußte nicht, ob er kühn sein symbolisches Feigenblatt entfernen oder lieber doch etwas anbehalten sollte, falls unerwartet Besucher kamen, die angezogen waren. Er hatte inzwischen genügend Beispiele dafür gesehen, daß Patty nicht die einzige war, die auf Kleidungsstücke verzichtete – aber er konnte sich nicht vorstellen, wie er in diesem Zustand reagieren würde. Vielleicht wäre er dann sogar rot geworden!

»Was hättest *du* getan, Jubal?«

Harshaw zog die Augenbrauen hoch. »Soll ich etwa schockiert sein, Ben? Der menschliche Körper ist oft sehenswert, manchmal deprimierend – und niemals an sich bedeutend. Mike hat also einen Nudistenhaushalt gegründet. Soll ich Beifall klatschen? Muß ich deshalb weinen?«

»Verdammt noch mal, Jubal, es ist leicht, diesen überlegenen Standpunkt einzunehmen. Aber ich habe noch nie erlebt, daß *du* dir in Gesellschaft die Hosen ausgezogen hast.«

»Das wirst du auch nie erleben. Aber ich groke, daß dein Zögern nicht auf Bescheidenheit zurückzuführen war. Du hast an der entsetzlichen Angst gelitten, dich vielleicht lächerlich zu machen – das ist eine Neurose mit einem langen pseudogriechischen Namen.«

»Unsinn! Ich wußte nur nicht, was dort als höflich galt.«

»Selbst Unsinn! Du wußtest es ganz genau... aber du hattest Angst, lächerlich auszusehen. Ich groke allerdings, daß Mike einen Grund für diese Vorschrift hat – Mike hat immer einen guten Grund.«

»Richtig – Jill hat mir davon erzählt.«

Ben stand an der Garderobe, kehrte dem Wohnraum den Rücken und hatte sich eben entschlossen, *alles* auszuziehen, als er von hinten umarmt wurde. »Ben! Wie wunderbar, daß du hier bist, Liebling!«

Dann lag Jill in seinen Armen, und er war froh, daß er sich nicht ganz ausgezogen hatte. Sie war nicht mehr ›Mutter Eva‹, sondern trug eine Priesterrobe.

»Oh!« sagte sie einige Zeit später. »Du hast mir wirklich gefehlt, du Schuft. Du bist Gott.«

»Du bist Gott«, antwortete Ben. »Jill, du bist noch hübscher geworden.«

»Richtig«, gab sie zu. »Das ist der Lohn der Tugend. Ben, ich habe mich so gefreut, daß ich dich beim Finale erkannt habe!«

»Finale?«

»Jill meint den Schluß der Zeremonie, wo sie die Mutter Eva darstellt«, warf Patricia ein. »Kinder, ich muß jetzt fort.«

»Nur keine Eile, Patty.«

»Ich muß rennen, damit ich mich nicht zu beeilen brauche. Noch einen Abschiedskuß, Ben?«

Ben fand es schwierig, eine Frau zu küssen, die in vier Meter

Schlange eingewickelt war. Er bemühte sich, Honey Bun zu ignorieren und Patty zu behandeln, wie sie es verdiente. Patricia nickte Jill lächelnd zu und ging davon.

»Ist sie nicht süß, Ben?«

»Ja«, gab Ben zu. »Aber zuerst bin ich nicht ganz schlau aus ihr geworden.«

»Das groke ich. Patty verwirrt jedermann, weil sie nie zweifelt; sie tut automatisch, was richtig ist. Sie hat Ähnlichkeit mit Mike. Eigentlich müßte sie längst Hohepriesterin sein, weil sie uns weit voraus ist. Aber sie will ihre Tätowierungen behalten, die dabei störend wirken und ablenken könnten.«

»Wie würdest du die Tätowierungen entfernen wollen? Mit einem Schabmesser? Das würde sie nicht überleben.«

»Dummerchen! Mike könnte sie schmerzlos verschwinden lassen. Aber Patty betrachtet sie nicht als ihr Eigentum; sie bewahrt die nur auf. Komm, setz dich. Dawn holt das Abendessen – wir müssen hier essen, sonst bekommen wir erst morgen etwas. Welchen Eindruck hast du bisher? Dawn hat mir erzählt, daß du eine Predigt im großen Saal miterlebt hast.«

»Ja.«

»Nun?«

»Mike könnte Schlangen Schuhe verkaufen«, gab Caxton zu.

»Ben, ich groke, daß dir irgend etwas Sorgen macht.«

»Nein«, behauptete er. »Jedenfalls ist es bestimmt nichts, was ich definieren könnte.«

»Ich frage dich in einer oder zwei Wochen nochmals. Das hat keine Eile.«

»Ich bin keine Woche lang hier.«

»Hast du ein paar Artikel im voraus geschrieben?«

»Drei. Aber ich darf nicht so lange bleiben.«

»Ich glaube, daß du es tun wirst... und später wirst du ein paar telefonisch durchgeben – wahrscheinlich über die Kirche. Und bis dahin grokst du vielleicht, daß es besser wäre, viel länger zu bleiben.«

»Das bezweifle ich sehr.«

»Wir müssen abwarten. Weißt du, daß es sich hier um keine Kirche handelt?«

»Patty hat etwas davon gesagt.«

»Jedenfalls ist es keine Religion. Aber es ist eine Kirche im gesetzlichen und moralischen Sinn. Wir versuchen nicht, die Menschen Gott näherzubringen; das ist ein Widerspruch in sich, der auf Marsianisch gar nicht ausgedrückt werden kann. Wir bemühen uns auch keineswegs, Seelen zu retten, die nie in Gefahr waren; wir verkünden keinen neuen Glauben, sondern bieten den Menschen die Wahrheit an – eine Wahrheit, die sie selbst überprüfen können. Aber dazu müssen sie Marsianisch lernen, was durchaus nicht leicht ist. Diese Wahrheit läßt sich ebensowenig wie Beethovens Fünfte auf Englisch ausdrücken.« Jill lächelte. »Aber Mike hat es nie eilig. Er überprüft Tausende von Menschen... wählt einige von ihnen aus... nimmt sie hier auf, wenn sie es wollen, und bildet sie dann weiter aus. Eines Tages sind wir soweit ausgebildet, daß wir eigene Nester gründen können. Aber das hat keine Eile. Unsere Ausbildung ist noch unvollständig, nicht wahr, Liebste?«

Ben hob bei Jills letzten Worten den Kopf und sah überrascht, daß die zweite Hohepriesterin neben ihm stand. Seine Überraschung wurde nicht dadurch gemildert, daß sie wie Patricia gekleidet war – aber ohne die Tätowierungen.

Dawn lächelte. »Dein Abendessen, Bruder Ben. Du bist Gott.«

»Äh, du bist Gott. Danke.« Sie küßte ihn, holte zwei weitere Teller für sich und Jill, setzte sich neben Ben und begann zu essen.

»Unsere Ausbildung ist noch nicht vollständig, Jill«, stimmte Dawn zu. »Aber wer warten kann, ist der Vollendung nahe.«

Jill nickte und wandte sich an Ben. »Ist dir aufgefallen, daß Dawn und ich die gleiche Figur haben? Wir waren uns schon früher ähnlich, aber mit Mikes Hilfe sind wir fast identisch geworden. Andere Leute halten uns für eineiige Zwillinge. Aber das ist natürlich auch praktisch, Ben. Wir brauchen zwei Hohepriesterinnen, weil eine allein nicht imstande wäre, mit Mike schrittzuhalten. Und außerdem«, fügte sie hinzu, »kann Dawn Kleider kaufen, die auch mir passen. Dadurch spare ich mir die lästige Einkauferei.«

»Ich wußte gar nicht, daß ihr überhaupt Kleider tragt«, meinte Ben langsam. »Außer diesen Roben, meine ich.«

Jill warf ihm einen überraschten Blick zu. »Wie könnten wir in einer Robe zum Tanzen gehen? In der Übergangsgruppe gibt es einen Mann, der ein wunderbarer Tänzer ist, Ben. Dawn und ich haben ihn so oft in Nachtklubs geschleppt, daß wir ihm tagsüber helfen mußten, beim Sprachunterricht wach zu bleiben. Aber das schadet ihm nichts; wer den achten Kreis erreicht hat, braucht nicht mehr viel Schlaf. Wie kommst du auf die Idee, daß wir niemals Kleider tragen, Ben?«

»Äh …« Ben zögerte und erklärte ihr dann sein Dilemma.

Jill starrte ihn mit großen Augen an, begann zu kichern – und hörte sofort wieder auf. »Ah, richtig. Hör zu, mein Lieber, ich trage diese Robe, weil ich gleich nach dem Essen wieder nach unten muß. Hätte ich gegrokt, daß du deswegen Sorgen hast, hätte ich sie noch schnell abgelegt. Wir haben uns so daran gewöhnt, je nach Lust und Laune bekleidet oder unbekleidet zu sein, daß ich vergessen habe, was höflich gewesen wäre. Liebling, du kannst deine Unterhosen anbehalten oder ausziehen – was dir lieber ist.«

»Äh…«

»Nein, nein, du brauchst dich nicht dafür zu entschuldigen«, versicherte Jill ihm lächelnd. »Das erinnert mich übrigens an Mikes erstes Bad im Pazifik. Weißt du noch, Dawn?«

»Das vergesse ich nie!«

»Ben, du weißt selbst, wie ahnungslos Mike zu Anfang war. Ich mußte ihm alles erklären. Aber einmal habe ich es doch vergessen. Wir waren in Kalifornien; damals sind wir Dawn wiederbegegnet. Mike und ich haben in einem Motel in Strandnähe übernachtet, und er hatte es so eilig, das Meer zu groken, daß er mich morgens schlafen ließ und allein zum Strand hinunterging.

Armer Mike! Er erreichte den Strand, warf seinen Bademantel ab und ging ins Wasser – er sah wie ein griechischer Gott aus und wußte ebensowenig von menschlichen Sitten. Als die Leute zusammenliefen, wurde ich wach und kam gerade noch rechtzeitig, um zu verhindern, daß Mike wegen Erregung öffentlichen Ärgernisses festgenommen wurde.«

Jill hob den Kopf, als habe sie eine Stimme gehört. »Er braucht mich jetzt. Gib mir noch einen Gutenachtkuß, Ben; wir sehen uns morgen früh.«

»Bist du die ganze Nacht lang fort?«

»Wahrscheinlich. Diesmal ist die Übergangsgruppe ziemlich groß.« Sie stand auf, zog ihn zu sich hoch und sank in seine Arme. Einige Zeit später murmelte sie: »Ben, du hast Nachhilfeunterricht genommen, nicht wahr?«

»Ich? Ich bin dir völlig treu gewesen – auf meine Weise.«

»Ich dir natürlich auch. Aber ich habe mich keineswegs beklagt; ich glaube nur, daß Dorcas mit dir geübt hat.«

»Vielleicht, du Naseweis.«

Jill seufzte. »Nur schade, daß ich jetzt fort muß.« Sie lächelte Dawn zu. »Paßt du inzwischen auf ihn auf?«

»Gern, Jill.«

»Ben, sei brav und tu, was Dawn dir sagt.« Jill verschwand; sie zeigte keine Eile – aber sie rannte.

Dawn trat dicht an Ben heran und hob die Arme.

Jubal zog die Augenbrauen hoch. »Hast du etwa in *diesem* Augenblick plötzlich Angst bekommen?«

»Mir blieb eigentlich keine Wahl. Ich... äh... ich habe mich mit dem Unvermeidlichen abgefunden.«

Harshaw nickte. »Du hast in der Falle gesessen. Unter diesen Umständen kann man sich als Mann nur um einen Waffenstillstand bemühen.«

32

»Jubal«, sagte Caxton ernsthaft, »ich würde nichts von Dawn erzählen – ich würde überhaupt kein Wort sagen –, wenn es nicht notwendig wäre, um dir begreiflich zu machen, weshalb ich ihretwegen besorgt bin. Ich mache mir Sorgen um *alle*... um Duke und Mike und Dawn und Jill und Mikes übrige Opfer. Sie alle sind von Mike fasziniert. Seine neue Persönlichkeit ist eindrucksvoll. Er wirkt manchmal etwas zu selbstsicher und wie ein guter Verkäufer – aber seine Durchschlagskraft ist unbestreitbar. Und Dawn ist auf ihre Weise ebenfalls faszinierend – am nächsten Morgen hatte ich das Gefühl, alles sei in bester Ordnung. Der hier praktizierte Lebensstil erschien mir zwar seltsam, aber recht amüsant...«

Ben Caxton wachte auf, ohne zu wissen, wo er sich befand. Es war dunkel; er spürte etwas Weiches unter sich. Aber es war kein Bett...

Er streckte suchend die Arme aus und griff ins Leere. *»Dawn!«*

Um ihn herum wurde es hell. »Hier, Ben.«

»Oh! Ich dachte, du wärst schon fort!«

»Ich wollte dich nicht wecken, Liebster.« Dawn trug zu Bens Enttäuschung die Robe einer Hohepriesterin. »Ich muß jetzt zum Morgengottesdienst«, erklärte sie ihm. Sie bückte sich, gab Ben einen Kuß und verließ rasch das ›kleine Nest‹.

Einige Minuten später war Ben frisch rasiert, hatte geduscht und suchte nach seiner Unterhose, die spurlos verschwunden zu sein schien. Aber dann schüttelte er grinsend den Kopf; hier im Nest war

Kleidung wirklich überflüssig. Er ging hinaus, durchquerte den großen Wohnraum, der völlig leer war, und fragte sich, wie spät es schon sein mochte. Die Zeit war ihm gleichgültig, aber er hatte Hunger. Er betrat die Küche, um etwas Eßbares aufzutreiben.

Der Mann am Herd drehte sich um. »Ben!«

»Oh! Hallo, Duke!«

Duke schüttelte ihm die Hand. »Freut mich, daß du hier bist. Du bist Gott. Wie magst du die Eier?«

»Du bist Gott. Arbeitest du hier als Koch?«

»Nur wenn es sich nicht vermeiden läßt. Eigentlich ist Tony dafür zuständig. Aber wir wechseln uns ab. Sogar Mike versucht es, bis Tony ihn dabei erwischt – Mike ist der schlechteste Koch der Welt.« Duke grinste breit.

Ben trat an den Küchentisch. »Du kannst dich um Kaffee und Toast kümmern. Habt ihr Worcester-Sauce da?«

»Bestimmt«, antwortete Duke. »Im Schrank dort drüben. Patty sorgt für alles.«

»Was tust du hier, Duke?«

»Nun, vorläufig bin ich noch Vikar. Später soll ich Priester werden. Ich komme nur langsam voran, aber das spielt keine Rolle. Ich lerne Marsianisch... wie alle anderen. Und ich repariere die Haushaltsgeräte wie bei Jubal.«

»Damit hast du bestimmt genug zu tun.«

»Nein, sogar erstaunlich wenig«, erklärte Duke. »Und der wichtigste Job macht mir überhaupt keine Arbeit. Ich bin geprüfter Brand- und Sicherheitsinspektor, so daß wir nie einen Außenstehenden durch die Räume gehen lassen müssen. Wer das Nest betritt, hat Mikes Erlaubnis, denn sonst wäre er gar nicht hier.«

Sie häuften das Rührei auf ihre Teller und setzten sich an den Küchentisch. »Bleibst du bei uns, Ben?« wollte Duke wissen.

»Ich kann leider nicht, Duke.«

»Meinst du? Ich war auch nur auf Besuch hier... und nach meiner Rückkehr habe ich vier Wochen lang mit mir gekämpft, bevor ich Jubal sagte, daß ich zu Mike zurückwollte. Du kommst bestimmt wieder zu uns. Aber das kannst du dir noch überlegen, nachdem wir alle gemeinsam Wasser genossen haben.«

»›Wasser genossen‹?«

»Hat Dawn dir nichts davon erzählt?«

»Äh... nein, ich glaube nicht.«

»Am besten läßt du es dir von Mike erklären. Nein, du hörst tagsüber bestimmt viel davon. Du weißt, was unter Wasserbrüderschaft zu verstehen ist; du gehörst zu den Erstberufenen.«

»Dawn hat diesen Ausdruck gebraucht.«

»Darunter sind alle zu verstehen, die Mikes Wasserbrüder wurden, ohne Marsianisch zu können. Beim normalen Aufstieg von einem Kreis zum anderen wird der gleiche Zustand erst im Augenblick des Übergangs zum neunten Kreis und ins Nest erreicht. Das ganze Nest nimmt daran teil, und der neue Bruder wird aufgenommen. Du bist natürlich bereits Mitglied, aber die Feier hat noch nicht stattgefunden, deshalb wollen wir sie heute abend nachholen. Ben, danach fühlt man sich wunderbar!«

»Ich weiß trotzdem noch nicht, was darunter zu verstehen ist, Duke.«

»Äh ... vieles gleichzeitig. Bist du schon einmal auf einer wirklich tollen Party gewesen? Du weißt schon, was für eine Sorte ich meine – wo dann die Polizei auftaucht, was unweigerlich zu einer oder zwei Ehescheidungen führt.«

»Hmm ... ja.«

»Bruder, dann hast du nur Kindergartenfeste miterlebt! Das ist aber nur ein Aspekt. Bist du je verheiratet gewesen?«

»Nein.«

»Du *bist* verheiratet. Nach heute abend wirst du nie wieder daran zweifeln.« Duke nickte nachdenklich. »Ben, ich war früher verheiratet ... zuerst war es schön, aber dann wurde es immer schlimmer. Diesmal gefällt es mir von Tag zu Tag besser. Ich bin sogar *begeistert* davon! Aber nicht nur, weil es mir Spaß macht, mit hübschen Mädchen zusammen zu sein, sondern weil ich alle meine Brüder liebe und ...«

»Mich auch?« unterbrach ihn eine musikalische Altstimme.

Duke drehte sich um. »Natürlich, Kleine! Komm her und küß deinen Bruder, Ruth.«

»Mit Vergnügen«, antwortete die zierliche Schwarzhaarige, deren dunkle Mähne bis fast zu den Hüften reichte. Sie küßte Ben. »Du bist Gott, Bruder Ben.«

»Du bist Gott. Wir teilen Wasser.«

»Keiner soll dürsten.« Sie nahm Duke die Gabel aus der Hand und aß sein Rührei. »Mmmm ... ausgezeichnet. Aber nicht von dir, Duke.«

»Ben hat heute gekocht«, erklärte Duke. »He, läßt du mir etwas übrig? Ich kann mit leerem Magen nicht arbeiten.«

»Keine Angst, ich mache dir ein zweites Frühstück. Oder ist es schon das dritte?«

»Nicht einmal das erste.« Duke sah zu Ruth hinüber, die an den Herd getreten war. »Ben macht sich Sorgen wegen heute abend.«

»Ich habe mir anfangs auch Sorgen gemacht, aber das ist wirklich überflüssig, mein Lieber«, behauptete Ruth. »Michael irrt sich nie. Du gehörst zu uns, sonst wärst du nicht hier. Bleibst du vorerst?«

»Nein, ich kann leider nicht.«

»Dann kommst du eines Tages zurück«, erklärte Ruth überzeugt. »Sam und ich sind auch nicht gleich hiergeblieben; aber jetzt würden wir nie mehr wegwollen. Keine Angst, Ben, du wirst unsere Sprache lernen und dir die nötige Selbstdisziplin aneignen und in jeder Beziehung liebreich unterstützt werden, solange du noch lernen mußt. Heute abend brauchst du nur ins Wasser des Lebens zu springen; ich breite die Arme aus, um dich zu empfangen. Wir werden dich alle empfangen und zu Hause begrüßen. Hier, das ist deine zweite Portion – oh, soviel kannst du leicht essen!... gib mir noch einen Kuß und verschwinde dann; Ruthie hat zu arbeiten.«

Ben verließ die Küche mit seinem Teller in der Hand, sah Jill auf einer Couch im rückwärtigen Teil des Wohnraums schlafen und ließ sich ihr gegenüber nieder. Er sah jetzt, daß Jill und Dawn sich noch ähnlicher waren, als er zuerst gesehen hatte. Jill war so gleichmäßig braun wie Dawn; die beiden Mädchen hatten die gleiche Figur – und wenn sie schliefen, sahen sie sich täuschend ähnlich.

Er sah von seinem Teller auf und merkte, daß Jill die Augen geöffnet hatte. Sie betrachtete ihn lächelnd. »Du bist Gott, Liebling – und das riecht köstlich.«

»Guten Morgen, Jill. Ich wollte dich nicht aufwecken.« Er setzte sich neben sie und gab ihr einen Bissen Rührei ab. »Das hat Ruth gemacht.«

»Wunderbar! Du hast mich übrigens nicht geweckt; ich war nur zu faul, die Augen aufzumachen. Ich habe die ganze Nacht nicht geschlafen.«

»Überhaupt nicht?«

»Keine Sekunde lang. Aber mir geht es trotzdem gut. Ich habe nur Hunger.« Sie ließ sich von Ben füttern und fragte dann: »Hast du wenigstens geschlafen?«

»Äh, etwas.«

»Wie lange hat Dawn geschlafen? Mindestens zwei Stunden?«

»Bestimmt länger.«

»Dann ist alles in Ordnung. Zwei Stunden genügen uns jetzt, wo wir früher acht gebraucht hätten. Ich wußte, daß ihr eine schöne Nacht verbringen würdet, aber ich habe mir Sorgen gemacht, ob Dawn genug Schlaf bekommen würde.«

»Nun, die Nacht war wirklich herrlich«, gab Ben zu, »obwohl ich etwas... äh... überrascht darüber war, wie du mir Dawn aufgedrängt hast.«

»Du warst entsetzt, wolltest du sagen. Ben, ich kenne dich. Ich hätte die Nacht am liebsten selbst mit dir verbracht – ich wollte es, Liebling. Aber deine Eifersucht war zu deutlich. Jetzt ist sie verschwunden, nicht wahr?«

»Ich glaube es jedenfalls.«

»Du bist Gott. Ich habe auch eine wunderbare Nacht verbracht, weil ich wußte, daß du in guten Händen warst – in besseren als in meinen.«

»Niemals, Jill!«

»Oh? Ich groke, daß du deine Eifersucht erst völlig überwinden mußt, aber...« Jill richtete sich plötzlich auf. »*Mike!* Wir sind hier, Liebster!«

»Augenblick, ich komme gleich«, antwortete Mike und verschwand wieder.

»Man muß nur warten können«, murmelte Jill vor sich hin. Sie streckte die Hand aus – und hatte plötzlich eine Zigarettenpackung darin.

»Hast du auch schon ein paar Tricks gelernt?« erkundigte Ben sich.

Jill lächelte. »Nichts Besonderes. ›Ich bin nur ein Ei‹, um meinen Lehrer zu zitieren.«

»Wie hast du das gemacht?«

»Ich habe es auf Marsianisch herangeholt. Zuerst grokt man etwas und dann grokt man, was es tun soll, um...« Sie sprach nicht weiter, als jetzt Mike zurückkam.

Der Marsmensch blieb vor Ben stehen und zog ihn zu sich hoch. »Laß dich ansehen, Ben! Ich freue mich wirklich, daß du uns besuchst!«

»Und ich bin froh, daß ich hier sein darf.«

»Was soll übrigens der Unsinn mit den drei Tagen? Lächerlich!«

»Ich muß arbeiten, Mike.«

»Darüber sprechen wir noch. Die Mädchen sind alle schon ganz aufgeregt und bereiten sich auf heute abend vor. Am besten schließen wir den Laden, weil mit ihnen nichts mehr anzufangen ist.«

»Patty hat den Terminplan geändert«, erklärte Jill. »Dawn und Ruth und Sam sind für alles zuständig. Patty war selbst bei der Matinee, so daß du jetzt frei hast.«

»Wunderbar!« Mike setzte sich, nahm Jills Kopf in den Schoß, zog Ben zu sich herab und legte ihm einen Arm um die Schultern. Er trug noch immer den hellen Sommeranzug, in dem Ben ihn predigen gesehen hatte. »Ben, laß dir einen guten Rat geben: Werde nie Prediger«, sagte Mike seufzend. »Ich bin Tag und Nacht unterwegs, renne von einer Versammlung zur nächsten und erkläre den Leuten, warum sie sich nie beeilen sollen. Ich schulde dir, Jubal und Jill mehr als allen anderen Menschen – und trotzdem habe ich erst jetzt Zeit für dich. Wie geht es dir?« Er warf Ben einen prüfenden Blick zu. »Ben, ich groke, daß du nicht völlig glücklich bist.«

»Was? Oh, danke, mir geht es prima!«

Mike sah ihm in die Augen. »Ich wollte, du könntest dich in unserer Sprache ausdrücken, Ben. Ich spüre dein Unbehagen, aber ich kann deine Gedanken nicht erkennen.«

»Mike...«, sagte Jill leise.

Der Marsmensch sah auf sie herab, hob langsam wieder den Kopf und fuhr fort: »Jill hat mir eben erklärt, was dich bedrückt, Ben – und ausgerechnet *das* habe ich noch nie völlig gegrokt.« Er zögerte unschlüssig und runzelte die Stirn. »Aber ich groke, daß wir vorläufig auf unsere geplante Feier verzichten müssen.« Mike schüttelte den Kopf. »Tut mir wirklich leid. Aber wer wartet, gelangt schließlich zur Vollkommenheit.«

Jill richtete sich auf. »Nein, Mike! Wir können Ben nicht einfach ausschließen!«

»Ich groke es nicht, Kleiner Bruder«, antwortete Mike zweifelnd. Dann folgte eine längere Pause, in der Ben zu erraten versuchte, ob die beiden sich wirklich telepathisch verständigten. Schließlich fragte Mike widerstrebend: »Sprichst du richtig, Jill?«

»Das wirst du gleich sehen!« Jill sprang auf, setzte sich neben Ben und umarmte ihn. »Küß mich, Ben, und hör auf, dir Sorgen zu machen!«

Ben kam dieser Aufforderung bereitwillig nach. Dann spürte er, daß Mikes Hand von seiner Schulter glitt. Er drehte den Kopf zur Seite – und starrte Mike verblüfft an. Der Marsmensch hatte es irgendwie fertiggebracht, seine Kleidung verschwinden zu lassen.

33

»Hast du ihre Einladung angenommen?« fragte Jubal.

»*Was*? Ich bin so schnell wie möglich abgehauen! Ich habe meine Kleidungsstücke aus der Garderobe geholt und bin mit dem Lift nach unten gefahren, ohne auf das Schild an der Tür zu achten.«

»Wirklich? An Jills Stelle wäre ich beleidigt gewesen, glaube ich.«

Caxton wurde rot. »Ich *mußte* weg, Jubal.«

»Aha. Und dann?«

»Ich habe mich angezogen und bin nicht zurückgegangen, als ich merkte, daß ich meine Reisetasche vergessen hatte. Ich hatte es so eilig, daß ich fast in den Fahrstuhlschacht gefallen wäre – die Tür ließ sich öffnen, obwohl der Lift nicht oben war. Das hat mich natürlich noch mehr erschreckt.«

»Siehst du, deshalb traue ich keiner Maschine«, warf Jubal ein.

»Duke ist dort Sicherheitsinspektor, aber was Mike sagt, ist für ihn das Evangelium; Mike hat ihn hypnotisiert. Mike hat sie *alle* hypnotisiert. Aber wenn der große Knall kommt, werden sie ihr blaues Wunder erleben. Jubal, was können wir unternehmen? Ich mache mir wirklich Sorgen.«

Harshaw schob die Unterlippe vor. »Welche Dinge sind deiner Meinung nach besorgniserregend?«

»Alle!«

»Wirklich? Ich hatte den Eindruck, der Aufenthalt in Mikes ›Nest‹ habe dir ganz gut gefallen – bis du dich als Angsthase entpuppt hast.«

»Du hast recht, mir hat es dort gefallen. Mike muß mich auch hypnotisiert haben.« Ben runzelte die Stirn. »Ich wäre diesem Einfluß vielleicht erlegen, wenn die Sache nicht zuletzt so verrückt gewesen wäre. Jubal, Mike hat neben mir gesessen und mir einen Arm um die Schulter gelegt – er kann sich unmöglich ausgezogen haben.«

Jubal zuckte mit den Schultern. »Du warst beschäftigt, Ben. Wahrscheinlich hättest du nicht einmal ein Erdbeben gespürt.«

»Unsinn! Wie hat er das geschafft?«

»Ich sehe nicht ein, was das mit dem Gesamtproblem zu tun haben soll. Oder willst du etwa behaupten, du seist über Mikes Nacktheit entsetzt gewesen?«

»Das war ich allerdings.«

»Obwohl du selbst nichts anhattest? Das kannst du mir nicht erzählen!«

»Nein, nein, das meine ich nicht«, wehrte Ben ab. »Jubal, muß ich noch deutlicher werden? Ich kann mich einfach nicht für Gruppensex und gemeinsame Orgien begeistern. Ich hätte mich fast übergeben müssen.« Caxton sah auf seine Hände herab. »Was würdest du dazu sagen, wenn sich Leute mitten in deinem Wohnzimmer wie Affen benehmen?«

Jubal legte die Fingerspitzen aneinander. »Das ist eben der springende Punkt, Ben. Es war nicht in *meinem* Wohnzimmer. Wer das Haus eines anderen Mannes betritt, muß sich an die dort gültigen Regeln halten. Das ist ein Grundsatz zivilisierten Benehmens.«

»Findest du dieses Benehmen nicht schockierend?«

»Ah, das ist wieder eine andere Frage. Ich persönlich finde öffentliche Zurschaustellungen immer geschmacklos – aber das ist das Ergebnis meiner Erziehung. Ein großer Teil der Menschheit ist anderer Meinung; die Orgie hat eine lange Geschichte. Aber ›schockierend‹? Mein lieber Freund, ich finde nur das schockierend, was mich ethisch verletzt.«

»Findest du etwa, daß es sich hier nur um eine Geschmacksfrage handelt?«

»Ganz bestimmt. Und mein Geschmack ist nicht heiliger als Neros völlig anderer Geschmack. Sogar weniger heilig – Nero war ein Gott; ich bin keiner.« Jubal machte eine Pause. »Außerdem war die Sache keineswegs öffentlich, Ben. Du hast mir selbst erklärt, daß diese Leute eine Gruppenehe führen – eine Gruppentheogamie, um es genau zu sagen. Deshalb hätte alles ganz privat stattgefunden, wenn du nicht weggelaufen wärst. Wer hätte dadurch verletzt oder beleidigt werden können?«

»Ich!«

»Deine Verwandlung war eben unvollständig. Du hast diese Leute irregeführt.«

»Nein, das habe ich nie, Jubal.«

»Unsinn! Du hättest dich gleich nach deiner Ankunft wieder zurückziehen können; du mußt sofort gesehen haben, daß dort andere Sitten herrschten. Aber du bist geblieben, hast dich mit einer Göttin eingelassen und bist dir selbst wie ein Gott vorgekommen. Die anderen mußten annehmen, du seist einverstanden; sie konnten nicht mit deiner Heuchelei rechnen. Nein, Ben, Mike und Jill haben sich richtig benommen; *du* hast falsch reagiert.«

»Du verdrehst alles, Jubal! Ich *mußte* einfach fort, obwohl ich bisher einverstanden gewesen war. Sonst hätte ich mich übergeben müssen!«

»Du behauptest also, daran sei ein Reflex schuld gewesen? Warum hast du dann die Flucht ergriffen, anstatt auf der Toilette zu verschwinden? Nein, Ben, du hast einfach Angst gehabt. Warum? Wovor?«

»Vielleicht bin ich prüde«, antwortete Caxton seufzend.

Harshaw schüttelte den Kopf. »Nein, das glaube ich nicht. Sonst hättest du schon die tätowierte Dame beleidigt und wärst hinausgestürmt. Die Sache muß einen anderen Grund haben.«

»Ich weiß nur, daß ich deswegen unglücklich bin.«

»Das ist mir klar, Ben, und du tust mir wirklich leid. Aber nehmen wir einmal an, Mike und Ruth hätten dir das gleiche Angebot gemacht: Wärst du dann auch schockiert gewesen?«

»Natürlich!«

»Wie schockiert? Hättest du dich übergeben oder wärst du einfach nur fortgelaufen?«

Caxton zuckte mit den Schultern. »Woher soll ich das wissen, Jubal? Schön, ich hätte mir irgendeine Ausrede einfallen lassen, wäre in der Küche verschwunden... und hätte das Nest bei nächster Gelegenheit unauffällig verlassen.«

»Ausgezeichnet, Ben. Jetzt weißt du, was dich bedrückt.«

»Was?«

»Welcher Unterschied besteht zwischen den beiden Fällen?«

Caxton machte ein unglückliches Gesicht. »Jubal, ich... Okay, ich war eifersüchtig! Aber ich hätte schwören können, daß ich es nicht war!«

»Natürlich, Ben. Aber als deine Eifersucht ihr häßliches Haupt emporgereckt hat, konntest du ihr nicht ins Auge sehen – und bist deshalb geflohen.«

»Daran waren die *Umstände* schuld, Jubal! Dieser ganze Haremsbetrieb geht mir auf die Nerven. Versteh mich bitte nicht falsch. Ich würde Jill auch lieben, wenn sie eine Hure wäre, was sie natürlich *nicht* ist. Ihrer Auffassung nach führt sie ein durchaus moralisches Dasein.«

Harshaw nickte. »Ja, ich weiß. Gillian besitzt eine unzerstörbare Unschuld, die es ihr unmöglich macht, unmoralisch zu leben.« Er runzelte die Stirn. »Ben, ich fürchte jedoch, daß uns die engelhafte Unschuld fehlt, die eine Voraussetzung für das paradiesische Leben dieser Leute ist. Und ich habe das Gefühl, daß wir nicht ohne Mikes Hilfe imstande wären, seine perfekten Moralbegriffe zu erfassen.«

Ben starrte ihn an. »Hältst du dergleichen etwa für *moralisch*? Ich wollte nur sagen, daß Jill nicht erkennt, wie falsch sie lebt – sie steht ganz unter Mikes Einfluß –, und Mike weiß es ebenfalls nicht besser. Er ist schließlich der Marsmensch; er geht von anderen Voraussetzungen aus.«

Jubal nickte langsam. »Ja, ich glaube, daß diese Leute – das ganze Nest, nicht nur unsere Freunde – ein moralisches Leben führen, wenn man alles berücksichtigt, was du mir erzählt hast.«

»Das finde ich erstaunlich, Jubal. Warum schließt du dich ihnen nicht an, wenn du dieser Auffassung bist. Du würdest freudig empfangen werden, das garantiere ich dir.«

Jubal seufzte schwer. »Nein. Vor fünfzig Jahren... Aber jetzt? Ich bin schon zu alt für dieses Leben und habe keine Hoffnung mehr, meine verlorene Unschuld zurückzuerlangen.«

»Jubal, du hast einfach nur Angst.«

»Richtig! Ich fürchte allerdings nicht ihre Moral, sondern die Gefahren, die Mike und seinen Freunden von außen drohen.«

»Oh, ich glaube nicht, daß sie in dieser Beziehung gefährdet sind.«

»Meinst du? Wenn du einen Affen rosa färbst und ihn zu braunen Affen in einen Käfig steckst, zerreißen ihn seine Artgenossen in Stücke. Diese Unschuldigen erwartet das Märtyrertum.«

»Ist das nicht etwas melodramatisch, Jubal?«

Harshaw starrte ihn an. »Ändert die Ausdrucksweise etwas am Gewicht meiner Worte? Schon früher sind Heilige auf dem Scheiterhaufen gestorben – würdest du ihr Leiden als ›Melodrama‹ abtun?«

»Ich wollte dir nicht widersprechen. Aber wir leben schließlich nicht mehr im Mittelalter!«

»Wirklich?« fragte Jubal sarkastisch. »Mir ist noch kein Unterschied aufgefallen. Ben, diese Geschichte wiederholt sich immer wieder: ein Plan soll vollkommene Gemeinsamkeit und Liebe garantieren und wird von hoffnungsvollen Idealisten verwirklicht... und dann beginnt die Verfolgung, die mit einer Niederlage der Idealisten endet.« Jubal runzelte die Stirn. »Bisher habe ich mir Sorgen um Mike gemacht; jetzt habe ich Angst um ihn und seine Freunde.«

»Kannst du dir vorstellen, wie *mir* zumute ist? Jubal, ich finde deine Theorie falsch. Was dort vor sich geht, dürfte nicht sein!«

»Deine Eifersucht trübt deinen Blick und lähmt dein Urteilsvermögen, Ben.«

»Nein, nicht völlig.«

»Aber zu neunundneunzig Prozent. Ben, die sexuelle Ethik ist ein dornenreiches Problem. Wir alle müssen irgendwie mit der üblichen Moral auskommen; wir erkennen vielleicht, daß sie falsch ist, und die meisten von uns halten sich gelegentlich nicht daran. Aber wir büßen dafür, indem wir Schuldgefühle haben und uns scheinbar zu Moralbegriffen bekennen, die wir für unseren eigenen Lebensbereich nicht gelten lassen wollen.

Das war auch bei dir der Fall, Ben. Du hast dir eingebildet, ein freier Mensch zu sein – und hast gegen die bestehenden Moralbegriffe verstoßen. Aber sobald du auf ein neues Problem der sexuellen Ethik gestoßen bist, hast du die Lösung im Rahmen dieser alten Moral gesucht und nicht gefunden. Folglich mußten die anderen Unrecht haben, nicht wahr? *Pah!* Dann wäre mir ein Gottesurteil lieber! Du hast automatisch reagiert, wie es deiner Erziehung nach nicht anders zu erwarten war. Dein Magen hatte mehr damit zu tun als dein Kopf.«

»Und wie steht es mit deinem Magen?«

»Meiner ist auch dumm – aber ich lasse nicht zu, daß er mein Gehirn beherrscht. Ich sehe ein, daß Mike versucht, ein Ideal zu verwirklichen, indem er den Menschen erklärt, daß Sex glücklich und zufrieden machen soll. Anstatt zu befehlen: ›Du sollst nicht begehren deines Nächsten Weib...‹, verkündet er: ›Du brauchst meine Frau nicht zu begehren – *liebe* sie! Wir haben dabei alles zu gewinnen und außer Angst und Haß und Schuldbewußtsein und Eifersucht nichts zu verlieren.‹ Dieser Vorschlag klingt unglaublich. Soviel ich weiß, waren früher nur die Eskimos so naiv – und sie lebten so isoliert, daß sie fast ›Marsmenschen‹ waren. Jetzt sind sie zivilisiert und kennen Treue und Ehebruch wie wir. Was haben sie dadurch gewonnen, Ben?«

»Ich möchte trotzdem kein Eskimo sein.«

»Ich auch nicht«, gab Jubal zu. »Stinkender Fisch bekommt mir nicht.«

»Ich dachte eher an Wasser und Seife.«

»Richtig, Ben. Ich bin in einem Haus aufgewachsen, das nicht komfortabler als ein Iglu war; mir ist meine Villa auch lieber. Trotzdem wurden die Eskimos als äußerst glücklich beschrieben. Bei ihnen gab es keine Eifersucht; sie hatten nicht einmal ein Wort dafür. Wer ist also übergeschnappt? Sieh dir unsere Welt an und sage mir ehrlich: Waren Mikes Apostel glücklicher oder unglücklicher als andere Leute?«

»Sie waren glücklich – sogar sehr glücklich, könnte man sagen. Aber die Sache muß doch irgendeinen Haken haben.«

»Vielleicht warst du der Haken.«

»Wieso?«

»Schade, daß du deine Erziehung nicht abschütteln kannst. Selbst drei Tage in dieser Umgebung waren eine Erinnerung, von der man im Alter zehren könnte. Und du, du junger Idiot, läufst aus Eifersucht fort! Warum jammerst du mir hier etwas vor? An deiner Stelle wäre ich längst ins Nest zurückgekehrt. In deinem Alter hätte ich mich mit Begeisterung in einen Eskimo verwandelt! Ben, je älter man wird, desto mehr bedauert man es, in seiner Jugend manchen Versuchungen nicht erlegen zu sein. Ich bedauere einiges – aber ich kann mir vorstellen, wie *du* später wütend sein wirst!«

»Hör auf, Jubal!«

»Menschenskind, worauf wartest du noch? Wenn ich nur *zwanzig* Jahre jünger wäre, würde ich sofort Mikes Kirche beitreten.«

»Laß den Unsinn, Jubal. Was hältst du wirklich von Mikes Kirche?«

»Deiner Erklärung nach scheint sie etwas einseitig zu sein.«

»Ja und nein. Angeblich verkündet sie eine Wahrheit, die Mike von den marsianischen ›Ältesten‹ gehört hat.«

»Von den ›Ältesten‹, was? Quatsch!«

»Mike glaubt an sie.«

»Ben, ich habe einen Fabrikanten gekannt, der sich einbildete, mit Alexander Hamiltons Geist sprechen zu können. Andererseits... Verdammt noch mal, warum soll *ich* den Advokaten des Teufels spielen?«

»Was hast du jetzt wieder?«

»Ben, der schlimmste Sünder ist der Heuchler, der sich religiös gebärdet. Aber wir müssen dem Teufel geben, was des Teufels ist. Mike glaubt etwas und lehrt die Wahrheit, wie er sie zu sehen glaubt. Ich *weiß* natürlich nicht, daß die ›Ältesten‹ nicht existieren; ich finde diese Vorstellung nur ziemlich unglaubwürdig. Und Mikes Du-bist-Gott-Masche ist weder glaubhafter noch unglaubwürdiger als sämtliche anderen. Vielleicht stellt sich am Jüngsten Tag

– falls er jemals stattfindet – zu unserer Überraschung heraus, daß irgendein afrikanischer Stammesgötze schon immer der oberste Boß war. Möglich ist alles!«

Harshaw machte eine Pause, um Atem zu schöpfen. Er winkte ungeduldig ab, als Caxton ihn unterbrechen wollte, und fuhr fort: »Wenn Mike uns einen allgemein gangbaren Weg zu Glück und Zufriedenheit zeigen kann, braucht er sich wegen seines Privatlebens nicht zu rechtfertigen. Genies blicken mit berechtigter Verachtung auf die Gewohnheiten ihrer Mitmenschen herab und halten sich nur selten daran; sie leben nach ihren eigenen Regeln. Mike *ist* ein Genie. Deshalb ignoriert er die Benimmbücher und legt sich selbst etwas zurecht.

Aber vom theologischen Standpunkt aus ist sein Benehmen durchaus orthodox. Er predigt, alle Lebewesen seien kollektiv Gott... folglich sind Mike und seine Apostel die einzigen Götter dieses Planeten, die sich ihrer Gottheit bewußt sind... und folglich sind sie Götter, weil die Regeln keine andere Auslegung zulassen. Diese Regeln gewähren den Göttern *immer* völlige sexuelle Freiheit, die nur sie selbst einschränken können.

Brauchst du Beweise? Leda und der Schwan? Europa und der Stier? Osiris, Isis und Horus? Der unglaubliche Inzest der nordischen Gottheiten? Ich möchte die östlichen Religionen gar nicht erwähnen; ihre Götter tun Dinge, die kein Nerzzüchter zulassen würde. Und Mike hat ein Anrecht darauf, daß wir ihm die gleichen Konzessionen wie anderen Göttern machen, indem wir sein Privatleben nach olympischen Moralbegriffen bewerten.«

Jubal starrte Ben durchdringend an. »Ben, du wirst diese Leute nie verstehen, wenn du nicht bereit bist, ihnen zuzugestehen, daß sie ihren Glauben ernst meinen.«

»Oh, das tue ich schon, aber...«

»Wirklich? Du gehst von der Voraussetzung aus, daß sie sich irren müssen, weil sie gegen Moralbegriffe verstoßen, von denen du selbst nichts mehr hältst. An deiner Stelle würde ich es mit einer logischen Überlegung versuchen. Ben, dieses Näherkommen, diese große Gemeinschaft aller Apostel Mikes schließt natürlich eine Monogamie aus. Da gemeinsame Erlebnisse eine Grundlage ihres Glaubens sind, wäre es lächerlich, sie im verborgenen stattfinden zu lassen. Man verbirgt etwas, wenn man sich seinetwegen schämt – aber diese Leute schämen sich keineswegs, sondern freuen sich darüber. Wer anders denkt, paßt nicht zu ihnen.«

»Vielleicht hätte ich sie gar nicht besuchen sollen.«

»Das wäre besser gewesen. Mike war nicht recht wohl bei der Sache – aber Gillian bestand darauf, was?«

»Das macht alles nur schlimmer!«

»Warum? Sie wollte nur, daß du wirklich ganz zu ihnen gehörst, Ben. Sie liebt dich und ist nicht eifersüchtig auf dich. Aber du warst eifersüchtig auf sie – und dein Benehmen zeigt durchaus nicht, daß du sie liebst, was du doch zu tun behauptest.«

»Ich liebe sie aber, verdammt noch mal!«

»Meinetwegen. Jedenfalls hast du die olympischen Ehren, die dir zugedacht waren, falsch aufgefaßt.«

»Wahrscheinlich hast du recht«, gab Ben trübselig zu.

»Ich weiß einen Ausweg für dich. Du hast dich gefragt, wie Mike sich seiner Kleidung entledigt haben kann. Soll ich es dir erklären?«

»Wie?«

»Durch ein Wunder.«

»Unsinn!«

»Vielleicht. Aber ich wette tausend Dollar, daß es ein Wunder war. Du kannst Mike danach fragen und mir das Geld dann überweisen.«

»Ich will dein Geld nicht, Jubal.«

»Du bekommst es auch nicht. Abgemacht?«

»Du kannst selbst nachsehen, wie die Dinge stehen, Jubal. Ich kann nicht zurück.«

»Du wirst mit offenen Armen aufgenommen und nicht einmal gefragt, wo du inzwischen gewesen bist. Auch darauf setze ich tausend Dollar. Ben, du warst weniger als vierundzwanzig Stunden dort. Hast du alles so gründlich untersucht, wie du einen Skandal untersuchen würdest, bevor du ihn öffentlich anprangerst?«

»Aber...«

»Hast du es getan?«

»Nein, aber...«

»Reiß dich gefälligst zusammen, Ben! Du behauptest Jill zu *lieben*... und gibst ihr nicht einmal die gleichen Chancen, die du einem bestechlichen Politiker einräumen würdest. Als du Schwierigkeiten hattest, hat *sie* sich zehnmal mehr angestrengt, um *dir* zu helfen. Wo wärst du jetzt, wenn sie ihren Versuch mit ebenso untauglichen Mitteln unternommen hätte? Wahrscheinlich würdest du in der Hölle braten. Du machst dir Sorgen wegen ein paar Orgien unter Freunden – weißt du, was mich bedrückt?«

»Was?«

»Christus wurde gekreuzigt, weil er ohne polizeiliche Genehmigung gepredigt hatte. Denk lieber *darüber* nach!«

Caxton schwieg zunächst – und stand dann ruckartig auf. »Ich bin bereits unterwegs.«

»Nach dem Mittagessen.«

»Jetzt.«

Vierundzwanzig Stunden später überwies Ben Jubal telegrafisch zweitausend Dollar. Als Harshaw nach einer Woche keine weiteren Nachrichten bekommen hatte, telegrafierte er seinerseits: *Was tust du eigentlich, verdammt noch mal?* Die Antwort kam prompt:

Ich lerne Marsianisch – Dein Wasserbruder Ben.

34

Foster sah von der Arbeit auf. »Junior!«

»Chef?«

»Dieser junge Mann, den du haben wolltest, steht jetzt zur Verfügung. Die Marsianer brauchen ihn anscheinend nicht mehr.«

Digby schüttelte verwirrt den Kopf. »Tut mir leid, aber daran kann ich mich nicht erinnern. Bin ich einem jungen Mann gegenüber verpflichtet?«

»Macht nichts«, wehrte Foster engelhaft lächelnd ab. »Es handelt sich um ein leichtes Märtyrertum, das ich selbst beaufsichtigen kann. Noch etwas, Junior...«

»Chef?«

»Du kannst einfach ›Fos‹ zu mir sagen, solange wir hier im Atelier sind. Und erinnere mich daran, daß ich dich nicht mehr ›Junior‹ nenne – du hast deinen letzten Auftrag recht gut erledigt. Welchen Namen ziehst *du* vor?«

Sein Assistent blinzelte. »Habe ich noch einen anderen Namen?«

»Tausende. Bevorzugst du irgendeinen?«

»Ich kann mich an keinen erinnern.«

»Nun... möchtest du ›Digby‹ heißen?«

»O ja. Das ist ein hübscher Name. Danke.«

»Nichts zu danken. Du hast ihn dir verdient.« Erzengel Foster wandte sich wieder seiner Arbeit zu, ohne die kleine Aufgabe zu vergessen, die er eben übernommen hatte. Er überlegte, ob er der kleinen Patricia die bevorstehenden Probleme nicht etwas erleichtern könnte – aber dann verwarf er diesen fast menschlichen Gedanken. Engel durften kein Mitleid kennen; ihr engelhaftes Mitgefühl ließ keinen Raum für derartige Erwägungen.

Der Daibutsu bei Kamakura wurde von einer gigantischen Flutwelle überspült, die ihren Ursprung in einem Seebeben dreihundert Kilometer vor der Küste von Honschu hatte; dabei ertranken dreizehntausend Menschen, und ein kleiner Junge wurde von den überlebenden Mönchen hoch im Innern der Buddhastatue entdeckt, im Kloster aufgezogen und als Reinkarnation Buddhas verehrt. Cynthia Duchess trat vor Dutzenden von Reportern und Fernsehkameras in ein Kloster ein, um es drei Tage später stillschweigend zu verlassen. Exgeneralsekretär Douglas erlitt einen Schlaganfall, der seine linke Hand lähmte, ihn jedoch nicht daran hinderte, weiterhin das Vermögen des Marsmenschen zu verwalten. Das Forschungsschiff *Mary Jane Smith* landete auf Pluto. In Fraser, Colorado, wurde der kälteste Februartag seit Menschengedenken gemessen.

Bischof Oxtongue predigte im New-Grand-Avenue-Tempel über Matthäus 24, 24: »Denn mancher falsche Christus und falsche Propheten werden auferstehen und große Zeichen und Wunder tun, so daß, wenn es möglich wäre, auch die Auserwählten verführt würden.« Er betonte in seiner Predigt, damit seien weder Mormonen, Christliche Wissenschaftler, Katholiken noch Fosteriten gemeint – besonders die letzteren nicht –, sondern nur jüngst aufgetretene Ketzer, die es darauf anlegten, brave Gläubige und großzügige Spender dem Glauben ihrer Väter abspenstig zu machen. In einem subtropischen Kurort des gleichen Landes erschienen mehrere Bürger beim Staatsanwalt, um Anzeige gegen einen Pastor und drei seiner Assistenten zu erstatten, die öffentliches Ärgernis erregt, Minderjährige verführt und weitere Straftaten begangen haben sollten.

Der Staatsanwalt hatte kein Interesse an der Verfolgung dieser Anzeige – er hatte ein Dutzend ähnliche in den Akten –, weil die Zeugen in solchen Fällen unauffindbar waren, wenn sie gebraucht wurden. Er erwähnte diese Schwierigkeit auch diesmal wieder.

»Seien Sie ganz unbesorgt, diesmal klappt alles«, versicherte ihm einer der Zeugen. »Oberstbischof Short will dem Treiben dieses Antichristen ein Ende setzen.«

Der Staatsanwalt interessierte sich nicht für theologische Fragen

– aber er würde sich bald wieder der Wahl stellen müssen. »Gut, aber Sie wissen natürlich, daß ich Unterstützung brauche.«

»Die bekommen Sie.«

Jubal Harshaw wußte nichts von diesem Vorfall; er kannte jedoch genügend andere und war entsprechend besorgt. Er hatte endlich der Versuchung nachgegeben und verfolgte die Nachrichten. Bisher ließ er sich nur Zeitungsausschnitte über die Themen ›Marsmensch‹, ›V. M. Smith‹, ›Kirche aller Welten‹ und ›Ben Caxton‹ schicken. Aber er war schon zweimal dicht davor gewesen, Larry den Quatschkasten aufbauen zu lassen.

Verdammt noch mal, warum konnten die Kinder ihm nicht gelegentlich einen Brief schicken, anstatt zuzulassen, daß er sich ihretwegen Sorgen machte? *»Achtung!«*

Anne kam herein, aber Jubal starrte weiter nach draußen, wo Schnee im Swimming-pool lag. »Anne, wir mieten eine Tropeninsel und verkaufen dieses Mausoleum, verstanden?«

»Ja, Boß.«

»Aber sieh zu, daß wir unterkommen, bevor das Haus angeboten wird; ich habe keine Lust, in ungemütlichen Hotels herumzusitzen.« Jubal machte eine Pause. »Wie lange arbeite ich schon nicht mehr?«

»Dreiundvierzig Tage.«

»Laß dir das eine Lehre sein. Aber mir fällt in letzter Zeit nichts ein. Vielleicht wäre es besser, wenn ich mich um Abby kümmern würde, während du an meiner Stelle... He! Jetzt muß Abigail doch essen! Du warst gar nicht an der Reihe; Dorcas hätte kommen müssen.«

»Abby kann noch ein paar Minuten warten. Dorcas ruht sich aus. Ihr ist heute morgen wieder schlecht.«

»Unsinn! Anne, ich sehe es einer Frau früher als jeder andere an, ob sie ein Kind erwartet – und das weißt du genau.«

»Laß sie in Ruhe, Jubal! Sie hat Angst, daß es nicht geklappt haben könnte... und sie möchte sich diese Illusion möglichst lange bewahren. Verstehst du denn *gar nichts* von Frauen?«

»Hmm... nein, wenn ich es recht überlege. Gut, ich sage nichts zu ihr. Warum fütterst du deinen kleinen Engel nicht hier?«

»Ich bin froh, daß ich Abby nicht mitgebracht habe – sie hätte verstehen können, was du...«

»Ich bin also ein Kinderverderber, was?«

»Nein, nein!« Anne lächelte. »Jubal, ich finde es nett, daß du von meiner Tochter begeistert bist. Aber du hast in letzter Zeit nur noch mit ihr gespielt... oder Trübsal geblasen.«

»Wann sind wir auf Wohlfahrtsunterstützung angewiesen?«

»Das meine ich nicht. Wenn du keine Stories diktierst, leidest du an geistiger Verstopfung. Dorcas und Larry und ich sind schon ganz nervös – und wenn du ›Achtung!‹ rufst, bibbern wir vor Erleichterung. Aber das ist immer ein falscher Alarm.«

»Worüber beklagst du dich, solange wir genug Geld im Haus haben?«

»Was macht dir Sorgen, Boß?«

Jubal überlegte, ob er es ihr erzählen sollte. Wer Abigails Vater war, stand für ihn längst fest; Anne hatte zwischen ›Abigail‹ und ›Zenobia‹ geschwankt – und dem Mädchen schließlich beide gegeben. Sie erwähnte ihre Bedeutung nie... und Jubal gab vor, sie nicht zu kennen...

»Du kannst uns nicht täuschen, Boß«, fuhr Anne fort. »Dorcas, Larry und ich wissen, daß Mike allein zurechtkommt. Aber du hast solche Angst...«

»Angst! Ich?«

»...Larry hat das Stereogerät in seinem Zimmer aufgestellt, und wir haben abwechselnd die Nachrichten verfolgt. Wir machen uns keine Sorgen – außer um dich. Aber wenn Mike erwähnt wird, was gelegentlich vorkommt, wissen wir es, bevor du die komischen Zeitungsausschnitte bekommst.«

»Was weißt du von den Zeitungsausschnitten? Ich habe sie dir nie gezeigt!«

»Irgend jemand muß unser Altpapier verbrennen, Boß«, erklärte Anne ihm. »Hältst du Larry für einen Analphabeten?«

»Aha! Dieser verdammte Müllschlucker funktioniert nicht mehr, seitdem Duke fort ist. Nichts funktioniert mehr, verdammt noch mal!«

»Du brauchst nur Mike zu benachrichtigen – Duke kommt sofort zurück.«

»Du weißt, daß ich das nicht kann.« Jubal hatte plötzlich einen Verdacht. »Anne! Bist du nur noch hier, weil Mike dich darum gebeten hat?«

»Ich bin hier, weil ich hier sein möchte«, antwortete sie sofort.

»Hmm... ich weiß nicht recht, ob das eine Antwort ist.«

»Jubal, manchmal wünsche ich mir, du wärst ein Kind, dem man einen Klaps geben kann. Darf ich sagen, was ich eigentlich sagen wollte?«

»Bitte sehr, ich höre zu.« Würde irgend jemand noch bei ihm ausharren? Hätte Miriam Stinky geheiratet und wäre sie ihm nach Beirut gefolgt, wenn Mike nicht einverstanden gewesen wäre? Der Name ›Fatima Michele‹ ließ sich mit ihrem neuen Glauben und dem Wunsch ihres Gatten, einen guten Freund zu ehren, einigermaßen erklären – oder er war eine raffinierte Verschlüsselung wie der Doppelname der kleinen Abby. Merkte Stinky in diesem Fall nicht, wer ihm die Hörner aufgesetzt hatte? Oder trug er sie mit gelassenem Stolz? Schließlich war anzunehmen, daß er den Tagesablauf seines Eheweibs kannte; selbst die Wasserbrüderschaft hatte ihn nicht blind gemacht. Jubal war an dieser Frage nicht persönlich interessiert. Aber die beiden mußten sie irgendwie gelöst haben...

»Du hörst gar nicht zu, Jubal!« sagte Anne vorwurfsvoll.

»Tut mir leid, ich habe eben an etwas anderes gedacht.« Hör auf damit, du böser alter Mann! Wie kommst du dazu, den Namen, die Mütter ihren Kindern geben, irgendeine Bedeutung beizumessen? Nächstens fängst du noch mit Numerologie und Astrologie an... und später wirst du wegen Altersschwachsinns entmündigt, weil du nicht genug Anstand besessen hast, um dich rechtzeitig freiwillig zu entleiben.

»Du brauchst die Zeitungsausschnitte nicht, weil wir uns die Nachrichtensendungen ansehen, in denen von Mike die Rede sein könnte. Und Ben hat uns versprochen, uns sofort privat zu benachrichtigen, wenn sich etwas ereignet, das wir wissen müssen. Aber Mike ist unangreifbar, Jubal. Wenn du sein Nest besuchen würdest, wie wir drei es bereits getan haben, würdest du zur gleichen Überzeugung kommen.«

»Ich bin nie eingeladen worden.«

»Wir auch nicht, Jubal. Niemand braucht eine Einladung, um sein eigenes Heim zu besuchen. Du erfindest Entschuldigungen. Ben hat dich zu einem Besuch aufgefordert, und Dawn und Duke haben dich ebenfalls darum gebeten.«

»Mike hat mich nicht eingeladen.«

»Boß, das Nest gehört dir und mir nicht weniger, als es Mike gehört. Mike ist der Erste unter Gleichen... wie du hier. Ist dies Abbys Haus?«

»Allerdings«, erklärte Harshaw ihr. »Es gehört ihr, aber ich besitze das lebenslängliche Wohnrecht darin.« Jubal hatte sein Testament geändert, weil er wußte, daß es unnötig war, Mikes Wasserbrüdern etwas zu vererben. Aber die Kinder seiner Sekretärinnen würden vielleicht nichts erben, deshalb hatte er für sie vorgesorgt. »Ich wollte dir nichts davon erzählen, aber es kann nicht schaden, wenn du es weißt.«

»Jubal... jetzt hast du mich zum Weinen gebracht. Und du hast mich fast dazu gebracht, alles zu vergessen, was ich sagen wollte. Aber ich muß es sagen. Mike würde dich nie zu etwas drängen, das weißt du genau. Ich groke, daß er auf die Erfüllung wartet – und ich groke, daß du es ebenfalls tust.«

»Hmm... ich groke, daß du richtig sprichst.«

»Gut. Ich glaube, daß du heute besonders trübselig bist, weil Mike wieder einmal verhaftet worden ist. Aber das ist schon oft...«

»Verhaftet? Das habe ich nicht gewußt!« Jubal starrte Anne wütend an. »Verdammt noch mal, warum sagt mir niemand, was...«

»Jubal, Jubal! Ben hat mich angerufen; folglich ist die Sache harmlos. Du weißt selbst, wie oft Mike verhaftet worden ist – mindestens ein halbes dutzendmal, seitdem er als Prediger auftritt. Aber er verletzt nie jemand; er läßt sich alles geduldig gefallen. Und da ihm nie etwas nachgewiesen werden kann, wird er jeweils nach kurzer Zeit wieder entlassen.«

»Was wird ihm diesmal vorgeworfen?«

»Oh, der übliche Unsinn – Erregung öffentlichen Ärgernisses, Verführung Minderjähriger, Anstiftung zum Betrug, Kuppelei, Verstoß gegen die Schulgesetze...«

»*Was?*«

»Seine ›Kirche‹ hat nicht mehr das Recht, eine eigene Schule zu betreiben; trotzdem sind die Kinder aus dem Nest nicht mehr in öffentliche Schulen zurückgekehrt. Aber das spielt keine Rolle, Jubal – diese Vorwürfe sind alle unhaltbar. Was man Mike und den anderen theoretisch vorwerfen könnte, läßt sich nicht beweisen. Jubal, wenn du das Nest gesehen hättest, wüßtest du auch, daß selbst der Sicherheitsdienst dort keine Überwachungsanlage installieren könnte. Du brauchst dir also keine Sorgen zu machen. Mike wird freigelassen, nachdem sein Fall weltweites Aufsehen erregt hat – und die Zahl der Gottesdienstbesucher steigt dann ruckartig an.«

»Hmm! Anne, arrangiert Mike diese Verfolgungen selbst?«

Sie schüttelte verblüfft den Kopf. »Darauf wäre ich nie gekommen, Jubal. Du weißt doch, daß Mike nicht lügen kann.«

»Muß man dazu unbedingt lügen? Kann er nicht wahre Gerüchte verbreiten, die sich vor Gericht beweisen lassen?«

»Glaubst du, daß Mike das täte?«

»Das weiß ich nicht. Ich weiß aber, daß man am besten lügt, indem man einen Teil der Wahrheit erzählt – und dann den Mund hält. Das wäre nicht das erstemal, daß jemand sich als Märtyrer aufgespielt hat, um in die Zeitungen zu kommen. Schlagzeilen und Balkenüberschriften üben eine teuflische Faszination auf manche...«

Die Tür wurde aufgerissen. »Boß!« rief Larry erregt.

»Mach die Tür zu, verschwinde und...«

»Boß! Mikes Kirche ist niedergebrannt worden!«

Nun begann ein wildes Rennen in Richtung Larrys Zimmer. Larry führte, Jubal folgte dichtauf, Anne verlor auf der Zielgeraden etwas an Boden. Dorcas bildete das Schlußlicht, weil sie einen schlechten Start erwischt hatte; sie war erst von dem Lärm aufgewacht.

»...gegen drei Uhr morgens. Hier sehen Sie den ehemaligen Haupteingang des Gebäudes, wie er unmittelbar nach der Explosion aussah. Und nun einen Augenblick Geduld, meine Damen und Herren...« Das Bild verschwand und wurde durch eine hübsche junge Hausfrau ersetzt, die neue Gewürzmischungen anpries.

»Verdammt noch mal! Larry, bring das Gerät in mein Arbeitszimmer. Anne... nein, Dorcas, du rufst sofort Ben an.«

»Du weißt doch, daß es in Mikes Nest nie ein Telefon gegeben hat«, protestierte Dorcas. »Wie soll ich da jemand anrufen?«

»Dann soll jemand hinüberlaufen und... nein, im Tempel ist jetzt niemand mehr... äh... am besten rufst du den Polizeichef an. Nein, gleich den Staatsanwalt. Anne, Mike sitzt doch wahrscheinlich noch?«

»Richtig.«

»Hoffentlich ist er noch hinter Gittern – und die anderen auch.«

Als sie Harshaws Arbeitszimmer betraten, summte das Visophon durchdringend. Jubal fluchte, schaltete das Gerät ein und wollte den Anrufer zum Teufel schicken.

Bens Gesicht erschien auf dem Bildschirm. »Hallo, Jubal.«

»Ben! Was ist eigentlich bei euch los?«

»Du hast die Nachrichten gesehen, was? Deshalb rufe ich auch an. Bei uns ist alles in bester Ordnung.«

»Was war mit dem Feuer? Ist jemand verletzt?«

»Der Schaden ist lächerlich gering. Mike läßt dir ausrichten, daß...«

»Lächerlich *geringer* Schaden? Ich habe gerade eine Aufnahme gesehen, auf der zu erkennen war, daß das Gebäude völlig...«

»Oh, das...« Ben zuckte mit den Schultern. »Hör bitte zu, Jubal. Du bist nicht der einzige, den ich anrufen muß, um ihn zu beruhigen. Aber Mike hat mir ans Herz gelegt, zuerst dich anzurufen.«

»Äh... weiter, bitte.«

»Niemand ist verletzt, niemand hat die geringsten Brandwunden davongetragen. Der Sachschaden geht natürlich in die Millionen, aber das Nest war ohnehin schon zu klein, und Mike wollte es bald aufgeben. Ja, es war natürlich feuerfest – aber mit genug Benzin und Dynamit läßt sich alles in Brand stecken.«

»Aha – Brandstiftung, was?«

»Bitte, Jubal. Die Polizei hat acht von uns verhaftet; mehr waren aus dem neunten Kreis nicht zu erwischen. Wir sind alle auf Grund anonymer Anzeigen festgenommen worden, und Mike hat uns innerhalb der nächsten Stunden gegen Kaution freibekommen. Nur er sitzt noch, weil...«

»Ich komme sofort!«

»Immer mit der Ruhe. Mike läßt dir ausrichten, daß du ruhig kommen kannst, wenn du willst, daß du aber nicht unbedingt kommen mußt. Ich bin seiner Meinung. Das Feuer ist gestern nacht ausgebrochen, als der Tempel leer war, weil die Gottesdienste wegen der Verhaftungen abgesagt werden mußten – nur das Nest war nicht leer. Mike saß im Kittchen, und wir übrigen haben uns im Innersten Tempel zu seinen Ehren zu einer Feier versammelt, als die Explosion das Feuer ausbrechen ließ. Deshalb zogen wir uns in ein Ausweichquartier zurück.«

»Ihr habt anscheinend Glück gehabt, daß ihr überhaupt entkommen seid.«

»Wir waren eingeschlossen, Jubal. Wir sind alle in den Flammen umgekommen...«

»Was?«

»Wir gelten alle als tot oder vermißt. Nachdem der Brand ausgebrochen war, hat niemand mehr das Gebäude durch einen der bekannten Ausgänge verlassen.«

»Aber durch einen Geheimausgang?«

»Jubal, Mike hat für solche Fälle andere Methoden, die ich aber nicht am Visophon diskutieren möchte.«

»Er sitzt also noch?«

»Ja«, antwortete Ben.

»Aber...«

»Das genügt vorläufig. Wenn du kommt, brauchst du gar nicht erst zum Tempel zu fahren; er ist zerstört. Ich darf dir nicht sagen, wo wir uns jetzt aufhalten... und ich rufe nicht von dort aus an. Falls du unbedingt kommen willst – ich halte deinen Besuch allerdings für zwecklos, weil du nichts ausrichten kannst –, brauchst du nicht nach uns zu suchen. Wir finden dich schon.«

»Aber...«

»Mehr habe ich nicht zu sagen. Leb wohl, Jubal. Du bist Gott.« Der Bildschirm wurde dunkel.

Harshaw schüttelte den Kopf. »Das habe ich geahnt! Das kommt davon, wenn man sich zum Prediger berufen fühlt. Dorcas, bestell mir ein Taxi. Anne, du... nein, du mußt dich um Abby kümmern. Larry, pack mir einen Koffer. Anne, ich brauche alles Bargeld, das wir im Haus haben; Larry kann morgen wieder zur Bank fahren.«

»Boß«, protestierte Larry, »wir fahren *alle*!«

»Natürlich«, stimmte Anne zu.

»Ruhe, Anne. Halt die Klappe, Dorcas. Diesmal haben die Frauen keine Stimme. Die Stadt liegt an der Front und ist deshalb gefährlich. Larry, du bleibst hier und beschützt die drei. Du brauchst nicht zur Bank zu fahren; ihr kommt ohne Geld aus, weil keiner von euch das Grundstück verläßt, bis ich wieder zurück bin. Larry, die Scheinwerfer bleiben nachts an, der Elektrozaun wird eingeschaltet, und ich hoffe sehr, daß du rechtzeitig zur Flinte greifst, falls jemand mit Gewalt einzudringen versucht. Los, macht euch an die Arbeit – ich muß mich umziehen!«

Eine halbe Stunde später rief Larry nach oben: »Boß! Das Taxi landet!«

»Ich komme schon«, antwortete Jubal und polterte die Treppe herab.

35

Das Taxi benahm sich, wie Jubal es von Maschinen erwartete: Es hatte plötzlich irgendeinen Schaden und steuerte seinen Heimathafen an, um dort repariert zu werden. Auf diese Weise landete Jubal in New York, war weiter als je zuvor von seinem Ziel entfernt und hatte Gelegenheit, vor dem Weiterflug die nächste Stereovisionssendung zu sehen.

Oberstbischof Short rief zum Heiligen Krieg gegen den Antichristen auf – d. h. Mike –, und Augustus Greaves, der bekannte Fernsehkommentator, äußerte sich besorgt über den bisherigen Verlauf der ursprünglich theologischen Streitigkeiten, an denen seiner Meinung nach der Marsmensch schuldig war. Jubal sah weitere Aufnahmen des völlig ausgebrannten Gebäudes und fragte sich, wie jemand aus diesem Inferno lebend entkommen sein sollte.

Dann stand Harshaw endlich auf dem städtischen Landeplatz, sah Palmen und das Meer, schwitzte in seiner Winterkleidung und fragte sich, was er tun sollte.

Ein Taxifahrer näherte sich ihm. »Taxi, Sir?«

»Äh, ja.« Er würde sich in einem Hotel einquartieren und Interviews geben, so daß bekannt wurde, wo er sich aufhielt.

»Folgen Sie mir bitte, Sir.« Der Mann führte ihn zu einem alten Taxi. Während er Jubals Reisetasche verstaute, flüsterte er: »Ich gebe dir Wasser.«

»*Was?* Mögest du nie Durst leiden.«

»Du bist Gott.« Der Mann ließ Jubal einsteigen und setzte sich ans Steuer.

Sie landeten auf einem privaten Landeplatz auf dem Dach eines riesigen Strandhotels. »Wir können nicht durch den normalen Eingang herein«, erklärte der Pilot Jubal, »weil das Foyer in unserem Stock voller Kobras ist. Wenn du hinauswillst, läßt du dich lieber nach unten bringen. Ich heiße übrigens Tim.«

»Ich bin Jubal Harshaw.«

»Ich weiß, Bruder Jubal.« Sie betraten ein Luxusapartment; Tim stellte Harshaws Reisetasche ins Schlafzimmer, nickte ihm freundlich zu und verließ den Raum. Jubal sah eine Cognacflasche, Eiswürfel und Sodawasser auf dem Tisch. Er mixte sich einen Drink, trank den ersten Schluck, seufzte zufrieden und zog sich die Jacke aus.

Eine Frau kam mit einem Teller Sandwiches herein.

»Trink und sei niemals durstig, Bruder«, begrüßte sie ihn lächelnd. Sie ging ins Bad, ließ Wasser in die Wanne laufen und sah sich dann suchend im Zimmer um.

»Brauchst du noch etwas, Jubal?«

»Nein, vielen Dank. Ist Ben Caxton erreichbar?«

»Ja. Er will dir nur erst etwas Zeit lassen, damit du dich von der

Reise erholen kannst. Wenn du etwas brauchst, fragst du am besten nach mir. Ich bin Patty.«

»Oh! Erzengel Fosters Leben.«

Sie lächelte und wirkte dadurch noch jünger als dreißig. »Ja.«

»Ich würde die Bilder gern sehen. Ich interessiere mich für religiöse Kunst.«

»Jetzt? Nein, du willst bestimmt erst baden.«

»Richtig, Patty«, stimmte Jubal zu. »Aber vielleicht bei Gelegenheit.«

»Wann du willst.« Sie ging rasch hinaus, ohne dabei den Eindruck zu erwecken, als beeile sie sich sonderlich.

Harshaw badete, zog einen leichten Sommeranzug an und verließ seine Suite. Er entdeckte einen großen Wohnraum, in dem einige Leute vor einem riesigen Stereogerät saßen. Einer der Männer sah auf und kam Jubal entgegen. »Hallo, Bruder Jubal.«

»Hallo, Ben. Wie steht's? Sitzt Mike noch?«

»Nein. Er ist seit unserem letzten Gespräch wieder frei.«

»Steht der Verhandlungstermin schon fest?«

Ben lächelte. »Mike ist nicht freigelassen worden, Jubal; er ist ausgebrochen.«

Harshaw schüttelte den Kopf. »Blödsinn! Jetzt ist der Fall noch schwieriger.«

»Jubal, du machst dir überflüssige Sorgen. Wir anderen gelten als vermißt – und Mike ist unauffindbar. Wir haben hier ohnehin nichts mehr verloren. Wir ziehen in eine andere Stadt.«

»Dann wird er ausgeliefert.«

»Bestimmt nicht.«

»Wo steckt er jetzt? Ich muß mit ihm sprechen.«

»Mike meditiert gerade, Jubal, aber er läßt dir ausrichten, daß du nichts auf eigene Faust unternehmen sollst. Du kannst mit ihm sprechen; Jill weckt ihn dann auf.«

Harshaw wußte, daß es zwecklos war, Mike zu stören, während er etwas zu groken versuchte. »Schon gut – aber ich will mit ihm sprechen, sobald er aufwacht.«

»Natürlich«, versicherte Ben ihm. »Ruh dich inzwischen aus.« Er führte Jubal zu der Gruppe am Stereogerät.

Anne sah auf. »Hallo, Boß.« Sie machte Platz neben sich.

»Willst du dich nicht setzen?«

Jubal ließ sich nieder. »Darf ich fragen, was *du* hier tust?«

»Das gleiche wie du – nichts. Sei bitte vernünftig, Jubal. Wir gehören auch hierher. Aber du warst so aufgeregt und nervös, daß wir nicht mit dir reden konnten.«

»Seid ihr alle hier?«

»Ja, aber das ist ganz in Ordnung. Larry und ich haben schon vor einem Jahr mit den jungen McClintocks vereinbart, daß sie notfalls das Haus hüten würden.«

»Hmm, manchmal habe ich den Eindruck, daß ich dort nur als Gast geduldet werde.«

»Boß, du willst doch nicht mit solchen Dingen belästigt werden. Nur schade, daß wir nicht gemeinsam reisen konnten – du hast anscheinend Schwierigkeiten gehabt.«

»Allerdings!« Jubal machte ein böses Gesicht. »Wie lange dauern diese Werbeeinblendungen noch? Und wo ist mein Patenkind? Hast du Abby etwa bei den McClintocks gelassen?«

»Natürlich nicht. Sie ist hier und hat sogar ein eigenes Kindermädchen.«

»Ich will sie sehen.«

»Patty!« rief Anne. »Jubal möchte Abby sehen.«

Patricia blieb stehen. »Gern, Jubal. Ich habe gerade nichts zu tun.« Sie ging voraus. »Die Kinder sind bei mir im Zimmer, damit Honey Bun auf sie aufpassen kann.«

Jubal stellte verblüfft fest, daß das Kindermächen eine viereinhalb Meter lange Riesenschlange war, die sich so zusammengerollt hatte, daß ihr Leib zwei Babydecken umgab, auf denen Kinder lagen.

Patty streichelte die Schlange. »Schon gut, Liebling«, sagte sie beruhigend. »Vater Jubal möchte die Kinder sehen.« Sie wandte sich an Harshaw. »Am besten streichelst du sie auch, damit sie dich grokt und beim nächstenmal wiedererkennt.«

Harshaw streichelte die Schlange, strich Abby über den Kopf und fragte: »Wem gehört der zweite Engel?«

»Das ist Fatima Michele. Ich dachte, du hättest sie schon einmal gesehen.«

»Sind *sie* hier? Sie waren doch in Beirut!«

»Richtig«, stimmte Patty zu, »aber sie sind gestern angekommen.«

Jubal riß sich nur widerstrebend von den Babys und der schönen Schlange los. Im Korridor begegneten sie Fatimas Mutter. »Boß, wie ich mich freue!« Sie küßte ihn und deutete auf seinen Bauch. »Immerhin haben sie dich nicht verhungern lassen!«

»Gott sei Dank. Ich habe eben deine Tochter bewundert, Miriam.«

»Hübsch, was? Wir wollen sie in Rio verkaufen.«

»Ich dachte, im Jemen würden bessere Preise bezahlt.«

»Stinky ist anderer Meinung. Wir bekommen jetzt einen Jungen – deshalb haben wir keine Zeit mehr für Töchter.«

»Maryam«, tadelte Patty, »so spricht man nicht!«

»Entschuldigung, Patty.« Sie lächelte Jubal zu. »Tante Pat ist eine Lady und grokt, daß ich keine bin.«

»Das groke ich auch! Aber wenn deine Tochter zu verkaufen ist, bitte ich mir ein Vorkaufsrecht aus.«

»Dafür ist Tante Pat zuständig; ich darf sie nur manchmal sehen.«

»Woher willst du übrigens wissen, daß du einen Sohn bekommst?« fragte Jubal weiter.

»Mike hat es gegrokt.«

»Wie kann er das?«

Miriam lächelte. »Noch immer skeptisch, Boß? Na, vielleicht läßt du dich eines Tages überzeugen.«

»Was tust du hier?«

»Ich arbeite – mehr als für dich. Mein Mann ist ein Sklaventreiber. Wir stellen ein marsianisches Wörterbuch zusammen. Es hat nie eines gegeben; die Marsianer haben keinen Bedarf dafür. Stinky hat eine Lautschrift mit einundachtzig Zeichen entwickelt, und wir haben eine Schreibmaschine umbauen lassen, so daß ich jetzt Marsianisch tippe... Boß, liebst du mich trotzdem noch, wenn ich nicht mehr richtig Englisch schreiben kann?«

»Dann diktiere ich dir auf Marsianisch.«

»Das kommt noch, wenn Mike und Stinky mit dir fertig sind. Nicht wahr, Patty?«

»Du sprichst richtig, mein Bruder.«

Als sie in den Wohnraum zurückkamen, nahm Ben Jubal beiseite und führte ihn in einen kleinen Konferenzraum.

»Ihr scheint ziemlich viel Platz zu haben«, stellte Harshaw fest.

»Richtig«, stimmte Caxton zu. »Wir haben das ganze Stockwerk für uns. Vorläufig brauchen wir nicht alle Räume, aber das kann sich ändern... wir bekommen immer mehr Besuch.«

»Ben, wie könnt ihr hier so öffentlich wohnen? Das Hotelpersonal verrät euch bestimmt.«

»Das Personal kommt nicht hier herauf. Dieses Hotel gehört nämlich Mike.«

»Um so schlimmer, finde ich.«

»Natürlich nicht offiziell, sondern über vier oder fünf Strohmänner. Der angebliche Besitzer gehört heimlich unserem neunten Kreis an. Er beansprucht dieses Stockwerk für sich – und der Manager stellt keine Fragen, weil er seinen Job behalten will. Hier sind wir gut aufgehoben, bis Mike grokt, wohin wir weiterziehen.«

»Anscheinend hat er diese Krise vorausgesehen.«

»Davon bin ich überzeugt. Er hat die Eltern mit Kindern schon vor zwei Wochen in weit entfernte Städte geschickt. Und als der große Knall kam, waren wir auf alles vorbereitet.«

»Aber ihr habt kaum das nackte Leben gerettet, nicht wahr?«

»Alle wichtigen Dinge sind in Sicherheit gebracht worden – Stinkys Sprachbänder, Maryams komische Schreibmaschine... und sogar das scheußliche Farbfoto von dir. Und Mike hat in letzter Sekunde etwas Geld zusammengerafft.«

»Mike?« fragte Jubal. »Ich dachte, er hätte gesessen.«

»Sein Körper befand sich im Gefängnis. Aber er war trotzdem bei uns. Verstehst du, was ich meine?«

»Das groke ich nicht.«

»Rapport. Er hatte meistens mit Jill Verbindung, aber wir waren uns alle nahe. Jubal, das kann ich dir nicht erklären; das mußt du erleben. Als die Explosion das Gebäude in Brand setzte, hat er uns alle hierher gebracht.« Jubal runzelte die Stirn, und Caxton fügte ungeduldig hinzu: »Natürlich durch Teleportation. Ist das so schwer zu groken, Jubal? Du hast mir selbst geraten, Wunder unvoreingenommen zu betrachten. Das habe ich getan – und jetzt weiß ich, daß es keine Wunder sind. Grokst du die Stereovision? Oder Computer?«

»Ich? Nein.«

»Ich auch nicht. Aber ich würde sie verstehen, wenn ich Elektronikingenieur wäre; ›kompliziert‹ heißt noch lange nicht ›nur als Wunder zu erklären‹. Auch die Teleportation ist einfach, sobald man die Sprache beherrscht – aber die Sprache ist schwer zu erlernen.«

»Kannst du Dinge teleportieren, Ben?«

»Nein. Ich lerne jetzt erst allmählich, meinen eigenen Körper zu kontrollieren. Patty ist die einzige, die regelmäßig teleportiert... und ich weiß nicht, ob sie es ohne Mikes Unterstützung tut. Er versichert ihr zwar immer wieder, sie sei auch ohne ihn dazu imstande, aber Patty hat eben das Gefühl, von ihm abhängig zu sein. Das ist allerdings überflüssig. Jubal, ich will dir etwas verraten, das ich erst seit einiger Zeit groke: Wir brauchen Mike eigentlich gar nicht. *Du* hättest der Marsmensch sein können. Oder ich. Mike gleicht dem Menschen, der das Feuer entdeckt hat. Das Feuer war schon immer da – und nachdem er den anderen gezeigt hat, wie es sich bändigen läßt, konnten es alle benützen... oder jedenfalls alle, die vernünftig genug waren, um sich nicht dabei zu verbrennen. Verstehst du, was ich meine?«

»Ich groke es zumindest teilweise.«

»Mike ist unser Prometheus – aber nicht mehr. Das betont er selbst immer wieder. Du bist Gott, ich bin Gott, er ist Gott – alle grokenden Lebewesen. Mike ist ein Mensch wie wir. Allerdings ein hochstehender Mensch, denn ein anderer hätte sich an seiner Stelle vielleicht als neuer Messias etabliert. Mike ist über diese Versuchung erhaben. Er will nicht mehr als unser Prometheus sein.«

»Aber Prometheus hat sein Geschenk für die Menschen teuer bezahlt«, stellte Jubal fest.

»Mike geht es nicht besser! Er arbeitet an sieben Tagen in der Woche vierundzwanzig Stunden täglich, um uns zu zeigen, wie man mit Streichhölzern spielt, ohne sich zu verbrennen. Jill und Patty wollten ihn längst dazu bringen, sich wenigstens einen Abend in der Woche freizunehmen – aber Mike hat seine Freizeit nur dazu benützt, in Spielhöllen unwahrscheinliche Gewinne zu erzielen. Sein Ruf als größter Glückspilz der Stadt hat zwar Leute in den Tempel gelockt – aber jetzt haben wir nicht nur die Stadtverwaltung und die anderen Kirchen, sondern auch die Gangstersyndikate gegen uns. Den Tempel haben Professionals in Brand gesteckt – ich bezweifle sehr, daß die Fosteriten etwas damit zu tun haben.«

Ben und Jubal hatten den Konferenzraum verlassen und hielten sich in einer Art Foyer auf. Jubal stellte fest, daß die Brüder, die er bisher gesehen hatte, wider Erwarten bekleidet waren. Als ihm jedoch etwas auffiel, war es nicht Haut, sondern Haar – eine erstaunliche blauschwarze Mähne, die einer jungen Frau gehörte, die Ben zunickte, Jubal ernst betrachtete und dann weiterging. Jubal starrte ihr bewundernd nach... und merkte erst später, daß sie nur mit ihren Haaren bekleidet gewesen war. Nun wurde ihm auch klar, daß ihm diese Aufmachung bisher nur nicht bewußt aufgefallen war, obwohl er sie schon mehrmals gesehen hatte.

Ben folgte seinem Blick. »Das war Ruth, eine der neuen Hohepriesterinnen«, erklärte er Jubal. »Sie und ihr Mann sind eben aus Kalifornien zurückgekommen.«

»Wunderbares Haar. Ich wollte, sie wäre einen Augenblick stehengeblieben.«

»Warum hast du sie nicht hergerufen?«

»Wie bitte?«

»Ruth ist nur vorbeigekommen, um dich zu sehen. Alle interessieren sich sehr für dich... aber sie haben zuviel Ehrfurcht vor dir, um dich zu belästigen.«

»Ehrfurcht vor *mir*?«

»Das habe ich dir schon letztes Jahr im Sommer erklärt. Du bist eine mythische Gestalt und eine Art Supermann. Mike hat den anderen erzählt, daß du der einzige Mensch bist, der ›in Vollendung groken‹ kann, ohne Marsianisch zu sprechen. Die meisten vermuten, daß du ihre Gedanken so gut wie Mike selbst lesen kannst.«

»Unsinn! Du hast diesen Blödsinn doch hoffentlich widerlegt?«

»Wie käme ich dazu, einen Mythos zu zerstören? Die anderen haben alle etwas Angst vor dir – du frißt kleine Kinder zum Frühstück, und wenn du brüllst, erzittert die Erde. Sie würden gern mit dir sprechen... aber sie wollen sich nicht aufdrängen. Schließlich wissen sie, daß sogar Mike Respekt vor dir hat.«

»Quatsch!« brummte Jubal nur.

»Natürlich«, stimmte Ben zu. »Mike hat eben einen blinden Fleck wie jeder Mensch. Aber du bist unser Schutzheiliger – damit mußt du dich leider abfinden.«

»Ha... dort drüben ist endlich jemand, den ich kenne. Jill! *Jill*! Komm her!«

Die Frau drehte sich nach ihm um. »Ich bin Dawn. Aber vielen Dank für das Kompliment.« Sie kam näher, und Jubal dachte, sie wolle ihn küssen. Statt dessen kniete sie vor ihm nieder, nahm seine Hand und küßte sie. »Vater Jubal. Wir heißen dich willkommen.«

Jubal entriß ihr seine Hand. »Um Gottes willen, Kind! Steh auf und setz dich hier neben mich.«

»Ja, Vater Jubal.«

»Was? Nenn mich Jubal – und sage den anderen, daß ich nicht wie ein Aussätziger behandelt werden will. Wer mich respektvoll behandelt, muß nachsitzen.« Er hob den Zeigefinger. »Ich bin hier bei Freunden und möchte als Wasserbruder empfangen werden.«

»Ja, Jubal«, stimmte Dawn zu. »Ich habe es den anderen gesagt.«

»Was?«

»Dawn meint vermutlich, daß sie es Patty gesagt hat, die diese Nachricht weitergibt«, erklärte Ben ihm. »Und wer wie ich noch nicht ganz ausgebildet ist, bekommt es mit Worten gesagt.«

»Richtig«, stimmte Dawn zu, »aber ich habe es Jill gesagt, weil Patty unterwegs ist, um etwas für Michael zu holen. Jubal, hast du die letzte Nachrichtensendung gesehen?« Sie kicherte. »Das war wirklich aufregend.«

»Wie reagieren die anderen?« fragte Ben.

»Wie wütende Hornissen«, antwortete Dawn. »Der Bürgermeister hat die Nationalgarde angefordert und bekommt tatsächlich Hilfe; wir haben selbst gesehen, daß Truppentransporter gelandet sind. Aber sobald die Soldaten aussteigen, nimmt Mike ihnen Waffen und Kleidungsstücke ab – sogar die Schuhe. Und die Transporter verschwinden dann auch.«

»Ich groke, daß er zurückgezogen bleibt, bis sie aufgeben«, meinte Ben. »Sonst kann er unmöglich alles gleichzeitig bewältigen.«

Dawn schüttelte den Kopf. »Das glaube ich nicht, Ben. Ich groke, daß Mike gleichzeitig auf dem Kopf stehend radfahren könnte.«

»Das kann ich nicht beurteilen, Dawn. Ich backe noch Sandkuchen.« Ben stand auf. »Manchmal kann ich diese Wunder nicht mehr vertragen. Ich setze mich lieber ans Stereogerät.« Er küßte Dawn. »Du unterhältst inzwischen Papa Jubal; er mag hübsche kleine Mädchen.« Als Caxton ging, folgte ihm eine Packung Zigaretten und verschwand in seiner Jackentasche.

»Warst du das, Dawn?« fragte Jubal. »Oder Ben?«

»Ben. Er vergißt immer seine Zigaretten; sie schweben überall hinter ihm her.«

»Seine Sandkuchen sind also doch nicht so klein.«

»Ben kommt schneller voran, als er zugibt. Er ist schon sehr heilig.«

»Oh? Dawn, du bist doch die Dawn Ardent, die ich bei den Fosteriten kennengelernt habe, nicht wahr?«

»Du erinnerst dich noch daran!« Sie strahlte, als habe er ihr einen Lutscher geschenkt.

»Natürlich. Aber du hast dich verändert. Offenbar bist du schöner geworden.«

»Ja«, sagte Dawn einfach. »Du hast mich mit Gillian verwechselt. Sie ist auch schöner geworden.«

»Wo steckt sie überhaupt?«

»Sie arbeitet. Aber ich habe ihr gesagt, daß du hier bist, und sie will gleich kommen.« Sie machte eine Pause. »Ich soll sie ablösen.«

»Geh nur, Kind.« Als Dawn aufstand, kam Dr. Mahmoud herein und ließ sich neben Jubal nieder.

Jubal betrachtete ihn mürrisch. »Du hättest mir mitteilen können, daß du hier bist, anstatt mir mein Patenkind von einer Schlange vorführen zu lassen.«

»Oh, Jubal, du hast es immer so verdammt eilig.«

»Hör zu, wenn man...« Jubal wurde unterbrochen, als jemand ihm von hinten die Augen zuhielt. Eine Stimme fragte:

»Wer bin ich?«

»Beelzebub?«

»Noch mal.«

»Lady Macbeth?«

»Schon näher. Du hast noch eine dritte Chance.«

»Hör auf, Gillian, und setz dich neben mich.«

»Ja, Vater.« Sie gehorchte.

»Und hör auf, mich ›Vater‹ zu nennen, wenn wir nicht bei mir zu Hause sind.« Jubal wandte sich wieder an Mahmoud. »In meinem Alter hat man es verständlicherweise eilig. Jeder Sonnenaufgang ist ein Erlebnis... weil man den Untergang vielleicht schon nicht mehr erlebt.«

Mahmoud lächelte. »Jubal, hast du den Eindruck, daß die Erde stillstehen wird, wenn du einmal nicht mehr lebst?«

»Natürlich! – von meinem Standpunkt aus.« Miriam kam herein und setzte sich schweigend neben Jubal; er legte einen Arm um sie.

»Ich habe in dieser Beziehung eine gute Nachricht für dich, Jubal«, fuhr Mahmoud fort. »Deine Lebenserwartung ist höher, als du annimmst. Mike hat dich gegrokt. Seiner Auskunft nach hast du noch viele Jahre vor dir.«

Jubal schüttelte den Kopf. »Ich habe mir schon vor Jahren ein dreistelliges Limit gesetzt.«

»Welche drei Zahlen meinst du, Boß?« warf Miriam ein. »Methusalem drei?«

Jubal warf ihr einen strafenden Blick zu. »Sei nicht unanständig!«

»Stinky sagt, Frauen sollten unanständig, aber unhörbar sein.«

»Dein Gatte spricht richtig. Sobald meine Lebensuhr erstmals eine dreistellige Zahl anzeigt, entleibe ich mich – auf marsianische

Weise oder mit Hilfe meiner eigenen Methode. Das kann mir niemand nehmen.«

»Richtig«, stimmte Jill zu, »aber du darfst nicht schon in nächster Zukunft damit rechnen. Dein Leben ist noch nicht erfüllt. Allie hat erst letzte Woche dein Horoskop aufgestellt.«

»Ein Horoskop? Großer Gott! Wer ist diese ›Allie‹? Wie kommt sie dazu? Ich zeige sie bei der Industrie- und Handelskammer an!«

»Ausgeschlossen, Jubal«, warf Mahmoud ein. »Sie arbeitet an unserem marsianischen Wörterbuch mit. Und sie ist Madame Alexandra Vesant.«

Jubal grinste. »Becky? Ist sie auch in diesem Irrenhaus gelandet?«

»Ja, Becky. Wir nennen sie ›Allie‹, weil wir schon eine andere Becky haben. Du darfst ihre Horoskope nicht herabsetzen, Jubal; sie hat eine Art zweites Gesicht.«

»Unsinn, Stinky! Astrologie ist Schwindel, das weißt du so gut wie ich.«

»Natürlich. Allie weiß es auch. Und die meisten Astrologen sind plumpe Betrüger. Trotzdem benützt Allie ihre Kenntnisse weiterhin – allerdings auf Grundlage der Erkenntnisse marsianischer Wissenschaft –, um zu groken. Dabei könnten ihr ein Wasserbecken, eine Kristallkugel oder die Eingeweide eines frisch geschlachteten Huhns ebenso gute Dienste leisten. Es spielt keine Rolle, mit welchen Mitteln man das Ziel erreicht. Mike hat ihr geraten, ihre vertrauten Hilfsmittel beizubehalten. Wichtig ist nur, daß sie mehr als andere sieht.«

»Was ist darunter zu verstehen, Stinky?«

»Die seltene Fähigkeit, auch den Teil des Universums zu groken, der nicht in unmittelbarer Nähe liegt. Mike besitzt diese Fähigkeit, weil er bei Marsianern aufgewachsen ist; Allie war damit begabt, ohne es recht zu wissen. Daß sie die Astrologie zur Hilfe genommen hat, um das Ziel zu erreichen, ist in diesem Zusammenhang völlig unwichtig.«

Jubal seufzte. »Stinky, von theoretischen Erläuterungen habe ich noch nie viel gehalten; ich bin nicht der Typ des Wissenschaftlers, der davon existieren kann. Wo ist Becky? Ich habe sie seit über zwanzig Jahren nicht mehr gesehen; das ist zu lange.«

»Du bekommst sie noch früh genug zu sehen. Aber sie hat im Augenblick keine Zeit; sie muß diktieren.« Mahmoud sah Jubals erstaunten Blick. »Okay, ich will es dir erklären. Bisher habe ich einen

Teil jedes Tages in engster Verbindung mit Mike verbracht – jeweils nur einige Augenblicke, obwohl ich das Gefühl hatte, einen Achtstundentag hinter mir zu haben. Dann habe ich sofort alles, was ich von ihm empfangen habe, auf Tonband diktiert. Andere Leute, die genug Marsianisch sprechen, haben diese Tonbandaufzeichnungen in Reinschrift übertragen. Und Maryam hat diese handgeschriebenen Manuskripte schließlich auf ihrer Spezialschreibmaschine abgetippt, so daß Mike oder ich – am besten Mike, der aber oft zu beschäftigt war – sie korrigieren konnten.

Aber jetzt grokt Mike, daß er mich und Maryam fortschicken wird, damit wir die Arbeit anderswo beenden – oder er hat gegrokt, daß *wir* diese Notwendigkeit groken werden. Deshalb hat er das bisherige System geändert und in acht Schlafzimmern Tonbandgeräte aufstellen lassen. Patty, Jill, ich, Miriam, deine Freundin Allie und drei andere wechseln uns in diesen Räumen ab. Mike versetzt uns in Trance und stopft uns in wenigen Sekunden mit Sprachinformationen voll, die wir dann stundenlang auf Band sprechen... solange wir uns noch an alles erinnern. Das kann leider nicht jeder. Sam wäre zum Beispiel theoretisch hervorragend für diese Aufgabe geeignet – aber er bringt es fertig, Marsianisch mit New Yorker Akzent zu sprechen, was zu Irrtümern führen würde. Allie diktiert gerade, und wir dürfen sie nicht stören, weil sonst die restlichen Informationen verlorengehen.«

»Das groke ich«, stimmte Jubal zu, »obwohl ich mir die kleine Becky Vesey schlecht als marsianische Adeptin vorstellen kann. Jedenfalls war sie damals als Gedankenleserin ziemlich gut; das Publikum hat beinahe Angst vor ihr gehabt. Stinky, warum kommt ihr nicht zu mir, wenn ihr Ruhe braucht, um eure Arbeit fertigzustellen? Zu Hause ist reichlich Platz.«

»Vielleicht. Wir warten auf Vollendung.«

»Liebster«, warf Miriam ein, »das wäre eine fast ideale Lösung – wenn Mike uns aus dem Nest stößt.«

»Wenn wir es verlassen, meinst du.«

»Ich sehe keinen Unterschied.«

»Du sprichst richtig, Liebste. Aber wann gibt es hier etwas zu essen? Im Nest sind die Mahlzeiten pünktlicher serviert worden.«

»Du kannst nicht erwarten, daß Patty an deinem gräßlichen Wörterbuch arbeitet, sich um den Haushalt kümmert, Aufträge für Mike erledigt – und das Essen auf den Tisch stellt, wenn du hungrig bist. Jubal, Stinky wird bestimmt nie Priester; er ist ein Sklave seines Magens.«

»Das bin ich auch.«

»Ihr Mädchen könntet Patty helfen«, schlug Mahmoud vor.

»Das ist ein deutlicher Wink. Dabei weißt du genau, daß wir ihr möglichst helfen – und Tony läßt uns kaum in die Küche.« Miriam stand auf. »Komm, Jubal, wir sehen nach, was es heute gibt. Tony fühlt sich bestimmt geschmeichelt, wenn du seine Küche besuchst.«

Jubal begleitete sie und lernte Tony kennen, der zunächst ein finsteres Gesicht machte, bis er sah, wen Miriam mitbrachte. Dann führte Tony ihm stolz seine Küche vor – und schimpfte dabei über die Barbaren, die seinen bisherigen Arbeitsplatz im Nest zerstört hatten. Unterdessen rührte ein Löffel allein einen Topf Spaghettisauce um.

Zehn Minuten später weigerte Jubal sich, den Ehrenplatz an der Spitze des Tisches einzunehmen, und suchte sich einen anderen Stuhl. Patty saß am unteren Tischende; der andere Platz blieb leer... und Jubal hatte das deutliche Gefühl, daß er der einzige Anwesende war, der dort nicht den Marsmenschen sitzen sah.

Dr. Nelson saß ihm gegenüber.

Harshaw merkte, daß er überrascht gewesen wäre, wenn Dr. Nelson gefehlt hätte. Jetzt nickte er ihm zu. »Hallo, Sven.«

»Hallo, Doc.«

»Was bist du hier? Leibarzt?«

Nelson schüttelte den Kopf. »Medizinstudent.«

»Oh? Schon was gelernt?«

»Ich habe gelernt, daß die Medizin überflüssig ist.«

»Das hätte ich dir längst sagen können, wenn du mich gefragt hättest. Wo steckt Willem?«

»Er müßte heute abend oder morgen früh kommen. Sein Schiff ist heute gelandet.«

»Kommt er immer hierher?« fragte Jubal.

»Er studiert als Externer, weil er nie lange bleiben kann.«

»Ich freue mich schon auf das Wiedersehen mit ihm. Wir sind uns vor einem Jahr zum letztenmal begegnet.« Jubal begann eine Unterhaltung mit seinem Nachbarn; Nelson sprach mit Dorcas, die neben ihm saß.

»Der Rückschlag ist nur vorläufig«, versicherte Jubals Nachbar Sam ihm. »Wir haben das erste Entwicklungsstadium hinter uns und werden uns jetzt ausbreiten. Selbstverständlich müssen wir auch in Zukunft mit Schwierigkeiten rechnen, weil keine Gesellschaft es sich gefallen läßt, wenn ihre Grundlagen in Frage gestellt werden. Und wir rütteln selbst an solchen Dingen wie Ehe und Eigentum.«

»Auch am Eigentum?«

»Natürlich! Bisher hat Mike nur ein paar Besitzer von Spielhöllen gegen sich aufgebracht. Aber was passiert, wenn es eines Tages Hunderttausende von Menschen gibt, vor denen kein Banktresor mehr sicher ist, weil nur ihre Selbstdisziplin sie daran hindert, sich zu bedienen. Und was geschieht an der Börse, wenn einige Erleuchtete voraussagen können, wie sich die Kurse entwickeln werden?«

»Weißt *du* es?«

Sam schüttelte den Kopf. »Das interessiert mich nicht. Aber mein Vetter Saul – er sitzt dort drüben – grokt es gemeinsam mit Allie. Michael legt Wert darauf, daß die beiden unauffällig arbeiten, aber bisher steht jedenfalls fest, daß Erleuchtete auf jedem Gebiet beliebig viel Geld verdienen können. Immobilien, Aktien, Pferderennen, Glücksspiele oder irgend etwas anderes – wir sind normalen Sterblichen gegenüber immer im Vorteil.

Nein, Geld und Eigentum werden nicht verschwinden – Michael hält beide Begriffe für wichtig –, aber sie werden auf den Kopf gestellt werden. Und die Leute müssen sich an die neuen Spielregeln gewöhnen, wenn sie nicht hoffnungslos ins Hintertreffen geraten wollen. Was wird zum Beispiel aus Lunar Enterprises, wenn Menschen in Zukunft zum Mond teleportiert werden?«

»Soll ich verkaufen? Oder kaufen?«

»Das mußt du Saul fragen. Vielleicht floriert die Firma oder macht Konkurs – oder wird zunächst ganz in Ruhe gelassen. Aber du brauchst nur an irgendeinen Beruf zu denken. Wie können Lehrer mit Kindern fertig werden, die mehr wissen als sie? Was wird aus Ärzten, wenn die Menschen nie krank werden? Auch die pharmazeutische Industrie gehört dann zu den Opfern – aber welche anderen Industrien, Gesetze, Institutionen, Ansichten und Vorurteile, um die es nicht schade ist, verschwinden ebenfalls?«

»Das groke ich noch nicht vollständig«, gab Jubal zu. »Ich habe mich allerdings noch nie mit diesem Problem befaßt.«

»Eine Institution dürfte allerdings keinen Schaden erleiden – die Ehe.«

»Oh?«

»Bestimmt nicht! Statt dessen wird sie gereinigt, gestärkt und dauerhaft gemacht. Dauerhaft? Ekstatisch! Siehst du die Frau mit den langen schwarzen Haaren dort unten am Tisch?«

»Ja. Ich habe ihre Haarpracht schon vorhin bewundert.«

»Sie weiß, daß sie schönes Haar hat, und es ist zwanzig Zentimeter länger geworden, seitdem wir in die Kirche eingetreten sind. Das ist meine Frau. Vor etwas über einem Jahr haben wir noch wie zwei bissige Hunde zusammengelebt. Sie war eifersüchtig... und ich war unaufmerksam. Gelangweilt. Wir langweilten uns beide und wollten uns nur wegen der Kinder nicht scheiden lassen. Außerdem war sie so egoistisch, daß ich genau wußte, daß sie mich nie ohne einen Riesenskandal freigeben würde... und ich hatte ohnehin nicht den Mut, in meinem Alter einen zweiten Anlauf ins Eheglück zu nehmen.

Deshalb habe ich mich ab und zu heimlich amüsiert, wenn ich annehmen konnte, daß mich niemand erwischen würde – als Professor hat man selten Gelegenheit, seinen Versuchungen nachzugeben –, und Ruth war stillschweigend erbittert. Manchmal auch nicht stillschweigend. Und dann sind wir in Mikes Kirche eingetreten.« Sam grinste zufrieden. »Und seitdem bin ich in meine Frau verliebt. Sie ist meine Freundin Nummer eins!«

Ruth konnte nicht gehört haben, was Sam Jubal erzählt hatte; trotzdem hob sie den Kopf und sagte laut: »Das ist übertrieben, Jubal. Ich bin ungefähr Nummer sechs.«

»Meine Gedanken gehen dich nichts an, Schatz!« rief Sam ihr zu. »Wir führen hier Männergespräche. Kümmere dich lieber um Larry.« Er warf ein Stück Brot nach ihr.

Sie hielt es in der Luft auf und ließ es zurückfliegen. »Ich kümmere mich um Larry, wie *ich* es für richtig halte, verstanden? Jubal, dieser brutale Kerl hat mich nicht ausreden lassen. Ich bin mit dem sechsten Platz völlig zufrieden! Bevor wir in die Kirche eingetreten sind, habe ich nicht einmal mehr auf Sams Liste gestanden – und auf den sechsten Platz war ich zwanzig Jahre vorher abgeglitten.«

»Wichtig ist nur«, fuhr Sam ruhig fort, »daß wir jetzt alle Partner sind; Ruth und ich verstehen uns besser als je zuvor – und daran ist die Gemeinschaft mit anderen schuld, die wie wir ausgebildet worden sind. Innerhalb unserer Gruppe haben sich Partnerschaften entwickelt; meistens zwischen Ehepaaren, aber selbst wenn eine Umgruppierung notwendig war, vertragen die ›Geschiedenen‹ sich heutzutage besser als je zuvor. Sie haben nichts verloren und alles gewonnen. Natürlich brauchen die Partner keineswegs Mann und

Frau zu sein. Dawn und Jill sind ein Beispiel dafür – sie arbeiten wie Akrobaten zusammen.«

»Ich habe sie immer als Mikes Frauen angesehen.«

»Sie gehören ihm nicht mehr als irgendeinem von uns, Jubal. Oder als Mike uns allen gehört. Mike hat sich immer sehr bemüht, uns das Gefühl zu geben, jeder von uns habe einen persönlichen Anspruch auf ihn.« Sam runzelte die Stirn. »Eigentlich wäre Patty am ehesten Mikes Frau, obwohl sie so beschäftigt ist, daß ihr Verhältnis zu ihm mehr geistig als körperlich ist. Mike und Patty sind in dieser Beziehung bisher entschieden zu kurz gekommen.«

Patty saß noch weiter entfernt als Ruth. Trotzdem sagte sie jetzt: »Ich habe aber nicht das Gefühl, zu kurz gekommen zu sein, Liebster.«

»Siehst du?« fragte Sam Jubal. »In diesem verdammten Verein gibt es absolut kein Privatleben!«

Seine Brüder quittierten diese Behauptung mit Wurfgeschossen verschiedener Art. Sam wehrte sie mühelos ab, ohne eine Hand zu rühren... bis ihn eine Ladung Spaghetti im Gesicht traf. Jubal sah sich um und wußte sofort, wer sie geworfen hatte – Dorcas!

Einen Augenblick lang erinnerte Sam an ein Unfallopfer mit schweren Gesichtsverletzungen. Aber dann war sein Gesicht wieder sauber, und selbst die Sauce, die auf Jubals Hemd gespritzt war, verschwand spurlos. »Gib ihr nichts mehr, Tony«, forderte Sam den Koch auf. »Sie hat Essen vergeudet; dafür muß sie jetzt hungern.«

»In der Küche ist noch reichlich«, antwortete Tony. »Sam, Spaghetti stehen dir ausgezeichnet. Die Sauce war nicht übel, was?« Dorcas' Teller segelte in die Küche hinaus und kam voll zurück.

»Die Sauce war prima«, stimmte Sam zu. »Was ist das Fleisch? Oder darf man nicht danach fragen?«

»Durch den Wolf gedrehter Polizist«, erklärte Tony ihm.

Niemand lachte. Jubal fragte sich, ob der Witz wirklich einer war. Dann fiel ihm ein, daß seine Brüder oft lächelten und selten laut lachten – und außerdem brauchte ein Polizist durchaus nicht ungenießbar zu sein. Jubal beschloß, nicht länger darüber nachzudenken, sondern lieber die wirklich hervorragende Sauce zu genießen.

»Habe ich übrigens schon erwähnt, daß ich Krebs hatte, als ich Mikes Kirche beigetreten bin?« fuhr Sam fort.

»Was?« Jubal schrak aus seinen Gedanken und lächelte verlegen. »Nein, davon hast du nichts gesagt, Sam.«

»Ich wußte es selbst nicht. Michael hat es gegrokt und mich dann zu einer gründlichen Untersuchung ins Krankenhaus geschickt, damit *ich* es sicher wußte. Dann haben wir uns gemeinsam an die Arbeit gemacht, und ich habe ein ›Wunder‹ am eigenen Leib erlebt. Die Ärzte nannten es ›spontane Remission‹, was sich am besten mit ›überraschend gesund geworden‹ übersetzen läßt.«

Harshaw nickte zustimmend. »Professionelle Geheimnistuerei. Manche Krebskranke werden wieder gesund, ohne daß die Ärzte einen Grund dafür angeben könnten.«

»Aber ich weiß, warum es zu dieser Heilung gekommen ist. Damals habe ich gelernt, meinen Körper zu beherrschen. Ich habe den Schaden mit Mikes Hilfe repariert. Jetzt könnte ich es allein. Möchtest du spüren, wie ich mein Herz stillstehen lasse?«

»Danke, das habe ich schon bei Mike erlebt. Mein hochgeschätzter Kollege Nelson wäre bestimmt nicht hier, wenn diese Vorgänge sich nur als ›Wunder‹ erklären ließen. Es handelt sich dabei um bewußte Beeinflussung von Körpervorgängen. Das groke ich.«

»Entschuldigung. Ich weiß natürlich, daß du das tust.«

»Hmm... ich kann Mike nicht als Lügner bezeichnen, weil er keiner ist. Aber der Junge hat eine zu gute Meinung von mir.«

Sam schüttelte den Kopf. »Ich habe mich absichtlich neben dich gesetzt, um mit dir sprechen zu können; ich wollte wissen, ob Mike auch in deinem Fall recht hat. Du grokst tatsächlich. Ich frage mich nur, was du uns lehren könntest, wenn du die Sprache lernen würdest?«

»Nichts. Ich bin ein alter Mann, der nichts zu lehren hat.«

»Das kann ich nicht glauben. Alle anderen Erstberufenen haben die Sprache lernen müssen, bevor sie nennenswerte Fortschritte machen konnten. Nur du bist nicht darin unterrichtet worden... und du brauchst die Sprache auch nicht. Es sei denn, du wolltest dir den Mund ohne Serviette abwischen, was dich weniger interessieren dürfte.«

»Danke, ich bin noch rüstig genug, um selbst die Hand zu heben«, stimmte Jubal zu.

Die meisten anderen waren inzwischen aufgestanden und einzeln oder in kleinen Gruppen hinausgegangen. Ruth blieb neben Sam und Jubal stehen. »Wollt ihr bis morgen früh hier sitzen? Oder sollen wir euch mit dem Geschirr abservieren?«

»Siehst du, wie ich unter dem Pantoffel stehe, Jubal?« fragte Sam grinsend.

»Armer Junge«, meinte Jubal mitfühlend. »Komm, wir verschwinden lieber, bevor sie ihre Drohung wahrmacht.«

Die beiden suchten sich einen ruhigen Platz in einem der Wohnräume, und Sam fuhr fort: »Wir haben vorhin von unseren Schwierigkeiten gesprochen – sie waren zu erwarten und werden bestimmt noch schlimmer, bevor wir die öffentliche Meinung genügend beeinflussen können, um toleriert zu werden. Mike hat vor weniger als zwei Jahren mit nur drei unausgebildeten Priesterinnen angefangen und war damals noch ziemlich unsicher. Jetzt haben wir ein vollbesetztes Nest ... und Dutzende von fortgeschrittenen Pilgern, auf die wir später zurückgreifen können. Irgendwann werden wir so stark sein, daß uns niemand mehr zu verfolgen wagt.«

»Richtig«, stimmte Jubal zu. »Christus hat schon mit zwölf Aposteln ziemliches Aufsehen erregt.«

»Aber du merkst doch hoffentlich auch, daß er nicht versucht hat, alles an einem Tag zu erledigen. Er hat eine stabile Organisation gegründet, die sich allmählich ausgedehnt hat. Mike ist auch geduldig. Geduld ist so sehr Bestandteil unserer Disziplin, daß sie keine bewußte Anstrengung mehr erfordert.«

»Das ist immer die beste Haltung.«

»Nur ist es keine Haltung, sondern eine Lebensgrundlage. Ich groke, daß du müde bist, Jubal. Möchtest du nicht mehr müde sein? Deine Brüder können dir helfen, die ganze Nacht wachzubleiben. Wie du weißt, schlafen wir nicht mehr viel.«

Harshaw gähnte. »Ich möchte lieber heiß baden und acht Stunden schlafen. Mit meinen Brüdern kann ich morgen sprechen ... und an anderen Tagen.«

»An vielen anderen Tagen«, stimmte Sam zu.

Jubal zog sich in seine Suite zurück und bekam dort Gesellschaft: Patty ließ Badewasser einlaufen, schlug seine Bettdecke zurück, ohne sie zu berühren, stellte eine Schale mit Eiswürfeln neben die Cognacflasche auf den Nachttisch und mixte ihm einen Drink. Jubal schickte sie nicht hinaus; sie war nur mit ihren Tätowierungen bekleidet hereingekommen. Er kannte das Syndrom, das zu völliger Tätowierung führen kann, gut genug, um zu wissen, daß Patty beleidigt sein würde, wenn er jetzt nicht nach ihren Bildern fragte.

Als Patty sie ihm erklärte, zeigte er sich entsprechend beeindruckt; er mußte allerdings zugeben, daß er nie prächtigere Tätowierungen zu Gesicht bekommen hatte. Im Vergleich zu Patty war seine japanische Freundin geradezu primitiv tätowiert gewesen –

aber dieser Vergleich war so unpassend, als hätte er einen kostbaren Buchara mit einem billigen Maschinenteppich vergleichen wollen.

Nachdem Patty gegangen war, überlegte Jubal sich, daß sie etwas überspannt, aber trotzdem sehr nett war... er bevorzugte allerdings Leute, die von der Norm abwichen; der sogenannte ›Durchschnittsmensch‹ langweilte ihn. Allerdings war Patty bestimmt nicht dämlich; Jubal erinnerte sich daran, daß sie seine Kleidung aus dem Bad ins Schlafzimmer befördert hatte, ohne sie auch nur anzufassen.

Nach dem Bad rasierte er sich noch, um es nicht morgens vor dem Frühstück tun zu müssen. Dann verriegelte er die Tür, schaltete die Deckenbeleuchtung aus und kroch unter die Bettdecke. Zu seiner Enttäuschung fand er im Nachttisch nichts zu lesen; statt dessen mixte er sich einen zweiten Drink und machte dann das Licht aus.

Seine Unterhaltung mit Patty schien ihn munter und ausgeruht gemacht zu haben. Er war noch wach, als Dawn hereinkam.

»Wer ist da?« fragte Jubal in die Dunkelheit hinein.

»Ich bin's, Jubal – Dawn.«

»Verdammt noch mal, ich dachte, ich hätte den Riegel vorgeschoben. Kind, du kannst gleich wieder umkehren und... *He!* Was willst du in meinem Bett? Verschwinde!«

»Ja, Jubal. Aber ich muß dir zuerst etwas sagen.«

»Was?«

»Ich liebe dich seit langem. Fast so lange wie Jill.«

»Quatsch! Hör mit dem Unsinn auf und verschwinde endlich, bevor ich...«

»Bitte hör zu, Jubal«, bat Dawn.

»Nicht jetzt. Du kannst mir morgen früh erzählen, was du auf dem Herzen hast.«

»*Jetzt*, Jubal.«

Er seufzte. »Gut, meinetwegen. Aber bleib, wo du bist.«

»Du bist Gott, und ich bin Gott – und wir brauchen einander. Ich biete dir Wasser an. Willst du es mit mir teilen, damit wir einander näherkommen?«

»Äh, hör zu, kleines Mädchen, wenn ich dich richtig verstehe...«

»Du grokst, Jubal. Wir schenken einander, was wir selbst sind. Unser ganzes Selbst.«

»Das habe ich mir gedacht. Meine Liebe, du hast viel zu bieten – aber... ich... nun, du kommst einfach zu spät. Das bedauere ich selbst sehr. Ich danke dir trotzdem von ganzem Herzen. Geh jetzt und laß einen alten Mann schlafen.«

»Du wirst schlafen, wenn sich das Warten erfüllt hat. Jubal... ich könnte dir Kraft schenken, aber ich groke, daß das nicht nötig ist.«

»Nein, Dawn. Vielen Dank, Kind.«

Sie beugte sich über ihn. »Jill hat mir geraten, in Tränen auszubrechen, wenn du dich weigerst. Sollen wir auf diese Weise Wasser teilen?« Eine schwere Träne tropfte auf Harshaws Gesicht herab. Dawn begann leise zu schluchzen.

Jubal fluchte unbeherrscht, nahm sie tröstend in die Arme... und fügte sich ins Unvermeidliche.

36

Jubal wachte ausgeruht, erfrischt und zufrieden auf und stellte fest, daß er sich seit Jahren um diese Tageszeit nicht mehr so frisch gefühlt hatte. Besonders in letzter Zeit hatte er sich in der halben Stunde zwischen dem Aufstehen und der ersten Tasse Kaffee einreden müssen, morgen werde ihm dieser neue Anfang bestimmt etwas leichterfallen.

An diesem Morgen pfiff er beim Waschen vor sich hin, hörte erstaunt auf und pfiff dann weiter. Er betrachtete sein Spiegelbild, grinste sich an und sagte zu sich selbst: »Du unverbesserlicher Wüstling! Warte nur, bald kommen die Männer in weißen Kitteln, um dich abzuholen!«

Als er seine Suite verließ, traf er Jill auf dem Korridor. Zufällig? Jubal glaubte an keinen ›Zufall‹ mehr; hier blieb nichts dem Zufall überlassen. Jill umarmte ihn. »Jubal, wir *lieben* dich so! Du bist Gott.«

Er küßte sie und hielt sie dann an den Schultern fest. »Du kleine Messalina... du hast mich hereingelegt.«

»Jubal, Liebster... du warst einfach wunderbar!«

»Hmm.« Jubal grinste verlegen.

»Ich groke, daß das nicht dein voller Ernst ist, Jubal. Wir wollten dich im Nest haben. Wir wollten dich ganz in unsere Mitte aufnehmen. Wir brauchen dich. Und weil du in deiner Güte so schüchtern und bescheiden bist, haben wir die notwendige Initiative übernommen. Ich groke, daß wir dich dadurch nicht verletzt haben.«

»Was heißt ›wir‹ in diesem Zusammenhang?«

»Das ganze Nest hat an deiner Aufnahme teilgenommen, wie du gegrokt haben mußt. Mike ist dazu aufgewacht... und hat mit dir gegrokt und hat uns alle zusammengeführt.«

Jubal wechselte rasch das Thema. »Dann ist er also endlich wach. Deshalb leuchten auch deine Augen, Jill.«

»Nicht nur deshalb. Wir freuen uns immer, wenn Mike nicht zurückgezogen lebt; das ist schöner... aber er verläßt uns eigentlich nie ganz. Jubal, ich groke, daß du das Wesen unserer besonderen Wasserzeremonie noch nicht völlig grokst. Aber Warten bringt Erfüllung. Auch Mike hat es nicht gleich gegrokt – er hat gedacht, dadurch sollten nur Eier befruchtet werden, wie es auf dem Mars der Fall ist.«

»Nun... das ist schließlich der Hauptzweck«, meinte Jubal. »Babys. Das macht die Sache noch lächerlicher, wenn man in meinem Alter nicht mehr den Wunsch hat, zu dieser Vermehrung beizutragen.«

Jill schüttelte den Kopf. »Babys sind ein Ergebnis... aber nicht der Hauptzweck. Babys machen die Zukunft erst lebenswert, und das ist gut. Aber wir teilen uns Wasser, um einander näherzukommen, und Mike hat uns erklärt, daß unsere Methode besser als die der Marsianer ist. Jubal, ich bin *glücklich*, ein Mensch zu sein... und eine Frau!«

Harshaw warf ihr einen prüfenden Blick zu. »Erwartest du ein Kind, Jill?«

»Ja, Jubal. Ich habe gegrokt, daß die Wartezeit zu Ende ist, so daß ich endlich eines bekommen kann. Die meisten anderen haben nicht so lange warten müssen – aber Dawn und ich waren zu beschäftigt. Aber als ich gegrokt habe, daß es zu dieser Krise kommen würde, habe ich auch gegrokt, daß sich eine längere Wartezeit anschließen würde – und du siehst jetzt selbst, daß sie unvermeidbar ist. Mike wird den Tempel nicht von einem Tag zum anderen wiederaufbauen, so daß seine Hohepriesterin genug Zeit hat, um ein Baby zu bekommen. Warten bringt stets Erfüllung.«

Jubal hatte nur teilweise zugehört, weil er sich auf die wichtigste Tatsache konzentrierte... oder Jills Überzeugung, daß diese Möglichkeit eingetreten war. Nun, sie hatte bestimmt genügend Gelegenheit gehabt. Er beschloß, Jill im Auge zu behalten und sie nach Hause zu holen, wenn es soweit war. Mikes Supermannmethoden waren bestimmt wirkungsvoll, aber es konnte nicht schaden, wenn ein Arzt die entscheidenden Phasen überwachte. Er würde jedenfalls nicht zulassen, daß Jill sich bis zur Entbindung zu sehr anstrengte, selbst wenn er ein deutliches Wort mit den Kindern sprechen mußte.

»Wo ist Dawn?« fragte er dann. »Und wo steckt eigentlich Mike?«

»Dawn hat mich gebeten, dir einen Kuß von ihr zu geben; sie hat noch ungefähr drei Stunden zu tun. Mike ist ebenfalls beschäftigt – er hat sich wieder zurückgezogen.«

»Oh.«

»Du brauchst kein enttäuschtes Gesicht zu machen; er hat bald Zeit für dich. Mike arbeitet im Augenblick besonders angestrengt, um sich für dich freizumachen ... und damit wir alle freihaben. Wir lassen jetzt alle, die einigermaßen Marsianisch sprechen, mit Tonbandgeräten arbeiten, so daß Mike bald mit seiner Arbeit fertig ist und uns besuchen kann. Dawn hat eben zu diktieren begonnen; ich bin nur kurz hinausgegangen, um dich zu begrüßen, und muß wieder zurück. Bis nachher, Jubal!«

Harshaw fand nur wenige Brüder im Speisesaal an den langen Tischen. Duke sah auf, winkte ihm zu und aß herzhaft weiter. Man sah ihm nicht an, daß er die beiden letzten Nächte ohne Schlaf zugebracht hatte.

Becky Vesey drehte sich um, als Duke winkte, und rief Jubal zu: »Hallo, du alter Wüstling!« Sie zog ihn auf den Stuhl neben sich herab und flüsterte: »Das habe ich immer geahnt – aber warum warst du nicht da, um mich zu trösten, als der Professor gestorben ist?« Sie fügte laut hinzu: »Du kannst mir Gesellschaft leisten und mir erzählen, was du in letzter Zeit ausgeheckt hast.«

»Augenblick, Becky.« Jubal trat an den nächsten Tisch. »Hallo, Skipper. Wie war der Flug?«

»Ein Kinderspiel, Jubal. Kennst du meine Frau schon? Meine Liebe, das ist der Gründer dieser Bewegung – der einzigartige Jubal Harshaw ... zwei dieser Art wären zuviel.«

Die Frau des Captains war großgewachsen, schlank und sympathisch. Sie stand auf und küßte Jubal. »Du bist Gott.«

»Äh, du bist Gott.« Am besten gewöhnte er sich allmählich an dieses Ritual – wenn er das oft genug wiederholte, würde er es eines Tages vielleicht sogar glauben ... und es klang recht freundlich, solange man unter Menschen war, die aus Überzeugung sprachen.

»Eigentlich dürfte ich nicht überrascht sein, dich hier zu sehen, Willem«, sagte er zu Captain van Tromp.

»Nun«, antwortete der Raumfahrer, »ein Mann, der öfters zum Mars fliegt, sollte sich doch mit den Eingeborenen verständigen können, nicht wahr?«

»Nur deshalb, was?«

»Es gibt noch andere Aspekte.« Van Tromp griff nach einem Stück Toast, das ihm bereitwillig entgegenkam. »Gutes Essen, gute Gesellschaft.«

»Hmm, ja.«

»Essen, Jubal!« rief Madame Vesant ihm zu.

Jubal ging an seinen Platz zurück und sah, daß inzwischen Rührei, Toast, Orangensaft und andere Bestandteile eines guten Frühstücks serviert worden waren. Becky klopfte ihm auf die Schulter. »Iß nur, damit du wieder zu Kräften kommst, Liebling.«

»Bleib bei deinen Horoskopen, Weib!«

»Da fällt mir übrigens ein, daß ich noch dein Geburtsdatum brauche, Jubal.«

»Das habe ich längst vergessen. Ich will auch nicht mehr daran erinnert werden.«

»Warte nur, ich bekomme es auch so heraus«, versprach Becky.

»Das Standesamt ist abgebrannt, als ich drei war. Du bringst nichts mehr heraus.«

»Es gibt auch andere Möglichkeiten. Willst du mit mir wetten?«

»Wenn du mich weiter ärgerst, wirst du bald merken, daß du noch nicht zu alt für einen Klaps aufs Hinterteil bist. Wie geht es dir, Mädchen?«

»Was glaubst du? Wie sehe ich aus?«

»Gesund. Fünf Pfund Übergewicht. Dein Haar ist getönt.«

»Irrtum! Ich färbe es schon seit Monaten nicht mehr. Du brauchst nur zu tun, was wir anderen tun, dann kannst du bald wieder Haare auf deiner Glatze sprießen sehen.«

»Becky, ich weigere mich, jünger zu werden. Es war mühsam genug, so alt zu werden, und ich habe die Absicht, das Alter zu genießen. Halt jetzt den Mund, damit ich in Ruhe essen kann.«

»Jawohl, Sir. Du alter Wüstling!«

Harshaw wollte eben gehen, als Mike hereinkam. »*Vater!* Oh, Jubal!« Mike umarmte ihn.

»Langsam, Sohn«, mahnte Jubal. »Komm, ich leiste dir beim Frühstück Gesellschaft.«

»Ich bin nur gekommen, um dich zu holen. Wir suchen uns eine ruhige Ecke, damit wir ungestört reden können.«

»Einverstanden.«

Sie setzten sich auf die Veranda vor der Landeplattform. Mike ließ Jubal in einem großen Sessel Platz nehmen und streckte sich selbst auf einer Liege aus. Duke kam mit einem Tablett und servierte Cognac. »Danke, Kannibale«, sagte Mike lächelnd. »Bist du der neue Butler?«

»Irgend jemand muß es schließlich tun, Ungeheuer. Du hast selbst dafür gesorgt, daß alle anderen am Mikrofon sitzen.«

»Nun, sie sind in ein paar Stunden fertig, so daß du deinen sündigen Lebenswandel fortsetzen kannst. Der Job ist beendet, Kannibale. Fertig!«

»Das ganze verdammte Marsianisch auf einmal? Ungeheuer, laß mich nachsehen, welche Sicherungen bei dir durchgebrannt sind.«

»Nein, nein, ich meine natürlich nur die Grundkenntnisse, die ich besitze... oder besessen habe; mein Gehirn ist wie ausgetrocknet. Wissenschaftler wie Stinky werden noch Jahrhunderte mit allem anderen beschäftigt sein. Aber *ich* bin fertig.« Mike streckte sich aus. »Nach getaner Arbeit ist gut ruh'n, nicht wahr?«

»Du suchst dir bestimmt bald wieder eine andere Beschäftigung«, wandte Duke ein. »Boß, dieses marsianische Ungeheuer begreift einfach nicht, daß man gelegentlich Pause machen muß. Heute ruht er sich zum erstenmal seit über zwei Monaten aus. Vielleicht müßtest du uns doch häufiger besuchen. Du übst einen guten Einfluß auf ihn aus.«

»Gott bewahre mich *davor*!«

»Verschwinde jetzt, Kannibale, anstatt Lügen zu verbreiten!«

»Unsinn! Du hast mich dazu gebracht, immer nur die Wahrheit zu sagen... und das ist in den Kreisen, in denen ich verkehre, ein großer Nachteil.« Duke ließ die beiden allein.

Mike hob sein Glas. »Wir teilen Wasser, Vater.«

»Trink tief, Sohn.«

»Du bist Gott.«

»Mike, das lasse ich mir von den anderen gefallen. Aber *du* brauchst nicht damit anzufangen. Ich habe dich schon gekannt, als du ›nur ein Ei‹ warst.«

»Okay, Jubal.«

»Schon besser. Seit wann trinkst du morgens? In deinem Alter ruinierst du dir damit den Magen und wirst nie ein zufriedener alter Säufer wie ich.«

Mike betrachtete sein Glas. »Ich trinke nur, um dir dadurch näherzukommen. Alkohol bleibt in meinem Körper – und im Körper der meisten anderen – völlig wirkungslos, wenn wir es so wollen. Ich habe seine Wirkung nur einmal absichtlich ausprobiert, aber ich kann einen besseren Effekt dadurch erzielen, daß ich mich zurückziehe.«

»Das ist natürlich billiger.«

»Richtig«, stimmte Mike zu, »aber wir haben nie viel für Alkohol und dergleichen ausgeben müssen. Selbst der Unterhalt des ganzen Tempels hat weniger als dein Haushalt gekostet, Jubal. Der Bau, die Einrichtung und gelegentliche Erneuerungen haben Geld gekostet – aber alles übrige war konkurrenzlos billig. Wir haben so wenig gebraucht, daß ich mir schon überlegt habe, was wir mit der täglichen Kollekte anfangen sollten.«

»Warum hast du dann überhaupt um Spenden gebeten?«

»Was? Oh, wir mußten den Leuten etwas abnehmen, Jubal. Niemand glaubt einem etwas, solange es umsonst ist.«

»Das weiß ich. Aber ich wußte nicht, ob du es auch weißt.«

»Ich groke es, Jubal. Zuerst habe ich nur gepredigt, ohne einen Teller herumgehen zu lassen. Aber das hatte keinen Zweck. Wir Menschen müssen erhebliche Fortschritte machen, bevor wir ein kostenloses Geschenk akzeptieren und anerkennen können. Ich bestehe darauf, daß niemand etwas umsonst bekommt, bis er den sechsten Kreis erreicht hat. Bis dahin haben die Leute gelernt, wie man ein Geschenk annimmt... und das ist schwieriger, viel schwieriger, als selbst eines zu machen.«

»Sohn, ich habe das Gefühl, du könntest ein gutes Buch über die menschliche Psyche schreiben.«

»Das habe ich bereits – aber auf Marsianisch. Stinky hat die Tonbänder.« Mike trank langsam und genießerisch einen Schluck Cognac. »Manchmal benützen wir doch Alkohol. Einige von uns – Saul, ich, Duke und einige andere – ziehen ihn anderen Rauschgiften vor, die hierzulande üblich sind. Ich habe gelernt, ihn nur ein wenig einwirken zu lassen und diesen Zustand dann längere Zeit beizubehalten – dadurch entsteht eine Euphorie, die Ähnlichkeit mit meiner sonstigen Trance hat, ohne daß ich mich zurückziehen müßte.« Er trank noch einen Schluck. »Genau das tue ich heute morgen. Ich trinke, um einen ganz leichten Schwips zu bekommen und mit dir glücklich zu sein.«

Jubal betrachtete ihn nachdenklich. »Sohn, dich bedrückt etwas.«

»Ja.«

»Willst du dich aussprechen?«

»Ja, Vater.«

Aber Mike schwieg, bis Jubal schließlich sagte: »Bist du niedergeschlagen, weil dein Tempel abgebrannt ist? Das wäre verständlich. Aber du hast genug Geld; du kannst ihn wiederaufbauen.«

»O nein, das ist ganz unwichtig!«

»Warum?«

»Der Tempel war ein vollgeschriebenes Tagebuch, das ruhig verbrennen durfte, weil das Feuer keine Erinnerungen zerstören kann. Außerdem war der Brand eine gute Reklame für uns; Kirchen gedeihen am besten durch Märtyrertum und Verfolgung. Nein, das hat uns nicht geschadet, Jubal.« Mikes Gesichtsausdruck veränderte sich. »Vater... ich habe kürzlich erfahren, daß ich ein Spion war.«

»Was soll das heißen, Sohn?«

»Für die Ältesten. Sie haben mich hierher geschickt, um die Menschen auszuspionieren.«

Jubal runzelte die Stirn. »Mike, ich weiß, daß du hochintelligent bist – aber selbst ein Genie kann unter Halluzinationen leiden.«

»Natürlich«, stimmte Mike zu. »Am besten erkläre ich dir alles, damit du selbst entscheiden kannst, ob ich verrückt bin. Du weißt doch, wie die Überwachungssatelliten funktionieren?«

»Nein.«

»Ich meine nicht Details, die Duke interessieren würden; ich meine ihre allgemeine Funktion. Sie umkreisen die Erde, sammeln Informationen und speichern sie. An einem bestimmten Punkt werden diese Informationen auf ein Funksignal hin abgerufen. So war es auch bei mir: Die Ältesten standen in Verbindung mit mir und haben kürzlich alle Informationen abgerufen, die ich seit meiner Ankunft auf der Erde gespeichert habe. Das soll nicht heißen, daß ich sie eingebüßt habe; das Band ist einfach nur abgespielt worden. Ich habe das telepathische Signal deutlich gespürt – und alles war vorbei, bevor ich etwas dagegen tun konnte. Dann brach die Verbindung ab; ich konnte nicht einmal mehr protestieren.«

»Nun, ich finde, daß du ziemlich schäbig behandelt worden bist...«

»Nicht nach ihren Begriffen. Ich hätte auch gar nichts dagegen einzuwenden gehabt, wenn ich es vor dem Abflug erfahren hätte. Aber ich sollte nichts davon wissen; ich sollte unbeeinflußt groken können.«

»Warum beklagst du dich jetzt darüber?« wollte Jubal wissen. »An deiner Stelle wäre ich nur froh, daß dein Privatleben jetzt wirklich privat ist.«

Mike schüttelte den Kopf. »Jubal, ich muß dir eine Geschichte erzählen. Hör mir ganz ruhig zu.« Er berichtete von der Zerstörung des fünften Planeten von Sol, dessen Bruchstücke die Asteroiden waren. »Nun, was hältst du davon, Jubal?«

»Die Geschichte erinnert mich an die Sintflut.«

»Jubal, die Zerstörung des fünften Planeten durch die Ältesten ist eine Tatsache wie die Zerstörung von Pompeji durch den Vesuvausbruch – und die Einzelheiten sind genau registriert.«

»Gut, meinetwegen sollst du recht haben. Befürchtest du jetzt, daß die Ältesten unsere Erde ebenso behandeln könnten? Das ist schwer zu glauben, Sohn.«

»Nein, Jubal, das bräuchten nicht einmal die Ältesten zu tun. Ich könnte es auch; Jill könnte es – aber wir würden es nie tun, weil es unserem Empfinden nach falsch wäre. Wir sind Menschen und deshalb nicht dazu imstande.«

»Aber die Ältesten würden sich nichts dabei denken?«

»Natürlich nicht! Warum sollten sie Hemmungen haben? Die Ältesten könnten die Zerstörung der Erde als gutes Ereignis groken. Das kann ich nicht beurteilen. Aber ein Mensch wäre nie dazu imstande. Bis er es soweit gebracht hat, daß er die Erde mit Hilfe seines neuerworbenen Wissens vernichten könnte, ist er nicht mehr imstande, diese Absicht in die Tat umzusetzen. Er würde sich vorher selbst entleiben. Und damit wäre die Bedrohung beseitigt, weil unsere Ältesten im Gegensatz zu den marsianischen nicht mehr aktiv werden können.«

»Ich will nicht behaupten, daß ich von der Existenz dieser ›Ältesten‹ überzeugt bin, aber darüber können wir bei anderer Gelegenheit sprechen.« Jubal machte eine kurze Pause. »Du befürchtest also, daß sie uns vernichten könnten, Sohn?«

Mike schüttelte den Kopf. »Nein, nicht in erster Linie. Ich nehme an – das ist wirklich nur eine Vermutung –, daß sie die Wahl zwischen zwei Möglichkeiten treffen werden: uns zu vernichten ... oder uns kulturell zu erobern, bis wir uns ihrem Vorbild angeglichen haben.«

»Es stört dich also weniger, daß sie unsere Erde in die Luft jagen könnten? Das nenne ich wahre Gelassenheit!«

»Du verstehst mich nicht richtig. Von ihrem Gesichtspunkt aus sind wir Menschen krank und verkrüppelt – unsere Kriege, die Leiden, die wir uns gegenseitig zufügen, unsere lächerlich geringen Fähigkeiten, uns miteinander zu verständigen, unsere Krankheiten, Hungersnöte und Grausamkeiten ... das alles muß ihnen als Wahnsinn erscheinen. Ich *weiß*, daß sie so darüber denken. Deshalb nehme ich an, daß sie sich entschließen, uns einen schnellen Gnadentod zu gewähren. Ich bin natürlich kein Ältester, Jubal, aber bevor es dazu kommt, würden mindestens ... fünf Jahrhunderte vergehen. Wahrscheinlich sogar fünf Jahrtausende.«

»Die Geschworenen lassen sich also bei der Urteilsfindung Zeit, was?«

»Jubal, der größte Unterschied zwischen den beiden Rassen ist die Tatsache, daß die Marsianer sich nie beeilen – und die Menschen tun es immer. Sie würden lieber weitere zwei, fünf oder zehn Jahrhunderte über ein Problem nachdenken, nur um ganz sicherzugehen, daß sie es völlig groken.«

»In diesem Fall würde ich mir an deiner Stelle keine Sorgen mehr machen, Sohn. Wenn die Menschheit in fünfhundert oder tausend Jahren nicht imstande ist, friedlich mit ihren Nachbarn auszukommen, können wir beide nichts daran ändern. Ich habe jedoch das Gefühl, daß die Menschheit es noch lernen wird.«

»Das groke ich auch, aber noch nicht völlig. Ich habe dir gesagt, daß ich mir wegen dieser Möglichkeit keine Sorgen mache. Die andere bedrückt mich viel mehr – daß die Marsianer versuchen könnten, uns nach ihrem Vorbild umzumodeln. Jubal, das darf nicht sein. Bei diesem Versuch würden wir alle umkommen – und bestimmt nicht schmerzlos. Das wäre ein großes Unrecht.«

Jubal zögerte, bevor er eine Frage stellte. »Aber hast *du* das nicht bisher versucht, Sohn?«

Mike machte ein unglückliches Gesicht. »Damit habe ich angefangen. Aber ich bin längst wieder davon abgekommen. Vater, ich weiß, daß du enttäuscht warst, als ich meine Kirche gründete.«

»Das war deine Sache, Sohn.«

»Ja. Jeder ist auf sich selbst gestellt. Ich muß jede Krise selbst groken. Und du mußt es auch ... und alle anderen müssen es. Du bist Gott.«

»Ich nehme die Nominierung nicht an.«

»Du kannst sie nicht ablehnen. Du bist Gott, und ich bin Gott, und alle grokenden Lebewesen sind Gott, und ich bin alles, was ich je gesehen oder gespürt oder erfahren oder durchlitten habe. Ich bin alles, was ich groke. Vater, ich habe gesehen, in welchem schrecklichen Zustand sich dieser Planet befindet, und ich habe gegrokt – allerdings nicht völlig –, daß ich etwas daran ändern könnte. Was ich zu lernen hatte, konnte nicht in Schulen unterrichtet werden; ich mußte es als Religion tarnen, was es durchaus nicht ist, und das Publikum anlocken, indem ich an seine Neugier appellierte. Der erwartete Erfolg hat sich prompt eingestellt; die erforderliche Disziplin, die eine Voraussetzung für innere Ausgeglichenheit ist, ließ sich auch anderen Menschen vermitteln, die nicht bei Marsianern aufgewachsen waren. Unsere Brüder leben friedlich miteinander – du hast selbst an ihrem Leben teilgenommen und kannst ihr Verhältnis zueinander beurteilen. Sie kennen weder Eifersucht noch...«

Mike sprach nicht weiter, als ein Aircar vom Himmel herabsank. Jubal sah auf die Landeplattform hinaus und beobachtete, wie der Aircar spurlos verschwand, bevor seine Kufen die Plattform berührten.

»Polizei?« fragte er.

»Nein«, behauptete Mike. »Unsere Freunde beginnen zu vermuten, daß wir hier sind – oder vielmehr ich, weil die anderen für tot gehalten werden. Damit meine ich natürlich nur die Mitglieder des Innersten Tempels. Alle übrigen Kreise werden nicht belästigt...« Er grinste. »Wir könnten unsere Hotelzimmer teuer vermieten; Bischof Shorts Sturmtruppen rücken in die Stadt ein.«

»Wird es dann nicht allmählich Zeit, die Familie umzuquartieren?«

»Du brauchst dir wirklich keine Sorgen zu machen, Jubal. Dieser Aircar hat keine Gelegenheit gehabt, eine Meldung abzusetzen – nicht einmal per Funk. Ich bewache dieses Nest und meine Brüder. Das ist jetzt ganz leicht, seitdem auch Jill erkannt hat, daß es nicht falsch ist, Menschen verschwinden zu lassen, die etwas Falsches an sich haben. Früher habe ich zu allen möglichen komplizierten und umständlichen Tricks gegriffen, um uns zu beschützen. Aber jetzt weiß auch Jill, daß ich es nur tue, wenn ich die Fülle gegrokt habe.« Der Marsmensch lächelte. »Gestern abend hat sie mir dabei geholfen, etliche Leute zu beseitigen... und das war nicht das erstemal.«

»Was habt ihr getan?«

»Oh, davon weißt du noch gar nichts, glaube ich. Als ich aus dem Gefängnis ausgebrochen bin, habe ich die übrigen Häftlinge freigelassen, weil ich finde, daß der Freiheitsentzug keine geeignete Bestrafung ist. Aber einige von ihnen konnten wir einfach nicht freilassen; sie waren zu bösartig. Deshalb habe ich sie beseitigt, bevor ich die Türen und Gitter beseitigte.

Aber ich habe in den letzten Monaten die ganze Stadt gegrokt... und einige der schlimmsten Übeltäter saßen keineswegs hinter Gittern. Ich habe noch gewartet und eine Liste zusammengestellt, während die Zeit reifte, bis ich jeden Fall völlig gegrokt hatte. Jetzt verlassen wir diese Stadt – und die Betreffenden leben nicht mehr. Sie sind entleibt und ans Ende der Warteschlange zurückversetzt worden.

Diese Tatsache hat übrigens auch bewirkt, daß Jill meiner Methode nicht mehr ablehnend gegenübersteht, sondern sie begeistert befürwortet. Sie grokt endlich, daß es *unmöglich* ist, einen Menschen zu töten – so daß wir eigentlich nur Schiedsrichter sind, die einen Spieler wegen ›gefährlicher Spielweise‹ vom Platz stellen.«

»Hast du nicht Angst davor, Gott zu spielen, mein Junge?«

Mike grinste fröhlich. »Ich *bin* Gott. Du bist Gott... und jeder Gauner, den ich verschwinden lasse, ist ebenfalls Gott. Jubal, es heißt, Gott achte auf jeden Sperling, der vom Himmel fällt. Und das tut er auch – er kann ihn gar nicht übersehen, denn der Sperling *ist* Gott. Und wenn eine Katze ihn anschleicht, sind beide Gott und führen Gottes Befehl aus.«

Ein weiterer Aircar setzte zur Landung an und verschwand spurlos. »Wie viele hast du gestern nacht vom Platz gestellt, Mike?« fragte Jubal.

»Oh, ungefähr vierhundertfünfzig – ich habe sie nicht gezählt. Wir sind schließlich in einer Großstadt. Aber in nächster Zeit dürfte es hier ungewöhnlich ehrlich und anständig zugehen. Trotzdem ist dieser Erfolg zeitlich begrenzt; er wäre erst endgültig gesichert, wenn die gesamte Einwohnerschaft zu Brüdern geworden wäre.« Mike schüttelte zweifelnd den Kopf. »Darüber wollte ich mit dir sprechen, Vater. Ich fürchte, daß ich unsere Brüder in die Irre geführt habe.«

»Wodurch, Mike?«

»Sie sind zu optimistisch. Sie sehen, wie gut wir miteinander auskommen, sie wissen, wie gesund sie geworden sind, sie spüren, wie sehr sie einander lieben. Und jetzt bilden sie sich ein, es sei nur eine Frage der Zeit, bis die gesamte Menschheit den gleichen Idealzustand erreicht. Natürlich nicht in nächster Zukunft – manche von ihnen groken, daß tausend Jahre und mehr vergehen müssen, bevor dieser Traum Wirklichkeit werden kann. Aber sie rechnen fest damit.

Ich habe zuerst ebenso gedacht, Jubal. Ich habe ihnen diese Idee in den Kopf gesetzt.

Aber dabei habe ich die wichtigste Tatsache übersehen, Jubal: Menschen sind keine Marsianer.

Ich habe diesen Fehler immer wieder gemacht – ich habe mich verbessert... und habe ihn trotzdem gemacht. Was für Marsianer vorteilhaft ist, muß nicht auch für Menschen richtig sein. Die hinter meiner Idee stehende Logik, die sich nur auf Marsianisch ausdrükken läßt, gilt für *beide* Rassen. Die Logik ist unveränderlich... aber die Voraussetzungen sind verschieden. Deshalb gibt es unterschiedliche Ergebnisse.

Ich konnte nicht einsehen, warum sich hier niemand erbietet, sich schlachten zu lassen, wenn seine Freunde hungrig sind... auf dem Mars ist das selbstverständlich – und eine Ehre. Ich konnte nicht begreifen, warum Babys so mühsam aufgezogen werden. Auf dem Mars würden unsere beiden kleinen Mädchen ausgesetzt, und niemand würde sich darum kümmern, ob sie sterben oder durchkommen – neun von zehn Nymphen sterben auf dem Mars, bevor sie ihr erstes Lebensjahr vollendet haben.

Meine Logik war richtig, aber ich habe die Tatsachen falsch ausgewertet: hier treten nicht die Babys, sondern die Erwachsenen miteinander in Wettstreit; auf dem Mars konkurrieren die Erwachsenen nicht mehr, weil sie schon als Babys dezimiert worden sind. Dieser Wettstreit muß in irgendeiner Form stattfinden... oder die betreffende Rasse stagniert. Ich weiß nicht, ob es richtig war, auf jeglichen Wettbewerb verzichten zu wollen, aber ich groke in letzter Zeit, daß die Menschheit nicht bereit sein wird, ihn sich nehmen zu lassen...«

Duke steckte den Kopf herein. »Mike, hast du nach draußen gesehen? Vor dem Hotel versammelt sich eine Menschenmenge.«

»Ich weiß«, stimmte Mike zu. »Du kannst den anderen ausrichten, daß die Wartezeit noch nicht zu Ende ist.« Er wandte sich wieder an Harshaw. »›Du bist Gott.‹ Das ist keine fröhliche und hoffnungsvolle Botschaft, Jubal. Es ist eine Herausforderung, mit der man gleichzeitig unerschrocken seine persönliche Verantwortung übernimmt.« Er schüttelte traurig den Kopf. »Aber ich habe das nur wenigen begreiflich machen können. Unsere Brüder, die jetzt hier sind, haben mich verstanden und das Böse mit dem Guten akzeptiert – sie haben es in sich aufgenommen und es gegrokt. Aber alle anderen, Hunderte und Tausende von Menschen haben es entweder als Belohnung für ihre Bereitschaft, irgend etwas zu glauben, angesehen – als ›Bekehrung‹ – oder es völlig ignoriert. Obwohl ich versucht habe, ihnen die Wahrheit zu erklären, haben sie darauf bestanden, Gott müsse irgend etwas außerhalb ihres eigenen Körpers sein. Ein geheimnisvolles Wesen, das nur den Wunsch habe, jeden schwachsinnigen Lümmel an die Brust zu nehmen und zu trösten. Daß es auf *eigene* Anstrengung ankommt... und daß sie selbst an ihrer ganzen Misere schuld sind... können oder wollen sie nicht einsehen.«

Der Marsmensch schüttelte den Kopf. »Meinen wenigen Erfolgen stehen so viele Mißerfolge gegenüber, daß ich mich frage, ob ich etwa doch den falschen Weg eingeschlagen habe. Vielleicht *muß* diese Rasse Unglück, Haß, Krieg und Hunger haben, damit eine natürliche Auslese gewährleistet ist. Kannst du es mir sagen, Vater? Ich vertraue auf dich.«

»Mike, wie kommst du darauf, mich für unfehlbar zu halten?«

»Vielleicht bist du es nicht. Aber ich habe dich schon oft um Rat gebeten und bin nie enttäuscht worden.«

»Unsinn! Hör zu, Sohn, ich habe dir etwas zu sagen. Du ermahnst andere ständig, sie sollten sich nicht beeilen...«

»Richtig.«

»Aber in diesem Fall verstößt du gegen deine eigenen Spielregeln. Du hast nach marsianischen Begriffen noch nicht lange gewartet und willst schon jetzt das Handtuch werfen. Dabei hast du bewiesen, daß dein System für kleine Gruppen funktioniert – ich habe noch nie so glückliche, gesunde und zufriedene Menschen gesehen. Das müßte vorläufig genügen. Ob deine Methode auch für größere Zusammenschlüsse geeignet ist, muß sich erst im Laufe der Zeit herausstellen. Einverstanden?«

»Du sprichst richtig, Vater.«

»Ich bin noch nicht fertig. Du hast dir Sorgen gemacht, weil bisher neunundneunzig von hundert Zuhörern nicht angebissen haben. Du hast dir eingebildet, daran sei die Tatsache schuld, daß die Menschen eine natürliche Auslese brauchten, auf die sie in deiner Kirche hätten verzichten müssen. Menschenskind, du *triffst* diese Auslese selbst! Wer sich dir nicht anschließt, gehört zu den Versagern; der Wettbewerb ist nicht leichter, sondern wesentlich schärfer geworden, seitdem deine Schüler mit gewöhnlichen Sterblichen konkurrieren. Aber du darfst nicht gleich aufgeben, nur weil sich bisher nicht mehr als eine Handvoll Apostel gefunden haben. Ich hätte nie gedacht, daß *irgend jemand* diese Verwandlung gelingen würde. Ich habe dich für einen Scharlatan gehalten, als du zu predigen begonnen hast.«

Mike seufzte lächelnd. »Ich hatte selbst schon das Gefühl, einer zu sein... ich hatte Angst, unsere Brüder enttäuscht zu haben.«

»Wenn du die Wahrheit besitzt, kannst du sie auch demonstrieren. Auch viele Worte sind kein schlüssiger Beweis. Du mußt den Leuten *zeigen*, was sie glauben sollen.«

Mike gab keine Antwort. Er hatte die Augen geschlossen, bewegte sich nicht und schien kaum zu atmen. Jubal starrte ihn besorgt an, weil er fürchtete, zuviel gesagt und Mike zum Rückzug in eine Trance gezwungen zu haben.

Aber dann öffnete Mike die Augen und lächelte unbekümmert. »Du hast mir wirklich geholfen, Vater. Ich bin jetzt bereit, es ihnen zu zeigen – ich groke die Wahrheit völlig.« Der Marsmensch stand auf. »Nun ist die Wartezeit zu Ende.«

37

Jubal und Mike betraten den Raum mit dem großen Stereogerät. Das gesamte Nest war davor versammelt; Jubal spürte eine seltsame Erregung, die sich ihm deutlich mitteilte. Die Stereovision zeigte eine dichtgedrängte Menschenmenge, die von einigen Polizisten zurückgehalten wurde. Mike beobachtete sie lächelnd. »Sie kommen. Die Wartezeit ist vorüber.«

»Reichlich Publikum, Liebster«, stimmte Jill zu.

»Ich ziehe mich lieber an«, stelle Mike fest. »Habe ich hier einen Anzug, Patty?«

»Sofort, Michael.«

»Der Mob sieht wirklich gefährlich aus, Sohn«, warnte Jubal. »Willst du dich jetzt wirklich zeigen?«

»Natürlich«, antwortete Mike lächelnd. »Vergiß nicht, die Leute sind gekommen, um mich zu sehen – und ich gehe jetzt nach unten.« Er machte eine sekundenlange Pause, während ein Anzug und andere Kleidungsstücke ihm wie von unsichtbaren Händen übergestreift wurden. »Mit diesem Job sind nicht nur Rechte, sondern auch

Pflichten verbunden – der Star muß zur Show erscheinen... grokst du das?«

»Mike weiß genau, was er tut, Boß«, warf Duke ein.

»Nun... ich traue keinem Mob.«

»Dort unten sind meistens Neugierige. Die wenigen Fosteriten und andere, die etwas gegen Mike haben, fallen kaum auf. Außerdem wird Mike mit allem fertig. Das kannst du von hier aus verfolgen. Habe ich recht, Mike?«

»Klar, Kannibale. Jetzt ist es Zeit für die große Nummer. Anne? Duke? Seid ihr fertig?«

»Fertig, Mike.« Anne trug die weiße Robe einer Fairen Zeugin, die sie älter und würdevoller erscheinen ließ. Duke war entgegengesetzt kostümiert: er war wie ein Fotoreporter mit Kameras behängt, hatte einen alten Presseausweis im Hutband stecken und zündete sich eben zum drittenmal seine Zigarre an, die immer wieder ausging.

Mike, Anne und Duke verließen den Raum und gingen auf das Foyer zu, das die Verbindung mit dem übrigen Hotel herstellte. Nur Jubal folgte ihnen; die anderen zwanzig oder fünfundzwanzig blieben am Stereogerät zurück. Mike machte an einem niedrigen Tisch halt, auf dem eine Wasserkaraffe, ein Glas und eine Obstschale standen. »Bleib lieber hier«, riet er Jubal, »sonst muß dich Patty wegen ihrer Schlangen zurückholen.«

Mike schenkte sich ein Glas Wasser ein und trank es halb aus. »Als Prediger hat man immer Durst.« Er gab Anne das Glas, griff nach dem Obstmesser und schnitt ein Stück Apfel ab.

Jubal hatte den Eindruck, Mike habe sich einen Finger abgeschnitten... aber er wurde abgelenkt, als Duke ihm das Glas gab. Mikes Hand war nicht blutig, und Jubal schien sich getäuscht zu haben. Er trank das Wasser aus, weil er plötzlich einen trockenen Hals hatte.

Mike legte ihm lächelnd eine Hand auf den Arm. »Mach dir meinetwegen keine Sorgen. Ich bin nur ein paar Minuten fort. Bis nachher, Vater.« Sie gingen hinaus, und Jubal kehrte in den Raum mit dem Stereogerät zurück.

Die Menschenmenge war erheblich größer geworden und wurde mühsam von Polizisten in Schach gehalten, die nur mit Gummiknüppeln bewaffnet waren. Einzelne Schreie wurden laut, aber im allgemeinen war nicht mehr als ein dumpfes Murren zu hören.

»Wo sind sie jetzt, Patty?« fragte jemand.

»Unten im Foyer. Michael geht einige Schritte voraus; Duke und Anne folgen ihm. Michael wird von Reportern fotografiert.«

Im Stereogerät erschienen Kopf und Schultern eines unbekümmert lächelnden Ansagers: »Meine Damen und Herren, auch diesmal bringt New World Networks Ihnen die Nachrichten ins Haus, solange sie noch brühwarm sind, und ich bin Ihr Reporter Happy Holliday. Wie wir soeben erfahren, ist der falsche Messias, der sich auch als Marsmensch bezeichnen läßt, aus seinem Versteck in einem Hotel in Sankt Petersburg aufgetaucht. Smith scheint sich der Polizei stellen zu wollen. Er ist gestern mit Hilfe seiner fanatischen Anhänger, die ihm Sprengstoff in die Zelle geschmuggelt hatten, aus dem Gefängnis entkommen. Aber die sofort angelaufene Fahndung scheint zuviel für ihn gewesen zu sein, so daß er jetzt offenbar beschlossen hat, sich zu stellen.

Meine Damen und Herren, Smith hat sich noch nicht blicken lassen... aber wir erwarten ihn bald.« Holliday verschwand, und die erregte Menge war wieder zu sehen. »Freunde, Sie alle können sich vielleicht vorstellen, daß die Einwohnerschaft dieser wunderbaren Stadt sich in begreiflicher Aufregung befindet. Hier sind eigenartige Dinge passiert, und die Leute haben keine Lust, sich länger an der Nase herumführen zu lassen. Wo Recht und Gesetz mit Füßen getreten werden, ist es nicht verwunderlich, wenn sich wackere Bürger zusammentun, um der Gerechtigkeit zum Sieg zu verhelfen. Die fanatischen Anhänger dieses auf dem Mars aufgewachsenen Halbmenschen haben nichts unversucht gelassen, ihren Anführer vor der Justiz in Schutz zu nehmen. Jetzt müssen sie die Folgen tragen. Hier kann alles passieren – *alles*!«

Der Reporter sprach aufgeregt weiter: »Ja, er kommt jetzt heraus... er geht auf die Menge zu!« Die Kameras zeigten die Szene aus einem anderen Aufnahmewinkel, so daß Mike von vorn zu sehen war. Anne und Duke gingen zehn Meter hinter ihm und blieben noch weiter zurück. »Nun wird es spannend, meine Damen und Herren! Das ist der Höhepunkt!«

Mike ging weiter auf die Menge zu, bis er lebensgroß im Stereogerät erschien. Erst dann blieb er am Straßenrand vor dem Hotel stehen. »Ihr habt mich gerufen?« fragte er laut.

Die Antwort der Menge war ein Knurren.

Der Himmel war wolkenverhangen gewesen; jetzt traf ein Sonnenstrahl Mike, dessen Kleidungsstücke im gleichen Augenblick verschwanden. Mike stand wie ein griechischer Gott vor der Menge und forderte die Menschen auf: »Seht mich an. Ich bin von Menschen geboren.«

Der Mob rückte drohend näher, und die Polizisten gaben den Versuch auf, die Leute zurückzuhalten.

»Verführer!« Ein Ziegelstein traf Mikes linke Rippen. *»Gotteslästerer!«* Ein scharfkantiges Stück Glas riß seine Augenbraue auf, und Mike begann zu bluten. *»Satan!«*

Mike wandte sich ruhig an die Angreifer. »Wer mich bekämpft, kämpft gegen sich selbst... denn du bist Gott... und ich bin Gott... und jeder, der grokt, ist Gott – es gibt keinen anderen.«

Weitere Steine trafen ihn, aber er machte keine Bewegung, um sie abzuwehren. »Hört die Wahrheit, Brüder. Ihr braucht nicht zu hassen, ihr braucht nicht zu kämpfen, ihr braucht keine Angst zu haben. Ich biete euch das Wasser des Lebens an...« Mike hielt plötzlich ein Glas in der Hand. »Trinkt davon und lebt in Frieden miteinander.«

Ein Stein zerschmetterte das Glas. Ein anderer traf Mikes Mund, der zu bluten begann.

»Lyncht ihn! Legt dem Hundesohn eine Negerkrawatte um!« Eine Schrotflinte knallte aus kürzester Entfernung; Mikes Arm wurde am Ellbogen abgetrennt und fiel zu Boden. Er sank langsam ins Gras am Straßenrand, und die Finger blieben einladend geöffnet.

»Den zweiten Lauf, Shortie – aber diesmal in der Mitte!« Die Umstehenden lachten und klatschten Beifall. Ein Ziegel zerschmetterte Mikes Nase; andere Steine fügten ihm Kopfwunden zu.

»Die Wahrheit ist einfach, aber der Weg der Menschen ist schwer. Ihr müßt zuerst lernen, euch selbst zu beherrschen. Alles andere ergibt sich von allein daraus. Gesegnet ist der Mensch, der sich selbst kennt und beherrscht, denn die Welt gehört ihm, und er wandelt überall in Glück und Liebe und Frieden, wohin er auch geht.«

Die Schrotflinte knallte erneut; dann fielen rasch nacheinander zwei weitere Schüsse aus Revolvern. Die erste Kugel traf Mike dicht über dem Herzen; die Schrotladung und die zweite Revolverkugel zerfetzten seinen Brustkorb, so daß die Rippen hervortraten.

Mike schwankte leicht, lächelte dann und sprach laut und deutlich weiter. »Ihr alle seid Gott. Wer das erkennt, hat den richtigen Weg beschritten, an dessen Ende die wahre Zufriedenheit und wirkliches Glück stehen.«

»Verdammt noch mal, wie lange sollen wir uns diese Gotteslästerung noch anhören?« – »Kommt, Leute! Wir machen ihn fertig!« Die Menge drängte heran und fiel mit Knüppeln und Fäusten über Mike her; als er zu Boden sank, geriet er unter die Füße der Rasenden. Aber er sprach weiter, während sie ihn zertrampelten. Schließlich rief jemand aus: »He, zurück da, hier kommt Benzin!«

Nach dieser Warnung wich der Mob etwas nach den Seiten aus, und die Kameras nahmen Mikes Kopf und Schultern auf. Der Marsmensch lächelte seinen Brüdern zu und sagte zum letztenmal leise und deutlich: »Ich liebe euch.« Eine unvorsichtige Heuschrecke landete im Gras neben seinem Gesicht; Mike wandte den Kopf zur Seite und betrachtete das Insekt, das ihn anstarrte. »Du bist Gott«, murmelte er zufrieden und entleibte sich.

38

Flammen und Rauch stiegen empor und füllten jetzt das Bild. »Donnerwetter!« flüsterte Patty ehrfürchtig. »Das ist das beste Finale, das ich je gesehen habe.«

»Richtig«, stimmte Becky zu. »Selbst der Professor hätte es sich nicht besser ausdenken können.«

Van Tromp schien mit sich allein zu sprechen, als er leise sagte: »Wirklich stilvoll. Intelligent und stilvoll – der Junge hat sich den richtigen Abtritt gesichert.«

Jubal starrte seine Brüder an. War er der einzige, der bei Mikes Tod etwas empfand? Jill und Dawn ließen sich keine Gefühlsbewegung anmerken; auch Dorcas machte keine Anstalten, in Tränen auszubrechen, was sie sonst bei jeder passenden Gelegenheit tat.

Patty schaltete das Stereogerät aus. »Anne und Duke kommen jetzt zurück«, stellte sie fest. »Ich hole sie durchs Foyer herein, und wir können dann gleich essen.« Sie wollte hinausgehen.

Jubal hielt sie auf. »Patty, hast du *gewußt*, was Mike vorhatte?«

Sie schüttelte den Kopf. »Nein, natürlich nicht, Jubal. Es war notwendig, auf die Erfüllung zu warten. Keiner von uns hat etwas davon gewußt.« Patty wandte sich ab und eilte hinaus.

»Jubal...« Jill warf ihm einen besorgten Blick zu. »Mike ist nicht tot. Wie könnte er tot sein, wenn niemand getötet werden kann? Wir haben ihn gegrokt und behalten ihn deshalb für immer in unserer Mitte. Du bist Gott.«

»Du bist Gott«, wiederholte Jubal mechanisch. Er verließ den Raum, schloß sich in sein Zimmer ein und warf sich aufs Bett. Als seine Tränen nach einiger Zeit versiegten, tastete er im Toilettenbeutel nach den Tabletten, die er überall bei sich hatte, seitdem Joe Douglas' Schlaganfall ihn daran erinnert hatte, welches Ende ihm in seinem Alter bevorstehen konnte. Er schluckte drei Tabletten und streckte sich wieder aus. Der Schmerz ließ allmählich nach.

Dann hörte er eine Stimme aus weiter Ferne. »Jubal...«

»Ich bin müde. Laßt mich in Ruhe.«

»Jubal! *Bitte*, Vater!«

»Oh... ja, Mike? Was gibt's?«

»Wach auf! Das Warten hat sich noch nicht erfüllt. Komm, ich helfe dir.«

Jubal seufzte. »Wie du willst, Mike.« Er ließ sich ins Bad führen, wo er sich übergab, und nahm ein Glas Wasser an, um seinen Mund auszuspülen.

»Besser?«

»Ja, Sohn. Danke.«

»Ich habe noch anderswo zu tun. Ich liebe dich, Vater. Du bist Gott.«

»Ich liebe dich, Mike. Du bist Gott.« Jubal zog sich um, trank einen Cognac, um den bitteren Geschmack im Mund loszuwerden, und machte sich dann auf die Suche nach den anderen.

Patty saß allein in dem Raum mit dem ausgeschalteten Stereogerät. Sie sah ihm entgegen. »Hungrig, Jubal?«

»Wie ein Bär.«

Patty stand auf. »Das ist gut. Die meisten anderen haben inzwischen gegessen und sind bereits unterwegs. Kommst du gleich mit in die Küche, Jubal? Seitdem Tony fort ist, bringen wir den Mut auf, uns dort aufzuhalten – obwohl er uns nie wirklich böse war, wenn wir in sein Reich eingedrungen sind.« Sie drehte den Kopf zur Seite und versuchte etwas zwischen ihren Schulterblättern zu erkennen. »Hat sich die letzte Szene nicht ein bißchen verändert? Ist sie vielleicht etwas verschwommener, nebelhafter geworden?«

Jubal stimmte ernsthaft zu. Er sah keine Veränderung... aber er hatte nicht die Absicht, Patty diese harmlose Idiosynkrasie zu nehmen. Sie nickte jetzt. »Das habe ich erwartet. Ich muß mich noch immer vor den Spiegel stellen, wenn ich meinen Rücken sehen will. Mike hat mir versprochen, daß ich eines Tages ohne Spiegel auskommen werde. Aber das kann noch warten.«

In der Küche waren zehn oder zwölf Brüder versammelt; Duke stand am Herd und rührte den Inhalt eines kleinen Kochtopfs um. »Hallo, Boß. Ich habe einen Bus mit zwanzig Plätzen bestellt. Größer darf er nicht sein, wenn er auf unserem privaten Landeplatz aufsetzen soll... und wir brauchen ihn für uns, die Babys und Pattys Schlangen. Okay?«

»Natürlich. Kommen alle mit uns nach Hause?« Jubal überlegte sich, daß die Mädchen im Wohnzimmer und anderen Räumen Behelfsbetten aufstellen konnten – und die Zahl der Gäste würde sich ohnehin in kürzester Zeit verdoppeln...

»Nicht alle. Tim bringt uns nach Hause und macht sich dann auf den Weg nach Texas. Der Skipper, Beatrix und Sven wollen nach New Jersey.«

Sam hob den Kopf. »Ruth und ich müssen zu den Kindern zurück. Und Saul kommt mit.«

»Könnt ihr nicht zuerst ein paar Tage bei mir zu Hause bleiben... bei *uns* zu Hause?«

»Ja, wir kommen gern«, antwortete Ruth, nachdem sie sich durch einen kurzen Blick mit Sam verständigt hatte.

»Wunderbar. Wo stecken übrigens der Skipper und der Quacksalber? Beatrix ist noch nie bei uns zu Hause gewesen – sie können es nicht so eilig haben.«

»Ich frage sie nachher, Boß.«

»Patty, halten deine Schlangen es in einem warmen trockenen Keller aus? Bis wir sie besser unterbringen können? Damit meine ich nicht Honey Bun; sie gehört sozusagen zur Familie. Aber ich bin dagegen, daß die Kobras überall im Haus herumkriechen.«

»Natürlich, Jubal.«

Harshaw sah sich um. »Dawn, kannst eigentlich du stenografieren?«

»Das braucht sie ebensowenig wie ich«, warf Anne ein.

»Hätte ich mir denken können. Schreibmaschine?«

»Ja, aber nicht sehr gut«, antwortete Dawn.

»Okay, du bist engagiert – bis irgendwo ein Posten als Hohepriesterin frei wird. Jill, habe ich jemand vergessen?«

»Nein, Boß. Aber die anderen kommen wahrscheinlich später auch zu uns.«

»Damit habe ich schon gerechnet. Unser Haus ist für alle das zweite Nest, hoffe ich.« Jubal ging an den Herd und warf einen Blick in den Suppentopf. »Hmm... Mike?«

»Richtig.« Duke kostete einen Löffel voll. »Etwas Salz fehlt noch.«

»Ja, Mike hat immer etwas Würze gefehlt.« Jubal probierte ebenfalls; Duke hatte recht. »Aber wir wollen ihn groken, wie er ist. Wer teilt mit uns?«

»Niemand mehr. Tony hat mich angewiesen, ständig umzurühren, notfalls etwas Wasser nachzugießen und nichts anbrennen zu lassen.«

»Okay, dann brauchen wir zwei Suppentassen.«

»Sofort, Boß.« Die beiden Tassen schwebten durch die Luft und standen dann neben dem Topf. »Diesmal hat Mike den kürzeren gezogen – er hat immer behauptet, er würde mich überleben und am Thanksgiving Day servieren lassen. Oder vielleicht war das ein Witz auf meine Kosten, weil wir darum gewettet haben – und jetzt kann ich den Gewinn nicht kassieren.«

»Du hast nur gewonnen, weil Mike freiwillig aufgegeben hat. Gib jedem die Hälfte.«

Duke teilte die Fleischbrühe aus. Jubal hob seine Tasse. »Wir groken ihn!«

»Und kommen einander näher!«

Sie tranken langsam, kosteten den Geschmack andächtig aus und priesen und grokten den hochherzigen Spender. Dann stürzte Jubal sich auf das Mittagessen, das Patty für ihn zubereitet hatte; er war so hungrig, als hätte er tagelang nichts mehr gegessen.

»Ich habe eben Saul gesagt, daß ich nicht einsehe, warum wir unsere Pläne ändern sollen«, erklärte Sam. »Wenn man gute Ware zu verkaufen hat, blüht das Geschäft, selbst wenn der Gründer es nicht mehr führt.«

»Das habe ich nie bestritten«, warf Saul ein. »Wir wollen natürlich weitere Tempel gründen – aber das kostet Geld, viel Geld. Wir sind schließlich keine Sekte, die sich irgendwo in einem ehemaligen Laden etabliert; wir brauchen einen würdigen Rahmen.«

»Schon gut, schon gut! Wir warten auf Erfüllung ... und machen dann weiter.«

»Geld ist kein Problem«, stellte Jubal plötzlich fest.

»Warum nicht, Jubal?«

»Als Anwalt dürfte ich euch nichts davon erzählen – aber als Wasserbruder fühle ich mich nicht zum Schweigen verpflichtet. Augenblick ... Anne!«

»Ja, Boß?«

»Wir müssen die Stelle kaufen, an der Mike gesteinigt worden ist. Am besten gleich alles Land in fünfundzwanzig Meter Umkreis.«

»Boß, die Stelle befindet sich auf einer öffentlichen Straße. In fünfundzwanzig Meter Umkreis liegen ein Teil des Hotelgeländes und weitere Straßenflächen.«

»Widersprich mir nicht!«

»Ich habe nicht widersprochen. Ich habe dich nur informiert.«

»Entschuldigung. Die Stadt verkauft uns den Grund bestimmt. Sie verlegt auch die Straße. Wenn wir es richtig anfangen, schenkt sie uns das Grundstück sogar – das muß Joe Douglas erreichen. Und Douglas kann auch die Freigabe von Mikes sterblichen Überresten erwirken, so daß wir ihn dort bestatten können – sagen wir in einem Jahr... dann trauert die ganze Stadt mit uns, und die Polizisten, die ihn nicht geschützt haben, müssen Spalier stehen.«

Jubal nickte zufrieden. »Ja, wir bestatten ihn dort ohne Sarg und lassen den Regen und die Würmer ihn groken. Ich groke, daß Mike damit einverstanden wäre. Anne, darüber muß ich sofort nach unserer Rückkehr mit Joe Douglas sprechen.«

»Ja, Boß. Wir groken mit dir.«

»Jetzt noch die andere Sache.« Er erzählte ihnen von Mikes Testament. »Ihr seid also alle zumindest Millionäre – wieviel ihr wirklich erbt, muß sich noch herausstellen... aber ihr könnt jedenfalls selbst nach Abzug der Steuern jeder mit einem Millionenvermögen rechnen. Das Geld ist nicht zweckgebunden; ihr könnt es für Luxusjachten ausgeben, aber ich nehme an, daß ihr damit neue Tempel erbauen werdet. Ah, noch etwas – Joe Douglas bleibt als Vermögensverwalter im Amt, falls ihr einverstanden seid... aber ich groke, daß er bald abtreten wird, so daß Ben Caxton sein Nachfolger werden kann. Ben?«

Caxton zuckte mit den Schultern. »Nur dem Namen nach. Ich überlasse diese Aufgabe lieber einem gerissenen Geschäftsmann namens Saul.«

»Dann ist alles in Ordnung. Wir müssen noch etwas warten, aber das Testament kann nicht angefochten werden; Mike hat es selbst aufgesetzt. Wann können wir abreisen? Ist die Rechnung bezahlt?«

»Jubal«, sagte Ben grinsend, »das Hotel *gehört* uns.«

»Richtig, das hatte ich ganz vergessen! Kommt, Kinder, wir wollen nach Hause!« Jubal trat auf die Landeplattform hinaus, wo der gecharterte Bus bereitstand, und stieg als letzter ein.

Das Urteil über den dritten Planeten von Sol stand von Anfang an fest. Die Ältesten des vierten Planeten waren nicht allwissend und auf ihre Art so engstirnig wie Menschen. Da sie ihre eigenen Maßstäbe anlegten, obwohl sie mit Hilfe einer erstaunlich hochentwickelten Logik grokten, mußten sie im Laufe der Zeit zu dem Schluß kommen, die geschäftigen, unruhigen und streitsüchtigen Bewohner des dritten Planeten litten an einer unheilbaren moralischen »Falschheit«, die nur durch Ausrottung zu beseitigen war, sobald die Ältesten sie gegrokt und erkannt und gewürdigt hatten.

Aber bis sie sich endlich dazu entschließen würden, entsprechende Maßnahmen zu ergreifen, bestand kaum noch die Wahrscheinlichkeit, daß die Ältesten diese erstaunlich zwiespältige und vielseitige Rasse vernichten konnten. Die Wahrscheinlichkeit war so gering, daß die Wächter des dritten Planeten keine Zeit mehr damit vergeudeten, über diese Gefahr nachzudenken.

Foster tat es jedenfalls nicht. »Digby!«

Sein Assistent sah auf. »Ja, Fos?«

»Ich bin einige Äonen lang mit einem Sonderauftrag unterwegs. Das hier ist dein neuer Vorgesetzter.« Foster drehte sich um. »Mike, das ist Erzengel Digby, dein Assistent. Er kennt sich hier im Atelier aus, und du kannst dich jederzeit auf ihn verlassen.«

»Wir kommen bestimmt gut miteinander aus«, versicherte Erzengel Michael ihm. Er wandte sich an Digby. »Sind wir uns nicht schon irgendwo begegnet?«

»Nicht daß ich wüßte«, antwortete Digby. »Aber bei so vielen möglichen Vergangenheiten...« Er zuckte mit den Schultern.

»Macht nichts. Du bist Gott.«

»Du bist Gott«, erwiderte Digby.

Mike schob seinen Heiligenschein in den Nacken zurück und machte sich an die Arbeit. Er hatte bereits einiges gesehen, das geändert werden mußte...